DÉRACINÉE

NAOMI NOVIK

DÉRACINÉE

ROMAN

Traduit de l'anglais (États-Unis)
par Benjamin Kuntzer

J'AI LU

Collection dirigée par Thibaud Eliroff

Retrouvez-nous sur Facebook :
www.facebook.com/jailu.collection.imaginaire

Titre original
UPROOTED

Cette traduction est publiée avec l'accord de Del Rey,
une collection de Random House, département
de Penguin Random House LLC

1

Notre dragon ne mange pas les filles qu'il emporte, malgré les histoires que l'on raconte à son sujet en dehors de notre vallée. On les entend parfois, quand des voyageurs passent par chez nous. Ils en parlent comme si nous sacrifiions des êtres humains à un véritable dragon. Naturellement, rien de cela n'est vrai : il a beau être magicien et immortel, il n'en reste pas moins homme, et nos pères se ligueraient pour l'éliminer s'il venait dévorer l'une d'entre nous tous les dix ans. Il nous protège contre le Bois, et nous lui en sommes reconnaissants, mais pas à ce point.

Il ne les mange pas vraiment ; c'est juste que ça donne cette impression. Il emmène une fille dans sa tour et la libère dix ans plus tard, mais elle n'est alors plus la même. Ses vêtements sont trop raffinés, elle s'exprime telle une dame de la cour et elle a vécu seule avec un homme pendant une décennie, alors bien sûr qu'elle est perdue, même si les revenantes affirment toutes qu'il n'a jamais posé la main sur elles. Que pourraient-elles dire d'autre ? Et ce n'est pas le pire : après tout, quand il les relâche, le Dragon leur laisse pour dot un sac plein d'argent, si bien que n'importe qui serait prêt à les épouser, perdues ou non.

Sauf qu'elles ne veulent plus se marier. Elles ne veulent pas rester du tout.

— Elles oublient comment vivre ici, m'avait dit un jour mon père, à ma profonde surprise.

Je cheminais à son côté sur le siège de la charrette vide, alors que nous venions d'effectuer notre livraison hebdomadaire de bois de chauffage. Nous habitions à Dvernik, qui n'était ni le plus vaste village de la vallée, ni le plus petit, ni même celui qui se trouvait le plus près de la forêt : nous en étions distants d'une dizaine de kilomètres. La route nous faisait en revanche franchir une grande colline. Quand il faisait beau, on distinguait, depuis la crête, la rivière qui s'écoulait vers la bande gris pâle de terre calcinée et la muraille noire des arbres au-delà. La tour du Dragon était située loin dans l'autre direction, morceau de craie blanche fiché à la base des montagnes occidentales.

J'étais encore toute petite – sans doute pas plus de cinq ans. Mais je savais déjà qu'il ne fallait pas parler du Dragon ni des filles qu'il emmenait, cela m'avait donc frappée d'entendre mon père enfreindre cette règle.

— Elles se souviennent qu'il faut avoir peur, avait-il ajouté.

C'était tout. Puis, d'un claquement de langue, il avait fait repartir les chevaux vers les arbres au bas de la colline.

Je n'y comprenais pas grand-chose. Nous avions tous peur du Bois. Mais notre vallée était notre chez-nous. Comment pouvait-on quitter son chez-soi ? Pourtant, les filles qui revenaient ne restaient jamais. Le Dragon les laissait sortir de la tour, puis elles retournaient quelque temps dans leur famille – une semaine, parfois un mois, jamais beaucoup plus. Ensuite, elles prenaient l'argent de leur dot et repartaient. La plupart du temps, elles se rendaient à Kralia pour s'inscrire à l'université. Souvent, elles épousaient un citadin, ou devenaient enseignantes ou commerçantes, même si des rumeurs couraient sur le compte de Jadwiga Bach, qui avait été enlevée soixante ans plus tôt avant de devenir courtisane et la maîtresse d'un baron et d'un duc. Mais à l'époque de ma naissance, elle n'était qu'une riche vieille femme qui envoyait de merveilleux cadeaux à tous ses petits-neveux et nièces sans jamais leur rendre visite.

Ça n'a donc rien à voir avec le fait de livrer sa fille en pitance, mais ça n'est pas très gai non plus. Il n'y a pas suffisamment de villages dans la vallée pour que les risques d'être choisie soient presque inexistants quand on a vu le jour à la mauvaise période : il ne prend qu'une fille de dix-sept ans, née entre un mois d'octobre et le suivant. Nous étions onze à être concernées dans mon année, les probabilités étaient donc plus faibles que lors d'un lancer de dé, mais quand même. Tout le monde dit qu'on aime une fille du Dragon différemment des autres à mesure qu'elle grandit. On ne peut pas s'en empêcher, sachant qu'on a de bonnes chances de la perdre. Mais ça ne s'est pas passé comme ça, avec mes parents. Dès que j'ai été en âge de comprendre que je pourrais être enlevée, nous savions déjà tous qu'il emmènerait Kasia.

Seuls les gens de passage, qui l'ignoraient, complimentaient ses parents sur sa beauté, son intelligence ou sa gentillesse. Le Dragon ne choisissait pas toujours la plus jolie, mais celle qui ressortait le plus du lot d'une manière ou d'une autre : si une fille était de très loin la plus belle, la plus brillante, la meilleure danseuse, la plus gentille ou autre, il trouvait toujours le moyen de la sélectionner, même s'il échangeait à peine quelques mots avec les concurrentes avant de se décider.

Et Kasia réunissait toutes ces qualités. Elle était dotée d'une épaisse chevelure blonde rassemblée en une tresse qui lui tombait jusqu'à la taille, de grands yeux marron chaleureux et d'un rire cristallin qui donnait envie de chanter par-dessus. C'était toujours elle qui inventait les meilleurs jeux et imaginait les meilleures histoires ou chorégraphies ; elle préparait de véritables festins et, lorsqu'elle filait la laine des moutons de son père, les fibres ressortaient toujours du rouet parfaitement lisses, sans le moindre nœud.

Je sais que je la décris comme un personnage de conte, mais c'est tout le contraire. Quand ma mère me racontait l'histoire de la princesse au fuseau, de la courageuse gardeuse d'oies ou de la jeune fille de la rivière, je les imaginais toutes un peu comme Kasia ; voilà l'image que j'avais d'elle. Et comme je n'étais pas assez mûre pour être sage, je l'aimais plus, et non moins, parce que je savais qu'elle me serait bientôt enlevée.

Elle disait que cela ne la dérangeait pas. Car elle était aussi intrépide. Sa mère, Wensa, y avait veillé. Je me rappelle l'avoir un jour entendue dire à ma mère : « Elle devra se montrer courageuse », tout en poussant Kasia à grimper à un arbre au pied duquel elle hésitait. Maman l'avait alors prise dans ses bras, des larmes plein les yeux.

Nous n'habitions qu'à trois maisons l'une de l'autre, et je n'avais pas de sœur, seulement trois frères bien plus âgés que moi. Kasia était ma meilleure amie. Nous jouions ensemble depuis toutes petites, d'abord dans les cuisines de nos mères, essayant de ne pas trop traîner dans leurs jambes, puis dans les rues devant chez nous, jusqu'à ce que nous ayons l'âge d'aller courir comme des folles dans la forêt. Je ne voulais jamais rester à l'intérieur alors que nous pouvions gambader sous les branches, main dans la main. J'imaginais les arbres ployant leurs bras pour nous abriter. Je ne savais pas comment je le supporterais, quand le Dragon l'emmènerait.

Mes parents ne se seraient pas fait trop de souci pour moi, même s'il n'y avait pas eu Kasia. À dix-sept ans, je n'étais encore qu'une gamine trop maigre aux grands pieds et aux cheveux châtain sale tout emmêlés. Mon seul talent, si l'on pouvait dire, était ma faculté à déchirer, tacher ou perdre en quelques heures tout ce qu'on me mettait sur le dos. Ma mère en était si désespérée que, dès mes douze ans, elle m'affublait des vieux habits de mes frères aînés, sauf pour les jours de fête, quand j'étais obligée de me changer vingt minutes avant de quitter la maison, puis de rester assise sur le banc devant notre porte jusqu'à notre départ pour l'église. Et encore, rien ne garantissait que j'arriverais au pré communal sans me prendre dans une branche ou me couvrir de boue.

— Ma pauvre Agnieszka, tu vas devoir épouser un tailleur, s'esclaffait mon père quand il rentrait le soir de la forêt et me voyait me précipiter vers lui, le visage crasseux, les vêtements troués et sans fichu sur la tête.

Il me soulevait malgré tout dans ses bras pour m'embrasser. Ma mère ne soupirait qu'à peine : quel parent serait réellement désolé que sa fille du Dragon ait quelques défauts ?

Le dernier été avant la sélection fut long, chaud et plein de larmes. Kasia ne pleura pas ; moi, si. Nous lambinions jusque tard dans la forêt, tentant de prolonger aussi longtemps que possible chacune de ces journées dorées. Puis je rentrais chez moi, épuisée et affamée, et j'allais directement me coucher dans le noir. Ma mère venait alors me caresser la tête, fredonnant doucement jusqu'à ce que je m'endorme, assommée par les larmes. Elle laissait près de mon lit une assiette pleine de nourriture, au cas où je me réveillerais au milieu de la nuit avec la faim au ventre. Elle n'essayait jamais de me réconforter de quelque autre manière. Comment l'aurait-elle pu ? Nous savions toutes deux que même si elle adorait Kasia et sa mère, Wensa, elle ne pouvait s'empêcher d'éprouver un immense soulagement – pas *ma* fille, pas mon *unique* fille. Et naturellement, je n'aurais pas aimé qu'elle ressente autre chose.

Kasia et moi restâmes seulement toutes les deux presque tout l'été. C'était d'ailleurs le cas depuis longtemps. Quand nous étions petites, nous courions avec les autres enfants du village ; plus tard, cependant, alors que mon amie devenait de plus en plus jolie, sa mère lui avait dit : « Il vaudrait mieux, pour toi comme pour eux, que tu ne fréquentes pas trop les copains de ton âge. » Je m'étais toutefois accrochée à elle, et ma mère aimait suffisamment Kasia et Wensa pour ne pas essayer de me forcer à l'oublier, même si elle savait que, sur le long terme, j'en souffrirais davantage.

Le dernier jour, je nous dégottai une clairière dans la forêt où les arbres étaient encore garnis ; leurs feuilles dorées ou rouge flamme bruissaient au-dessus de nous, tandis que des châtaignes bien mûres crissaient sous nos pieds. Nous allumâmes un petit feu de bois pour en faire griller quelques-unes. Nous étions à la veille du premier jour d'octobre et du grand banquet organisé pour honorer notre seigneur et protecteur. Demain, le Dragon viendrait.

— Ça doit être fantastique d'être un troubadour, déclara Kasia tandis qu'elle reposait sur le dos, les paupières closes.

Elle fredonna quelques mesures : un ménestrel était venu pour le festival et avait passé la matinée à répéter ses morceaux sur le pré communal. Des chariots de tributs étaient arrivés toute la semaine.

— De voyager dans toute la Polnya, de chanter pour le roi.

Elle avait prononcé ces mots d'un air songeur, pas comme une enfant filant les nuages : elle donnait vraiment l'impression de vouloir quitter la vallée, partir pour toujours. Je lui pris la main.

— Et tu rentrerais pour le Solstice d'hiver, renchéris-je, pour nous faire découvrir toutes les chansons que tu aurais apprises.

Nos doigts s'étreignirent fortement, et je m'efforçai de ne pas penser au fait que les filles du Dragon ne voulaient jamais revenir.

Évidemment, à cet instant, je le haïssais farouchement. Ce n'était pourtant pas un mauvais seigneur. De l'autre côté des montagnes du nord, le baron des Marches jaunes était à la tête d'une armée de cinq mille âmes prête à se battre pour le roi, d'un château doté de quatre tours et d'une femme arborant des bijoux de la couleur du sang et une longue cape en fourrure de renard blanc, le tout sur un territoire pas plus riche que le nôtre. Les hommes devaient travailler une journée par semaine dans les champs du baron – les plus fertiles d'entre tous –, les fils les plus prometteurs étaient contraints de rejoindre l'armée et, avec le nombre de soldats errant dans les villages, les filles avaient intérêt à rester cloîtrées à l'intérieur – et surtout pas seules – dès lors qu'elles devenaient femmes. Toutefois, même lui n'était pas un mauvais seigneur.

Le Dragon n'avait que son unique donjon, et pas un seul guerrier ou domestique, en dehors de la fille qu'il emmenait. Il n'avait pas besoin d'une armée : il servait la couronne grâce à son labeur, sa magie. Il devait parfois se rendre à la cour, afin de renouveler son serment de fidélité, et j'imagine que le roi aurait pu lui demander de l'accompagner à la guerre, mais sa mission semblait consister essentiellement à rester là pour surveiller le Bois et préserver le royaume de ses méfaits.

Sa seule extravagance résidait dans les livres. Nous étions tous plus cultivés que la moyenne des villageois, car il était prêt à verser de l'or pour un ouvrage de qualité, ce qui poussait les revendeurs à voyager jusque chez nous, même si notre vallée était située tout au bout de la Polnya. Et quitte à venir ici, ils en profitaient pour lester les sacoches de leurs mules de tous les vieux tomes abîmés qu'ils pouvaient récupérer, afin de nous les troquer contre quelques sous. Il fallait être bien pauvre, par chez nous, pour ne pas exposer fièrement deux ou trois livres dans son intérieur.

Cela pouvait sembler futile, insuffisant pour justifier d'abandonner une de ses filles, aux personnes qui n'habitaient pas assez près du Bois pour comprendre. Mais j'avais survécu à l'Été vert, quand un vent d'est chaud avait soufflé le pollen du Bois jusque dans notre vallée, le déposant sur une bonne partie de nos champs et jardins. Les récoltes avaient été particulièrement abondantes, mais également étranges et difformes. Ceux qui en mangeaient devenaient malades de colère, se mettaient à battre leur famille, et finissaient par se réfugier dans la forêt pour y disparaître, quand on ne les attachait pas avant.

J'avais alors six ans. Mes parents avaient fait de leur mieux pour me mettre à l'abri, ce qui ne m'empêchait pas de conserver des souvenirs vivaces de la terreur froide et poisseuse qui régnait partout ; tout le monde était terrorisé, et la morsure incessante de la faim me tenaillait le ventre. Nous avions alors consommé toutes nos réserves des années précédentes et comptions sur le printemps pour remplir nos greniers. L'un de nos voisins, n'y tenant plus, avait dévoré quelques haricots verts. Je me souviens des hurlements qui s'étaient élevés de sa maison cette nuit-là. En observant discrètement par la fenêtre, j'avais vu mon père se précipiter à la rescousse, s'armant au passage de la fourche qui reposait contre notre grange.

Un jour de cet été-là, alors que j'étais trop jeune pour mesurer l'ampleur du danger, j'avais échappé à la surveillance de ma mère émaciée et éreintée et couru dans la forêt. J'y avais découvert un roncier à moitié mort, dans un recoin abrité du vent. Je m'étais faufilée entre ses branches cassantes pour gagner son cœur protecteur, où j'avais pu cueillir une quantité miraculeuse de mûres, juteuses à souhait et à la forme parfaite. Chacune d'entre elles avait produit comme une explosion de joie dans ma bouche. J'en avais avalé deux poignées pleines avant d'en emplir ma jupe ; puis j'étais rentrée chez moi, toujours en courant, des taches violettes souillant mon vêtement. Ma mère avait pleuré d'horreur en me voyant le visage tout maculé. Mais je ne tombai pas malade : le buisson avait d'une manière ou d'une autre échappé à la malédiction du Bois, et les mûres étaient comestibles. Néanmoins, ses larmes m'avaient terrifiée, et je n'avais plus osé goûter la moindre mûre pendant des années.

Le Dragon avait été appelé à la cour cette année-là. Il était rentré d'urgence et avait chevauché directement vers les champs, où il avait invoqué la magie du feu pour détruire toutes ces cultures gâtées, ces récoltes contaminées. Jusque-là, il n'avait fait que son devoir, mais il s'était ensuite rendu chez tous les malades et leur avait fait boire une sorte de potion pour leur éclaircir les idées. Il avait ordonné aux villages plus à l'ouest, épargnés par le fléau, de partager leurs récoltes avec nous. Il avait même renoncé à ses tributs de l'année pour s'assurer que personne ne succomberait à la famine. Au printemps suivant, juste avant les plantations, il avait une nouvelle fois parcouru les champs pour éliminer les quelques repousses infectées avant qu'elles puissent prendre racine.

Cependant, même s'il nous avait tous sauvés, nous ne l'aimions pas. Il ne sortait jamais de sa tour pour offrir à boire aux hommes qui travaillaient à ses récoltes, contrairement au baron des Marches jaunes, et il n'achetait jamais la moindre bricole sur la foire, contrairement à la dame et aux filles dudit baron. Parfois, des troupes itinérantes venaient jouer une pièce, ou des ménestrels traversaient les montagnes depuis la Rosya pour nous faire profiter de leurs talents, mais il ne se déplaçait jamais pour les écouter. Quand les charretiers lui apportaient son tribut, les portes de sa tour s'ouvraient d'elles-mêmes, et ils déposaient leur chargement dans la cave sans jamais l'apercevoir. Il n'échangeait jamais plus de quelques mots avec la chef de notre village, ni même avec le maire d'Olshanka, la plus grande ville de la vallée, toute proche de son donjon. Il n'essayait nullement de s'attirer notre affection, et aucun d'entre nous ne le connaissait.

Et, naturellement, il était aussi maître en magie noire. Des éclairs crépitaient parfois autour de sa tour par temps clair, même durant l'hiver. De pâles volutes s'élevaient de ses fenêtres et flottaient de nuit le long des routes et de la rivière, s'insinuant dans le Bois pour veiller à sa place. D'autres fois, quand le Bois prenait quelqu'un – une bergère s'étant aventurée trop près de sa lisière pour suivre son troupeau ; un chasseur étant allé boire à la mauvaise source ; un voyageur malheureux ayant entendu, en descendant la montagne, un air malicieux lui étreignant le cerveau –, le Dragon sortait de son donjon pour les lui disputer ; et ceux qu'il emmenait ne revenaient jamais.

Il n'était pas maléfique, mais distant et effroyable. Et il allait emmener Kasia, alors je le détestais depuis des années et des années.

Mes sentiments à son égard ne changèrent pas ce dernier soir. Nous mangeâmes nos châtaignes puis le soleil se coucha et notre feu s'éteignit, mais nous restâmes dans la clairière tant que les braises rougeoyèrent. Nous n'aurions pas beaucoup de chemin à parcourir le lendemain : les festivités avaient habituellement lieu à Olshanka, mais, les années de choix, elles se tenaient dans le village d'au moins l'une des filles concernées, afin de faciliter le voyage à sa famille. Et notre village avait Kasia.

Le lendemain, je haïssais le Dragon encore plus en enfilant ma nouvelle robe chasuble verte. Les mains de ma mère tremblaient tandis qu'elle me tressait les cheveux. Nous savions que le choix se porterait sur Kasia, ce qui ne nous empêchait pas d'avoir peur. Je soulevai mes jupons le plus haut possible pour grimper dans le chariot sans les salir, puis je m'assurai longuement de l'absence d'échardes avant de m'asseoir avec l'aide de mon père. J'étais résolue à produire un effort particulier. Je savais que c'était inutile, mais je voulais que Kasia sache que je l'aimais suffisamment pour lui laisser une chance. Je n'allais pas y aller complètement débraillée, le dos cassé et en louchant, comme le faisaient parfois certaines des élues potentielles.

Nous nous réunîmes sur le pré communal, les onze filles alignées. Les tables du banquet étaient dressées en carré et croulaient sous le poids des victuailles, car elles n'étaient pas assez grandes pour accueillir les tributs de toute la vallée. Tout le monde était rassemblé derrière. Des pyramides de blé et d'avoine avaient été constituées dans l'herbe aux quatre coins. Nous étions les seules à nous tenir au milieu du pâturage, avec nos familles respectives et notre chef, Danka, qui faisait nerveusement les cent pas devant nous tout en répétant silencieusement ses vœux de bienvenue.

Je ne connaissais pas très bien les autres filles. Elles n'étaient pas de Dvernik. Nous étions toutes raides et silencieuses dans notre jolie tenue, avec les cheveux bien coiffés, et nous ne pouvions décrocher le regard de la route. Il n'y avait encore aucun signe du Dragon. Des tas d'idées folles se bousculaient dans ma tête. Je m'imaginais me jeter devant Kasia à l'arrivée du Dragon, le supplier de me prendre à sa place ou lui lancer qu'elle ne voulait pas l'accompagner. Je savais toutefois que je n'aurais pas le courage de faire quoi que ce soit.

Puis il arriva, d'une manière horrible. Il ne vint pas du tout par la route, il se matérialisa simplement. Je regardais dans cette direction quand il apparut : d'abord des doigts sortant de nulle part, puis un bras, une jambe, une moitié d'homme. C'était si impossible et anormal que je ne pus me détourner, même si mon ventre se pliait en deux. Les autres eurent plus de chance : elles ne le remarquèrent pas avant qu'il fasse un pas vers nous, et tout le monde s'efforça de ne pas tressaillir de surprise.

Le Dragon ne ressemblait à aucun homme de notre village. Il aurait dû être vieux, voûté et grisonnant ; il vivait dans son donjon depuis un siècle, pourtant il restait grand, droit, glabre et sans une ride. En le croisant dans la rue, j'aurais pu le prendre pour un jeune homme, à peine plus âgé que moi ; un garçon à qui j'aurais souri lors d'un repas et qui m'aurait invitée à danser. Néanmoins, son visage avait quelque chose d'anormal : un enchevêtrement de ridules au coin des yeux, comme si les années ne l'affectaient pas, mais l'usure oui. Il n'était pas vilain, mais sa froideur le rendait désagréable. Tout en lui criait : *Je ne suis pas comme vous, et je ne tiens pas à l'être.*

Ses vêtements étaient somptueux, évidemment : le brocart de son zupan aurait suffi à nourrir une famille pendant un an, même en ôtant ses boutons dorés. Cependant, il était aussi maigre qu'un homme connaissant trois mauvaises récoltes sur quatre. Il se tenait bien raide, avec la tension nerveuse d'un chien de chasse, comme s'il ne désirait rien plus que déguerpir au plus vite. C'était la pire journée de notre vie, pourtant il n'avait pas de temps à perdre avec nous. Quand notre chef Danka fit une révérence et lui dit : « Monseigneur, permettez-moi de vous présenter ces... », il l'interrompit sèchement en déclarant :

— Très bien, finissons-en.

Je sentis la main chaude de mon père sur mon épaule, quand il le salua à son tour ; celle de ma mère broyait la mienne de l'autre côté. Ils se reculèrent à contrecœur en même temps que les autres parents. Nous nous rapprochâmes instinctivement les unes des autres. Kasia et moi étions proches du bout de la rangée. Je n'osais pas lui prendre la main, mais nous étions assez serrées pour que nos bras se touchent. J'observais le Dragon et le haïssais de plus en plus à mesure qu'il se déplaçait le long de la file, s'attardant un instant devant chaque fille en lui remontant le menton d'un doigt.

Il ne s'adressa pas à chacune. Il ne dit pas un mot à la fille avant moi, celle qui venait d'Olshanka, même si son père, Borys, était le meilleur éleveur de chevaux de toute la vallée, même si elle portait une robe en laine teinte en écarlate, même si ses longs cheveux bruns formaient deux nattes magnifiques ornées de rubans rouges. Quand ce fut mon tour, il me considéra en fronçant les sourcils – les prunelles noires et glaciales, les lèvres pâles pincées – et me demanda :

— Ton nom, fillette ?

— Agnieszka, répondis-je.

Ou plutôt, essayai-je de répondre. Je me rendis compte que j'avais la bouche extrêmement sèche. Je déglutis.

— Agnieszka, répétai-je dans un murmure. Monseigneur.

Mon visage me brûlait. Je baissai les yeux. Je constatai alors que, en dépit de tous mes efforts, mon chemisier avait trois grosses traces de boue au niveau de l'ourlet.

Le Dragon avança. Puis il s'immobilisa devant Kasia, l'examinant plus longuement qu'il n'avait examiné aucune de nous. Il resta là, lui soulevant le menton de l'index, un léger sourire satisfait étirant sa bouche fine et sévère, et Kasia soutint courageusement son regard sans frémir. Quand il lui posa la question, elle n'essaya pas de parler d'une voix étranglée ou grinçante, et répondit de son habituel timbre assuré et musical :

— Kasia, monseigneur.

Il lui sourit de nouveau, sans amabilité, mais avec l'air d'un chat repu. Il acheva sa revue des troupes sans conviction, regardant à peine les deux dernières filles. J'entendis derrière nous Wensa prendre une longue inspiration, presque un sanglot, quand il se retourna vers Kasia, arborant de nouveau son air content. Puis il fronça légèrement les sourcils avant de braquer les yeux sur moi.

Je m'étais finalement oubliée et avais saisi la main de mon amie. Je la pressais de toutes mes forces, et elle en faisait autant. Elle me lâcha rapidement et je croisai les doigts devant moi, le rouge aux joues, effrayée. Il plissa un peu plus les paupières. Puis il leva la main, et une minuscule flamme blanc-bleu se forma dans sa paume.

— Elle ne pensait pas à mal, dit Kasia, courageuse.

Très courageuse. Beaucoup plus courageuse que je ne l'avais été avec elle. Cette fois, sa voix chevrotait, tout en restant audible. Pour ma part, je tremblais tel un lapin tétanisé en contemplant la boule de feu.

— S'il vous plaît, monseigneur…

— Silence, fillette, ordonna le Dragon en tendant la main vers moi. Prends-la.

— Que je… quoi ? répondis-je, encore plus stupéfaite que s'il me l'avait envoyée en plein visage.

— Ne reste pas plantée là comme une crétine. *Prends-la.*

Je levai une main tremblante et ne pus m'empêcher de lui effleurer les doigts en essayant de ramasser la boule, même si je détestai ça ; sa peau était brûlante. Mais la flamme était aussi froide qu'une bille et ne me fit pas le moindre mal. Agréablement surprise, je m'en saisis pour l'observer. Il me dévisagea avec un air agacé.

— Eh bien, fit-il avec mauvaise grâce, je suppose que c'est toi.

Il récupéra sa boule de feu et referma le poing autour ; elle disparut aussi subitement qu'elle s'était formée. Il fit alors face à Danka et lui dit :

— Envoyez-moi les tributs dès que possible.

Je n'avais toujours pas compris. Je crois que personne n'avait compris, pas même mes parents ; tout cela avait été trop rapide, et j'avais déjà été surprise de retenir son attention ne serait-ce qu'un instant. Je n'avais pas eu l'occasion de me retourner vers mes parents pour un dernier au revoir qu'il fit volte-face et m'agrippa par le poignet. Kasia fut la seule à réagir. Je la vis sur le point de m'attraper à son tour en guise de protestation, mais le Dragon tira d'un coup sec sur mon bras et me força à le suivre. Puis il me fit disparaître avec lui.

Je portai ma main libre contre ma bouche pour réprimer un haut-le-cœur quand nous ressortîmes du néant. Quand il me lâcha le bras, je tombai à genoux et me mis à vomir avant même d'avoir vu où j'étais. Il marmonna quelques mots de dégoût – j'avais souillé la longue pointe de son élégante botte de cuir – et déclara :

— Inutile. Arrête de vomir, fillette, et nettoie-moi ces immondices.

Il s'éloigna de moi, faisant claquer ses talons sur les dalles, et se volatilisa.

Je restai ainsi à trembler, le temps de m'assurer que je n'avais plus rien à rendre, puis je m'essuyai la bouche du revers de la main et redressai la tête. Le sol était fait de pierre, mais pas n'importe laquelle : un marbre blanc et pur parcouru de veines d'un vert éclatant. La petite pièce circulaire était ornée d'étroites fenêtres en fente, trop hautes pour qu'on puisse regarder à travers ; au-dessus de ma tête, le plafond était considérablement ployé vers l'intérieur. Je me trouvais tout en haut de la tour.

Il n'y avait pas le moindre meuble, et rien qui pouvait m'être utile à nettoyer mes vomissures. Je me résolus finalement à me servir de mon jupon. Il était déjà sale de toute façon. Puis, après être restée assise un court moment à me sentir de plus en plus terrifiée, et comme il ne se passait rien de nouveau, je me levai et me faufilai timidement dans le couloir. J'aurais emprunté n'importe quel autre chemin que celui qu'il avait pris si seulement j'avais eu le choix. Ça n'était pas le cas.

Mais il avait déjà changé d'endroit. Le court corridor était désert. Il était fait du même marbre froid, éclairé par la lumière blafarde et inamicale des lampes suspendues. Il ne s'agissait d'ailleurs pas de vraies lampes, mais de gros morceaux de pierre polie luisant de l'intérieur. Il n'y avait qu'une seule porte avant la voûte annonçant la fin du couloir et le haut d'un escalier.

J'ouvris la porte et jetai nerveusement un coup d'œil à l'intérieur, car je ne m'imaginais pas passer devant sans savoir ce qu'elle dissimulait. Elle ne servait apparemment qu'à fermer une chambre minuscule dotée d'un lit étroit, d'un coffre, d'une petite table et d'une cuvette. Sur le mur opposé à l'entrée, une vaste fenêtre me permettait de voir le ciel. Je m'y précipitai et me penchai par-dessus le rebord.

La tour du Dragon s'élevait au pied des collines sur la frontière occidentale de son territoire. L'ensemble de notre vallée s'étendait vers l'est avec ses villages et ses fermes, et depuis cette ouverture je pouvais suivre le cours bleu argenté du Fuseau qui coulait en plein milieu, près de la piste de terre. La rivière et la route se prolongeaient ensemble jusqu'à l'autre bout des terres du Dragon, disparaissant derrière des bouquets d'arbres et reparaissant au niveau des hameaux, jusqu'à ce que la route se termine en pointe juste avant l'immense enchevêtrement noir du Bois. Le cours d'eau s'enfonçait alors seul dans ses profondeurs et n'en ressortait nulle part.

Il y avait Olshanka, la ville la plus proche de la tour, où le grand marché se tenait chaque dimanche : mon père m'y avait emmenée à deux reprises. Un peu plus loin Poniets, Radomsko – qui s'enroulait autour des berges de son petit lac –, puis mon propre village, Dvernik, avec ses vastes pâturages verdoyants. Je distinguais même les grandes tables blanches dressées pour les festivités auxquelles le Dragon n'avait pas voulu participer. Je me laissai tomber à genoux, appuyai le front contre le rebord de fenêtre et me mis à pleurer comme une enfant.

Cependant, ma mère ne vint pas me réconforter en me caressant les cheveux ; mon père ne vint pas me relever pour me faire rire jusqu'à ce que j'en oublie mes larmes. Je me contentai de sangloter à m'en donner la migraine. Je finis par me sentir gelée et raide d'être restée douloureusement agenouillée sur ce sol si dur ; j'avais le nez qui coulait, et rien pour l'essuyer.

Je sacrifiai donc un autre endroit de ma robe et allai m'asseoir sur le lit pour réfléchir à la conduite à tenir. La pièce était déserte, mais propre et aérée, comme si quelqu'un venait de la quitter. C'était d'ailleurs sans doute le cas. Une autre fille y avait vécu pendant dix années, seule avec sa vue sur la vallée. Maintenant qu'elle était rentrée chez elle pour dire adieu à sa famille, la chambre m'appartenait.

Une unique toile dans un grand cadre doré était suspendue au mur en face du lit. Elle semblait mal appropriée, trop immense pour cet endroit si petit. Elle ne représentait en outre pas grand-chose, seulement une vaste bande vert pâle, aux bords marron-gris, avec un trait bleu argenté brillant qui traçait des courbes délicates sur toute la largeur. Des lignes grises plus étroites partaient des deux bords pour la rejoindre. Je la contemplai longuement en me demandant si elle aussi était magique. Je n'avais jamais rien vu de pareil.

Mais il y avait aussi des cercles peints par endroits, le long du trait bleu. Après quelques instants, je me rendis compte que la toile représentait également la vallée, mais aplatie, telle qu'aurait pu la discerner un oiseau volant haut dans le ciel. Ce trait symbolisait le Fuseau, descendant des montagnes vers le Bois, et les cercles indiquaient les villages. Les couleurs étaient brillantes, et la peinture laquée formait de légers reliefs. Je parvenais presque à distinguer les vagues de la rivière, les reflets du soleil à sa surface. Ce tableau m'attirait le regard et m'incitait à l'observer sans cesse. Mais, dans le même temps, il me déplaisait profondément. Il s'agissait d'un rectangle enfermant une vallée vivante, l'emprisonnant, et le simple fait de le contempler me donnait l'impression d'être claustrée moi-même.

Je me détournai. Je n'avais pas le sentiment de pouvoir rester dans cette pièce. Je n'avais rien avalé au petit déjeuner ni au souper de la veille au soir, tant j'avais un goût de cendre dans la bouche. J'aurais dû avoir encore moins d'appétit, à présent qu'il m'était arrivé une chose pire que tout ce que j'avais pu imaginer, mais il se trouvait que j'étais tenaillée par la faim. Comme il n'y avait pas de domestiques dans la tour, nul ne viendrait m'apporter ma pitance. Une idée insoutenable me traversa alors l'esprit : le Dragon s'attendait-il à ce que je lui prépare la sienne ?

Et pis encore : que se passerait-il *après* le repas ? Kasia avait toujours assuré croire les revenantes qui affirmaient que le Dragon n'avait jamais posé la main sur elles. « Il emmène des filles depuis un siècle, maintenant, déclarait-elle toujours avec fermeté. L'une d'elles aurait bien fini par parler, et cela se serait su partout. »

Cependant, quelques semaines auparavant, elle avait discrètement demandé à ma mère de lui dire comment cela se passait quand une fille se mariait – de lui répéter ce que sa mère à elle lui avait expliqué, la veille de ses noces. Je les avais entendues par la fenêtre, alors que je rentrais de la forêt, et j'étais restée cachée à les écouter, des larmes chaudes me dégoulinant sur les joues, furieuse, tellement furieuse du sort qui attendait mon amie.

Sauf que c'était *à moi* qu'il était finalement réservé. Et je n'étais pas courageuse – je ne me pensais pas capable de prendre de grandes inspirations pour essayer de ne pas me contracter, ainsi que ma mère l'avait conseillé à Kasia pour ne pas qu'elle souffre. Je me surpris à me figurer un terrible instant le visage du Dragon si près du mien, encore plus que quand il m'avait examinée au moment de la sélection – ses yeux noirs et froids scintillant comme de la pierre, ses doigts d'acier étrangement chauds me dépouillant de ma robe, son sourire pincé et satisfait. Et si tout son corps était aussi brûlant, et si je le sentais rougeoyer telles des braises quand il s'allongeait sur moi pour…

Je m'arrachai à ces pensées en frémissant et me levai. Je considérai le lit, puis cette minuscule chambre sans cachette, et je retournai en courant dans le couloir. L'escalier tout au fond descendait en un colimaçon étriqué, si bien que je n'avais aucune visibilité sur ce qui m'attendait quelques marches plus bas. Cela peut paraître stupide d'avoir peur d'un banal escalier, mais j'étais terrifiée. Je faillis me résoudre finalement à retourner dans ma chambre. Malgré tout, je me contraignis à poser une main sur la pierre lisse du mur et à continuer ma lente progression, posant les deux pieds sur la même marche et tendant l'oreille avant d'oser m'aventurer plus loin.

Après avoir effectué un tour complet sans que rien me bondisse au visage, je me sentis stupide et me mis à descendre avec plus d'assurance. Mais à la rotation suivante, je n'avais toujours pas atteint de palier, ni à celle d'après. Je recommençai alors à avoir peur, cette fois que l'escalier soit magique et qu'il ne se termine jamais. J'accélérai de plus en plus, puis sautai les deux dernières marches avant le palier tant espéré… et je fonçai tête baissée dans le Dragon.

J'étais maigre, mais mon père était le plus grand du village et je lui arrivais à l'épaule ; quant au Dragon, il n'avait rien de très costaud. Nous manquâmes dévaler l'escalier ensemble. Il s'accrocha d'un geste vif à la rampe et me retint par le bras de l'autre main, parvenant miraculeusement à nous éviter la chute. Je me retrouvai lourdement appuyée contre lui, à agripper son manteau en regardant droit dans des prunelles trahissant sa stupéfaction. Il fut d'abord trop étonné pour réfléchir, et il eut l'air d'un homme ordinaire surpris par une bête lui ayant sauté dessus, la mine un peu idiote et déconfite, la bouche entrouverte et les yeux écarquillés.

J'étais moi-même tellement sous le choc que je ne bougeai pas, persistant à le dévisager, impuissante. Il reprit néanmoins rapidement contenance ; outré, il me repoussa et me força à me tenir debout. Je me rendis alors compte de ce que je venais de faire et me mis à bredouiller, paniquée, avant qu'il ait pu dire un mot.

— Je cherchais la cuisine !

— Vraiment ? répliqua-t-il d'un ton suave.

Son visage n'exprimait pourtant plus aucune douceur, bien au contraire, et il me tenait toujours le bras. Sa poigne était ferme, douloureuse. Je sentais sa chaleur à travers la manche de ma robe. Il m'attira brusquement à lui et se pencha vers moi – je crois qu'il aurait aimé se pencher *sur* moi, mais que comme il était trop petit pour le faire, cela le mit encore plus en colère. Si j'avais eu le temps d'y réfléchir, je me serais sans doute courbée pour me diminuer, mais j'étais trop fatiguée et effrayée pour penser. Sa figure était donc à hauteur de la mienne, si proche que je sentis son haleine sur mes lèvres quand il murmura d'une voix glaciale et cassante :

— Il vaut peut-être mieux que je te montre le chemin.

— Je peux… Je peux… essayai-je de répondre en tremblotant, tout en tentant de m'écarter de lui.

Il tourna les épaules et me traîna derrière lui en descendant le long de cette spirale interminable. Nous effectuâmes cette fois cinq rotations complètes avant l'étage suivant, puis trois de plus dans une obscurité grandissante, avant d'aboutir enfin tout en bas de la tour, dans une espèce de cellule aux murs dépouillés en pierres de taille, où une immense cheminée en forme de sourire renversé grondait de flammes bondissantes et infernales.

Il m'entraîna dans cette direction, et je compris dans un instant de terreur aveugle qu'il entendait m'y précipiter. Il était tellement fort, bien plus qu'il n'aurait dû l'être vu sa corpulence, et il m'avait forcée à le suivre jusque-là avec aisance. Cependant, je n'allais pas le laisser me jeter au feu. Je n'étais pas une fille calme pleine de bonnes manières ; j'avais passé ma vie à courir dans les bois, à grimper aux arbres, à ramper dans les ronciers, et la panique décupla mes forces. Je poussai des hurlements tandis qu'il me traînait en avant, et j'essayai de me débattre en me tortillant et le griffant, si bien que je parvins cette fois à le faire tomber par terre.

Je chus avec lui. Nous nous cognâmes la tête contre le sol et restâmes sonnés un court moment, les membres entremêlés. Les flammes crépitaient encore à nos côtés, et tandis que ma panique refluait, je remarquai les deux portes de four en acier près de l'âtre, ainsi que la broche à rôtir devant celui-ci, et une immense étagère lestée de casseroles au-dessus. Ce n'était que la cuisine.

Il finit par me demander, d'un ton presque émerveillé :

— Es-tu dérangée ?

— Je croyais que vous alliez me jeter dans le feu, déclarai-je, encore étourdie, avant de me mettre à rire.

Il ne s'agissait pas d'un vrai rire – plutôt d'un gloussement hystérique dû à la faim, à l'épuisement, aux douleurs que j'avais aux genoux et aux chevilles depuis qu'il m'avait traînée dans l'escalier, à ma tête qui m'élançait comme si je m'étais fracturé le crâne –, si bien que j'étais incapable de m'arrêter.

Mais *lui* l'ignorait. Tout ce qu'il savait, c'était que la stupide villageoise qu'il avait sélectionnée se moquait de lui, le Dragon, le plus grand sorcier du royaume, son seigneur et maître. Je ne pense pas que quiconque se fût déjà moqué de lui en cent ans. Il se releva, libérant ses jambes des miennes à coups de pied. Une fois debout, il me toisa, aussi indigné qu'un chat mouillé. Cela me fit rire de plus belle. Il tourna alors brusquement les talons et me laissa là, à ricaner sur le sol, comme s'il ne voyait vraiment pas quoi faire de moi.

Alors qu'il s'éloignait, mes gloussements se tarirent peu à peu, et je me sentis légèrement moins vide et effrayée. Il ne m'avait pas jetée au four, après tout, ni même giflée. Je me mis debout et examinai les lieux. Je n'y voyais pas grand-chose, tant les flammes étaient éblouissantes, mais en leur tournant le dos je parvins à étudier la grande pièce. Elle était en réalité divisée en alcôves séparées par des murets, et pleines de rayons chargés de bouteilles en verre – du vin, compris-je. Mon oncle en avait un jour apporté chez ma grand-mère, à l'occasion du Solstice d'hiver.

Il y avait des provisions partout : des tonneaux de pommes conservées dans de la paille ; des sacs pleins de patates, de carottes et de panais ; de longs chapelets d'oignons tressés. Sur une table au milieu de la pièce, je trouvai un livre près d'une bougie éteinte, d'un encrier et d'une plume. Quand je l'ouvris, je compris qu'il s'agissait d'un registre inventoriant le contenu des réserves, inscrit là d'une main ferme. Il y avait en bas de la première page une note si petite que je dus allumer la bougie et plisser les paupières pour la déchiffrer.

Déjeuner à 8 heures, dîner à 13 heures, souper à 19 heures. Sers le repas dans la bibliothèque cinq minutes en avance, et tu n'auras pas à le voir – inutile de préciser de qui il s'agissait – *de toute la journée. Courage !*

Un conseil inestimable. Et ce « *Courage !* » était la marque d'une main amicale. Je serrai le livre contre moi, me sentant soudain moins seule. Il devait être autour de midi, et le Dragon n'avait pas mangé au village, alors j'entrepris de préparer le dîner. Je n'étais pas une grande cuisinière, mais ma mère m'avait poussée à apprendre jusqu'à ce que je sache me débrouiller ; en outre, c'était moi qui me chargeais de la cueillette pour toute la famille, je savais donc distinguer le frais du pourri et estimer si un fruit était mûr. Je n'avais toutefois jamais eu autant de choix dans les ingrédients : il y avait même des tiroirs remplis d'épices me rappelant le gâteau du Solstice d'hiver, et tout un baril plein d'un sel gris de grande qualité.

Au fond de la pièce se trouvait un endroit étrangement frais, où était suspendue de la viande : un chevreuil entier et deux gros lièvres. J'y aperçus également une boîte de paille regorgeant d'œufs. Une miche de pain déjà cuit reposait sur le foyer à l'intérieur d'un tissu, et je découvris dans une marmite un mélange de lapin, de sarrasin et de petits pois ayant cuit ensemble. Je goûtai au civet : on aurait dit un plat de fête, bien salé mais avec une pointe de sucre. Le tout était extrêmement tendre, presque fondant. Encore un cadeau de la main anonyme du livre.

J'étais loin de savoir cuisiner des plats pareils, et je tremblais à l'idée que le Dragon puisse l'exiger de moi. J'étais cependant profondément reconnaissante de disposer d'une marmite pleine. Je la reposai sur l'étagère au-dessus du feu pour la faire réchauffer – me tachant de nouveau au passage –, et je cassai deux œufs dans un plat que je mis au four. Je dénichai ensuite un plateau, un bol, une assiette et une cuiller. Quand le lapin fut prêt, j'en prélevai une portion, coupai le pain – je dus faire une tranche bien nette, car j'avais arraché un coin de la miche pour le grignoter en attendant que le lapin soit chaud – et sortis le beurre. Je fis même cuire une pomme avec des épices : ma mère m'avait appris cette recette pour nos soupers du dimanche pendant l'hiver, et il y avait tant de fours différents que je pouvais préparer des tas de choses en même temps. Quand tout fut rassemblé sur le plateau, j'éprouvai même une certaine fierté. J'avais l'impression d'avoir concocté un festin ; mais un festin étrange, avec une portion seulement.

Mon plateau entre les mains, je gravis l'escalier avec précaution, mais ne me rendis compte que trop tard que j'ignorais où la bibliothèque se trouvait. Si j'y avais réfléchi un peu, j'aurais peut-être deviné qu'elle ne se situait pas au premier étage, mais je ne le découvris qu'en entrant dans une immense salle circulaire, dont les fenêtres étaient drapées de rideaux, et au fond de laquelle se dressait une sorte de trône imposant. Il y avait une autre porte dans un coin reculé, mais quand je l'ouvris, je tombai sur le hall d'entrée et les vantaux gigantesques de la tour, qui faisaient trois fois ma taille et étaient barrés d'un épais bloc de bois glissé dans des supports métalliques.

Je tournai les talons et regagnai l'escalier, grimpant jusqu'au palier suivant. Là, le sol de marbre était couvert d'un confortable tissu duveteux. Je n'avais encore jamais vu de moquette. Voilà pourquoi je n'avais pas entendu les pas du Dragon un peu plus tôt. Je me faufilai nerveusement dans le couloir et jetai un coup d'œil par la première porte. Je me reculai hâtivement : la pièce était pleine de longues tables, d'étranges bouteilles et de potions bouillonnantes, ainsi que d'étincelles colorées qui semblaient jaillir d'un feu inexistant. Je ne voulais pas passer un instant de plus dans cet endroit. Néanmoins, je me débrouillai pour me prendre la robe dans la porte et la déchirer en ressortant.

Enfin, la porte suivante, de l'autre côté du couloir, donnait sur une salle remplie de livres : des étagères en bois allant du sol au plafond en étaient bondées. Il régnait ici une odeur de poussière, et seules quelques fenêtres étroites laissaient filtrer un peu de lumière. J'étais tellement heureuse d'avoir trouvé la bibliothèque que je ne remarquai pas tout de suite la présence du Dragon. Celui-ci était assis dans un fauteuil, un livre ouvert sur la petite table sous laquelle il avait glissé ses cuisses. Chaque page faisait la longueur de mon avant-bras et un gros verrou doré pendait de la couverture ouverte.

Je me figeai en l'apercevant, me sentant trahie par le conseil dans le registre de la cuisine. Je m'étais figuré que le Dragon aurait la gentillesse de ne pas se montrer avant que je lui apporte son repas. Il n'avait pas levé la tête pour me regarder, mais au lieu de me dépêcher de déposer le plateau sur la table au milieu de la pièce avant de déguerpir au plus vite, je restai dans l'embrasure de la porte et déclarai :

— Je… J'ai apporté le dîner.

Je n'osais pas entrer sans y avoir été invitée.

— Vraiment ? répliqua-t-il d'un ton mordant. Sans même tomber dans une fosse en chemin ? Je suis stupéfait. (Il m'examina alors et fronça les sourcils.) À moins que tu sois effectivement tombée dans une fosse ?

Je baissai les yeux sur ma tenue. Mon jupon avait une horrible tache de vomi – j'avais essayé de la nettoyer au mieux à la cuisine, sans vraiment réussir à la faire disparaître. Sans oublier que je m'en étais servie comme mouchoir. Il y avait également trois ou quatre coulures de civet et des éclaboussures provenant de la cuvette dans laquelle j'avais fait la vaisselle. Mon ourlet conservait des traces de boue du matin, et j'avais causé d'autres trous sans même m'en rendre compte. Ma mère m'avait tressé, enroulé puis épinglé les cheveux le matin même, mais les macarons avaient glissé et je donnais l'impression de n'avoir plus que des mèches emmêlées me pendant à moitié dans le cou.

Je n'avais rien remarqué ; cela m'était tellement coutumier… Sauf que je ne portais pas toujours une jolie robe sous toutes ces saletés.

— Je… J'ai fait la cuisine, et la vaisselle… tentai-je d'expliquer.

— Tu es la chose la plus sale de toute la tour… déclara-t-il.

C'était vrai, mais cruel. Je rougis et m'approchai, tête basse, de la table. Je déposai mon plateau et observai le tout, avant de comprendre, le cœur lourd, que tout avait refroidi tandis que je déambulais dans les couloirs. Tout, sauf le beurre, qui avait coulé partout dans son ramequin. Même ma ravissante pomme au four était toute ramollie.

Je considérai le désastre, essayant de décider quoi faire ensuite ; devais-je tout rapporter à la cuisine ? Sauf si cela ne le dérangeait pas ? Je glissai un regard dans sa direction pour m'en assurer et ravalai un petit cri : il était juste à côté de moi et examinait la nourriture par-dessus mon épaule.

— Je comprends pourquoi tu as eu peur que je te fasse rôtir, dit-il en soulevant une cuillerée de civet, brisant la couche de graisse figée qui le recouvrait.

Il laissa retomber le couvert à l'intérieur.

— Tu peux faire mieux que ça.

— Je ne suis pas très bonne cuisinière, mais…

Je comptais lui expliquer que je n'étais pas non plus si mauvaise, que je m'étais simplement perdue en chemin, mais il m'interrompit en ricanant.

— Y a-t-il quoi que ce soit que tu *saches* faire ? demanda-t-il d'un ton moqueur.

Si seulement j'avais été plus habituée à servir, si seulement j'avais cru un jour être choisie, je m'y serais préparée davantage ; si seulement j'avais été un peu moins malheureuse et fatiguée, si seulement je ne m'étais pas sentie fière de moi dans la cuisine ; si seulement il ne m'avait pas taquinée au sujet de mon apparence, comme le faisaient tous les gens que j'aimais, mais eux sans malice et avec affection – si seulement ça et tout le reste, si seulement je ne l'avais pas percuté dans l'escalier, et si seulement je ne m'étais pas rendu compte qu'il n'avait pas l'intention de me jeter au feu, je me serais sans doute contentée de rougir et de m'enfuir.

Sauf que je fis bruyamment claquer le plateau sur la table et hurlai :

— Dans ce cas, pourquoi m'avez-vous choisie ? Pourquoi n'avez-vous pas pris Kasia ?

Je regrettai mes paroles aussitôt qu'elles eurent franchi mes lèvres, à la fois honteuse et horrifiée. Je m'apprêtais à retirer mes propos, à lui dire que j'étais navrée, que je ne le pensais pas, que je ne voulais pas lui suggérer de retourner chercher mon amie à ma place. J'allais repartir en cuisine lui préparer autre chose, et…

— Qui ? demanda-t-il d'un ton impatient.

Je lui adressai un regard ébahi.

— Kasia ! m'exclamai-je.

Il me dévisageait comme si je lui donnais des preuves supplémentaires de mon imbécillité, ce qui me fit oublier mes bonnes résolutions.

— Vous alliez la choisir ! Elle est… elle est intelligente, courageuse, excellente cuisinière et…

Il semblait un peu plus contrarié à chaque seconde qui passait.

— Oui, finit-il par cracher. Je me souviens d'elle : elle n'avait pas le visage équin ni l'air négligé, et j'imagine qu'elle ne serait pas là à jacasser devant moi : assez. Vous autres villageoises êtes toujours assommantes au début, à divers degrés, mais tu sembles être un véritable parangon d'incompétence.

— Dans ce cas, vous n'avez pas besoin de moi ! m'emportai-je, furieuse et blessée.

Le côté équin m'avait fait mal.

— À mon grand regret, c'est là que tu te trompes.

Il m'attrapa par le poignet et me fit pivoter. Debout dans mon dos, il tendit mon bras au-dessus de la nourriture restée sur la table et déclara :

— *Lirintalem.*

Un mot étrange qui sembla couler sur sa langue et me résonna bruyamment aux oreilles.

— Dis-le avec moi.

— Quoi ? m'étonnai-je.

Je n'avais encore jamais entendu ce terme. Mais il se pressa plus près de moi, colla sa bouche à mon oreille et chuchota d'un ton menaçant :

— *Dis-le !*

Tremblante, j'obtempérai dans l'espoir qu'il me lâche.

— *Lirintalem.*

L'air ondula au-dessus des aliments. C'était horrible à voir, comme si le monde n'était qu'une mare dans laquelle il pouvait jeter de petits cailloux. Quand il se lissa de nouveau, la nourriture avait changé. Les œufs avaient été remplacés par un poulet rôti ; le bol de civet était devenu une pile de haricots verts frais, alors que la saison était dépassée depuis sept mois ; le dessert raté devint une tartelette couverte de tranches de pomme plus fines que du papier, décorée de gros raisins secs et nappée d'un glaçage au miel.

Il me lâcha. Je dus m'accrocher à la table pour ne pas tomber, et mes poumons se vidèrent comme si quelqu'un s'était assis sur ma poitrine ; j'avais l'impression d'avoir été pressée tel un citron. Des étoiles me brouillaient la vue et je me penchai en avant, m'évanouissant à moitié. Je ne le vis que vaguement observer le plateau avec une moue étrange, comme s'il était à la fois surpris et agacé.

— Que m'avez-vous fait ? chuchotai-je quand je fus de nouveau en mesure de parler.

— Arrête de gémir, répliqua-t-il avec dédain. Ce n'est rien de plus qu'une incantation.

La surprise qu'il avait pu éprouver s'était envolée. Il me désigna la porte d'un geste brusque de la main et s'attabla devant son dîner.

— Allez, sors. Je sais que tu vas me faire perdre un temps fou, mais j'ai eu ma dose pour la journée.

J'obtempérai cette fois très volontiers. Je ne fis même pas mine de récupérer le plateau et sortis lentement de la bibliothèque, la main serrée contre mon ventre. J'avais les jambes en coton. Il me fallut près d'une demi-heure pour me hisser jusqu'à ma chambre au dernier étage. Je m'enfermai alors à l'intérieur, poussai le petit coffre devant et m'écroulai sur le lit. Si le Dragon essaya d'entrer pendant mon sommeil, je ne l'entendis pas.

2

Je ne revis pas le Dragon pendant quatre jours. Je les passai dans la cuisine, du matin jusqu'au soir : j'avais découvert quelques livres de recettes que je compulsai l'un après l'autre dans l'espoir de devenir la meilleure cuisinière de l'histoire. Il y avait suffisamment de nourriture dans le garde-manger pour que je les essaie toutes sans me soucier de ce que je gâchais. Lorsqu'un plat était mauvais, je le mangeais moi-même. Je suivais le conseil et portais ses repas à la bibliothèque exactement cinq minutes avant l'heure, puis je les couvrais et repartais aussitôt. Il n'était jamais là à mon arrivée, ce qui me ravissait car j'évitais ses critiques. Les vêtements cousus main qui reposaient dans le coffre de ma chambre me seyaient plus ou moins : j'avais les jambes nues à partir des genoux, les manches s'arrêtaient aux coudes et je n'avais rien pour les cintrer à la taille, mais je n'étais pas plus dépenaillée qu'avant.

Je ne cherchais pas à lui plaire, mais je voulais éviter qu'il me refasse ça un jour, quel que soit le sort qu'il avait utilisé. La première nuit, je m'étais réveillée à quatre reprises de cauchemars dans lesquels je sentais le mot *lirintalem* sur mes lèvres et ma langue – comme s'il y était bien à sa place –, ainsi que la brûlure de sa main sur ma peau.

La peur et le travail n'étaient pas si terribles, comme compagnons de jeu. Ils valaient toujours mieux que la solitude et les terreurs plus profondes, dont les pires se réaliseraient : je ne reverrais ni ma mère ni mon père avant dix ans, je ne vivrais plus jamais chez moi, je ne courrais plus jamais dans les bois comme une folle, l'étrange alchimie qui agissait toujours sur les filles du Dragon s'emparerait bientôt de moi et me transformerait tant que je ne me reconnaîtrais plus moi-même. Au moins, tant que je m'épuisais à crever de chaud devant les fourneaux, j'évitais de penser à tout cela.

Au bout de quelques jours, quand je compris qu'il n'allait pas faire usage de ce sort sur moi à chaque repas, je cessai ma frénésie culinaire. Mais je pris alors conscience que je n'avais rien à faire, même quand je cherchais à m'occuper. Même si la tour était immense, je n'avais pas besoin d'y faire le ménage : pas un grain de poussière ne s'était déposé dans un recoin des rebords de fenêtre, pas même sur les minuscules feuillages tressés du cadre doré de ma chambre.

Je n'aimais toujours pas cette carte-peinture. Chaque soir, j'avais l'impression d'entendre un léger gargouillement en émaner, comme de l'eau coulant dans un caniveau, et chaque jour, elle trônait sur le mur dans toute sa splendeur excessive, tentant de me forcer à la regarder. Après l'avoir observée avec une moue désapprobatrice, je descendis l'escalier. Je vidai un sac de navets dans le cellier, en arrachai les coutures pour le déplier et remontai l'étendre sur la toile. Ma chambre fut aussitôt beaucoup plus agréable, à présent que ce chef-d'œuvre avait disparu.

Je passai le reste de la matinée à contempler la vallée par la fenêtre, me sentant seule et malade de nostalgie. C'était une journée de travail comme les autres, il y avait donc des hommes dans les champs qui s'occupaient des récoltes et des femmes à la rivière qui se chargeaient de la lessive. Même la vue du Bois m'était presque réconfortante, son imposante noirceur sauvage et impénétrable faisant de lui un repère immuable. Le grand troupeau de moutons de Radomsko paissait en bas des pentes des montagnes, au nord de la vallée ; on aurait pu croire à un nuage blanc égaré. Je les observai déambuler un moment en versant quelques larmes, mais même le chagrin avait ses limites. À l'heure du dîner, je m'ennuyais déjà à mourir.

Ma famille n'était ni pauvre ni riche ; nous avions sept livres à la maison. Je n'en avais lu que quatre, car je passais l'essentiel de mon temps dehors, qu'il pleuve, qu'il vente ou qu'il neige. Je n'avais cependant plus tellement le choix, si bien qu'en apportant le plateau à la bibliothèque ce jour-là, j'en profitai pour parcourir les étagères. Nul ne verrait sans doute d'inconvénient à ce que j'en emprunte un. Les autres filles n'avaient pas dû hésiter à se servir, car tout le monde les disait extrêmement cultivées en rentrant de chez le Dragon.

Je m'approchai donc hardiment d'un ouvrage qui ne demandait qu'à être touché : il était doté d'une splendide reliure de cuir poli de la couleur du blé qui luisait à la lueur des bougies, somptueuse et attirante. Lorsque je l'eus sorti du rayon, j'hésitai : il était plus gros et plus lourd que ceux que nous avions chez nous, et la couverture était ornée de magnifiques motifs dorés. Néanmoins, il n'était pas pourvu de cadenas, je l'emportai donc dans ma chambre en tâchant de me convaincre que je n'avais pas à culpabiliser.

Je l'ouvris alors et me sentis encore plus ridicule, car j'étais incapable de le comprendre. Ce n'était pas comme si je n'avais jamais rencontré ces mots, ni comme si je n'en connaissais pas suffisamment pour deviner leur sens – je les comprenais tous. Mais après trois pages de lecture, je fis une pause pour me demander de quoi parlait le livre. Et je fus incapable de trouver une réponse ; je n'avais pas la moindre idée de ce que je venais de lire.

Je réessayai donc depuis le début, et je fus une fois encore persuadée que tout était clair et intelligible – mieux que ça, même : cela avait le goût de la vérité, comme si cela évoquait quelque chose que j'avais toujours su sans jamais arriver à mettre les mots dessus, ou comme si cela expliquait clairement et simplement un énoncé que je n'avais jamais compris. Je hochais la tête de satisfaction en poursuivant ma lecture, et je m'arrêtai cette fois à la page cinq en me rendant compte qu'une fois de plus, j'aurais été parfaitement incapable d'expliquer ce qu'il y avait à la page une, ou même à celle que je venais de tourner.

Je dardai un regard plein de ressentiment sur le tome, puis le repris à la première page et me mis à lire à voix haute, un mot après l'autre. Chaque syllabe franchissant mes lèvres ressemblait au chant d'un oiseau, magnifique, fondant tel un fruit confit. Je n'arrivais toujours pas à en saisir le sens, mais je continuais de lire d'un air rêveur, jusqu'à ce que la porte s'ouvrît à la volée.

J'avais depuis quelque temps cessé de la barricader. J'étais alors assise sur mon lit, que j'avais déplacé sous la fenêtre pour bénéficier de la lumière, et le Dragon se tenait pile en face de moi, dans l'embrasure de la porte. Je me figeai de surprise et cessai de lire, restant bouche bée. Il était dans une colère noire. Ses yeux lançaient des éclairs. Il tendit une main et déclara :

— *Tualidetal.*

Le livre essaya de m'échapper des doigts pour se précipiter vers son propriétaire. Je m'y accrochai, trompée par un instinct malvenu. L'ouvrage gigota pour se libérer, mais je tirai dessus avec une obstination stupide et parvins à l'immobiliser entre mes bras. Mon seigneur me considéra avec incrédulité, et sa colère redoubla ; il traversa en furie la petite chambre, tandis que je m'efforçais tardivement de me lever et de reculer. Sauf que je n'avais nulle part où aller. Il fondit sur moi en un instant, me plaqua contre mes oreillers.

— Bon, dit-il d'une voix soyeuse.

D'une main sur la clavicule, il me clouait au lit sans effort. J'avais l'impression que mon cœur cognait alternativement contre mon sternum puis mon dos, me faisant trembler à chaque battement. Il m'arracha le livre d'une main – au moins, je ne fus pas stupide au point de tenter encore de résister – et, d'un léger coup de poignet, l'envoya sur la table de chevet.

— Agnieszka, c'est bien ça ? Agnieszka de Dvernik.

Il semblait attendre une réponse.

— Oui, chuchotai-je.

— Agnieszka, murmura-t-il encore en s'inclinant vers moi.

Je compris qu'il avait l'intention de m'embrasser. J'étais terrifiée, et pourtant presque impatiente de sentir ses lèvres pour en finir enfin, pour ne plus jamais avoir si peur. Mais il ne fit rien. Il se pencha juste assez près pour que je voie mes yeux se refléter dans les siens. Puis il ajouta :

— Dis-moi, ma chère Agnieszka, d'où viens-tu réellement ? Est-ce le Faucon qui t'a envoyée ? Voire le roi lui-même ?

Je me reculai légèrement pour soutenir son regard.

— Je… quoi ?

— Je finirai bien par le découvrir, répliqua-t-il. Si habile soit le sort de ton maître, il comporte forcément quelques failles. Ta… *famille* (il prononça ce mot presque en ricanant) croit peut-être se souvenir de toi, mais elle ne possède sans doute pas tous les objets d'une vie d'enfant. Une paire de mitaines usées, un bonnet fatigué, une pile de jouets cassés… je ne trouverai rien de tout ça chez toi, pas vrai ?

— Tous mes jouets ont été cassés ? demandai-je avec impuissance, me cramponnant au seul élément qui m'évoquait quelque chose. C'est le cas, hein ? Mes vêtements ont toujours été troués, notre fourre-tout en est plein.

Il m'écrasa un peu plus et colla son nez au mien.

— Comment oses-tu me mentir ? siffla-t-il. Je vais t'arracher la vérité du gosier…

Ses doigts étaient posés sur mon cou ; sa jambe était sur le lit, entre les miennes. Je hoquetai, paniquée, et plaquai les deux mains sur son torse pour nous soulever tous deux du matelas. Nous tombâmes lourdement au sol, lui en premier, moi au-dessus, et je détalai tel un lapin. Je me précipitai vers l'escalier. J'ignore où j'espérais me rendre : je n'aurais pas pu sortir par la porte d'entrée, et il n'existait pas d'autre issue. Je m'enfuis néanmoins.

Je dévalai deux étages puis, entendant ses pas se rapprocher, je m'engouffrai dans le laboratoire mal éclairé, avec sa fumée et ses exhalaisons sifflantes. Je rampai de façon désespérée sous les paillasses jusqu'au recoin le plus sombre, derrière un imposant meuble de rangement, et je repliai mes jambes contre moi.

J'avais fermé la porte derrière moi, mais cela ne l'empêcha manifestement pas de savoir où j'étais. Il l'ouvrit presque aussitôt et scruta la pièce enténébrée. J'aperçus par-dessus le rebord d'une table son œil froid et furieux, coincé entre deux vases à bec ; son visage reflétait les diverses nuances de vert projetées par les flammes. Il contourna la paillasse sans hâte et, alors qu'il en longeait l'extrémité, je bondis de ma cachette pour regagner la porte – j'espérais parvenir à l'enfermer à l'intérieur. Malheureusement, je renversai l'étroite étagère montée contre le mur, et l'un des bocaux à bouchon me rebondit sur le dos avant de venir se fracasser à mes pieds.

Une fumée grise s'éleva autour de moi, s'insinuant dans mon nez et dans ma bouche, m'étouffant, m'immobilisant. Mes yeux me piquaient et j'étais incapable de ciller ou même de lever les mains pour les frotter, mes bras refusant de bouger. Un accès de toux m'irrita la gorge, puis s'arrêta. Mon corps tout entier se tétanisa lentement, alors que j'étais encore accroupie. Mais je n'avais plus peur, et je ne trouvai bientôt plus ma position inconfortable. Je me sentais infiniment lourde tout en ayant l'impression de ne peser plus rien, d'être loin d'ici. J'entendis les pas légers et distants du Dragon qui vint se poster devant moi, et sa réaction m'indifférait.

Il resta là à me toiser avec une impatience froide. Je n'essayai pas de deviner ce qu'il allait faire ensuite : je n'arrivais ni à penser ni à m'interroger. Le monde était très gris et immobile.

— Non, reprit-il après quelques instants de réflexion. Non, tu ne peux pas être une espionne.

Il tourna les talons et m'abandonna dans cette situation fâcheuse. Je n'aurais su dire combien de temps je demeurai ainsi – peut-être une heure, une semaine ou un an –, mais j'apprendrais plus tard qu'il ne m'avait laissée qu'une demi-journée. Puis il revint avec un rictus de mécontentement. Il brandit au-dessus de moi une petite chose ratatinée, qui avait autrefois été ce porcelet en laine fourré de paille que j'avais traîné derrière moi dans les bois pendant les sept premières années de ma vie.

— Eh bien, déclara-t-il. Pas une espionne. Seulement une écervelée.

Il me posa alors la main sur la tête et ajouta :

— *Tezavon tahozh, tezavon tahozh kivi, kanzon lihush.*

Il psalmodia les mots plus qu'il ne les récita et, à mesure qu'il parlait, les couleurs, le temps et le souffle reparurent dans mon monde. Ma tête fut affranchie et je fuis le contact de sa paume. La pierre déserta peu à peu ma chair. Une fois désentravés, mes bras battirent l'air en quête d'une prise à laquelle se retenir, alors que mes jambes encore statufiées me maintenaient prisonnière. Le Dragon me saisit les poignets, si bien que quand je fus complètement dégagée, je n'avais plus la moindre chance de m'enfuir.

Je n'essayai même pas. Mes pensées soudain libérées partirent dans tous les sens, comme cherchant à rattraper le temps perdu, et je finis par me dire qu'il aurait aussi bien pu me laisser figée s'il comptait m'infliger un sort horrible. Il avait donc au moins cessé de me considérer comme une espionne. Je ne comprenais pas pourquoi il craignait que quiconque vienne l'épier, surtout pas le roi ; après tout, il était bien le magicien royal, non ?

— Maintenant, explique-moi : à quoi jouais-tu ? m'interrogea-t-il.

Ses prunelles froides et brillantes étaient suspicieuses.

— J'avais juste envie de lire un livre, répondis-je. Je ne… je ne pensais pas à mal en…

— Et tu as décidé de retirer *L'Invocation de Luthe* des étagères pour faire un brin de lecture ? rétorqua-t-il, sarcastique. Et, comme par hasard…

Mon regard vide et alarmé dut alors le convaincre, car il s'interrompit et me dévisagea avec un agacement non feint.

— Tu as décidément un don inégalé pour provoquer des catastrophes.

Puis il observa le sol d'un air mauvais, et je suivis son regard jusqu'aux débris de verre qui entouraient nos pieds. Il maugréa quelques paroles à mi-voix et m'ordonna subitement :

— Nettoie-moi tout ça et viens me rejoindre à la bibliothèque. Et, surtout, ne touche à rien d'autre.

Il s'éloigna avec raideur. J'allai chercher des torchons et un seau à la cuisine pour ramasser les tessons et laver le sol. Il n'y avait pourtant pas la moindre trace d'éclaboussure, comme si la magie s'était évaporée tel l'alcool d'un baba. Je jetais régulièrement un coup d'œil à droite et à gauche pour m'assurer que la pierre ne me remontait pas le long des doigts. Je ne pouvais pas m'empêcher de me demander pourquoi il conservait un flacon de ce produit sur son étagère, et s'il s'en était déjà servi sur quelqu'un d'autre – s'il existait quelque part une statue vivante au regard fixe et pour laquelle le temps se serait arrêté. Je frissonnai.

Je pris d'infinies précautions pour m'assurer de ne rien toucher d'autre.

Le livre que j'avais retiré de l'étagère avait retrouvé sa place quand je rassemblai le courage nécessaire pour y retourner. Le Dragon faisait les cent pas dans la pièce, ayant abandonné son propre ouvrage sur la petite table. Quand il m'aperçut, il m'adressa un regard sévère. Je baissai les yeux, constatant alors que ma jupe était toute mouillée à cause de ma séance de ménage ; elle était en outre trop courte, m'arrivant au-dessus des genoux. Les manches de ma blouse étaient en plus piteux état encore : je les avais maculées d'œufs en préparant son déjeuner ce matin-là, et un coude avait légèrement roussi tandis que je faisais griller son pain.

— Commençons déjà par ceci, déclara le Dragon. Je ne tiens pas à me sentir offensé chaque fois que je te regarde.

Je fermai la bouche pour ravaler mes excuses : si je commençais à en formuler pour ma tenue négligée, je n'arrêterais pas. Quelques jours passés dans la tour avaient suffi à m'apprendre qu'il aimait les belles choses. Même ses innombrables livres étaient tous uniques : leur reliure de cuir n'avait jamais exactement la même teinte, certains étaient dotés de fermoirs et de charnières en or, d'autres étaient même incrustés de menus éclats de pierres précieuses. Tout ce sur quoi on pouvait poser les yeux – qu'il s'agisse de la petite coupe en verre soufflé sur le rebord de la fenêtre de la bibliothèque ou de la toile dans ma chambre – était magnifique, et disposé à un endroit où il pouvait briller sans que rien vienne ternir son éclat. Je faisais vraiment tache au milieu de toute cette perfection. Mais je m'en fichais : je n'avais pas l'impression de lui devoir la beauté.

Il me fit signe de le rejoindre, impatiemment, et je fis un pas prudent dans sa direction. Il me saisit les mains et les croisa sur ma poitrine, le bout des doigts sur la clavicule opposée, avant de dire :

— Maintenant : *vanastalem*.

Je le dévisageai avec un air de défi. Le mot qu'il venait de prononcer résonnait dans mes oreilles comme le sort pour lequel il s'était servi de moi. J'en sentais les sonorités vouloir m'emplir la bouche, me vider de mes forces.

Il m'attrapa l'épaule, serrant douloureusement. La chaleur émanant de ses doigts traversa mon chemisier.

— J'aurais peut-être à subir ton incompétence, mais je ne saurais tolérer la mollesse. *Dis-le.*

Je me rappelai ma pétrification. Qu'était-il capable de m'infliger d'autre ? Toute tremblante, je murmurai dans un filet de voix, comme si chuchoter pouvait limiter l'emprise qu'il avait sur moi :

— *Vanastalem.*

Ma force enfla dans mon corps et jaillit par ma bouche, par où elle me déserta. L'air se mit à frémir, puis décrivit une spirale de ma tête jusqu'à mes pieds. Je tombai à terre, suffoquant dans une quantité incroyable de soie verte et feuille-morte. Elle flottait autour de ma taille et m'envahissait les jambes jusqu'à les faire disparaître. Ma tête bascula en avant sous le poids de la coiffe courbe retenant le voile qui me descendait dans le dos, où des fleurs dorées étaient brodées sur la dentelle. Je fixai des yeux les bottes du Dragon, dont le cuir magnifiquement travaillé figurait des plantes rampantes en relief.

— Regarde-toi, une nouvelle fois chamboulée par un sort de rien du tout, déclara-t-il, apparemment exaspéré par son œuvre. Au moins, ton apparence s'est arrangée. Dorénavant, essaie de rester dans un état décent. Demain, nous en apprendrons un autre.

Il tourna les talons et s'éloigna de moi. Il s'assit dans son fauteuil, je crois, et reprit sa lecture ; je n'en suis pas certaine. Après quelques minutes, je sortis de la bibliothèque à quatre pattes dans cette robe magnifique, sans jamais redresser la tête.

Les quelques semaines suivantes se ressemblèrent toutes. Chaque matin, je me réveillais peu avant l'aube et, tandis que ma chambre s'illuminait, je restais allongée dans mon lit à essayer de trouver un moyen de m'enfuir. Chaque matin, ayant échoué, je lui apportais son déjeuner à la bibliothèque, et il lançait un nouveau sort avec moi. Si je n'arrivais pas à rester suffisamment présentable – ce qui était généralement le cas –, il commençait par se servir du *vanastalem*, puis d'un second sort. Mes robes faites maison disparaissaient les unes après les autres, et les nouvelles, encombrantes, si lourdes de brocarts et de broderies qu'elles tenaient presque debout toutes seules, s'empilaient dans ma chambre en de petites montagnes. J'avais toutes les peines du monde à m'en extraire au moment du coucher, et les horribles corsets baleinés à l'intérieur me coupaient le souffle.

Je vivais perpétuellement dans une brume de douleur. Après chaque matin, je retournais m'effondrer dans ma chambre. Je suppose que le Dragon se débrouillait seul pour dîner, car je ne le lui préparais jamais. Je restais allongée sur mon lit jusqu'au souper, quand je parvenais tant bien que mal à redescendre manger, mue davantage par ma propre faim que par le devoir de satisfaire à ses besoins.

Le pire dans tout ça était de ne pas comprendre : pourquoi se servait-il de moi de la sorte ? Le soir, avant de sombrer dans le sommeil, je m'imaginais les pires contes et légendes, qu'ils impliquent des fées, des vampires ou des incubes vidant les vierges de leur sang, et je me jurais, terrifiée, que je trouverais une échappatoire le matin suivant. Naturellement, cela n'arrivait jamais. Mon seul réconfort était de me dire que je n'étais pas la première : il avait reçu toutes ces autres filles avant moi, et elles avaient survécu. Cela ne me remontait guère le moral : dix ans me semblait être une éternité. Néanmoins, je me raccrochais à la moindre pensée susceptible d'apaiser un tant soit peu ma détresse.

Lui-même ne m'apportait aucune consolation. Je l'agaçais chaque fois que je mettais les pieds dans sa bibliothèque, même les rares jours où je parvenais à rester propre sur moi. Comme si je venais l'embêter et l'interrompre, alors que c'était lui qui me tourmentait et se servait de moi. Et quand il avait fini de m'utiliser pour sa magie et que je m'effondrais au sol, il me toisait avec dédain et me traitait d'incapable.

Un jour, j'essayai de l'esquiver toute la journée. Je me disais que si je lui portais son repas suffisamment tôt, il m'oublierait peut-être jusqu'au lendemain. Je déposai son plateau à la naissance de l'aube, puis retournai en hâte me recroqueviller dans le fond de la cuisine. Mais, à sept heures précises, l'une de ses créatures en forme de mèche, de celle que je voyais parfois flotter le long du Fuseau en direction du Bois, descendit l'escalier en luisant. Vu de près, elle ressemblait à une sorte de bulle de savon difforme et ondulante, presque invisible à moins que la lumière ricoche sur sa peau irisée. La mèche se balança d'un coin à l'autre, jusqu'à ce qu'elle finisse par me trouver et me flotte au-dessus des genoux avec insistance. Je redressai alors la tête et vis mon propre visage se refléter sur cette silhouette spectrale. Lentement, je me relevai et la suivis jusqu'à la bibliothèque, où le Dragon posa son livre pour me toiser d'un œil noir.

— Même si je serais ravi de renoncer au plaisir douteux de te regarder t'affaler telle une anguille épuisée au moindre petit tour, cracha-t-il, nous avons déjà pu témoigner de ce qu'il advenait lorsque l'on te laissait vaquer à tes occupations. Qu'as-tu déjà donc fait comme saleté, petite souillon ?

J'avais justement fourni un effort exceptionnel pour ne pas me salir et m'épargner au moins le premier sort. Ce jour-là, je ne m'étais fait que quelques taches minuscules en préparant le déjeuner, ainsi qu'une très légère trace d'huile. Je dissimulais d'ailleurs celle-ci derrière un pli de ma robe. Il me dévisageait néanmoins avec dédain et, en suivant son regard, je constatai à mon grand désarroi qu'en me cachant dans le fond de la cuisine, j'avais évidemment ramassé une toile d'araignée – la seule de toute la tour, sans doute –, qui pendait désormais derrière moi tel un voile fin et usé.

— *Vanastalem*, répétai-je avec lui, résignée.

J'observai une splendide vague de soie orange et jaune s'élever du sol pour venir m'entourer, telles des feuilles mortes soufflées sur un sentier automnal. Je titubais, le souffle court, quand il se rassit.

— Bon, dit-il.

Il avait déposé une pile de livres sur la table, et les renversa d'une poussée.

— Pour les classer dans l'ordre : *darendetal*.

Il agita la main en direction de la table.

— *Darendetal*, marmonnai-je en même temps que lui.

Le sort étranglé jaillit de ma gorge. Les livres se mirent à trembler et, l'un après l'autre, se redressèrent et se replacèrent tels des oiseaux ornés de bijoux dans leur reliure rouge, jaune, bleue ou marron.

Cette fois, je ne m'écroulai pas par terre : je me cramponnai simplement des deux mains à la table et m'appuyai contre elle. Il considérait sa pile nouvellement reformée en fronçant les sourcils.

— Quelle est cette idiotie ? s'étonna-t-il. Il n'y a pas le moindre ordre à cela… Regarde.

J'obtempérai. Les ouvrages formaient une pile raisonnablement droite, classée par couleurs.

— Par *couleurs* ? s'exclama-t-il d'une voix aiguë. Par *couleurs* ? Tu…

Il était furieux après moi, comme si j'y étais pour quelque chose. Peut-être que le fait de puiser sa force en moi influait sur sa magie ?

— Oh, fiche le camp ! gronda-t-il.

Je m'enfuis à toutes jambes, secrètement ravie : si je nuisais à sa magie d'une manière ou d'une autre, j'en étais fort aise.

Je dus m'arrêter au milieu de l'escalier pour reprendre mon souffle. Mais je me rendis alors compte que, cette fois-ci, je ne remontais pas à quatre pattes. J'étais certes fatiguée, mais le brouillard ne m'avait pas enveloppée. Je parvins en haut des marches sans m'octroyer d'autre pause, et même si je me laissai tomber sur mon lit et dormis la moitié de la journée, je ne me sentais plus comme la dernière des idiotes.

Je souffrais de moins en moins de la magie à mesure que les semaines défilaient ; l'entraînement semblait me rendre meilleure, plus apte à supporter ce qu'il me faisait endurer. Nos séances devenaient… peut-être pas moins déplaisantes, mais moins terrifiantes ; une simple corvée harassante, comme récurer des casseroles sous l'eau froide. J'arrivais de nouveau à dormir la nuit, et mon moral était meilleur. Je me sentais mieux chaque jour, et chaque jour ma colère grandissait.

Je ne pouvais jamais renfiler l'une de ces robes ridicules – j'avais beau essayer, je n'atteignais pas les boutons ni les lacets dans mon dos. De toute façon, j'arrachais déjà à moitié les jupons en tâchant de les retirer. Ainsi, je les empilais chaque soir dans un coin, avant d'enfiler chaque matin un autre vêtement fait maison que j'essayais de ne pas salir, sauf que ma négligence lui faisait régulièrement perdre patience et le poussait à le transformer à son tour. Et, à présent, j'avais atteint ma toute dernière tenue normale.

Je serrai entre mes doigts ce simple morceau de laine brute avec l'illusion de me raccrocher à une corde. Puis, dans un accès de défi, je l'abandonnai sur le lit et m'affublai de la grande robe vert et feuille-morte.

Incapable de la boutonner, je récupérai le long voile sur la coiffe, l'enroulai deux fois autour de ma taille et fis un nœud qui parvint tout juste à l'empêcher de glisser. Puis j'empruntai l'escalier pour gagner la cuisine. Je ne fis cette fois pas le moindre effort pour rester propre : je montai le plateau à la bibliothèque en arborant fièrement mes taches d'œuf, de graisse de bacon et de thé, les cheveux tout emmêlés, avec l'allure d'une noble devenue folle s'étant enfuie d'un bal en coupant à travers bois.

Bien entendu, cela ne dura pas longtemps. Dès que je prononçai à contrecœur *vanastalem* avec lui, sa magie s'empara de moi, me débarrassa de mes souillures, m'engonça dans un corset, refit ma coiffure et me rendit l'apparence d'une poupée de princesse.

Malgré tout, je me sentis plus heureuse que depuis des semaines, et je pris dès lors goût à cet acte de rébellion quotidien. Je voulais qu'il soit profondément agacé dès qu'il posait les yeux sur moi, et il me récompensait toujours de son froncement de sourcils incrédule.

— Comment peux-tu t'infliger ça ? me demanda-t-il, presque émerveillé, un jour où j'entrai dans la bibliothèque avec un morceau de gâteau de riz sur la tête – j'avais accidentellement posé le coude sur le manche d'une cuiller, en propulsant un peu dans la pièce.

Une longue traînée de confiture barrait également le devant de ma magnifique tenue en soie crème.

Je conservais précieusement ma dernière robe faite maison dans un tiroir. Tous les jours, quand il en avait fini avec moi, je remontais dans ma chambre, me défaisais de ma tenue de bal, libérais mes cheveux de leur filet ou de leur coiffe, répandais au sol mes épingles ornées de pierres et enfilais la douce letnik usagée et la blouse cousue main, que je lavais moi-même dans ma cuvette. Puis je descendais en cuisine pour me préparer mon pain, et j'attendais patiemment qu'il cuise, près du feu, sans me soucier des traces de cendre ou de farine sur mes jupons.

Je commençais à retrouver assez d'énergie pour m'ennuyer. Je n'envisageais toutefois pas de retourner prendre un livre à la bibliothèque. Au lieu de quoi, je m'armai d'une aiguille, même si je détestais coudre. Tant qu'à me vider de mes forces chaque matin pour faire apparaître de nouvelles robes, j'estimais que j'avais tout intérêt à au moins les récupérer pour tenter d'en tirer quelque chose d'utile : des draps, peut-être, ou des mouchoirs.

Le panier de couture n'était pas sorti du coffre de ma chambre depuis mon arrivée : il n'y avait rien d'autre à rapiécer au château que mes propres tenues, que je m'étais jusqu'à présent plu à laisser déchirées. Quand je l'ouvris, je découvris à l'intérieur une unique feuille de papier, sur laquelle mon amie de la cuisine avait griffonné, à l'aide d'un morceau de charbon :

Tu es effrayée : ne le sois pas ! Il ne te touchera pas ! Il voudra simplement te rendre jolie. Il n'envisagera pas de t'offrir quoi que ce soit, mais tu peux choisir une jolie robe dans les chambres d'amis et l'ajuster à ta taille. Quand il te convoque, chante-lui quelque chose ou raconte-lui une histoire. Il aime avoir de la compagnie, mais pas trop : apporte-lui ses repas et évite-le tant que tu peux, il ne te demandera rien de plus.

Si j'avais ouvert le panier et trouvé ce message dès la première nuit, il m'aurait été d'une aide inestimable. À présent, je considérais ce bout de papier en tremblant, me remémorant sa voix posée sur la mienne, chevrotante, tandis qu'il puisait en moi ses sorts et ma force pour me draper de soie et de velours. Je m'étais trompée. Il n'avait jamais fait subir cela aux autres femmes.

3

Je restai blottie toute la nuit dans mon lit sans dormir, de nouveau complètement désespérée. Mais sortir de la tour ne se révéla pas plus facile sous prétexte que je le désirais davantage. Je m'approchai effectivement des grandes portes au matin, et j'essayai pour la première fois de soulever l'énorme barre qui les bloquait, même si ma tentative pouvait paraître ridicule. Naturellement, elle ne bougea pas d'un quart de centimètre.

Dans le garde-manger, je me servis du long manche d'une casserole comme levier pour ouvrir le gros couvercle en fer recouvrant la fosse à ordures. Je jetai un coup d'œil à l'intérieur. Loin au fond, un feu brûlait ; mon salut ne passerait pas par là non plus. Je replaçai le couvercle avec effort, puis je palpai des deux paumes les moindres recoins des murs, espérant découvrir une ouverture ou une entrée quelconque. Mais s'il en existait une, je ne la trouvai pas. Puis les premiers rayons du soleil se déversèrent dans l'escalier derrière moi, produisant une lumière dorée dont je me serais bien dispensée. Je devais préparer le déjeuner et porter le plateau au responsable de mon triste sort.

En apprêtant les ingrédients – l'assiette d'œufs, le pain grillé, les confitures –, je ne cessai de lorgner le long couteau de boucher planté dans le billot, dont le manche saillait vers moi. Je m'en étais servie pour couper de la viande ; je savais à quel point cela pouvait aller vite.

Mes parents élevaient un cochon chaque année. Je les avais aidés pour l'abattage, tenant le seau pour récupérer le sang, mais l'idée d'enfoncer cette lame dans un humain était inimaginable. Je ne l'imaginai donc pas. Je posai le couteau sur le plateau et montai.

Quand j'entrai dans la bibliothèque, il était debout près de la fenêtre, dos à moi, les épaules raides d'agacement. Je disposai machinalement les plats, l'un après l'autre, jusqu'à ce qu'il ne reste rien d'autre sur le plateau que le couteau. Ma robe était maculée de bouillie d'avoine et d'œufs. Dans un instant, il me dirait…

— Allez, finis donc et remonte, m'ordonna-t-il.

— Quoi ? demandai-je d'un air ébahi.

Le couteau était déjà dissimulé sous la serviette, accaparant toutes mes pensées, et il me fallut un moment pour comprendre qu'il venait de m'accorder un sursis.

— Serais-tu devenue sourde ? s'exclama-t-il. Arrête de trifouiller ces assiettes et fiche le camp. Et ne sors plus de ta chambre jusqu'à nouvel ordre.

Ma robe était souillée et froissée, un torchon de lambeaux entremêlés, mais il ne s'était même pas retourné pour me regarder. Je récupérai brusquement le plateau et sortis sans demander mon reste. Je remontai l'escalier en courant, sans éprouver cette terrible lassitude qui me pesait chaque fois. Je claquai la porte de ma chambre et me dépouillai de ma parure de soie avant d'enfiler ma robe fétiche, puis je me laissai tomber sur le lit, m'étreignant les genoux de soulagement, tel un enfant venant d'échapper au fouet.

Puis j'avisai le plateau abandonné, avec le couteau luisant posé dessus. Oh. Oh, quelle idiote j'avais été, ne serait-ce que d'y songer. Il était mon seigneur : si par quelque horrible coup de chance je l'avais effectivement occis, j'aurais sans doute été condamnée à mort dans la foulée, et peut-être que mes parents auraient subi le même sort. Le meurtre n'était pas une échappatoire. Mieux valait sans doute me jeter par la fenêtre.

J'observai même avec tristesse le vide du dehors, puis je découvris ce que le Dragon avait considéré avec autant de répugnance. Un nuage de poussière formé sur la route se dirigeait vers la tour. Il ne s'agissait pas d'un simple chariot, mais d'une immense roulotte couverte, une véritable maison sur roues. Un attelage de chevaux écumants la tractait, et deux cavaliers lui ouvraient la voie. Comme le conducteur, ces derniers étaient vêtus de manteaux gris et vert éclatants. Quatre autres chevaliers dans la même tenue fermaient la marche.

La caravane, dont la bannière verte affichait un monstre aux nombreuses têtes, s'arrêta devant les grandes portes ; les nouveaux venus mirent tous pied à terre et s'affairèrent. Ils tressaillirent légèrement quand les vantaux – ces immenses battants que j'avais été incapable de faire bouger – s'entrebâillèrent. Je dus tendre le cou pour découvrir que le Dragon sortit seul sur le palier.

Un homme surgit du ventre de la roulotte en baissant la tête. Grand, large d'épaules, d'une blondeur d'or, paré d'une longue cape du même vert éblouissant, il sauta les quelques marches placées à son attention, saisit d'une main l'épée posée à plat sur les mains tendues de l'un de ses domestiques et s'avança à grands pas en rangeant son arme dans son fourreau. Sans la moindre hésitation, il vint se placer entre ses hommes, devant les portes.

— Je déteste les carrosses encore plus que les chimères, dit-il au Dragon d'une voix suffisamment forte pour que je l'entende depuis ma fenêtre malgré les ébrouements et le piétinement des chevaux. Une semaine enfermé là-dedans : pourquoi ne venez-vous donc jamais à la cour ?

— Que Votre Majesté me pardonne, répliqua froidement le Dragon, mais j'ai ici des obligations.

J'étais désormais tellement penchée en avant que j'aurais largement pu tomber par accident, sans que cela ait le moindre lien avec ma peur et mon désespoir. Le roi de Polnya avait deux fils, mais le prince héritier Sigmund n'était qu'un jeune homme trop raisonnable. Après avoir reçu une bonne éducation, il avait épousé la fille d'un comte du nord, nous adjoignant ainsi un allié et un port. Ils avaient déjà assuré la succession en ayant un garçon et une fille de réserve ; on disait de lui qu'il était un excellent administrateur, et qu'il ferait un roi fabuleux, et nul ne s'intéressait à lui.

Le prince Marek, en revanche, était infiniment plus passionnant. J'avais entendu au moins une dizaine d'histoires ou de chansons relatant son combat victorieux contre l'hydre Vandalus, toutes différentes, mais, m'avait-on certifié, toutes véridiques. En outre, il avait également abattu au moins trois ou quatre ou neuf géants au cours de la dernière guerre contre la Rosya. Il avait même essayé une fois d'éliminer un vrai dragon, mais il s'était avéré que des paysans locaux avaient menti en affirmant s'être fait attaquer ; ils avaient alors dissimulé les moutons prétendument dévorés pour échapper à l'impôt. Et il ne les avait pas exécutés, châtiant même leur seigneur, qui prélevait des taxes trop élevées.

Il entra dans la tour avec le Dragon, et les portes se refermèrent derrière eux. Les hommes du prince montèrent le camp sur le terrain plat devant le donjon. Je m'éloignai de la fenêtre et me mis à faire les cent pas dans ma chambre. Finalement, je décidai de m'aventurer de quelques marches dans l'escalier et de tendre l'oreille pour essayer d'apprendre quelque chose. Je descendis à pas de velours jusqu'à entendre leurs voix émaner de la bibliothèque. Je ne comprenais qu'un mot sur cinq, mais ils discutaient des guerres contre la Rosya et du Bois.

Je ne me donnai pas beaucoup de mal pour les épier : le contenu de leur conversation ne m'intéressait guère. En revanche, je ne pouvais m'empêcher d'espérer être secourue : quoi que le Dragon me fasse réellement subir, le fait de puiser dans mon essence vitale allait certainement à l'encontre des lois du royaume. Il m'avait dit de m'enfermer dans ma chambre, où je ne pourrais être vue ; était-ce parce que je n'étais vraiment pas présentable – ce à quoi il aurait pu remédier d'un seul mot – ou parce qu'il ne voulait pas que le prince découvre ce qu'il fabriquait ? Et si je me jetais aux pieds de Marek et qu'il m'emmenait…

— Suffit ! s'exclama le prince, son éclat de voix venant interrompre mes pensées.

Ses paroles étaient plus distinctes, comme s'il se rapprochait de la porte. Il avait l'air en colère.

— Vous, mon père et Sigmund ne cessez de bêler comme des agneaux – non, il suffit. Je n'entends pas en rester là.

Je remontai en hâte l'escalier, sur la pointe de mes pieds nus. Les quartiers des invités étaient situés au deuxième étage, celui entre la bibliothèque et ma chambre. Je m'assis en haut des marches, écoutant le bruit de leurs bottes jusqu'à ce qu'ils s'éloignent trop. Je n'étais pas certaine d'avoir le cran de désobéir ouvertement au Dragon : s'il me surprenait à vouloir frapper à la porte du prince, il m'infligerait probablement un supplice terrible. Cependant, ce qu'il me faisait subir était déjà terrible. Kasia aurait saisi sa chance, je n'en doutais pas – à ma place, elle aurait couru trouver le prince, se serait jetée à genoux devant lui et aurait imploré son aide, pas comme une fillette pleurnicharde, mais comme les jeunes vierges des légendes.

Je retournai dans ma chambre et répétai la scène, marmonnant mon texte tandis que le soleil se couchait. Quand la nuit fut enfin là, je descendis l'escalier à pas de loup, le cœur battant la chamade. J'étais encore terrifiée. J'allai d'abord m'assurer que les lumières étaient éteintes à la bibliothèque et au laboratoire : le Dragon n'était pas réveillé. Au deuxième étage, un léger feu de cheminée faisait paraître une lueur orange sous la porte de la première chambre. Je n'apercevais pas le moindre éclat devant celle du Dragon, perdue dans les ténèbres au fond du couloir. J'hésitai néanmoins sur le palier et… décidai plutôt de me rendre à la cuisine.

Je me dis que je devais avoir faim. Grelottant devant l'âtre, j'avalai quelques bouchées de pain et de fromage pour me donner des forces. Puis je remontai. Jusqu'en haut. Jusqu'à ma chambre.

Je n'arrivais pas à m'imaginer me lancer dans un discours gracieux aux pieds du prince. Je n'étais pas Kasia, je n'avais rien de spécial. Je fondrais en larmes et aurais l'air d'une folle, et il me jetterait sans doute dehors ou, pire, appellerait le Dragon pour lui demander de me châtier ainsi que je le méritais. Pourquoi me croirait-il ? Une pauvre paysanne dans une blouse cousue main, une vulgaire domestique dans la demeure du Dragon, qui le réveillerait au milieu de la nuit pour lui conter une histoire absurde de magicien brutal ?

J'entrai tristement dans ma chambre et m'immobilisai brusquement. Le prince Marek était debout au milieu de la pièce à étudier la toile. Il avait retiré le sac de navets que j'avais jeté dessus. Il se tourna vers moi et me considéra d'un air incertain.

— Monseigneur, Majesté, bredouillai-je.

Mes mots sortirent dans un murmure si léger qu'il ne dut rien entendre d'autre qu'un son inarticulé.

Il ne sembla pas s'en offusquer.

— Eh bien, dit-il, tu n'es pas l'une de ses beautés habituelles.

Deux pas lui suffirent à traverser la chambre, qui paraissait encore plus petite en sa présence. Il me releva le visage d'une main sous le menton et le fit pivoter à droite, puis à gauche, pour m'examiner. Je le contemplai avec stupeur. Cela me faisait bizarre d'être si proche de lui, sa présence était envahissante : il était plus grand que moi, avait la carrure des hommes habitués à vivre dans une armure, était beau comme un portrait, rasé de près, baigné de frais. Mouillés, ses cheveux dorés étaient plus sombres et bouclaient légèrement au niveau de sa nuque.

— Mais peut-être as-tu quelque talent particulier pour compenser ? C'est ainsi qu'il vous choisit, n'est-ce pas ?

Il n'avait pas l'air cruel, juste taquin, et il m'adressait un sourire de conspirateur. Je ne me sentis pas du tout blessée, seulement surprise de susciter autant d'attention, comme si j'avais été sauvée sans avoir eu besoin de prononcer un mot. Puis il éclata de rire, m'embrassa et tenta de retrousser mes jupons.

Je sursautai tel un poisson pris dans un filet et me débattis contre lui. C'était aussi impossible que d'ouvrir les portes de la tour ; je ne suis même pas certaine qu'il remarquât mes efforts. Il rit de nouveau et me baisa le cou.

— Ne t'en fais pas, il ne peut pas s'y opposer, déclara-t-il, comme si je ne pouvais avoir d'autre raison de protester. Il demeure le vassal de mon père, même s'il préfère rester dans l'arrière-pays pour régner sur vous seuls.

Ce n'était pas qu'il prenait plaisir à me dominer. J'étais toujours muette, et mon opposition se résumait à quelques gifles confuses. J'étais incrédule : cela ne se pouvait pas, pas avec le prince Marek, ce héros ; il ne pouvait certainement pas me désirer. Je ne criai pas, je ne suppliai pas, et je pense qu'il n'imaginait pas que je résisterais. Je suppose que, dans une maison noble ordinaire, n'importe quelle domestique se serait volontiers glissée dans sa chambre pour lui épargner la peine d'avoir à chercher une partenaire. D'ailleurs, j'aurais probablement été moi-même consentante s'il m'avait posé clairement la question et laissé le temps de me remettre de mes émotions pour lui répondre. Je luttais davantage par réflexe que pour le repousser.

Néanmoins, il me maîtrisa bel et bien. Et je finis par avoir vraiment peur, par vouloir m'échapper. J'écartai ses mains et lui dis :

— Mon prince, je ne, non, s'il vous plaît, attendez.

Autant de bouts de phrases décousus. Et même s'il ne prévoyait pas de rencontrer une quelconque résistance, cela ne l'arrêta pas, le rendant simplement un peu plus impatient.

— Là, là, tout va bien, dit-il comme si j'étais un cheval à apprivoiser, tout en me bloquant les mains sur le côté.

Ma robe de fortune ne tenait que grâce au nœud approximatif d'une large ceinture. Il l'avait déjà détachée et remontait mes jupons.

J'essayais de les tirer le long de mes cuisses, de le repousser, de me libérer : en vain. Il me maintenait en place avec force et désinvolture. Puis, quand il porta la main à son tuyau, je le dis sans y penser, à voix haute et désespérée :

— *Vanastalem.*

Une onde de pouvoir sortit de moi en frémissant. Perles incrustées et baleines de corset se matérialisèrent sous ses doigts telle une armure, et il retira hâtivement les mains avant de reculer devant un rideau de jupons de velours. Je me rattrapai au mur en tremblant, peinant à recouvrer mon souffle tandis qu'il me dévisageait.

Il déclara alors d'une voix très différente, et d'un ton que je ne parvins pas à analyser :

— Tu es une sorcière.

Je battis en retraite tel un animal prudent, en proie à des vertiges. Je peinais à respirer correctement. La robe m'avait sauvée, mais le corset m'étouffait et les jupons étaient particulièrement lourds et encombrants, comme s'ils avaient volontairement choisi d'être impossibles à retirer. Il s'approcha doucement de moi, la main tendue, et ajouta :

— Écoute-moi…

Mais je n'avais aucunement l'intention de lui obéir. Je ramassai le plateau du déjeuner, toujours posé sur ma commode, et l'abattis puissamment sur sa tête. Mon arme de fortune produisit un grand bruit en s'écrasant sur son crâne et le fit chanceler légèrement. Raffermissant ma prise des deux mains, je pris mon élan pour le frapper encore et encore, aveuglément, désespérément.

Je le cognais toujours quand ma porte s'ouvrit à la volée. Le Dragon était là, les yeux fous et écarquillés, paré d'une longue robe de chambre somptueuse passée par-dessus sa chemise de nuit. Il fit un pas dans la pièce et s'arrêta, stupéfait. Je m'interrompis alors, haletante, le plateau à mi-hauteur. Le prince était tombé à genoux devant moi. Un dédale de sang lui dégoulinait sur la figure, serpentant sur son front couvert de bosses. Ses yeux étaient clos. Inconscient, il s'affala de tout son long dans un bruit sourd.

Le Dragon prit la mesure de la scène, me dévisagea, puis déclara :

— Espèce d'imbécile, qu'as-tu encore fait ?

À nous deux, nous hissâmes le prince sur mon lit étroit. Ses bleus noircissaient déjà ; le plateau qui gisait au sol avait par endroits épousé la forme de son crâne.

— Magnifique, commenta le Dragon sans desserrer les dents.

Il examina ma victime. Les prunelles du prince étaient fixes et étrangement vides quand il lui tira sur les paupières. Lorsqu'il lui souleva le bras, celui-ci retomba mollement sur le matelas.

Je restai debout à observer, la poitrine toujours compressée par mon corsage, ma fureur envolée et remplacée par de l'horreur. Si curieux que cela puisse paraître, je ne m'inquiétais pas seulement pour mon sort : je ne voulais pas non plus que le prince meure. Dans un coin de ma tête, je le considérais encore tel ce héros flamboyant, bizarrement mêlé à cette bête sauvage qui venait de s'en prendre à moi.

— Il n'est pas… Il n'est pas…

— Si tu ne veux pas la mort d'un homme, évite de lui matraquer le crâne à répétition, m'interrompit sèchement le Dragon. Descends au laboratoire et rapporte-moi l'élixir jaune dans la fiole transparente sur l'étagère du fond. *Pas* le rouge, *ni* le violet – et, si possible, évite de le briser en remontant l'escalier, sauf si tu tiens à devoir convaincre le roi que ta vertu valait plus que la vie de son fils.

Il apposa les mains sur la tête du prince et se mit à psalmodier quelques mots qui me firent froid dans le dos. Je courus vers l'escalier, serrant mes jupons contre moi.

Je remontai l'élixir voulu en quelques secondes à peine, pantelant d'épuisement, manquant cruellement d'oxygène, et constatai que le Dragon était encore à l'œuvre. Sans s'arrêter de scander, il tendit impatiemment la main vers moi et me fit signe d'approcher. Je lui déposai le flacon dans la paume. Il le déboucha de ses doigts libres et versa une gorgée du liquide dans la bouche du prince.

L'odeur était infecte, semblable à du poisson pourri. Je manquai vomir rien que de la sentir. Le Dragon me rendit le récipient et le bouchon sans un regard, et je dus retenir mon souffle pour le refermer. Il se servait des deux mains pour maintenir les mâchoires du prince fermées. Même inconscient et blessé, Marek se tortillait pour essayer de cracher. L'élixir luisait si puissamment que je voyais à travers ses joues le contour des os et des dents, comme sur un squelette.

Je parvins à refermer la fiole sans dégueuler, puis je bondis pour aider mon maître : je pinçai le nez du prince, qui finit par déglutir. Le liquide radiant descendit alors jusqu'à son ventre. Je pouvais en suivre le parcours grâce à une lumière sous ses vêtements, qui alla décroissant en se répandant dans les bras et les jambes. Bientôt, elle fut trop faible pour que je puisse la discerner.

Le Dragon lâcha alors la tête du prince et cessa de psalmodier. Il s'adossa lourdement contre le mur et ferma les yeux : je ne l'avais jamais vu si épuisé. Je restai près du lit avec anxiété, les observant tous deux.

— Est-ce qu'il va… ? laissai-je enfin échapper.

— Pas grâce à toi, rétorqua le Dragon, mais cela me suffisait.

Je me laissai à mon tour tomber par terre dans un tas de velours crème, croisai les bras sur le matelas et enfouis mon visage à l'intérieur de ce coussin de dentelle dorée.

— Et maintenant, j'imagine que tu vas pleurer comme un veau ? s'écria le Dragon. Qu'est-ce qui t'est passé par la tête ? Pourquoi as-tu enfilé cette robe ridicule, si ce n'est pour le séduire ?

— C'était toujours mieux que de conserver celle qu'il m'a arrachée ! ripostai-je en redressant la tête.

Je n'avais pas de larmes. Je les avais déjà toutes versées au cours de ma détention. Il ne me restait plus que ma colère.

— Je n'ai pas demandé à être mêlée à tout ça…

Je m'interrompis, considérant le pli de soie que j'avais entre les mains. Le Dragon ne s'était pas trouvé près de moi, n'avait pas lancé le moindre sort.

— Qu'est-ce que vous m'avez fait ? murmurai-je. Il m'a dit… Il m'a traitée de sorcière. Vous m'avez transformée en sorcière.

Le Dragon ricana.

— Si je pouvais faire une chose pareille, je ne choisirais sans doute pas une paysanne à moitié stupide comme base de travail. Je n'ai rien fait d'autre que d'essayer de t'inculquer quelques tours rudimentaires, mais tu es plus têtue qu'une mule.

Il s'appuya sur le lit pour se remettre debout avec un sifflement de fatigue. Il peinait, ainsi que j'avais moi-même peiné durant ces horribles semaines où…

Où il m'avait enseigné la magie. Toujours à genoux, je le dévisageai, abasourdie, mais commençant à y croire malgré moi.

— Mais dans ce cas, pourquoi m'instruire ?

— Je t'aurais volontiers laissée moisir dans ton village minuscule, mais je n'ai pas vraiment eu le choix. (En découvrant mon regard ahuri, il se rembrunit.) Celles qui sont dotées doivent être instruites, c'est la loi du roi. Dans tous les cas, cela aurait été idiot de ma part de te laisser pourrir là-bas telle une vieille prune, en attendant que quelque chose sorte du Bois pour te dévorer et te transformer en une véritable abomination.

Alors que je tressaillais à cette idée, il reporta son attention sur le prince, qui gémissait et remuait dans son sommeil. Il commençait à se réveiller, portant une main molle à son visage. Je me levai d'un bond et m'éloignai du lit, espérant me mettre en sécurité derrière le Dragon.

— Tiens, dit celui-ci. *Kalikual.* C'est toujours mieux que d'assommer son amant.

Il me dévisagea avec l'air d'attendre quelque chose. Je l'observai en retour, puis jetai un coup d'œil au prince, et de nouveau au Dragon.

— Si je n'étais pas une sorcière… commençai-je. Si je n'étais pas une sorcière, est-ce que vous me laisseriez… rentrer chez moi ? Vous ne pourriez pas me débarrasser de ce « don » ?

Il resta silencieux. J'avais désormais l'habitude de son visage paradoxal de magicien, à la fois jeune et vieux. Durant toutes ces années, il n'avait jamais eu de rides ailleurs qu'au coin des yeux, ainsi qu'un unique pli entre les sourcils et quelques marques d'expression autour de la bouche ; rien d'autre. Il se déplaçait comme un jeune homme, et si certains s'adoucissaient ou se bonifiaient avec l'âge, il n'était pas de ceux-ci. Mais, l'espace d'un instant, ses prunelles firent leur âge et me parurent très étranges.

— Non, répondit-il.

Et je le crus.

Puis il secoua la tête pour changer de sujet et pointa du doigt. En suivant la direction indiquée, je vis que le prince se relevait sur les coudes et nous considérait en cillant, toujours sonné. Puis il posa les yeux sur moi, et une étincelle s'illumina. Il se souvenait de moi.

— *Kalikual*, chuchotai-je.

Une fois de plus, le pouvoir jaillit de moi. Le prince Marek retomba sur les coussins et se rendormit aussitôt. Je chancelai jusqu'au mur et me laissai glisser au sol. Le couteau de boucher reposait toujours là où il était tombé. Je le ramassai et l'utilisai enfin : je découpai ma robe et les lacets de mon corset. Mon vêtement bâillait de partout, mais, au moins, je pouvais respirer.

Je fermai les paupières un moment. Puis j'observai le Dragon, qui s'était détourné, las de me voir si épuisée. Il examinait le prince avec agacement.

— Ses hommes ne vont pas s'inquiéter de ne pas le voir au matin ? m'enquis-je.

— Tu t'imaginais pouvoir garder le prince Marek endormi dans ma tour indéfiniment ? répliqua le Dragon par-dessus son épaule.

— Mais alors, quand il reprendra connaissance… (Je m'interrompis.) Pourriez-vous… pouvez-vous le faire oublier ?

— Oh, certainement, répondit le Dragon. Il ne trouvera pas du tout étrange de se réveiller avec une atroce migraine et un gros trou de mémoire.

— Et si… (Je me remis péniblement debout, tenant toujours fermement mon couteau.) Et s'il se souvenait d'autre chose ? D'être allé se coucher dans sa chambre…

— Cesse d'être aussi stupide. Tu m'as dit ne pas avoir essayé de le séduire, c'est donc qu'il est venu ici de son propre chef. Quand en a-t-il eu l'idée ? Ce soir, allongé dans son lit. À moins qu'il y ait pensé sur la route : une couche bien chaude, des bras accueillants… Oui, j'ai conscience que les tiens ne l'étaient pas, tu me l'as suffisamment prouvé, s'empressa-t-il d'ajouter pour m'empêcher de protester. Si ça se trouve, il y pensait avant même de se mettre en route – une sorte d'affront prémédité.

Je me rappelai que le prince m'avait parlé des « beautés habituelles » du Dragon – comme s'il avait anticipé ce moment, comme s'il l'avait planifié.

— Un affront dirigé contre vous ?

— Il s'imagine que j'enlève des femmes de force pour me servir de partenaires, expliqua le Dragon. C'est ce que pensent la plupart des gens de la cour. Ils en feraient autant, s'ils en avaient l'occasion. Je suppose donc qu'il s'agissait pour lui d'une manière de me cocufier. Je ne doute pas qu'il aurait été ravi de colporter ce fait d'armes à la cour. C'est le genre de choses futiles avec lesquelles les Magnati adorent perdre leur temps.

Il s'exprimait avec dédain, ce qui ne l'avait pas empêché de pénétrer en furie dans ma chambre.

— Pourquoi chercherait-il à vous insulter ? demandai-je timidement. N'est-il pas venu vous… solliciter un peu de magie ?

— Non, il est venu profiter de la vue sur le Bois. Bien sûr qu'il est venu quémander de la magie, et que je l'ai renvoyé à ses affaires, à savoir pourfendre les chevaliers ennemis et ne pas se mêler de choses qu'il comprend à peine. (Il ricana.) Il commence à croire ses propres troubadours : il voulait essayer de ramener la reine.

— Mais la reine est morte, dis-je, confuse.

Cela avait d'ailleurs provoqué toutes les guerres. Près de vingt ans plus tôt, le prince héritier Vasily de Rosya s'était rendu en Polnya en tant qu'ambassadeur. Il était tombé amoureux de la reine Hanna et ils s'étaient enfuis ensemble. Quand les soldats du roi avaient retrouvé leur trace, ils avaient disparu dans le Bois.

L'histoire s'était arrêtée là : nul n'était jamais ressorti du Bois vivant, du moins pas sain et sauf. Certains en étaient revenus aveugles et hurlants, d'autres si difformes qu'ils en étaient à peine reconnaissables. Le pire étant ceux qui en émergeaient avec leur véritable visage mais un esprit assassin, le cerveau terriblement corrompu.

La reine et le prince Vasily n'étaient jamais reparus du tout. Le roi de Polnya avait accusé l'héritier de Rosya de l'avoir enlevée, le roi de Rosya avait reproché à la Polnya la mort de son fils, et depuis lors les guerres s'étaient succédé, en dépit de quelques trêves occasionnelles ou traités de courte durée.

Ici, dans la vallée, cette histoire nous paraissait ridicule ; tout le monde s'accordait à dire que c'était la faute du Bois, depuis le début. La reine se serait enfuie, alors qu'elle avait deux enfants en bas âge ? Déclarant ainsi la guerre à son propre époux ? Leurs noces étaient célèbres. Il existait plus d'une dizaine de chansons pour les conter. Ma mère m'avait chanté ce dont elle se souvenait de l'une d'elles ; naturellement, plus aucun ménestrel ne se risquait à les jouer, à présent.

Le Bois était forcément responsable. Peut-être que quelqu'un les avait empoisonnés tous deux en leur faisant boire de l'eau puisée dans la rivière à l'endroit où elle y pénétrait ? Peut-être qu'une personne de la cour tentant de rejoindre la Rosya par la montagne avait accidentellement passé la nuit sous les arbres sombres, près du bord, et était entrée au château porteuse d'un germe quelconque ? Nous savions que c'était dû au Bois, mais cela ne changeait rien. La reine Hanna était de toute façon partie, enfuie avec le prince de Rosya, et nous étions tous en guerre ; le Bois s'immisçait chaque année un petit peu plus dans nos royaumes, se repaissant de nos morts.

— Non, affirma le Dragon, la reine n'est pas morte. Elle est toujours dans le Bois.

Je le dévisageai. Il avait l'air pragmatique et sûr de lui, même si je n'avais jamais rien entendu de tel. Mais c'était suffisamment horrible pour que je le croie : être piégée dans le Bois pendant vingt ans, enfermée à perpétuité par quelque malédiction… c'était bien le genre de chose que le Bois était capable de faire.

Le Dragon haussa les épaules et agita la main en direction du prince.

— Il est impossible de la tirer de là, et il ne provoquerait que des dommages encore plus grands en s'y aventurant, mais il refuse d'entendre raison. (Il réprima un rire sarcastique.) Il s'imagine qu'éliminer une hydre vieille d'un jour fait de lui un héros.

Aucune des chansons ne mentionnait jamais le fait que l'hydre Vandalus n'était vieille que d'une journée. Cela dépréciait considérablement la performance.

— Quoi qu'il en soit, reprit le Dragon, je présume qu'il est contrarié. De toute façon, les seigneurs et les princes détestent la magie, surtout lorsqu'ils en ont si cruellement besoin. Oui : une vengeance de cette sorte n'aurait rien d'étonnant.

J'y croyais volontiers, et je comprenais parfaitement où le Dragon voulait en venir. Si le prince avait réellement voulu posséder la maîtresse du magicien, qui qu'elle puisse être – je fus submergée d'indignation en imaginant Kasia à ma place, même sans magie indésirable pour la sauver –, alors il ne serait pas simplement allé se coucher. Ce souvenir le tarabusterait clairement, telle une pièce de puzzle mal positionnée.

— Cependant, ajouta le Dragon avec condescendance, comme si j'étais un chiot lui mastiquant la chaussure, l'idée n'est pas complètement idiote : je devrais être capable d'altérer ses souvenirs dans une autre direction.

Il leva la main, et je lui demandai, curieuse :

— Dans quelle autre direction ?

— Je vais lui faire croire qu'il a bénéficié de tes faveurs. Le convaincre que tu étais pleine d'enthousiasme à l'idée de me ridiculiser. Je suis sûr qu'il n'aura aucun mal à avaler cela.

— Quoi ? m'écriai-je. Vous allez… non ! Il va… Il va…

— Vas-tu me faire croire que l'opinion qu'il se fait de toi t'importe ?

— S'il croit que j'ai couché avec lui, qu'est-ce qui l'empêchera de… de vouloir recommencer ?

Le Dragon balaya ma remarque d'un geste de la main.

— J'en ferai un souvenir désagréable… j'insinuerai que tu n'as pas arrêté de lui donner des coups de coude en poussant des petits gloussements de vierge effarouchée, que tout s'est terminé rapidement. Sauf si tu as une meilleure idée ? ajouta-t-il, hargneux. Tu préfères peut-être qu'il se réveille en se rappelant que tu as fait ton possible pour l'assassiner ?

Ainsi donc, le matin suivant, je vécus la terrible expérience de voir le prince Marek s'arrêter devant la porte de la tour pour lever la tête vers ma fenêtre et me souffler un baiser aussi joyeux qu'indiscret. Je ne guettais l'extérieur que pour m'assurer qu'il partait effectivement, et il me fallut rassembler toute ma prudence pour ne rien lui jeter à la figure, et je ne parle pas d'une marque d'estime.

Cependant, le Dragon n'avait pas eu tort de se méfier : même avec un tel souvenir en tête, le prince hésita sur le marchepied de son carrosse et m'observa avec un léger froncement de sourcils, comme si quelque chose le perturbait. Puis il se baissa pour monter dans le véhicule et se laisser emmener. Je surveillai l'éloignement de la fumée sur la route, jusqu'à ce que la caravane ait bel et bien disparu derrière les collines. Alors seulement je m'écartai de la fenêtre et me sentis de nouveau en sécurité – un sentiment absurde, dans une tour enchantée sur laquelle régnait un terrible sorcier dont la magie rôdait jusque sous ma peau.

Je tirai sur ma robe vert et feuille-morte et descendis lentement l'escalier jusqu'à la bibliothèque. Le Dragon était dans son fauteuil, son livre ouvert sur les genoux. Il se tourna pour me regarder.

— Très bien, dit-il d'un ton aussi aigre qu'à l'habitude. Aujourd'hui, nous allons…

— Attendez, l'interrompis-je. (Il se tut.) Pouvez-vous m'expliquer comment transformer ceci en quelque chose de mettable ?

— Si tu ne maîtrises pas encore *vanastalem*, je ne peux pas grand-chose pour toi, rétorqua-t-il. En vérité, je vais finir par te croire mentalement déficiente.

— Non ! Je ne veux pas… ce sort… m'empressai-je de répondre sans prononcer le mot. Je suis tout engoncée dans ces robes, je n'arrive pas à les lacer moi-même, ni à faire le ménage…

— Pourquoi ne te sers-tu pas des sorts de nettoyage ? s'étonna-t-il. Je t'en ai enseigné au moins cinq.

Je m'étais efforcée de tous les oublier.

— Je trouve ça moins fatigant de frotter !

— Oui, je vois que tu comptes effectivement laisser une trace dans les annales de la magie, répliqua-t-il avec irritation.

Néanmoins, ses sarcasmes ne pouvaient plus m'atteindre : manier mon pouvoir était déjà suffisamment déplaisant, je ne couvais aucun désir de devenir une grande et puissante sorcière.

— Tu es vraiment une étrange créature : toutes les filles de paysans ne rêvent-elles pas de princes et de robes de bal ? Essaie de le dégrader, alors.

— Quoi ? demandai-je.

— Omets une partie du mot, expliqua-t-il. Articule mal, marmonne, quelque chose dans le genre.

— N'importe quelle partie ? demandai-je, dubitative. (J'essayai néanmoins.) *Vanalem ?*

Ce mot plus court m'était plus agréable en bouche : plus bref et étrangement plus amical, même si ce n'était peut-être que mon imagination. La robe frémit et les jupons se dégonflèrent autour de moi pour former une jolie letnik de lin brut s'arrêtant à mi-mollets, surmontée d'une simple robe marron dotée d'une ceinture verte. Je pris une longue inspiration de contentement : pas de poids mort me pesant des épaules aux chevilles, pas de corset étouffant, pas de traîne interminable, mais un vêtement sobre, confortable et classique. Et la magie ne m'avait pas atrocement éreintée. Je n'étais même pas fatiguée du tout.

— Si ta tenue te convient… déclara le Dragon d'une voix dégoulinante de moquerie. (Il tendit la main et fit venir à lui un livre de la bibliothèque.) Nous allons commencer par une petite composition syllabique.

4

Même si cela me déplaisait de posséder de la magie, j'étais heureuse de ne plus avoir si peur en permanence. Je n'étais toutefois pas une élève modèle : quand je n'oubliais pas, purement et simplement, les mots qu'il m'apprenait, je n'arrivais pas à les prononcer correctement. J'articulais mal, je marmonnais et je les mélangeais, si bien qu'avec un sort censé organiser nettement une dizaine d'ingrédients pour une tourte – « Je ne risque pas de t'entraîner à faire des potions », m'avait-il tancée de façon caustique – les aliments se retrouvaient agglomérés en un bloc immonde que je ne pouvais même pas récupérer pour mon souper. Un autre sort, qui aurait dû couvrir proprement le feu dans la bibliothèque, où nous travaillions, sembla ne produire aucun effet – jusqu'à ce que nous entendions un craquement lointain et que nous courions à l'étage pour découvrir des flammes teintées de vert bondissant de l'âtre de la chambre d'amis située juste au-dessus pour s'en prendre au rideau de lit brodé.

Après avoir réussi à maîtriser le feu retors et déterminé, il me gronda furieusement pendant dix bonnes minutes, me traitant d'andouille décérébrée, rejeton d'éleveurs de cochons – « Mon père est bûcheron ! » m'exclamai-je.

— De feignasses de manieurs de hache ! se corrigea-t-il alors.

Mais, malgré tout, je n'avais plus peur. Il s'énervait généralement jusqu'à épuisement, puis il me congédiait.

Et à présent que je savais qu'il ne me voulait aucun mal, ses hurlements ne m'affectaient plus.

J'étais presque navrée de ne pas être plus douée, car je voyais bien à quel point cet amoureux de la beauté et de la perfection était frustré. Il n'avait pas demandé à avoir une élève, mais, maintenant qu'on m'avait mise dans ses pattes, il espérait faire de moi une grande et talentueuse sorcière en me transmettant son art. Je me rendais bien compte, quand il me faisait la démonstration de mécanismes plus puissants qu'il réalisait avec force gestes et scansions interminables, qu'il aimait son travail : ses prunelles s'illuminaient et rutilaient à la lumière des sorts, son visage était rendu presque beau par la transcendance. Il adorait sa magie, et il aurait volontiers partagé cet amour avec moi.

Néanmoins, je me contentais de balbutier quelques sorts, de subir son inévitable sermon et de redescendre joyeusement à la cuisine pour émincer à la main des oignons pour le dîner. Cela le rendait fou, ce que je peux comprendre. Je savais que je me comportais comme une idiote. Mais je n'étais pas habituée à me considérer comme importante. J'avais toujours su glaner plus de noix, de champignons et de baies que les autres, même dans un coin de forêt déjà parcouru une demi-douzaine de fois. Je découvrais les dernières herbes à l'automne et les premières prunes au printemps. Comme ma mère le disait, plus il fallait se salir, meilleure j'étais : s'il s'agissait de creuser, de s'enfoncer dans les ronceraies ou de grimper aux arbres pour obtenir quelque chose, je rentrais systématiquement avec un panier plein, afin de lui arracher davantage de soupirs indulgents que de cris de désarroi provoqués par l'état de mes vêtements.

Cependant, je m'étais toujours dit que c'était là mon seul don. Rien d'important, sauf aux yeux de ma petite famille. Même chez le Dragon, je ne réfléchissais pas à ce que pouvait apporter la magie, en dehors de robes absurdes et de la réalisation de corvées aussi vite achevées à la main. Peu m'importait mon manque de progrès ou la fureur dans laquelle cela le mettait. Je trouvai même le moyen de m'en satisfaire, jusqu'à l'arrivée du Solstice d'hiver.

Je pouvais regarder par la fenêtre et voir les arbres à chandelles s'illuminer sur les places des villages tels de petits phares parsemant la vallée sombre jusqu'à l'orée du Bois. Chez moi, ma mère devait oindre le cuissot de saindoux et retourner les pommes de terre dans la lèchefrite en dessous. Mon père et mes frères charriaient sans doute de grandes quantités de bois de chauffage dans toutes les maisons, ainsi que des branches de sapin fraîchement coupées. Ils auraient abattu notre arbre à chandelles pour le hisser dans toute sa splendeur sur la place.

Non loin de là, Wensa devait faire cuire des châtaignes, des pruneaux et des carottes avec un bon morceau de bœuf, et Kasia… Kasia serait là, finalement. Kasia devait préparer le délicieux senkach sur sa broche devant la cheminée, ajoutant une fine couche de pâte à frire à chaque rotation pour former les aiguilles de sapin. Elle avait appris à le faire alors que nous avions douze ans : Wensa avait donné son voile de mariage en dentelle deux fois plus grand qu'elle à une dame de Smolnik, qui, en échange, avait enseigné la recette à mon amie. Ainsi, Kasia serait prête à cuisiner pour un seigneur.

J'essayai de me réjouir pour elle, mais j'étais trop occupée à me lamenter sur mon sort. C'était difficile d'être seule et gelée, enfermée dans ma haute tour. Le Dragon ne célébrait pas cette fête ; d'ailleurs, il ne savait peut-être même pas quel jour on était. Je me rendis à la bibliothèque comme d'habitude, débitai un nouveau sort d'un timbre monocorde, ce qui le fit crier quelques instants avant qu'il me demande de partir.

Pour tenter d'oublier ma solitude, je descendis à la cuisine et me préparai un petit festin à base de jambon, de kacha et de pommes cuites. Malheureusement, quand je déposai le tout dans mon assiette, cela me parut si fade et banal que, pour la première fois, je me servis de *lirintalem* pour mon propre compte, ayant désespérément besoin d'un repas de fête. L'air frémit et je me retrouvai soudain devant un magnifique plateau de rôti de porc, chaud, rosé et dégoulinant de jus, accompagné de ma bouillie préférée, bien épaisse et agrémentée d'une louche de beurre et de croûtons de pain grillé, d'un tas de petits pois frais que personne au village ne pourrait déguster avant le printemps et d'un teiglach. Je n'avais goûté qu'une seule fois à ce gâteau, à la table de la chef du village, l'année où ma famille avait été invitée chez elle à la période des moissons : les fruits confits ressemblaient à des joyaux colorés, les boules de pâte sucrée étaient parfaitement dorées, les noisettes magnifiquement pâles et croquantes, le tout étant nappé de sirop de miel.

Toutefois, ça n'était pas le menu traditionnel du Solstice. Mon ventre ne gargouillait pas d'impatience après une journée entière de cuisine et de vaisselle. Le bruit joyeux des conversations des trop nombreux convives, ponctuées d'incessants éclats de rire et cliquetis de couverts, me manquait. Regarder mon festin miniature ne faisait qu'accentuer mon sentiment de solitude. Je pensais à ma mère, seule aux fourneaux, sans mes mains maladroites pour l'aider, et mes yeux me brûlaient quand je les enfouis dans mon oreiller sans même avoir touché à mon plateau, placé sur la table de chevet.

Deux jours plus tard, j'avais encore les paupières gonflées de chagrin et je me sentais encore plus mal à l'aise qu'en temps normal. Ce fut ce jour-là que le cavalier arriva dans un fracas empressé de sabots et tambourina aux portes de la tour. Le Dragon posa le livre à l'aide duquel il tentait de m'enseigner, et je le suivis vers l'entrée. Les deux grands vantaux s'ouvrirent de leur propre chef, et le messager manqua tomber à l'intérieur. Il portait le surcot jaune sombre des Marches jaunes et son visage blême dégoulinait de sueur. Il s'agenouilla, déglutit, mais n'attendit pas que le Dragon lui donne l'autorisation de parler.

— Mon seigneur le baron vous prie de venir sans perdre un instant, déclara-t-il. Une chimère se dirige vers nous, en arrivant par le col…

— Quoi ? l'interrompit brusquement le Dragon. Ce n'est pas la saison. Quel genre de créature est-ce réellement ? Il suffit qu'un idiot ait nommé une vouivre une chimère, et que d'autres l'aient répété…

Le coursier secouait énergiquement la tête, comme si elle était montée sur ressort.

— Une queue de serpent, des ailes de chauve-souris, une tête de chèvre… je l'ai vue de mes propres yeux, seigneur Dragon, voilà pourquoi mon seigneur m'a envoyé…

Le Dragon siffla de mécontentement : comment une chimère osait-elle l'incommoder hors saison ? Pour ma part, je peinais à comprendre pourquoi les chimères devaient avoir des saisons : il devait pourtant s'agir d'une bête magique, qui à ce titre pouvait agir comme il lui plaisait.

— Ne sois pas stupide, me lança le Dragon tandis que je trottinais derrière lui en direction du laboratoire.

Il ouvrit une boîte et m'ordonna de lui apporter telle fiole et telle autre. Je m'exécutai tristement et très précautionneusement.

— Une chimère a beau naître d'une magie putride, elle reste une créature vivante dotée de sa propre nature. Elles descendent essentiellement des serpents, donc elles naissent dans des œufs et ont le sang froid. Elles passent l'hiver à se tapir ou à s'allonger au soleil dès qu'il apparaît. Et elles s'envolent à l'été.

— Alors pourquoi celle-ci viendrait-elle maintenant ? m'étonnai-je, peinant à le suivre.

— Ce n'est probablement pas le cas, et ce jaune d'œuf haletant s'est sans doute fait peur tout seul en croisant une ombre, répondit le Dragon.

Sauf que le jaune d'œuf haletant ne m'avait pas paru idiot, ni même froussard, si bien que je n'étais pas certaine que le Dragon pensât réellement ces moqueries.

— *Non*, me rabroua-t-il, pas la rouge, crétine, c'est du cœurfeu ; une chimère pourrait en boire des litres, et devenir un véritable dragon. Non, la pourpre, deux fioles plus loin.

Toutes deux m'apparaissaient pourpres, mais je m'empressai de reposer celle que je tenais pour lui donner celle qu'il voulait.

— Bon, reprit-il en refermant sa boîte. N'ouvre pas un livre, ne touche à rien dans cette pièce, ne touche à rien dans *aucune* pièce sauf si tu ne peux pas faire autrement, et essaie de ne pas tout faire s'écrouler en attendant mon retour.

Je compris seulement alors qu'il allait partir en me laissant là. Je le dévisageai d'un air consterné.

— Qu'est-ce que je vais faire ici toute seule ? demandai-je. Je ne pourrais pas vous accompagner ? Combien de temps partez-vous ?

— Une semaine, un mois ou pour toujours si je me déconcentre, si je commets une grosse maladresse ou si je me laisse tailler en pièces par la chimère, rétorqua-t-il. Ce qui signifie que non, tu ne *peux pas* m'accompagner. Et, dans la mesure du possible, tu ne dois surtout *rien faire du tout*.

Puis il sortit. Je me précipitai à la bibliothèque pour regarder par la fenêtre : les portes se refermèrent derrière lui tandis qu'il descendait les marches. Le messager se releva d'un bond.

— Je prends votre cheval, entendis-je le Dragon déclarer. Quant à vous, marchez jusqu'à Olshanka. Je vous le laisserai là-bas, où j'emprunterai une monture fraîche.

Puis il monta en selle et agita une main impérieuse en murmurant quelques mots ; un petit feu s'illumina devant lui sur le chemin couvert de neige et roula telle une boule pour faire fondre les obstacles lui obstruant la voie. Il se mit aussitôt au trot, en dépit de la réticence du cheval, dont les oreilles aplaties trahissaient le malaise. J'imagine que le sort qu'il avait utilisé pour se rendre à Dvernik et en revenir avec moi ne fonctionnait pas sur une si longue distance, ou qu'il ne pouvait l'employer que sur ses terres.

Je demeurai debout sans bouger jusqu'à ce qu'il eût disparu à l'horizon. Ce n'était pas comme s'il avait jamais fait en sorte que sa compagnie me soit agréable, mais son donjon semblait terriblement vide sans lui. J'essayai de considérer son absence comme des vacances, mais je n'étais pas assez fatiguée. J'avançai un peu sur la couture de mon édredon, puis je restai assise près de ma fenêtre à observer la vallée : les champs, les villages, cette forêt que j'adorais. Je regardai les troupeaux aller à l'eau, les traîneaux en bois glisser sur la neige et les rares cavaliers arpenter la route bordée de congères éparses, puis je finis par m'endormir contre le chambranle. Il était déjà tard quand je me réveillai en sursaut, dans le noir, et vis la ligne de fanaux brûler au loin sur presque toute la longueur de la vallée.

Je les considérai, étourdie de sommeil. Pendant un instant, je crus que les arbres à chandelles avaient été rallumés. Je n'avais vu le feu d'alarme s'embraser à Dvernik qu'à trois reprises : lors de l'Été vert ; quand les juments des neiges avaient jailli du Bois à mes neuf ans ; et quand les plantes crapahutantes avaient avalé quatre maisons en bordure du village, une nuit de l'été de mes quatorze ans. Le Dragon était intervenu chaque fois, repoussant l'assaut du Bois avant de disparaître à nouveau.

Prise de panique, j'entrepris de compter les fanaux pour déterminer d'où le message était parti. Mon sang se figea dans mes veines : il y en avait neuf, éclairés en ligne droite le long du Fuseau. Le neuvième était celui de Dvernik. L'alerte avait été lancée dans mon propre village. Je les contemplai un bon moment avant d'avoir une prise de conscience : le Dragon était parti. Il devait avoir désormais largement dépassé le col pour rejoindre les Marches jaunes. Il ne pouvait plus voir les feux de détresse, et même si quelqu'un les lui signalait, il devrait d'abord s'occuper de la chimère. Il n'avait pas évoqué de délai plus court qu'une semaine. Et il n'y avait personne d'autre…

Ce fut alors que je compris combien j'avais été idiote. Je n'avais jamais imaginé que la magie, *ma* magie, puisse être quelque chose de positif, pas avant de me tenir là et de comprendre qu'il n'y avait personne d'autre que *moi*. Que, quel que soit le pouvoir que j'abritais, si pauvre, maladroite et ignare que je puisse être, il restait plus grand que celui de n'importe quel autre villageois. Que les miens avaient besoin d'aide, et que j'étais la seule à pouvoir leur en apporter.

Après un instant d'hésitation, je dévalai l'escalier en direction du laboratoire. Avec un hoquet de terreur, je me saisis de la potion grise, celle qui m'avait changée en pierre. Je pris également la potion de cœurfeu et l'élixir dont le Dragon s'était servi pour sauver la vie du prince, ainsi qu'une verte qui, m'avait-il dit un jour, servait à faire pousser les plantes. Je ne voyais pas en quoi elles pourraient m'être utiles, mais au moins j'en connaissais les effets. Quant aux autres, dont j'ignorais jusqu'au nom, je n'osai même pas m'en approcher.

Je remontai alors dans ma chambre et entrepris désespérément de déchirer le reste de mes robes, avant de les nouer ensemble pour me constituer une corde en soie. Quand elle fut assez longue – du moins, je l'espérais –, je l'accrochai et la lançai par la fenêtre, puis l'observai se dérouler. La nuit était profonde. Il n'y avait pas la moindre lumière pour me confirmer que ma corde avait bien touché le sol. Je n'avais cependant d'autre choix que de tenter l'expérience pour m'en rendre compte par moi-même.

Parmi mes divers projets de couture, j'avais confectionné quelques sacs à partir de chutes de tissu. Je glissai toutes mes fioles dans l'un d'eux, que je rembourrai au maximum avant de me le passer sur l'épaule. J'essayais de ne pas réfléchir à mes actes. Un nœud s'était formé dans ma gorge. J'agrippai des deux mains ma corde de fortune et enjambai le rebord de ma fenêtre.

J'avais déjà grimpé à de vieux arbres : j'adorais les grands chênes et parvenais à leur cime rien qu'à l'aide d'une ficelle usée que je jetais autour d'une branche. Cela n'avait rien à voir. Les pierres de la tour étaient anormalement lisses, et les espaces entre elles étaient extrêmement étroits et remplis d'un mortier que le temps n'était jamais parvenu à fissurer ou à craqueler. Je me débarrassai de mes chaussures et les laissai choir les premières, mais même mes pieds nus ne trouvèrent pas la moindre prise. Je pesais de tout mon poids sur la soie, mes mains étaient moites de sueur et mes épaules me faisaient déjà mal. Je me laissais glisser en me retenant tant bien que mal, me cramponnant parfois pour m'immobiliser alors que mon sac encombrant oscillait et que le liquide des flacons clapotait. Je poursuivis ma descente car je n'avais pas le choix : remonter aurait été plus dur encore. Je compris que j'étais à bout de forces quand j'envisageai sérieusement de lâcher prise. J'étais presque parvenue à me convaincre que la chute ne serait pas si terrible quand mon pied vibra douloureusement après avoir heurté le sol, tout juste amorti par la quinzaine de centimètres de neige qui reposait contre la tour. Je récupérai mes chaussures et m'élançai sur le sentier que le Dragon s'était ménagé pour rejoindre Olshanka.

Ils ne surent pas du tout comment m'accueillir quand j'arrivai là-bas. J'entrai en titubant dans la taverne, couverte de sueur et gelée jusqu'à l'os, les cheveux collés à mon visage et des cristaux de givre accrochés aux quelques mèches sur lesquelles s'était déposée la fumée produite par ma respiration. Je ne connaissais personne. J'avais simplement déjà vu le maire, sans jamais lui adresser un mot. Ils m'auraient probablement prise pour une folle sans l'intervention de Borys, le père de Marta, l'une des filles nées la même année que moi. Il avait été présent à la sélection.

— C'est la fille du Dragon, déclara-t-il. La fille d'Andrey.

Aucune de celles qui m'avaient précédée n'était sortie de la tour avant les dix années. Si désespérée que fût la situation, je crois que, dans un premier temps, ils auraient préféré affronter ce que le Bois leur avait envoyé plutôt que de m'avoir dans leurs pattes, car je représentais plus un problème qu'un atout.

Je leur expliquai alors que le Dragon était parti pour les Marches jaunes et que j'avais besoin que quelqu'un m'emmène à Dvernik. S'ils crurent immédiatement la première assertion, je me rendis bientôt compte que nul n'avait la moindre intention d'accéder à ma requête, même après que je leur eus parlé de mes leçons de magie.

— Viens passer la nuit chez moi, sous la protection de ma femme, déclara le maire. (Il se retourna alors.) Danushek, fonce à Dvernik : il faut leur dire de tenir bon, quoi qu'il advienne, et découvrir de quoi ils ont besoin. Nous enverrons un homme dans les montagnes…

— Je refuse de passer la nuit chez vous ! m'exclamai-je. Et si vous ne voulez pas m'emmener, j'irai à pied. J'y serai toujours plus tôt que n'importe lequel de vos renforts !

— Suffit ! rétorqua le maire. Écoute-moi bien, petite imbécile…

Ils avaient peur, bien sûr. Ils pensaient que je m'étais enfuie, que je cherchais simplement un moyen de rentrer chez moi. Ils ne voulaient pas m'entendre implorer leur aide. À mon avis, c'était surtout parce qu'ils avaient honte d'avoir cédé une fille au Dragon ; ils savaient que ça n'était pas bien, mais ils le faisaient quand même parce qu'ils n'avaient pas le choix et parce que ce n'était pas assez grave pour les pousser à se rebeller.

Je pris une longue inspiration et me servis une nouvelle fois de mon arme *vanastalem*. Le Dragon aurait été fier de moi, je crois, car je prononçai chaque syllabe avec le tranchant d'une lame fraîchement affûtée. Ils se reculèrent en voyant la magie tourbillonner autour de moi, si vive que même le feu de cheminée parut pâlot en comparaison. Quand le pouvoir se dissipa, je faisais quelques centimètres de plus et paraissais ridiculement éminente sur mes bottines à talons et avec ma tenue de reine endeuillée : une letnik faite de velours noir doublé de dentelle noire sur laquelle avaient été brodées de petites perles noires ; un habit particulièrement austère qui ressortait d'autant plus que ma peau n'avait pas vu le soleil depuis plusieurs mois. Les longues manches cerclées d'or épousaient la forme de mes bras. Encore plus extravagant était le manteau qui recouvrait le tout, tout en soie dorée et rouge, doublé de fourrure noire au niveau du col et maintenu à la taille par une ceinture en or. Mes cheveux étaient prisonniers d'un filet doré serti de petits bijoux brillants.

— Je ne suis ni une imbécile ni une menteuse, ripostai-je. Et si je ne peux rien résoudre, je peux au moins *essayer*. Faites venir un chariot !

5

Naturellement, cela joua en ma faveur que personne n'ait su qu'il s'agissait là d'un petit sortilège de rien du tout et qu'aucun d'eux n'ait jamais trop vu de magie. Je ne les affranchis pas. Ils attelèrent quatre chevaux à leur traîneau le plus léger, et je fus tractée le long de la route de la rivière dans ma robe ridicule – mais chaude ! La course fut rapide et inconfortable, un survol ininterrompu du chemin gelé, mais ni assez rapide ni assez inconfortable pour m'empêcher de réfléchir au peu d'espoir que j'avais de réussir autre chose que précipiter ma mort, possiblement sans rien accomplir de positif.

Borys avait proposé de me conduire, une forme de culpabilité que j'avais comprise sans qu'il eût à l'expliquer. J'avais été emmenée, pas sa fille chérie. Elle était bien au chaud chez elle, et peut-être qu'un homme la courtisait ou avait déjà demandé sa main. Quant à moi, j'avais été enlevée moins de quatre mois plus tôt, et j'étais déjà méconnaissable.

— Savez-vous ce qui s'est passé à Dvernik ? lui demandai-je, blottie sous un tas de couvertures.

— Non, pas encore, répondit-il par-dessus son épaule. Les fanaux viennent d'être allumés. Le messager doit être sur la route, si…

Il s'interrompit. S'il restait un messager à envoyer, avait-il voulu dire.

— J'imagine qu'on le croisera à mi-chemin, conclut-il plutôt.

Avec les lourds chevaux de mon père attelés à son gros chariot, nous faisions toujours une pause lors de la journée de voyage nécessaire pour rallier Olshanka depuis Dvernik. Mais cette nuit-là, le ciel était dégagé, la route disparaissait sous trente centimètres de neige gelée couverts d'une fine couche de poudreuse et les chevaux étaient équipés de fers spéciaux. Nous filâmes comme le vent dans la pénombre ; quelques heures avant l'aube, nous échangeâmes les chevaux contre des montures fraîches au village de Viosna, si vite que je n'eus même pas le temps de descendre du traîneau. Personne ne posa la moindre question. Borys se contenta de dire : « On est en route pour Dvernik », et ils me dévisagèrent avec intérêt et curiosité mais sans l'ombre d'un doute, et sans me reconnaître. En attachant le nouvel attelage, la femme du valet d'écurie, emmitouflée dans un épais manteau, vint m'apporter une tourte tout juste sortie du four et une coupe de vin chaud.

— Pour vous réchauffer les mains, madame, déclara-t-elle.

— Merci, répondis-je d'un air embarrassé, me sentant telle une usurpatrice, presque une voleuse.

Cela ne m'empêcha pas de dévorer la tourte en dix bouchées. J'avalai ensuite le vin, surtout parce que je ne voyais pas comment m'en débarrasser sans paraître impolie.

Il m'apporta une agréable sensation de vertige et le monde me parut soudain doux, chaud et confortable. Je me sentis dès lors bien moins inquiète – ce qui signifiait que j'avais trop bu –, mais tout de même reconnaissante. Borys reprit la route plus vite encore et, une heure plus tard, avec le soleil qui se levait en face de nous, nous aperçûmes au loin un homme descendre la route d'un pas traînant. En nous rapprochant, nous constatâmes qu'il ne s'agissait pas d'un homme, mais de Kasia, vêtue d'habits de garçon et de lourdes bottes. Elle avançait droit vers nous : nous étions les seuls à nous rendre à Dvernik.

Elle agrippa le bord du traîneau, haletante, se fendit d'une révérence et annonça :

— C'est le bétail… ça s'est emparé de toutes les bêtes, et si elles plantent leurs dents dans quelqu'un, elles le lui transmettent. On a réussi à en parquer la plupart, on les retient comme on peut, mais tous les hommes sont de corvée…

Sortie de mon tas de couvertures, je tendis les bras vers elle.

— Kasia, dis-je d'une voix étranglée.

Elle se tut. Elle me regarda, et nous nous dévisageâmes silencieusement pendant un long moment, jusqu'à ce que je déclare :

— Monte vite, je t'expliquerai en route.

Elle grimpa à côté de moi et nous remontâmes les couvertures autour de nous. Nous formions un étrange couple, ridiculement dépareillé, elle avec sa tenue de gardien de cochons sale et grossière, son épaisse veste en peau de mouton et ses longs cheveux fourrés sous un chapeau, moi avec ma parure. À nous deux, nous donnions l'impression que la fée marraine était descendue voir Masha tandis qu'elle balayait les cendres dans l'âtre. Mais nos mains étaient solidement jointes, symbolisant à merveille le lien qui nous unissait. Tandis que notre traîneau fusait, je lui racontai des bribes décousues de mon histoire – des premiers jours passés à fouiner désespérément, aux longues semaines éreintantes durant lesquelles le Dragon m'avait forcée à pratiquer la magie, puis aux leçons qui s'étaient succédé depuis lors.

Kasia ne me lâcha jamais la main, et quand je lui expliquai finalement que j'étais moi-même dotée, elle me coupa le souffle en me déclarant :

— J'aurais dû m'en douter. (Je la dévisageai, bouche bée.) Il t'arrivait toujours des choses étranges. Tu entrais dans la forêt et tu en ressortais avec des fruits qui n'étaient pas de saison, ou des fleurs que personne n'avait jamais vues. Quand on était petites, tu me répétais toujours les histoires que les pins te racontaient, jusqu'à ce qu'un jour ton frère te reproche d'inventer des bobards et que tu cesses de le faire. Et puis il y avait cette façon de te salir : je savais que tu ne parviendrais pas volontairement à te rendre aussi crasseuse, et que tu ne le voulais pas, que tu faisais même des efforts pour l'éviter. Un jour, j'ai même vu une branche se tendre vers toi pour te tirer sur la jupe…

Je tressaillis, émis un gémissement de protestation, et elle se tut. Je ne voulais plus rien entendre. Je ne voulais pas qu'elle me dise que la magie avait toujours été autour de moi, inéluctable.

— Ça ne sert à rien d'autre qu'à me donner l'air d'une pouilleuse, pestai-je d'une toute petite voix. Si je suis venue, c'est uniquement parce qu'il est parti. Maintenant, dis-moi : qu'est-ce qui s'est passé ?

Kasia me raconta. Les bêtes étaient tombées malades du jour au lendemain. Les premières avaient eu des marques de morsure, comme si des loups immenses avaient planté leurs crocs dans leur chair, alors qu'on n'avait pas vu de loup dans le coin de tout l'hiver.

— C'étaient celles de Jerzy, m'expliqua Kasia avec sobriété. Il ne les a pas achevées tout de suite.

Je hochai la tête.

Jerzy aurait dû faire preuve de plus de bon sens – il aurait dû les sortir du troupeau et leur trancher la gorge aussitôt qu'il avait vu les traces. Un loup ordinaire n'aurait jamais fait une chose pareille. Mais… il était pauvre. Il n'avait pas de champs, pas de commerce, rien d'autre que ses vaches. Plusieurs fois, sa femme était discrètement venue quémander de la farine chez nous, et quand je rentrais des bois avec une récolte assez importante, ma mère m'envoyait chez eux avec un panier. Il s'était serré la ceinture toute sa vie pour acquérir une troisième tête de bétail – afin de s'extraire du cercle vicieux de la pauvreté –, et il n'y était parvenu que deux ans plus tôt. Sa femme Krystyna avait porté un nouveau foulard rouge en dentelle lors de la dernière moisson, et lui un gilet neuf assorti, tous deux avec beaucoup de fierté.

Ils avaient perdu quatre enfants avant le baptême ; elle en attendait un autre. Pour toutes ces raisons, il n'avait pas tué ses bêtes assez vite.

— Elles l'ont mordu avant de se joindre à un autre troupeau, poursuivit Kasia. À présent, elles sont toutes devenues folles, et elles sont trop dangereuses pour qu'on les approche, Nieshka. Qu'est-ce que tu comptes faire ?

Le Dragon connaissait peut-être un moyen d'éliminer la maladie. Pas moi.

— Il faut les brûler, décidai-je. J'espère qu'il pourra arranger les choses après, mais je ne vois pas quoi faire d'autre.

En vérité, malgré l'horreur de ce grand gâchis, j'étais soulagée, terriblement soulagée. Au moins, il ne s'agissait pas de monstres cracheurs de feu ou de quelque épidémie mortelle, et je pouvais agir. Je sortis la fiole de cœurfeu et la montrai à Kasia.

Nul à Dvernik ne s'opposa à ma proposition. Danka, notre chef de village, fut aussi surprise que Kasia et les habitants d'Olshanka en me voyant descendre du traîneau, mais elle avait d'autres soucis en tête.

Tous les hommes en bonne santé, ainsi que les femmes les plus fortes, se relayaient pour s'assurer que les pauvres créatures tourmentées restent dans leur enclos, les effrayant en agitant leurs fourches et leurs torches, les pieds glissant sur le sol gelé et les mains engourdies par le froid. Le reste des villageois s'efforçait de les empêcher de mourir de faim ou d'hypothermie. C'était à qui s'épuiserait en premier, et les humains perdaient la bataille. Ils avaient eux-mêmes essayé d'incendier le troupeau, mais il faisait trop froid. Le bois n'avait pas eu le temps de prendre que les bêtes avaient dispersé les tas. Dès que j'expliquai à Danka la nature de la potion, elle se mit à hocher la tête et ordonna à tous ceux qui n'étaient pas encore occupés d'aller chercher des pics à glace et des pelles pour préparer une fosse pare-feu.

Puis elle se tourna vers moi.

— Ton père et tes frères vont devoir rapporter plus de bois, dit-elle brusquement. Ils sont chez toi : ils ont travaillé toute la nuit. Je pourrais t'envoyer les avertir, mais ça vous fera souffrir encore plus quand tu devras retourner à la tour. Veux-tu y aller malgré tout ?

Je déglutis. Elle n'avait pas tort, mais je ne pouvais pas décliner. Kasia me tenait toujours la main, et nous traversâmes ensemble le village en courant.

— Tu veux bien entrer la première pour les prévenir ? lui demandai-je quand nous fûmes devant chez moi.

Ainsi, ma mère pleurait déjà quand je franchis le seuil. Elle ne vit pas la robe, seulement moi, et nous nous étreignions par terre dans un tas de velours quand mon père et mes frères déboulèrent des chambres de derrière, encore tout endormis. Nous pleurâmes tous ensemble, tout en nous disant que nous n'avions pas le temps de pleurer, et j'expliquai entre mes larmes le plan que nous avions élaboré. Les hommes de la maison s'empressèrent d'aller atteler les chevaux, qui étaient fort heureusement restés enfermés, en sécurité, dans l'écurie qui jouxtait la maison. Je profitai de ces derniers instants pour m'installer à la table de la cuisine avec ma mère. Elle me caressa le visage, encore et encore, les joues inondées de larmes.

— Il ne m'a pas touchée, Mamusha, lui assurai-je. (Je ne mentionnai évidemment pas le prince Marek.) Il n'est pas méchant.

Elle ne répondit rien, se contentant de me lisser les cheveux.

Mon père passa la tête par la porte et annonça :

— On est prêts.

L'heure était venue.

— Attends un instant, me dit ma mère en disparaissant dans sa chambre.

Elle en ressortit avec un petit balluchon rempli d'habits m'appartenant.

— J'espérais que quelqu'un à Olshanka voudrait bien te les faire passer au printemps, en même temps qu'il lui apporterait les cadeaux du festival.

Elle me serra contre elle et m'embrassa une dernière fois avant de me laisser partir. J'avais effectivement plus de peine encore.

Mon père fit le tour des maisons du village, et mes frères s'empressèrent d'aller récupérer tout le bois qu'ils avaient pourtant livré, en déposant de pleines brassées sur le traîneau doté de longs mâts. Quand il fut plein, nous nous dirigeâmes vers les enclos et je découvris enfin le malheureux bétail.

Les bêtes ne ressemblaient même plus à des vaches, tant leur corps était enflé et difforme, leurs cornes immenses, lourdes et tordues. Çà et là, l'une d'elles était hérissée de flèches ou de lances profondément enfoncées dans son cuir, tels des piquants horrifiants. Les choses qui sortaient du Bois ne pouvaient bien souvent pas être tuées, sauf en les brûlant ou en leur coupant la tête. Les blesser, en revanche, pouvait les rendre encore plus dangereuses. La plupart des créatures avaient les pattes avant et le ventre brûlés d'avoir piétiné les premiers feux. Elles multipliaient les assauts contre la robuste clôture de bois, balançant des coups de cornes en poussant leur mugissement grave, un son terriblement ordinaire. Un groupe d'hommes et de femmes tâchaient de les retenir à l'aide de bouquets de fourches, de lances ou de pieux.

Certaines femmes préparaient déjà le sol en ratissant ce qu'il restait de neige et de touffes d'herbe écrasées. Danka supervisait l'avancée des travaux. Elle fit signe à mon père d'approcher. Nos chevaux, inquiets, bronchèrent en sentant les effluences de putréfaction portées par le vent.

— Très bien, dit Danka. On sera prêts avant midi. On jettera du bois et de la paille à l'intérieur, puis on embrasera des torches avec la potion pour leur lancer dessus. Gardes-en autant que possible, au cas où on doive réessayer, ajouta-t-elle à mon intention.

J'acquiesçai.

Ceux qui étaient partis se reposer furent réveillés plus tôt que prévu pour nous aider aux derniers préparatifs.

Tout le monde savait que les bêtes allaient s'emballer et tenter de fuir les flammes, et tous ceux qui étaient en état de tenir ne serait-ce qu'un bâton se mirent en ligne pour les retenir. D'autres firent basculer des balles de foin dans l'enclos, après en avoir sectionné les liens afin qu'elles éclatent à l'atterrissage. Mes frères balancèrent des fagots de bois de chauffage. Je restai anxieusement postée près de Danka, tenant la fiole et sentant la magie bouillonner à l'intérieur, vibrant comme si elle s'attendait à être libérée bientôt. Finalement, Danka estima les préparatifs suffisants et me tendit le premier dispositif d'allumage, une longue bûche sèche fendue en deux jusqu'à son milieu et fourrée de brindilles et de paille retenues par une ficelle.

Le cœurfeu essaya de rugir hors du flacon dès que j'en rompis le sceau, si bien que je dus maintenir le bouchon en place de ma main libre. Quand la potion retomba de mauvaise grâce dans le contenant, j'ouvris ce dernier et versai une unique goutte – la plus petite gouttelette possible – tout au bout de la bûche. Celle-ci s'embrasa si vite que Danka ne disposa que d'un instant pour la jeter par-dessus la clôture. Elle plongea alors la main dans la neige en grimaçant : ses doigts étaient déjà rouges et couverts de cloques. Je mis quelques secondes à reboucher correctement la fiole et, quand je redressai la tête, la moitié de l'enclos était déjà en proie aux flammes et le bétail beuglait furieusement.

Nous étions tous stupéfaits par la férocité de la magie, même si chacun connaissait les légendes nées autour du cœurfeu : il existait un nombre incalculable de ballades relatant sièges ou batailles, ainsi que de récits expliquant sa fabrication, comment un magicien hors pair devait faire fondre mille unités d'or dans un chaudron de pierre brute pour remplir un unique flacon. J'avais pris grand soin de ne signaler à personne que le Dragon ne m'avait pas donné la *permission* de me servir dans la tour : s'il devait s'en prendre à quelqu'un, je voulais que ce soit à moi seule.

Toutefois, entendre une chose n'était pas la même chose que d'en être témoin. Nous n'étions pas préparés à cela, et les vaches malades étaient rendues complètement folles. Dix d'entre elles s'étaient agglutinées contre la barrière du fond et poussaient dessus malgré les piques et les pieux qui les attendaient de l'autre côté. Et nous étions tous terrifiés à l'idée de nous faire mordre ou encorner, ou même de les toucher. Le mal du Bois pourrait se répandre en nous si facilement… Les quelques défenseurs reculèrent, et Danka proférait des hurlements furieux alors que la clôture commençait à céder.

Le Dragon m'avait enseigné, à force de travail incessant et de détermination sinistre, divers petits sorts de raccommodage, fixation ou réparation, que je maîtrisais tous mal. Le désespoir m'incita à essayer. Je grimpai sur le traîneau vide de mon père, désignai la barrière et dis :

— *Paran kivitash farantem, paran paran kivitam !*

Je savais qu'il me manquait une syllabe quelque part, mais je ne devais pas être très loin du compte car la plus grosse barre, qui était en train de se fendre, se remit en place et développa même de nouvelles branches ornées de feuilles. Puis les entretoises métalliques se redressèrent à leur tour.

La vieille Hanka, qui, seule, était restée campée sur sa position – « Je suis trop revêche pour mourir ! » dirait-elle plus tard, comme pour minimiser son courage – ne tenait qu'un manche de râteau, la tête ayant déjà été arrachée par les cornes de l'un des bovins. Son morceau de bois rabougri se transforma en une longue tige d'acier qu'elle enfonça dans la gueule ouverte de l'une des vaches tentant de forcer le passage. La lance ressortit à l'arrière du crâne de la bête, qui s'affala lourdement contre la barrière, empêchant ses congénères de l'atteindre.

Ce fut le point culminant de l'affrontement. Nous parvînmes à contenir toutes les autres pendant quelques minutes de plus, puis notre tâche se révéla plus facile : toutes étaient en feu, à présent, et une terrible pestilence qui me nouait les tripes flottait dans l'air. Paniquées, les créatures perdirent de leur astuce et redevinrent de simples animaux se jetant contre les clôtures de façon désordonnée, jusqu'à ce que les flammes les terrassent. Je me servis à deux autres reprises d'un sort de réparation, si bien que je me retrouvai bientôt à chanceler contre Kasia, qui avait grimpé sur le traîneau pour me soutenir. Les enfants les plus âgés couraient en tous sens avec des seaux de neige à moitié fondue afin d'éteindre les flammèches qui pouvaient atterrir au-delà du périmètre. Chaque homme et chaque femme était éreinté, le visage rouge et couvert de sueur, le dos glacé par l'air froid, mais nous réussîmes à nous tous à maintenir les créatures emprisonnées, et ni les flammes ni la maladie ne se propagèrent.

Finalement, la dernière vache mourut. Le gras des animaux sifflait au milieu du brasier, dont s'élevait une fumée âcre. Nous nous assîmes en cercle autour de l'enclos, assez loin pour ne pas en inhaler les vapeurs. Puis nous passâmes un long moment à regarder les flammes se repaître, réduisant tout en cendres. Il y eut de nombreuses quintes de toux. Nul ne parla ou ne poussa des cris de joie. Il n'y avait rien à célébrer. Nous étions tous heureux d'avoir pu écarter le danger, mais les dégâts étaient considérables. Jerzy ne serait pas le seul à ressortir appauvri de l'affaire.

— Est-ce que Jerzy est encore vivant ? demandai-je doucement à Kasia.

Elle hésita un instant, puis opina du chef.

— J'ai entendu dire qu'il était grièvement touché.

La maladie du Bois n'était pas toujours incurable – je savais que le Dragon avait déjà sauvé des gens. Deux ans plus tôt, un vent d'est avait surpris notre amie Trina sur la berge tandis qu'elle lavait son linge. Elle était rentrée en trébuchant, malade, son panier de linge couvert d'une couche de pollen gris argenté. Sa mère l'avait empêchée d'entrer. Elle avait jeté ses habits au feu et emmené sa fille à la rivière pour l'y plonger, encore et encore, alors que Danka dépêchait un messager vers Olshanka.

Le Dragon était venu ce soir-là. Je me rappelai être allée chez Kasia pour l'observer depuis sa cour. Nous ne l'avions pas vu, ne distinguant qu'une lumière froide et bleue émanant d'une fenêtre à l'étage de chez Trina. Au matin, la tante de celle-ci m'avait dit au puits communal qu'elle guérirait ; deux jours plus tard, notre amie était rétablie, tout juste aussi fatiguée que si elle se remettait d'un rhume, ravie de nous annoncer que son père avait décidé de creuser un puits dans leur jardin, si bien qu'elle n'aurait plus jamais à courir jusqu'à la rivière pour faire la lessive.

Mais il ne s'était agi alors que d'une bourrasque malicieuse, d'un malheureux transfert de pollen. Là, nous affrontions l'une des pires crises que j'avais jamais connues. Tant d'animaux malades, si gravement atteints et capables de transmettre le mal si vite… C'était la preuve indéniable que la situation était critique.

Danka nous avait entendues parler de Jerzy. Elle vint se planter directement devant moi et me regarda droit dans les yeux.

— Y a-t-il quoi que ce soit que tu puisses faire pour lui ? m'interrogea-t-elle sans prendre de pincettes.

Je connaissais le véritable sens de sa question. Si le mal n'était pas traité, la mort serait lente et douloureuse. Le Bois vous consumait telle la pourriture s'attaquant à un arbre tombé, vous vidait de l'intérieur, ne laissant qu'une carcasse monstrueuse remplie de poison et qui n'avait d'autre souci que de contaminer le plus grand nombre. Si j'affirmais ne rien pouvoir faire, si j'avouais ne rien y connaître, si j'admettais mon épuisement – et Jerzy étant si mal en point, avec le Dragon qui ne reviendrait pas avant une semaine –, Danka passerait le mot. Elle demanderait à quelques hommes de l'accompagner chez le malade. Ils emmèneraient Krystyna à l'autre bout du village. Puis les hommes entreraient et ressortiraient avec un lourd linceul, qu'ils rapporteraient ici. Ils le jetteraient au milieu du bûcher avec les carcasses fumantes.

— Je peux tenter quelque chose, déclarai-je.

Danka acquiesça.

Je descendis péniblement du traîneau.

— Je t'accompagne, décida Kasia.

Elle passa son bras sous le mien pour me soutenir, sans que je lui demande rien. Nous nous dirigeâmes lentement vers chez Jerzy.

La maison était difficile d'accès, à l'autre extrémité du village, non loin de la forêt. La route était anormalement calme pour un après-midi, tout le monde étant resté près de l'enclos. Nos pieds crissaient sur les derniers flocons tombés durant la nuit. Je pataugeais péniblement avec ma robe encombrante, mais je ne voulais pas perdre la moindre énergie à la transformer en une tenue plus commode. Nous l'entendîmes avant d'atteindre notre destination : un grognement continu, à mi-chemin entre le gargouillis et le gémissement, qui gagnait en volume à mesure que nous nous rapprochions. J'eus toutes les peines du monde à frapper à la porte.

La maison était petite, mais l'attente fut longue. Krystyna finit par entrouvrir le battant pour jeter un coup d'œil à l'extérieur. Elle me dévisagea sans me reconnaître. Elle-même était méconnaissable : des cernes violacés lui creusaient les yeux, et son ventre de grossesse était particulièrement proéminent. Elle se tourna vers Kasia, qui expliqua :

— Agnieszka est venue de la tour pour nous aider.

Krystyna se retourna alors vers moi. Après de longues secondes, elle finit par dire, d'une voix très rauque :

— Entrez.

Je compris qu'elle attendait jusqu'alors, assise sur un siège à bascule près du feu, juste à côté de la porte. Elle attendait qu'ils viennent le prendre. Il n'y avait qu'une seule chambre, séparée de la pièce principale par un rideau. Krystyna retourna s'asseoir. Elle ne cousait pas, ne brodait pas ; elle ne buvait pas de thé ni ne nous en proposa. Elle se contentait de contempler les flammes en se balançant. Les gémissements étaient plus forts à l'intérieur. Je serrai la main de Kasia et nous nous approchâmes ensemble du rideau. Ce fut elle qui tendit le bras pour l'ouvrir.

Jerzy était allongé sur le lit, une paillasse lourde et encombrante faite de petits rondins assemblés. En l'occurrence, c'était un bien : ses bras et ses jambes étaient noués aux poteaux d'angle, et une corde l'attachait au sommier par la taille. Les extrémités de ses orteils étaient noircies et ses ongles tombaient ; sa peau était tout irritée au niveau de ses liens. Il tirait dessus de toutes ses forces en produisant son bruit, la langue noire et enflée lui encombrant presque toute la bouche ; il s'arrêta néanmoins en nous voyant entrer. Il redressa légèrement la tête et me toisa de ses yeux jaunes en me décochant un sourire plein de dents sanglantes. Il se mit à rire.

— Regarde-toi, petite sorcière, regarde-toi, regarde-toi.

Il chantonna cela d'une voix stridente et tira d'un coup sec sur les cordes, si bien que son lit décolla du sol et glissa de quelques centimètres dans ma direction. Il me sourit de nouveau.

— Approche-toi plus près, approche, approche, psalmodia-t-il. Petite Agnieszka, approche, approche, *approche*.

On aurait dit une horrible comptine enfantine. Son lit effectuait des sauts de puce dans ma direction. J'ouvris mon sac de potions de mes mains tremblantes, m'efforçant de ne pas le regarder. Je ne m'étais encore jamais trouvée aussi proche d'une personne contaminée par le Bois. Kasia avait les mains sur mes épaules et se tenait bien droite, parfaitement calme. Je crois que, si elle n'avait pas été là, je me serais enfuie.

Je ne me souvenais pas du sort que le Dragon avait utilisé sur le prince, mais il m'avait enseigné un charme de guérison pour les coupures et les brûlures superficielles que je pouvais me faire en cuisinant ou nettoyant. Je me disais que cela ne pourrait pas lui faire de mal. Je commençai à entonner doucement la formule tout en versant une cuillerée d'élixir, fronçant le nez pour ne pas sentir l'odeur de poisson pourri. Puis Kasia et moi nous approchâmes prudemment de Jerzy. Il claqua des dents dans ma direction et tordit ses mains sanguinolentes contre les cordes dans l'espoir de me griffer. J'hésitai, craignant qu'il me morde.

— Attends, me dit Kasia.

Elle retourna dans l'autre pièce et en revint avec le tisonnier et l'épais gant en cuir servant à remuer les braises. Krystyna la regarda faire sans curiosité.

En écrasant la glotte de Jerzy du tisonnier, nous le forçâmes à rester collé à la paillasse. Mon intrépide amie enfila alors le gant et lui pinça le nez. Elle tint bon, même s'il tenta de remuer la tête, jusqu'à ce qu'il soit finalement contraint d'ouvrir la bouche pour reprendre son souffle. J'en profitai pour y verser la gorgée de potion et je retirai la main juste à temps : il redressa subitement le menton et parvint à refermer les mâchoires sur un cordon pendant de ma veste en velours. Je l'arrachai d'un coup sec du poignet et continuai à chantonner mon sort d'une voix tremblante.

Kasia le lâcha alors et revint près de moi.

La lumière ne fut pas aussi éclatante qu'avec le prince, mais au moins Jerzy cessa son affreux geignement. Je pus malgré tout suivre l'évolution du liquide dans sa gorge. Il laissa retomber sa tête et remua de gauche et de droite en poussant des grognements gutturaux de protestation. Je continuai à psalmodier. Des larmes me roulaient sur les joues. J'étais tellement fatiguée… Comme lors des premiers jours à la tour ; pire, même. Pourtant, je persistai dans mon effort, car j'étais convaincue que je pourrais améliorer la condition de l'abomination que j'avais sous les yeux.

En m'entendant débiter mes paroles magiques, Krystyna se leva lentement et s'approcha de la porte, une lueur d'espoir sur le visage. La lumière de l'élixir ronronnait dans le ventre de Jerzy tel un charbon ardent, brillant jusqu'à ce que certaines des zébrures sanglantes sur son torse et à ses poignets se referment. Mais alors que je récitais mon psaume, des volutes vertes vinrent recouvrir la radiance, tels des nuages passant devant la pleine lune. Il y en eut de plus en plus, jusqu'à ce qu'un agglomérat compact fasse disparaître toute lumière. Lentement, il cessa de se débattre et son corps se détendit dans le lit. Ma voix s'éteignit. Je me rapprochai prudemment, n'ayant pas complètement abdiqué. Il leva alors la tête et braqua sur moi ses yeux jaunes de dément.

— Essaie encore, petite Agnieszka, caqueta-t-il avant de mordre l'air tel un chien enragé. Viens réessayer, approche, approche !

Krystyna gémit et se laissa glisser le long de l'encadrement de porte. Les larmes me brûlaient les yeux. Je me sentais nauséeuse, étranglée par l'échec. Jerzy, pris d'un horrible rire, recommençait à faire avancer le lit, faisant lourdement rebondir les pieds en rondins sur le sol. Rien n'avait changé. Le Bois avait gagné. La contamination était trop forte, trop avancée.

— Nieshka ? me demanda tristement Kasia.

Je m'essuyai le nez du revers de la main, puis la replongeai dans ma sacoche avec détermination.

— Fais sortir Krystyna, lui ordonnai-je.

J'attendis qu'elles aient toutes deux disparu. Avant de quitter la pièce, Kasia m'adressa un dernier regard inquiet. J'essayai de la rassurer d'un sourire, mais j'étais incapable de contrôler ma bouche.

Avant de me rapprocher du lit, je retirai le lourd jupon de velours de ma tenue pour me protéger le nez et la bouche. Je fis trois ou quatre tours autour de ma tête, ne laissant passer qu'un fin filet d'air. Je pris alors une longue inspiration et retins mon souffle en brisant le sceau de la fiole de potion grise, dont je versai une goutte sur le visage moqueur de Jerzy.

Je remis le bouchon en place et me reculai aussi vite que possible. Il avait déjà inspiré, et la fumée lui pénétrait par les narines et la bouche. Le temps d'un regard de surprise, sa peau se mit à virer au gris et à durcir. Il se tut dès lors qu'il ne put plus bouger ni les yeux ni la bouche ; bientôt, son corps s'immobilisa, ses mains se verrouillèrent. La puanteur du mal se dissipait. La pierre déferlait sur son corps telle une vague, et, quand il en fut recouvert, je me mis à trembler de soulagement et d'horreur. Une statue gisait, ligotée, dans le lit, sans doute l'œuvre d'un sculpteur fou tant le visage était déformé d'une rage inhumaine.

Je m'assurai que la fiole était hermétiquement close avant de la ranger dans mon sac. Puis je retournai à la porte. Kasia et Krystyna étaient debout dans la cour, enfoncées dans la neige jusqu'aux chevilles. Le visage de la seconde était trempé de larmes et désespéré. Je les laissai rentrer. Krystyna se dirigea aussitôt vers la chambre, où elle découvrit, alité, son mari dont la vie avait été suspendue.

— Il ne ressent aucune douleur, affirmai-je. Il ne sent pas non plus passer le temps. Je vous le promets. Ainsi, si le Dragon connaît un moyen de le soigner…

Ma voix se brisa. Krystyna s'était laissée retomber lourdement dans son fauteuil, comme si ses jambes ne pouvaient plus soutenir son poids. Sa tête bascula en avant. J'ignorais si j'avais réellement apaisé sa peine ou si je n'avais fait que soulager ma douleur. Je n'avais jamais entendu parler d'une personne aussi malade que Jerzy ayant été soignée.

— Je ne sais pas comment le sauver, déclarai-je d'une voix douce. Mais… peut-être que le Dragon le saura, à son retour. Je me suis dit que ça valait la peine d'essayer.

Au moins, la maison était calme, désormais, préservée de ce gémissement incessant et de cette pestilence. Krystyna n'avait plus ce regard dans le vague qui donnait l'impression qu'elle ne parvenait plus à réfléchir. Après quelques instants de silence, elle posa la main sur son ventre et le considéra. Elle était si proche du terme que je pouvais voir le bébé remuer sous ses vêtements. Elle leva les yeux vers moi et me demanda :

— Les vaches ?

— Brûlées, répondis-je. Toutes.

Elle rebaissa alors le front. Pas de mari, pas de bétail, un enfant à naître. Naturellement, Danka essaierait de lui venir en aide, mais l'année serait difficile pour tout le monde au village.

Je déclarai soudain :

— Auriez-vous une robe à me donner, en échange de celle-ci ? (Elle m'observa avec curiosité.) Je ne la supporte plus.

L'air dubitatif, elle me sortit un vieux vêtement rapiécé ainsi qu'une cape en laine brute. Je me débarrassai volontiers de mon ensemble de soie, de velours et de dentelle et le déposai sur sa table : la robe valait sans doute au moins le prix d'une vache, et le lait serait une denrée précieuse au village dans les mois à venir.

La nuit tombait quand Kasia et moi ressortîmes finalement. Le feu brûlait encore à l'enclos, éclairant l'autre bout du village d'un vaste halo orange. Toutes les maisons étaient encore désertes. Mes vêtements plus fins ne pouvaient rien contre la morsure de l'air froid, et j'étais à bout de forces. Je traînais obstinément les pieds derrière Kasia, qui me ménageait un chemin dans la neige et se retournait de temps à autre pour me tenir la main et m'apporter un peu de réconfort. Un autre point me remontait le moral : je ne pouvais pas repartir à la tour. J'allais donc rentrer chez ma mère et y demeurer jusqu'à ce que le Dragon revienne me chercher. Où aurais-je pu me sentir mieux que chez elle ?

— Il ne se manifestera pas avant une semaine, dis-je à Kasia. Et, si ça se trouve, il en aura marre de moi et me laissera rester.

Je n'aurais jamais dû dire cela, même pas le penser.

— Ne le répète à personne, m'empressai-je d'ajouter quand elle se retourna.

Elle ouvrit grand les bras et me serra fort contre elle.

— J'étais prête à y aller, m'assura-t-elle. Pendant toutes ces années, je m'étais préparée à me montrer courageuse et à y aller. Mais quand il t'a choisie, je ne l'ai pas supporté. J'avais l'impression d'avoir fait tout cela pour rien, et tout a continué comme avant, comme si tu n'avais jamais existé…

Elle s'interrompit. Nous restâmes face à face à nous tenir les mains, pleurant et souriant en même temps. Puis son expression changea. Elle m'attrapa le bras et me tira en arrière. Je me retournai.

Ils sortaient lentement des bois, à pas mesurés, les coussinets largement écartés pour marcher sur la croûte neigeuse sans s'y enfoncer. Des loups vivaient dans notre forêt, vifs, agiles et gris ; ils n'hésitaient pas à s'en prendre à un agneau blessé, mais fuyaient nos chasseurs. Ceux-là n'étaient pas nos loups. Leur dos couvert d'une épaisse fourrure blanche m'arrivait à la taille. Leur langue blanche pendait de leur gueule, dont les mâchoires robustes et pleines de dents s'emboîtaient parfaitement. Ils nous observaient – ils *m'*observaient – de leurs pâles yeux jaunes. Je me rappelai que Kasia m'avait dit que les premières vaches étaient tombées malades après avoir été mordues par des loups.

Le chef de meute était un peu plus petit que les autres. Il huma l'air dans ma direction, puis inclina brusquement la tête de côté sans jamais me quitter des yeux. Deux autres émergèrent d'entre les arbres. La meute se déploya en éventail autour de moi ainsi qu'il l'avait ordonné, m'empêchant d'avancer.

— Kasia, dis-je. *Kasia, cours, maintenant !* ordonnai-je, le cœur battant la chamade.

Je me libérai de son étreinte et farfouillai dans mon sac.

— Kasia, vite ! hurlai-je.

J'ôtai le bouchon et envoyai la potion de pierre en direction du chef de meute quand il s'élança.

La brume grise s'éleva autour de lui, et une grosse statue de loup retomba devant moi tel un rocher, ses babines retroussées semblant vouloir me croquer les chevilles. Un autre loup fut pris par la potion, et une vague de pierre plus lente remonta le long de son corps tandis qu'il palpait de la patte la neige devant lui, essayant de s'enfuir.

Kasia ne détala pas. Elle m'attira en direction de la maison la plus proche – celle d'Eva. La meute poussa un terrible hurlement de protestation. Les loups reniflèrent prudemment leurs deux congénères pétrifiés, puis l'un d'eux glapit et ils formèrent les rangs. Ils s'élancèrent alors tous vers nous en bondissant.

Kasia nous fit entrer par le portillon du jardin d'Eva avant de le claquer derrière nous ; les loups sautèrent par-dessus la clôture aussi aisément que des biches franchissant un obstacle. Je n'osai pas lancer le cœurfeu sans protection, pas après ce dont j'avais été témoin ce jour-là : notre village entier aurait brûlé, peut-être même notre vallée. Nous deux, en tout cas, n'en aurions pas réchappé. Je sortis donc plutôt la petite fiole verte, espérant provoquer une diversion suffisante pour nous permettre de nous réfugier à l'intérieur. « Cela fait pousser l'herbe », m'avait répondu le Dragon avec dédain quand je l'avais interrogé à son sujet : sa couleur chaude et saine m'inspirait confiance, contrairement à toutes les autres potions, froides et étranges, qu'il y avait dans son laboratoire. « Ainsi qu'un nombre incalculable de mauvaises herbes ; ça n'est utile qu'après avoir mis le feu à un champ contaminé, par exemple. » Je m'étais dit qu'on pourrait s'en servir dans la prairie, pour réparer les dégâts provoqués par le cœurfeu. J'ouvris le bouchon de mes mains tremblantes, et la potion me dégoulina sur les doigts. L'odeur était délicieuse, propre et fraîche, agréablement poisseuse, tel un mélange d'herbe écrasée et de feuilles printanières pleines de sève. J'en recueillis dans ma paume et la répandis sur le jardin couvert de neige.

Les loups nous fonçaient dessus. Des plantes d'un vert luxuriant jaillirent tels des serpents des massifs endormis et s'enroulèrent autour des bêtes, leur entravant les pattes et les clouant au sol quelques centimètres devant nous. Soudain, tout poussait comme si l'année avait été compressée en une minute ; des haricots, du houblon et des citrouilles galopèrent sur le sol et devinrent ridiculement énormes. Ils formaient une barrière naturelle devant nous, contre laquelle les loups luttaient, griffaient, mordaient. Les plantes ne cessaient de croître, se hérissant d'épines grosses comme des couteaux. Un loup fut saucissonné par un lierre épais, qui l'étreignit aussi fort qu'un tronc. Une courge tomba si lourdement sur un autre qu'il se retrouva coincé dessous.

Je considérais la scène, bouche bée. Quand Kasia me tira par le bras, je tournai les talons et avançai avec elle. Mon amie eut beau s'acharner sur la porte d'entrée, celle-ci refusa de s'ouvrir. Nous nous rabattîmes alors sur l'étable déserte, un simple abri pour les cochons, et nous nous enfermâmes à l'intérieur. Il n'y avait pas de fourche, elle avait dû être réquisitionnée à l'enclos. La seule chose pouvant s'apparenter à une arme était une hachette destinée à fendre le bois. Je m'en saisis, désespérée, tandis que Kasia barrait la porte. Un certain nombre de loups avaient réussi à traverser le jardin florissant et en avaient de nouveau après nous. Ils se dressèrent sur leurs pattes arrière pour griffer la porte, lui donner des coups de dent. Subitement, un silence sinistre se fit. Nous les entendîmes se déplacer, puis l'un d'eux hurla de l'autre côté de l'étable, à l'aplomb de la petite lucarne. Alors que, paniquées, nous pivotions vers le bruit, trois d'entre eux la franchirent en sautant. D'autres continuaient de hurler, de l'autre côté de la porte.

J'étais à court d'idées. J'essayai de repenser à un charme possible, n'importe quel sort qu'il aurait pu m'apprendre et qui pourrait se révéler d'une utilité quelconque. La potion m'avait peut-être revigorée comme le jardin, ou la panique s'en était chargée : je ne me sentais plus au bord de l'évanouissement, et je me pensais apte à faire de nouveau usage de ma magie… à condition de trouver quoi invoquer. Je me demandai follement si *vanastalem* pouvait faire apparaître une armure, puis je dis :

— *Rautalem ?*

Je mélangeai ce sort avec un autre, destiné à affûter les couteaux de cuisine, tout en attrapant à tâtons la vieille mangeoire en étain. Je n'étais pas du tout certaine du résultat, mais j'espérais. La magie essayait peut-être de se sauver en même temps que moi, car l'auge s'aplatit et se transforma en un énorme bouclier d'acier. Kasia et moi nous accroupîmes derrière dans un coin de l'étable, tandis que les loups nous sautaient dessus.

Elle me prit la hachette des mains et visa griffes et museaux, tandis qu'ils tentaient par tous les moyens de le lacérer ou de nous faire lâcher prise. Nous nous accrochions toutes deux désespérément aux poignées de l'écu quand, à ma grande horreur, l'un des loups – un loup ! – se dirigea d'un pas décidé vers la porte et en ôta la barre du bout du nez.

Le battant pivota, et le reste de la meute se rapprocha de nous. Nous n'avions nulle part où fuir, et je n'avais plus un tour dans mon sac. Kasia et moi, blotties l'une contre l'autre, nous accrochions de toutes nos forces au bouclier quand tout un pan de la cabane fut arraché derrière nous. Nous basculâmes en arrière, tombant dans la neige aux pieds du Dragon. La meute se jeta sur lui en hurlant dans un même élan, mais il leva une main et scanda une phrase si longue qu'elle aurait dû être impossible à dire sans reprendre son souffle. Cependant, les loups *se fêlèrent* en vol, leurs os se brisant telles des brindilles avec force craquements sinistres. Ils retombèrent mollement dans la poudreuse, morts.

Kasia et moi étions toujours enlacées quand les cadavres de loups se mirent à pleuvoir. Nous dévisageâmes le Dragon, qui me toisait furieusement.

— De toutes les choses idiotes que tu as pu commettre, espèce de foldingue monstrueuse…

— Attention ! s'écria Kasia.

Trop tard. Un dernier loup, boiteux, maculé de chair de citrouille, bondit par-dessus le muret du jardin. Le Dragon lui jeta un sort en se retournant, mais la bête parvint à enfouir ses crocs dans son bras avant de s'effondrer et de succomber. Trois gouttes d'un sang écarlate maculèrent la neige.

Mon maître tomba à genoux, se serrant le bras au niveau du coude. La laine noire de son pourpoint était déchirée. Sa peau virait déjà au vert autour de la plaie, signe que le mal se propageait vite. Cette couleur malsaine s'acheva à l'endroit où les doigts étreignaient le bras ; une pâle lueur irradiait du bout de ceux-ci, mais les veines de l'avant-bras enflaient à vue d'œil. Je cherchai l'élixir dans ma sacoche.

— Verses-en dessus, m'ordonna-t-il entre ses dents serrées alors que je m'apprêtais à porter la fiole à ses lèvres.

Je me hâtai d'obéir, et nous retînmes notre souffle. La tache noire ne rétrécit pas, ralentissant seulement sa propagation.

— La tour, dit-il.

De la sueur perlait sur son front. Ses mâchoires si contractées qu'il parvenait à peine à parler.

— Écoute : *Zokinen valisu, akenezh hinisu, kozhonen valisu.*

Je l'observai fixement. Il ne pouvait tout de même pas compter sur moi pour nous renvoyer là-bas d'une formule ? Mais il n'ajouta rien, trop concentré sur le fait de lutter contre le mal. Je me rappelai trop tard ce qu'il m'avait dit un jour : que si le Bois m'avait prise, nulle et inexpérimentée, il m'aurait transformée en une véritable abomination. Que ferait-il de lui, le plus éminent magicien du royaume ?

Je me tournai vers Kasia, sortis la bouteille de cœurfeu de mon sac et la lui confiai.

— Dis à Danka qu'elle doit envoyer quelqu'un à la tour, demandai-je d'un ton plat et désespéré. Si nous ne sortons pas tous deux en affirmant que tout va bien, si vous avez le moindre doute : réduisez-la à néant.

Malgré son air inquiet, elle acquiesça. Je me retournai vers le Dragon et m'accroupis près de lui.

— Bien, me dit-il très brièvement en adressant un coup d'œil à Kasia.

Je compris que mes pires craintes n'étaient pas infondées. Je lui saisis le bras, fermai les paupières et songeai à l'intérieur de la tour. Je prononçai les paroles du sort.

6

J'aidai le Dragon à remonter le couloir jusqu'à ma chambre, où ma petite corde en robes de soie restait accrochée à la fenêtre. Il me fut impossible de le transporter jusque dans ses quartiers : quand je l'allongeai sur mon lit, il n'était déjà plus qu'un poids mort. Il étreignait toujours son bras, repoussant tant bien que mal l'infection, mais la lueur autour de ses doigts était de plus en plus pâle. Je déposai avec précaution sa tête sur les oreillers et l'observai quelques instants avec angoisse, en attendant qu'il me dise quoi faire. Il resta cependant muet, et ses yeux contemplaient aveuglément le plafond. La légère éraflure avait enflé telle la pire des morsures d'araignée. Il haletait et son avant-bras était d'un atroce vert maladif – la même couleur que celle qui teintait la peau de Jerzy. Ses ongles noircissaient.

Je courus à la bibliothèque, dérapant sur les marches au point de m'écorcher le tibia. Je ne ressentis aucune douleur. Les livres étaient élégamment rangés, comme à leur habitude, placides et sereins malgré mon besoin d'aide. Certains d'entre eux m'étaient désormais familiers : mes anciens ennemis, pleins de sorts et d'incantations qui tourneraient inévitablement mal dans ma bouche, et dont les pages me picotaient les doigts de façon désagréable quand j'en touchais le parchemin. Je grimpai à l'échelle et les retirai malgré tout des étagères, les ouvrant les uns après les autres, compulsant les index, tout ça en vain : la distillation d'essence de myrte pouvait se révéler grandement utile dans toute sorte de situations, mais pas celle qui m'intéressait, et j'enrageai de perdre ne serait-ce qu'une seconde à survoler les six recettes permettant de sceller correctement une bouteille de potion.

Mais l'inefficacité de mes recherches me poussa à ralentir suffisamment pour m'autoriser à réfléchir mieux. Je compris que je ne pouvais pas espérer trouver la solution contre un mal si terrible dans les livres à l'aide desquels il avait essayé de m'instruire : ainsi qu'il me l'avait signifié lui-même à de nombreuses reprises, ceux-ci étaient pleins de banalités qu'un magicien doté d'un tant soit peu de cervelle devait pouvoir maîtriser en un clin d'œil. Je considérai les étagères inférieures avec incertitude, car c'était là qu'étaient rangés les volumes qu'il consultait et qu'il m'avait rigoureusement interdit de toucher. Certains tomes étaient dotés d'une reliure en cuir neuve ciselée d'or, d'autres étaient si vieux qu'ils semblaient sur le point de tomber en poussière ; certains étaient aussi longs que mon bras, d'autres auraient tenu dans ma paume. Je fis courir mes mains dessus et en saisis instinctivement un petit qui renfermait plusieurs feuilles volantes pliées. Sa couverture avait été lissée par les années et les caractères étaient très ordinaires.

Il s'agissait d'un journal rédigé en pattes de mouche presque indéchiffrables au premier abord et pleines d'abréviations. Les feuilles volantes étaient couvertes de notes prises par le Dragon ; il y en avait presque une à chaque page, sur laquelle il avait griffonné les diverses manières de jeter chaque sort, en expliquant ce qu'il faisait. Cela me parut enfin prometteur, car j'espérais entendre sa voix par l'entremise du papier.

Il existait plus d'une dizaine de sorts pour nettoyer ou guérir les blessures – il était question de maladie et de gangrène, pas d'infections magiques, mais cela valait la peine d'essayer. J'en lus un, qui conseillait d'ouvrir la plaie empoisonnée, de la remplir de romarin et de zestes de citron, avant d'y *apposer le souffle*, selon les termes de l'auteur. Le Dragon avait rédigé quatre pages bien serrées sur le sujet, et tiré des lignes pour y mentionner une soixantaine de variantes : tant de romarin, frais ou séché ; telle quantité de citron, avec ou sans peau blanche ; en se servant d'un couteau en acier ou en fer ; en employant une incantation ou une autre…

Il n'avait pas noté quelle tentative avait été plus ou moins fructueuse, mais s'il s'était donné tant de peine, ça ne pouvait pas être en vain. Il me suffisait à présent de lui arracher quelques mots pour savoir quelle direction suivre. Je descendis en courant jusqu'à la cuisine et y aperçus un gros bouquet de romarin suspendu et un citron. Je m'emparai d'un économe propre et de linges frais, puis je remplis un récipient d'eau chaude.

J'hésitai alors en avisant le gros fendoir posé sur sa pierre à découper. À défaut d'accomplir autre chose, s'il ne trouvait pas la force de me parler… je n'étais pas certaine d'en avoir le courage, mais j'envisageais de lui trancher le bras. Puis je vis Jerzy sur son lit, gloussant, monstrueusement déformé, à mille lieues de l'homme triste et discret qui m'avait toujours saluée en me croisant ; je revis également le visage émacié de Krystyna. Je déglutis douloureusement et ramassai le couperet.

J'affûtai mes deux couteaux, en m'efforçant de ne penser à rien, puis je remontai avec mon plateau. La fenêtre et la porte de ma chambre avaient beau être restées ouvertes, une terrible odeur de putréfaction emplissait l'air. J'en fus éprouvée, tant moralement que physiquement. Je n'étais pas certaine de supporter la décomposition du Dragon, de voir la pourriture s'emparer de son corps sans âge, sa langue acérée réduite à produire des grognements et des hurlements. Son souffle était de plus en plus court, ses paupières à moitié closes. Il était d'une lividité affligeante. J'étendis les linges sous son bras et les y liai avec de la ficelle. Je râpai quelques zestes de citron, arrachai aux tiges quelques feuilles de romarin et écrasai le tout avant de le jeter dans l'eau chaude, jusqu'à ce que l'odeur de la décoction chasse un peu celle de la putréfaction. Je me mordis alors la lèvre et, m'armant de courage, j'ouvris la plaie purulente à l'aide de mon économe. Un liquide verdâtre et visqueux en jaillit. Je versai de l'eau sur la blessure, jusqu'à ce qu'elle me semble propre. J'attrapai alors le mélange d'herbe et de citron et malaxai le tout afin de former une pâte compacte.

Les notes du Dragon n'expliquant pas ce que signifiait *apposer le souffle*, je me penchai dessus pour y souffler les incantations, en essayant l'une, puis l'autre, d'une voix tremblante. Les syllabes ne semblaient pas à leur place dans ma bouche, trop rugueuses et étrangères, et il ne se passait rien. Je me replongeai tristement dans la version originale : une ligne disait *Kai et tihas, psalmodiés comme il le faut, auront une vertu considérable.* Les incantations du Dragon étaient toutes composées de variantes de ces syllabes, mais jointes à d'autres, bâties dans de longues phrases élaborées qui s'emmêlaient sur ma langue. Je me contentai donc de scander *Tihas, tihas, kai tihas* au-dessus de la plaie, encore et encore, et me surpris à adopter le rythme d'une chanson d'anniversaire souhaitant une longue vie.

Cela pouvait paraître absurde, mais le rythme simple m'était familier et semblait réconfortant. Je n'avais plus besoin de penser aux paroles : elles m'emplissaient la bouche et s'en écoulaient telle de l'eau dans une coupe. J'oubliai le rire de dément de Jerzy, le voile vert qui avait obscurci la lumière qui l'habitait. Il n'y avait plus que le bercement régulier de la chanson, le souvenir de visages souriants rassemblés autour d'une table. La magie surgit enfin, mais pas comme quand les leçons de prononciation du Dragon me l'arrachaient précipitamment de la gorge. Au contraire, cela m'évoqua plus un ruissellement près duquel je me serais trouvée, comme si je versais depuis une jarre intarissable un filet argenté dans le courant régulier.

Sous mes mains, l'odeur douceâtre du romarin et du citron était de plus en plus prégnante. Du pus recommença à suinter de la plaie, ce qui m'aurait inquiétée si l'état du bras du Dragon ne s'était pas arrangé : en l'occurrence, les terribles coulées verdâtres s'estompaient, les veines sombres et dilatées recouvraient leur aspect normal.

J'étais à court de souffle, mais, en dehors de ça, j'avais l'étrange intuition d'en avoir terminé, d'avoir fini mon ouvrage. Je ralentis peu à peu ma scansion, maintenant une simple note que je modulais peu à peu ; vers la fin, je me contentai même de fredonner. L'éclat à l'endroit où il tenait son coude était plus fort, plus lumineux ; soudain, de fins rais de lumière jaillirent de sa poigne et se répandirent dans ses veines tels les rameaux d'un arbre. La putréfaction disparaissait : la chair rayonnait de santé, la peau s'était recomposée – il avait recouvré sa pâleur habituelle, mais au moins s'agissait-il de son teint normal.

J'observai l'évolution en retenant mon souffle, osant à peine espérer ; puis son corps tout entier remua. Il prit une inspiration plus longue et plus profonde, cilla quelques fois avant que ses pupilles accommodent de nouveau, puis desserra, doigt après doigt, la poigne de fer qui faisait pression sur son coude. J'aurais pu en pleurer de soulagement : incrédule et pleine d'espoir, j'examinai son visage avec un léger sourire, et le vis qui me dévisageait avec une expression de stupeur et d'indignation.

Il se redressa tant bien que mal. Il arracha son baume à base de romarin et de citron et le considéra avec effarement, puis il se pencha en avant et s'empara sèchement du minuscule journal posé sur le couvre-lit jeté sur ses jambes : je l'avais placé là afin de pouvoir le consulter tout en travaillant. Il jeta un coup d'œil au sort, retourna l'ouvrage pour en découvrir la reliure et, semblant ne pas en croire ses yeux, il cracha :

— Espèce d'invraisemblable et misérable contradiction absurde, qu'as-tu donc encore fait ?

Je m'assis sur mes talons avec colère : je ne m'étais pas contentée de lui sauver la vie, je lui avais également épargné une transformation terrible, tout en préservant le royaume des dégâts que le Bois aurait pu lui infliger par son entremise.

— Qu'est-ce que j'aurais dû faire ? m'enquis-je. Et comment étais-je censée le savoir ? Et puis, ça a marché, pas vrai ?

Bizarrement, cela ne fit que décupler sa fureur. Il se leva en rage, jeta le journal à travers la pièce, faisant voler ses notes un peu partout, et se précipita dans le couloir sans un mot.

— Vous pourriez au moins me remercier ! lançai-je alors, moi aussi furieuse.

Ses bruits de pas avaient disparu avant que je me souvienne qu'il avait été blessé en essayant de me sauver la vie – et qu'il avait dû au préalable se faire violence pour se décider à me venir en aide.

Bien entendu, cette idée me rendit maussade. Ainsi que la corvée consistant à nettoyer ma chambre misérable et à changer mes draps. L'odeur fétide persistait, même si cette puanteur n'avait plus rien d'inquiétant. Pour la faire partir, je me décidai enfin à employer la magie. Je commençai à formuler l'un des sorts que le Dragon m'avait enseignés, mais je m'interrompis et allai ramasser le journal dans un coin. Je devais beaucoup à cet ouvrage et à celui ou celle qui l'avait rédigé, même si le Dragon n'éprouvait aucune reconnaissance à mon égard, et je fus heureuse d'y découvrir, dans les premières pages, un enchantement visant à désodoriser une pièce : *Tishta, chanté haut et bas, tout en s'activant pour montrer l'exemple.* Je me le répétai à moitié dans ma tête tout en retirant la toile à matelas contaminée. L'air se rafraîchit et se fit vivifiant, sans cet aspect mordant désagréable ; quand j'eus terminé, les draps étaient propres et éclatants comme s'ils venaient d'être lavés, et mon linge semblait avoir séché sur une meule de foin en plein été tant il sentait bon. Je refis proprement mon lit, puis m'y assis lourdement, presque surprise, alors que les dernières pointes de désespoir me désertaient, en même temps que mes forces. Je me laissai tomber en arrière et eus juste le temps de m'enrouler dans ma courtepointe avant de m'endormir.

Je m'éveillais lentement, paisiblement, sereinement, avec les rayons du soleil se déversant directement sur mon lit, et je ne me rendis compte que peu à peu de la présence du Dragon.

Il était installé à la fenêtre, sur ma chaise, et m'étudiait d'un œil noir. Je m'assis et me frottai les paupières avant d'oser soutenir son regard. Il brandissait le petit livre devant lui.

— Qu'est-ce qui t'a poussée à choisir *celui-ci* ? demanda-t-il.

— Vous aviez pris plein de notes ! Je me suis dit qu'il devait être important.

— Il n'est *pas* important, répliqua-t-il. (Pourtant, malgré sa colère apparente, je ne le crus pas.) Il est *inutile* – il l'a toujours été, durant les cinq cents ans qui se sont écoulés depuis qu'il a été écrit. Et après que j'ai consacré un siècle entier à son étude, il reste toujours aussi inutile.

— Eh bien, aujourd'hui, il ne l'a pas été, contrai-je en croisant les bras d'un air de défi.

— Comment savais-tu quelle quantité de romarin utiliser ? s'enquit-il. Et combien de citron ?

— Vous avez employé toute sorte de dosages dans ces tableaux ! Je me suis dit que ça n'avait pas beaucoup d'importance.

— Ce sont des tableaux d'*échecs*, espèce de gaffeuse imbécile ! s'écria-t-il. Aucune de ces tentatives n'a été couronnée de succès – sur aucune espèce de blessure, avec aucun mélange ni aucune incantation. Qu'as-tu donc fait ?

Je le dévisageai longuement.

— Je m'en suis servie pour donner une bonne odeur, et j'ai insisté pour la renforcer. J'ai prononcé les paroles sur la page.

— Il n'y a pas d'incantation ici ! s'exclama-t-il. Juste deux syllabes insignifiantes, dépourvues du moindre pouvoir…

— Quand je les ai répétées assez longtemps, la magie s'est mise à affluer, expliquai-je. Je les ai chantées sur l'air de « Longue vie », ajoutai-je.

Il s'indigna encore plus et vira à l'écarlate.

Il passa l'heure qui suivit à m'interroger sur les moindres détails de mon lancement de sort, de plus en plus contrarié. Il voulait connaître les syllabes exactes et leur fréquence, savoir à quelle distance je me trouvais de son bras, combien j'avais malaxé de tiges de romarin et de pelures de citron. Je m'efforçais de lui répondre au mieux, mais j'avais l'impression de me tromper de bout en bout, et je finis par cracher, tandis qu'il prenait frénétiquement des notes :

— Mais ça n'a aucune importance !

Il redressa la tête pour me toiser d'un œil torve. J'ajoutai toutefois, incohérente mais convaincue :

— C'est juste… une façon de faire. Il n'y en a pas qu'une seule. (Je désignai ses feuillets noircis.) Vous essayez de trouver un chemin là où il n'y en a pas. C'est comme… glaner dans les bois, déclarai-je subitement. Il faut se faufiler parmi les arbres et les fourrés, et ça change chaque fois.

Je conclus triomphalement, ravie d'avoir trouvé une explication d'une clarté si satisfaisante. Il reposa brusquement sa plume et se vautra furieusement sur sa chaise.

— C'est n'importe quoi, commenta-t-il d'un ton presque plaintif.

Puis il étudia son bras avec agacement, comme s'il aurait préféré voir reparaître le mal plutôt que d'admettre qu'il ait pu se tromper.

Il me fusilla du regard quand je le lui suggérai – je commençais à être sacrément énervée moi-même : la faim et la soif me tenaillaient, et je portais encore la robe légère de Krystyna, qui me tombait des épaules sans me réchauffer. Poussée à bout, je me levai sans me soucier de son expression et annonçai :

— Je vais à la cuisine.

— Très bien, rétorqua-t-il, s'en retournant vers sa bibliothèque.

Il était toutefois incapable de laisser une question irrésolue. Alors que ma soupe de poulet n'avait pas encore fini de cuire, il réapparut à la table de la cuisine, armé d'un nouvel ouvrage à la reliure de cuir bleu clair ornée de grands et élégants motifs argentés. Il le déposa près du billot et déclara d'un ton ferme :

— Évidemment. C'est que tu as un attrait pour la guérison, qui t'a intuitivement conduite à trouver le bon sort – même si tu en as oublié les détails. Cela pourrait expliquer ton incompétence en général : la magie de soins relève d'une branche spécifique de notre art. Je m'attends à ce que tu fasses des progrès plus substantiels quand on se consacrera à cette discipline. Nous allons commencer par les charmes mineurs de Groshno.

Il posa la main sur l'ouvrage.

— Pas tant que je n'aurai pas déjeuné, répondis-je sans cesser de couper mes carottes.

Il marmonna quelque chose dans sa barbe, pestant contre les idiots récalcitrants. Je ne relevai pas. Il ne fut pas mécontent de s'asseoir et de manger quand je lui tendis un bol de soupe avec une épaisse tranche de pain aux céréales préparé par mes soins… l'avant-veille. Je n'avais quitté la tour qu'une journée et une nuit. Cela m'avait paru mille ans.

— Qu'est-il arrivé à la chimère ? demandai-je avant de porter ma cuiller à mes lèvres.

— Vladimir n'est pas un imbécile, fort heureusement, déclara le Dragon en s'essuyant la bouche à l'aide d'une serviette qu'il venait de faire apparaître.

Il me fallut quelques instants pour comprendre qu'il parlait du baron.

— Après avoir dépêché son messager, il a attiré cette chose près de la frontière en envoyant ses piquiers la harceler de tous côtés. Il en a perdu dix, mais il a réussi à la repousser à moins d'une heure de cheval du col. J'ai pu la tuer rapidement. C'était encore une petite : à peine la taille d'un poney.

Il semblait étrangement sombre en me contant tout cela.

— C'est plutôt une bonne chose, non ?

Il me considéra avec agacement.

— C'était un piège, cracha-t-il comme si c'était l'évidence même. On a essayé de m'éloigner pendant que le mal se propageait à Dvernik, et de m'épuiser avant mon intervention.

Il examina son bras, ouvrant et fermant le poing. Il avait retiré sa chemise pour en enfiler une de laine verte aux manches dorées qui le recouvraient jusqu'aux poignets. Je me demandai s'il conservait une cicatrice.

— Alors, hasardai-je, ça veut dire que j'ai bien fait d'y aller ?

Il eut un air aussi aigre que du lait laissé dehors en plein été.

— Si on peut dire, considérant que tu as dilapidé en une seule journée l'équivalent de cinquante années de distillation de mes meilleures potions. Ne t'es-tu pas dit que, si elles étaient si faciles à obtenir, j'en livrerais une demi-douzaine à chaque chef de village afin de n'avoir jamais à remettre les pieds dans la vallée ?

— Elles valent forcément moins que des vies humaines, ripostai-je.

— Une vie ici et maintenant ne vaut pas une centaine d'autres dans trois mois. Écoute-moi bien, nigaude : je n'ai qu'une bouteille de cœurfeu en préparation actuellement : je l'ai commencée il y a six ans, quand le roi avait encore l'or nécessaire, et elle sera achevée dans quatre. Si nous gaspillons toutes mes réserves d'ici là, crois-tu que la Rosya se privera d'incendier nos champs, sachant que, mourant de faim, nous aurons imploré la paix bien avant de pouvoir nous venger ? Et il existe des exemples équivalents pour chacune des autres fioles que tu as utilisées. C'est d'autant plus gênant que la Rosya dispose de trois maîtres-sorciers pour préparer les potions, alors que nous n'en avons que deux.

— Mais nous ne sommes pas en guerre ! protestai-je.

— Nous le serons au printemps s'ils entendent une chanson parlant de cœurfeu, de pierrepeau et de prodigalissime, et s'ils pensent qu'ils disposent pour l'heure d'un véritable avantage. (Il marqua une pause avant d'ajouter d'une voix accablée :) Ou s'ils ont vent d'une guérisseuse assez puissante pour éliminer la putréfaction du Bois et craignent que la balance ne penche en notre faveur quand tu auras achevé ta formation.

Je déglutis et contemplai fixement le fond de mon bol. Je trouvais incroyable qu'il envisage que la Rosya puisse nous déclarer la guerre à cause de moi, à cause de choses que j'avais faites ou qu'ils s'imaginaient que je saurais faire un jour. Puis je me souvins de la terreur que j'avais éprouvée en voyant ces fanaux allumés, alors qu'il était parti et que je me savais incapable de secourir ceux que j'aimais. Je ne regrettais pas d'avoir pris ces potions, mais je ne pouvais plus faire comme si cela ne comptait pas que j'apprenne ou non à maîtriser la magie.

— Vous pensez que je pourrai sauver Jerzy, quand j'aurai été formée ? lui demandai-je.

— Aider un homme déjà complètement atteint ?

Le Dragon me dévisagea d'un air renfrogné. Puis il ajouta, presque à contrecœur :

— Tu n'aurais jamais dû pouvoir me sauver.

J'avalai mes dernières gorgées de soupe, puis repoussai mon bol et observai le Dragon par-dessus la table entaillée et cabossée.

— D'accord, dis-je alors avec détermination. Apprenez-moi.

Malheureusement, être volontaire pour étudier la magie ne signifiait pas être douée pour cela. Les charmes mineurs de Groshno me posèrent d'énormes soucis, et les conjurations de Metrodora me restèrent impénétrables.

Au bout de trois jours d'apprentissage de sorts de guérison, qui me donnaient l'impression d'être toujours aussi mauvaise et maladroite, je me rendis à la bibliothèque le lendemain matin avec le petit journal usé et le déposai sur la table devant lui, sous son regard désapprobateur.

— Pourquoi ne m'apprenez-vous pas quelque chose de là-dedans ? demandai-je.

— Parce que c'est impossible à enseigner, rétorqua-t-il. Je n'ai moi-même réussi à codifier que les tours les plus simples, et aucun des plus élaborés. Malgré la notoriété de son auteur, ce bouquin ne vaut rien.

— Quelle notoriété ? Qui l'a écrit ?

Il fronça les sourcils.

— Jaga, répondit-il.

Et, pendant quelques instants, je restai tétanisée. La vieille Jaga était morte bien longtemps auparavant, et les bardes n'entonnaient les rares chansons la concernant qu'avec prudence, et seulement l'été, en pleine journée. Elle était morte et enterrée depuis un demi-millénaire, mais cela ne l'avait pas empêchée de se présenter en Rosya quarante années plus tôt, lors du baptême d'un prince nouveau-né. Elle avait transformé en crapauds les six gardes qui avaient tenté de l'intercepter, puis endormi deux sorciers avant de se pencher d'un air soucieux sur le bébé. En se redressant, elle avait déclaré, excédée :

— Je suis tombée hors du temps.

Puis elle s'était volatilisée dans un grand nuage de fumée. Le fait d'être morte ne l'empêcherait donc pas de revenir réclamer son livre de sorts. Le Dragon sembla une fois de plus perdre patience en découvrant mon expression.

— Ne fais donc pas cette tête de six pieds de long. Contrairement à la croyance populaire, elle est bel et bien morte. Et quels que soient les voyages dans le temps qu'elle ait pu entreprendre avant ça, je peux t'assurer qu'elle avait mieux à faire que de venir épier le futur pour écouter les rumeurs courant sur son compte. Quant à ce livre, je me suis donné un mal considérable et j'ai dépensé une somme folle pour l'obtenir, me félicitant de cette acquisition jusqu'à ce que je mesure à quel point il était incomplet. Elle s'en servait tout juste pour gribouiller quelques aide-mémoire, sans mentionner aucun détail sur le fonctionnement réel des sorts.

— Les quatre que j'ai essayés ont tous marché à la perfection.

Il ne me crut pas avant de m'en avoir fait lancer une demi-douzaine de plus. Ils étaient tous similaires : quelques mots, quelques gestes, quelques ingrédients. Aucun élément ne comptait réellement ; il n'y avait pas d'ordre précis à respecter pour les incantations. Je comprenais toutefois pourquoi il les prétendait impossibles à enseigner, car je ne me souvenais de rien après les avoir lancés et j'étais bien incapable de justifier pourquoi j'avais suivi telle ou telle étape. Cependant, ils m'apparurent comme un soulagement après les autres sorts effroyablement complexes qu'il tentait de m'inculquer. Ma première impression était toujours valide : j'avais la sensation de m'aventurer dans une parcelle de forêt que je n'avais encore jamais visitée et que ses mots étaient ceux d'un glaneur expérimenté se retournant pour me lancer : *Il y a des myrtilles sur le flanc nord*, *D'excellents champignons près des bouleaux de ce côté* ou encore *Il y a un chemin facile dans les ronciers sur ta gauche.* Elle se fichait de la manière dont j'atteignais les myrtilles : elle se contentait de m'indiquer la bonne direction et me laissait ensuite me débrouiller, tâter progressivement le terrain.

Il détestait tellement cela que j'en étais presque désolée pour lui. Il se résolut finalement à rester debout à côté de moi tandis que je lançais le dernier sort, notant le moindre de mes faits et gestes, même quand j'éternuai après avoir inspiré trop fort au-dessus de la cannelle. Et, quand j'eus terminé, il essaya à son tour. C'était très étrange de l'observer, comme dans un miroir déformant à retardement. Il reproduisit chacun de mes mouvements, mais avec davantage de grâce et une précision parfaite, articulant idéalement toutes les syllabes que j'avais mal prononcées. Néanmoins, il n'en était pas à la moitié de l'incantation que je compris déjà que cela ne fonctionnerait pas. J'eus un léger mouvement pour l'interrompre. Il darda sur moi un regard si furieux que je me ravisai et le laissai s'enfoncer dans une impasse. Au bout de sa scansion, comme rien ne se produisit, je déclarai :

— Vous n'auriez pas dû dire *miko* à ce moment-là.

— Mais toi, tu l'as fait ! répliqua-t-il.

Je haussai les épaules avec impuissance : je ne doutais pas qu'il dise vrai, même si, en toute honnêteté, je ne m'en souvenais pas. Mais ça ne méritait pas d'être retenu.

— Ça s'est bien déroulé quand je l'ai fait, mais pas avec vous, répondis-je. Comme si… vous suiviez un sentier, mais qu'un arbre s'était effondré là entre-temps, ou qu'une haie avait poussé, mais que vous aviez insisté pour les franchir néanmoins au lieu de faire le tour…

— Il n'y a pas de haie ! rugit-il.

— Je suppose que ça doit venir du fait que vous passez trop de temps à l'intérieur et que vous avez tendance à oublier que les êtres vivants ne restent pas toujours là où on les laisse, commentai-je pensivement.

Il me commanda furieusement de retourner dans ma chambre.

Je dois cependant lui accorder cela : il bouda pendant le reste de la semaine, puis il exhuma divers autres livres de sorts, poussiéreux et inutilisés, remplis de charmes peu soignés comparables à ceux de l'ouvrage de Jaga. Ils m'apparurent tous tels des amis enthousiastes. Il les compulsa et consulta des dizaines de références dans d'autres tomes, puis il élabora pour moi des sessions d'étude et d'entraînement. Il me mit en garde contre les dangers des sorts supérieurs : de ceux qui pouvaient nous échapper à tout moment et dont on pouvait perdre toute maîtrise ; de la possibilité de s'égarer dans la magie et d'y errer comme dans un rêve tangible, tandis que notre corps restait les pieds sur terre, à mourir de soif ;

de se lancer dans un sort trop exigeant risquant de puiser dans des réserves qu'on ne possédait pas. Même s'il ne comprenait toujours pas le fonctionnement de ces enchantements qui me convenaient si bien, il s'érigea en critique féroce de mon art et exigeait que j'annonce au préalable le résultat que j'escomptais. Quand je n'y parvenais pas exactement, il me forçait à travailler le même sort, encore et encore, jusqu'à ce que je le maîtrise à la perfection.

En bref, il fit de son mieux pour me former et me conseiller lors de mes pérégrinations dans ma nouvelle forêt, même s'il s'agissait pour lui d'un territoire inconnu. Il restait toutefois contrarié par mes réussites, non par jalousie, mais par principe : son esprit bien rangé ne tolérait pas que mes approximations fonctionnent, et il faisait autant la moue quand je réussissais que lorsque je commettais des erreurs évidentes.

Un mois après le début de cette nouvelle formation, il me jetait des regards furieux tandis que j'essayais laborieusement de créer l'illusion d'une fleur.

— Je ne comprends pas, disais-je.

En vérité, je gémissais plus que je ne parlais. C'était effroyablement difficile. Mes trois premières tentatives avaient ressemblé à des lambeaux de coton. À présent, je parvenais à développer une églantine relativement convaincante, tant qu'on n'essayait pas d'en humer le parfum.

— C'est tellement plus facile de faire *pousser* une fleur, pourquoi se donner cette peine ?

— Tout est question d'échelle, répondit-il. Je t'assure qu'il est infiniment plus simple de produire l'illusion d'une armée que d'en créer une réelle. Mais comment est-ce que cela fonctionne ? s'emporta-t-il comme il le faisait parfois quand il était dépassé par l'atrocité manifeste de mon talent. Tu ne maintiens pas du tout le sort – tu ne chantes pas, n'effectues pas le moindre geste…

— Je l'alimente néanmoins en magie. En quantité considérable, ajoutai-je tristement.

Les quelques premiers sorts qui ne m'arrachèrent pas mon pouvoir comme on extrait une dent gâtée avaient été un véritable soulagement, si bien que j'avais presque réussi à me convaincre que j'avais fait le plus dur : maintenant que j'avais compris comment la magie était censée fonctionner – quoi qu'en dise le Dragon –, tout serait plus facile. Eh bien, je m'étais rapidement ravisée. Le désespoir et la terreur avaient alimenté mes premiers efforts, et mes tentatives suivantes étaient l'équivalent des tours banals qu'il avait essayé de m'enseigner et que j'aurais selon lui dû maîtriser sans peine. Et j'y étais effectivement parvenue. Il s'était alors impitoyablement attaqué à des sorts plus conséquents, et tout était redevenu… peut-être pas insupportable, mais au moins excessivement difficile.

— Comment l'alimentes-tu en magie ? me questionna-t-il entre ses dents serrées.

— J'ai déjà trouvé le chemin ! m'exclamai-je. Il me suffit de rester dessus. Ne le… sentez-vous pas ? demandai-je brusquement.

Je tendis vers lui la main qui tenait la fleur. Il fronça les sourcils, mais l'entoura de ses paumes avant de déclarer :

— *Vadiya rusha ilikad tuhi.*

Une seconde illusion vint se juxtaposer à la mienne, deux fleurs dans un même espace. La sienne, sans surprise, était dotée de trois rangées de parfaits pétales et dégageait une fragrance délicate.

— Essaie de l'égaler, dit-il d'un air absent en agitant légèrement les doigts.

Puis, à force de tâtonnements, nous rapprochâmes suffisamment nos illusions pour qu'elles deviennent impossibles à différencier et ne fassent plus qu'une.

— Ah, dit-il soudain, alors que je commençais à discerner *son* sort.

Il ressemblait presque à cet étrange oiseau mécanique disposé au milieu de la table, tout en rouages rutilants. Aussitôt, je fus tentée d'aligner nos œuvres : je considérai la sienne comme la roue à aubes d'un moulin, et la mienne comme le courant qui l'entraînait.

— Qu'est-ce que tu… commença-t-il.

Il se tut subitement lorsque nos églantines ne firent plus qu'une et qu'elle se mit à pousser.

Et pas seulement la fleur : des plantes grimpantes envahissaient les étagères dans toutes les directions, s'enroulant autour d'anciens volumes, tendant leurs vrilles vers la fenêtre. Les fines colonnes qui marquaient la voûte de la porte disparaissaient derrière les bouleaux qui y croissaient, étendant leurs rameaux. De la mousse et des violettes recouvraient le sol, de délicates fougères se déployaient. Des fleurs s'épanouissaient de partout, des fleurs que je n'avais jamais vues, d'étranges espèces tombantes, d'autres aux épines acérées et aux mille couleurs. Bientôt, l'air fut saturé de leur odeur, se mêlant à celle des feuilles broyées et des herbes aromatiques. J'observais la scène, émerveillée, tandis que ma magie continuait à s'écouler facilement.

— C'est ce que vous vouliez dire ? lui demandai-je.

Ce n'était pas bien plus compliqué que de produire une seule fleur. Pourtant, il contemplait ce désordre avec autant de stupeur que moi.

Il me dévisagea, perplexe et, pour la première fois, hésitant, comme s'il avait mis les pieds dans un endroit inattendu. Ses longs doigts fins étaient toujours enroulés autour des miens, tandis que nous tenions l'églantine ensemble. La magie chantait en moi, à travers moi ; je sentais le murmure du pouvoir du Dragon entonner le même air. J'eus soudain beaucoup trop chaud et je fus subitement trop consciente de mon corps. Je retirai mes mains.

7

Je le fuis, bêtement, toute la journée du lendemain, et me rendis compte que si j'avais réussi à ne pas le croiser, c'était que *lui* m'avait évitée, alors qu'il ne m'avait encore jamais laissée sauter une leçon. Je ne me donnai pas la peine de tenter de comprendre pourquoi. J'essayai de me convaincre que cela ne signifiait rien, que nous avions simplement tous les deux besoin d'une pause dans mon entraînement laborieux. Néanmoins, je passai une très mauvaise nuit et descendis à la bibliothèque le jour suivant les paupières lourdes et la boule au ventre. Il ne me regarda pas quand j'entrai.

— Commence par *fulmkea*, page quarante-trois, me lança-t-il laconiquement.

Un tout nouveau sort, qu'il ne m'expliqua même pas. Je me réfugiai volontiers dans le travail.

Nous passâmes quatre jours dans un silence quasi complet, et aurions sans doute pu poursuivre sur ce rythme pendant un mois en vaquant chacun à ses occupations. Cependant, au matin du quatrième jour, un traîneau se présenta à la tour. Quand je me penchai par la fenêtre, je vis que Borys amenait la mère de Kasia, Wensa, qui était toute recroquevillée à l'intérieur, son visage rond et pâle me dévisageant derrière son châle.

Je n'avais plus revu qui que ce soit de Dvernik depuis le soir des feux de détresse. Danka avait renvoyé le cœur-feu à Olshanka, avec une escorte constituée d'hommes recrutés dans chaque village de la vallée à mesure que le message avançait. Ils étaient arrivés en force au donjon quatre jours après que j'y avais transporté le Dragon. C'était fort courageux, de la part de ces fermiers et artisans, de venir affronter une atrocité défiant toute imagination ; et ils avaient eu du mal à croire que le Dragon était bel et bien guéri.

Le maire d'Olshanka avait même eu le cran d'exiger de mon maître qu'il montre ses plaies au médecin de la ville. Le Dragon s'y était plié à contrecœur, retroussant sa manche jusqu'à la pâle cicatrice blanche – seul vestige de sa blessure – et demandant même au physicien de lui prélever du sang au bout du doigt : quand il l'avait piqué, une goutte d'écarlate pure s'y était formée. Ils avaient également fait venir le vieux prêtre dans son aube violette pour qu'il bénisse le magicien, ce qui avait mis ce dernier dans une colère sans bornes.

— Pourquoi diable vous pliez-vous à ces absurdités ? avait-il demandé au prêtre, qu'il connaissait manifestement un peu. Je vous ai laissé confesser et absoudre une dizaine d'âmes corrompues : une seule d'entre elles s'est-elle mise à sentir la rose ou s'est-elle annoncée sauvée et purifiée ? Quel bien imaginez-vous accomplir sur moi, alors que je ne suis même pas contaminé ?

— Vous êtes donc en bonne forme, avait rétorqué le prêtre d'un ton pince-sans-rire, et les autres l'avaient enfin cru.

Le maire lui avait donc remis le cœurfeu avec soulagement.

Naturellement, mon père et mes frères n'avaient pas eu le droit de se joindre à l'escorte ; pas plus que quiconque au village qui aurait pu être chagriné de me voir brûler. Ceux qui étaient là, en revanche, m'avaient dévisagée avec un air indéfinissable. J'étais de nouveau vêtue de mes vieilles frusques confortables, mais ils m'avaient néanmoins observée avant de s'en aller, sans hostilité, mais pas non plus comme ils l'auraient fait avec une simple fille de bûcheron venue de Dvernik. Plutôt comme j'avais d'abord considéré le prince Marek. En m'examinant, ils voyaient un personnage de conte, au côté duquel on pouvait chevaucher et que l'on pouvait contempler, mais qui n'appartenait pas au même monde. Cela m'avait donné le frisson, et j'avais été heureuse de retourner dans la tour.

C'était le jour où j'étais descendue à la bibliothèque avec le livre de Jaga et où j'avais demandé au Dragon d'arrêter de prétendre que j'avais plus de talent pour les sorts de guérison que pour les autres et de me laisser apprendre la magie qui me correspondait. Je n'avais pas essayé d'écrire une lettre, même si je suppose qu'il m'aurait laissée l'envoyer. Qu'aurais-je pu raconter ? J'étais rentrée à la maison, j'avais même sauvé mon village, mais ce n'était plus chez moi ; je ne pouvais plus aller danser avec mes amis sur la place, pas plus que je n'aurais envisagé, six mois plus tôt, d'aller m'installer directement à la table du Dragon.

Toutefois, quand j'aperçus le visage de Wensa par la fenêtre de la bibliothèque, je ne repensai à rien de tout ça. Je laissai mon travail en plan, à l'instar de ce qu'il m'avait si souvent rabâché de ne pas faire, et je courus en bas des marches. Il me rappela, mais sa voix n'atteignit pas mon esprit, car je savais que Wensa ne serait jamais venue si Kasia avait pu faire le déplacement. Je bondis dans le grand hall d'entrée et m'arrêtai brièvement devant les portes, le temps de crier :

— *Irronar, irronar.*

Il s'agissait d'un sort visant à défaire les nœuds d'un fil, et je l'avais mal prononcé, mais j'y adjoignis de la magie prodigue, comme si j'étais résolue à me frayer un chemin dans un fourré à grands coups de hachette, au lieu de prendre le temps de le contourner. Les portes sursautèrent, comme surprises, et s'ouvrirent.

Je les franchis, les jambes soudain flageolantes – ainsi que le Dragon se plaisait à me le rappeler de façon caustique, ce n'était pas sans raison que les sorts les plus puissants étaient aussi les plus complexes –, mais je parvins à aller saisir les mains de Wensa, qu'elle avait levées pour frapper à l'huis. Son visage, vu de près, était raviné par les larmes ; ses cheveux lui pendaient dans le dos, des mèches entières s'échappant de sa longue tresse épaisse ; ses vêtements déchirés étaient maculés de poussière : elle portait sa chemise de nuit, sous une blouse enfilée à la va-vite.

— Nieshka, dit-elle en me serrant les doigts trop forts et en m'enfouissant ses ongles dans la peau. Nieshka, il fallait que je vienne.

— Dis-moi tout.

— Ils l'ont emmenée ce matin, alors qu'elle allait chercher de l'eau. Ils étaient trois. Trois promeneurs.

Sa voix se brisa.

C'était déjà un mauvais printemps quand un promeneur sortait du Bois et allait cueillir tels des fruits des gens hors de la forêt. J'en avais vu un une fois, à travers les troncs. Il ressemblait à un phasme gigantesque, presque impossible à repérer dans le sous-bois et dont les articulations semblaient montées à l'envers. Il était si terrifiant que, quand il avait bougé, je m'étais reculée en hâte, mal à l'aise. Leurs bras et leurs jambes étaient pareils à des branches, leurs doigts à de longues brindilles noueuses, et ils se faufilaient dans la forêt, se tapissant près des sentiers, des plans d'eau ou des clairières, où ils attendaient en silence. Si quelqu'un passait à leur portée, on ne pouvait rien pour le sauver, à moins d'être nombreux et armés de haches et de feu. Quand j'avais douze ans, ils en avaient attrapé un, à un petit kilomètre de Zatochek, le minuscule village au fin fond de la vallée, le dernier avant le Bois. Le promeneur avait pris un enfant, un garçonnet, qui rapportait un seau d'eau à sa mère pour la lessive. Elle l'avait vu se faire arracher au sol et s'était mise à hurler. Il y avait eu suffisamment de femmes alentour pour donner l'alarme et le ralentir.

Ils avaient fini par le coincer grâce au feu, mais il leur avait fallu un jour de plus pour le tailler en pièces. Le promeneur brisa le bras et les jambes du garçon, là où il l'avait attrapé, et ne le lâcha que lorsqu'ils eurent finalement tranché le tronc qui lui servait de corps avant de débiter ses membres en forme de branches. Et même alors, il avait fallu trois hommes robustes pour casser les doigts qui retenaient le gamin, qui conserva des cicatrices semblables aux motifs tracés par l'écorce d'un chêne.

Ceux que les promeneurs emmenaient jusqu'au Bois n'avaient pas cette chance. Nous ignorions ce qui pouvait leur arriver, mais ils revenaient parfois, contaminés de la pire des manières : ils apparaissaient joyeux et souriants, indemnes. Ceux qui ne les connaissaient pas très bien ne remarquaient aucun changement, et l'on pouvait même passer une demi-journée à discuter avec eux sans jamais se rendre compte de rien, jusqu'à ce que l'on se surprenne à se saisir d'un couteau pour se trancher la main, s'énucléer ou s'arracher la langue, sans qu'ils cessent de deviser en souriant d'un air affreux. Puis ils récupéraient le couteau et allaient trouver vos enfants, tandis que vous gisiez là, aveugle, suffoquant, sans même avoir la force de crier. Si un être aimé était pris par les promeneurs, nous ne pouvions rien espérer de mieux que sa mort, tout en sachant que cet espoir était peut-être vain. Nous ne pouvions jamais en être sûrs, à moins que l'un d'eux revienne et nous prouve qu'ils avaient survécu, nous poussant à les traquer.

— Pas Kasia, dis-je. Pas Kasia.

Wensa avait la tête basse. Elle pleurait dans mes mains, sur lesquelles elle exerçait toujours sa poigne de fer.

— Pitié, Nieshka. Pitié.

Sa voix était rauque, désespérée. Je savais qu'elle ne serait jamais venue implorer le Dragon. Mais elle avait voulu tenter sa chance auprès de moi.

Elle ne pouvait pas s'arrêter de sangloter. Je l'emmenai à l'intérieur, dans le petit vestibule, où le Dragon pénétra impatiemment. Il lui tendit un breuvage, mais elle se ratatina devant lui et dissimula son visage jusqu'à ce que je le lui donne moi-même. Elle se détendit presque aussitôt qu'elle l'eut avalé, et son visage se lissa : elle me laissa l'aider à l'accompagner jusqu'à ma chambre, où elle s'allongea sur le lit sans un mot, mais sans jamais fermer les yeux.

Le Dragon nous observait depuis le pas de la porte. Je soulevai le médaillon qu'elle portait autour du cou.

— Elle conserve une mèche des cheveux de Kasia, dis-je. (Je savais qu'elle la lui avait coupée la veille de la sélection, pensant qu'elle n'aurait bientôt plus d'autre souvenir de sa fille.) Avec le *loytalal*... suggérai-je.

Il secoua la tête.

— Et qu'espères-tu trouver, en dehors d'une dépouille souriante ? La fille est partie. (Il désigna du menton Wensa, qui s'était assoupie.) Elle se réveillera plus calme. Dis au conducteur de revenir au matin pour la ramener chez elle.

Il tourna les talons et partit. Le pire, dans tout cela, fut sans doute son ton détaché. Il ne m'avait pas aboyé dessus ni traitée d'imbécile. Il ne m'avait pas rappelé que la vie d'une villageoise ne valait pas la possibilité que le Bois tente de me prendre comme hôte. Il ne m'avait pas dit que j'étais stupide de croire que, sous prétexte que j'arrivais à fabriquer quelques potions ou à faire apparaître des fleurs, je pourrais secourir l'une des victimes du Bois.

La fille est partie. Il avait même semblé désolé, à sa façon un peu fruste.

Je m'assis près de Wensa, froide et engourdie, et posai sur mes genoux sa main rouge et calleuse. La nuit commençait à tomber. Si Kasia était toujours vivante, elle était dans le Bois et regardait le soleil se coucher, sa lumière disparaître entre les feuillages. Combien de temps fallait-il pour vider quelqu'un de l'intérieur ? J'imaginai mon amie entre les griffes des promeneurs, leurs longs doigts enroulés autour de ses jambes et de ses bras, parfaitement consciente de ce qui lui arrivait et du sort qui l'attendait.

Je laissai dormir Wensa et redescendis à la bibliothèque. Le Dragon était là, à compulser l'un des grands livres dans lesquels il consignait ses notes. Je restai sur le seuil à observer sa nuque.

— Je sais que tu tiens beaucoup à elle, me lança-t-il sans se retourner, mais il n'y a aucune gentillesse à offrir de faux espoirs.

Je ne répondis rien. Le livre de Jaga, toujours aussi petit et écorné, était ouvert sur la table. Je n'avais étudié que des sorts de la terre cette semaine-là : *fulmkea*, *fulmedesh*, *fulmishta,* solides et immuables, aussi loin de l'air ou du feu que la magie pouvait l'être. Je ramassai l'ouvrage et le glissai discrètement dans ma poche, puis je fis demi-tour et descendis silencieusement l'escalier.

Borys attendait toujours dehors, le visage long et désolé. Il leva les yeux vers moi quand je sortis de la tour.

— Voulez-vous bien me conduire au Bois ? lui demandai-je.

Il acquiesça, et je montai dans le traîneau pour m'emmitoufler dans les couvertures tandis qu'il ôtait celles qui recouvraient les chevaux. Il grimpa à son tour et dit un mot en agitant ses rênes. Le traîneau s'ébranla brusquement dans la neige.

La lune était haute, pleine et magnifique, nimbant de lumière bleutée la neige alentour. J'ouvris en chemin le livre de Jaga et trouvai un sort pour accélérer l'allure. Je le fredonnai doucement aux chevaux, qui tendirent les oreilles vers moi pour m'écouter. Bientôt, le vent provoqué par notre passage devint lourd et assourdissant, m'écrasant les joues et me troublant la vision. Le Fuseau, gelé en surface, était une pâle route argentée défilant à notre côté. Peu après, une ombre grandit à l'est, droit devant nous. Elle grossit tellement que les montures, mal à l'aise, ralentirent et finirent par s'immobiliser sans en avoir reçu l'ordre. Le monde cessa de bouger. Nous étions arrêtés sous un petit bouquet de pins. Le Bois se dressait devant nous sur une vaste étendue de neige vierge.

Une fois par an, quand le sol dégelait, le Dragon emmenait en lisière du Bois tous les garçons célibataires de plus de quinze ans. Il faisait brûler une ligne de terre, et les hommes suivaient les flammes pour répandre du sel sur le sol nu et calciné, afin que rien ne puisse plus y pousser ou prendre racine. Nous voyions, depuis tous les villages, s'élever les volutes de fumée. Nous les voyions aussi s'élever de l'autre côté du Bois, près de la Rosya, et nous savions qu'ils faisaient la même chose que nous. Mais les incendies mouraient toujours en atteignant les ténèbres sous les arbres.

Je descendis du traîneau. Borys me dévisagea, l'air crispé et effrayé.

— Je vais attendre, déclara-t-il pourtant.

Mais je savais que c'était impossible : attendre combien de temps ? Attendre quoi ? Attendre ici, dans l'ombre du Bois ?

J'imaginai mon propre père en train d'attendre Marta, si les rôles avaient été inversés. Je secouai la tête. Si je parvenais à sortir Kasia de là, je me pensais capable de la ramener à la tour. J'espérais que le sort du Dragon nous permettrait d'y pénétrer.

— Rentrez chez vous, dis-je. (Puis je ressentis soudain le besoin de savoir.) Est-ce que Marta va bien ?

Il acquiesça légèrement.

— Elle est mariée, répondit-il. Elle attend un enfant, ajouta-t-il après une courte hésitation.

Je me souvenais d'elle à la sélection cinq mois auparavant : sa robe rouge, ses magnifiques tresses noires, son visage étroit, pâle et effrayé. J'avais du mal à croire que nous nous soyons un jour tenues côte à côte ; elle, moi et Kasia, bien alignées. Cela me coupait le souffle de l'imaginer installée devant son propre foyer, déjà jeune matrone s'apprêtant à donner la vie.

— Tant mieux, répondis-je avec effort, refusant de me laisser museler par la jalousie.

Je ne tenais pas particulièrement à avoir un mari et un enfant, au contraire. Ou plutôt, je les désirais autant que je désirais vivre centenaire, à savoir dans un avenir lointain et éventuel, sans y avoir jamais songé dans les détails. Mais ils incarnaient la vie : elle vivait, mais pas moi. Même si je parvenais, par quelque miracle, à ressortir du Bois indemne, je ne posséderais jamais ce qu'elle avait. Et Kasia… Kasia, elle, était peut-être déjà morte.

Je ne pouvais toutefois m'aventurer dans la forêt avec des idées aussi macabres. Je pris une profonde inspiration et me forçai à dire :

— J'espère que l'accouchement se fera sans douleur et que son enfant sera en pleine santé.

Je parvins même à le penser : la maternité était bien assez terrifiante comme ça.

— Merci, ajoutai-je.

Puis je tournai les talons et traversai la bande de terre nue pour gagner la muraille de grands troncs sombres. J'entendis le cliquetis des harnais derrière moi tandis que Borys s'éloignait avec les chevaux, mais le son était étouffé et disparut très vite. Je ne me retournai pas, avançant à pas résolus vers mon objectif pour ne m'arrêter que sous les premiers rameaux.

Quelques flocons tombaient, légers et silencieux. Le médaillon de Wensa me sembla gelé quand j'ouvris la main. Jaga proposait une demi-douzaine de sorts de recherche simples et efficaces – apparemment, elle avait la mauvaise habitude d'égarer ses affaires.

— *Loytalal*, dis-je à mi-voix à l'intention de la petite mèche de Kasia.

Utile pour trouver l'ensemble à partir d'un élément, précisait la note griffonnée près du sortilège. Mon souffle forma un subtil nuage de fumée et s'éloigna de moi, me guidant vers les arbres. Je m'enfonçai entre deux troncs et le suivis dans le Bois.

Je m'étais attendue à un endroit beaucoup plus terrifiant. Cela ne m'évoqua d'abord qu'une vieille, vieille forêt. Les arbres étaient les grands piliers d'un long couloir enténébré, distants les uns des autres, leurs racines tordues et noueuses couvertes de mousse vert sombre. De petites fougères duveteuses semblaient s'être blotties là pour la nuit. De hauts champignons pâles poussaient en armées, tels des soldats de plomb disposés comme à la guerre. La neige ne couvrait pas le sol de la forêt, pas même au creux de l'hiver. Une fine couche de gel s'était déposée sur les feuilles et les branches. J'entendis un hibou ululer au loin tandis que je me faufilais précautionneusement entre les arbres.

Les rayons de la lune filtraient encore parmi les branches dénudées. Je suivis mon souffle léger et m'imaginai en petite souris me cachant des rapaces ; une petite souris cherchant un grain de maïs, une noisette égarée. Quand j'allais glaner dans la forêt, je rêvassais souvent en chemin : je me perdais dans le vert ombragé, bercée par le chant des oiseaux et des grenouilles ou le gargouillis constant d'un ruisseau coulant sur les rochers. J'essayais à présent de m'égarer de la même manière, tâchant de me fondre dans la forêt pour ne pas attirer l'attention.

Mais quelque chose m'épiait. Je sentais un peu plus sa présence à chaque pas que j'effectuais, pesant sur mes épaules tel un joug d'acier. J'étais entrée ici en m'attendant quasiment à découvrir des corps pendus à chaque branche ou des loups me bondissant dessus depuis les fourrés. Je regrettais presque de m'être trompée. Une créature bien pire régnait ici. La chose que j'avais aperçue par les yeux de Jerzy était là, une chose vivante, et je me trouvais piégée avec elle dans une pièce sans issue, acculée dans un petit coin. Une chanson résonnait également dans cette forêt, une chanson sauvage faite de murmures de folie, de déchirement et de rage. Je continuais d'avancer, les épaules voûtées, tâchant de me faire toute petite.

J'aboutis soudain à un ruisseau éclairé par la lumière de la lune traversant l'épaisseur des arbres – à peine un ruisselet, gelé sur les deux rives, au cœur duquel coulait une eau noire. Il y avait un promeneur de l'autre côté, dont l'étrange tête en brindille était penchée dans le courant pour boire, sa bouche une simple fissure ouverte au milieu. Il se redressa pour me dévisager, dégoulinant. Ses yeux étaient des nœuds dans le bois, deux cercles sombres à l'intérieur desquels aurait pu vivre un petit animal. Un bout de laine verte pendait à l'une de ses jambes, prisonnier d'une épine à la jointure.

Nous nous observâmes, chacun d'un côté du filet d'eau.

— *Fulmedesh*, dis-je d'une voix tremblante.

Une fissure s'ouvrit sous les pieds du promeneur, avalant ses pattes arrière. Il se débattit à l'aide de ses membres restants, battant silencieusement le sol, projetant des gerbes d'eau, mais la terre s'était refermée autour de son corps, l'emprisonnant.

Je me ratatinai néanmoins et ravalai un cri de douleur. J'avais l'impression qu'on m'avait assené un coup de bâton sur les épaules. Le Bois avait senti ma magie, j'en étais certaine. Il me cherchait, désormais. Et il ne tarderait plus à me trouver. Je dus me forcer à bouger. Je sautai par-dessus le ruisseau et m'élançai à la suite de mon souffle brumeux. Le promeneur essaya de m'attraper entre ses longues brindilles, mais je les esquivai et courus de plus belle. Je franchis un cercle de troncs plus larges avant de déboucher dans une clairière au milieu de laquelle poussait un arbre plus petit. Là, le sol était couvert d'une épaisse couche de neige.

Un arbre géant était effondré dans la trouée, et son tronc horizontal était plus haut que moi. C'était en tombant qu'il avait donné naissance à cette échappée, et un nouvel arbre s'était empressé de prendre sa place. Il n'était cependant pas de la même essence. Certains de ceux que j'avais vus dans le Bois ne m'étaient pas inconnus, en dépit de leur écorce ternie ou de leurs branches difformes : il y avait beaucoup de chênes et de bouleaux noirs, ainsi que de grands pins. Mais celui-ci était inconnu au bataillon.

Il était déjà trop gros pour que je puisse en faire le tour de mes bras, alors que l'arbre géant n'avait pas dû tomber depuis longtemps. Son écorce grise et lisse couvrait un tronc étrangement noueux, dont les longues branches se déployaient en cercles réguliers. Elles n'avaient d'ailleurs pas été dépouillées par l'hiver, mais arboraient des feuilles sèches et argentées qui bruissaient au vent ; un bruit venu d'ailleurs, comme si des gens cachés quelque part chuchotaient entre eux.

La piste de mon souffle s'évapora dans l'air. En baissant les yeux sur la poudreuse, je découvris les traces de pattes des promeneurs, ainsi que les lignes tracées par leur ventre ; toutes se dirigeaient vers l'arbre. J'avançai prudemment dans cette direction et m'arrêtai après quelques pas. Kasia était ligotée, le dos contre le tronc, les bras étirés en arrière.

Je ne l'avais pas remarquée tout de suite car elle était déjà recouverte d'écorce.

Son visage était légèrement relevé, et je distinguais péniblement sa bouche, ouverte sur un cri désormais inaudible. Je réprimai un sanglot et m'avançai en chancelant, tendant les mains pour la toucher. L'écorce était déjà dure, la peau grise, lisse et rigide, comme si elle avait été avalée par le tronc ; tout en elle faisait désormais partie de l'arbre, du Bois.

J'essayai vainement d'arracher ou d'entamer l'écorce. Je parvins seulement à en gratter un petit morceau au niveau de sa joue, sous lequel je sentis sa peau douce – encore chaude, encore vivante. Mais alors même que je l'effleurais, l'écorce se referma, et je dus me retirer en hâte pour ne pas me retrouver prise au piège. Je me couvris la bouche des deux mains, plus désespérée que jamais. J'ignorais encore tant de choses : aucun sort ne me vint à l'esprit, rien qui aurait pu me permettre de tirer Kasia d'affaire, rien qui aurait pu faire apparaître une hache ou un couteau entre mes doigts, si toutefois il était encore possible de l'extraire.

Le Bois me savait ici : même maintenant, ses créatures – loups, promeneurs et pire encore – se dirigeaient vers moi, se faufilant furtivement à travers la forêt. Je sus soudain que certaines choses ne quittaient jamais cet endroit, des choses si terrifiantes que personne ne les avait encore jamais vues. Et elles approchaient.

Pieds nus dans la poussière, fulmia, dix fois avec conviction, secouera la terre jusqu'à ses racines, si tu en as la force, m'avait enseigné le livre de Jaga. Le Dragon y croyait assez pour ne pas me laisser essayer près de la tour. J'étais de toute façon dubitative quant à la *conviction* : je ne voyais pas l'intérêt de secouer la terre jusqu'à ses racines. Néanmoins, je me laissai tomber et creusai dans la neige, les feuilles mortes, la pourriture et la mousse, jusqu'à atteindre le sol gelé. À l'aide d'une grosse pierre, je le martelai, encore, et encore, brisant la première couche d'humus et soufflant dessus pour l'attendrir, oubliant la neige qui fondait autour de mes mains et les larmes chaudes qui me coulaient des yeux. Kasia se dressait juste au-dessus de moi, la tête légèrement relevée, la bouche ouverte sur son cri muet, semblable à une statue d'église.

— *Fulmia*, dis-je, les doigts dans la terre, brisant d'épaisses mottes entre mes doigts. *Fulmia, fulmia*, psalmodiai-je incessamment.

Du sang coulait à mes ongles brisés. Je sentais que la terre m'entendait, mal à l'aise. Même elle était gâtée, ici, empoisonnée. Je crachai néanmoins et hurlai :

— *Fulmia !*

Je me figurais ma magie pénétrer le sol telle de l'eau, profitant des moindres faiblesses ou fêlures, se répandant sous mes mains, sous mes genoux nus et froids. Puis la terre frémit et se retourna. Un tremblement sourd partit de mes mains et suivit mes mouvements alors que j'essayais d'arracher les racines. La surface gelée se brisa en petits blocs, et les secousses crûrent comme des vagues sur le point de déferler.

Les branches au-dessus de ma tête s'agitaient, paniquées, alors que le murmure des feuilles se muait en rugissement étouffé. Je me redressai.

— Laisse-la partir ! hurlai-je à l'arbre en tambourinant contre son tronc de mes mains boueuses. Laisse-la partir, ou je te fais tomber ! *Fulmia !*

Avec ce hurlement de rage, je me rejetai au sol ; là où mes poings le heurtèrent, il se souleva et enfla telle une rivière en crue. La magie se déversait de moi en torrent. J'oubliai volontairement tous les avertissements que le Dragon avait pu m'adresser. J'étais prête à épuiser jusqu'à mes dernières forces pour renverser cet arbre horrible. Je ne pouvais m'imaginer un monde où la vie et le cœur de Kasia auraient alimenté une monstruosité pareille. Plutôt mourir écrasée par mon propre séisme, tant que je l'emportais avec moi. Je labourai le sol, prête à y ouvrir une fosse pour nous engloutir tous.

Puis, dans un fracas de glace qui se brise au printemps, l'écorce se fissura sur toute la longueur du corps de Kasia. Je bondis sur mes pieds et enfouis mes mains par la fêlure, écartant l'ouverture de toutes mes forces. Dès que je pus m'en saisir, j'attrapai mon amie par le poignet et tirai sur son bras lourd et mou. Son buste bascula en avant comme celui d'une poupée de chiffon, et je me reculai pour achever d'extraire son poids mort, jusqu'à ce qu'elle se retrouve allongée de tout son long dans la neige. Sa peau était aussi livide et maladive que si elle n'avait jamais vu le soleil. De la sève à l'odeur de pluie lui dégoulinait dessus en rus verts, mais elle ne bougea pas.

Je me laissai tomber à genoux.

— Kasia, sanglotai-je. Kasia.

L'écorce s'était déjà suturée autour du trou dont elle s'était échappée. Je pris les mains de mon amie et les portai à mes joues, à mes lèvres. Elles étaient froides, mais pas autant que les miennes : la vie subsistait en elles. Je me baissai pour la hisser sur mes épaules.

8

Je sortis du Bois à l'aube, les jambes chancelantes, Kasia étendue sur mes épaules tel un fagot. Le Bois s'était écarté de moi alors que je m'éloignais, comme s'il craignait que je lance mon sort à nouveau. *Fulmia* résonnait dans ma tête telle une cloche grave marquant chacun de mes pas alourdis par le poids de mon amie. Je tenais un bras et une jambe de celle-ci de mes mains encore boueuses. Je finis par mettre les pieds dans la profonde poudreuse en lisière de forêt, où je m'écroulai. Je fis rouler Kasia, qui m'écrasait de tout son poids. Ses yeux étaient encore fermés. Ses cheveux poisseux de sève lui collaient au visage. Je calai sa tête contre mon épaule, fermai les paupières et dis le sort.

Le Dragon nous attendait dans la chambre de la tour. Son visage était plus dur et sévère que jamais. Il me saisit le menton et me redressa brusquement la tête. Je soutins son regard, vide et épuisée, tandis qu'il étudiait mon visage et sondait mon âme. Il tenait une fiole d'un produit inconnu. Après m'avoir longuement examinée, il en ôta le bouchon et me la tendit.

— Bois, dit-il. Cul sec.

Il s'approcha alors de Kasia, qui gisait au sol, toujours inconsciente. Il fit flotter ses mains au-dessus d'elle et me lança un regard furieux quand je fis mine de protester.

— Tout de suite ! s'exclama-t-il. Sauf si tu veux me contraindre à l'incinérer dès maintenant pour pouvoir m'occuper de toi.

Il attendit que je me mette à boire, puis murmura une rapide incantation en répandant sur elle une fine couche de poussière. Un filet d'ambre doré enferma mon amie tel un oiseau, puis le Dragon se retourna vers moi pour s'assurer que je vidais mon flacon.

La première gorgée était particulièrement délicieuse : un mélange de miel tiède et de citron destiné à apaiser une gorge irritée. Mais à mesure que j'avalais, mon estomac fut saturé de tant de douceur. Je dus m'arrêter à mi-chemin.

— Je ne peux pas, dis-je en m'étouffant.

— Cul sec, insista-t-il. Et tu en boiras une seconde si je le juge nécessaire. *Bois.*

Je me forçai à avaler une nouvelle gorgée, puis une autre, et une autre, jusqu'à ce qu'il n'en reste plus une goutte. Il me saisit alors par les poignets et scanda :

— *Ulozishtus sovjenta, megiot kozhor, ulozishtus megiot.*

Je hurlai : j'avais l'impression de brûler de l'intérieur. Je voyais la lumière irradier sous ma peau, me transformant en lanterne vivante. Quand je tendis les mains, je fus horrifiée de découvrir les ombres qui dansaient à l'intérieur. Oubliant la douleur insoutenable, je me débarrassai au plus vite de ma robe. Il s'accroupit au sol en même temps que moi. Je brillais tel un soleil, les ombres nageant en moi tels des poissons sous une fine couche de glace.

— Faites-les sortir, suppliai-je.

À présent que je les voyais, je les sentais également me parcourir, laissant dans leur sillage un dépôt visqueux. J'avais bêtement cru que je ne risquais rien car je n'avais été ni griffée, ni coupée, ni mordue. Je croyais qu'il prenait simplement ses précautions. Désormais, je comprenais : j'avais respiré l'air putride du Bois, sans remarquer ces choses imperceptibles qui s'étaient immiscées dans mon organisme en même temps que l'oxygène.

— Faites-les sortir…

— Oui, j'essaie, cracha-t-il en me serrant les poignets. Il ferma les yeux et reprit son incantation, un chant lent et régulier qui se prolongeait indéfiniment, alimentant le feu qui me consumait. Je rivai mes yeux sur la fenêtre, sur la lumière du jour qui se déversait, et j'essayai de respirer tandis que je grillais. Des larmes bouillantes me dégoulinaient sur les joues. Pour une fois, sa poigne paraissait fraîche en comparaison.

Les ombres rapetissaient sous ma peau, leurs bords se calcinaient tel du sable se dissipant dans l'eau. Elles filaient en tous sens, cherchant où se cacher, mais il ne laissa la lumière omettre aucun recoin. Mes os et mes organes étaient des formes irradiant à l'intérieur de moi ; l'un d'eux tambourinait puissamment dans ma poitrine. Il ralentissait peu à peu, chaque battement se faisant plus lourd. Je compris vaguement que toute la question était de savoir s'il parviendrait à vaincre le pourrissement avant que mon corps ne me lâche. Je basculai entre ses mains. Il me secoua brusquement et je rouvris les paupières, découvrant ses prunelles fulminantes. Il n'interrompit jamais sa scansion, mais n'eut pas besoin de prononcer un mot : *Ne t'avise pas de me faire perdre mon temps, espèce d'imbécile*, disaient ses yeux furieux. Je me mordis la lèvre et m'accrochai encore un peu.

Les quelques derniers poissons-ombres n'étaient plus que des têtards frétillants. Peu après, ils disparurent, devenus si fins qu'on ne les distinguait plus. Il ralentit sa mélopée, puis l'interrompit. Le feu s'apaisa, et je fus emplie d'un soulagement inexprimable. Il me demanda d'un ton sévère :

— Encore ?

J'ouvris la bouche pour dire : *Non, pitié*.

— Oui, chuchotai-je, horriblement effrayée.

Je sentais toujours la trace vif-argent des ombres qui m'habitaient. Si nous nous arrêtions tout de suite, elles se logeraient au plus profond de mes veines et de mes entrailles. Elles y prendraient racine et grossiraient, grossiraient, grossiraient jusqu'à tout envahir.

Il hocha brusquement la tête. Il tendit la main, marmonna une parole, et une autre fiole apparut. Je frémis. Il dut m'aider à boire une gorgée du breuvage. Je déglutis, et il se remit à psalmodier. Le feu reprit en moi, infini, aveuglant, brûlant.

Après trois gorgées de plus, chacune ravivant un peu plus le brasier, j'étais presque sûre. Je me forçai à en avaler une dernière pour être certaine, puis je déclarai, sanglotant presque :

— Assez. Ça suffit.

Il me surprit alors en me contraignant à ingérer une nouvelle lampée. Alors que je crachotais, il me plaqua la main sur la bouche et me pinça le nez. Il changea alors de scansion, entonnant un chant qui ne brûlait plus mais me comprimait les poumons. Cinq atroces battements de cœur plus tard, je ne pouvais plus respirer et le griffais pour ne pas mourir asphyxiée. C'était pire que tout le reste. Je le dévisageais, voyant ses yeux noirs rivés sur moi, implacables et scrutateurs. Ses prunelles avalèrent bientôt le monde entier. Ma vue diminuait, je n'avais plus la force de bouger les mains. Il se tut finalement, et mes poumons à l'agonie se déployèrent tel un soufflet s'emplissant d'air. Je poussai un hurlement, un cri furieux et inarticulé, le repoussant si fort qu'il s'étala de tout son long.

Il se redressa, parvenant à ne pas renverser le reste de sa fiole, et nous nous dévisageâmes, aussi furieux l'un que l'autre.

— De toutes les idioties extraordinaires que je t'aie jamais vue accomplir… gronda-t-il.

— Vous auriez pu me prévenir ! m'exclamai-je en me serrant le ventre, tremblant toujours de peur. J'ai supporté tout le reste, j'aurais pu endurer ça aussi…

— Pas si tu étais contaminée, m'interrompit-il platement. Si l'infection s'était logée profondément, tu aurais essayé de t'y soustraire, si je te l'avais demandé.

— Dans ce cas, vous auriez été fixé ! insistai-je.

Il pinça les lèvres et se détourna avec raideur.

— Oui, admit-il, j'aurais été fixé.

Puis… il aurait dû me tuer. Il aurait dû m'éliminer pendant que je le suppliais, alors que je promettais – peut-être en étant moi-même convaincue – d'être saine. Je me tus alors, reprenant lentement mon souffle.

— Alors, l'interrogeai-je enfin, est-ce que je suis… guérie ?

Je redoutais sa réponse.

— Oui, déclara-t-il. Aucune trace d'infection n'aurait pu échapper à ce dernier sort. Si j'avais commencé par celui-ci, il t'aurait tuée. Les ombres auraient dû voler l'oxygène qu'il te restait pour survivre.

Je me ratatinai mollement sur moi-même et me pris le visage entre les mains. Il se remit debout et reboucha sa fiole.

— *Vanastalem*, murmura-t-il en agitant les mains.

Puis il s'approcha de moi et me jeta une cape de soie doublée de velours proprement pliée. J'étudiai sans réaction le vêtement vert brodé d'or, puis levai les yeux vers le Dragon. Quand il tourna la tête avec agacement, je pris conscience que les dernières braises s'éteignaient sous ma peau et que j'étais encore nue.

Je me redressai alors brusquement, serrant la cape contre moi.

— Kasia, déclarai-je d'un ton suppliant avant de me tourner vers elle, prisonnière de sa cage.

Il ne répondit rien. Je le dévisageai avec insistance.

— Va t'habiller, finit-il par ordonner. Il n'y a pas d'urgence.

Il s'était occupé de moi dès mon arrivée à la tour, ne me laissant pas un instant de répit.

— Il doit bien y avoir un moyen, m'obstinai-je. Il y a forcément un moyen. Ils venaient de la capturer – elle n'a pas dû rester dans cet arbre bien longtemps.

— Quoi ? s'exclama-t-il sèchement.

Il écouta, sourcils froncés, mon récit de la clairière, de l'arbre étrange. J'essayai de lui expliquer le poids terrible du Bois me surveillant, la sensation d'être traquée. Je ne parvins pas à rendre compte de la situation : les mots semblaient ne pas suffire. Néanmoins, son visage s'assombrit, et je finis mon histoire par ma dernière chute dans la poudreuse virginale.

— Tu as eu une chance indicible, commenta-t-il. Et tu as fait preuve d'une folie indescriptible, même si, dans ton cas, les deux semblent intimement liées. Nul ne s'est jamais enfoncé si profondément dans le Bois pour en ressortir entier. Pas depuis…

Il s'interrompit, et je devinai sans qu'il eût besoin de le dire qu'il faisait référence à Jaga. Voyant que j'avais compris, il me lança un regard furieux.

— Et à l'époque, reprit-il d'un ton glacial, elle avait une centaine d'années et était si rompue à la magie que des champignons vénéneux poussaient à chacun de ses pas. Et même elle n'était pas assez stupide pour se lancer dans un grand sort au milieu du Bois, même si je dois reconnaître que, dans ce cas précis, rien d'autre n'aurait pu te sauver. (Il secoua la tête.) J'aurais dû t'enchaîner au mur dès que j'ai appris que cette paysanne était venue pleurer sur ton épaule.

— Wensa, soupirai-je alors, mon esprit épuisé ne pouvant se concentrer que sur une seule chose à la fois. Je dois aller lui dire.

Je me tournai vers le couloir, mais il me retint.

— Lui dire *quoi* ? aboya-t-il.

— Que Kasia est vivante. Qu'elle est sortie du Bois…

— Et qu'elle devra sûrement mourir ? acheva-t-il brutalement.

Je me reculai instinctivement vers mon amie, m'interposant entre le Dragon et elle, levant les mains – un geste qui se serait révélé futile s'il avait vraiment voulu s'en prendre à elle. Il secoua une nouvelle fois la tête.

— Arrête de te pavaner comme un coq, dit-il d'un ton plus las qu'irrité. (Sa remarque me fit me sentir ridicule.)

La dernière chose dont nous ayons besoin, c'est bien d'une preuve supplémentaire que tu serais prête à n'importe quelle imbécillité pour lui venir en aide. Tu peux la maintenir en vie tant qu'elle reste prisonnière. Mais tu voudras bientôt abréger ses souffrances.

Je le dis néanmoins à Wensa quand elle se réveilla, plus tard dans la matinée. Elle me serra les mains, les yeux écarquillés.

— Laisse-moi la voir, me demanda-t-elle.

Mais le Dragon l'avait formellement interdit.

— Non, m'avait-il dit. Tu peux te torturer si tu veux, mais je n'irai pas plus loin. Ne fais aucune fausse promesse à cette femme, et ne la laisse pas s'approcher. Si tu veux un conseil : informe-la que sa fille est morte, et laisse-la reprendre sa vie.

Je m'étais néanmoins armée de courage pour lui faire part de la vérité. Selon moi, mieux valait savoir que Kasia n'était plus dans le Bois et que son martyre avait pris fin, même s'il n'existait pas de remède. Je n'étais pas certaine d'avoir raison. Wensa gémit, sanglota et me supplia ; si j'avais pu, j'aurais désobéi. Mais le Dragon ne me faisait pas confiance et avait déjà enfermé Kasia dans une cellule quelque part dans les profondeurs de la tour. Il m'avait dit qu'il ne me montrerait pas comment descendre avant que j'apprenne un sort de protection, quelque chose d'assez puissant pour repousser la putréfaction du Bois.

Je dus avouer à Wensa que j'étais dans l'incapacité de l'aider ; je dus le jurer plusieurs fois sur ma tête avant qu'elle accepte de me croire.

— Je ne sais pas où il l'a cachée, m'écriai-je finalement. Je ne le sais pas !

Elle cessa de m'implorer pour me contempler en haletant, les mains serrées sur mes bras. Puis elle déclara :

— Méchante, jalouse… Tu l'as toujours détestée, toujours. Tu voulais qu'elle soit choisie ! Toi et Galinda, vous saviez qu'il la prendrait, et vous en étiez ravies, et maintenant tu la hais, parce qu'il a jeté son dévolu sur toi…

Elle me secouait brutalement, et j'eus du mal à l'en empêcher. Ses horribles paroles étaient tel du venin, alors que j'avais tellement besoin d'eau fraîche. J'étais éreintée, encore malade suite à ma purge ; ramener Kasia ici m'avait vidée de mes forces. Je parvins finalement à me libérer et je quittai la pièce en courant, ne supportant plus ses injures. Une fois dans le couloir, je m'appuyai contre le mur pour pleurer toutes les larmes de mon corps, trop fatiguée pour m'essuyer les joues. Wensa émergea bientôt de la chambre, sanglotant elle aussi.

— Pardonne-moi, dit-elle. Nieshka, pardonne-moi. Je ne le pensais pas. Pas du tout.

Je savais que ses mots avaient dépassé ses pensées, mais quelque part, d'une certaine manière, elle n'avait pas tout à fait tort. Cela me rappela mon secret coupable, quand je m'étais écriée : *Pourquoi n'avez-vous pas pris Kasia ?* Pendant toutes ces années, ma mère et moi étions ravies de penser que je ne serais pas choisie, et je m'en étais voulu après coup, même si je n'avais jamais détesté Kasia à cause de cela.

Je ne fus pas malheureuse que le Dragon renvoie Wensa chez elle. Je n'insistai même pas longtemps quand il refusa d'essayer de m'apprendre le fameux sort de protection ce jour-là.

— Tâche donc d'être moins bête que tu n'en as l'air, rétorqua-t-il. Tu as besoin de repos. Et même dans le cas contraire, j'en ai moi-même besoin avant d'affronter l'épuisante perspective de te faire rentrer dans le crâne les sorts nécessaires. Inutile de se hâter. Rien ne va changer.

— Mais si Kasia est infectée comme je l'étais…

Je m'interrompis, car il secouait la tête.

— Quelques ombres se sont insinuées entre tes dents ; te purger immédiatement a permis d'éviter qu'elles aient de l'emprise sur toi. Cela n'a rien à voir, cela ne ressemble pas non plus à une contamination de troisième main, comme celle qui a touché ce malheureux éleveur de vaches que tu as transformé en pierre sans raison. Comprends-tu que l'arbre que tu as vu est l'un des arbres-cœurs du Bois ? Que là où ils prennent racine, ses frontières s'étendent, que les promeneurs se nourrissent de leurs fruits ? Elle n'aurait pas pu être plus profondément possédée par le Bois. Va dormir. Quelques heures ne feront pas la moindre différence pour elle, mais pourraient t'empêcher de commettre une nouvelle folie.

J'étais effectivement trop fatiguée, et j'en avais au fond de moi conscience, même si je dus remettre à plus tard le désir d'argumenter. Néanmoins, si j'avais écouté ses conseils de prudence en premier lieu, Kasia serait encore coincée dans l'arbre-cœur, à se faire dévorer de l'intérieur. Et si j'avais gobé tout ce qu'il me racontait sur la magie, je serais encore en train de chanter des petits sorts minables jusqu'à épuisement. Il m'avait dit lui-même que personne n'avait jamais été arraché à un arbre-cœur, que personne n'était sorti du Bois – sauf Jaga, et moi aussi, à présent. Puisqu'il lui arrivait de se tromper, il pouvait donc également faire erreur au sujet de Kasia. J'en étais convaincue.

Je me levai avant les premières lueurs de l'aube. Je trouvai dans le livre de Jaga un sort *pour sentir la pourriture*. Une incantation toute simple, *Aish aish aishimad*, que je répétai à la cuisine. Elle me permit de repérer des traces de moisissure derrière un tonneau, un endroit où le mortier se gâtait dans le mur, des pommes talées et un chou moisi ayant roulé sous une étagère couverte de bouteilles de vin. Quand le soleil éclaira enfin l'escalier, je montai à la bibliothèque et me mis à faire bruyamment tomber les livres des rayonnages jusqu'à ce qu'il apparaisse, les yeux lourds et l'air irritable. Il ne me réprimanda pas, se contentant d'un bref froncement de sourcils. Puis il se détourna sans un mot.

J'aurais préféré qu'il me hurle dessus.

Il se saisit alors d'une petite clef dorée et déverrouilla une armoire de bois noir au fond de la pièce. Je jetai un coup d'œil à l'intérieur : elle était pleine de fines plaques de verre protégeant des parchemins. Il en sortit un pour me le montrer.

— Je l'ai conservé plutôt comme une curiosité, mais il devrait te convenir à merveille.

Il le déposa sur la table, toujours dans son support. Il n'y avait qu'un seul feuillet, couvert d'une écriture irrégulière et désordonnée, avec de nombreuses lettres mal formées et des illustrations : une branche de pin et de la fumée s'élevant devant des narines. Une dizaine de variations étaient énumérées : *suoltal videl*, *suoljata akorata*, *videlaren*, *akordel*, *estepum* et d'autres encore.

— Laquelle dois-je utiliser ? lui demandai-je.

— Quoi ?

Il frémit d'indignation quand je lui fis remarquer sans pincettes qu'il s'agissait d'incantations différentes, pas d'un seul long chant.

— Je n'en ai pas la moindre idée, répliqua-t-il brusquement. Choisis-en une et essaie.

Je ne pus m'empêcher de jubiler intérieurement : encore une preuve que son savoir avait des limites. J'allai chercher des aiguilles de pin au laboratoire et les fis rapidement brûler dans un bol en verre sur la table de la bibliothèque. Puis je me penchai avec enthousiasme sur le parchemin et expérimentai :

— *Suoltal.*

La forme du mot ne semblait pas adaptée à ma bouche ; quelque chose ne convenait pas, comme s'il en sortait de travers.

— *Valloditazh aloito, kes vallofozh*, déclara-t-il.

Un son amer qui se planta en moi tel un hameçon. Il fit un simple geste du doigt, et mes mains décollèrent de la table pour applaudir à trois reprises. Je ne contrôlais rien, ayant la même impression qu'en me réveillant subitement d'un rêve de chute. Je sentais la volonté derrière le mouvement, les fils de pantin qui s'enfonçaient dans ma peau. Quelqu'un avait agité mes bras, et ça n'était pas moi. Je faillis choisir un sort pour riposter, mais il plia de nouveau le doigt pour détacher l'hameçon, et je recouvrai la maîtrise de mes mouvements.

Je ne pus m'empêcher de bondir sur mes pieds et de m'éloigner de lui un maximum. Haletante, je lui lançai un regard furieux, mais il ne s'excusa nullement.

— Quand c'est le Bois qui le fait, tu ne sens même pas le crochet. Recommence.

Il me fallut une heure pour capter la bonne incantation. Aucune de celles indiquées ne convenait sous cette forme. Je dus me les approprier, les faire rouler sur ma langue de telle ou telle manière, avant de comprendre finalement que certaines des lettres ne se prononçaient pas comme je le croyais. J'essayai de les altérer petit à petit jusqu'à trouver une syllabe qui me correspondait, puis une autre, et une autre, afin d'obtenir l'ensemble de la phrase. Il me poussa à m'entraîner dessus pendant encore des heures. J'inspirais de la fumée de pin, chuchotais les mots, puis il harponnait mon esprit avec tel ou tel sort déplaisant.

Il m'autorisa finalement à me reposer autour de midi. Je me recroquevillai dans un fauteuil, épuisée et parcourue de fourmillements. Mes barrières avaient tenu, mais j'avais l'impression d'avoir été piquée un nombre incalculable de fois à l'aide de bâtons pointus. J'observai le vieux vélin, si précautionneusement scellé, avec ses lettres aux formes étranges. Je me demandai quel âge il pouvait avoir.

— Il est très vieux, me répondit le Dragon. Plus vieux que la Polnya, peut-être même que le Bois.

Je le dévisageai. Avant cet instant, l'idée ne m'avait jamais effleurée que le Bois puisse n'avoir pas toujours existé.

Il haussa les épaules.

— On ne sait pas trop. Ce texte a peut-être été rédigé avant la Polnya et la Rosya, avant même que cette vallée soit colonisée par quiconque. (Il tapota le verre couvrant le parchemin.) Pour autant que l'on sache, ce peuple a été le premier à s'installer dans cette partie du monde, il y a plusieurs milliers d'années. Leurs rois-sorciers ont importé la langue des sorts depuis les terres arides loin à l'ouest de la Rosya. Puis le Bois a déferlé sur eux, abattant leurs forteresses et ruinant leurs champs. Il ne reste plus grand-chose de leurs travaux, à présent.

— Mais si le Bois n'était pas là à leur arrivée, d'où vient-il ?

Le Dragon haussa de nouveau les épaules.

— Si tu vas à la capitale, tu trouveras nombre de troubadours qui seront ravis de te chanter l'essor du Bois. C'est un thème récurrent chez eux, du moins lorsqu'ils rencontrent un public qui s'y connaît moins qu'eux : ils peuvent quasiment laisser libre cours à leur créativité. J'imagine qu'il y a des chances que l'un d'eux soit un jour tombé juste. Allume le feu et reprenons.

La soirée était déjà bien avancée, et la lumière commençait à manquer, quand il se montra enfin satisfait de mon travail. Il voulut m'envoyer au lit, mais je ne m'en laissai pas conter. Les mots de Wensa résonnaient encore dans mon esprit, et je me dis qu'il avait peut-être cherché à m'épuiser simplement pour repousser l'échéance d'une journée supplémentaire. Je voulais voir Kasia de mes propres yeux, savoir ce que j'affrontais, connaître la nature de mon ennemi.

— Non, rétorquai-je. Non. Vous m'avez dit que je pourrais la voir quand je saurais me protéger.

Il leva les mains en signe de capitulation.

— D'accord, dit-il. Suis-moi.

Il me mena en bas des marches, puis dans le garde-manger derrière la cuisine. Je me rappelai avoir désespérément étudié ces murs, à l'époque où j'étais convaincue qu'il me puisait mon essence vitale ; j'avais fait courir mes mains sur chaque centimètre carré, introduit mes doigts dans les moindres fissures, tiré sur toutes les briques usées dans l'espoir de sortir. Il m'indiqua cependant un pan parfaitement lisse de pierre blanche vierge de mortier. Il y apposa délicatement les doigts et les ploya telles des pattes d'araignée ; je sentis le léger frisson de sa magie à l'œuvre. Le pan entier s'enfonça dans le mur, révélant un escalier taillé dans la même pierre blanche. Il était éclairé d'une faible lueur et disparaissait en une spirale très raide.

Je le suivis dans le passage. Il différait des autres couloirs de la tour : il était à la fois plus vieux et plus étrange. Les marches étaient dures et carrées aux extrémités, mais tellement usées qu'elles étaient rondes et lisses au milieu. Une succession de lettres avait été gravée à la base des deux murs, dans un alphabet qui n'était pas le nôtre ni celui de Rosya, mais qui ressemblait beaucoup à celui du parchemin. J'eus l'impression de descendre pendant une éternité, et j'avais de plus en plus conscience du poids de la pierre et du silence qui nous entouraient. J'avais la sensation d'être dans un tombeau.

— C'est un tombeau, affirma-t-il.

En bas des marches, nous débouchâmes dans une petite pièce circulaire. L'air y paraissait plus épais. L'écriture qui jouxtait l'escalier se prolongeait ici en une ligne continue, se poursuivait jusqu'au mur opposé où il traçait une arche, puis redescendait et achevait le cercle pour remonter de l'autre côté. Une zone de pierre plus pâle se trouvait à l'intérieur de l'arche, vers le bas – comme si le reste du mur avait d'abord été construit, avant d'être scellé. Elle semblait assez grande pour qu'un homme puisse s'y faufiler à quatre pattes.

— Est-ce que… quelqu'un est enterré ici ? m'enquis-je timidement.

— Oui, répondit le Dragon. Mais même les rois ne sont pas opposés au partage une fois morts. Maintenant, écoute-moi bien. (Il se tourna vers moi.) Je ne vais pas t'enseigner le sort nécessaire pour traverser ce mur. Quand tu voudras la voir, je t'y emmènerai moi-même. Si tu essaies de la toucher, si tu la laisses t'approcher de trop près, je te ferai ressortir aussitôt. À présent, prépare tes protections, si tu veux vraiment tenter l'expérience.

J'allumai une poignée d'aiguilles de pin à même le sol et prononçai l'incantation, le visage dans la fumée.

Je glissai alors ma main dans la sienne et le laissai m'entraîner de l'autre côté du mur.

Il m'avait fait redouter le pire : une Kasia aussi tourmentée que Jerzy, l'écume aux lèvres et se lacérant la peau ; une Kasia pleine de ces ombres putrides la dévorant de l'intérieur. Je m'étais préparée à tout et armée de courage. Mais quand nous franchîmes la paroi, elle était simplement blottie au bout d'une fine paillasse, les bras autour des genoux. Une assiette de nourriture et de l'eau étaient posées près d'elle à même le sol, et elle avait mangé et bu ; elle s'était aussi nettoyé le visage et tressé les cheveux. Elle avait l'air fatiguée et effrayée, mais toujours elle-même. Elle se mit péniblement debout et s'approcha de moi, les bras tendus.

— Nieshka, dit-elle. Nieshka, tu m'as retrouvée.

— Pas plus près, nous avertit platement le Dragon avant d'ajouter : *Valur polzhys.*

Une ligne de flammes s'embrasa soudain entre nous. Je m'étais rapprochée d'elle sans le vouloir.

Je laissai retomber mes bras et serrai les poings. Kasia recula à son tour, s'immobilisant au-delà des flammes. Elle acquiesça obligeamment à l'intention du Dragon. Je restai là, à l'observer, impuissante et malgré tout pleine d'espoir.

— Est-ce que tu… commençai-je d'une voix étranglée.

— Je ne sais pas, me répondit-elle en chevrotant. Je ne… me souviens de rien. Pas depuis qu'ils m'ont emmenée dans le Bois. Ils m'ont traînée là-bas, puis ils… ils…

Elle s'interrompit, la bouche entrouverte. Ses prunelles exprimaient la même horreur que celle que j'avais ressentie en la découvrant dans cet arbre, enfouie sous son écorce.

Je dus me retenir de faire un pas vers elle. J'étais de nouveau dans le Bois, face à son visage aveugle et étouffé, à ses mains implorantes.

— N'en dis pas plus, la suppliai-je, au comble du malheur.

J'en voulus subitement beaucoup au Dragon de m'avoir retenue si longtemps. J'avais déjà tout élaboré dans ma tête : je me servirais du sort de Jaga pour déterminer où la putréfaction s'était enracinée en elle, puis je demanderais au Dragon de me présenter les sorts de purge dont il s'était servi sur moi. Je compulserais alors le livre de Jaga pour en trouver l'équivalent et la libérer de ce mal.

— Pour l'instant, n'y pense plus, et dis-moi juste comment tu te sens. Es-tu… malade ? As-tu froid ?

Je finis par examiner la pièce elle-même. Les murs étaient du même marbre blanc. Dans une profonde niche reposait un lourd coffre en pierre, plus long qu'un homme, orné de lettres dans cet alphabet inconnu et de motifs divers : de grands arbres en fleurs, des plantes rampant les unes par-dessus les autres. Une flamme bleue brûlait en son sommet, et une fente étroite dans la cloison fournissait une arrivée d'air. La pièce était magnifique, mais d'un froid glacial ; elle n'était pas destinée à accueillir des êtres vivants.

— On ne peut pas la détenir ici, dis-je au Dragon, qui secoua la tête. Elle a besoin de soleil, d'air frais… On pourrait l'enfermer dans ma chambre, à la place…

— C'est toujours mieux que le Bois ! intervint Kasia. Nieshka, s'il te plaît, dis-moi que ma mère va bien ? Elle a essayé de suivre les promeneurs… J'ai eu peur qu'ils l'attrapent également.

— Oui, répondis-je en m'essuyant la figure avant de prendre une longue inspiration. Elle va bien. Elle est inquiète pour toi… tellement inquiète. Je lui dirai que tu vas bien…

— Est-ce que je peux lui écrire une lettre ? s'enquit Kasia.

— Non, répondit le Dragon.

Je me tournai aussitôt vers lui.

— On peut bien lui donner un bout de crayon et du papier ! m'exclamai-je furieusement. Ça n'est pas la mer à boire.

Son expression était glaciale.

— Tu n'es pas idiote à ce point, me rétorqua-t-il. Tu ne penses tout de même pas qu'après être restée un jour et une nuit dans un arbre-cœur elle aurait avec toi une conversation si ordinaire ?

Je me tus, silencieuse, effrayée. Le sort traqueur de putréfaction de Jaga me brûlait les lèvres. J'ouvris la bouche pour le lancer… mais c'était Kasia. Ma chère Kasia, que je connaissais mieux que n'importe qui. Je l'observai longuement et elle m'observa en retour, triste et angoissée, mais se refusant à pleurer ou à avoir peur. C'était bien elle.

— Ils l'ont mise dans l'arbre, déclarai-je. Ils l'ont préservée pour lui, mais je l'en ai sortie avant qu'il puisse…

— Non, affirma-t-il laconiquement.

Je lui lançai un nouveau regard furieux avant de me retourner vers elle. Elle m'adressait malgré tout un sourire courageux.

— Ce n'est pas grave, Nieshka. Tant que ma mère va bien. Que… (Elle déglutit.) Que va-t-il m'arriver ?

Je ne savais pas quoi lui répondre.

— Je vais préparer un moyen de te purifier, promis-je, à moitié désespérée, sans accorder un regard au Dragon. Je trouverai un sort pour m'assurer que tu guérisses…

Mais ce n'étaient que des mots. J'ignorais comment prouver au Dragon que Kasia était encore elle-même. Il n'avait manifestement aucune envie de s'en laisser convaincre. Et si je n'arrivais pas à le persuader, il détiendrait Kasia ici pour le restant de ses jours, si le besoin s'en faisait sentir. Elle finirait ensevelie avec cet ancien roi sans plus jamais voir le moindre rayon de soleil – sans jamais revoir ceux qu'elle aimait, sans jamais pouvoir continuer à vivre. Pour Kasia, il représentait un danger aussi grand que le Bois – d'ailleurs, il ne voulait même pas que j'aille la secourir.

Même avant cela, songeai-je dans un accès d'amertume, il avait voulu la prendre pour lui – il l'avait voulue autant que le Bois, pour la dévorer à sa manière. Il se fichait à l'époque de la déraciner, d'en faire une prisonnière dans sa tour – pourquoi s'en soucierait-il maintenant, pourquoi risquerait-il de la laisser partir ?

Il se tenait quelques pas en retrait, plus loin du feu et de Kasia. Son visage fermé et ses lèvres pincées ne trahissaient aucune émotion. J'essayai d'arborer un air neutre et de dissimuler mes pensées. Si je découvrais un sort me permettant de franchir ce mur, je n'aurais plus qu'à trouver le moyen d'échapper à sa surveillance. Peut-être en lui jetant un sort de sommeil, ou en glissant un somnifère dans son repas : *L'armoise mélangée aux baies d'if, réduire le jus en pâte, ajouter trois gouttes de sang et dire l'incantation, fera un poison rapide et insipide…*

L'odeur prégnante des aiguilles de pin brûlées me chatouilla les narines, et cette pensée prit une tournure désagréable qui en fit ressortir l'immoralité. Je m'éloignai d'un pas de la ligne de feu, toute tremblante. Face à moi, Kasia attendait que je reprenne la parole : le visage déterminé, les yeux attentifs, pleins de confiance, d'amour et de gratitude – mêlés à un peu de peur et d'inquiétude, mais rien que des sentiments humains. Je la dévisageai tandis qu'elle me scrutait avec angoisse, toujours elle-même. J'étais incapable de parler. L'odeur de pin m'emplissait la bouche, la fumée me piquait les yeux.

— Nieshka ? demanda Kasia d'une voix tremblotante.

Je restai murée dans mon silence. Elle m'examinait depuis l'autre côté des flammes ; dans l'air vacillant, elle sembla d'abord sourire, puis faire la moue, sa bouche adoptant une position puis l'autre, comme pour essayer… essayer diverses expressions. Je reculai d'un pas supplémentaire, et ce fut encore pire. Elle inclina la tête sans détourner les yeux, mais ceux-ci s'élargirent légèrement. Elle bougea un peu, changea de posture.

— Nieshka, insista-t-elle. (Sa voix n'était plus effrayée, seulement confiante et chaleureuse.) Ce n'est pas grave. Je sais que tu vas m'aider.

Le Dragon, près de moi, resta silencieux. J'inspirai brusquement, toujours sans rien répondre. Ma gorge était nouée. Je parvins enfin à chuchoter :

— *Aishimad.*

Une odeur amère et âcre s'éleva entre nous.

— S'il te plaît, me dit Kasia.

Elle éclata alors en sanglots, telle une actrice passant d'une scène à une autre. Elle tendit les mains vers moi, se rapprochant du feu, se penchant en avant. Elle s'en approcha un peu trop. L'odeur se fit plus forte, comme celle du bois vert et plein de sève que l'on jetterait dans l'âtre.

— Nieshka…

— Arrête ! m'écriai-je. Arrête.

Elle se tut. Pendant un instant, Kasia resta plantée là, puis il la laissa baisser les bras et son visage se vida. Des effluves fétides de bois en décomposition balayèrent la pièce.

Le Dragon leva la main.

— *Kulkias vizhkias haishimad*, dit-il.

Une lumière s'alluma au bout de ses doigts et sur la peau de Kasia. Là où elle brillait, je voyais des ombres vertes et denses, superposées telles d'épaisses couches de feuilles sur feuilles. Quelque chose me regarda par ses yeux, le visage inerte, étrange et inhumain. Je la reconnus : c'était celle que j'avais sentie dans le Bois, celle qui essayait de me trouver. Il ne subsistait plus la moindre trace de Kasia.

9

Il me soutenait à moitié en me faisant passer à travers le mur pour regagner l'antichambre du tombeau. Lorsque nous y fûmes, je me laissai glisser par terre près de mon petit tas de cendres d'aiguilles de pin et je les contemplai sans les voir. Je leur en voulais presque de m'avoir privée de mon illusion. Je n'arrivais même pas à pleurer. C'était encore pire que si Kasia était morte. Il me dominait de toute sa hauteur.

— Il y a un moyen, déclarai-je en levant les yeux vers lui. Il y a un moyen de la tirer de là.

C'était une assertion d'enfant, une supplication. Il ne répondit rien.

— Le sort dont vous vous êtes servi sur moi…

— Non, répliqua-t-il. Pas dans ce cas. La purge a à peine fonctionné sur toi. Je t'avais prévenue. A-t-il cherché à te convaincre de te faire du mal ?

Je frissonnai des pieds à la tête en me rappelant le goût de cendre dans ma bouche lorsque cette horrible idée m'avait traversé l'esprit : *L'armoise mélangée aux baies d'if fera un poison rapide et insipide…*

— De *vous* faire du mal, précisai-je.

Il acquiesça.

— Ça lui aurait plu de te convaincre de me tuer avant de trouver le moyen de t'attirer dans le Bois de nouveau.

— Mais de quoi parle-t-on ? m'enquis-je. Quelle est cette… cette chose qui l'habite ? On parle du Bois, mais ces arbres… (Soudain, j'en fus certaine.) Ces arbres sont tout aussi corrompus que Kasia. C'est là qu'il vit, mais ça n'est pas ce qu'il est.

— Nous n'en savons rien, déclara-t-il. Il était là avant nous. Peut-être même avant ces murs, ajouta-t-il en désignant les pierres couvertes d'inscriptions étranges. Ils ont réveillé le Bois, ou ils l'ont conçu, puis ils l'ont combattu un moment avant qu'il les détruise. Ce tombeau est tout ce qui subsiste. Cette tour est bâtie sur une autre, plus ancienne. Il n'en existait plus que des décombres quand la Polnya s'est approprié la vallée et a réveillé le Bois une fois de plus.

Il se tut. Je restai recroquevillée sur le sol, les bras autour des genoux. Je n'arrêtais pas de trembler. Il reprit finalement, d'une voix accablée :

— Es-tu prête à me laisser y mettre un terme ? Il n'y a probablement plus rien à secourir chez elle.

Je voulais répondre *oui*. Je voulais que cette chose disparaisse, soit détruite – cette chose qui portait le visage de mon amie et se servait non seulement de ses mains, mais de tout ce qu'elle avait au fond du cœur, de l'esprit, pour faire du mal à ceux qu'elle aimait. Je me moquais presque du fait que Kasia puisse se trouver encore à l'intérieur. Même si elle y était, je n'imaginais pas pire torture que d'être prisonnière de son propre corps et de se faire manipuler telle une marionnette monstrueuse. Et je n'arrivais plus à douter de la parole du Dragon, quand il affirmait qu'elle était désormais hors d'atteinte, même en faisant appel à toute la magie qu'il connaissait.

Mais je l'avais sauvé, lui, alors qu'il ne se pensait pas récupérable non plus. Et j'étais encore si ignorante, errant d'une impossibilité à l'autre. J'anticipai la douleur que j'éprouverais si dans un mois ou une année je tombais dans un livre sur un sort qui aurait pu fonctionner.

— Pas encore, chuchotai-je. Pas encore.

Si j'avais jusqu'alors été une élève médiocre, j'étais désormais devenue redoutable d'une tout autre manière.

Je prenais toujours de l'avance dans les livres que nous étudiions, et j'en empruntais d'autres dans sa bibliothèque lorsqu'il avait le dos tourné. Je mettais le nez dans tout ce que je pouvais trouver. Je lançais les sorts à moitié, puis les abandonnais et passais à autre chose ; je me jetais dans des invocations sans être certaine d'en avoir la force. Je courais comme une folle dans la forêt de la magie, repoussant les ronces sans me soucier des griffures ou de la terre, sans même regarder où j'allais.

Plusieurs fois par semaine, je tombais sur un sort suffisamment encourageant pour que je me dise que ça valait la peine d'essayer. Le Dragon m'emmenait voir Kasia chaque fois que je le lui demandais, c'est-à-dire bien plus souvent que je ne trouvais quelque chose de réellement prometteur. Il me laissait mettre sa bibliothèque sens dessus dessous et ne disait rien quand je renversais des onguents et des poudres sur sa table. Il ne m'infligeait aucune pression pour que j'accepte de laisser partir Kasia. Je les détestais farouchement, lui et son silence : je savais qu'il attendait simplement que je me convainque seule qu'il n'y avait rien à y faire.

Elle – la chose à l'intérieur d'elle – n'essayait même plus de faire semblant. Elle me dévisageait de ses yeux de rapace et m'adressait un sourire occasionnel quand mes sorts ne donnaient rien, un sourire atroce.

— Nieshka, Agnieszka, chantonnait-elle doucement, encore et encore.

Parfois, quand j'expérimentais une incantation, elle me déconcentrait par ses paroles et je bafouillais mon texte. J'en ressortais toute contusionnée de l'intérieur, malade de tristesse, et je remontais lentement les marches, des larmes plein les joues.

Le printemps faisait alors bourgeonner la vallée. Quand je regardais par ma fenêtre, ce que je ne faisais plus que rarement, je voyais le Fuseau, déchaîné par l'apport de la neige fondue, et une bande d'herbe partant de la plaine et repoussant peu à peu la neige vers le sommet des montagnes. La pluie déversait des rideaux argentés sur la combe. À l'intérieur de ma tour, j'étais aussi desséchée qu'une terre brûlée. J'avais étudié chaque page du livre de Jaga, ainsi que la poignée d'autres tomes seyant à ma magie vagabonde et tous les autres ouvrages que le Dragon m'avait suggérés. Il y avait des sorts de guérison, des sorts de purification, des sorts de renouvellement ou de vie. J'avais tenté tout ce qui, de près ou de loin, pouvait sembler pertinent.

Ils organisèrent la fête du Printemps dans la vallée avant les plantations, et le feu de joie d'Olshanka fut si impressionnant que je le distinguai nettement depuis la bibliothèque. Je m'y trouvais seule quand j'avais entendu quelques notes de musique portées par le vent ; je m'étais alors tournée vers la célébration. J'avais l'impression que la vallée tout entière regorgeait de vie. Les premières pousses apparaissaient dans les champs, les forêts se paraient d'un vert pâle et brumeux autour de chaque village. Et, au pied de ces froides marches de marbre, Kasia était dans son tombeau. Je me retournai, croisai les bras sur la table et enfouis ma tête à l'intérieur pour sangloter longuement.

Quand je me redressai enfin, rougie et couverte de larmes, il était là, assis près de moi, à regarder par la fenêtre d'un air morne. Ses mains étaient pliées sur son giron, ses doigts entrelacés, comme s'il se retenait de me réconforter d'une caresse. Il avait disposé un mouchoir sur la table à mon intention. Je m'en saisis pour m'essuyer la figure et me dégager le nez.

— J'ai essayé, une fois, déclara-t-il abruptement. Quand j'étais jeune homme. Je vivais à la capitale, à l'époque. Il y avait une femme… (Sa bouche tressaillit légèrement, formant une moue empreinte d'autodérision.) La plus grande beauté de la cour, naturellement. J'imagine qu'il n'y a plus de mal à prononcer son nom, maintenant qu'elle est morte et enterrée depuis quarante années : la comtesse Ludmila.

Je me retins de le dévisager bouche bée, sans savoir ce qui me stupéfiait le plus. Il était le Dragon : il avait toujours vécu dans cette tour et y vivrait éternellement, figure aussi immuable que les montagnes de l'ouest. L'idée même qu'il ait pu habiter ailleurs, qu'il ait un jour été jeune, semblait inenvisageable. Dans le même temps, je n'arrivais pas à croire qu'il ait pu tomber amoureux d'une femme, désormais morte depuis plusieurs décennies. Son visage m'était à présent familier, mais je me remis à l'observer avec le sentiment de la nouveauté. Les petites rides au coin de ses yeux et de sa bouche étaient le seul détail trahissant son âge. Tout le reste faisait de lui un jeune homme : son profil droit et robuste, ses cheveux pas encore grisonnants, sa joue pâle et lisse, ses longues mains gracieuses. J'essayai de me le figurer en jeune magicien courtisan – ses beaux vêtements lui conféraient presque un air de jeune noble convoitant une adorable dame –, mais l'imagination me faisait défaut. Pour moi, il n'était que livres et alambics, bibliothèque et laboratoire.

— Elle a été… contaminée ? demandai-je, incapable de me retenir.

— Oh, non, répondit-il. Pas elle. Son mari.

Il marqua une pause, et je n'étais pas certaine qu'il ajoute quelque chose. Il ne m'avait encore jamais parlé de lui et n'avait jamais évoqué la cour autrement que pour la décrier. Après plusieurs secondes de silence, il finit cependant par reprendre, et je l'écoutai d'une oreille fascinée.

— Le comte avait franchi la montagne pour aller négocier un traité en Rosya. Il en était revenu avec une proposition inacceptable… et une pointe de contamination. Ludmila avait une guérisseuse à domicile, sa bonne d'enfants, qui ne manqua pas de l'en alerter. Elles l'enfermèrent dans la cave, disposèrent une barrière de sel devant la porte et dirent à tout le monde qu'il était malade.

» Personne à la capitale ne jugeait une magnifique jeune femme se comportant de façon scandaleuse tandis que son mari plus âgé se retrouvait cloîtré chez lui, souffrant. Personne, et surtout pas moi, quand elle fit de moi l'objet de sa quête. J'étais encore jeune, et assez naïf pour croire que mes pouvoirs suscitaient davantage d'admiration que de peur, et elle fut assez maligne et déterminée pour abuser de ma vanité. Elle me menait déjà par le bout du nez quand elle me demanda de le sauver.

» Elle était particulièrement douée pour comprendre la nature humaine, ajouta-t-il flegmatiquement. Elle me dit qu'elle ne pouvait tout de même pas le laisser dans cet état. Elle prétendait être prête à sacrifier son rôle à la cour, son titre et sa réputation, mais que l'honneur exigeait d'elle qu'elle reste enchaînée à son côté tant qu'il serait contaminé. En le sauvant, je permettrais à ma belle de s'enfuir avec moi. Elle joua simultanément sur mon égoïsme et ma fierté. Je peux t'assurer que je me voyais en héros noble et courageux quand je fis le serment de sauver le mari de ma maîtresse. Ensuite… elle m'emmena le voir.

Il marqua une nouvelle pause. Je retins mon souffle, me sentant telle une petite souris sous un chêne en attendant qu'il poursuive. Il avait le regard dans le vague, perdu dans ses pensées, et j'eus une réminiscence : je pensai au rire terrible de Jerzy qui se moquait de moi depuis son lit, à Kasia avec cette inquiétante lueur dans les prunelles. Cela me permit de comprendre son état d'esprit.

— J'ai essayé pendant la moitié d'une année, déclara-t-il finalement. J'étais alors déjà considéré comme le magicien le plus puissant de Polnya. Et j'étais certain que rien ne pouvait me résister. Je pillai la bibliothèque du roi et celle de l'université, je préparai d'innombrables remèdes. (Il me désigna le livre de Jaga, refermé sur la table.) C'est à cette époque que j'ai acheté cet ouvrage, entre autres tentatives souvent moins inspirées. Rien n'y a fait.

Sa bouche tressaillit une fois de plus.

— Puis je suis venu ici. (Il embrassa la tour d'un regard circulaire.) Il y avait alors une autre sorcière surveillant le Bois, la Corneille. J'espérais qu'elle aurait une réponse à m'apporter. Elle commençait à se faire vieille, et la plupart des sorciers de la cour prenaient grand soin de l'éviter. Aucun d'eux ne voulait être chargé de la remplacer à son décès. Cela ne me faisait pas peur : j'étais trop puissant pour que l'on m'éloigne de la capitale.

— Mais… intervins-je avant de me mordre les lèvres. (Il me regarda pour la première fois, haussant un sourcil moqueur.) Mais vous avez fini par être envoyé ici, non ?

— Non, répondit-il. J'ai décidé de rester. Le roi, à l'époque, n'était pas très enthousiaste : il préférait me tenir à l'œil, et ses successeurs ont souvent insisté pour que je revienne. Mais elle m'a… convaincu. (Il jeta un coup d'œil par la fenêtre, à la vallée plongeant vers le Bois.) As-tu déjà entendu parler d'une ville nommée Porosna ?

Ce nom ne m'évoquait que vaguement quelque chose.

— Le boulanger de Dvernik, dis-je. Sa grand-mère venait de là-bas. Elle préparait une sorte de pain…

— Oui, oui, m'interrompit-il impatiemment. Mais as-tu la moindre idée de l'endroit où elle se trouve ?

Je tâchai vainement de le deviner :

— Dans les Marches jaunes ?

— Non. À huit petits kilomètres de Zatochek.

Zatochek était située à moins de trois kilomètres de la bande de terre nue qui entourait le Bois. Depuis que j'étais toute petite, on m'avait enseigné qu'il s'agissait du dernier village de la vallée, de l'ultime bastion.

— Le Bois… l'a avalée ?

— Oui, confirma le Dragon.

Il se leva et se dirigea vers le grand registre dans lequel je l'avais vu noter quelque chose, le jour où Wensa était venue nous informer de l'enlèvement de Kasia. Il le rapporta à la table et l'ouvrit. Chacune des pages était divisée en lignes et colonnes régulières, comme un livre de comptes. Sauf que dans chaque case se trouvait des noms, de villes ou de personnes, ou des chiffres : tant de contaminés, tant de capturés ; tant de soignés, tant de tués. Les pages de ce parchemin qui ne vieillissait pas et dont l'encre ne ternissait pas – un sort de préservation les conservait intactes – étaient noires de données. J'en tournai quelques-unes. À mesure que je remontais dans le temps, les nombres décroissaient. Il y avait eu davantage d'incidents dernièrement, et des plus graves.

— Il a englouti Porosna la nuit de la mort de la Corneille, m'expliqua le Dragon.

Il tourna une grosse épaisseur de pages, jusqu'à une époque où le registre était tenu par quelqu'un de moins soigneux. Chaque incident était consigné sous la forme d'une histoire, d'une écriture moins resserrée mais tremblotante :

Aujourd'hui, un cavalier de Porosna : ils ont une épidémie avec sept malades. Il ne s'est pas arrêté en chemin. Lui aussi était contaminé. Une infusion de pestebois a fait tomber la fièvre, et la septième incantation d'Agata a permis d'éradiquer la racine du mal. L'équivalent de sept mesures d'argent en safran consumées lors de l'incantation, quinze pour le pestebois.

C'était la dernière entrée écrite de cette main.

— J'étais alors en chemin pour la cour, déclara le Dragon. La Corneille m'avait dit que le Bois s'étendait – et m'avait demandé de rester. J'avais refusé avec indignation : je jugeais ce poste indigne de moi. Elle m'avait expliqué qu'il n'y avait plus rien à espérer pour le comte, ce qui m'avait contrarié. J'avais rétorqué avec morgue que je trouverais un moyen. Que la magie du Bois ne pouvait rien faire que je ne sois pas en mesure de défaire. Je me disais que j'avais eu affaire à une vieille folle faiblarde, que c'était précisément à cause d'elle que le Bois gagnait du terrain.

Je m'étreignais de plus en plus fort tandis qu'il parlait, observant le registre implacable, la page blanche qui suivait cette entrée. J'aurais cette fois aimé qu'il se taise : j'en avais assez entendu. Il essayait d'être gentil en me dévoilant son propre échec, mais je ne pouvais m'empêcher de penser *Kasia, Kasia*…

— D'après ce que j'appris par la suite – un messager désespéré me rattrapa sur la route –, elle s'était rendue à Porosna avec toutes ses réserves et s'était épuisée à soigner les malades. Ceci arriva bien sûr quand le Bois frappa. Elle parvint à envoyer une poignée d'enfants au village voisin – et je présume que la grand-mère de ton boulanger était de ceux-ci. Ils expliquèrent que sept promeneurs s'étaient présentés avec un jeune plant d'arbre-cœur.

» Quand je me rendis sur place une demi-journée plus tard, je pus à peine me frayer un passage entre les troncs. Ils lui avaient planté l'arbre-cœur dans le corps. Elle avait cependant survécu, si on peut dire. Je parvins à lui offrir une mort décente, mais je ne pus rien accomplir d'autre avant de devoir fuir. Le village avait disparu, et le Bois avait repoussé ses limites.

» Ce fut la dernière grande incursion, ajouta-t-il. J'ai réussi à ralentir son avancée en remplaçant la Corneille, et je tiens plus ou moins bon depuis lors. Mais il essaie sans cesse.

— Et si vous n'étiez pas revenu ? demandai-je.

— Je suis le seul magicien de Polnya à être assez puissant pour le contenir, affirma le Dragon sans faire montre d'arrogance, se contentant d'énoncer un fait. De temps à autre, il éprouve ma force, et tous les dix ans environ il effectue une véritable tentative – comme ce dernier assaut sur ton propre village. Dvernik n'est qu'à un hameau du Bois. S'il avait réussi à me tuer ou à me corrompre là-bas, et à y établir un arbre-cœur… le temps qu'un autre magicien arrive, le Bois aurait avalé aussi bien ton village que Zatochek et se serait retrouvé aux portes du défilé menant aux Marches jaunes. Et il aurait profité de la moindre occasion pour poursuivre sa progression. Si j'avais autorisé le remplacement de la Corneille par un magicien plus faible, la vallée tout entière serait aujourd'hui envahie.

» C'est ce qui se passe du côté de la Rosya. Ils ont perdu quatre villages au cours de la dernière décennie, et deux durant la précédente. D'ici dix ans, le Bois atteindra le col méridional menant à la province de Kyeva, et ensuite… (Il haussa les épaules.) J'imagine que nous découvrirons alors s'il peut franchir les montagnes.

Nous restâmes assis en silence. Je voyais déjà le Bois avançant de son pas lent mais implacable sur ma maison, déferlant sur toute notre vallée, envahissant le monde entier. Je m'imaginais observer, depuis le sommet de la tour assiégée, une mer d'arbres infinie, un océan de haine bruissant dans toutes les directions, ondulant avec le vent, sans aucune âme qui vive dans mon champ de vision. Le Bois les étranglerait tous et les attirerait sous ses racines. Comme il l'avait fait avec Porosna. Comme il l'avait fait avec Kasia.

Des larmes me roulaient lentement sur les joues, mais elles étaient à présent moins nombreuses. J'étais trop désespérée pour pleurer encore. La lumière extérieure commençait à faiblir, mais les lampes-sorcières n'étaient pas encore allumées. Son visage n'exprimait plus rien. Dans le crépuscule, son regard était impossible à décrypter.

— Que leur est-il arrivé ? demandai-je pour rompre le silence trop pesant. Qu'est-il arrivé à la comtesse ?

Il sursauta, subitement tiré de sa rêverie.

— Qui ça ? Ah, Ludmila ? (Il hésita.) Quand je retournai à la cour pour la dernière fois, dit-il enfin, je lui expliquai qu'il n'y avait rien à faire pour son mari. Je fis venir deux autres magiciens pour confirmer que son mal était incurable – ils étaient même consternés que je l'aie laissé vivre si longtemps – et je chargeai l'un d'eux de le mettre à mort. (Il haussa les épaules.) Ils essayèrent d'ailleurs d'en faire toute une histoire – la jalousie règne en maître, même chez les enchanteurs. Ils suggérèrent au roi de m'envoyer ici, pour me punir d'avoir dissimulé son infection. Ils ne voulaient pas en arriver à cette extrémité, mais ils espéraient que je recevrais quand même une tape sur les doigts. Quand je leur annonçai que je venais m'installer à la tour, quoi que quiconque puisse en penser, ils en furent tout démontés.

» Quant à Ludmila… je ne la revis jamais. Elle tenta de m'arracher les yeux quand je lui exposai qu'il avait fallu l'éliminer, et ses remarques à l'époque me firent perdre mes dernières illusions au sujet de la véritable nature des sentiments qu'elle nourrissait à mon égard, précisa-t-il avec ironie. Mais elle hérita des terres et se maria quelques années plus tard à un duc de moindre importance. Elle lui donna trois fils et une fille, et vécut jusqu'à soixante-seize ans en véritable matrone. Je crois que les bardes de la cour ont fait de moi le méchant de l'histoire, et d'elle l'épouse noble et fidèle qui fit tout ce qui était en son pouvoir pour sauver son mari. On ne peut même pas dire que ce soit faux.

Ce fut alors que je me rendis compte que je connaissais déjà cette histoire. Je l'avais entendu chanter. « Ludmila et l'Enchanteur ». Sauf que, dans la chanson, la brave comtesse se déguisait en vieille paysanne, cuisinait et faisait le ménage pour le magicien qui avait volé le cœur de son époux, jusqu'à ce qu'elle retrouvât un jour l'organe enfermé dans un coffre, où elle put le récupérer et ramener son mari à la vie. Des larmes chaudes me piquaient les yeux. Dans les chansons, nul n'était jamais atteint d'un mal incurable. Il y avait toujours un héros pour sauver les malheureux. Et il n'existait pas de passage où la comtesse hurlait de protestation quand trois magiciens achevaient le comte avant d'en faire un argument politique.

— Es-tu prête à la laisser partir, maintenant ?

Je l'étais sans l'être. J'étais tellement lasse. Je ne supportais plus de descendre ces marches pour aller voir la chose qui arborait le visage de Kasia. Je ne l'avais pas sauvée du tout. Elle était toujours avalée dans le Bois. Mais *fulmia* frémissait encore au fond de moi, patientant, comme s'il ne guettait que mon accord – que je dise *oui* au Dragon et que j'attende, la tête dans les bras, qu'il vienne m'annoncer que c'était terminé – pour rugir de nouveau et faire s'effondrer la tour sur nos têtes.

Je considérai les étagères tout autour de nous : ce nombre incalculable de livres, dont les dos et les couvertures formaient comme des murailles de citadelle. Et si l'un d'eux recelait encore le secret, l'astuce qui permettrait de la libérer ? Je me levai et allai faire glisser mes mains dessus, sentant les embossures dorées sous mes doigts aveugles. *L'Invocation de Luthe* – ce magnifique tome en cuir que j'avais emprunté si longtemps auparavant, avant même de savoir quoi que ce soit de la magie ou de connaître mes limites, déclenchant l'ire du Dragon – s'empara une nouvelle fois de moi. Je m'arrêtai dessus et demandai brusquement :

— Qu'est-ce qu'il invoque, au juste ? Un démon ?

— Non, ne dis pas de sottises, répliqua impatiemment le Dragon. Invoquer les esprits relève de la charlatanerie. Il est trop simple de prétendre avoir fait venir une chose invisible et incorporelle. *L'Invocation* ne permet rien de si futile. Elle invoque… (Il marqua une pause, et je fus surprise de le voir chercher ses mots.) La vérité, lâcha-t-il enfin avec un léger haussement d'épaules, comme s'il s'agissait d'une réponse inexacte, mais qu'il n'en existait pas de meilleure.

Je ne comprenais pas comment on pouvait *invoquer* la vérité, à moins qu'il s'agisse simplement de percer un mensonge à jour.

— Dans ce cas, pourquoi étiez-vous si furieux quand je me suis mise à le lire ?

Il me fusilla du regard.

— As-tu l'impression qu'il s'agit de quelque chose de banal ? J'avais l'impression qu'un autre enchanteur de la cour t'avait envoyée accomplir une tâche impossible – avec la secrète intention de faire sauter le toit de la tour quand tu aurais épuisé toute ta force et que ta création se serait écroulée sur elle-même, me faisant passer pour un inconscient et un incompétent à qui il ne fallait surtout pas confier d'apprentis.

— Mais ça m'aurait tuée, ripostai-je. Vous pensiez sérieusement que quelqu'un du royaume aurait… ?

— Sacrifié la vie d'une paysanne à peine dotée dans le but de me nuire – et peut-être de me voir rappelé à la cour, humilié ? Sans le moindre doute, répondit le Dragon. La plupart des courtisans placent les paysans un degré au-dessus des vaches et bien en deçà de leur monture préférée dans la hiérarchie des êtres vivants. Ils n'hésiteraient pas à envoyer à la mort un millier d'entre vous lors d'une escarmouche contre la Rosya, si cela pouvait leur procurer le moindre avantage au niveau de la frontière. Ils le feraient sans ciller. (Il balaya d'un revers de main l'atrocité de tout cela.) Quoi qu'il en soit, je ne m'attendais de toute façon pas à ce que tu réussisses.

Je considérai longuement le livre qui reposait toujours sur le rayonnage. Je me souvins du sentiment de satisfaction que j'avais éprouvé en le lisant, et je le retirai soudain de l'étagère avant de me tourner vers le Dragon en le serrant contre moi. Il me dévisagea avec méfiance.

— Est-ce que ça pourrait aider Kasia ? l'interrogeai-je.

Je vis qu'il s'apprêtait à répondre par la négative, avant de se raviser. Il observa le livre en fronçant les sourcils. Puis il dit :

— J'en doute. Mais *L'Invocation* est une œuvre… étrange.

— Ça ne peut pas faire de mal, insistai-je, m'attirant un regard courroucé.

— Bien sûr que si, rétorqua-t-il. N'as-tu donc pas écouté ce que je viens de te dire ? Le livre entier doit être lu d'une seule traite pour que le sort fonctionne, et si tu n'en as pas la force, l'édifice tout entier s'effondrera quand tu succomberas à la fatigue. Je l'ai vu lancer une fois, par trois sorcières réunies, chacune ayant été la maîtresse de sa cadette, et elles se passèrent le livre de main en main pour arriver au bout. Ça a failli les tuer, et elles étaient loin d'être faibles !

J'examinai le lourd ouvrage doré qui reposait entre mes mains. Je le croyais volontiers. Je me rappelais le goût qu'il m'avait laissé sur la langue, la façon dont il m'avait attirée. Je pris une longue inspiration et dis :

— Voulez-vous bien le lancer avec moi ?

10

Nous commençâmes par l'enchaîner. Le Dragon descendit de lourdes menottes en fer et en scella une extrémité dans le mur de pierre du tombeau à l'aide d'une incantation, tandis que Kasia – la chose à l'intérieur de Kasia – reculait pour nous observer sans ciller. Je maintins cependant un cerceau de feu autour d'elle et, quand il eut terminé, je la forçai à se replier vers la cloison, où il la contraignit à emprisonner ses bras dans les entraves. Elle résista, plus pour le plaisir de nous donner du fil à retordre que par peur de ce qui l'attendait – telle fut du moins mon impression, car son expression demeura perpétuellement neutre et ses yeux ne quittèrent jamais mon visage. Elle était plus mince qu'auparavant. Cette chose ne mangeait que rarement. Suffisamment pour maintenir Kasia en vie, mais pas assez pour m'empêcher de la voir dépérir, s'émacier, se creuser.

Le Dragon fit alors apparaître un étroit lutrin de bois sur lequel il disposa *L'Invocation*. Puis il se tourna vers moi.

— Tu es prête ? me demanda-t-il d'un ton sévère et protocolaire.

Il avait passé des habits composés d'une succession de couches de soie, de cuir et de velours, et il portait des gants – comme s'il redoutait une mésaventure similaire à celle qui nous était arrivée la dernière fois que nous avions jeté un sort ensemble. Cela me semblait désormais vieux d'un siècle et plus lointain que la lune. Quant à moi, je paraissais négligée avec ma robe banale et mes cheveux à peine ramassés en un nœud maladroit pour éviter qu'ils me tombent dans les yeux. J'ouvris le livre à la première page et commençai ma lecture à voix haute.

Encore une fois, le sort me saisit presque immédiatement, et je connaissais désormais suffisamment la magie pour le sentir puiser mon énergie. Toutefois, *L'Invocation* ne chercha pas à arracher un quelconque lambeau de ma personne : j'essayai de l'alimenter comme je le faisais avec chacun de mes sorts – à l'aide d'un flux régulier et mesuré de magie et non d'un torrent –, et il se laissa faire. Les mots ne me paraissaient plus si impénétrables. Je n'arrivais toujours pas à suivre l'histoire, et j'oubliais les phrases aussitôt prononcées, mais je commençais à avoir le sentiment que ça n'avait pas d'importance. Et si je m'en étais souvenue, certains mots au moins auraient sonné faux, comme lorsque l'on réentend son conte d'enfance préféré et qu'on le trouve décevant, ou au moins différent. Ainsi, *L'Invocation* se rendait parfaite, en s'imposant dans cet espace doré qu'occupe le souvenir vague et chéri. Je me laissai pénétrer par le texte et m'interrompis à la fin de la page pour permettre au Dragon de prendre le relais : comme il n'était pas parvenu à me dissuader de me lancer dans cette entreprise folle, il avait sévèrement insisté pour lire deux feuillets pour chacun des miens.

Sa voix articulait les mots très différemment de la mienne, avec un côté plus cassant et un rythme plus lent, ce qui ne me parut d'abord pas correct. Le façonnage du sort se poursuivit néanmoins sans difficulté apparente, et lorsqu'il eut fini ses deux pages, sa manière de lire me semblait finalement parfaite – comme si j'entendais un talentueux conteur narrer une version différente d'une histoire que j'adorais, et qu'il parvenait au bout du compte à me faire oublier mon agacement initial. Mais quand je dus enchaîner, j'eus du mal à reprendre le fil, et je dus fournir un effort bien plus conséquent qu'à la première page. Nous essayions de tisser une même histoire, mais en l'abordant de deux façons différentes. Je me rendis compte avec consternation que le fait qu'il soit mon professeur ne suffirait pas : les trois sorcières qu'il avait vues œuvrer ensemble devaient se ressembler beaucoup plus que nous, tant dans leur magie que dans leur travail.

Je poursuivis ma lecture, persévérant, jusqu'à la fin de la page. Quand je l'eus terminée, l'histoire commençait tout juste à redevenir fluide – mais seulement parce que je la racontais de nouveau à *ma* manière. Lorsque le Dragon me relaya, cela détonna encore plus que la première fois. Je déglutis, la bouche sèche, et levai les yeux du pupitre. Kasia me dévisageait depuis le mur où elle était enchaînée, un sourire hideux sur le visage, une expression de pur ravissement. Elle savait aussi bien que moi que ça ne suffirait pas – que nous ne parviendrions pas à achever le sort. J'observai le Dragon lire avec détermination, extrêmement concentré sur le texte, les sourcils froncés. Il m'avait prévenue qu'il mettrait un terme à l'expérience avant le point de non-retour s'il pensait que nous ne réussirions pas ; il s'efforcerait d'interrompre le sort aussi prudemment que possible et de maîtriser les dégâts potentiels. Il n'avait accepté d'essayer que lorsque je lui avais promis de me fier à son jugement, d'interrompre ma part du travail et de m'éloigner de lui s'il le jugeait nécessaire.

Mais le sort était déjà puissant, chargé de pouvoir. Nous avions tous deux dû nous faire violence pour continuer. Il n'y avait peut-être plus d'échappatoire possible. Je scrutai le visage de Kasia et me rappelai le sentiment que j'avais eu, que l'essence du Bois, quelle qu'elle soit, était en elle ; qu'il s'agissait bien de la *même* présence. Si le Bois était ici, en Kasia – s'il savait ce que nous tramions, s'il savait que le Dragon avait été blessé et grandement affaibli –, il frapperait derechef, et bientôt. Il s'en prendrait de nouveau à Dvernik, ou peut-être juste à Zatochek, se contentant d'un gain moindre. J'avais été si désireuse de sauver Kasia, et mon maître si touché par mon chagrin, que nous avions offert un magnifique cadeau à notre ennemi.

Je cherchai désespérément quelque chose à faire, n'importe quoi, puis je ravalai mon hésitation et posai ma main tremblante sur la sienne, à l'endroit où elle tenait le livre ouvert. Il braqua son regard sur moi et je pris une longue inspiration avant de l'accompagner dans la lecture.

Il ne s'arrêta pas, malgré son air furieux – *Mais à quoi est-ce que tu joues ?* – ; il finit cependant par comprendre ce que j'essayais de faire. Nos voix peinèrent d'abord à s'unir l'une à l'autre, semblant terriblement désaccordées et discordantes. Notre sort vacilla telle la tour de galets d'un enfant. Je cessai alors d'essayer de lire *comme* lui et me contentai de lire *avec* lui, me laissant guider par mon instinct : je me surpris à l'écouter simplement scander les mots, tandis que j'entreprenais presque d'en faire une chanson, isolant un mot ou une phrase pour les répéter à deux ou trois reprises, me contentant parfois de fredonner, tapant du pied pour donner la cadence.

Il commença par résister, s'en tenant un instant à la précision impeccable de son incantation, mais ma magie sembla inviter la sienne à la rejoindre, et il se mit peu à peu à lire, peut-être pas moins abruptement, mais au rythme que j'imposais. Il ralentit pour me permettre d'improviser, laisser libre cours à mon accompagnement. Nous tournâmes la page ensemble et poursuivîmes sans marquer de pause. Au milieu du parcours suivant, une phrase réellement musicale franchit nos lèvres, sa voix prononçant sèchement les paroles tandis que la mienne les chantait, dans les aigus ou dans les graves, et soudain, étonnamment, tout fut facile.

Non – pas facile ; ce n'était même pas tout à fait cela. Sa main s'était refermée fermement sur la mienne ; nos doigts étaient entremêlés, à l'instar de nos magies. Le sort tintait hors de nous, aussi fluide qu'un ruisseau glissant le long d'une pente. Il aurait alors été plus difficile de s'arrêter que de continuer.

Et je comprenais désormais pourquoi il n'avait pu trouver les bons mots, pourquoi il n'avait pas été capable de m'expliquer si le sort aiderait Kasia ou non. *L'Invocation* ne faisait apparaître ni créature, ni objet, ni quelque fontaine de pouvoir ; elle ne produisait ni flammes ni éclairs. Elle se contentait d'emplir la pièce d'une lumière froide et claire, insuffisamment puissante pour être aveuglante. Mais dans cette lumière, tout sembla – tout fut – bientôt différent. La pierre des murs devint translucide, parcourue de veines blanches serpentant telles des rivières, et quand je les observais, elles me racontaient une histoire : une histoire étrange, profonde et interminable n'ayant rien d'humain, si lente et si lointaine que j'eus presque l'impression de devenir pierre moi-même. La flamme bleue qui dansait dans son bassin minéral était prise dans un rêve infini, une chanson tournant en boucle ; en la regardant crépiter, je vis le temple où ce feu avait pris, bien loin d'ici et depuis longtemps tombé en ruine. Néanmoins, je sus soudain à quel endroit il se trouvait et comment je pourrais lancer ce même sort et faire apparaître une flamme qui me survivrait. Les inscriptions étrangères du tombeau prirent vie, se mirent à rayonner. Si je les examinais assez longtemps, j'étais certaine de parvenir à les déchiffrer.

Les chaînes cliquetaient. Kasia se débattait furieusement, à présent, et le bruit que produisaient ses entraves métalliques contre le mur aurait été insupportable si le sort n'avait pas tout atténué. Il ne subsistait qu'un lointain bruit de ferraille, pas assez fort pour me faire perdre ma concentration. Je n'osais pas la regarder, pas encore. Quand je le ferais… je saurais. Si Kasia était partie, s'il ne restait rien d'elle, je m'en rendrais compte. Je gardais les yeux rivés sur le livre, trop effrayée pour l'observer, sans cesser de chanter. Quand nous arrivions au bout d'un feuillet, il le soulevait à moitié, et j'achevais de le tourner. L'épaisseur des feuilles de mon côté ne cessait de croître, et le sort continuait de se tisser. Je finis par redresser la tête, la boule au ventre, pour l'examiner.

Le Bois me scrutait depuis le visage de mon amie : une profondeur insondable de frondaisons bruissant, qui me chuchotaient des mots de haine, de désir et de rage. Mais le Dragon eut une hésitation : ma main s'était crispée sur la sienne. Kasia était là, elle aussi. Elle était présente. Je la voyais, perdue et errante dans cette forêt sombre, cherchant son chemin à tâtons, les yeux ouverts mais aveugles ; elle tressaillait chaque fois qu'une branche venait lui gifler la figure, que des épines faisaient couler le sang en lui entaillant profondément les bras. Elle n'avait même pas conscience de ne plus être dans le Bois. Elle y était toujours piégée, tandis que le Bois la déchirait lambeau après lambeau, s'abreuvant de son supplice.

Je lâchai le Dragon et m'approchai d'elle. L'élaboration ne faiblit pas : mon maître avait repris sa lecture, et je continuais d'alimenter le sort de mon pouvoir.

— Kasia, l'appelai-je en mettant les mains en coupe devant sa figure.

La lumière du sort se concentra à l'intérieur, une lumière blanche d'une brillance incroyable, difficile à supporter. Je vis mon propre visage se refléter dans ses grandes prunelles vitreuses et écarquillées ; j'y découvris également mes jalousies secrètes, le fait d'avoir toujours voulu posséder tous ses atouts sans être prête à en payer le prix. Je sentis mes larmes monter ; c'était comme si Wensa me sermonnait de nouveau, et que je ne pouvais cette fois pas me dérober. Toutes ces occasions durant lesquelles je m'étais sentie telle une moins que rien, la fille qui n'avait aucune valeur, celle que nul seigneur ne désirerait jamais ; ces jours où j'avais l'impression d'être une grande godiche à côté d'elle. Tous les traitements de faveur qu'elle recevait : la place qui lui était réservée, les cadeaux nombreux et les attentions multiples, chacun profitant de la moindre possibilité de lui témoigner son amour tant qu'il était encore temps. À de nombreuses reprises, j'avais voulu être celle qui était spéciale, celle que tout le monde aurait choisie. Pas longtemps, jamais longtemps, mais à présent je me rendais compte de ma lâcheté : j'avais rêvé d'être unique, je l'avais secrètement jalousée, sachant que je pouvais m'offrir le luxe de revenir à ma vie normale quand j'en avais envie.

Mais je ne pouvais plus m'arrêter : la lumière l'atteignait. Elle se tourna vers moi. Perdue dans le Bois, elle se tourna vers moi, et je lus sur son expression une profonde colère, une colère vieille de nombreuses années. Elle savait depuis toujours qu'elle serait sélectionnée, qu'elle le veuille ou non. La terreur d'un millier de nuits blanches me dévisageait en retour : je la voyais allongée dans le noir, à se demander ce qui allait lui arriver, à imaginer un terrible magicien poser les mains sur elle, souffler son haleine sur sa joue, et j'entendis derrière moi le Dragon prendre de grandes inspirations saccadées. Il bredouilla quelques paroles, puis se tut. La lumière concentrée dans mes paumes vacilla.

Je lui jetai un regard désespéré, et il se remit à psalmodier d'une voix extrêmement disciplinée, les yeux rivés sur le livre. La lumière irradiait de tout son corps, comme s'il était subitement devenu transparent en se vidant de toute pensée et de tout sentiment pour se consacrer au sort. Oh, comme j'aurais aimé pouvoir en faire autant ; mais je ne pensais pas en être capable. Je me retournai vers Kasia, l'esprit embrouillé d'idées confuses et de vœux secrets que je devais lui laisser voir ; je devais m'exposer à elle aussi complètement qu'un ver blanc se tortillant sous une bûche retournée. Et je devais la voir à nu, ce qui me faisait encore plus mal, car elle m'avait détestée également.

Elle m'en avait voulu d'être en sécurité, d'être choyée. Ma mère ne m'avait jamais imposé de grimper à des arbres trop hauts ; ma mère ne m'avait pas forcée à effectuer quotidiennement les trois heures de marche aller-retour jusqu'à la boulangerie chaude et poisseuse du village voisin pour apprendre à cuisiner pour un seigneur. Ma mère ne m'avait pas tourné le dos quand je me mettais à pleurer, ne m'avait pas dit d'être courageuse. Ma mère ne m'avait pas donné trois cents coups de peigne par nuit pour que je reste belle, comme si elle *voulait* que je sois choisie ; comme si elle voulait une fille qui irait à la ville pour y devenir riche et envoyer de l'argent à ses frères et sœurs restants, ceux qu'elle s'autorisait à aimer – oh, je n'avais jamais imaginé cette secrète amertume, aussi aigre que du lait tourné.

Et puis… et puis elle me détestait même d'avoir été choisie. Elle n'était pas l'élue, après tout. Je la vis assise à la fête après coup, perdue, tandis que tout le monde murmurait autour d'elle. Elle ne s'était jamais imaginée restant au village, dans une maison qui n'avait pas prévu de l'abriter plus longtemps. Elle s'était résolue à payer le prix de ses dons et à faire montre de courage. Sauf qu'à présent, elle n'avait plus de raison d'être brave, et plus d'avenir radieux en perspective. Les garçons plus âgés lui souriaient avec une sorte de confiance étrange et de suffisance. Une demi-douzaine d'entre eux l'avaient abordée durant le repas : des garçons qui ne lui avaient encore jamais adressé la parole ou l'avaient observée de loin, comme s'ils n'osaient pas l'approcher, lui parlaient désormais avec familiarité, comme si elle n'avait rien d'autre à faire que d'attendre d'être choisie par un autre. Et quand j'étais revenue tout en soie et en velours, les cheveux pris dans un filet de bijoux, les mains pleines de magie, indépendante, elle s'était dit : *Cela devrait être moi, cela aurait dû être moi* ; comme si j'étais une voleuse qui lui avait usurpé son bien.

C'était insupportable, et je la vis reculer elle-même, dégoûtée par ses propres pensées ; mais, d'une façon ou d'une autre, nous devions affronter tout cela ensemble.

— Kasia ! l'appelai-je encore, d'une voix étranglée, en maintenant la lumière aussi stable que possible pour qu'elle puisse la voir.

Elle resta figée, hésitante, un instant de plus, puis elle s'approcha de moi en titubant, les mains tendues devant elle. Le Bois tenta cependant d'empêcher sa progression, de la saisir de ses branches, de l'entraver de ses lierres, et je ne pouvais rien y faire. Je ne pouvais que lui fournir de la lumière tandis qu'elle tombait et se relevait péniblement, avant de choir encore, de plus en plus terrifiée.

— Kasia ! m'écriai-je.

Elle rampait, désormais, mais avançait toujours avec détermination, les mâchoires crispées, laissant dans les feuilles mortes et la mousse sombre une trace sanguinolente. Elle s'accrochait aux racines pour se hisser vers moi, malgré les branches qui lui fouettaient le dos. Elle était cependant si loin…

Puis j'observai de nouveau son corps, et le visage investi par le Bois, qui me sourit. Elle ne pouvait pas s'échapper. Le Bois nous laissait volontairement essayer, se délectait du courage dont elle faisait preuve, de l'espoir qui m'animait. Il pouvait la rappeler dès qu'il le souhaitait. Il la laisserait s'approcher assez près pour me voir, peut-être même pour sentir son corps, l'air sur son visage, puis il enverrait ses plantes se refermer autour d'elle, un tourbillon de feuilles mortes l'envelopperait tel un linceul, et le Bois se refermerait sur elle. Je poussai un gémissement de protestation et manquai perdre le fil du sort. J'entendis alors le Dragon me dire, d'une voix étrange et lointaine :

— Agnieszka, la purge. *Ulozishtus.* Essaie. Je peux finir seul.

Je rappelai très doucement ma magie de *L'Invocation*, avec d'infinies précautions, comme si je cherchais à remplir une bouteille sans laisser une goutte tomber à côté. La lumière persista, et je murmurai :

— *Ulozishtus.*

C'était l'un des sorts du Dragon, pas de ceux que je parvenais à maîtriser facilement ; je ne me souvenais pas du reste des paroles qu'il m'avait apprises. Je laissai cependant ce mot rouler sur ma langue, la modelant correctement, puis je me rappelai la sensation : le feu qui avait brûlé dans mes veines, la terrible douceur de la potion dans ma bouche.

— *Ulozishtus*, répétai-je en l'étirant longuement. *Ulozishtus*, insistai-je en faisant cette fois en sorte que chaque syllabe soit telle une étincelle sur de l'amadou, tel un éclat de magie s'envolant.

À l'intérieur du Bois, je vis une légère plume de fumée s'élever d'une partie des broussailles qui se refermaient autour de Kasia.

— *Ulozishtus*, murmurai-je encore à son intention.

Une nouvelle volute de fumée s'envola devant elle. Quand j'en fis naître une troisième, une petite flamme jaune s'alluma près de son bras.

— *Ulozishtus*, dis-je en l'alimentant d'un peu de magie, comme si j'ajoutais du petit bois sur les cendres d'un feu éteint.

La flamme prit de la vigueur, et quand elle toucha les premières plantes, la végétation se ratatina, battant en retraite.

— *Ulozishtus*, *ulozishtus*, psalmodiai-je, activant le brasier.

À mesure que celui-ci grossissait, j'en retirai des branches embrasées pour incendier le reste du Bois.

Kasia se releva péniblement, arrachant ses bras aux lierres fumants, elle-même légèrement rosie par la chaleur. Néanmoins, elle pouvait désormais se mouvoir plus rapidement, et elle se fraya un chemin à travers la fumée et les feuilles crépitant, se mettant à courir alors que la forêt tout entière prenait feu autour d'elle. Ses cheveux brûlaient également, de même que ses habits déchirés ; des larmes lui dégoulinaient sur les joues tandis que sa peau à présent écarlate se couvrait de cloques. Devant moi, son corps se débattait dans les menottes, se tordant de douleur dans un hurlement de rage. Sanglotant moi-même, je m'écriai « *Ulozishtus !* » derechef. Le feu gagnait en intensité, et je savais que – comme le Dragon aurait pu me tuer en me purgeant de mes ombres – Kasia risquait de mourir devant moi, de périr brûlée de mes propres mains.

J'étais finalement soulagée d'avoir vécu ces longs mois terribles à chercher quelque chose, soulagée de tous ces échecs, de chaque minute passée dans ce tombeau face à l'incarnation moqueuse du Bois. Cela me donnait la force de poursuivre l'enchantement. La voix du Dragon restait stable derrière moi, une ancre à laquelle me raccrocher le temps qu'il termine *L'Invocation*. Kasia était de plus en plus proche, au cœur d'un gigantesque incendie. Je ne distinguais presque plus les arbres ; elle était si près qu'elle regardait à présent par ses propres yeux, alors que des flammes, grondantes et craquantes, lui léchaient la peau. Son corps rua, s'arc-boutant contre la pierre. Ses doigts se raidirent, écartés, et soudain ses veines diffusèrent un vert luminescent.

Des gouttes de sève brûlante tombaient de ses yeux et de son nez, se répandant telles des larmes sur son visage. L'odeur fraîche et sucrée qui s'en élevait était néfaste. Sa bouche s'arrondit en un cri silencieux, puis de minuscules radicelles blanches émergèrent de sous ses ongles, comme un chêne poussant en accéléré. Elles grimpèrent à une vitesse ahurissante vers les menottes, se transformant peu à peu en un bois gris de plus en plus dur. Avec un bruit évoquant la glace craquant sous le soleil estival, les chaînes se brisèrent.

Je ne fis rien. Je n'eus pas le temps de réagir : tout se déroula si vite que je ne vis rien venir. En un clin d'œil, Kasia fut libérée et se rua sur moi. Incroyablement puissante, elle me plaqua au sol. Je l'attrapai par les épaules et la repoussai avec un hurlement. De la sève coulait encore de son visage, maculant sa robe et me tombant dessus en averse. Elle glissait sur ma peau, heureusement imperméabilisée par mon sort de protection. Kasia retroussa les lèvres en un rictus terrifiant. Ses mains s'enroulèrent autour de mon cou tels des tisons ardents, et les racines étrangleuses me rampèrent sur tout le corps. Le Dragon accéléra sa scansion, survolant les derniers mots, précipitant la fin du sort.

— *Ulozishtus !* parvins-je à expirer en regardant le Bois et Kasia dans les yeux.

Ils se tordirent de rage et de douleur et raffermirent leur prise. Ils me toisaient. La lumière de *L'Invocation* était de plus en plus forte, emplissant les moindres recoins de la pièce. Il était désormais impossible de lui échapper, et mon amie et moi nous dévisagions mutuellement, exposant la moindre petite rancœur ou jalousie. Les larmes se mêlaient à la sève sur sa figure. Je pleurais moi aussi, alors que l'air commençait à me manquer et que ma vision s'obscurcissait.

— Nieshka, dit Kasia de sa propre voix étranglée.

Tremblant de détermination, elle retira un à un ses doigts de ma gorge. Ma vision s'éclaircit et, en observant mon amie, je sentis la honte se dissiper. Elle me contemplait désormais avec un amour féroce, avec courage.

J'eus un bref sanglot. La sève commençait à sécher, et le feu la consumait. Les radicelles flétries étaient tombées en cendres. Une purge supplémentaire la tuerait. Je le savais, je le voyais. Et Kasia me souriait, car elle n'était plus capable de parler. Elle abaissa lentement la tête, en un hochement unique. Je sentis mon propre visage se froisser, accablé par la tristesse.

— *Ulozishtus*, dis-je encore.

Je gardai les prunelles rivées sur la frimousse de Kasia, désireuse de la voir une dernière fois, mais ce fut le Bois qui me regarda par ses yeux : une rage noire, pleine de fumée et de flammes, trop profondément enracinée pour être arrachée. Kasia parvenait néanmoins à conserver ses mains loin de mon cou.

Et puis… le Bois disparut.

Mon amie s'écroula sur moi. Je poussai un cri de joie et l'embrassai de toutes mes forces. Elle s'accrocha à moi, tremblant, sanglotant. Elle restait fiévreuse, son corps frissonnait encore, et elle vomit sur le sol en pleurant faiblement tandis que je l'étreignais. Ses mains me faisaient mal : elles étaient rugueuses et brûlantes, et elle s'agrippait si fort à moi que mes côtes gémissaient de douleur. Mais c'était elle. Le Dragon referma le livre dans un grand bruit sourd. La pièce flamboyait : le Bois n'avait plus nulle part où se terrer. C'était bien Kasia, et Kasia seulement. Nous avions gagné.

11

Après cela, le Dragon devint étrange et silencieux, tandis que nous peinions pour remonter péniblement Kasia. Elle était à peine consciente, ne sortant de sa torpeur que pour griffer l'air devant elle avant de sombrer de nouveau. Son corps mou était incroyablement lourd, aussi dense que du chêne brut, comme si le Bois l'avait d'une manière ou d'une autre transmuée.

— Est-ce que c'est parti ? demandai-je avec inquiétude. C'est vraiment parti ?

— Oui, me répondit laconiquement le Dragon après que nous fûmes arrivés en haut du long colimaçon.

Malgré sa force surprenante, chaque pas était une épreuve, comme si nous tentions tous deux de transporter un tronc alors que nous étions déjà épuisés.

— Ou *L'Invocation* nous l'aurait montré, ajouta-t-il en guise d'explication.

Il resta alors muet jusqu'à ce que nous la déposions dans la chambre d'amis, où il se tint debout près du lit à la considérer, sourcils froncés. Puis il tourna les talons et sortit.

Je n'eus guère le temps de me soucier de lui. Kasia resta alitée, fiévreuse et malade, pendant un mois. Elle se réveillait parfois en sursaut de ses cauchemars, toujours prisonnière du Bois, et elle repoussait même le Dragon à l'autre bout de la pièce. Nous dûmes l'attacher aux lourdes colonnes de lit, d'abord avec des cordes, puis avec des chaînes. Je dormais roulée en boule sur le tapis au pied du lit, bondissant pour lui donner de l'eau chaque fois qu'elle criait. Dès que j'en avais l'occasion, j'essayais aussi de lui glisser un peu de nourriture dans la bouche ; les premiers temps, elle ne tolérait rien de plus qu'une ou deux bouchées de pain.

Mes journées et mes nuits se bousculaient, rythmées par ses réveils – d'abord un par heure, et il me fallait dix minutes pour l'apaiser, ce qui m'empêchait de dormir correctement. Je vivais en permanence dans un état second. Après la première semaine, alors que je commençais à croire à sa survie, j'avais profité de quelques instants de répit pour griffonner un message à Wensa, afin de l'informer que sa fille était libre et qu'elle récupérait doucement.

— Va-t-elle savoir se taire ? m'avait interrogée le Dragon quand je lui avais demandé de l'envoyer pour moi.

J'étais trop éprouvée pour m'enquérir de la raison de son inquiétude ; je m'étais contentée de rouvrir l'enveloppe et d'ajouter une ligne à ma missive : *N'en parle encore à personne.* Puis je la lui avais rendue.

J'aurais dû lui poser la question, il m'aurait davantage incitée à la prudence. Mais nous étions tous deux usés jusqu'à la corde. J'ignorais sur quoi il travaillait, mais je voyais la lumière brûler dans la bibliothèque jusque tard dans la nuit, quand je descendais laborieusement à la cuisine pour aller chercher un peu de bouillon ; des piles de feuilles volantes couvertes de diagrammes et d'inscriptions s'élevaient sur sa table. Un après-midi, attirée par une odeur de fumée, je l'avais trouvé endormi dans son laboratoire devant un ballon d'alambic noirci à la suie d'une flamme qui brûlait encore alors que le récipient était déjà vide. Il avait sursauté quand je l'avais réveillé, faisant un grand geste qui avait tout renversé et provoqué un début d'incendie ; une maladresse qui ne lui ressemblait pas. Nous nous étions affairés pour l'éteindre au plus vite, mais il avait fini les épaules aussi raides que celles d'un chat, outré par l'insulte faite à sa dignité.

Trois semaines plus tard, Kasia se réveilla après plusieurs heures d'un sommeil ininterrompu. Elle tourna la tête vers moi et murmura mon nom d'une voix essoufflée ; toutefois, ses yeux marron foncé étaient clairs et chaleureux. Je lui pris la figure entre mes doigts, souriant malgré mes larmes ; elle parvint à refermer ses mains osseuses autour des miennes et me rendit mon sourire.

À compter de ce jour, elle récupéra rapidement. Sa force nouvelle et surprenante la rendit d'abord maladroite, même quand elle put se lever seule. Elle se cogna dans un meuble et dégringola l'escalier la première fois qu'elle chercha à se rendre seule dans la cuisine, alors que j'étais en train d'y préparer de la soupe. Mais quand j'entendis son cri d'alarme et m'élançai à sa rescousse, je la trouvai au pied des marches, indemne, pas même contuse, peinant simplement à se remettre debout.

Je l'entraînai dans le grand hall d'entrée pour lui réapprendre à marcher, lui servant de béquille alors que nous tournions lentement autour de la pièce, même si elle me fit plusieurs fois tomber par accident. Le Dragon descendait justement chercher quelque chose au cellier. Il observa un moment nos progrès maladroits depuis le passage voûté, la mine renfrognée et indéchiffrable. Quand j'eus aidé Kasia à se mettre au lit, où elle se rendormit aussitôt, je me rendis à la bibliothèque pour m'entretenir avec mon professeur.

— Qu'est-ce qui ne va pas chez elle ? lui demandai-je.

— Rien, répondit-il platement. D'après ce que j'en vois, elle est décontaminée.

Il ne semblait pas particulièrement ravi.

Je ne comprenais pas. Je supposais que cela le dérangeait qu'une autre personne vive à la tour.

— Elle se sent déjà mieux, affirmai-je. Elle ne restera plus longtemps.

Il me dévisagea avec un agacement non dissimulé.

— Plus longtemps ? répéta-t-il. Et que comptes-tu faire d'elle ?

J'ouvris la bouche, puis hésitai avant de répondre :

— Elle va…

— Rentrer chez elle ? compléta le Dragon. Épouser un fermier, à condition d'en trouver un qui se fiche que sa femme soit faite de bois ?

— Elle est toujours en chair et en os, pas en bois ! protestai-je.

Néanmoins, je compris plus vite que je ne l'aurais souhaité qu'il avait raison : Kasia n'avait pas plus sa place au village que moi. Je m'assis lentement, les deux mains posées à plat sur la table.

— Elle va… récupérer sa dot, avançai-je en cherchant une réponse viable. Il va bien falloir qu'elle parte… elle ira à la ville, à l'université, comme les autres femmes…

Il eut un air surpris, puis m'interrompit :

— Quoi ?

— Les autres élues, celles que vous avez choisies, répondis-je sans y songer.

J'étais trop effrayée pour Kasia : que pouvait-elle faire ? Elle n'était malheureusement pas sorcière : au moins, les gens comprenaient ce que cela signifiait. Elle était simplement terriblement transformée, et je ne pensais pas qu'elle pouvait le dissimuler.

Il interrompit le cours de mes pensées.

— Dis-moi, cracha-t-il, caustique. (Je sursautai alors et soutins son regard.) Croyiez-vous tous que j'abusais d'elles ?

Je le dévisageai, bouche bée, tandis qu'il m'observait furieusement, le visage grave et offensé.

— Oui ? dis-je, d'abord stupéfaite. Oui, bien sûr que oui. Pourquoi pas ? Sinon, pourquoi n'auriez-vous pas… pourquoi n'embaucheriez-vous pas une domestique ?

Alors même que je prononçais ces paroles, je commençais à me demander si cette autre femme, celle qui m'avait laissé la lettre, n'avait finalement pas raison. Peut-être désirait-il seulement un peu de compagnie – mais pas trop, et uniquement quand il le voulait. Pas une personne susceptible de partir dès qu'elle le souhaitait.

— Les domestiques ne me convenaient pas, rétorqua-t-il évasivement.

Il fit un geste impatient, sans me regarder. S'il avait vu mon expression, peut-être se serait-il interrompu.

— Je ne choisis pas des pleurnichardes qui ne souhaitent qu'épouser leur amoureux au village, ni celles qui s'humilient devant moi…

Je me redressai brusquement, renversant bruyamment ma chaise. Lentement et tardivement, la colère féroce qui couvait en moi me submergea.

— Alors vous choisissez les Kasia, m'écriai-je, celles qui sont assez courageuses pour le supporter, celles qui ne font pas davantage souffrir leur famille en fondant en larmes, et vous pensez que cela suffira ? Vous ne les violez pas, vous vous contentez de les séquestrer pendant dix ans, et vous vous plaignez qu'on imagine le pire ?

Il planta son regard dans le mien, et je le défiai, haletante. Je ne me savais même pas capable de prononcer ces mots ; j'ignorais même que je les pensais. Je n'aurais jamais imaginé parler de la sorte à mon maître, au Dragon : je l'avais détesté, mais je ne le lui avais jamais reproché, tout comme on ne reproche pas à la foudre de tomber sur sa maison. Il n'était pas une *personne*, il était un seigneur, un magicien, une créature étrange vivant sur un tout autre plan, aussi intangible que les tempêtes ou la pestilence.

Néanmoins, il était descendu de son piédestal ; il m'avait gratifiée d'une vraie gentillesse. Il avait une fois de plus laissé sa magie se mêler à la mienne, créant une intimité époustouflante, tout cela pour me permettre de sauver Kasia. J'imagine qu'il peut paraître étrange que je l'aie remercié en lui hurlant dessus, mais cela signifiait davantage qu'un simple merci : cela l'humanisait.

— Ce n'est pas juste, dis-je d'une voix forte. Ce n'est pas juste !

Il se leva à son tour et, pendant quelques instants, nous nous dévisageâmes, chacun de son côté de la table, furieux tous les deux et, je crois, aussi surpris l'un que l'autre. Puis il tourna les talons et s'éloigna, les joues rouges de colère, et alla empoigner fermement le rebord de la fenêtre pour contempler la vallée. Je m'enfuis de la pièce et me précipitai à l'étage.

Je passai le reste de la journée au chevet de Kasia, assise sur le bord de son lit, sa fine main dans la mienne. Elle était encore vivante et chaude, mais il avait dit vrai : sa peau était douce, mais sa chair inflexible sous l'épiderme ; pas comme si elle était faite de pierre, mais d'un morceau d'ambre lisse, rigide mais fluide, aux bords arrondis. Ses cheveux brillaient dans l'éclat doré des bougies, formant des spires évoquant des nœuds dans le bois. Elle avait tout d'une sculpture parfaitement réalisée. Je m'étais dit qu'elle n'était pas tellement changée, mais je compris que je m'étais trompée. Je manquais d'objectivité. Quand je la regardais, je ne voyais que Kasia ; quelqu'un qui ne l'aurait pas connue aurait aussitôt vu en elle quelque chose d'étrange. Elle avait toujours été belle ; à présent, elle l'était de façon surnaturelle, avec son aspect préservé et luisant.

Elle se réveilla et me dévisagea.

— Qu'est-ce qu'il y a ?

— Rien, mentis-je. Tu as faim ?

Je ne savais pas quoi faire pour elle. Je me demandais si le Dragon l'autoriserait à rester ici ; j'étais prête à partager ma chambre. Il serait peut-être content d'avoir une domestique à demeure qui ne risquerait pas de partir, puisqu'il détestait tellement les former. Cette idée me laissait un goût amer dans la bouche, mais je n'en avais pas de meilleure. Si une inconnue s'était présentée dans notre village avec le physique actuel de Kasia, nous l'aurions immédiatement pensée contaminée et l'aurions prise pour quelque nouvelle monstruosité envoyée par le Bois.

Le matin suivant, je me résolus à demander au Dragon de l'autoriser à rester malgré tout. Je retournai à la bibliothèque. Il était à la fenêtre, et l'une de ses petites créatures vaporeuses lui flottait au-dessus des mains. Je m'immobilisai. La surface de la chose, qui ondulait doucement, renvoyait une image, telle une étendue d'eau plate. Quand je m'approchai discrètement de lui, je vis qu'elle ne reflétait pas la pièce, mais une étendue d'arbres sombre et profonde, mouvante. La scène évolua peu à peu sous nos yeux – nous montrant sans doute les lieux visités par la volute. Je retins mon souffle quand une ombre bougea sur la surface : une bête semblable à un promeneur, mais en plus petit, dont les jambes en brindilles auraient été remplacées par de larges membres gris et argentés, veinés telles des feuilles. La créature s'arrêta et fit pivoter son étrange figure vers la volute. Elle tenait dans ses pattes avant un bouquet de plantes et de semis arrachés, dont les racines pendaient ; on eût dit un jardinier venant de désherber. Puis elle tourna la tête de droite et de gauche avant de reprendre sa route et de disparaître entre les arbres.

— Rien, dit le Dragon. Pas de rassemblement de troupes, pas de préparatifs… (Il secoua la tête.) Recule, me lança-t-il sans se retourner.

Il renvoya la volute flottante à travers la fenêtre, puis ramassa ce que j'imaginais être un bâton de magicien, en alluma l'extrémité dans l'âtre, l'enfonça en plein milieu de sa création, qui se transforma en une boule de feu bleue et disparut après s'être consumée. Une odeur douceâtre entra par la fenêtre, une odeur de putréfaction.

— Ils ne peuvent pas les voir, demandai-je, fascinée.

— Il arrive très occasionnellement que l'une d'elles ne revienne pas, je suppose qu'ils en attrapent donc parfois, répondit le Dragon. Mais s'ils la touchent, la sentinelle explose.

Il parlait d'un ton distant, les sourcils froncés.

— Je ne comprends pas, repris-je. À quoi vous attendiez-vous ? N'est-ce pas une bonne chose que le Bois ne soit pas en train de préparer l'assaut ?

— Dis-moi, répliqua-t-il, pensais-tu vraiment qu'elle survivrait ?

Bien sûr que non. Il s'agissait d'une sorte de miracle, que j'avais trop souhaité pour le remettre en question. Je ne m'étais pas donné la peine d'y réfléchir.

— Il l'aurait libérée ? chuchotai-je.

— Pas précisément, me corrigea-t-il. Il ne pouvait pas la retenir : *L'Invocation* et la purge l'ont chassé. Mais je suis certain qu'il aurait pu la retarder jusqu'à ce qu'elle meure. Et le Bois n'est pas du genre à se montrer généreux dans ce genre de situation.

Il tapotait ses doigts contre l'encadrement de fenêtre d'une façon qui me paraissait curieusement familière. Je reconnus alors l'air que nous avions entonné pour scander *L'Invocation*. Il arrêta aussitôt son battement.

— A-t-elle récupéré ? s'enquit-il avec raideur.

— Elle va mieux. Elle a monté l'escalier toute seule ce matin. Je l'ai installée dans ma chambre…

Il me fit taire d'un geste de la main.

— Je pensais que sa guérison serait peut-être une diversion, expliqua-t-il. Mais si elle va déjà mieux…

Il secoua la tête.

Après quelques instants, il fit rouler ses épaules et se détendit. Il lâcha le rebord de fenêtre et se tourna vers moi.

— Quoi que le Bois prévoie, nous avons déjà perdu trop de temps, déclara-t-il d'un air sévère. Récupère tes livres, nous allons reprendre les leçons.

Je l'étudiai, perplexe.

— Cesse de me regarder bouche bée, me rabroua-t-il. As-tu seulement conscience de ce que nous avons fait ? (Il me désigna la fenêtre.) Ce n'est pas la seule sentinelle que j'ai envoyée, loin de là. Une autre a découvert l'arbre-cœur qui détenait la fille. Elle n'a eu aucun mal à le remarquer, ajouta-t-il sèchement, car il était mort. Quand tu as embrasé la corruption qui habitait ton amie, tu as aussi brûlé le tronc.

Je ne comprenais toujours pas son air sinistre, et la suite ne m'éclaira guère.

— Les promeneurs l'ont déjà arraché pour en replanter un autre, mais si nous étions en hiver et non au printemps, si la clairière s'était trouvée plus proche de la lisière du Bois – si nous nous y étions préparés, nous aurions pu y envoyer un groupe de bûcherons pour abattre les arbres et brûler le Bois jusqu'à cette clairière.

— Est-ce qu'on peut… laissai-je échapper, surprise, sans réellement parvenir à mettre des mots sur mon idée.

— Recommencer ? proposa-t-il. Oui. Ce qui signifie que le Bois se doit de réagir, et vite.

Je commençais enfin à saisir son insistance. C'était comme son inquiétude pour la Rosya, devinai-je subitement : nous étions également en guerre contre le Bois, et nos ennemis savaient que nous disposions désormais d'une nouvelle arme que nous pouvions retourner contre eux. Il s'attendait à ce que le Bois nous attaque, pas seulement pour se venger, mais aussi pour se défendre.

— Nous avons beaucoup à faire avant d'espérer pouvoir reproduire les mêmes effets, ajouta-t-il en désignant la table jonchée de nouveaux feuillets.

Je les observai de plus près et me rendis compte pour la première fois qu'il s'agissait de ses notes sur le tissage – notre tissage. Il y avait un croquis simpliste : nous deux, réduits à de simples silhouettes, aussi éloignés que possible des coins de *L'Invocation*, faisant face à Kasia, représentée par un cercle et simplement intitulée CANAL. Une ligne la reliait à un dessin plus abouti de l'arbre-cœur. Il tapota ce trait.

— C'est le canal qui nous posera la plus grande difficulté. Nous ne pouvons pas espérer qu'une victime soit fort opportunément arrachée à un tronc à chaque occasion. En revanche, un promeneur capturé pourrait faire l'affaire, voire un contaminé moins atteint…

— Jerzy, l'interrompis-je soudain. Pourrait-on tenter le coup avec Jerzy ?

Le Dragon marqua une pause et pinça les lèvres, l'air ennuyé.

— Possible, répondit-il. Mais avant, nous devons codifier les principes du sort, et tu vas devoir t'exercer à chacune de ses constituantes. Je crois qu'il entre dans la catégorie des tissages de cinquième ordre, où *L'Invocation* fournit le cadre, la maladie le canal et la purge l'impulsion… as-tu donc tout oublié de ce que je t'ai enseigné ? s'impatienta-t-il en me voyant faire la moue.

Je ne m'étais effectivement pas donné la peine de retenir grand-chose de ses leçons théoriques sur les ordres des sorts, qui servaient surtout à m'expliquer pourquoi certains enchantements étaient plus difficiles à réaliser que d'autres. Personnellement, je trouvais cela plutôt évident : quand on assemblait deux tissages pour donner naissance à un troisième, celui-ci était forcément plus complexe que les deux individuellement. Au-delà de ça, je n'estimais pas les règles très utiles. Quand on unissait *trois* tissages, le résultat était certes plus compliqué que les autres pris indépendamment, mais au moins, quand je tentais de lancer cette combinaison, elle n'était pas nécessairement plus ardue que *deux* des autres : tout dépendait de ce qu'on essayait de faire, et dans quel ordre. Et puis, ses règles n'avaient rien à voir avec ce qui s'était produit dans le tombeau.

Je ne voulais pas en parler, et je savais que lui non plus. Mais je pensais à Kasia, luttant pour me rejoindre tandis que le Bois la lacérait ; et à Zatochek, en bordure du Bois, qui risquait d'être englouti à la prochaine attaque.

— Cela n'a aucune importance, et vous le savez très bien, objectai-je.

Sa main se crispa sur les feuilles, froissant plusieurs pages, et je crus un instant qu'il allait me hurler dessus. Néanmoins, il contempla ses notes sans mot dire. Je finis par aller chercher mon livre de sorts et me replonger dans l'enchantement d'illusion que nous avions lancé ensemble, à l'hiver, tant de mois auparavant. Avant Kasia.

Je me ménageai un peu de place sur la table et posai mon ouvrage devant moi. Après quelques minutes, il alla sans un mot en tirer un autre d'une étagère, un livre noir et étroit, dont la couverture miroita légèrement quand il la toucha. Il l'ouvrit sur un sort occupant deux pages d'une écriture impeccable ; il y avait également le dessin d'une fleur, dont chaque partie était d'une manière ou d'une autre reliée à une syllabe de l'incantation.

— Très bien, dit-il, commençons.

Puis il me tendit la main au-dessus de la table.

J'eus plus de mal à la saisir cette fois, à en faire le choix délibéré sans être mue par l'urgence ou le désespoir. Je ne pus m'empêcher de songer à la force de sa poigne, aux longues lignes gracieuses de ses doigts refermés autour des miens, à la chaleur de leur extrémité calleuse effleurant mon poignet. Je sentais son pouls battre et la température de sa peau. Je me concentrais sur mon livre en essayant de déchiffrer le texte. Les joues me brûlaient tandis qu'il commençait à lancer son propre sort d'une voix sèche. Son illusion prit lentement forme, une autre fleur parfaitement articulée, odorante, magnifique et complètement opaque, dont la tige était presque entièrement recouverte d'épines.

Je me mis à chuchoter. J'essayais désespérément de ne pas penser, de ne pas sentir sa magie sur ma peau. Il ne se passa absolument rien. Il ne me dit rien, gardant les yeux rivés sur un point invisible au-dessus de ma tête. Je me tus le temps de reprendre mes esprits. Puis je fermai les paupières et éprouvai la forme de sa magie : aussi pleine d'épines que son illusion, piquante et protégée. J'entrepris de chuchoter ma propre incantation, et je me surpris à ne pas penser à des églantines mais à de l'eau, à un sol assoiffé ; à construire quelque chose sous sa magie, au lieu d'essayer de la recouvrir. Je l'entendis prendre une brusque inspiration, et l'édifice pointu de son sort laissa à contrecœur pénétrer le mien. L'églantine entre nous étendit ses longues racines sur toute la table, et de nouvelles branches se mirent à pousser.

Ce n'était pas la même jungle que la première fois où nous nous étions adonnés à l'exercice : nous refrénions tous deux notre magie, ne laissant qu'un léger filet de pouvoir alimenter notre tissage. Néanmoins, l'églantier adopta une autre forme de solidité. Je n'arrivais plus à déterminer s'il s'agissait toujours d'une illusion : les longues racines noueuses s'entremêlaient, s'insinuaient dans les fissures de la table, s'enroulaient autour de ses pieds. Les fleurs n'étaient plus des images de roses sauvages, mais de véritables églantines de forêt, dont la moitié n'étaient pas encore écloses, alors que les autres semaient déjà quelques pétales. L'odeur prégnante, trop douce, envahissait l'air, et bientôt une abeille entra par la fenêtre et vint butiner avec détermination. Incapable d'en extraire le moindre nectar, elle s'attaqua à une autre fleur, puis à une troisième, grattant de ses petites pattes les pétales, qui ployaient exactement comme ils l'auraient fait sous le poids de l'insecte.

— Tu ne trouveras rien ici, dis-je à l'abeille en soufflant dessus.

Elle insista néanmoins.

Le Dragon avait cessé d'observer son point au-dessus de ma tête, sa gêne initiale dissipée par sa passion pour la magie : il étudiait nos sorts joints avec la même intensité que lorsqu'il élaborait ses tissages les plus complexes. La lumière de notre illusion illuminait son visage et ses yeux avides de comprendre.

— Peux-tu le maintenir seule ? me demanda-t-il.

— Je crois que oui.

Il me lâcha doucement la main, me laissant m'occuper seule de notre rosier sauvage tentaculaire. Sans le cadre rigide de son sort, il semblait presque vouloir s'affaler telle une vigne privée de son treillis, mais je me découvris capable de faire perdurer sa magie : juste un peu, de quoi conserver une armature, en y injectant davantage de mon pouvoir pour compenser sa faiblesse.

Il tourna quelques pages de son livre et entama un autre sort, destiné cette fois à créer l'illusion d'un insecte, comme l'indiquait le dessin. Il parla vite, les mots roulant sur sa langue, et fit apparaître une dizaine d'abeilles qu'il libéra sur l'églantier, ce qui ne fit que troubler un peu plus la première visiteuse. Après les avoir conçues, il me les… donna, d'une sorte de légère poussée. Je parvins à les attraper et à les lier au tissage du rosier sauvage.

— Maintenant, j'aimerais y adjoindre le sort de surveillance, m'expliqua-t-il. Celui que les sentinelles transportent.

J'acquiesçai, tout en restant concentrée sur ma tâche : qu'est-ce qui passerait plus facilement inaperçu dans le Bois qu'une simple abeille ? Il retourna vers la fin du livre, où se trouvaient des feuillets rédigés par ses soins. Toutefois, dès qu'il commença ce nouveau tissage, le poids du sort pesa lourdement sur les illusions d'abeilles et sur moi. Je les maintins au prix d'un gros effort, sentant ma magie s'assécher plus vite que je ne pouvais la reproduire, jusqu'à ce que je parvienne à émettre un bruit de détresse qui lui fit lever les yeux et tendre la main vers moi.

Je la saisis sans réfléchir, avec mes doigts et ma magie, alors même qu'il me transmettait lui-même de son pouvoir. Son souffle se bloqua et nos tissages se parasitèrent, soudain suralimentés. L'églantier se remit à pousser, ses racines se répandant au sol, certaines branches ressortant par la fenêtre. Les abeilles se multiplièrent parmi les fleurs, chacune étant dotée d'yeux étrangement luisants. Si j'avais pu en saisir une pour l'examiner de près, j'aurais découvert dans ses prunelles le reflet de toutes les roses qu'elle avait touchées. Néanmoins, je n'avais pas l'esprit aux abeilles, aux roses ou à l'espionnage ; j'étais obnubilée par la magie, par ce torrent de pouvoir brut qui déferlait autour de moi. Je me raccrochais à sa main comme à un rocher au milieu des eaux déchaînées, sauf qu'il était lui-même précipité en même temps que moi.

Je sentis sa surprise et sa crainte. Je l'attirai instinctivement avec moi là où le flot était plus calme, comme si je me trouvais réellement dans une rivière en crue dont j'essayais de gagner la rive à la nage. Ensemble, nous parvînmes à nous en extirper. L'églantier rétrécit peu à peu, jusqu'à ce qu'il ne reste qu'une seule fleur. Les fausses abeilles plongèrent dans les pétales quand ils se refermèrent, ou se volatilisèrent simplement. La dernière rose sauvage fana et disparut, et nous nous laissâmes tous deux lourdement tomber sur le sol, les mains encore jointes. J'ignorais ce qui venait de se passer : il m'avait maintes fois répété combien il était dangereux de se lancer dans un sort sans disposer de la magie nécessaire, mais il n'avait jamais évoqué le risque d'en avoir trop. Quand je me tournai vers lui pour lui demander une explication, il inclina la tête en arrière pour la reposer contre les étagères. Il semblait aussi alarmé que moi, et je compris qu'il était également étonné par la tournure des événements.

— Eh bien, finis-je par déclarer après un moment de silence. On peut dire que ça a fonctionné…

Il me dévisagea, outré, et je partis d'un rire incontrôlable, m'étranglant presque d'hilarité : j'étais soûle de magie et d'inquiétude.

— Espèce d'insupportable folle, grogna-t-il.

Puis il me saisit le visage à deux mains et m'embrassa.

Je lui rendis son baiser sans réfléchir, mon rire se déversant dans sa bouche. J'étais toujours liée à lui, nos magies entremêlées de façon inextricable. Je n'avais jamais connu pareille intimité. J'en avais d'abord éprouvé un embarras certain, qui m'avait vaguement évoqué le fait de me retrouver nue devant un inconnu. Je n'y avais en revanche rien perçu de sexuel – ne connaissant du sexe que les allusions poétiques dans les chansons, les conseils pratiques délivrés par ma mère et les quelques atroces instants passés dans la tour avec le prince Marek, quand je ne m'étais guère sentie plus humaine qu'une poupée de chiffon.

Mais subitement, je fis rouler le Dragon sur le dos, m'agrippant à ses épaules. Dans notre chute, sa cuisse trouva sa voie entre les miennes, sous mes jupons, et une soudaine décharge suffit à me faire imaginer la chose sous un angle parfaitement inattendu. Il grogna, la voix rauque, et glissa ses mains dans mes cheveux, libérant le nœud lâche au niveau de mes épaules. Je m'accrochai à lui tant avec mes mains qu'avec ma magie, mi-stupéfaite et mi-ravie. Sa minceur robuste, le toucher délicat du velours, de la soie et du cuir sous mes doigts signifiaient à présent tout autre chose. J'étais sur son giron, à califourchon sur ses hanches, et son corps chaud était collé au mien. Ses mains se refermèrent presque douloureusement sur mes cuisses à travers ma robe.

Je me penchai sur lui pour l'embrasser derechef, perdue dans un lieu magnifique empli d'envies toutes simples. Ma magie et sa magie ne faisaient plus qu'une. Sa main remonta le long de ma jambe, glissant sous le tissu, et son pouce habile me caressa de façon intime. Je poussai un petit hoquet de stupeur, comme si j'avais été surprise par l'arrivée impromptue de l'hiver. Un scintillement involontaire partit de mes doigts et courut sur son corps, tel un rayon de soleil se déposant sur une rivière, et les innombrables boucles qui fermaient son pourpoint s'ouvrirent d'elles-mêmes, en même temps que les lacets de sa tunique se dénouaient.

Je n'avais pas encore très bien compris ce que je faisais, les mains posées sur son torse nu. Ou plutôt, je ne m'étais pas projetée plus loin que l'assouvissement de mon désir immédiat, et je n'avais pas tenté de verbaliser cela. Mais je ne pouvais pas me mentir plus longtemps, alors qu'il était si dévêtu sous moi. Même les cordons de ses chausses étaient défaits. Je les sentais contre mes cuisses. Il n'avait qu'à retrousser mes jupons et…

Mes joues me cuisaient. Je le désirais, je désirais me lever et m'enfuir, et surtout je désirais savoir laquelle de ces deux choses je désirais le plus. Je me figeai et le dévisageai, les yeux écarquillés. Il soutint mon regard ; je ne l'avais encore jamais vu si décontenancé, avec son visage coloré, ses cheveux en bataille et ses vêtements béant devant lui, tout aussi stupéfait que moi, presque indigné. Puis il dit à mi-voix :

— Qu'est-ce que je fabrique ?

Il m'attrapa alors par les poignets pour me repousser et nous força à nous relever tous les deux.

Je reculai en chancelant, me rattrapant à la table, partagée entre le soulagement et le regret. Il me tourna le dos et rattacha ses habits, le dos droit comme un i. Les fils de ma magie regagnaient lentement ma peau, tandis que la sienne me désertait. Je portai les deux mains à mes joues brûlantes.

— Je ne voulais pas… m'exclamai-je.

Je m'interrompis. Je ne savais même pas ce que je voulais ou pas.

— Oui, c'est on ne peut plus évident, rétorqua-t-il pardessus son épaule. (Il reboucla son pourpoint par-dessus sa tunique ouverte.) Sors d'ici.

Je partis à toutes jambes.

De retour dans ma chambre, je vis Kasia assise sur mon lit, se débattant farouchement avec mon panier de couture. Il y avait trois aiguilles brisées sur la table de chevet, et elle ne parvenait qu'avec énormément de difficulté à réaliser quelques points maladroits sur un carré de tissu.

Elle leva la tête en me voyant accourir, les joues encore écarlates, les vêtements tout froissés, haletant comme au sortir d'une course.

— Nieshka ! s'écria-t-elle en laissant tomber sa broderie.

Elle fit un pas vers moi et tendit les mains vers les miennes, puis hésita : elle avait appris à se méfier de sa propre force.

— Est-ce que tu… Est-ce qu'il t'a…

— Non ! répondis-je, sans savoir si j'étais triste ou soulagée.

La seule magie qui m'habitait désormais était la mienne, et je m'assis lourdement sur le lit avec un soupir malheureux.

12

Je n'eus pas le temps d'évaluer la situation. Ce soir-là, peu après minuit, Kasia se redressa subitement à côté de moi, manquant me faire tomber du lit. Le Dragon était debout dans l'embrasure de la porte, l'air indéchiffrable. Une petite lumière brillait dans sa main. Il portait sa chemise de nuit couverte d'une robe de chambre.

— Il y a des soldats sur la route, déclara-t-il. Habillez-vous.

Puis il fit volte-face et repartit sans rien ajouter.

Nous nous vêtîmes toutes deux en hâte et descendîmes au pas de course pour gagner le grand hall d'entrée. Le Dragon était déjà à la fenêtre, dans sa tenue habituelle. J'aperçus un vaste groupe de cavaliers au loin : deux lanternes suspendues à de longues perches à l'avant, une autre à l'arrière. La lumière se réfléchissait sur les harnais et les armures. Deux autres chevaliers étaient à la tête d'une petite caravane de chevaux frais. Les deux bannières à l'avant étaient illuminées à l'aide d'un mince globe rond de magie blanche ; l'une était à l'effigie d'une espèce de dragon vert à trois têtes sur fond blanc – les armoiries du prince Marek –, l'autre affichait un faucon rouge aux serres tendues.

— Pourquoi viennent-ils ici ? chuchotai-je, même s'ils étaient bien trop loin pour m'entendre.

Le Dragon hésita quelques secondes, puis il dit :

— Pour elle.

Je tendis la main pour serrer celle de Kasia dans la pénombre.

— Pourquoi ?

— Parce que je suis contaminée, affirma-t-elle.

Le Dragon hocha légèrement la tête. Ils venaient mettre Kasia à mort.

Je me souvins trop tard de ma lettre : je n'avais jamais reçu de réponse, si bien que j'avais fini par oublier l'avoir envoyée. J'apprendrais quelque temps plus tard que Wensa était rentrée chez elle et tombée en catatonie après son départ de la tour. Une voisine venue à son chevet avait ouvert la lettre, prétendument par gentillesse, et était allée colporter le ragot partout : nous avions ramené quelqu'un du Bois. La nouvelle était parvenue jusqu'aux Marches jaunes, puis, par le biais des bardes, à la capitale, ce qui expliquait le retour ici du prince.

— Vous croiront-ils quand vous leur direz que ça n'est plus le cas ? demandai-je au Dragon. Ils vont forcément vous croire…

— Si tu te rappelles bien, rétorqua-t-il platement, je jouis d'une réputation peu flatteuse en la matière. (Il se retourna vers la fenêtre.) Et je doute que le Faucon ait effectué tout ce voyage pour se laisser convaincre.

J'observai Kasia, dont le visage était calme et étonnamment immobile. Je pris une longue inspiration en soulevant ses deux mains.

— Je ne les laisserai pas faire, lui promis-je.

Le Dragon eut un ricanement méprisant.

— Tu comptes les faire exploser, en même temps qu'une troupe de soldats du roi ? Et après quoi ? Disparaître dans les montagnes et vivre en hors-la-loi ?

— Et pourquoi pas ? rétorquai-je.

Kasia attira mon attention d'une légère pression des doigts. Elle secoua doucement la tête.

— Tu ne peux pas faire ça, déclara-t-elle. C'est impossible, Nieshka. Tout le monde a besoin de toi. Pas seulement moi.

— Dans ce cas, tu n'as qu'à fuir toute seule, lançai-je avec défi.

Je me sentais tel un animal pris au piège, entendant le bruit du couteau du boucher sur la pierre à aiguiser.

— Ou je t'emmènerai en sécurité, avant de revenir ici…

Les chevaux étaient désormais si proches que le claquement de leurs sabots couvrait le son de ma voix.

Le temps pressait. Nous ne bougeâmes pas. J'étreignais la main de mon amie tandis que nous nous tenions dans une demi-alcôve du hall d'entrée du Dragon. Il s'assit dans son fauteuil, l'air sévère et distant, le regard alerte, et il patienta. Nous entendîmes le carrosse s'arrêter, les chevaux piétiner et s'ébrouer, des voix d'hommes étouffées par les lourdes portes. Il y eut une pause. Le coup que je m'attendais à entendre ne vint pas. Au bout de quelques instants, je sentis la neige parcourue d'une magie rampante ; un sort prenait forme à l'extérieur, essayant de forcer l'ouverture des battants. Il poussait et tirait contre le tissage du Dragon, et soudain un premier assaut fut porté : une secousse magique tentant d'échapper à son contrôle. Il plissa les yeux et pinça brièvement les lèvres. Un léger éclair bleuté parcourut les vantaux, mais ce fut tout.

Finalement, on frappa à l'aide d'un gant d'acier. Mon maître replia légèrement le doigt, et les portes pivotèrent vers l'intérieur. Le prince Marek se tenait sur le palier, à côté d'un autre homme, qui, bien que deux fois moins large, semblait aussi imposant que lui. Il était drapé dans une longue cape blanche aux motifs noirs évoquant des ailes d'oiseau, et ses cheveux étaient de la couleur de la laine délavée, mais avec des racines noires, comme s'il les avait volontairement décolorés. Sa cape retombait sur une épaule, laissant apparaître ses vêtements noir et argent. Son expression était finement étudiée, une *inquiétude empreinte de tristesse* d'école. Ensemble, ils paraissaient poser pour un tableau, le Soleil et la Lune à contre-jour dans un encadrement de porte. Puis le prince Marek entra, retirant ses gantelets.

— Très bien, déclara-t-il sans ambages. Vous savez pourquoi nous sommes là. Où est la fille ?

Sans piper mot, le Dragon désigna l'endroit où Kasia et moi nous tenions, légèrement dissimulées. Marek braqua aussitôt le regard sur elle, plissant les paupières avec un air inquisiteur. Je le dévisageai férocement, ce qui ne l'affecta nullement car il ne m'accorda pas le moindre coup d'œil.

— Sarkan, qu'est-ce que tu as fait ? s'enquit le Faucon en avançant vers le Dragon.

Il avait une voix de ténor, résonant comme celle d'un bon acteur. Elle emplit la pièce d'une accusation pleine de regret.

— As-tu complètement perdu la tête, depuis que tu t'es enterré dans l'arrière-pays… ?

Le Dragon resta assis, la tête posée sur son poing.

— Dis-moi une chose, Solya : as-tu seulement envisagé ce que tu aurais trouvé ici, dans mon hall, si j'avais effectivement laissé sortir un contaminé ?

Le Faucon marqua une pause, et mon maître se leva posément. La pièce s'assombrit autour de lui à une vitesse effroyable ; des ombres se mirent à ramper de partout, engloutissant les hauts cierges et les lumières magiques. Il descendit de son estrade, chacun de ses pas résonnant tel le son lugubre d'une cloche imposante. Marek et le Faucon reculèrent malgré eux ; le prince porta la main à la poignée de son épée.

— Si j'étais tombé dans le Bois, reprit le Dragon, qu'auriez-vous espéré accomplir, ici, dans ma tour ?

Le Faucon avait déjà joint les mains, formant un triangle entre ses pouces superposés et ses majeurs ; il psalmodiait à mi-voix. Je sentis croître le bourdonnement de sa magie, jusqu'à ce que des lignes de lumières se mettent à grésiller dans l'espace entre ses doigts. Elles clignotèrent de plus en plus vite, puis le triangle tout entier s'embrasa et un halo de feu blanc vint nimber son corps. Il écarta alors les paumes, le feu crépitant toujours au milieu, déversant au sol une pluie d'étincelles, comme s'il s'apprêtait à le lancer. Son tissage semblait aussi affamé que le cœurfeu dans sa bouteille, comme s'il était avide de dévorer l'air.

— *Triozna greszhni*, dit le Dragon.

Ses mots sortirent, tranchants, et les flammes s'éteignirent telles des chandelles que l'on mouche : une froide bourrasque siffla à travers la pièce, me glaçant la peau avant de se dissiper.

Ils le dévisagèrent, soufflés – puis le Dragon écarta les bras et haussa les épaules.

— Par chance, dit le Dragon avec son habituel ton cinglant, je ne suis pas aussi stupide que vous l'imaginiez. Heureusement pour vous.

Il leur tourna le dos et alla se rasseoir, les ombres se repliant sous ses pieds. La lumière revint. Je distinguais clairement le visage du Faucon : il ne paraissait pas spécialement reconnaissant, avec ses lèvres pincées et son allure glaciale.

Il devait en avoir marre d'être considéré comme le deuxième plus grand magicien de Polnya. J'avais moi-même un peu entendu parler de lui – il était souvent nommé dans les chansons narrant les guerres contre la Rosya –, même si, bien sûr, dans notre vallée, les bardes évitaient de mentionner d'autres sorciers. Nous voulions apprendre des histoires sur le Dragon, *notre* sorcier personnel, et nous retirions beaucoup de fierté et de satisfaction chaque fois que nous éprouvions qu'il était le plus puissant de la nation. Néanmoins, je n'avais encore jamais réfléchi à ce que cela pouvait signifier réellement, et j'avais oublié de le craindre à force de le côtoyer. Je fus brusquement rappelée à la réalité en le voyant étouffer si facilement la magie du Faucon, et compris qu'il possédait tant de pouvoir que même les rois et les autres magiciens le redoutaient.

Je constatai que cette démonstration de force déplut autant au Faucon qu'au prince Marek, dont la main s'appesantit au-dessus du pommeau de son arme. Mais il se retourna alors vers Kasia. Je tressaillis et échouai à la retenir par le bras quand elle sortit de l'alcôve pour s'avancer vers lui. Je ravalai l'avertissement tardif que je voulais lui envoyer quand elle lui fit la révérence, inclinant sa tête blonde. Elle se redressa et le regarda bien en face, exactement comme je m'étais imaginée le faire tous ces mois auparavant. Elle ne bafouilla pas.

— Sire, dit-elle, je sais que vous devez douter de moi. Je sais que j'ai l'air étrange. Mais c'est pourtant vrai : je suis libre.

Des sorts se bousculaient dans ma tête, une litanie de désespoir. S'il dégainait son épée, si le Faucon essayait de l'abattre…

Le prince Marek la considéra avec intensité.

— Tu étais dans le Bois ? s'enquit-il.

Elle s'inclina derechef.

— Les promeneurs m'ont emmenée.

— Venez l'examiner, lança-t-il alors au Faucon.

— Votre Altesse, repartit celui-ci en s'approchant. Il est évident que…

— Arrêtez, ordonna le prince d'une voix tranchante. Je ne l'aime pas plus que vous, mais je ne vous ai pas amené ici pour faire de la politique. Examinez-la. Est-elle contaminée, oui ou non ?

Le Faucon resta coi, les sourcils froncés ; il était stupéfait. Puis :

— Quiconque passe une nuit dans le Bois est invariablement…

— *Est-elle contaminée ?* s'impatienta le prince, chaque mot plus cinglant que le précédent.

Lentement, le Faucon se pencha sur Kasia – l'étudia de très près pour la première fois. La confusion remplaça bientôt sa moue furieuse. Je me tournai alors vers le Dragon, osant à peine espérer. S'ils voulaient bien l'écouter…

Mais le Dragon ne regardait ni moi ni Kasia. Il avait les yeux rivés sur le prince, et le visage aussi austère qu'une pierre.

Le Faucon entreprit aussitôt de la tester. Il exigea des potions sorties des placards du Dragon, ainsi que des livres issus de ses étagères. Mon maître m'envoya chaque fois les quérir, sans discuter. Le reste du temps, il m'ordonna d'attendre dans la cuisine. Je crus d'abord qu'il voulait m'épargner les épreuves, certaines aussi terrifiantes que la magie voleuse de souffle qu'il avait employée sur moi à mon retour du Bois. Même de là où je me trouvais, j'entendais les incantations et le crépitement de la magie du Faucon, à l'étage. Elle résonnait jusque dans mes os, comme si on jouait d'un gros tambour au loin.

Au troisième matin, j'aperçus mon reflet dans l'une des grosses bouilloires en cuivre et me rendis compte que je faisais vraiment négligée : je n'avais pas pensé à passer des vêtements propres, pas avec le vacarme du dessus et le souci que je me faisais pour mon amie. Je ne m'étonnai pas d'avoir accumulé les taches et traînées en tout genre, et cela ne me dérangea pas non plus ; cependant, le Dragon ne m'avait fait aucun reproche. Il était descendu me rejoindre à plusieurs reprises, pour me dire ce que je devais aller chercher. Après avoir vu mon reflet, j'attendis son prochain passage pour lui lancer :

— Est-ce que vous me tenez à l'écart ?

Il s'immobilisa avant même d'avoir atteint le pied de l'escalier et répliqua :

— Bien sûr que je te tiens à l'écart, idiote.

— Mais il ne se souvient de rien, répondis-je en parlant du prince Marek.

Mon assertion ressemblait plus à une question inquiète.

— Il se souviendra de tout à la moindre occasion, affirma le Dragon. Cela compte trop pour lui. Fais profil bas, comporte-toi telle une domestique ordinaire, et ne te sers pas de ta magie là où lui ou Solya pourraient te voir.

— Est-ce que Kasia va bien ?

— Aussi bien que possible. Mais cela ne doit pas t'inquiéter : elle est désormais considérablement plus robuste que n'importe qui, et Solya n'est pas le dernier des imbéciles. En tout cas, il sait pertinemment ce que veut le prince et, tout compte fait, il aimerait autant lui donner satisfaction. Va me chercher trois bouteilles de lait de sapin.

Pour ma part, j'ignorais ce que le prince voulait, et je n'aimais pas l'idée qu'il puisse l'obtenir. Je montai au laboratoire chercher la potion que le Dragon élaborait à partir d'aiguilles de sapin, qui, après manipulation, se transformaient en un liquide laiteux inodore. Pourtant, la fois où il avait essayé de m'enseigner la technique, j'avais confectionné une bouillie puante d'épines et d'eau. Ce produit avait la faculté de fixer la magie dans le corps : il entrait dans la composition de chaque potion de soin, ainsi que dans le pierrepeau. Je rapportai les bouteilles au grand hall d'entrée.

Kasia se tenait au milieu de la pièce, prisonnière d'un double cercle tracé au sol à l'aide d'un mélange complexe d'herbes écrasées dans du sel. Ils lui avaient passé un lourd collier de fer noir autour du cou – très semblable au joug d'un bœuf –, sur lequel étaient gravées des inscriptions magiques en lettres argentées brillantes. La chaîne qui en pendait était reliée aux menottes qui lui cerclaient les poignets. Ils ne lui avaient même pas fourni de chaise pour s'asseoir, et si le poids aurait dû la plier en deux, elle se tenait parfaitement droite, sans effort particulier. Elle m'adressa un léger sourire en me voyant entrer dans la pièce : *Je vais bien.*

Le Faucon paraissait plus fatigué qu'elle. Le prince Marek se frottait le visage tout en bâillant à s'en décrocher la mâchoire ; il était pourtant le seul des trois à être assis.

— Ici, me lança le Faucon sans un regard, tout en me désignant sa table de travail.

Le Dragon était installé sur son espèce de trône et darda sur moi un regard noir en me voyant hésiter. Mutine, je posai les bouteilles à l'endroit indiqué mais ne quittai pas la pièce : je me repliai jusqu'au pas de la porte pour observer.

Le Faucon fit infuser des sorts de purification dans trois flacons différents. Il œuvrait sans ambages : là où le Dragon modelait la magie, lui faisant subir d'innombrables circonvolutions, le Faucon traçait une ligne droite. Néanmoins, sa magie fonctionnait plus ou moins de la même manière : j'avais l'impression qu'il choisissait un chemin parmi une multitude de voies possibles, sans errer entre les arbres comme je pouvais le faire. Il fit traverser les cercles à ses potions en les brandissant au bout de longues pinces en métal ; il semblait de plus en plus prudent à mesure que ses expérimentations avançaient. Chaque préparation luisait à travers sa peau quand elle les avalait ; et la lumière ne s'éteignait pas, si bien qu'après avoir vidé le troisième flacon, elle illuminait la pièce entière. Il n'y avait pas la moindre trace d'ombre en elle, pas la plus petite volute de contamination ayant subsisté.

Le prince restait vautré sur sa chaise, une grosse coupe de vin près du coude, négligent et décontracté ; je remarquai néanmoins qu'il n'avait pas touché à sa boisson et que ses prunelles ne quittaient jamais la figure de Kasia. Mes mains fourmillaient d'envie de le gifler pour l'empêcher de la dévisager de la sorte.

Le Faucon observa longuement mon amie, puis il sortit un bandeau de la poche de son pourpoint et se le noua devant les yeux : un épais velours noir orné de grosses lettres argentées, suffisamment large pour lui couvrir le front. Il murmura quelque chose en le ceignant. Les lettres se mirent à briller, puis un trou s'ouvrit au milieu du masque, au centre de son front. Un œil unique y prit forme ; gros, pas tout à fait rond, l'anneau qui cernait cette pupille énorme et presque noire était parcouru d'étincelles argentées. Le Faucon s'approcha du bord du cercle et examina Kasia de son troisième œil. Il lui tourna trois fois autour en la scrutant de la tête aux pieds.

Il finit par se reculer. L'œil se referma, puis le trou disparut et il retira son bandeau de ses mains tremblantes, peinant à en défaire le nœud. Je ne pus m'empêcher d'examiner son front : il ne comportait pas la moindre trace de paupières, ni la plus petite cicatrice. En revanche, ses yeux étaient injectés de sang. Il s'affala lourdement sur sa chaise.

— Alors ? s'enquit le prince d'un ton sec.

Le Faucon laissa s'écouler plusieurs secondes avant de répondre.

— Je n'ai pas détecté la moindre trace de contamination, finit-il par admettre à contrecœur. Je ne jurerais cependant pas qu'il n'y en a aucune…

Le prince ne l'écoutait déjà plus. Il s'était levé et avait ramassé une lourde clef posée sur la table. Il s'approcha de Kasia. La lumière qui irradiait de son corps se dissipait peu à peu, mais était encore présente. Les bottes de Marek éparpillèrent les cercles de sel quand il les traversa pour la débarrasser de ses menottes et de son pesant collier. Il jeta les entraves au sol puis lui tendit la main avec l'élégance de la noblesse, la dévorant des yeux. Kasia hésita – je savais qu'elle craignait de lui briser les doigts par accident ; pour ma part, je l'espérais –, mais elle l'autorisa finalement à l'aider à se remettre debout.

Il l'empoigna alors fermement et la conduisit devant l'estrade de mon maître.

— À présent, Dragon, dit-il doucement, vous allez nous dire comment vous avez procédé. (Il secoua le bras de Kasia devant lui.) Puis nous entrerons dans le Bois, le Faucon et moi, si vous êtes trop pleutre pour nous accompagner, et nous en sortirons *accompagnés de ma mère*.

13

— Je ne compte pas vous donner une épée sur laquelle tomber, déclara le Dragon. Si vous tenez à vous blesser, vous le ferez avec beaucoup moins de gravité en vous servant de celle que vous possédez déjà.

Les épaules du prince Marek se crispèrent, les muscles de son cou se nouèrent très ostensiblement ; il lâcha la main de Kasia et monta sur l'estrade. L'expression du Dragon resta froide et inflexible. Je crois que le prince l'aurait volontiers frappé, mais le Faucon se leva alors de sa chaise.

— Je vous prie de m'excuser, Votre Altesse, mais ceci est inutile. Si vous vous souvenez de l'enchantement dont je me suis servi à Kyeva, quand nous nous sommes emparés du campement du général Nichkov… il fera tout aussi bien l'affaire ici. Je saurai ainsi la façon dont le sort a fonctionné. (Il adressa un sourire pincé au Dragon.) Je pense que Sarkan voudra bien reconnaître que même lui ne peut rien soustraire à ma vue.

Le Dragon ne nia pas, mais cracha :

— Je veux bien reconnaître que tu es un bien plus grand imbécile que je ne l'imaginais, si tu entends réellement concourir à cette folie.

— Je ne dirais pas qu'il est *imbécile* de vouloir tenter tout ce qu'il est raisonnable de tenter pour secourir la reine, rétorqua le Faucon. Jusqu'à présent, nous nous sommes toujours tous inclinés devant ta sagesse, Sarkan :

il aurait été ridicule de prendre des risques afin de ramener la reine pour l'éliminer ensuite. Or, poursuivit-il en désignant Kasia, nous avons sous les yeux la preuve qu'il existe une autre possibilité. Pourquoi nous l'avoir caché si longtemps ?

De but en blanc, alors que le Faucon était, à l'origine, très clairement venu pour affirmer qu'il n'existait pas d'alternative et condamner le Dragon d'avoir laissé Kasia vivre malgré tout ! Je le dévisageai, bouche bée, mais il ne semblait même pas conscient d'avoir complètement retourné sa veste.

— S'il existe la moindre chance de sauver la reine, ce serait traîtrise que de ne rien essayer, ajouta-t-il. Ce qui a été accompli peut l'être de nouveau.

Le Dragon ricana.

— Par toi ?

Il était clair que ça n'était pas la meilleure approche pour faire hésiter le Faucon. Ce dernier plissa les paupières et se retourna brusquement vers le prince.

— Je vais me retirer, à présent, Votre Altesse. Je dois recouvrer mes forces afin de pouvoir lancer ce sort au matin.

Le prince Marek lui accorda congé d'un geste de la main. Je me rendis compte, à ma grande stupeur, que pendant la passe d'armes entre magiciens, il avait parlé à Kasia, emprisonnant sa main dans les siennes. Elle conservait cette impassibilité étonnante, mais j'y étais désormais si habituée que je parvins malgré tout à deviner qu'elle était troublée.

Je m'apprêtais à voler à sa rescousse quand il la lâcha et quitta à son tour le hall à grands pas assurés. Les talons de ses bottes claquèrent sur les marches tandis qu'il regagnait ses quartiers. Kasia vint à ma rencontre, et je la pris par la main. Le Dragon observait l'escalier en fulminant, ses doigts tambourinant d'agacement sur le bras de son fauteuil.

— Est-ce qu'il peut le faire ? demandai-je. Peut-il voir comment le sort a été réalisé ?

Tape, *tape*, *tape*, poursuivirent ses doigts.

— Seulement s'il découvre le tombeau, répliqua finalement le Dragon. (Puis, après quelques secondes supplémentaires, il ajouta à contrecœur :) Ce qu'il arrivera peut-être à faire : il a un don pour la magie visuelle. Mais il faudra encore qu'il trouve le moyen d'y entrer. J'imagine que cela lui prendra quelques semaines au moins ; assez longtemps pour me permettre de transmettre un message au roi afin qu'il puisse intervenir et mettre un terme à ces inepties.

Il me fit signe de partir, et j'obtempérai volontiers, entraînant Kasia avec moi dans l'escalier. Craignant d'y faire une mauvaise rencontre, je jetai un coup d'œil dans le couloir au deuxième palier pour m'assurer que ni le prince ni le Faucon ne s'y trouvaient. Puis, je fis traverser Kasia et, quand nous fûmes devant ma chambre, je lui ordonnai de m'attendre dehors le temps de vérifier que celle-ci était vide. Je la laissai ensuite entrer et barricadai derrière moi en calant une chaise sous la poignée. Je l'aurais volontiers scellée à l'aide d'un sort si le Dragon ne m'avait pas mise en garde contre l'usage de la magie, mais même si je redoutais une nouvelle visite du prince Marek, je craignais encore plus qu'il se rappelle ce qui s'était réellement passé durant la précédente. J'ignorais si le Faucon le sentirait si je me servais d'un tout petit enchantement pour verrouiller un peu mieux la porte, mais j'avais perçu *sa* magie depuis la cuisine et préférai donc ne courir aucun risque.

Je me tournai vers Kasia, qui s'était assise lourdement sur le lit. Elle avait le dos très droit – comme toujours, à présent –, mais ses mains étaient posées à plat sur ses genoux et sa tête légèrement inclinée vers l'avant.

— Que t'a-t-il dit ? la questionnai-je en sentant un frisson de colère naître au creux de mon ventre.

Elle secoua la tête.

— Il m'a demandé de l'aider, répondit-elle. Il m'a dit qu'il reviendrait me parler demain. (Elle redressa le menton pour me regarder.) Nieshka, tu m'as sauvée… serais-tu capable de sauver la reine Hanna ?

L'espace d'un instant, j'étais de retour dans le Bois, sous l'épaisse frondaison ; le poids de sa haine m'assaillait de toute part et des ombres s'insinuaient en moi à chaque inspiration. La peur m'étranglait. Néanmoins, je pensais aussi à *fulmia*, grondant tel un tonnerre au fond de moi ; je songeais également au visage de Kasia, et à un autre arbre dont l'écorce lisse et douce devait dissimuler la figure qui y était collée depuis vingt ans, à peine reconnaissable derrière sa prison végétale, à l'instar d'une statue disparaissant sous la cascade d'une fontaine.

Le Dragon travaillait à la bibliothèque, manifestement agacé ; son humeur ne s'éclaircit pas quand je descendis lui poser la même question.

— Essaie de ne pas te montrer plus folle que tu l'es déjà, me rétorqua-t-il. Ne sais-tu donc toujours pas reconnaître un piège ? Ceci est l'œuvre du Bois.

— Vous pensez que le Bois détient… le prince Marek ? Cela pourrait expliquer certaines choses, notamment pourquoi il…

— Non, pas encore, répondit le Dragon. Mais ce dernier compte s'y rendre. Et avec un sorcier, de surcroît. Ça vaut largement la fille d'un paysan, surtout si tu t'y joins aussi tête baissée. Une fois que le Bois aura planté ses arbres-cœurs dans Solya et toi, il engloutira la vallée en une semaine. *Voilà* pourquoi il l'a laissée partir.

Je n'avais pourtant pas oublié sa résistance féroce.

— Il ne l'a pas laissée partir ! m'exclamai-je. Il ne m'a pas *laissée* l'emmener…

— Jusqu'à un certain point. Le Bois a peut-être fait tout ce qu'il pouvait pour sauver son arbre-cœur, tout comme un général ferait tout pour préserver une forteresse. Mais une fois l'arbre perdu – et il ne pouvait sans doute plus le protéger, que la fille vive ou meure –, il était on ne peut plus logique de tenter d'en tirer le meilleur profit.

Nous en débattîmes longuement. Ce n'était pas nécessairement que je pensais qu'il avait tort : le Bois raffolait de choses aussi tordues que transformer l'amour en une arme. Mais cela ne signifiait pas, selon moi, qu'il n'y avait pas quelque chose à tenter. Libérer la reine pourrait mettre un terme aux guerres avec la Rosya, renforcer les deux nations et – si nous détruisions un autre arbre-cœur au passage – affaiblir considérablement le Bois pour une longue période.

— Oui, répliqua-t-il, et si une dizaine d'anges pouvaient descendre du ciel et mettre le feu à toute cette maudite forêt, la situation s'en trouverait considérablement améliorée.

Je poussai un soupir d'agacement et allai chercher le grand registre. Je le posai lourdement sur la table entre nous et l'ouvris aux dernières pages, pleines d'entrées inscrites de son écriture serrée et précise. Je m'appuyai dessus des deux mains.

— Malgré tous vos efforts, il gagne du terrain, n'est-ce pas ? (Son silence glacial fut une réponse suffisante.) Nous ne pouvons plus repousser l'échéance. Nous ne pouvons pas garder ce secret enfermé dans une tour, en attendant d'être complètement prêts. Si le Bois compte nous attaquer, nous devons riposter, et vite.

— Il y a une différence notable entre rechercher la perfection et agir dans une hâte inconsidérée, contra-t-il. À mon avis, tu as entendu trop de ballades concernant la pauvre reine perdue et le roi effondré, et tu aimerais beaucoup devenir l'héroïne de l'une d'elles. Mais que penses-tu qu'il restera de notre souveraine, après qu'un arbre-cœur aura passé vingt ans à la ronger de l'intérieur ?

— Plus qu'après vingt et un ans ! m'exclamai-je.

— Et si elle demeure assez consciente pour apprendre que son enfant l'a rejointe dans l'arbre ? s'enquit-il, implacable.

L'horreur de cette hypothèse me réduisit au silence.

— Cela ne concerne personne d'autre que moi, intervint le prince Marek.

Nous nous retournâmes tous deux subitement. Il était debout dans l'embrasure de la porte et n'avait pas produit un bruit avec sa chemise de nuit et ses pieds nus. Il m'examina, et je vis s'effondrer le sort de fausse mémoire. Il se souvenait de moi, et je me rappelai soudain comme son visage avait changé quand il m'avait vue employer ma magie devant lui. *Tu es une sorcière*, avait-il alors craché. Et, depuis le début, il cherchait une personne susceptible de l'aider.

— C'est toi qui as fait ça, pas vrai ? m'interrogea-t-il, les yeux pétillants. J'aurais dû me douter que ce vieux serpent desséché ne se serait jamais engagé là-dedans, même pour une fille si adorable. C'est *toi* qui l'as libérée.

— Nous… bredouillai-je en lançant un regard désespéré au Dragon.

Marek ricana.

Il entra dans la pièce et se dirigea vers moi. Je distinguais la légère cicatrice à la naissance de ses cheveux, là où je l'avais cogné à de multiples reprises avec mon lourd plateau ; un tigre de magie était tapi en moi, prêt à bondir en rugissant. J'eus néanmoins un pincement de peur à la poitrine. Mon souffle se raréfia quand il s'approcha de moi : s'il était venu plus près, s'il m'avait touchée, je crois que j'aurais hurlé – sans doute une malédiction : une dizaine des plus terribles sorts de Jaga voletaient dans ma tête telles des lucioles, attendant d'être projetés par ma langue.

Il s'arrêta cependant à quelques dizaines de centimètres et se pencha vers moi.

— La fille est condamnée, tu sais, dit-il en me dévisageant. Le roi a une piètre opinion des magiciens qui prétendent avoir guéri les contaminés : trop nombreux sont ceux qui se sont retrouvés eux-mêmes atteints. La loi exige qu'elle soit mise à mort, et le Faucon ne risque pas de témoigner en sa faveur.

Je tressaillis malgré moi, me trahissant.

— Aide-moi à sauver la reine, ajouta-t-il d'une voix douce et compatissante, et tu sauveras la fille au passage : quand le roi aura récupéré ma mère, il ne pourra pas faire autrement que de les épargner toutes les deux.

J'avais parfaitement conscience qu'il s'agissait d'une menace, pas d'un pot-de-vin : il me faisait comprendre qu'il ferait exécuter Kasia si je refusais. Je ne l'en détestai que plus, même si je ne parvenais pas à le haïr complètement. J'avais vécu trois mois terribles, rongée par le désespoir ; il connaissait cela depuis l'enfance, quand sa mère lui avait été arrachée, quand il avait appris qu'elle était partie et pis que morte, éternellement hors de sa portée. Je n'avais pas non plus de la peine pour lui, mais je devinais ce qu'il pouvait éprouver.

— Et si le monde était renversé, le soleil se lèverait à l'ouest, intervint le Dragon. La seule chose que vous risquez d'accomplir, c'est de vous faire tuer, et elle avec.

Le prince pivota vers lui et abattit ses deux poings sur la table, faisant trembler livres et chandeliers.

— Et pourtant, vous êtes allé sauver une paysanne inutile en laissant croupir la reine de Polnya ? grogna-t-il, laissant apparaître sa véritable nature.

Il se tut, prit une longue inspiration et s'efforça d'arborer une parodie de sourire qui vacilla sur sa bouche.

— Vous allez trop loin, Dragon ; même mon frère n'écoutera plus vos conseils, après ça. Pendant des années, nous avons gobé tout ce que vous avez pu nous raconter sur le Bois…

— Puisque vous doutez de moi, allez-y donc avec vos hommes, siffla le Dragon en retour. Rendez-vous compte par vous-même.

— C'est ce que je compte faire, promit le prince Marek. Et votre petite sorcière et votre adorable paysanne vont m'y accompagner.

— Vous n'emmènerez personne contre son gré, décréta le Dragon. Depuis que vous êtes tout petit, vous vous figurez en héros de légende…

— C'est toujours mieux que d'être un pleutre, rétorqua Marek en lui montrant les dents.

La violence sembla se matérialiser entre eux telle une créature vivante, et avant que mon maître ait pu riposter, je m'interposai :

— Et si nous parvenions à affaiblir le Bois *avant* d'y entrer ?

Surpris, ils braquèrent alors tous deux le regard sur moi.

Krystyna écarquilla de grands yeux en apercevant derrière moi la foule d'hommes en armure et de sorciers, montés sur des chevaux impatients.

— Nous sommes ici pour Jerzy, expliquai-je doucement.

Elle hocha sèchement la tête sans me regarder et s'effaça pour me laisser entrer.

Son tricot reposait sur le fauteuil à bascule, et le bébé dormait paisiblement dans son petit lit près du feu : rouge, joufflu et en pleine santé, il serrait dans son poing un hochet en bois tout rongé. Je m'approchai naturellement de lui. Kasia entra derrière moi et vint se pencher sur le berceau. Je faillis la rappeler à l'ordre, mais elle se détourna et garda le visage loin de la lumière des flammes, donc je ne dis rien. Krystyna n'avait pas besoin d'une raison supplémentaire d'avoir peur. Elle vint se blottir dans le coin avec moi, jetant un coup d'œil pardessus mon épaule quand le Dragon entra. Puis elle me dit dans un murmure que le bébé s'appelait Anatol. Sa voix mourut quand le prince Marek pénétra en se baissant dans la chaumière, suivi du Faucon avec sa cape d'un blanc étincelant, dépourvue de la moindre trace de poussière. Nul ne prêta attention au bébé ou à Krystyna.

— Où est le contaminé ? s'enquit le prince.

— Dans la grange, me chuchota Krystyna. On l'a mis dans la… J'avais besoin de récupérer la chambre, on ne voulait pas… Je ne pensais pas à mal.

Elle n'avait pourtant pas besoin de m'expliquer pourquoi elle ne voulait pas voir ce visage tourmenté tous les soirs dans la maison.

— Tout va bien, la rassurai-je. Krystyna, Jerzy pourrait… ce que nous allons tenter pourrait ne pas… cela va fonctionner. Mais il pourrait en mourir.

Les mains agrippées au berceau, elle se contenta de hocher très légèrement la tête. Je crois qu'il était de toute façon déjà parti pour elle, comme s'il avait été envoyé livrer une bataille perdue, et qu'elle n'attendait que la confirmation de son trépas.

Nous sortîmes. Sept porcelets fouillaient du groin leur enclos tout neuf – le bois de la clôture était encore pâle et épargné par le temps –, tandis que leur mère au ventre tombant leva la tête et renifla sans curiosité à l'arrivée de nos montures. Nous les contournâmes et nous dirigeâmes à la queue leu leu entre les arbres, par un étroit sentier déjà presque envahi par les herbes, pour rejoindre la petite grange grise. Elle se dressait au milieu des herbes hautes pleines de jeunes pousses printanières. Quelques oiseaux avaient prélevé de quoi faire leur nid dans le toit en chaume, et la barre qui bloquait la porte semblait rouiller sur ses crochets. L'endroit donnait déjà l'impression d'avoir été abandonné depuis longtemps.

— Ouvre, Michal, dit le capitaine de la garde.

L'un des soldats mit pied à terre et traversa l'herbe d'un pas décidé. Il était encore jeune et, à l'instar de la plupart de ses compagnons, il avait les cheveux longs et raides, une moustache pendante et une barbe tressée, comme dans les vieux livres d'histoire du Dragon relatant la création de la Polnya. Il était fort comme un jeune chêne, plus grand et carré que la plupart de ses camarades. Il fit basculer la barre d'une main et ouvrit les deux portes d'une poussée, laissant le soleil de ce bel après-midi illuminer l'intérieur de la grange.

Puis il se recula d'un bond, poussant un cri étouffé et portant la main à son épée ; dans son empressement, il manqua s'emmêler les pinceaux et tomber en arrière. Jerzy était dressé contre le mur du fond, et les rayons avaient éclairé en plein son visage déformé d'un rictus. Les yeux de la statue étaient braqués sur nous.

— Quelle horrible grimace, commenta le prince Marek d'un ton désinvolte. Bon, Janos, ajouta-t-il à l'intention de son chef de la garde, en descendant à son tour de sa monture. Emmenez hommes et chevaux au pâturage, et trouvez un endroit où les abriter. Je doute que les bêtes restent tranquilles en sentant la magie et en entendant des hurlements.

— Oui, Votre Altesse, répondit Janos en adressant un signe de tête à son second.

Les soldats étaient aussi heureux que leurs montures de pouvoir disposer. Certains coulèrent des regards discrets vers la grange avant de s'éloigner. Je vis Michal jeter plusieurs coups d'œil par-dessus ses épaules voûtées, la figure subitement devenue livide.

Aucun d'eux ne comprenait vraiment ce qu'était le Bois. Ils n'étaient pas de la vallée – encore une fois, le Dragon n'avait pas besoin de lever des troupes pour soutenir l'armée du roi –, ni même des vallées voisines. Ils portaient des écus frappés d'un chevalier sur un cheval, ce qui signifiait qu'ils venaient tous des provinces du nord autour de Tarakai, d'où était originaire la reine Hanna. Leur idée de la magie était un éclair en plein champ de bataille, net et sans bavure. Ils ignoraient tout de ce qu'ils s'apprêtaient à affronter.

— Attendez, dit le Dragon avant que Janos ait fait faire volte-face à sa monture pour aller rejoindre les autres. Pendant que vous y êtes : procurez-vous donc deux sacs de sel et répartissez-le dans de petites sacoches, une par personne. Puis trouvez-leur des foulards pour se couvrir la bouche et le nez, et achetez toutes les haches qu'on voudra bien vous vendre. (Il se tourna vers le prince.) Nous n'aurons pas une seconde à perdre. Même si cela fonctionne, nous aurons au mieux ouvert la plus petite des fenêtres – un jour, deux au maximum, le temps que le Bois se remette de l'assaut.

Le prince Marek fit un signe de tête à Janos pour confirmer les ordres.

— Et veillez à ce que tout le monde se repose autant que possible, ajouta-t-il. Nous partirons pour le Bois dès que nous en aurons fini ici.

— Et priez pour que la reine ne soit pas trop loin à l'intérieur, conclut platement le Dragon.

Janos lui adressa un dernier coup d'œil, ainsi qu'au prince, qui se contenta d'assener une tape sur le flanc du cheval de son chef de la garde avant de tourner les talons pour le congédier. Janos remonta alors le sentier à la suite de ses hommes et disparut.

Nous n'étions plus que nous cinq à l'intérieur de la grange. De la poussière dansait dans la lumière et l'odeur douce et chaude de la paille, derrière laquelle pointait cependant une fétidité de feuilles en décomposition, imprégnait l'endroit. Il y avait un trou béant sur le côté du mur : celui par lequel les loups étaient entrés, non pas pour dévorer le bétail, mais pour le mordre et le contaminer. Je serrai mes bras très fort contre moi. Le jour commençait à décliner : nous avions chevauché à travers la vallée jusqu'à Dvernik, partant avant l'aube, ne nous arrêtant que pour accorder un peu de répit aux chevaux. Un vent s'engouffrait par les portes et soufflait dans mon cou son haleine glaciale. Le soleil dardait ses rayons orange sur le visage pétrifié et les grands yeux aveugles de Jerzy. Je me rappelai le froid que j'avais éprouvé quand j'étais à sa place : je me demandais s'il pouvait voir malgré ses prunelles fixes et minérales, ou si le Bois l'avait enfermé dans les ténèbres.

Le Dragon se tourna vers le Faucon et désigna Jerzy d'un large geste moqueur.

— Peut-être voudras-tu bien rendre service ?

Le Faucon lui répondit d'un sourire insipide, hocha le chef et alla se poster devant la statue, les mains levées. Les mots visant à dissiper le pierrepeau glissèrent sur sa langue, magnifiquement énoncés, et la pointe des doigts de Jerzy se contracta soudain alors que la pierre s'en éloignait. Ses mains crispées étaient toujours tendues de part et d'autre de son corps, et les chaînes rouillées qui avaient servi à l'entraver au mur pendaient encore à ses poignets. Les liens métalliques se mirent à cliqueter quand il bougea. Le Faucon recula légèrement, sans cesser de sourire, et la pierre libéra le haut de la tête de ma victime, qui put alors bouger les yeux. Un filet de rire s'échappa de sa bouche dès qu'elle fut dégagée ; puis ses poumons se déployèrent, et le sourire du Faucon disparut quand le gloussement hystérique se mua en un hurlement strident.

Kasia se blottit maladroitement contre moi, et je lui saisis la main. Elle était elle-même aussi raide qu'une statue, précipitée dans ses souvenirs. Jerzy criait et riait et criait, encore et encore, comme s'il essayait de compenser tous ces cris et tous ces rires contenus si longtemps dans son torse pétrifié. Il hurla à en perdre haleine, puis il dressa la tête et nous sourit à tous, dévoilant ses dents noires et gâtées, qui ne dépareillaient pas avec sa peau marbrée de vert. Le prince Marek l'observait fixement, la main fermée sur la poignée de son épée ; le Faucon s'était replié à son côté.

— Bonjour, principicule, déclara Jerzy, le timbre suave. Est-ce que ta mère te manque ? Voudrais-tu l'entendre hurler, elle aussi ? *Marek !* (Jerzy s'exclama soudain d'une voix de femme haut perchée et désespérée.) *Marechek, sauve-moi !*

Marek broncha physiquement, comme s'il avait reçu un coup à l'estomac, et il dégaina dix centimètres de lame avant de se raviser.

— Arrêtez ! gronda-t-il. Faites-le *taire* !

Le Faucon, l'air épouvanté, leva la main et dit :

— *Elrekaduth !*

Les caquetages de Jerzy cessèrent, même si sa bouche continuait de s'agiter, comme s'il se retrouvait prisonnier d'une pièce aux murs épais. On n'entendait plus que de lointains gémissements :

— *Marechek, Marechek !*

Le Faucon se tourna vers nous.

— Vous n'envisagez tout de même pas sérieusement de purifier cette chose… ?

— Ah, voilà que tu te mets à faire le délicat ? rétorqua le Dragon d'un ton cinglant.

— Regardez-le ! insista le Faucon. (Il se retourna vers Jerzy et lança :) *Lehleyast palezh !*

Il agita alors sa paume ouverte dans l'air, comme pour nettoyer un panneau de verre couvert de buée. J'eus un mouvement de recul quand Kasia me broya la main. Nous observions la scène, horrifiées. La peau de Jerzy, désormais translucide, n'était guère plus épaisse qu'une pelure d'oignon verdâtre, sous laquelle nageaient des masses de putréfaction bouillonnantes. Des ombres semblables à celles que j'avais vues sous ma propre peau, mais si grosses qu'elles dévoraient tout sur leur passage, sinuant même derrière sa figure, ses yeux jaunis dissimulant à peine ces sinistres nuages grotesques.

— Et pourtant, vous étiez prêts à vous ruer aveuglément dans le Bois, insista le Dragon.

Il se retourna vers le prince et son sorcier. Marek contemplait Jerzy, gris comme un miroir ; sa bouche n'était plus qu'une ligne exsangue. Le Dragon lui dit :

— Écoutez-moi. *Ça ?* (Il désigna Jerzy.) Ce n'est encore rien. Sa contamination est de troisième degré, et n'est vieille que de trois jours grâce au pierrepeau. Au quatrième degré, j'aurais pu le purifier en me servant du purgatif habituel. La reine est captive d'un arbre-cœur depuis vingt ans. Si nous arrivons à la trouver, si nous arrivons à la sortir, si nous arrivons à la purger – rien de tout ceci n'étant hautement probable –, elle n'en aura pas moins subi pendant deux décennies les pires tortures imaginées par le Bois. Elle ne vous embrassera pas. Elle ne vous reconnaîtra même pas.

» Mais là, nous disposons d'une vraie chance contre notre ennemi, ajouta-t-il. Si nous parvenons à purger cet homme, si nous en profitons pour détruire un deuxième arbre-cœur, nous ne devrons pas nous précipiter bêtement dans une charge insensée contre le cœur du Bois, au risque de tout perdre. Nous devrons commencer au bord et nous frayer un chemin aussi loin que possible en abattant des arbres du matin jusqu'au soir ; alors nous jetterons du cœurfeu dans la forêt avant de battre en retraite.

Nous pourrions récupérer près de trente kilomètres de vallée, et affaiblir le Bois pour trois générations.

— Et si ma mère périt dans les flammes ? répliqua le prince Marek.

Le Dragon lui désigna Jerzy.

— Préféreriez-vous vivre comme ça ?

— Et si elle ne brûle pas ? s'exclama alors Marek. *Non.* (Il inspira douloureusement, comme si des sangles de fer lui entravaient la poitrine.) Non.

Le Dragon serra les lèvres.

— Si nous parvenions à affaiblir le Bois, nos chances de la retrouver seraient…

— Non, trancha Marek avec un geste sec de la main. Nous sortirons ma mère de là, et nous abattrons au passage autant d'arbres que nous pourrons. *Alors*, Dragon, quand vous l'aurez purgée et que vous aurez brûlé l'arbre-cœur qui la détenait, je vous jure que vous disposerez de tous les hommes et de toutes les haches que mon père pourra vous fournir, et que nous ne nous contenterons pas de faire reculer le Bois d'une trentaine de kilomètres : nous le ferons brûler jusqu'à la Rosya et nous en débarrasserons pour de bon.

Il s'était redressé tout en parlant, déroulant les épaules. Sa posture était plus assurée. Je me mordis les lèvres. Je n'accordais pas la moindre confiance au prince Marek, sauf quand il s'agissait d'agir pour servir ses propres intérêts, mais je ne pouvais m'empêcher de me dire qu'il en avait le droit. Si nous repoussions le Bois de trente kilomètres, il s'agirait certes d'une grande victoire, mais d'une victoire temporaire. Je voulais le voir brûler jusqu'à la dernière racine.

J'avais évidemment toujours détesté cet endroit, mais de loin. Autrefois, je l'envisageais comme une averse de grêle avant la récolte, une invasion de sauterelles dans le champ ; ce genre d'événements, ou d'autres plus cauchemardesques, mais toujours des choses conformes à sa nature. À présent, je le percevais d'une tout autre façon : telle une créature vivante déployant volontairement toute sa malice pour me faire du mal, pour s'en prendre à tous ceux que j'aimais, menaçant mon village tout entier, prêt à l'engloutir comme il avait englouti Porosna. Je ne me rêvais pas en grande héroïne, contrairement aux accusations du Dragon, cependant j'avais envie de chevaucher dans ce bois armée d'une hache et d'une torche. Je voulais arracher la reine à son emprise, lever des armées des deux côtés et le raser une fois pour toutes.

Après de longues secondes, le Dragon secoua silencieusement la tête, sans discuter davantage. Ce fut au contraire le Faucon qui protesta : il semblait loin d'être aussi convaincu que son prince. Il louchait encore régulièrement vers Jerzy, un coin de sa cape blanche plaqué devant son nez et sa bouche, comme s'il voyait des choses dont nous ignorions tout et craignait d'inhaler la maladie.

— J'espère que vous me pardonnerez de douter ; peut-être manqué-je cruellement d'expérience en la matière, commença-t-il sans parvenir à masquer son ton sarcastique. Néanmoins, j'aurais déjà considéré ceci comme un exemple particulièrement remarquable de contamination. Il ne serait même pas prudent de le décapiter avant de le brûler. Peut-être ferions-nous mieux d'abord de nous assurer de pouvoir le délivrer, avant de nous attaquer à d'autres plans plus grandioses dont nous n'imaginons pas la portée.

— Nous avions un accord ! hurla le prince en lui faisant face.

— J'étais d'accord pour dire que c'était un risque à courir, à condition que Sarkan ait réellement découvert un moyen de purger la contamination, tempéra le Faucon. Mais *ça*… ? (Il regarda à nouveau Jerzy.) Je préfère le voir à l'œuvre, et m'assurer du résultat. Si ça se trouve, la fille n'a même jamais été contaminée, mais il a fait courir la rumeur de sa guérison pour donner un peu plus d'éclat à sa réputation.

Le Dragon eut un ricanement dédaigneux et ne proposa pas d'autre réponse. Il se retourna pour saisir une poignée de foin sur l'une des vieilles balles qui tombaient en ruine et entreprit de murmurer une incantation tout en tressant les tiges ensemble. Le prince Marek attrapa le bras du Faucon, l'attira à l'écart et lui chuchota des mots furieux.

Jerzy chantait encore pour lui-même derrière le sort d'assourdissement, mais il se mit à tirer sur ses chaînes, se précipitant droit devant lui jusqu'à ce que ses bras soient étendus derrière, maintenus par les entraves. Là, il tendit la tête vers eux pour essayer de les mordre. Il laissa pendre sa langue, excroissance enflée et noire ressemblant à une limace échappée de sa bouche. Puis il l'agita et roula des yeux à notre intention.

Le Dragon ne réagit pas. Dans ses mains, les brins de paille formaient une petite table noueuse de moins de trente centimètres de large ; il ouvrit alors la sacoche en cuir qu'il avait apportée. Il en sortit *L'Invocation* avec précaution. Le soleil fit rutiler son embossage doré quand il le déposa sur sa petite table tressée.

— Bien, dit-il en se tournant vers moi. Commençons.

Je n'avais pas réellement réfléchi, avant cet instant, au fait que je devrais saisir la main du Dragon devant eux tous et joindre ma magie à la sienne sous leurs yeux. Mon estomac se ratatina tel un vieux pruneau. Je jetai un coup d'œil à mon maître, dont l'expression était volontairement distante, comme s'il ne s'intéressait que vaguement à la situation.

J'allai me poster près de lui à contrecœur. Les yeux du Faucon étaient braqués sur moi, et j'étais certaine qu'il y avait de la magie dans ces prunelles perçantes et prédatrices. Je détestais l'idée de me dévoiler devant lui, devant Marek ; c'était presque pire de le faire devant Kasia, qui me connaissait si bien. Je ne lui avais pas dit grand-chose de cette nuit-là, quand le Dragon et moi avions pour la dernière fois entrepris un enchantement ensemble. Je n'avais pas pu trouver les mots ; je n'avais même pas tellement envie d'y penser. Néanmoins, je ne pouvais pas refuser, pas alors que Jerzy dansait au bout de ses chaînes comme le jouet que mon père m'avait taillé au couteau tant d'années auparavant, cet amusant bonhomme-bâton qui sautait et culbutait entre deux poteaux.

J'avalai ma salive et posai la main sur la couverture de *L'Invocation*. Je l'ouvris, et le Dragon et moi nous mîmes à lire.

Nous étions côte à côte, raides et gênés, mais nos tissages s'unirent, comme s'ils étaient désormais autonomes. Je sentis mes épaules se détendre, redressai la tête et inspirai à pleins poumons. Je ne pouvais m'en empêcher. Peu m'importait que tout le monde me contemple. *L'Invocation* s'écoulait autour de nous avec la fluidité d'une rivière : sa voix était un clapotis que je remplissais de cascades et de poissons bondissants. La lumière parut autour de nous, tel un lever de soleil précoce.

Le Bois observa alors par les yeux de Jerzy et nous grogna silencieusement sa haine.

— Est-ce que cela fonctionne ? s'enquit le prince Marek auprès du Faucon.

Je n'entendis pas la réponse. Jerzy était aussi perdu dans le Bois que Kasia l'avait été, sauf qu'il avait capitulé : il était assis, voûté, contre un tronc, ses pieds ensanglantés étendus devant lui, la mâchoire pendante, à fixer d'un air absent ses mains posées dans son giron. Il ne bougea pas quand je l'appelai.

— Jerzy ! criai-je alors.

Il leva mollement la tête, me dévisagea avec lassitude, puis la rebaissa.

— Je vois… il y a un canal, commenta le Faucon.

Quand je me retournai vers lui, je vis qu'il avait remis son masque aveuglant. Cet étrange œil de faucon observait depuis son front, la pupille dilatée.

— C'est comme ça que la contamination voyage depuis le Bois. Sarkan, si j'y jette dès maintenant le feu de purge…

— Non ! protestai-je aussitôt. Jerzy mourrait.

Le Faucon m'adressa un regard agacé. Peu lui importait que Jerzy vive ou meure, bien sûr. Mais Kasia tourna les talons et s'enfuit hors de la grange, revenant quelques minutes plus tard accompagnée d'une Krystyna prudente, qui tenait son bébé dans ses bras. Elle chercha à fuir la magie et les convulsions de son mari, mais Kasia lui glissa quelques mots à l'oreille. Krystyna serra un peu plus fort Anatol et s'approcha d'un pas, puis d'un second, jusqu'à se retrouver en face de Jerzy. Elle changea d'expression.

— Jerzy ! appela-t-elle. Jerzy !

Elle tendit la main vers lui. Kasia l'empêcha de lui toucher la figure, mais, dans le fond du Bois, je le vis redresser le menton et se mettre lentement debout.

La lumière de *L'Invocation* ne lui laissa aucun répit. Je le sentis de loin cette fois, n'étant pas directement concernée, mais il se retrouva à nu devant nous, plein de colère : les petites tombes de tous leurs enfants, la souffrance silencieuse de Krystyna, la faim dans son ventre et son amertume quand il faisait mine de ne pas voir les petits paniers d'offrandes dissimulés dans sa maison, quand il découvrait qu'elle était allée mendier. Le désespoir cru d'avoir vu ses vaches se transformer, lui arrachant son rêve de se sortir de cette pauvreté. Il aurait presque voulu que les bêtes le tuent.

Le visage de Krystyna trahissait son propre désespoir latent, ses pensées sinistres et impuissantes : sa mère lui avait dit de ne pas épouser un pauvre ; sa sœur à Radomsko avait quatre enfants et un mari tisserand. Les enfants de sa sœur avaient survécu ; les enfants de sa sœur n'avaient jamais eu froid ou faim.

Jerzy ouvrit grand la bouche de honte et se mit à trembler, les dents serrées. Mais Krystyna laissa échapper un unique sanglot avant de tendre à nouveau la main vers lui. Puis le bébé se réveilla et commença à crier, un bruit horrible et en même temps merveilleux, si simple et ordinaire, rien qu'une plainte dépourvue d'arrière-pensée. Jerzy fit un pas.

Puis tout fut plus facile. Le Dragon avait raison : cette contamination était bien plus faible que celle de Kasia, même si elle avait paru si terrifiante. Jerzy n'était pas profondément enfoncé dans le Bois, pas autant qu'elle. Dès qu'il se mit à avancer, il progressa rapidement, et bien que des branches se missent en travers de sa route, elles se contentèrent de le gifler mollement. Il se protégea la figure des deux bras et entreprit de courir vers nous, se frayant un passage.

— Prends le sort, me dit le Dragon alors que nous étions proches de la fin.

Je serrai les dents et m'emparai de *L'Invocation* de toute ma volonté tandis qu'il libérait sa magie de la mienne.

— Maintenant, lança-t-il au Faucon, dès qu'il émerge.

Et alors que Jerzy commençait à réapparaître derrière son visage, ils levèrent ensemble les mains et dirent à l'unisson :

— *Ulozishtus sovjenta !*

Jerzy hurla en avançant à travers le feu purgatif, mais il parvint à le franchir. Quelques gouttes goudronneuses et puantes perlèrent au coin de ses yeux et coulèrent de ses narines, puis il tomba à genoux, fumant, et son corps bascula mollement au bout de ses chaînes.

Kasia lança de la terre sur les gouttes et le Dragon vint saisir Jerzy sous le menton pendant que je finissais de lire *L'Invocation*.

— Regarde, maintenant, dit-il au Faucon.

Celui-ci posa les yeux de part et d'autre du crâne de Jerzy et prononça quelques syllabes : un sort telle une flèche, qui claqua en même temps que l'ultime éclat de *L'Invocation*. Sur le mur entre les chaînes, au-dessus de la tête de Jerzy, le Faucon ouvrit une fenêtre et nous vîmes tous un grand et vieil arbre-cœur, deux fois plus gros que celui qui avait avalé Kasia. Ses membres se débattaient vivement dans un crépitement de flammes.

14

Les soldats riaient entre eux quand nous quittâmes Dvernik dans le silence précédant l'aube. Ils s'étaient équipés et étaient tous splendides dans leur maille brillante, avec leur heaume orné d'une aigrette et leur longue cape verte, ainsi que leur écu peint pendant à leur selle. Et ils avaient conscience de leur belle allure : ils plastronnaient dans les allées sombres, tenant leur monture par la bride ; même les chevaux gardaient la tête baissée. Naturellement, trente foulards n'étaient pas faciles à trouver dans un si petit village, la plupart des hommes avaient donc récupéré des écharpes en laine qui piquaient et qu'ils avaient maladroitement nouées autour de leur cou et de leur visage, conformément aux consignes du Dragon. Cela mettait à mal leur port altier, car ils s'oubliaient souvent et glissaient les doigts dessous pour se gratter subrepticement.

J'avais grandi en montant les lents chevaux de trait de mon père, qui me dévisageaient avec surprise quand je leur grimpais sur le dos et qui ne voulaient pas entendre parler de trot, et encore moins de galop. Malgré tout, le prince Marek nous fit nous installer sur les montures de rechange menées par ses chevaliers, et j'eus l'impression de chevaucher un tout autre animal. Quand je tirais accidentellement sur les rênes de la mauvaise manière, le mien se dressait sur les jambes arrière et battait l'air de ses sabots, avançant en bipède tandis que je m'agrippais désespérément à sa crinière. Il finissait toujours par redescendre, pour des raisons qui m'étaient tout aussi impénétrables, et se remettait à parader, très satisfait. Du moins, jusqu'à ce que nous franchissions Zatochek.

Il n'y avait pas d'endroit précis où la route de la vallée se terminait. J'imagine qu'elle se poursuivait bien plus loin autrefois – jusqu'à Porosna, voire d'autres villages anonymes au-delà, engloutis depuis longtemps. Cependant, avant que le grincement du moulin du pont de Zatochek disparaisse au loin derrière nous, les mauvaises herbes commençaient déjà à gagner du terrain ; un ou deux kilomètres plus loin, nous n'étions même plus capables de déterminer si nous marchions toujours sur le chemin. Les soldats riaient et chantaient encore, mais leurs chevaux étaient sans doute plus malins qu'eux. Le rythme ralentit sans que personne en donne l'ordre. Ils se mirent à s'ébrouer nerveusement, rejetant la tête en arrière, aplatissant les oreilles, pris de frissons convulsifs, comme si des mouches les harcelaient. Sauf qu'il n'y avait pas de mouches. Un peu plus loin, la muraille d'arbres noirs nous attendait.

— Arrêtez-vous ici, ordonna le Dragon.

Et, comme si elles le comprenaient, toutes les montures sans exception s'immobilisèrent presque aussitôt.

— Vous pouvez boire et manger, si vous voulez. Mais rien ne devra franchir vos lèvres une fois que nous aurons pénétré dans la forêt.

Il mit pied à terre.

Je descendis à mon tour de ma selle, très prudemment.

— Je m'en occupe, me dit l'un des soldats, un garçon blond au visage affable gâché par un nez brisé en deux endroits.

Il claqua la langue à l'intention de ma jument, joyeux et compétent. Tous les hommes menèrent leur cheval boire à la rivière avant de se faire passer des miches de pain et des flasques d'alcool.

Le Dragon me fit signe d'approcher.

— Prépare ton sort de protection, et fais-le aussi dense que possible. Puis essaie d'en recouvrir les soldats si tu y parviens. Je t'en jetterai un second par-dessus.

— Est-ce que cela suffira à empêcher les ombres de s'introduire en nous ? demandai-je, dubitative. Même à l'intérieur du Bois ?

— Non, admit-il, mais cela les ralentira. Il y a une grange juste en limite de Zatochek. J'y entrepose des purgatifs, en cas de besoin d'entrer dans le Bois. Dès que nous en ressortirons, nous irons nous soigner. Dix fois de suite, même si tu es certaine d'être saine avant ça.

Je considérai la foule de jeunes soldats rigolards.

— En avez-vous assez pour tout le monde ?

Il lança un regard circulaire aussi acéré qu'un coup de faux.

— Pour tous ceux qui reviendront, répondit-il.

Je frémis.

— Vous pensez toujours que ce n'est pas une bonne idée. Même après Jerzy.

Un fin plumet de fumée s'élevait toujours du Bois, où l'arbre-cœur brûlait depuis la veille.

— C'est une idée terrible, confirma le Dragon. Mais laisser Marek vous y entraîner seuls, Solya et toi, serait encore pire. Au moins, je sais à peu près à quoi m'attendre. Viens : nous n'avons pas beaucoup de temps.

Kasia m'aida silencieusement à rassembler les aiguilles de pin nécessaires à mon sort. Le Faucon s'affairait déjà à produire un bouclier élaboré autour du prince Marek, tel un mur de briques luisantes s'empilant les unes sur les autres. Quand il atteignit le sommet de la tête du prince, l'ensemble se mit à briller, puis s'écroula sur lui. Si je l'observais de côté, je pouvais voir sa peau scintiller légèrement. Le Faucon en confectionna un autre pour lui-même. Je constatai toutefois qu'il ne fit rien pour les soldats.

Je m'accroupis pour démarrer un petit feu. Quand la fumée amère et âcre fut assez épaisse, je levai les yeux vers le Dragon.

— Vous lancez le vôtre maintenant ?

Le sort de mon maître se déposant sur mes épaules me fit l'effet de revêtir un lourd manteau devant un âtre : j'étais mal à l'aise et ça me grattait de partout, et je pensais beaucoup trop à la raison pour laquelle je le portais. Je scandai doucement mon sort de protection, mêlant mes mots aux siens, m'imaginant que je m'habillais des pieds à la tête au cœur de l'hiver : je n'enfilai pas seulement un pardessus et des moufles, mais aussi une écharpe en laine, une chapka aux oreilles rabattues, un pantalon en tricot recouvrant mes bottes et des voiles pour couvrir le tout, sans laisser la moindre ouverture où l'air risquerait de s'insinuer.

— Mettez tous vos écharpes, dis-je sans me détourner de mon petit foyer, oubliant un instant que je m'adressais à un groupe d'adultes, de soldats.

Le plus étrange fut encore qu'ils m'obéirent. J'agitai la fumée autour de moi, afin de la laisser pénétrer la laine et le coton de leurs châles.

Les dernières aiguilles furent réduites en cendres. Le feu s'éteignit. Je me relevai maladroitement, toussant légèrement, essuyant mes yeux larmoyants. Après avoir cillé pour m'éclaircir la vision, je tressaillis : le Faucon m'observait, avide et attentif, tout en rabattant sa cape devant sa bouche et son nez. Je me détournai rapidement et allai à mon tour boire dans la rivière et laver la suie qui s'accrochait à mes mains et à ma figure. Je n'aimais pas la manière dont ses yeux semblaient me transpercer la peau.

Kasia et moi partageâmes une miche de pain : la toujours familière miche du boulanger de Dvernik, croustillante, marron-gris et légèrement aigre, au goût du petit déjeuner de la maison. Les soldats rangèrent leurs flasques, essuyèrent les miettes accrochées à leur armure et remontèrent en selle. Le soleil perçait désormais au-dessus de la frondaison.

— Très bien, Faucon, dit le prince Marek alors que nous nous préparions à partir.

Il retira son gantelet. Une bague rutilait au-dessus de la première jointure de son auriculaire, un anneau d'or délicat serti de petites pierres bleues ; un bijou de femme.

— Montrez-nous la voie.

— Maintenez le pouce au-dessus de l'anneau, répondit le magicien.

Puis il se pencha vers le prince, lui piqua le doigt de la pointe d'une épingle ornée de pierreries et pressa la chair autour de la plaie. Une grosse goutte de sang coula sur la bague, teintant l'or d'écarlate, tandis que le Faucon murmurait un sort de recherche.

Les pierres bleues virèrent au violet foncé. Une lumière mauve nimba la main de Marek, et ne s'étiola pas quand il remit son gantelet. Il leva son poing devant lui et fit pivoter son bras de droite à gauche : il brilla plus fort quand il le tendit vers le Bois. Il mena alors sa monture à travers les cendres, et tous les chevaux les suivirent sous le couvert des arbres sombres.

Le Bois n'était pas le même au printemps et à l'hiver. Il semblait plus animé, plus éveillé. Un frisson me parcourut la peau quand je sentis des dizaines d'yeux se poser sur nous dès que j'entrai sous les premières ombres des rameaux. Le claquement des sabots fut subitement assourdi par la mousse et les broussailles. Les chevaux sinuaient entre les longues branches épineuses qui cherchaient à nous saisir. Des oiseaux noirs et silencieux volaient, presque invisibles, d'un arbre à un autre, donnant l'allure. Je fus soudain certaine que, si j'étais venue seule au printemps, je n'aurais jamais réussi à atteindre Kasia. Pas sans combattre.

Mais ce jour-là, nous chevauchions en compagnie d'une trentaine d'hommes en armure et armés. Les soldats portaient de longues lames, des torches et des sacs de sel, conformément aux ordres du Dragon. Ceux qui ouvraient la marche taillaient dans les broussailles, élargissant le passage pour ceux qui suivaient. Les autres embrasaient les buissons de part et d'autre et salaient le sol derrière nous pour que nous puissions nous replier le moment venu.

Toutefois, leurs rires s'étaient tus. Nous avancions dans le plus grand silence, mis à part le cliquetis des harnais, le bruit étouffé des sabots ou un murmure occasionnel. Les montures ne bronchaient même plus. Elles observaient les arbres de leurs grands yeux cernés de blanc. Nous avions tous la sensation d'être traqués.

Kasia chevauchait près de moi, presque couchée sur son cheval. Je parvins à tendre la main pour saisir la sienne.

— Qu'y a-t-il ? demandai-je doucement.

Elle me désigna un arbre au loin, un vieux chêne noirci frappé par la foudre plusieurs années auparavant ; de la mousse pendait de ses branches mortes, telle une vieille femme voûtée écartant ses jupons pour faire la révérence.

— Je me souviens de cet arbre, me dit-elle. (Elle laissa retomber son bras et regarda droit devant elle, entre les oreilles du cheval.) Et de ce rocher rouge que nous avons dépassé, et des broussailles grises… de chaque détail. C'est comme si je n'étais jamais partie. (Elle chuchotait.) Comme si je n'avais jamais quitté cet endroit. Je ne suis même plus sûre que tu sois bien réelle, Nieshka. Et si j'étais seulement en train de rêver ?

Je lui pressai les doigts, ne sachant que faire d'autre. J'ignorais comment la réconforter.

— Il y a quelque chose un peu plus loin, reprit-elle.

Le capitaine l'entendit et se retourna.

— Quelque chose de dangereux ?

— Quelque chose de mort, répondit Kasia avant de baisser les yeux sur sa selle et de crisper les mains sur ses rênes.

La lumière brillait de plus en plus fort autour de nous, et le chemin s'élargissait devant nos montures. Les sabots sonnaient creux. Je baissai la tête et vis des pavés brisés, disparaissant à moitié sous la mousse. Quand je redressai le menton, je tressaillis : au loin, à travers les arbres, un visage gris et spectral me scrutait, avec un énorme œil vide surmontant une bouche carrée : une grange abandonnée.

— Quittez le sentier, ordonna sèchement le Dragon. Contournez-la par le nord ou par le sud, peu importe. Mais ne traversez pas la place, et ne vous arrêtez pas.

— Où sommes-nous ? s'enquit Marek.

— À Porosna, répondit le Dragon. Ou ce qu'il en reste.

Nous bifurquâmes vers le nord, nous frayant un chemin à travers les ronciers et les ruines de petites masures indigentes, affaissées sur elles-mêmes, leur toit de chaume effondré. J'essayais de ne pas contempler le sol. De la mousse et une jolie herbe y formaient un épais tapis, et de jeunes arbres tendaient leurs branches vers le soleil, se déployant déjà au-dessus de nos têtes, projetant des taches mouvantes sur la moquette verte. Mais il restait certaines protubérances à moitié enfouies sous celle-ci ; çà et là, des tas d'ossements sortaient de terre, des doigts blancs jaillissaient de la pelouse, reflétant froidement la lumière. Au-dessus des maisons, si je me tournais du côté où avait dû se trouver la place du village, une vaste canopée argentée s'étendait, et j'entendais le bruissement et le murmure lointains des feuilles d'un arbre-cœur.

— Ne pourrions-nous pas nous arrêter pour tout incendier ? demandai-je au Dragon d'une voix aussi faible que possible.

— Certainement, répondit-il. En nous servant du cœurfeu, et à condition de battre aussitôt en retraite. Ce serait d'ailleurs la décision la plus sage.

Il ne cherchait pas à parler bas. Néanmoins, le prince Marek ne se retourna pas, même si quelques soldats nous jetèrent des coups d'œil. Les chevaux allongèrent le cou en tremblant, et nous passâmes rapidement notre chemin, abandonnant les morts derrière nous.

Nous nous arrêtâmes un peu plus tard pour faire reposer les bêtes. Elles étaient toutes épuisées, tant à cause de la peur que de l'effort. Le chemin s'était ouvert autour d'une sorte de terrain marécageux, le bout d'un ruisseau printanier s'asséchant maintenant que la fonte des neiges était achevée. Un léger filet s'écoulait toujours en gargouillant, formant une grosse mare sur un lit de cailloux.

— Est-il prudent de laisser boire les chevaux ? demanda le prince au Dragon, qui haussa les épaules.

— Pourquoi pas ? répondit-il. Ce n'est pas franchement pire que de les faire marcher sous les arbres. De toute façon, il faudra tous les abattre après quoi qu'il arrive.

Janos s'était déjà laissé glisser de sa monture ; il tentait de l'apaiser d'une main sur le nez. Il tourna brusquement la tête.

— Ce sont des destriers aguerris ! Ils valent leur pesant d'argent.

— Et l'élixir de purge vaut son pesant d'or, répliqua le Dragon. Si vous êtes pleins de tendresse pour eux, il ne fallait pas les emmener dans le Bois. Mais ne vous faites pas trop de souci : il y a de bonnes chances que la question ne se pose même pas.

Le prince Marek le toisa d'un œil torve, mais il ne contesta pas ; au lieu de quoi, il entraîna Janos à l'écart et lui adressa des paroles réconfortantes.

Kasia était allée se poster au bord de la clairière, où s'enfonçaient quelques traces de biche s'éloignant du point d'eau. Je me demandai si elle avait aussi déjà vu cet endroit, lors de sa longue errance ici. Elle avait le regard fixé sur les profondeurs de la forêt. Le Dragon alla la rejoindre, lui jeta un regard sévère et dit quelque chose ; je la vis se tourner vers lui.

— Je me demande si tu mesures ce qu'il te doit, me lança à ma grande surprise le Faucon.

Étonnée, je pivotai la tête. Mon cheval se désaltérait avidement ; je me saisis de ses rênes et me rapprochai doucement de sa chaleur rassurante sans répondre.

Le magicien haussa alors l'un de ses étroits sourcils noirs et soignés.

— Le royaume ne dispose pas d'un réservoir de sorciers inépuisable. Légalement, ce don fait de toi une vassale du roi. Tu pourrais prétendre à une place à la cour, et bénéficier de la protection de ton souverain. Rien ne t'obligeait à rester dans cette vallée, encore moins à être traitée comme une bonne à tout faire.

Il désigna mes vêtements d'un vaste geste de la main. Je m'étais habillée comme pour aller glaner, avec mes hautes bottes de pluie, un ample pantalon cousu dans de la toile à sac et un sarrau beige pour couvrir le tout. Lui arborait toujours sa cape blanche, même si la malice du Bois semblait plus puissante que le sort qu'il utilisait pour la conserver immaculée : quelques fils arrachés en pendaient sur les bords.

Il comprit de travers mon regard dubitatif.

— Ton père est fermier, je présume ?

— Bûcheron, le corrigeai-je.

Il me fit comprendre d'un petit mouvement de poignet que cela ne faisait pas la moindre différence.

— Dans ce cas, je suppose que tu ne sais rien de la cour ? Quand le don est né en moi, le roi a fait mon père chevalier, et, lorsque j'eus terminé ma formation, baron. Il ne se montrerait pas moins généreux avec toi. (Il se pencha vers moi, et ma jument se mit à faire des bulles dans l'eau quand je m'appuyai contre elle.) Quoi que tu aies pu entendre en grandissant dans ce trou perdu, Sarkan est loin d'être le seul magicien digne de ce nom en Polnya. Je t'assure que tu n'as pas à te sentir liée à lui, simplement parce qu'il a trouvé un moyen… intéressant de se servir de toi. Je suis certain que tu pourrais t'épanouir auprès de nombreux autres sorciers. (Il tendit le bras et murmura un mot pour faire naître une spirale de flamme dans sa paume.) Peut-être voudrais-tu essayer ?

— Avec vous ? répliquai-je maladroitement.

Il plissa légèrement les paupières. Je ne me sentis toutefois pas désolée du tout de l'avoir vexé.

— Après ce que vous avez fait à Kasia ? ajoutai-je.

Il adopta un air de surprise offensée qui lui allait comme un gant.

— Je vous ai rendu service à toutes les deux. Connais-tu une seule personne qui aurait cru à sa guérison sur la seule parole de Sarkan ? Ton mentor peut être poliment qualifié d'excentrique, depuis qu'il est venu s'enterrer ici et ne revient qu'à la cour que lorsqu'il y est convoqué. Il est aussi lugubre qu'un ciel d'orage et n'arrête pas de prédire des désastres inévitables qui, curieusement, ne se produisent jamais. Il ne compte aucun ami à la cour, et les seuls qui le soutiennent sont les plus catastrophistes, ceux-là mêmes qui insistaient pour que ton amie soit éliminée sans autre forme de procès. Sans l'intervention du prince Marek, le roi aurait plutôt envoyé un bourreau et convoqué Sarkan à la capitale pour qu'il y réponde du crime de l'avoir laissée vivre si longtemps.

Il était justement venu pour servir de bourreau, mais apparemment cela ne l'empêchait pas de m'assurer qu'il m'avait en réalité accordé une faveur. Je ne savais pas comment réagir face à un mensonge aussi éhonté ; la seule chose que j'aurais éventuellement pu émettre était un sifflement inarticulé. Mais il ne me poussa pas jusque-là. Il se contenta d'ajouter, d'une voix douce qui sous-entendait que je ne me montrais pas raisonnable :

— Réfléchis un peu à ce que je t'ai dit. Je comprends ta colère, mais ne te laisse pas influencer au point de refuser un bon conseil, conclut-il avant de se fendre d'une révérence.

Il se retira gracieusement alors que Kasia venait me rejoindre. Les soldats remontaient en selle.

Son expression était grave, et elle se frictionnait les bras. Le Dragon était déjà sur son cheval. Je lui jetai un regard noir, me demandant ce qu'il avait bien pu lui dire.

— Est-ce que tu vas bien ? demandai-je à mon amie.

— Il m'a dit de ne pas redouter d'être encore contaminée, m'expliqua-t-elle. (Un semblant de sourire étira ses lèvres.) Il m'a dit que si j'étais en mesure de le craindre, c'est que ça n'était probablement pas le cas. (Plus étonnamment, elle ajouta :) Il m'a dit qu'il était navré que j'aie eu peur de lui – peur d'être choisie. Il m'a affirmé qu'il n'emmènerait plus jamais personne.

Je lui avais crié dessus à cause de ça ; je ne m'étais pas attendue à ce qu'il m'écoute. Je la dévisageai longuement, mais je n'avais pas le temps de me poser de questions : Janos, depuis son destrier, passa ses hommes en revue, puis déclara sèchement :

— Où est Michal ?

Nous comptâmes le nombre de têtes et de bêtes, puis l'appelâmes dans toutes les directions, n'obtenant aucune réponse. Nul tas de feuilles éparpillé ou branche brisée ne nous indiqua quel chemin il avait emprunté. Il avait été vu quelques instants plus tôt, en train d'abreuver son cheval. S'il avait été enlevé, cela s'était passé dans la plus grande discrétion.

— Suffit, finit par déclarer le Dragon. Il est parti.

Janos se tourna vers le prince pour protester, mais, après un instant de réflexion, Marek décréta :

— Poursuivons. Progressez deux par deux, et ne perdez pas votre compagnon de vue.

Janos avait l'air tendu et malheureux quand il enroula son écharpe autour de son nez et de sa bouche. Néanmoins, il adressa un signe aux deux soldats de tête, qui, après une courte hésitation, se mirent en route. Nous nous enfonçâmes plus profondément dans le Bois.

Sous les épais feuillages, il était difficile de déterminer quelle heure il était ou depuis combien de temps nous chevauchions. Le Bois était silencieux comme une forêt ne l'était jamais : il n'y avait pas de bourdonnement d'insectes, pas la moindre brindille craquant sous la patte d'un lapin. Même nos chevaux ne produisaient presque aucun bruit, leurs sabots plongeant dans la mousse, l'herbe ou le boisage, et jamais sur la terre. Le chemin disparut. Les éclaireurs durent jouer de la hache pour nous ménager un passage.

Un léger gargouillis de ruisseau nous parvint alors que nous sinuions entre les troncs. Soudain, la route s'élargit derechef. Nous nous arrêtâmes. Je me levai sur mes étriers et aperçus une rupture dans les arbres par-dessus les épaules des soldats avançant devant nous. Nous étions de retour sur la rive du Fuseau.

Nous émergeâmes de la forêt, sur une berge en pente douce élevée de quelques dizaines de centimètres à peine au-dessus de la rivière. Les arbres et les broussailles surplombaient l'eau, et les branches de saule tombaient dans les roseaux, qui formaient d'épais bouquets près des talus, entre le pâle enchevêtrement des racines jaillissant de la terre humide. Le Fuseau était suffisamment large pour que, en son milieu, le soleil puisse déverser ses rayons sans qu'ils soient filtrés par les branchages. Ils rutilaient à la surface sans la traverser, et nous devinâmes que la journée touchait à sa fin. Nous restâmes assis en silence un long moment. Il y avait quelque chose de dérangeant à voir subitement le cours d'eau croiser notre chemin : nous nous dirigions vers l'est, nous aurions donc dû le longer.

Quand le prince Marek tendit le poing vers la rivière, la lumière violette s'intensifia, nous incitant à traverser. Cependant, le courant était puissant, et nous étions incapables d'en sonder la profondeur. Janos y jeta une brindille arrachée à un arbre : elle fut aussitôt emportée et disparut presque immédiatement sous la houle.

— Trouvons un gué, décida le prince.

Nous longeâmes donc la berge l'un après l'autre, les soldats taillant la végétation pour permettre aux chevaux d'avancer. Nous ne vîmes pas la moindre trace d'animaux se dirigeant vers le point d'eau, et le Fuseau continuait sa route sans jamais s'étrécir. Ce n'était pas le même que dans la vallée ; ici, il était rapide et silencieux, aussi ombragé par le Bois que nous-mêmes. Je savais qu'il ne débouchait pas du côté de la Rosya : il disparaissait dans les profondeurs de la forêt, englouti dans quelque lieu sombre. Cela paraissait difficile à croire, étant donné sa largeur à cet endroit.

Derrière moi, l'un des hommes poussa un profond soupir – un bruit de soulagement, comme s'il venait de se débarrasser d'une lourde charge. Un son particulièrement bruyant dans le silence ambiant. Je me retournai. Son écharpe ayant glissé sur sa figure, je reconnus le gentil jeune soldat au nez cassé qui avait emmené boire ma jument. Le couteau au clair, il attrapa par les cheveux celui qui marchait devant lui et lui trancha la gorge.

L'autre mourut sans un souffle. Le sang gicla sur le cou de sa monture et les feuilles alentour. Le cheval se cabra bruyamment, et le défunt tomba lourdement de son dos et disparut dans le taillis. Le jeune homme au couteau souriait encore. Il se jeta dans l'eau depuis sa selle.

Nous restâmes tétanisés par la soudaineté de cet assassinat. Devant moi, le prince Marek poussa un cri et sauta à bas de son cheval, glissant sur la pente vers le bord de l'eau. Il ouvrit la main pour rattraper le soldat, mais celui-ci ne fit rien pour s'en saisir. Il passa devant le prince, sur le dos, charrié tel du bois flotté, les extrémités de son châle et de son manteau flottant dans son sillage. Ses bottes se remplirent d'eau et il se mit à couler. Nous aperçûmes une dernière fois son visage rond et pâle exposé au soleil. L'onde se referma sur lui et son nez cassé ; sa cape sombra dans une volute verte. Il était parti.

Le prince Marek s'était relevé. Il resta posté au bord de l'eau, s'accrochant à un jeune arbre pour ne pas perdre l'équilibre, jusqu'à ce que son homme disparaisse. Puis il fit volte-face et remonta la pente. Janos était lui aussi descendu de cheval pour s'emparer des rênes de Marek ; il lui tendit la main pour l'aider. Un autre des soldats avait saisi la guide de la monture désormais privée de cavalier ; elle tremblait, les narines dilatées, mais restait autrement immobile. Tout redevint calme. La rivière poursuivait sa course, les branches pendaient mollement, le soleil se reflétait sur l'eau. Nous n'entendîmes même aucun bruit émanant du destrier s'étant enfui. C'était comme si rien ne s'était passé.

Le Dragon remonta la file pour aller s'adresser au prince.

— Les autres seront partis avant la nuit, prédit-il sans ménagement. Vous aussi, peut-être.

Marek le dévisagea ; pour la première fois, le doute se lisait sur son visage, comme s'il venait d'assister à un événement dépassant son entendement. À leur côté, je vis le Faucon observer sans ciller le reste de la troupe, ses yeux perçants tentant de sonder l'invisible. Marek sollicita silencieusement son avis ; le Faucon hocha très légèrement le chef pour confirmer.

Le prince se hissa sur sa selle. Il s'adressa à ses troupes devant lui.

— Faites-nous de la place.

Ils se mirent à l'œuvre, abattant la végétation autour de nous. Les autres se joignirent à eux, brûlant et salant la terre sur leur passage, jusqu'à avoir ménagé un espace suffisant pour que nous puissions y tenir tous. Les chevaux étaient ravis de se coller les uns contre les autres pour nous observer.

— Bon, dit Marek aux soldats. (Tous les regards étaient rivés sur lui.) Vous savez tous pourquoi vous êtes là. Chacun d'entre vous a été sélectionné avec soin. Vous êtes des hommes du nord, les meilleurs de mon armée. Vous m'avez suivi contre la sorcellerie rosyanne et m'avez protégé des charges de leur cavalerie ; vous portez tous les stigmates de la guerre. Avant de partir, je vous ai demandé, individuellement, si vous étiez prêts à chevaucher à mon côté dans ce lieu misérable ; et vous avez tous accepté.

» Eh bien, je ne vous jurerai pas que je vais vous sortir d'ici vivants ; néanmoins, je vous fais le serment que ceux qui en reviendront se verront gratifiés de tous les honneurs. Et chacun d'entre vous sera fait chevalier et disposera d'une parcelle de terrain. Nous allons traverser ici, tant bien que mal, et nous chevaucherons ensemble. Peut-être vers la mort, ou pire encore, mais nous le ferons en hommes, et non en campagnols effrayés.

Ils devaient dès lors savoir que Marek lui-même ignorait ce qui arriverait, qu'il n'était pas prêt pour les ténèbres du Bois. Mais je voyais ses mots dissiper un peu les ombres recouvrant leurs visages : ils furent habités d'une certaine lumière, d'un souffle nouveau. Aucun d'eux ne demanda à faire marche arrière. Marek détacha la trompe de chasse qui pendait à sa selle, un long instrument de cuivre lustré enroulé sur lui-même. Il y porta les lèvres et souffla à pleins poumons, produisant un énorme bruit martial, criard et sonore, qui n'aurait pas dû faire s'emballer mon cœur. Les chevaux trépignèrent en agitant les oreilles, et les soldats dégainèrent leur épée en poussant un cri à l'unisson. Marek éperonna sa monture et nous mena en file vers le bas de la pente puis dans l'eau sombre et froide. Tous les autres destriers suivirent.

Le liquide me trempa brusquement les jambes quand nous nous enfonçâmes dans l'écume provoquée par le large poitrail de ma monture. Nous avançâmes. L'eau me grimpa jusqu'aux genoux, puis jusqu'aux cuisses. Mon cheval levait haut la tête, dilatant les narines tout en se propulsant dans le lit de la rivière, peinant parfois à garder pied.

Derrière moi, l'une des bêtes trébucha et perdit l'équilibre, emportant dans sa chute l'un de ses congénères. Le Fuseau les ravit et les engloutit en un instant. Nous poursuivîmes, de toute façon incapables de nous arrêter. Je cherchai un sort pertinent, mais ne trouvai rien : le courant me gronda dessus, puis se tut.

Le prince Marek sonna une nouvelle fois de sa trompe : son cheval et lui remontaient de l'autre côté, et il l'éperonnait pour gagner les premiers arbres. L'un après l'autre, nous émergeâmes à notre tour, dégoulinants, et continuâmes de marcher sans marquer de pause. Nous nous enfonçâmes tous dans les broussailles, suivant l'éclat violet de Marek et le son de son cor. Les ramures nous fouettaient. Le sous-bois était moins dense de ce côté, les troncs plus larges et plus espacés. Nous n'étions plus obligés d'avancer les uns derrière les autres. Je voyais certaines des autres montures sinuer entre les arbres alors que nous volions, que nous fuyions autant que nous nous précipitions. Je n'essayais même plus de tenir les rênes, me contentant de m'agripper à la crinière de ma jument, penchée sur son cou pour éviter d'être démontée par une branche. Kasia était près de moi, et l'éclat blanc de la cape du Faucon non loin devant.

Mon cheval pantelait, frissonnait, et je savais qu'il ne tiendrait plus longtemps : même les destriers les plus forts et les mieux entraînés finissaient par s'écrouler en cavalant de la sorte après avoir nagé dans l'eau glaciale.

— *Nen elshayon*, lui chuchotai-je, lui conférant un peu de force et de chaleur. *Nen elshayon*.

Il étira sa belle tête et l'agita avec reconnaissance. Je fermai les paupières et tentai d'étendre l'enchantement à toutes les autres montures, répétant la formule en tendant les mains vers celle de Kasia, comme si je venais de lui jeter ma ligne.

Je sentis prendre cette ligne imaginaire ; j'en lançai d'autres, et les chevaux se rapprochèrent de moi, courant avec plus de facilité. Le Dragon me jeta un bref coup d'œil par-dessus son épaule. Nous continuâmes notre chemin, galopant au son de la trompe de chasse, et je finis par voir des choses bouger entre les arbres. Des promeneurs, de nombreux promeneurs, qui se dirigeaient rapidement vers nous, leurs longues jambes en brindilles s'activant à l'unisson. L'un d'eux brandit son bras interminable et arracha un cavalier à son destrier, mais ils perdaient du terrain, comme s'ils ne s'attendaient pas à notre vivacité retrouvée. Nous franchîmes ensemble une ligne de pins et débouchâmes dans une vaste clairière après avoir sauté par-dessus un buisson. Et là, juste devant nous, se trouvait un arbre-cœur monstrueux.

Son tronc était plus large qu'un cheval était long et s'élevait haut dans le ciel, déployant ses innombrables branches tout autour de lui. Ses rameaux étaient chargés de feuilles vert argenté et de petits fruits dorés à l'odeur putride. Sous l'écorce, un visage humain – si recouvert de végétation et lissé par les années qu'il en était à peine reconnaissable – nous considérait. Ses deux mains étaient croisées sur sa poitrine tel un cadavre dans son cercueil. Deux grosses racines saillaient du pied de l'arbre, et dans le creux formé entre elles gisait un squelette presque digéré par la mousse et les feuilles en décomposition. Une racine plus petite s'enroulait dans l'une des orbites, et de l'herbe jaillissait entre les côtes et des vestiges de maille rouillée. Les restes d'un écu reposaient contre le corps ; les armoiries étaient presque effacées, mais on distinguait encore l'aigle à deux têtes de la Rosya.

Nous arrêtâmes nos montures écumantes juste avant les branchages. J'entendis derrière moi un claquement, comme la porte d'un four que l'on refermerait brutalement, et je fus alors frappée par un poids écrasant venu de nulle part et qui me fit tomber de ma selle. Je heurtai douloureusement le sol, le souffle coupé, le coude éraflé et les jambes endolories.

Je me retournai. Kasia était sur moi : elle m'avait sauté dessus pour me démonter. J'observai par-delà son épaule : mon cheval décapité se trouvait au-dessus de nous. Une chose monstrueuse semblable à une mante religieuse brandissait la tête équine entre ses deux pattes avant. L'insecte géant fusionnait avec l'arbre-cœur : ses petits yeux dorés avaient la même forme que les fruits, et son corps la même couleur vert argenté que les feuilles. Il avait tranché le cou de ma jument d'un coup de mandibules imprévisible. Derrière nous, un autre soldat avait subi le même sort, et un troisième hurlait, la jambe sectionnée, se débattant dans l'étreinte d'une autre créature. Il y en avait une dizaine en tout, sortant des arbres.

15

La mante argentée fit basculer mon cheval à terre et recracha la tête. Kasia se releva péniblement, m'entraîna à l'écart. Nous restâmes tous un instant pétrifiés d'horreur, jusqu'à ce que le prince Marek pousse un cri inarticulé et jette sa trompe à la figure de l'insecte. Il dégaina son épée.

— Formez les rangs ! Que les sorciers se replient derrière nous ! gronda-t-il avant d'éperonner sa monture pour venir se positionner entre nous et le monstre, lui assenant un coup de taille.

Sa lame descendit le long de la carapace, en ôtant une longue lamelle translucide, comme s'il pelait une carotte.

Les destriers prouvèrent alors qu'ils valaient bel et bien leur poids en argent : ils ne paniquèrent pas, comme l'aurait fait n'importe quel animal, mais se cabrèrent et donnèrent de violents coups de sabot en hennissant. Les carapaces sonnaient creux sous les assauts des fers. Les soldats formèrent un cercle approximatif autour de Kasia et moi, le Dragon et le Faucon positionnant leurs montures à notre gauche et à notre droite pour nous protéger mieux. Tous les soldats tenaient les rênes entre leurs dents ; la moitié d'entre eux avait déjà dégainé, érigeant une armure de pointes pour nous abriter, tandis que l'autre moitié mettait en avant leur bras d'écu.

Les mantes sortaient des arbres pour nous encercler. Elles restaient difficiles à repérer, à cause de la lumière pommelée et des branches mouvantes, mais elles n'étaient plus invisibles. Elles n'avaient pas la démarche lente et raide des promeneurs ; au contraire, elles couraient lestement, sur quatre pattes, leurs membres antérieurs hérissés de piques tremblant devant elles.

— *Suitah liekin, suitah lang !* cria le Faucon, invoquant ce feu blanc aveuglant dont il s'était déjà servi à la tour.

Il le lança tel un lasso, immobilisant les mandibules de la mante la plus proche, qui cherchait une nouvelle cible. Il tira ensuite sur la corde comme pour ramener un veau récalcitrant, forçant sa proie à avancer : il y eut un crépitement, puis une odeur amère d'huile brûlée quand la chaleur fit fondre la carapace, provoquant des volutes de fumée blanche. Déséquilibrée, la créature mordit l'air de ses terribles mandibules. Le Faucon lui immobilisa la tête en serrant plus fort, et l'un des soldats tenta de lui trancher le cou.

Je ne nourrissais pas beaucoup d'espoir : dans la vallée, nos haches, nos couteaux et nos faux ordinaires parvenaient à peine à écorcher les promeneurs. Néanmoins, son arme pénétra profondément. Des giclées de chitine volèrent, et le soldat de l'autre côté enfonça la pointe de son épée dans la jointure au sommet du cou. Il poussa de tout son poids sur la poignée et parvint à pourfendre l'insecte. La carapace de la mante craqua bruyamment, telle une patte de crabe, et sa tête s'affaissa, ses mandibules se relâchèrent. De l'hémolymphe ruissela en fumant au-dessus de la lame, et j'aperçus brièvement des lettres dorées luire dans la brume avant de retourner dans l'acier.

Mais alors même que la mante mourait, son corps entier bascula en avant, droit dans notre cercle, manquant écraser la monture du Faucon. Une autre créature s'engouffra dans l'espace ainsi ménagé, cherchant à l'attraper, mais il bloqua ses rênes d'une main et empêcha l'animal de se cabrer. Puis il récupéra son lasso de feu et le lança vers son nouvel adversaire.

Toujours à terre avec Kasia, je ne voyais pas grand-chose des combats. J'entendais le prince Marek et Janos crier leurs encouragements aux soldats, et l'horrible raclement du métal contre les carapaces. Tout n'était que bruit et confusion et se déroulait si vite que je peinais à respirer, encore plus à penser. J'observai, inquiète, le Dragon lutter avec sa propre monture apeurée ; je le vis marmonner quelque chose, puis se libérer des étriers, lancer ses rênes à un soldat dont le destrier souffrait d'une terrible plaie au poitrail et se laisser glisser près de nous.

— Que dois-je faire ? m'écriai-je. (Je cherchais désespérément un sort utile.) *Murzhetor… ?*

— Non ! me hurla-t-il pour couvrir le tintamarre. (Il m'attrapa par le bras et me fit pivoter vers l'arbre-cœur.) Nous sommes ici pour la reine. Si nous nous éreintons à remporter une bataille inutile, nous aurons accompli tout cela en vain.

Nous étions restés en retrait de l'arbre, mais les mantes nous faisaient reculer peu à peu vers lui, nous repoussant sous ses rameaux. L'odeur des fruits me brûlait les narines. Le tronc était atrocement large. Je n'en avais encore jamais vu de pareil, même au cœur de la forêt, et sa taille avait quelque chose d'aussi monstrueux qu'une tique saturée de sang.

Cette fois, une menace ne suffirait pas, même si j'aurais pu trouver la rage pour invoquer *fulmia* : le Bois n'allait pas nous rendre la reine, même pour sauver un arbre de ces dimensions, pas maintenant qu'il savait que nous pourrions le tuer après coup en la purgeant. Je n'arrivais pas à imaginer ce que nous pourrions faire pour venir à bout de ce tronc : son écorce lisse semblait couverte d'un lustre métallique. Le Dragon l'observa entre ses paupières plissées, marmonnant tout en agitant les mains, mais avant même que le courant de flammes jaillisse contre l'écorce, je sus instinctivement que cela ne provoquerait rien de bon. Et je ne pensais pas que les armes enchantées des soldats pourraient entamer le bois non plus.

Malgré les combats qui faisaient rage autour de nous, le Dragon essayait sans relâche : des sorts de cassure, des sorts d'ouverture, des sorts de froid ou de foudre… Il était à la recherche d'une faiblesse, de la moindre fêlure dans l'armure. Néanmoins, l'arbre résistait à tout, et l'odeur de fruit devenait de plus en plus prégnante. Deux autres mantes avaient été tuées, en même temps que quatre soldats. Kasia étouffa un cri quand quelque chose roula à mes pieds ; je baissai les yeux et y découvris la tête de Janos, dont les yeux bleu clair trahissaient encore la perplexité. Je m'en détournai avec horreur et tombai à genoux, soudain nauséeuse et impuissante. Je vomis dans l'herbe.

— Pas maintenant ! me hurla le Dragon, comme si je le faisais exprès.

Je n'avais jamais assisté à la moindre bataille, n'avais jamais été témoin d'une boucherie pareille. Les hommes étaient abattus tel du bétail. Je pleurai dans mes mains, recroquevillée à terre, mes larmes tombant sur le sol. J'agrippai les racines les plus larges à ma portée et psalmodiai :

— *Kisara, kisara, vizh.*

Les racines frémirent.

— *Kisara*, répétai-je inlassablement.

Des gouttes d'eau émergèrent peu à peu à la surface des racines, exsudant du bois avant de rouler rejoindre les infimes points d'humidité, l'une après l'autre. La tache mouillée grossit, formant un cercle entre mes mains. Les plus fines radicelles visibles se ratatinaient.

— *Tulejon vizh*, chuchotai-je d'une voix rassurante. *Kisara.*

Les racines se mirent à se tortiller sur le sol tels de gros vers de terre, à mesure que toute leur humidité en était extraite. De minuscules rus se formèrent. J'avais à présent de la boue entre les paumes, qui s'écoulait sous les plus gros rhizomes, les exposant à leur tour.

Le Dragon s'accroupit près de moi. Il entonna un enchantement qui m'évoquait vaguement quelque chose ; je l'avais déjà entendu des années plus tôt, au printemps qui avait suivi l'Année verte, quand il était venu aider les champs à récupérer. Il nous avait alors apporté de l'eau du Fuseau, à l'aide de canaux qui s'étaient creusés eux-mêmes de la rivière jusqu'à nos prés ravagés. Sauf que, cette fois, les étroits cours d'eau partaient de l'arbre-cœur, et plus j'extrayais de liquide de ses racines, plus le Dragon l'envoyait loin, si bien que le sol au pied du tronc se transforma en zone aride, d'abord en boue craquelée, puis en morceaux de terre, puis en poussière.

Kasia nous attrapa alors tous les deux par le bras et nous remit presque debout, nous faisant trébucher vers l'avant. Les promeneurs que nous avions dépassés plus tôt arrivaient dans la clairière. Ils étaient toute une foule, comme s'ils s'étaient reposés en nous attendant. La dernière mante argentée avait perdu un membre mais poursuivait son assaut, dansant de droite à gauche pour tenter un coup d'estoc de ses antérieurs hérissés chaque fois qu'elle en avait l'occasion. Les chevaux pour lesquels Janos s'était fait tant de souci étaient à présent presque tous morts ou enfuis. Le prince Marek combattait debout, au côté de seize hommes en ligne, dont les boucliers superposés formaient une muraille. Derrière eux, le Faucon lançait encore ses lassos de feu, mais nous étions en infériorité numérique et reculions peu à peu vers le tronc. Les feuilles de l'arbre-cœur bruissaient dans le vent, de plus en plus fort, en un murmure terrifiant, et nous étions désormais presque tous au niveau du géant végétal. Je pris une grande inspiration et manquai vomir en inhalant l'odeur putride des fruits.

L'un des promeneurs tenta de contourner notre ligne de défense, inclinant la tête de côté pour nous observer. Kasia ramassa une épée tombée en même temps qu'un soldat et lui fit décrire un vaste arc de cercle. La lame heurta le flanc de la créature et le pourfendit avec un craquement similaire à celui d'une brindille brisée. Le monstre s'effondra en se convulsant.

Le Dragon toussait près de moi, à cause de la puanteur ambiante. Néanmoins, nous reprîmes notre incantation, presque désespérément, et puisâmes davantage d'eau dans les racines. Ici, tout près de l'arbre, les plus épaisses d'entre elles entreprirent de résister, mais en unissant nos sorts nous parvînmes à faire s'écrouler la terre autour. Les branches de l'arbre tremblaient ; de l'eau commençait à ruisseler le long du tronc en grosses gouttes verdâtres. Les feuilles s'asséchaient et tombaient en pluie sur et autour de nous. Nous entendîmes alors un cri terrible : la mante argentée avait arraché un nouveau soldat à notre défense, sans cette fois le tuer. Elle lui coupa sa main d'épée avant de le jeter aux marcheurs.

Ceux-ci cueillirent des fruits sur l'arbre et les lui fourrèrent dans la bouche. Il cria en s'étouffant, mais ils en introduisirent davantage et le forcèrent à serrer les mâchoires. Deux filets de jus dégoulinaient sur ses joues. Son corps entier s'arqua, ployant entre leurs mains. Ils le suspendirent la tête en bas. La mante lui perça la gorge de l'une de ses griffes acérées, et du sang jaillit en geyser, arrosant les racines parcheminées.

L'arbre poussa un soupir et frissonna d'aise quand de fines lignes rouges remontèrent le long de ses radicelles pour alimenter le tronc argenté. Je versai des larmes d'horreur en voyant la vie déserter le visage du soldat. Un couteau l'atteignit en pleine poitrine, s'enfonçant dans son cœur : le prince Marek venait d'abréger ses souffrances.

Malheureusement, l'essentiel de nos efforts avaient été réduits à néant, et les promeneurs se resserraient autour de nous, trépignant manifestement d'impatience. Les soldats se rapprochèrent les uns des autres, haletants. Le Dragon jura dans sa barbe ; il se tourna vers l'arbre et essaya un nouveau sort, un que je l'avais déjà vu employer pour créer ses bouteilles de potion. Cette fois, il ramassa de la terre desséchée à nos pieds et en tira des écheveaux de verre brûlants. Il les fit couler en tas sur les racines exposées et les feuilles mortes. De petits feux se formèrent autour de nous, faisant naître un nuage de fumée.

Je tremblais de tous mes membres, saturée d'horreurs et de sang. Kasia m'abrita derrière elle, l'épée au clair, me protégeant alors que des larmes coulaient aussi sur son visage.

— Attention ! s'écria-t-elle.

Je me retournai à temps pour voir une grosse branche se briser au-dessus de la tête du Dragon. Elle lui tomba lourdement sur l'épaule et le fit choir en avant. Il se rattrapa instinctivement au tronc, lâchant la corde de verre qu'il tenait. Il essaya de se redresser, mais l'arbre le tirait déjà, et de l'écorce lui recouvrait les mains.

— Non ! m'écriai-je en tendant la main vers lui.

Il parvint à libérer l'un de ses bras en sacrifiant l'autre ; de l'écorce argentée lui monta jusqu'au coude, des racines sortirent du sol pour s'enrouler autour de sa jambe et l'entraîner un peu plus. Elles lui lacéraient les vêtements. Il s'empara d'une bourse suspendue à sa ceinture, en dénoua le cordon et me jeta quelque chose dans les mains : une fiole renfermant un liquide pourpre et brillant gargouillant férocement. Une goutte de cœur-feu. Il me secoua par le bras.

— Maintenant, imbécile ! S'il me capture, vous êtes tous morts ! Mets le feu et *fuyez* !

Je considérai le récipient, puis relevai les yeux vers lui. Il voulait que j'incendie l'arbre, compris-je. Que je fasse brûler le tronc… et lui avec.

— Tu crois que je préfère vivre comme ça ? insista-t-il d'une voix étranglée par la cruauté de cette perspective.

L'écorce recouvrait désormais l'une de ses jambes, et lui grimpait presque jusqu'à l'épaule.

Kasia, près de moi, était livide et stupéfaite.

— Nieshka, me dit-elle, c'est pire que la mort. Bien pire.

Je restai plantée avec ma fiole entre les doigts, et je lui posai la main sur l'épaule.

— *Ulozishtus*, lui dis-je. Le sort de purge. Lancez-le avec moi.

Il me dévisagea. Puis il hocha brusquement le chef.

— Donne-lui la fiole, ordonna-t-il entre ses dents serrées.

Je confiai le cœurfeu à Kasia et pris la main du Dragon avant que nous entonnions tous deux le sort.

— *Ulozishtus, ulozishtus*, me mis-je à psalmodier à un rythme régulier.

Il se joignit alors à moi, récitant la longue litanie. Je ne laissai toutefois pas déferler la magie purgative. Dans mon esprit, j'érigeai un barrage pour la contenir, et nos sorts conjoints formèrent un vaste lac en moi à mesure que le tissage progressait.

Sa chaleur m'emplissait, brûlante, presque insupportable. Je n'arrivais plus à respirer tant mes poumons étaient comprimés contre ma cage thoracique. Mon cœur peinait à battre. Je n'y voyais plus. Les combats se poursuivaient quelque part derrière moi, en une clameur continue : des cris, le fracas surnaturel des promeneurs, le son creux des épées. L'affrontement se rapprochait, encore et encore. Je sentis Kasia coller son dos contre le mien, faisant d'elle mon ultime rempart. Le cœurfeu chantait joyeusement et avidement dans sa fiole, aspirant à être libéré, espérant nous dévorer tous ; curieusement, c'en était presque réconfortant.

Je retins notre tissage aussi longtemps que possible, jusqu'à ce que la voix du Dragon s'étrangle. Je rouvris alors les paupières. L'écorce s'était répandue sur son cou, gagnait ses joues. Elle lui avait scellé la bouche et s'apprêtait à en faire autant avec ses yeux. Il me pressa la main, puis je déversai tout mon pouvoir en lui, à travers le canal à moitié formé, pour gagner l'arbre glouton.

Il se crispa, ses yeux désormais aveugles s'écarquillèrent. Il me comprima la main en une agonie silencieuse. Puis l'écorce qui lui recouvrait la bouche se ratatina, s'écailla telle la mue d'un serpent monstrueux, et son cri fendit l'air. J'étreignis sa main des deux miennes, me mordant les lèvres tant il me faisait mal ;

il souffrait le martyre alors que l'arbre noircissait et se carbonisait autour de lui ; les feuilles encore accrochées aux branches s'embrasèrent et se mirent à pleuvoir en cendres chaudes. L'odeur des fruits était d'autant plus insoutenable à présent qu'ils cuisaient et se liquéfiaient. Du jus dégoulinait de partout, et des bulles de sève éclataient sur le tronc et l'écorce.

Les racines prirent aussi facilement feu qu'un bois de chauffage bien sec, tant nous avions absorbé d'eau. L'écorce se détachait et tombait en longs lambeaux. Kasia attrapa le bras du Dragon et éloigna du tronc son corps affalé, desséché et couvert de cloques. Je l'aidai à le traîner hors de la fumée, puis elle tourna les talons et y replongea. Je la distinguai attraper une plaque d'écorce et la déchirer telle une épaisse couverture ; elle assena des coups d'épée à l'arbre pour en découper d'autres morceaux. J'allongeai le Dragon et m'empressai d'aller l'aider : le tronc était trop chaud, mais je posai tout de même les mains dessus et articulai malgré moi :

— *Ilemyon !*

Sors, sors, comme si Jaga elle-même appelait un lapin dont elle voulait faire son dîner.

Kasia donna un nouveau coup de taille, et le bois se fendit avec un craquement. J'aperçus par la fissure un visage de femme, blême, et un œil bleu et fixe. Kasia tira sur les deux lèvres de la plaie pour arracher d'autres morceaux de bois. Elle finit par briser le tronc, et la reine bascula brusquement, son buste laissant derrière lui la silhouette d'une femme. Des lambeaux de vêtements desséchés dégringolèrent de son corps et s'embrasèrent alors qu'elle se faufilait par l'ouverture ainsi ménagée. Elle s'arrêta subitement : sa tête ne voulait pas venir, retenue par un filet de cheveux blonds incroyablement longs et pris dans le tronc. Kasia les découpa d'un coup de lame et la reine nous tomba dans les bras.

Elle était aussi lourde et inerte qu'une bûche. Flammes et fumée s'enroulaient autour de nous ; les branches gémissaient bruyamment au-dessus de nos têtes. L'arbre n'était plus qu'une colonne de feu. Le cœurfeu vociférait si fort dans sa fiole que j'avais presque l'impression de l'entendre réclamer de se joindre au brasier.

Nous chancelâmes en avant, Kasia nous tirant tous les trois – la reine, le Dragon et moi – presque sans aide. Nous nous effondrâmes dans la clairière, au-delà des branches. Seuls le Faucon et le prince Marek étaient encore debout, combattant dos à dos avec une dextérité féroce, l'épée du second brillant du même éclat que le feu blanc du premier. Les quatre derniers promeneurs se rapprochèrent. Ils s'élancèrent soudain, mais le Faucon les emprisonna dans un cercle de flammes. Le prince en choisit un et se lança à l'abordage : il lui saisit le cou d'une main, enroula ses bottes autour de son corps, un pied coincé sous l'un de ses membres antérieurs. Il enfonça puissamment sa lame à la base de la nuque et le corps se tordit tout à fait comme une brindille que l'on arrache à une branche. Puis la longue tête du promeneur se fêla et vola en éclats.

Il laissa tomber le monstre vaincu et replongea à travers le lasso presque éteint avant que les autres puissent l'attraper. Quatre marcheurs morts supplémentaires gisaient exactement dans la même position : il avait donc mis au point une méthode infaillible pour les occire. Cependant, il avait failli se faire prendre, éreinté qu'il était. Il se débarrassa de son heaume et se servit de son tabard pour éponger son front dégoulinant de sueur. Il haletait. Le Faucon semblait aussi épuisé que lui. Même si ses lèvres ne cessaient jamais de bouger, le feu argenté qui brûlait autour de ses mains faiblissait. Son manteau blanc jonchait le sol, fumant là où les feuilles embrasées étaient tombées. Les trois promeneurs restants se replièrent avant de repartir à l'assaut. Il se redressa.

— Nieshka, me dit Kasia, m'arrachant à ma contemplation.

Je m'approchai, ouvrant la bouche. Seul un vague croassement rendu rauque par la fumée en sortit. Je pris une inspiration, avalai ma salive et parvins à articuler :

— *Fulmedesh*.

Ou quelque chose d'assez approchant pour que ma magie prenne forme quand je tombai à quatre pattes. La terre se fissura depuis mes mains, s'ouvrant sous les promeneurs. Ils dégringolèrent dans la faille en se débattant, et le Faucon mit le feu à la crevasse, qui se referma autour d'eux.

Marek fit volte-face et se mit à courir vers moi alors que je tentais de me relever. Il se laissa glisser sur la terre, les pieds devant, et me fit un balayage pour m'en empêcher. La mante argentée était sortie du nuage embrasé qui cerclait l'arbre-cœur ; ses ailes brûlaient, son corps crépitait, mais elle préparait sa vengeance. J'avisai ses grands yeux dorés et inhumains, ses griffes terribles prêtes pour un nouvel assaut. Marek était à plat dos sur le sol, juste sous son corps. Il planta son épée dans une jointure de la carapace et, d'un coup de pied, crocheta l'une de ses pattes. Déséquilibrée, la créature s'empala sur la lame en chutant. Elle se débattit vivement, roulant sur elle-même. Le prince arracha son épée et, d'un nouveau coup de pied, précipita le monstre dans le brasier de l'arbre-cœur. L'insecte ne bougea plus.

Marek m'aida alors à me relever. Mes jambes flageolaient, mon corps tout entier tremblait. Je n'arrivais plus à tenir debout. J'avais toujours douté des histoires de guerre, des chansons de batailles : les rares rixes entre garçons du village s'étaient toujours achevées avec de la boue sur les vêtements, un nez ensanglanté, quelques griffures et beaucoup de larmes et de morve ; rien de gracieux ni de glorieux, et je ne voyais pas comment ajouter des épées et des morts à l'équation pouvait arranger la chose. Néanmoins, je n'aurais jamais imaginé une horreur pareille.

Le Faucon s'approcha d'un homme recroquevillé sur le sol. Il tira une fiole d'élixir de sa ceinture, la fit boire au blessé et l'aida à se remettre debout. Ensemble, ils se dirigèrent vers un autre soldat au bras arraché ; il avait cautérisé la plaie dans le feu et gisait à terre, le regard tourné vers le ciel. Deux survivants, sur une armée de trente.

Le prince Marek ne paraissait pas dévasté. Il s'essuya une nouvelle fois le front, s'étalant de la suie sur le visage. Il avait déjà presque recouvré son souffle. Sa poitrine se levait et se baissait encore rapidement, mais facilement ; rien de comparable avec les inspirations difficiles que je parvenais à prendre, alors qu'il m'entraînait sans effort loin des flammes, vers le refuge plus frais des arbres de l'autre côté de la clairière. Il ne m'adressa pas un mot. Je ne savais même pas s'il me reconnaissait, son regard étant à moitié vitreux. Kasia nous rejoignit, portant le Dragon sur ses épaules ; elle soutenait son poids mort avec une aisance incongrue.

Marek cilla plusieurs fois pendant que le Faucon ramenait les deux rescapés vers nous, puis il sembla brusquement prendre conscience du feu de joie autour de l'arbre-cœur, des branches noircies qui dégringolaient. Il referma douloureusement le poing sur mon bras, les bords de son gantelet s'enfonçant dans ma chair malgré tous les efforts que je pouvais fournir pour me libérer. Il se tourna vers moi et me secoua, les yeux arrondis de rage et d'horreur.

— Qu'est-ce que tu as fait ? gronda-t-il.

Puis il se figea.

La reine se dressait devant nous, immobile, nimbée d'or dans la lumière de l'arbre en flammes. Elle se tenait comme une statue là où Kasia l'avait posée sur ses pieds ; ses bras pendaient le long de ses flancs. Ses cheveux taillés à l'épée étaient aussi blonds que ceux de Marek, fins et délicats ; ils flottaient autour de sa tête tel un nuage. Il la contempla, la bouche ouverte tel le bec d'un oisillon affamé. Il me lâcha alors et tendit la main.

— Ne la touchez pas ! l'avertit le Faucon, enroué. Allez chercher les chaînes.

Marek se figea. Il ne détourna pas les yeux de sa mère. L'espace d'un instant, je crus qu'il refuserait d'obtempérer ; puis il tourna les talons et repartit au cœur du champ de bataille, près de la dépouille de son cheval. Les chaînes dont le Faucon s'était servi pour examiner Kasia étaient enroulées dans un tissu à l'arrière de sa selle. Marek les rapporta. Le Faucon lui prit le joug des mains et, précautionneusement, aussi prudemment que s'il s'approchait d'un chien enragé, il se dirigea vers la reine.

Elle ne bougea pas, ses paupières ne clignèrent pas ; elle ne sembla même pas le voir arriver. Il hésita malgré tout, puis prononça un sort de protection avant de refermer d'un mouvement brusque l'entrave autour du cou de la souveraine. Il se recula rapidement. Elle était toujours immobile. S'aidant encore du tissu, il verrouilla les menottes autour de ses poignets, puis lui passa le drap autour des épaules.

Il y eut alors un craquement effroyable derrière nous, qui nous fit tous sursauter comme des lapins. L'arbre-cœur se brisa en deux, une énorme moitié basculant de côté. Elle s'effondra avec un bruit tonitruant, renversant les chênes centenaires en lisière de clairière ; un nuage d'étincelles orange jaillit du milieu du tronc. La deuxième moitié s'embrasa alors entièrement en grondant ; les branches battirent une dernière fois, puis s'immobilisèrent.

Le corps de la reine reprit vie dans un brusque mouvement saccadé. Les chaînes crissèrent et cliquetèrent quand elle leva les bras devant elle. Le drap glissa de ses épaules sans qu'elle le remarque. Elle palpa son propre visage, de ses doigts aux ongles si longs qu'ils s'enroulaient sur eux-mêmes ; elle se griffa à plusieurs reprises, poussant des gémissements graves et inarticulés.

Marek s'élança vers elle et l'attrapa par les menottes ; elle le repoussa par réflexe, avec une puissance surnaturelle. Puis elle se ressaisit et l'observa fixement. Il chancela de quelques pas en arrière, recouvra son équilibre et se redressa. Couvert de sang, de suie et de sueur, il ressemblait autant à un guerrier qu'à un prince. Ses armoiries vertes se devinaient encore sur son poitrail, l'hydre couronnée. Elle les considéra, puis dévisagea le prince. Elle ne prononça pas une parole, mais ses yeux ne le quittèrent pas.

Il prit une brusque inspiration et souffla :

— Mère.

16

Elle ne lui répondit pas. Marek attendit les poings serrés, immobiles, les yeux rivés sur son visage. Mais elle ne répondit pas.

Nous restâmes plantés là, silencieux et oppressés, respirant encore la fumée de l'arbre-cœur, des cadavres brûlés des soldats, des chevaux et des créatures du Bois. Le Faucon finit par reprendre ses esprits et avancer en boitillant. Il leva les mains devant lui, puis hésita un instant, mais elle ne broncha pas. Il lui posa les paumes sur les joues et la fit pivoter vers lui. Il sonda son esprit, ses prunelles se dilatant ou s'étrécissant, changeant de forme ; la couleur de ses iris passa du vert, au jaune, au noir.

— Il n'y a rien, déclara-t-il d'une voix rauque. Je ne vois pas la moindre trace de corruption.

Puis il laissa retomber ses mains.

Il n'y avait toutefois rien d'autre non plus. Elle ne nous regardait pas ou, si elle le faisait, c'était même encore pire : ses grands yeux fixes et écarquillés ne distinguaient pas nos traits. Marek la dévisageait, le souffle encore court.

— Mère, répéta-t-il. Mère, c'est Marek. Je suis venu vous ramener à la maison.

Son expression n'évolua pas. L'horreur initiale l'avait désertée. Elle était vide, désormais, absente.

— Quand nous serons sortis du Bois… commençai-je.

Ma voix s'étrangla. Je me sentais bizarre, malade. Pouvait-on réellement sortir du Bois, quand on y était resté enfermé pendant vingt ans ?

Mais Marek s'accrocha à cette hypothèse.

— Par où ? demanda-t-il en rengainant son épée.

J'essuyai de la manche la cendre qui me recouvrait la figure. Je considérai alors mes mains cloquées et craquelées, maculées de sang. La partie pour le tout.

— *Loytalal*, chuchotai-je à mon sang. Ramène-moi à la maison.

Je les menai hors du Bois du mieux que je le pus. J'ignorais comment nous réagirions si nous croisions un promeneur, ou pire une autre mante. Nous n'avions plus rien de cette fière armée qui était entrée dans la forêt ce matin-là. Dans mon esprit, je nous imaginais tel un groupe de glaneurs tentant de quitter les lieux avant la nuit tombée, en essayant de ne pas effrayer ne serait-ce qu'un oiseau. Je nous guidai prudemment à travers les arbres. N'ayant pas le moindre espoir de tomber sur un sentier, nous nous raccrochions aux empreintes de biche ou aux broussailles moins denses.

Nous sortîmes du Bois moins d'une demi-heure avant le crépuscule. Je trouvai la voie entre les troncs grâce à l'éclat de mon sort, tandis que le mot *maison* tournait en boucle dans ma tête. La ligne luminescente pointait vers le sud et vers l'ouest, en direction de Dvernik. Mes pieds m'y entraînaient presque malgré moi, me faisant traverser la bande de terre rasée, jusqu'à une muraille d'herbes si hautes et épaisses que je dus m'arrêter. Quand je levai lentement la tête, les pentes forestières – que les ultimes rayons de soleil nimbaient d'un halo brun – s'élevaient au loin tel un bastion.

Les montagnes du nord. Nous étions sortis du Bois non loin du col menant en Rosya. Ça n'était pas complètement illogique, si effectivement la reine et le prince Vasily avaient fui dans cette direction avant d'être capturés.

Mais cela signifiait que nous étions à de nombreux kilomètres de Zatochek.

Le prince Marek émergea du Bois juste derrière moi, la tête baissée, les épaules voûtées, comme s'il traînait un fardeau énorme. Les deux soldats rescapés le suivaient, déguenillés. Ils avaient retiré leurs cottes de mailles, abandonnées quelque part dans la forêt ; leurs ceinturons également. Lui seul portait encore son armure et son épée, mais en atteignant l'herbe, il se laissa tomber à genoux et resta là, sans plus bouger. Ses hommes vinrent s'écrouler près de lui, à plat ventre, comme s'il les avait tirés jusque-là à lui tout seul.

Kasia allongea le Dragon à côté de moi, après avoir écrasé de hautes tiges pour lui ménager un peu de place. Les membres de mon maître pendaient, ses paupières étaient closes. Son profil droit était roussi et cloqué de partout, rouge et luisant, ses vêtements déchirés sur sa peau grillée. Je n'avais jamais vu de brûlures si affreuses.

Le Faucon s'affala de son autre côté. Il tenait un bout de la chaîne reliée au joug passé autour du cou de la reine ; il tira dessus, et elle s'immobilisa à son tour, restant seule debout au milieu de l'étendue déserte marquant la frontière du Bois. Son visage était habité de la même neutralité inhumaine que celui de Kasia, mais en plus dérangeant, car nulle vie n'animait ses prunelles. C'était comme d'être suivi par une marionnette. Quand on tirait la chaîne vers l'avant, elle se mettait en branle d'une démarche raide et chaloupée, comme si elle ne savait plus très bien se servir de ses jambes et ne parvenait plus à les plier correctement.

— Nous devons nous éloigner du Bois, déclara Kasia.

Nul ne lui répondit ni ne bougea. J'avais l'impression de l'avoir entendue parler de très, très loin. Elle m'attrapa prudemment par l'épaule pour me secouer.

— Nieshka ? dit-elle.

Je ne réagis pas. Le ciel s'obscurcissait, et les moustiques printaniers nous sifflaient aux oreilles en nous tournant autour. Je n'avais même plus la force de lever la main pour chasser celui qui s'était posé sur mon bras.

Elle se redressa et nous considéra tour à tour, indécise. Je ne crois pas qu'elle voulait nous laisser seuls dans notre état, mais elle n'avait guère le choix. Kasia se mordit la lèvre, puis s'accroupit devant moi et me regarda dans les yeux.

— Je vais aller à Kamik, m'annonça-t-elle. Je pense que c'est plus proche que Zatochek. Je vais courir sans m'arrêter. Tiens bon, Nieshka, je reviendrai dès que j'aurai pu trouver quelqu'un.

Je la contemplai sans mot dire. Après une courte hésitation, elle plongea la main dans ma poche et en sortit le livre de Jaga. Elle me le fourra entre les doigts. Je m'en saisis, sans bouger davantage. Elle tourna alors les talons et disparut dans les herbes, se frayant un chemin en direction du couchant.

J'étais assise dans l'herbe, tel un mulot, à ne penser à rien. Le bruit de Kasia écrasant la végétation sur son passage s'estompa. Je jouai du bout des doigts avec la reliure de l'ouvrage, parcourant sans y penser les légers sillons du cuir, l'observant distraitement. Le Dragon gisait, inerte, près de moi. Ses brûlures s'aggravaient, les cloques translucides gonflant partout sur sa peau. J'ouvris lentement le tome et en tournai les pages. *Bon pour les brûlures, plus efficace avec des toiles d'araignée du matin et un peu de lait*, expliquait laconiquement la page consacrée à l'un de ses remèdes les plus simples.

Je n'avais ni toiles ni lait, mais après y avoir songé paresseusement pendant quelques instants, je cassai une tige de pissenlit et fis couler plusieurs gouttes de sa sève blanchâtre sur mon doigt. Je frottai mon pouce dessus en murmurant « *Iruch, iruch* » plus ou moins fort, comme un enfant sur le point de s'endormir, et j'effleurai une à une les pires cloques. Chacune frémit doucement, puis rapetissa au lieu de croître ; le rouge furieux s'estompa.

Le tissage me fit me sentir… pas nécessairement mieux, mais plus propre, comme si je nettoyais une plaie à l'eau claire. Je continuai de psalmodier, encore, encore et encore.

— Arrête ce bruit, finit par siffler le Faucon à mon intention.

Je lui attrapai le poignet.

— Le sort de Groshno pour les brûlures, lui dis-je.

C'était l'un des enchantements que le Dragon avait essayé de m'enseigner quand il me prenait encore pour une guérisseuse.

Le magicien resta silencieux, puis entonna d'une voix rauque :

— *Oyideh viruch.*

Je retournai à mes « *Iruch, iruch* » tout en cherchant son sort, roue aux rayons fragiles faits de paille et non de bois, et j'y accrochai ma magie. Il s'arrêta. Je parvins à maintenir le tissage en place assez longtemps pour l'encourager à recommencer.

C'était bien différent des sorts que nous lancions conjointement avec le Dragon. J'avais l'impression d'essayer de passer le harnais à une vieille mule récalcitrante que je n'aimais pas beaucoup et qui cherchait à me croquer les doigts. Je m'efforçais de rester à l'écart du Faucon tout en poursuivant le tissage. Cependant, dès qu'il en saisit le fil, notre œuvre se développa. Les brûlures du Dragon disparaissaient rapidement sous sa peau renouvelée, en dehors d'une hideuse cicatrice luisante qui courait le long de son bras et de son flanc, où s'étaient trouvées les pires cloques.

La voix du Faucon se renforçait ; j'avais pour ma part l'esprit plus clair. Le pouvoir enflait en nous en une vague nouvelle. Pas rassasié, il secoua la tête. Il chercha mon poignet pour en réclamer davantage. Je m'écartai d'une secousse, et nous perdîmes le fil de notre tissage. Cependant, le Dragon se redressa, pris de haut-le-cœur. Il cracha des masses noires et humides venues du fond de ses poumons. Quand sa crise fut passée, il s'assit sur les talons, s'essuya la bouche et leva les yeux. La reine était toujours debout au milieu de la parcelle rasée, colonne lumineuse dans les ténèbres grandissantes.

Il se massa les paupières de la base des paumes.

— De toutes les missions imbéciles de l'histoire… commença-t-il d'une voix si étranglée que je l'entendis à peine.

Il tendit la main vers moi, et je l'aidai à se mettre debout. Nous étions seuls dans une mer d'herbe dont la température baissait peu à peu.

— Nous devons retourner à Zatochek, décréta-t-il en me poussant doucement. Pour y récupérer nos réserves.

Je le considérai avec lassitude, privée de mes forces à présent que la magie refluait. Le Faucon était déjà retombé au sol. Les soldats commençaient à frissonner et à se convulser. Leurs yeux paraissaient voir d'autres choses. Même Marek ne bougeait plus, masse inerte entre eux deux.

— Kasia est allée chercher de l'aide, finis-je par déclarer.

Il se tourna vers le prince, les soldats, la reine ; puis il nous observa, le Faucon et moi. Il se frotta le visage.

— Très bien, dit-il. Aide-moi à les allonger sur le dos. La lune va bientôt apparaître.

Nous étendîmes Marek et les soldats dans l'herbe, et tous trois contemplaient fixement le firmament. Le temps pour nous de bien aplatir la végétation autour d'eux, et les rayons lunaires leur illuminaient la figure. Le Dragon me fit m'installer entre le Faucon et lui. Nous n'avions pas la force pour une purge complète, les deux magiciens se contentèrent donc de répéter brièvement le sort protecteur dont le Faucon s'était servi au matin, tandis que je fredonnais mon petit enchantement purgatif : « *Puhas, puhas, kai puhas.* » Ils reprirent un peu de couleurs.

Kasia revint moins d'une heure plus tard, traînant, la mine grave, une charrette de bûcheron.

— Je suis désolée d'avoir mis si longtemps, dit-elle aussitôt.

Je ne lui demandai pas où elle avait trouvé son tombereau. Je savais ce qu'on aurait pensé d'elle en la voyant arriver du Bois avec son allure.

Nous essayâmes de lui venir en aide, mais elle dut pratiquement se débrouiller seule.

Elle hissa le prince et ses deux hommes sur la charrette, puis nous fit grimper tous les trois à leur suite. Nous restâmes au bord, les jambes pendant dans le vide. Kasia s'approcha alors de la reine et s'arrêta entre les arbres et elle, lui bouchant la vue. La souveraine conserva son air absent.

— Vous n'y êtes plus, lui dit Kasia. Vous êtes libre. Nous sommes libres.

La reine ne lui répondit pas non plus.

Nous passâmes une semaine à Zatochek, allongés sur des paillasses dans la grange en lisière de la ville. Je ne me souviens de rien entre le moment où je me suis endormie dans la charrette et celui où je me suis réveillée, trois jours plus tard, dans l'odeur chaude et apaisante du foin, avec Kasia à mon chevet qui me nettoyait le visage à l'aide d'un linge humide. L'atroce goût mielleux de l'élixir de purge du Dragon me tapissait la bouche. Quand je trouvai l'énergie nécessaire pour me lever de mon grabat, plus tard dans la matinée, il me fit subir une nouvelle purge et m'imposa de lui en infliger une également.

— La reine ? lui demandai-je, alors que nous tâchions de recouvrer nos forces, sur un banc à l'extérieur.

Nous étions tous deux mous comme des chiffes.

Il me la désigna d'un geste brusque du menton : elle se tenait de l'autre côté de la clairière, paisiblement installée sur une souche, à l'ombre d'un saule. Elle portait encore le joug enchanté, mais quelqu'un lui avait donné une robe blanche, sans la moindre tache ou souillure ; même l'ourlet était immaculé, comme si elle n'avait plus bougé de l'endroit où on l'avait laissée. Son visage magnifique était aussi vide qu'un livre vierge.

— Disons qu'elle est libre, me répondit le Dragon. Est-ce que cela valait le sacrifice de trente hommes ?

Il parla d'un timbre féroce qui me fit me recroqueviller sur moi-même. Je ne voulais plus repenser à cette bataille cauchemardesque, à ce massacre.

— Et les deux soldats ? chuchotai-je.

— Ils survivront, m'assura-t-il. De même que notre cher principicule, qui ne mérite pas cette chance. Le Bois n'avait qu'une faible emprise sur eux. (Il se leva péniblement.) Viens : je les purge petit à petit. Il est l'heure d'une nouvelle séance.

Deux jours plus tard, le prince Marek redevint lui-même à une vitesse qui me rendit jalouse et profondément amère : il se leva de son lit le matin et, à l'heure du dîner, il engloutit un poulet rôti entier et fit de l'exercice. Pour ma part, je peinais à avaler les quelques bouchées de pain que je me forçais à ingérer. Le voir effectuer ses tractions sur une branche d'arbre me donnait d'autant plus l'impression d'être une poupée de chiffon trop souvent lavée et essorée. Tomasz et Oleg, les deux soldats, étaient réveillés également. Je connaissais leur nom, désormais, et me sentais toute honteuse d'ignorer celui de ceux qui nous avaient quittés.

Marek tenta de porter de la nourriture à la reine. Elle se contenta d'observer l'assiette qu'il lui tendit, incapable même de mastiquer les lamelles de viande qu'il lui glissa dans la bouche. Il essaya alors de la bouillie d'avoine, qu'elle ne refusa pas. Elle ne l'aida cependant pas non plus, si bien qu'il dut lui enfoncer la cuiller presque jusque dans la gorge, telle une maman avec son bébé ne sachant pas encore manger seul. Il s'y attela avec détermination, mais, au bout d'une heure, alors qu'elle n'avait dégluti qu'une demi-douzaine de fois, il se leva et balança furieusement le bol et la cuiller contre un rocher, faisant grêler des tessons de poterie et des grumeaux d'avoine. Il s'en alla en fulminant. La reine ne cilla même pas.

Depuis la porte de la grange, je les contemplais, légèrement honteuse. Je ne pouvais pas regretter de l'avoir fait sortir – au moins, le Bois ne la torturait plus et avait cessé de la dévorer, lambeau par lambeau. Mais cette horrible demi-vie dans laquelle elle semblait errer désormais paraissait pire que la mort. Elle n'était pas malade et ne délirait pas, contrairement à Kasia lors des premiers jours qui avaient suivi la purge. Simplement, il n'y avait peut-être plus assez de vie en elle pour lui permettre de penser ou d'éprouver quoi que ce soit.

Le matin suivant, Marek surgit derrière moi et m'attrapa par le bras alors que je retournais à la grange avec un seau d'eau de puits ; je sursautai, surprise, et nous arrosai tous les deux en essayant d'échapper à son étreinte. Il ne s'offusqua ni des éclaboussures ni de ma répulsion évidente à son égard et aboya :

— Suffit ! Ce sont des soldats, ils s'en remettront ! Ils s'en seraient déjà remis, si le Dragon cessait de leur déverser des potions dans l'estomac. Mais pourquoi ne faites-vous rien pour *elle* ?

— Que vous imaginez-vous que nous puissions faire ? intervint le Dragon en sortant de la grange.

Marek pivota vers lui.

— Il faut la soigner ! Vous ne lui avez même rien donné, alors que vous avez des fioles à ne plus savoir qu'en faire…

— S'il y avait en elle la moindre contamination à purger, nous l'aurions fait, rétorqua le magicien. Mais on ne peut pas guérir une absence. Estimez-vous heureux qu'elle n'ait pas brûlé avec l'arbre-cœur ; à condition de considérer que sa survie soit une bénédiction, non une malédiction.

— Si vous n'avez pas d'autre conseil à m'apporter, je trouve bien malheureux que *vous* n'y soyez pas resté, s'exclama Marek.

Les prunelles du Dragon se mirent à pétiller, et je vis qu'il serrait les lèvres pour ravaler les dizaines de reparties cinglantes qui lui traversèrent l'esprit. Le prince grinçait des dents, et je sentais sa tension à sa poigne ferme mais aussi tremblante qu'un cheval effrayé, alors qu'il avait paru fort comme un roc au cœur de cette clairière, quand il était cerné par la mort et le danger.

— Il n'y a plus la moindre trace de contamination en elle, reprit le Dragon. Pour le reste, seuls le temps et l'attention pourront y remédier. Nous la ramènerons à la tour dès que j'aurai fini de purger vos hommes et qu'ils pourront sans risque retourner à leur vie. J'essaierai de trouver une autre solution. En attendant, asseyez-vous avec elle en évoquant des choses qui lui sont familières.

— Vous voulez que je lui *parle* ? s'étonna Marek.

Il me lâcha si subitement que je me renversai un peu plus d'eau sur les pieds, puis il tourna les talons et s'éloigna à grands pas.

Le Dragon me prit le seau des mains, et je le suivis à l'intérieur de la grange.

— Pouvons-nous faire quoi que ce soit pour elle ? lui demandai-je.

— Qu'y a-t-il à faire d'une ardoise vierge ? répliqua-t-il. Laissons-lui du temps, elle finira peut-être par inscrire quelque chose dessus. Quant à redevenir celle qu'elle était…

Il secoua la tête.

Marek passa la journée auprès de sa mère ; j'aperçus à plusieurs reprises sa moue malheureuse en sortant de la grange. Au moins, il semblait avoir accepté le fait qu'il n'y aurait pas de guérison miraculeuse. Ce soir-là, il se rendit à Zatochek pour s'adresser au chef de village ; le lendemain, quand Tomasz et Oleg purent finalement marcher jusqu'au puits et en revenir seuls, il les saisit par les épaules et dit :

— Demain matin, nous allumerons un feu en mémoire des autres sur la place du village.

Des hommes arrivèrent de Zatochek pour nous fournir des chevaux. Ils avaient tous peur de nous, ce que l'on ne pouvait leur reprocher. Le Dragon avait annoncé que nous sortirions du Bois et leur avait indiqué où nous héberger et quels signes de contamination guetter ; néanmoins, je n'aurais pas été surprise qu'ils se présentent avec des torches afin de tous nous faire rôtir à l'intérieur de la grange. Naturellement, si le Bois s'était emparé de nous, nous aurions fait pire que rester tranquillement assis là à récupérer pendant toute une semaine.

Marek aida lui-même Tomasz et Oleg à monter en selle, puis il hissa la reine sur la jument baie, une bête robuste d'une dizaine d'années, qui lui avait été attribuée. Elle se tint dessus, raide et inflexible. Il dut lui glisser les pieds dans les étriers. Il marqua alors une pause, pour l'observer d'en bas : les rênes pendaient mollement entre ses mains menottées depuis qu'il les y avait posées.

— Mère, essaya-t-il une fois encore.

Elle ne le regarda pas. Au bout de quelques secondes, il serra les dents. Il se saisit d'une corde, en fit une guide qu'il attacha à la selle de son propre cheval et monta.

Nous avançâmes derrière lui jusqu'à la place, où un grand feu de joie n'attendait que d'être allumé ; tous les habitants, parés de leur tenue de fête, se tenaient, torche à la main, de l'autre côté de la haute pile de bois. Aucune de ces personnes ne m'était intime – même de loin –, mais il leur arrivait occasionnellement de venir chez nous pour le marché, au printemps. Une poignée de visages vaguement familiers me considéraient dans la foule, tels des fantômes venus d'une autre vie me scrutant à travers le fin nuage de fumée grise, tandis que je leur faisais face, entre un prince et des sorciers.

Marek se saisit lui aussi d'un flambeau, alla se poster près du bois et le brandit en l'air en récitant la liste de tous les hommes que nous avions perdus, terminant par Janos. Il fit signe à Tomasz et Oleg, et tous trois allèrent embraser le bûcher. La fumée me piqua les yeux et irrita ma gorge à peine soignée ; la chaleur était intolérable. Le Dragon, la mine sévère, attendit que les flammes gagnent en intensité, puis il se détourna. Je savais qu'il ne voyait pas d'un bon œil le fait que le prince honore les hommes qu'il avait lui-même menés à la mort. Cela m'avait toutefois fait quelque chose d'entendre dire leurs noms.

Le feu de joie brûla longtemps. Les villageois allèrent chercher bière et nourriture, tout ce dont ils disposaient, et nous les donnâmes. Je m'isolai dans un coin avec Kasia et bus de nombreuses bières pour chasser ma misère et le goût de l'élixir de purge ; puis nous nous écroulâmes l'une contre l'autre et pleurâmes doucement. Je dus me tenir à elle, car elle n'osait pas me serrer trop fort.

La boisson me rendit à la fois plus légère et plus maussade ; j'avais mal à la tête et je reniflais dans mes manches. À l'autre bout de la place, le prince Marek s'adressait au chef du village et à un jeune charretier aux yeux écarquillés. Ils se tenaient près d'un magnifique chariot vert fraîchement repeint ; des rubans également verts ornaient la crinière et la queue vaguement tressées des quatre chevaux qui constituaient l'attelage. La reine, une cape de laine drapée autour des épaules, était déjà assise sur le plateau couvert de paille. Les chaînes dorées du joug enchanté rutilaient au soleil, qui se réfléchissait sur sa robe droite.

Je cillai à plusieurs reprises, aveuglée, et le temps que je comprenne ce qui arrivait, le Dragon traversait déjà la place à grands pas pour se renseigner :

— Qu'est-ce que vous faites ?

Je me relevai aussitôt pour aller les rejoindre.

Le prince Marek se retourna alors que j'approchais.

— Nous organisons le retour de la reine au château, répondit-il d'un ton affable.

— Ne soyez pas ridicule. Elle a besoin de soins…

— Dont elle pourra disposer aussi bien à la capitale qu'ici, affirma le prince. Je refuse de vous laisser enfermer ma mère dans votre tour jusqu'à ce que vous l'autorisiez à ressortir, Dragon. N'allez pas imaginer que j'aie pu oublier combien vous étiez réticent à l'idée de nous accompagner.

— Vous semblez pourtant avoir oublié bien d'autres choses, cracha mon maître. Comme votre promesse de raser le Bois jusqu'en Rosya en cas de succès de notre part.

— Je n'ai rien oublié, rétorqua Marek. Mais je ne dispose pour l'instant pas de l'armée nécessaire. Quel meilleur moyen d'obtenir des troupes que de rentrer à la cour pour les réclamer à mon père ?

— La seule chose que vous ferez à la cour sera de parader autour de ce pantin désarticulé en prétendant être un héros, fit le Dragon. *Envoyez-les* quérir ! Nous ne pouvons pas partir maintenant. Pensez-vous que le Bois ne cherchera pas à se venger, si nous quittons la vallée et la laissons sans défense ?

Le sourire de façade du prince vacilla légèrement. Sa main d'épée s'ouvrit et se ferma sur la poignée de son arme. Le Faucon s'interposa habilement entre eux, tapota sur le bras de Marek et déclara :

— Votre Altesse, si le ton employé par Sarkan est critiquable, il n'a pas complètement tort sur le fond.

Pendant un instant, je crus qu'il avait compris ; peut-être que le Faucon avait suffisamment perçu la malice du Bois pour mesurer la menace qu'il représentait. Je dévisageai le Dragon, pleine d'un espoir surpris, mais ses traits se durcirent avant même que le Faucon se tourne vers lui et incline gracieusement la tête.

— Je crois que Sarkan conviendra que, en dépit de ses dons, la Mésange le surpasse dans les arts de la guérison, et qu'elle pourra aider la reine mieux que personne. Et il a fait le serment de retenir le Bois. Il ne peut pas quitter la vallée.

— Très bien, consentit aussitôt le prince Marek, sans pour autant desserrer les dents.

Une réponse manifestement répétée. Je compris, scandalisée, qu'ils avaient préparé ensemble ce petit scénario.

Le Faucon ajouta alors :

— Et tu dois bien comprendre, Sarkan, que le prince Marek ne peut pas te laisser garder la reine Hanna et ta petite paysanne. (Il lui désigna Kasia, debout près de moi.) Elles doivent bien sûr se rendre toutes deux à la capitale sur-le-champ, pour y être jugées suite à leur contamination.

— C'était une habile manœuvre, me dit plus tard le Dragon. Et efficace. Il a raison : je n'ai pas le droit de quitter la vallée sans la permission du roi et, du strict point de vue de la loi, elles doivent toutes deux passer devant un tribunal.

— Mais pas forcément tout de suite ! m'exclamai-je.

Je coulai un regard vers la reine, assise silencieusement dans le chariot, tandis que les villageois emplissaient le plateau de provisions et de couvertures. Nous n'aurions pas eu besoin d'autant si nous avions prévu d'effectuer trois allers-retours vers la capitale sans nous arrêter.

— Et si nous les ramenions à la tour, Kasia et elle ? Le roi comprendrait sans doute…

Le Dragon ricana.

— Le roi est un homme raisonnable. Il ne m'en aurait pas voulu de faire discrètement disparaître la reine pour qu'elle puisse se remettre à l'abri des regards, à condition que personne ne l'ait déjà vue ou n'ait été sûr de son sauvetage. Mais maintenant ?

Il désigna les villageois d'un vaste geste du bras. Tout le monde s'était rassemblé autour du chariot, bien qu'à bonne distance de celui-ci, afin d'observer la reine et d'échanger les bribes d'informations dont chacun pensait disposer concernant sa libération.

— Non. Il serait fermement opposé à ce que je bafoue aussi ouvertement la loi du royaume en l'emmenant devant témoins.

Puis il se tourna vers moi et ajouta :

— Et je ne peux pas partir non plus. Le roi l'autoriserait peut-être, mais pas le Bois.

Je le considérai longuement. J'étais effondrée.

— Je ne peux pas les laisser emmener Kasia, dis-je, le suppliant à moitié.

Je savais que ma place était ici, qu'on avait besoin de moi, mais les laisser juger mon amie à la capitale sans que je puisse être là, alors que la loi exigeait sa mise à mort… En outre, j'avais conscience que le prince Marek n'interviendrait que pour servir ses propres intérêts.

— Je sais, répondit le Dragon. C'est tout aussi bien. Nous ne pouvons pas porter un nouvel assaut au Bois sans soldats en nombre. Tu vas devoir convaincre le roi de t'accorder cette armée. Quoi qu'il en dise, Marek ne pense à rien d'autre qu'à la reine. Quant à Solya, il n'est peut-être pas méchant, mais il a tendance à se montrer trop manipulateur.

Je posai finalement la question qui me démangeait :

— Solya ?

Ce nom me roula étrangement sur la langue, semblant courir dessus telle l'ombre d'un oiseau de proie ; rien qu'en le prononçant, je sentis sur moi le poids d'un regard perçant.

— Cela signifie *faucon* dans la langue des sorts, m'expliqua le Dragon. Ils te donneront un nom à toi aussi, avant que tu sois définitivement inscrite sur la liste des magiciens. Arrange-toi pour que cela soit fait avant le jugement, sans quoi tu n'auras pas le droit de témoigner. Et écoute-moi bien : ce que tu as fait ici atteste d'un certain pouvoir, d'une nature différente. Ne laisse pas Solya s'attribuer tout le succès, et n'hésite pas à te servir de ta magie.

Je n'étais pas certaine de pouvoir mener à bien toutes les missions dont il me chargeait : comment, par exemple, parviendrais-je à persuader le roi de nous fournir une armée ? Mais Marek ordonnait déjà à Tomasz et Oleg de monter en selle, et je compris sans le lui demander que le Dragon s'attendait à ce que je trouve seule les réponses à mes questions. J'avalai ma salive et me contentai d'opiner du chef avant de déclarer :

— Merci… Sarkan.

Son nom avait le goût de flammes et d'ailes, de volutes de fumée, de délicatesse et de puissance, du bruissement râpeux des écailles. Il me considéra et ajouta sèchement :

— Veille à ne pas atterrir dans une marmite d'eau bouillante et, même si cela relève de l'exploit, tâche de rester aussi présentable que possible.

17

Je ne réussis pas bien à suivre ses conseils.

Nous étions à huit jours de cheval de la capitale, et ma monture secouait la tête depuis le départ : un pas, deux pas, trois pas, puis une soudaine poussée contre le mors qui me forçait à contracter les épaules pour ne pas être emportée par les rênes, si bien que je fus bientôt raide comme une pierre. Je traînais toujours à l'arrière de notre petite caravane, et les grosses roues cerclées de fer du chariot m'envoyaient en permanence un léger nuage de poussière dans les yeux. Ma jument ajouta des éternuements réguliers à sa démarche bizarre. Avant même de traverser Olshanka, j'étais déjà couverte d'une fine couche de gris et j'avais les ongles noircis par la sueur mêlée à la terre.

Quelques minutes avant notre départ, le Dragon avait rédigé une lettre à l'intention du roi, seulement quelques lignes griffonnées en hâte sur du papier de mauvaise qualité avec de l'encre empruntée aux villageois pour l'informer que j'étais une magicienne et réclamer des troupes. Puis il l'avait pliée, s'était entaillé le pouce à l'aide d'un couteau, avait répandu un peu de son sang sur le bord, puis écrit son nom dans la tache : *Sarkan*, tracé en grosses lettres noires légèrement troubles. Quand je la sortis de la poche de ma jupe pour en effleurer les lettres du bout des doigts, volutes de fumée et battements d'ailes se rapprochèrent. C'était à la fois réconfortant et frustrant, car chaque jour m'éloignait davantage du lieu où j'aurais dû être pour l'aider à contenir le Bois.

— Pourquoi avez-vous insisté pour emmener Kasia ? demandai-je à Marek.

C'était ma dernière chance de le faire changer d'avis, alors que nous campions pour notre première nuit au pied des montagnes, non loin des remous d'un petit ruisseau pressé d'aller se jeter dans le Fuseau. J'apercevais encore la tour du Dragon au sud, nimbée d'un halo orange par les derniers rayons du couchant.

— Emmenez la reine, si vous y tenez tant, et laissez-nous y retourner. Vous avez vu le Bois, vous savez désormais ce qu'il est capable de…

— Mon père m'a envoyé ici pour m'occuper de la paysanne contaminée de Sarkan, répliqua-t-il. (Il s'aspergeait la figure et la nuque d'eau.) Il s'attend à ce que je la ramène, ou au moins sa tête. Que préfères-tu que je lui montre ?

— Mais il comprendrait que Kasia est guérie en voyant la reine, insistai-je.

Marek s'ébroua avant de se redresser. La reine était toujours installée dans le chariot ; elle regardait droit devant elle, dépourvue d'expression, alors que la lumière déclinait. Kasia était assise près d'elle. Elles étaient toutes les deux changées, à la fois raides et étranges, ne semblant pas ressentir la moindre fatigue après une journée de voyage. Elles luisaient toutes deux tel du bois ciré. Néanmoins, les prunelles de Kasia étaient braquées sur Olshanka et la vallée, et sa bouche et ses yeux trahissaient son inquiétude, prouvant ainsi qu'elle était vivante.

Nous les observâmes ensemble, puis Marek se leva.

— Le sort de la reine est lié au sien, répliqua-t-il platement avant de s'éloigner.

Furieuse, je donnai un coup de poing dans l'eau avant de me nettoyer un peu. Des filets noirâtres me dégoulinèrent sur les doigts.

— Ça doit être horrible, pour toi, s'exclama le Faucon en apparaissant subitement derrière moi. (Je sursautai.)

D'être escortée à Kralia par le prince pour y être acclamée comme une sorcière et une héroïne. Quelle misère !

Je m'essuyai la figure sur ma jupe.

— Pourquoi tenez-vous tant à ce que j'y aille ? Il y a d'autres magiciens à la cour. Ils verront bien par eux-mêmes que la reine n'est pas atteinte…

Solya secoua la tête avec condescendance, pauvre villageoise idiote qui ne comprenait rien à rien.

— Tu penses vraiment que c'est aussi futile que ça ? La loi est sans équivoque : toute personne contaminée doit périr par les flammes.

— Mais le roi va bien la gracier !?

Cela ressembla davantage à une question qu'à une assertion.

Solya se tourna pensivement vers la reine, désormais presque invisible, ombre parmi les ombres, et ne répondit pas. Il reporta son attention sur moi.

— Dors bien, Agnieszka, dit-il. Nous avons encore beaucoup de chemin à parcourir.

Et il alla rejoindre Marek près du feu.

Après cette conversation, j'eus bien du mal à trouver le sommeil, cette nuit-là et les suivantes.

La nouvelle de notre arrivée se propageait devant nous. Quand nous traversions villes et villages, les habitants s'arrêtaient de travailler pour observer notre cortège, les yeux écarquillés, sans toutefois oser s'approcher de trop près et en s'assurant que leurs enfants restaient toujours près d'eux. Le dernier jour, une foule s'était rassemblée au carrefour avant la grande cité du roi.

Je n'avais alors plus notion du passage du temps. Mes bras me faisaient souffrir, mon dos me faisait souffrir, mes jambes me faisaient souffrir. Le pire de tout était ma tête, restée quelque part ancrée dans la vallée, si étendue qu'elle en était méconnaissable ; je ne savais plus qui j'étais quand je me trouvais si loin de tout ce qui m'était familier. Même les montagnes, mon point de repère habituel, avaient disparu. Je savais bien sûr que certains coins du pays ne comptaient pas de sommets, mais je supposais que je les distinguerais malgré tout quelque part au loin, à l'instar de la lune. Pourtant, chaque fois que je me retournais, elles étaient de plus en plus petites, jusqu'à ce qu'elles finissent par s'évanouir complètement derrière un dernier coteau. De vastes champs céréaliers semblaient s'étendre à l'infini, plats et ininterrompus, conférant au monde une forme étrange. Il n'y avait pas de forêt dans ces contrées.

Nous gravîmes une dernière colline. Depuis son sommet, nous dominions tout Kralia, la capitale : des maisons aux murs jaunes et au toit ocre s'épanouissaient telles des fleurs sauvages sur les rives du fleuve Vandalus. Parmi elles se trouvait Zamek Orla, le château de brique rouge qui accueillait les rois, adossé à une haute excroissance rocheuse. Je n'avais jamais imaginé qu'un bâtiment puisse être aussi grand : le donjon du Dragon était plus petit que la plus petite tour du château, qui devait en compter plus d'une dizaine.

Le Faucon se tourna vers moi, sans doute pour observer ma réaction, mais tout était si grandiose et inédit que je n'étais même pas bouche bée. J'avais l'impression de contempler un livre d'images, pas quelque chose de réel, et j'étais si éreintée que je n'éprouvais rien d'autre que mes propres souffrances : l'élancement lancinant dans mes cuisses, les secousses dans mes bras, l'épaisse couche de poussière me recouvrant la peau…

Une compagnie de soldats nous attendait au croisement, parfaitement alignée autour d'une vaste estrade élevée en plein centre. Une demi-douzaine de prêtres et de moines s'y tenaient, flanquant un homme paré de la tenue ecclésiastique la plus étonnante qu'il m'ait jamais été donné de voir, tout en violet sombre brodé d'or. Sa mine allongée et sévère semblait un peu plus étirée par son hennin à deux cornes.

Marek tira sur sa bride pour prendre le temps de les observer, ce qui me permit de les rattraper cahin-caha, le Faucon et lui.

— Il semblerait que mon père ait ressorti le vieil insipide, déclara le prince. Il va examiner la reine à la lumière des reliques ancestrales. Cela risque-t-il de causer la moindre complication ?

— Sans doute que non, répondit le Faucon. Notre cher archevêque peut se montrer un peu assommant, je vous l'accorde, mais sa raideur est la bienvenue en ce moment. Il n'autorisera jamais que l'on utilise une fausse relique, et les vraies ne montreront pas ce qui n'existe pas.

Indignée par leur impiété – traiter l'archevêque de *vieil insipide* ! –, je laissai échapper la chance de demander une explication : pour quelle raison qui que ce soit voudrait faire apparaître de la contamination là où il n'y en avait pas ? Marek éperonnait déjà sa monture. Derrière lui, le chariot de la reine descendit la pente en cahotant, et même s'ils semblaient impatients et dévorés par la curiosité, les badauds s'en écartèrent comme d'une vague déferlant sur la côte, se tenant à bonne distance des roues. J'en vis plusieurs serrer de petites breloques pour se protéger du mal ou se signer à notre passage.

La reine regardait droit devant elle sans tourner la tête, se balançant simplement au rythme des mouvements du chariot. Kasia, qui s'était rapprochée d'elle, se retourna pour me regarder, manifestement tout aussi surprise que moi. Nous n'avions jamais vu autant de monde d'un coup. Les gens se rapprochèrent tant de moi qu'ils se frottaient contre mes jambes malgré les gros sabots ferrés de ma monture.

Quand nous nous arrêtâmes devant la plate-forme, les soldats formèrent un cercle autour de nous, abaissant leurs piques de façon menaçante. Je me rendis compte avec stupeur qu'un immense poteau avait été érigé au milieu de l'estrade, et que son pied était entouré d'un tas de paille et de petit bois. Je me penchai en avant pour tirer sur la manche du Faucon.

— Ne te comporte donc pas tel un lapin effrayé, tiens-toi droite et *souris*, me siffla-t-il. Nous ne voulons surtout pas leur laisser croire que quelque chose ne va pas.

Marek agit comme s'il n'avait pas remarqué les pointes d'acier à moins d'un mètre de sa tête. Il mit pied à terre en faisant bruisser la cape qu'il avait achetée quelques villages plus tôt, et alla aider la reine à descendre de son chariot. Kasia dut la soutenir de l'autre côté, et attendit un signe impatient du prince pour descendre après elle.

J'ignorais jusqu'alors qu'un rassemblement si nombreux provoquait un ronronnement régulier évoquant celui d'une rivière, un murmure plus ou moins fort qui ne se transformait jamais en voix distinctes. Mais subitement, un profond silence s'établit. Marek fit grimper les marches de l'estrade à la reine, toujours accablée de son joug doré. Il la fit avancer jusqu'au prêtre au grand chapeau.

— Monseigneur l'archevêque, dit le prince d'une voix forte. Mes compagnons et moi-même avons, à grand risque, libéré la reine de Polnya de l'emprise diabolique du Bois. Je vous charge désormais de l'examiner à l'aide de vos reliques et du pouvoir que vous confère votre fonction. Assurez-vous qu'elle ne porte aucune trace de contamination susceptible de se propager et d'infecter d'autres âmes innocentes.

Naturellement, c'était précisément l'objet de la présence de l'archevêque, et je ne crois pas qu'il apprécia que Marek fasse comme si l'idée venait de lui. Il pinça les lèvres.

— Soyez assurée de mon dévouement, Votre Altesse, répliqua-t-il froidement.

Puis il se retourna et adressa un signe à l'un des moines. Un petit homme à l'air inquiet et à la robe de bure uniforme s'approcha. Une couronne de cheveux châtains se déployait autour de sa tonsure. Ses yeux globuleux clignaient derrière ses larges lunettes à monture dorée. Il tenait un long coffret en bois entre ses mains. Il l'ouvrit, et l'archevêque souleva des deux mains un filet or et argent rutilant. La foule poussa un murmure d'approbation semblable au vent printanier agitant les feuilles.

Il brandit la relique devant lui et entama une longue prière sonore avant de jeter le filet sur la tête de la reine. Il se déroula lentement autour d'elle, la drapant jusqu'aux pieds. Puis, à ma grande surprise, le moine avança encore, posa les mains sur les mailles et dit :

— *Yilastus kosmet, yilastus kosmet vestuo palta*...

À mesure qu'il débitait son sort, celui-ci vint illuminer le tissu du filet.

La lumière emplit la reine de toute part. Elle rayonnait sur la plate-forme, la tête bien droite. Ce n'était pas la lumière de *L'Invocation*, froide et limpide, dure et douloureuse. Celle-là donnait l'impression de rentrer chez soi tard au creux de l'hiver et de voir une lampe briller par la fenêtre pour vous inviter à l'intérieur : une lumière pleine de chaleur et d'amour. Un soupir parcourut l'assemblée. Même les prêtres se replièrent un moment juste pour admirer la souveraine éclatante.

Le moine posa la main sur le filet, y déversant régulièrement sa magie. J'éperonnai ma jument pour la forcer à se rapprocher du Faucon, et je me penchai vers lui pour lui chuchoter :

— Qui est-ce ?

— Tu parles de notre bon Hibou ? Le père Ballo. Il fait le bonheur de l'archevêque, comme tu peux l'imaginer : ce n'est pas si souvent que l'on trouve un magicien docile et obéissant.

Il avait dit cela d'un air dédaigneux, mais le moine ne m'apparaissait pas si bonasse que cela : il semblait surtout inquiet et mécontent.

— Et ce filet ?

— Tu as sans doute dû entendre parler du châle de sainte Jadwiga ?

Il déclara cela de façon si désinvolte que je ne pus m'empêcher de le dévisager, bouche bée. C'était la relique la plus sacrée de toute la Polnya. J'avais entendu dire qu'on ne la sortait que lors du couronnement des rois, afin de prouver à tous qu'ils n'étaient pas sous l'influence de quelque démon.

La foule bousculait les soldats pour s'approcher davantage, et même ces derniers paraissaient fascinés, leur pique s'orientant vers le ciel à mesure qu'ils se laissaient brusquer. Les prêtres examinaient la reine, centimètre par centimètre, se penchant pour étudier ses orteils, déployant ses bras pour les inspecter jusqu'au bout des doigts, contemplant ses cheveux. Nous la voyions tous briller, pleine de lumière ; il n'y avait pas la moindre trace d'ombre en elle. L'un après l'autre, les chanoines allèrent secouer la tête devant l'archevêque. Même la sévérité de ses traits s'adoucit, remplacée par une sorte d'émerveillement.

Quand ils eurent terminé leur examen, le père Ballo retira lentement le voile. Les prêtres apportèrent les autres reliques, que je reconnus cette fois : la plaque d'armure de saint Kasimir, encore percée du croc du dragon de Kralia qu'il avait terrassé ; l'humérus noirci par le feu de saint Firan, dans son coffret d'or et de verre ; le calice doré que saint Jacek avait sauvé de la chapelle. Marek apposa les mains de la reine sur chacune, et l'archevêque pria pour elle.

Ils reproduisirent chaque étape du jugement sur Kasia, mais la foule s'en désintéressa. Tout le monde se taisait quand il s'agissait d'observer la reine, mais les conversations reprenaient quand les prêtres examinaient mon amie. L'assemblée me parut même particulièrement turbulente, alors qu'elle était en présence de tant de reliques sacrées et de l'archevêque en personne.

— On ne peut rien espérer de mieux de la part de la plèbe de Kralia, m'expliqua Solya en réaction à mon expression choquée.

Quelques vendeurs ambulants se mirent même à haranguer la masse pour refourguer leurs petits pains frais. Toujours juchée sur mon cheval, j'avisai aussi deux hommes pleins d'initiative qui dressèrent un étal pour vendre de la bière un peu plus loin sur la route.

L'ambiance commençait à avoir des allures de fête. Finalement, les chanoines emplirent de vin le calice de saint Jacek et le père Ballo marmonna une prière ; une légère volute de fumée s'en éleva avant de se dissiper. Quand on le porta à ses lèvres, la reine en but le contenu d'un trait, sans faire de crise. Son expression ne se modula pas du tout, mais là n'était pas l'important. Une personne dans la foule brandit sa chope de bière et s'écria :

— Dieu soit loué ! La reine est sauvée !

La foule poussa alors des hurlements de joie et se resserra autour de nous, oublieuse de sa peur ; elle était si bruyante que j'entendis à peine l'archevêque autoriser du bout des lèvres Marek à ramener sa mère en ville.

L'extase de la foule fut presque plus menaçante que les piques des soldats. Marek dut repousser des gens pour permettre au chariot de rejoindre l'estrade et y faire remonter Kasia et la reine. Il abandonna sa propre monture et prit les rênes de la voiture. Il fouetta sans vergogne ceux qui l'empêchaient d'avancer, et Solya et moi nous efforçâmes de coller à l'arrière du véhicule pour éviter que la cohue nous en sépare.

Les badauds nous accompagnèrent sur près de dix kilomètres, trottinant près de nous, et chaque fois que l'un d'eux perdait le rythme, un autre le remplaçait. Quand nous atteignîmes le pont du Vandalus, tous les adultes avaient abandonné leur journée de travail pour nous suivre, et à notre arrivée aux portes extérieures du château, nous n'avancions presque plus tant la masse enthousiaste était dense, nous compressant de tous côtés, nous assourdissant de ses dix mille voix jointes en une clameur heureuse. La nouvelle avait voyagé plus vite que nous : la reine était sauvée, la reine n'était pas contaminée. Le prince Marek était parvenu à secourir sa mère.

Nous vivions tous dans une chanson, c'était du moins l'impression que cela donnait. C'était ce que j'éprouvais alors même que je voyais la tête dorée de la reine osciller d'avant en arrière sur le chariot, sans qu'elle fasse le moindre effort pour retenir ses mouvements ; alors même que je savais que notre victoire n'était pas si grande que cela et n'avait été arrachée qu'à un prix considérable. Des enfants couraient derrière ma jument, se moquant de moi, sans doute parce que je n'étais qu'une souillon aux cheveux emmêlés et à la jupe déchirée – mais je m'en fichais. Je les regardais et riais avec eux, oubliant mes bras raidis et mes jambes engourdies.

Marek nous ouvrait la route avec un air exalté. Je suppose que lui aussi devait avoir l'impression que sa vie était devenue une chanson. Pour l'heure, personne ne pensait aux hommes qui n'étaient pas revenus. Oleg avait toujours un bandage serré au bout de son bras sectionné, mais il saluait la foule avec vigueur et lançait des baisers de sa main valide à toutes les jolies filles. Même au-delà des grilles du château, la foule ne diminua pas : les soldats du roi étaient sortis de leurs baraquements, les nobles de leurs maisons, et les seconds jetaient des fleurs sur notre passage tandis que les premiers faisaient résonner leurs épées sur leurs écus pour nous acclamer.

Seule la reine ne se rendait compte de rien. Ils lui avaient retiré son joug et ses chaînes, mais elle restait néanmoins toujours aussi immobile qu'une statue.

Nous dûmes nous mettre les uns derrière les autres pour franchir le dernier passage voûté menant à la cour intérieure du château. Ce dernier était d'une taille étourdissante, avec trois étages de galeries tout autour de moi et d'innombrables visages souriants penchés aux balcons. Je les contemplai, stupéfaite, en profitant pour observer les étendards brodés et colorés suspendus à toutes les tours et colonnes. Le roi lui-même se tenait au sommet d'un escalier, d'un côté de la cour. Il portait un manteau bleu accroché par une épingle en or magnifique, sertie d'une pierre rouge et de multiples perles.

Les acclamations nous parvenaient toujours depuis l'extérieur des murs. Dedans, la cour tout entière se tut comme au début d'une pièce. Le prince Marek avait aidé sa mère à descendre de son chariot. Il lui fit gravir les marches devant les courtisans s'inclinant devant elle.

Je me surpris à retenir mon souffle alors qu'elle s'approchait de son époux.

— Votre Majesté, dit Marek, je vous rends votre reine.

Le soleil brillait de mille feux, et il avait l'air d'un saint guerrier avec son armure, sa cape verte et son tabard blanc. Sa mère, à son côté, était une silhouette raide dotée d'une simple robe blanche, de ses courts cheveux blonds et de sa peau lustrée.

Le roi les considéra en fronçant les sourcils. Il paraissait plus inquiet que débordant de joie. Nous restions tous silencieux, dans l'expectative. Il finit par prendre une longue inspiration pour parler, et la reine remua alors. Elle redressa lentement la tête pour le regarder en face. Il la dévisagea en retour. Elle cilla une fois, puis poussa un léger soupir avant de s'effondrer ; le prince Marek dut la retenir par le bras pour éviter qu'elle dévale l'escalier.

Le roi souffla longuement, et ses épaules – jusqu'alors dressées, comme tendues par une ficelle – se relâchèrent. Sa voix porta puissamment dans toute la cour.

— Emmenez-la dans les appartements gris, et envoyez quérir la Mésange.

Les domestiques s'affairaient déjà, et firent bientôt disparaître la reine à l'intérieur.

Et juste ainsi – la pièce prit fin. Le bruit dans la cour enfla jusqu'à être aussi puissant qu'au-delà des murailles, les conversations se croisant sur les trois niveaux de galeries. La sensation de légèreté entêtante me déserta subitement, comme si on avait ôté mon bouchon avant de me retourner. Je me rappelai trop tard que je n'étais pas venue ici pour me faire acclamer. Kasia était assise dans le chariot, seule avec sa tenue de prisonnière, presque déjà condamnée ; Sarkan était à cent lieues de là, tentant – sans mon aide – d'empêcher le Bois d'engloutir Zatochek. Et je n'avais pas la moindre idée de la manière dont remédier à ces deux états de fait.

Je secouai mes pieds pour les sortir de leurs étriers et me laissai glisser au sol sans élégance. Mes jambes flageolèrent sous mon poids. Un palefrenier vint s'occuper de ma monture. Je le laissai l'emmener, un peu à contrecœur : ce n'était pas une bonne jument, mais elle était mon îlot de familiarité dans cet océan d'inconnu. Le prince Marek et le Faucon entraient dans le château en compagnie du roi. J'avais déjà perdu de vue Tomasz et Oleg, disparus dans la foule parmi d'autres uniformes.

Kasia descendit du chariot, aidée par les gardes chargés de sa surveillance. Je me frayai un chemin parmi les domestiques et les messagers pour m'interposer entre elle et eux.

— Qu'allez-vous faire d'elle ? m'enquis-je, folle d'inquiétude.

Je dus leur paraître aussi ridicule qu'un moineau pépiant après une meute de chats sauvages, avec mes vêtements de paysanne maculés de terre ; ils ne pouvaient pas voir la magie qui m'habitait, prête à jaillir en grondant.

Toutefois, malgré mon allure insignifiante, je faisais partie de l'équipée triomphale et ils ne firent pas montre de cruauté. Leur chef, un homme aux énormes moustaches pommadées, me répondit d'un ton relativement affable :

— Es-tu sa femme de chambre ? Ne te tracasse pas : nous allons la conduire dans la Tour grise, avec la reine elle-même, où la Mésange veillera sur elles. Tout sera fait conformément à la loi.

Ça n'était guère réconfortant : selon la loi, Kasia et la reine auraient toutes deux dû être exécutées sur-le-champ. Mais Kasia chuchota :

— Tout va bien, Nieshka.

C'était un mensonge, mais il n'y avait rien d'autre à faire. Les gardes la cernèrent, quatre derrière et quatre devant, et l'emmenèrent.

Je les regardai partir d'un air absent, puis je me rendis compte que je ne la retrouverais jamais dans cet endroit gigantesque si je ne les suivais pas. Je me précipitai donc après eux.

— Halte-là, me dit un portier quand j'essayai d'entrer à mon tour.

— *Param param*, entonnai-je alors, comme dans la chanson sur la toute petite mouche que personne n'arrive à attraper.

Il cligna alors les paupières, et je lui passai devant sans qu'il se rende compte de rien.

Je suivis les gardes comme leur ombre, continuant à chantonner pour informer tout le monde que j'étais si petite et insignifiante que personne ne pouvait me remarquer. Ça n'était pas très dur : je me sentais réellement aussi petite et insignifiante qu'on pouvait l'imaginer. Le couloir se poursuivait indéfiniment. Il y avait des portes partout, de lourds battants de bois aux armatures métalliques. Domestiques et courtisans allaient et venaient dans d'immenses pièces remplies de tapisseries, de meubles sculptés et de cheminées plus vastes que la porte d'entrée de ma maison d'enfance. Des lampes scintillant de magie pendaient aux plafonds et dans les corridors, d'innombrables cierges en enfilade brûlaient sans se consumer.

Le couloir aboutit enfin à une petite porte en fer, gardée elle aussi. Les sentinelles saluèrent l'escorte de Kasia et les laissèrent – avec leur ombre malicieuse – emprunter l'étroit escalier en colimaçon qui s'élevait derrière. Nous grimpâmes, et grimpâmes, mes jambes me le reprochant à chaque pas, jusqu'à nous retrouver finalement sur un palier rond et minuscule. La lumière y était faible, de la fumée flottait dans l'air ; il n'y avait pas la moindre fenêtre, et seule une lampe à huile on ne peut plus ordinaire produisait un peu de chaleur, depuis sa niche ménagée dans le mur. Sa flamme se reflétait sur le gris terne d'un autre vantail orné d'un heurtoir en forme de diablotin affamé, qui tenait dans sa bouche l'anneau servant à frapper. Un froid surprenant s'éleva du métal et un vent glacial vint me caresser la peau, alors que j'étais tapie dans un coin derrière les gardes.

Leur chef toqua, et la porte pivota vers l'intérieur.

— Nous amenons l'autre fille, madame.

— Très bien, répondit sèchement une voix féminine.

Les gardes s'écartèrent pour laisser entrer Kasia. Une grande femme maigre se tenait dans l'embrasure, avec de longues tresses blondes et une coiffe dorée. Elle portait une robe en soie bleue délicatement ornementée au col et à la taille. Une traîne balayait le sol derrière elle, mais ses manches étaient pratiques, lacées du coude jusqu'au poignet. Elle s'effaça et, de deux gestes impatients de sa longue main, indiqua à Kasia de venir. J'eus un bref aperçu de l'intérieur de la pièce, agréable et couverte d'un tapis. La reine était assise sur une chaise à dossier droit. Elle regardait d'un air neutre par la fenêtre donnant sur le Vandalus.

— Et qu'est-ce que cela ? demanda l'inconnue en se tournant vers moi.

Tous les gardes se retournèrent et me découvrirent. Je me figeai.

— Je… bafouilla leur chef en s'empourprant légèrement.

Il jeta un coup d'œil aux deux hommes qui avaient fermé la marche, leur promettant silencieusement des représailles.

— C'est…

— Je m'appelle Agnieszka, répondis-je. Je suis arrivée avec Kasia et la reine.

La dame m'accorda un regard incrédule en découvrant tous les fils arrachés de ma jupe, et toutes les taches de boue dont elle était maculée, même celles qui se trouvaient dans mon dos. J'étais stupéfaite d'avoir eu l'effronterie de parler. Elle considéra les gardes.

— Est-elle elle aussi soupçonnée d'être contaminée ?

— Non, madame, pas que je sache.

— Dans ce cas, pourquoi me l'avez-vous amenée ? J'ai déjà suffisamment à faire.

Elle retourna dans la pièce, sa longue traîne glissant derrière elle, et la porte claqua. Une autre brise froide me balaya et retourna dans la bouche avide du diablotin, qui se reput des restes de mon sort de dissimulation. Je compris alors qu'il dévorait littéralement la magie ; c'était sans doute pour cela qu'ils enfermaient ici les prisonniers contaminés.

— Comment es-tu entrée ? me demanda le chef des gardes d'un air suspicieux, tandis que tous me toisaient.

J'aurais aimé disparaître de nouveau, mais ça m'était impossible avec cette bouche gloutonne.

— Je suis une sorcière, avouai-je.

Ils eurent l'air encore plus suspicieux.

Je sortis la lettre que j'avais glissée dans la poche de ma jupe : le papier était plus que sale, mais les lettres du sceau fumaient encore légèrement.

— Le Dragon m'a confié une missive pour le roi.

18

Ils me firent redescendre et patienter dans une petite salle de conseil déserte, faute de place ailleurs. Les sentinelles montèrent la garde devant la porte tandis que leur chef allait montrer ma lettre à qui de droit et s'enquérir de ce qu'il fallait faire de moi. Mes jambes étaient sur le point de se dérober sous mon poids, mais il n'y avait rien d'autre pour s'asseoir que quelques chaises inquiétantes disposées contre le mur, des fabrications d'apparence fragile, peintes en blanc et doré, rehaussées de coussins de velours rouge. Je les aurais prises pour des trônes, s'il n'y en avait pas eu quatre côte à côte.

Je préférai donc prendre appui contre le mur un moment, puis j'essayai de m'asseoir devant le foyer, mais il n'y avait pas eu de feu depuis longtemps : les cendres étaient mortes, et la pierre froide. Je retournai à mon mur. Je retournai à la cheminée. Finalement, je décidai qu'on ne pouvait pas disposer une chaise dans une pièce en espérant que personne ne s'y installerait, j'allai donc me jucher au bord de l'une d'elles en serrant mes jupons contre moi.

À l'instant où je m'assis, la porte s'ouvrit sur une domestique vêtue d'une robe noire impeccable et qui devait avoir l'âge de Danka. Elle arborait une moue désapprobatrice. Je me relevai honteusement. Quatre longs fils chatoyants me suivirent, arrachés au coussin, pris dans une couture de ma jupe ; une grande écharde blanche se coinça dans ma manche et se brisa. La femme pinça les lèvres un peu plus fort, puis se contenta de dire avec raideur :

— Par ici, s'il vous plaît.

Elle me fit passer devant les gardes, qui ne semblèrent pas déçus de me voir m'éloigner, puis remonter par un autre escalier – j'en avais déjà vu une demi-douzaine dans le château –, avant de m'introduire dans une minuscule cellule sombre du premier étage. Elle était dotée d'une étroite fenêtre donnant sur le mur de pierre de la cathédrale ; une gargouille affamée semblait me rire à la figure. Elle repartit sans me laisser le temps de lui demander ce que j'étais censée faire.

Je m'assis sur le grabat. Je dus finir par m'endormir car, subitement, je me retrouvai allongée sans même me souvenir de m'être étendue. Je me redressai tant bien que mal, encore lasse et engourdie, mais parfaitement consciente qu'il n'y avait pas de temps à perdre. Je ne savais en revanche pas du tout quoi faire. J'ignorais même comment m'y prendre pour attirer l'attention, à moins de descendre au milieu de la cour et de lancer des sorts de feu contre les murs. Je doutais cependant que cela puisse inciter le roi à me laisser témoigner au procès de Kasia.

J'étais désormais désolée d'avoir donné la lettre du Dragon, mon seul atout et talisman. Comment savoir si elle avait bien été transmise ? Je décidai d'aller la retrouver : je me souvenais du visage du capitaine de la garde, du moins de sa moustache. Il ne devait pas y en avoir deux pareilles dans tout Kralia. Je me levai et allai ouvrir la porte avec assurance. Je sortis dans le couloir, et manquai courir droit dans le Faucon. Il était justement en train de lever la main pour ouvrir ma porte. Il m'esquiva habilement, nous évitant à tous deux la collision, et m'adressa un petit sourire affable qui ne m'inspira rien qui vaille.

— J'espère que tu es revigorée, me dit-il en me tendant le bras.

Je ne m'en saisis pas.

— Que voulez-vous ?

Il pivota pour m'indiquer le couloir d'un vaste geste de la main.

— T'escorter jusqu'au Charovnikov. Le roi a ordonné que tu sois testée avant d'être inscrite sur la liste.

J'étais tellement soulagée que j'hésitais à le croire. Je lui jetai un regard en coin, m'attendant à moitié à un piège. Il resta cependant planté là, le bras offert et le sourire aux lèvres, dans l'expectative.

— Immédiatement, ajouta-t-il. Même si je comprendrais que tu veuilles d'abord te changer.

J'aurais aimé lui rétorquer de se mettre sa petite pique où je pensais, mais je m'observai d'abord : j'étais couverte de traces de boue, de poussière et de sueur ; en dessous de tout ça se trouvait une jupe banale s'arrêtant juste sous les genoux et une blouse en coton marron délavé, de vieilles fripes usées que j'avais obtenues d'une jeune fille à Zatochek. Je n'avais pas l'air d'une domestique : celles-ci étaient infiniment plus présentables que moi. Pour sa part, Solya avait troqué ses habits de cheval pour une toge de soie noire et un long manteau sans manches brodé de vert et d'argent ; ses cheveux blancs cascadaient gracieusement sur ses épaules. Même en l'apercevant de très loin, on l'aurait su sorcier. Et s'ils ne me prenaient pas pour une magicienne, ils ne me laisseraient pas témoigner.

Tâche de rester aussi présentable que possible, m'avait dit Sarkan.

Vanastalem me para de vêtements correspondant au ton maussade de mon marmonnement : une robe droite et inconfortable en soie rouge, dotée d'innombrables volants bordés de liserés orange vif. J'aurais pu m'aider de son bras pour avancer, afin de mieux négocier les marches, engoncée que j'étais dans ces énormes jupons qui m'empêchaient de voir mes pieds, mais je refusai farouchement la nouvelle offre discrète de Solya en haut de l'escalier, et je descendis lentement, marche après marche, cherchant l'extrémité de chacune du bout de mes orteils prisonniers de leur chausson.

Il croisa donc les mains dans son dos et adopta mon rythme.

— Naturellement, les examens sont souvent éprouvants, fit-il remarquer nonchalamment. Mais j'imagine que Sarkan t'y a préparée ?

Il m'adressa un regard curieux, auquel je ne répondis pas. Je ne pus en revanche pas m'empêcher de me mordre nerveusement la lèvre inférieure.

— Enfin, reprit-il, si tu estimes difficiles, nous pourrions fournir une... démonstration commune aux examinateurs. Je suis convaincu qu'ils trouveraient cela rassurant.

Je lui jetai un regard noir et ne répondis pas. Quoi que nous fassions, j'étais sûre qu'il s'arrangerait pour en récolter tous les lauriers. Il n'insista pas, continuant de sourire comme s'il n'avait pas remarqué mon air glacial – il était tel un rapace tournoyant dans le ciel en attendant l'occasion de fondre sur sa proie. Il me fit traverser un passage voûté surveillé par deux grands et jeunes gardes qui me dévisagèrent avec curiosité. Puis nous pénétrâmes dans le Charovnikov, la salle des Magiciens.

Je ralentis involontairement en pénétrant dans la pièce caverneuse. Le plafond était telle une ouverture sur le Ciel, avec ses nuages peints sur lesquels anges et saints se trouvaient alanguis. Le soleil de l'après-midi se déversait par les gigantesques fenêtres. Je levai les yeux, éblouie, et manquai rentrer dans une table. J'en repérai le bord à tâtons et la contournai au jugé. Tous les murs étaient couverts de livres et un étroit balcon parcourait la pièce, permettant d'accéder à un deuxième niveau d'étagères encore plus hautes. Des échelles sur roulettes pendaient du plafond le long des parois. De vastes tables de travail en chêne massif et au plateau de marbre étaient disposées dans toute la pièce.

— Ce n'est qu'un exercice visant à repousser l'échéance, disait une femme que je ne voyais pas. (Sa voix était grave mais féminine, un son chaleureux et agréable, teinté en l'occurrence de colère.) Non, ne recommence pas avec tes sornettes au sujet des reliques, Ballo. N'importe quel sort peut être vaincu – oui, même s'il est jeté sur le saint châle de Jadwiga. Et ne prends donc pas cet air scandalisé. Solya doit être ivre de politique pour s'être lancé dans cette entreprise.

— Allons, Alosha. Le succès vaut bien tous les risques, déclara posément le Faucon alors que nous tournions à un angle pour découvrir les trois sorciers réunis autour d'une grande table ronde dans une alcôve illuminée par le soleil.

Je plissai les paupières pour ne pas me laisser aveugler. La femme qu'il avait nommée Alosha était plus grande que moi, avait une peau ébène et des épaules aussi larges que celles de mon père ; ses cheveux noirs étaient tressés tout près de son crâne. Elle portait des vêtements d'homme : un pantalon en coton rouge disparaissant dans ses hautes bottes, et un manteau assorti à celles-ci. Ce dernier et les bottes, tous en cuir, étaient magnifiques, embossés de motifs or et argent entremêlés ; ils semblaient toutefois marqués par le temps. J'enviai aussitôt sa tenue, avec ma robe ridicule.

— Le succès, répéta-t-elle. C'est donc à cela que se résume pour toi le fait de ramener une coquille vide à la cour pour qu'elle y soit jetée sur le bûcher ?

Je serrai les poings, mais le Faucon se contenta de sourire et répondit :

— Peut-être ferions-nous mieux de remettre cette discussion à plus tard. Après tout, nous ne sommes pas ici pour juger la reine, n'est-ce pas ? Ma chère, permets-moi de te présenter Alosha, notre Épée.

Elle me dévisagea d'un air sévère et suspicieux. Les deux autres étaient des hommes. Le père Ballo, celui qui avait examiné la reine, n'avait pas la moindre ride aux joues, et ses cheveux étaient encore châtains, mais cela ne l'empêchait pas d'avoir l'air vieux malgré tout, avec ses lunettes qui glissaient sur son nez rond, posé au milieu de son visage joufflu. Il m'observait par en dessous, dubitatif.

— Est-ce l'apprentie ?

L'autre homme ne lui ressemblait en rien : grand et élancé, paré d'un gilet bordeaux brodé d'or, il avait l'air exaspéré. Sa petite barbe noire taillée en pointe était soigneusement recourbée à son extrémité. Il était vautré sur sa chaise, les pieds posés sur la table. De courtes barres dorées étaient empilées près de lui, et une petite bourse en velours noir était remplie de pierres rouges et scintillantes. Il tenait deux autres barres dans ses mains, murmurant des paroles magiques ; ses lèvres bougeaient à peine. Il unissait le bout des deux segments, qui s'affinaient entre ses doigts pour former un bandeau.

— Et voici Ragostok, le Merveilleux, ajouta Solya.

Ragostok ne dit rien, et un rapide coup d'œil sur ma personne suffit à le convaincre que je ne méritais pas son attention. Je préférais toutefois son mépris à la moue suspicieuse d'Alosha.

— Où exactement Sarkan t'a-t-il trouvée ? s'enquit-elle.

Ils étaient apparemment plus ou moins informés de l'opération de sauvetage, mais le prince Marek et le Faucon ne s'étaient pas encombrés des détails ne les arrangeant pas, et ils ne savaient pas tout. Je bredouillai quelques explications maladroites concernant ma rencontre avec le Dragon, péniblement consciente du regard lumineux et attentif du Faucon braqué sur moi. Je voulais leur en dire aussi peu que possible sur Dvernik et ma famille : Solya disposait déjà de Kasia, dont il pouvait se servir comme d'une arme contre moi.

Je m'inspirai de la peur secrète de mon amie en essayant de laisser entendre que ma famille avait choisi de m'offrir au Dragon ; je m'assurai de préciser que mon père était bûcheron – ce qu'ils ne manqueraient pas de dédaigner –, et je ne donnai aucun nom. Je parlai de *la chef du village* et de *l'un des vachers* pour ne pas dire *Danka* et *Jerzy*, et je laissai supposer que Kasia était ma seule amie – pas seulement ma plus chère amie –, avant de leur raconter son sauvetage d'une voix hésitante.

— Et je suppose que tu as demandé poliment, et que le Bois te l'a rendue ? intervint Ragostok sans lever les yeux de son ouvrage.

Il enchâssait du bout des pouces les pierres rouges dans l'or, l'une après l'autre.

— Le Dragon – Sarkan… (J'appréciais la légèreté que j'éprouvais à sentir le grondement de son nom sur ma langue.) Sarkan pensait que le Bois l'avait libérée dans l'espoir de nous tendre un piège.

— Il n'a donc pas complètement perdu la tête, intervint Alosha. Pourquoi ne l'a-t-il pas éliminée aussitôt ? Il connaît la loi aussi bien que n'importe qui.

— Il m'a laissée… essayer. Essayer de la purger. Et comme ça a fonctionné…

— C'est ce que tu t'imagines, rétorqua-t-elle en secouant la tête. Ainsi la pitié mène-t-elle droit au désastre. Eh bien, je suis surprise d'apprendre ça de Sarkan ; néanmoins, des hommes meilleurs ont eux aussi perdu la tête pour une fille n'ayant pas la moitié de leur âge.

Je ne sus que répondre. Je voulus protester, dire : *Ce n'est pas ça du tout, vous vous trompez complètement*, mais les mots moururent dans ma gorge.

— Et tu penses que j'aurais moi aussi perdu la tête ? intervint le Faucon, amusé. Et le prince Marek également ?

Elle le dévisagea avec mépris.

— Quand Marek avait huit ans, il a pleuré pendant un mois en suppliant son père d'emmener son armée et tous les magiciens de Polnya dans le Bois pour lui ramener sa mère, dit-elle. Mais il n'est plus un enfant. Il aurait dû faire montre de plus de jugeote, et toi aussi. Combien d'hommes votre croisade nous a-t-elle coûtés ? Vous êtes partis avec trente soldats aguerris, des cavaliers, l'élite de nos troupes, chacun équipé d'une lame issue de ma forge…

— Et nous sommes rentrés avec notre reine, rétorqua le Faucon d'un ton soudain cassant. Ça t'évoque quelque chose ?

Ragostok poussa un soupir bruyant et lourd de sous-entendus, sans jamais se détourner de son bandeau.

— Quelle différence cela fait-il pour le moment ? Le roi veut que la fille soit testée, alors testons-la et finissons-en.

À son ton, il était évident que l'affaire était pour lui entendue.

Le père Ballo se racla la gorge ; il se saisit d'une plume et la plongea dans un encrier avant de se pencher vers moi, me scrutant à travers ses petites lunettes.

— Tu m'as l'air un peu jeune pour être interrogée. Dis-moi, ma chère, combien de temps as-tu étudié auprès de ton maître ?

— Depuis les moissons, répondis-je.

Et je dus affronter leurs regards incrédules.

Sarkan ne m'avait jamais précisé que les magiciens suivaient habituellement sept années d'études avant de demander à être intégrés à la liste. Et après que j'eus passé trois heures à rater la majorité des sorts dont ils me chargèrent – m'épuisant au passage –, même le père Ballo avait tendance à croire que le Dragon était bêtement tombé amoureux de moi, ou qu'il leur avait fait une plaisanterie en les sollicitant pour me tester.

Le Faucon ne m'aida guère : il observa les délibérations avec un air vaguement intéressé, et quand ils lui demandèrent quelle magie il m'avait vue employer, il se contenta de répondre :

— Je ne saurais l'affirmer avec certitude : il est toujours difficile de distinguer le tissage d'un apprenti de celui de son maître, et Sarkan était toujours présent. Je préférerais que vous vous fassiez votre propre opinion.

Puis il se tourna vers moi et m'examina par en dessous, comme pour me rappeler la proposition qu'il m'avait faite dans le couloir.

Je serrai les dents et tentai une fois de plus d'en appeler à Ballo : c'était lui qui semblait le mieux disposé en ma faveur, même s'il était de plus en plus agacé.

— Monsieur, je vous l'ai dit, je suis nulle avec ce genre de sorts.

— Il n'existe pas de *genres* de sorts, rétorqua-t-il, avec une moue grincheuse. Nous t'avons testée dans tous les domaines, de la guérison à l'inscription, en passant par tous les éléments et tous les quarts d'affinité. Il n'existe pas de catégorie englobant tous ces enchantements.

— Mais il s'agit de *votre* sorte de magie. Pas de… pas de celle de Jaga, dis-je en évoquant un exemple qu'ils connaissaient sans doute.

Le père Ballo me scruta avec encore plus de doute.

— Jaga ? Que diable Sarkan t'a-t-il enseigné ? Jaga est une légende. (Je soutins son regard.) Ses actes ont été empruntés à une poignée de vrais magiciens, mêlés à quelques ajouts fantasques et exagérés au fil des années pour en faire cette espèce de mythe.

Je le considérai, bouche bée : il était le seul à s'être montré poli envers moi, et voilà qu'il m'affirmait sans sourciller que Jaga n'existait pas.

— Eh bien, quelle perte de temps, commenta Ragostok.

Il n'avait toutefois aucun droit de s'en plaindre, puisqu'il n'avait pas cessé de travailler de tout l'examen. À présent, son bijou s'était transformé en un gros bandeau n'attendant plus qu'une énorme pierre centrale. Il vibrait doucement de sorcellerie emprisonnée.

— Réussir une poignée de tours ne suffit pas à être digne de la liste, ni aujourd'hui ni demain. Alosha avait raison depuis le début au sujet de Sarkan. (Il me jaugea de la tête aux pieds.) Il n'y a pourtant pas de quoi, mais chacun ses goûts.

J'étais mortifiée, et furieuse, et plus effrayée encore : pour autant que je le sache, le procès pouvait bien commencer au matin. Je pris une longue inspiration malgré les baleines du corset qui me comprimait la poitrine, je repoussai ma chaise et me levai. Puis je tapai du pied sous mon jupon et déclarai :

— *Fulmia.*

Mon talon écrasa la pierre, et l'impact se répercuta dans mon corps tout entier avant de ressortir en une onde de magie. Tout autour de nous, le château se mit à frémir tel un géant endormi, une secousse telle que les breloques qui pendaient à la lampe au-dessus de nos têtes tintèrent les unes contre les autres ; quelques livres tombèrent même de leur étagère.

Ragostok bondit sur ses pieds, renversant sa chaise derrière lui, lâchant son cerceau sur la table. Le père Ballo observa les coins de la pièce avec stupeur, puis reporta son étonnement sur moi, comme s'il devait y avoir une autre explication. Je restai, haletante, les bras le long du corps, à résonner de tout mon être.

— Cela suffit-il à me faire inscrire sur la liste ? Ou en voulez-vous encore ?

Ils me dévisagèrent, et dans le profond silence j'entendis des cris émanant de la cour, ainsi que des bruits de course. Les gardes étaient penchés vers l'intérieur de la pièce, la main sur la poignée de leur épée, et je me rendis compte que je venais d'ébranler le château du roi, dans la capitale du roi, avant de hurler sur les plus hauts magiciens du royaume.

Ils finirent malgré tout par me mettre sur la liste. Le roi avait exigé une explication pour le séisme, et on lui avait rapporté que c'était ma faute ; après ça, ils pouvaient difficilement continuer d'affirmer que je n'étais pas une magicienne dotée d'un certain potentiel. Néanmoins, ils ne le firent pas de gaieté de cœur. Ragostok semblait suffisamment vexé pour m'en tenir rigueur, ce que je trouvais parfaitement insensé : après tout, c'était *lui* qui m'avait insultée. Alosha me considérait désormais avec encore plus de soupçon, car elle me suspectait d'avoir dissimulé mon véritable pouvoir pour une obscure raison. Quant au père Ballo, il détestait avoir à reconnaître que nous n'appartenions pas au même territoire. Il n'était pas méchant, mais il était aussi avide de tout savoir que Sarkan et ne supportait pas que quelque chose lui échappe. S'il ne trouvait pas quelque chose dans un livre, c'était que ça ne pouvait pas exister, alors que s'il l'y trouvait, c'était la vérité sans fard. Seul le Faucon me sourit, avec son air secrètement amusé et complètement insupportable, et je me serais volontiers dispensée de le voir radieux.

Je dus l'affronter de nouveau dans la bibliothèque le lendemain matin, pour la cérémonie du baptême. Entre les quatre sorciers, je ressentis encore plus le poids de la solitude que lors de mes premiers jours à la tour du Dragon, alors que je venais d'être arrachée à tout ce qui m'était cher. Mieux valait être seule qu'entourée de personnes ne me souhaitant rien de bon. Si j'avais été foudroyée sur l'instant, ils en auraient sans doute été soulagés, ou tout au moins pas très affligés. J'étais cependant déterminée à m'en moquer : la seule chose qui m'importait vraiment était de pouvoir témoigner en faveur de Kasia. J'avais désormais compris que nul autre que moi ne s'intéresserait à son sort : elle ne comptait pas.

Le baptême en lui-même ressembla davantage à un autre test qu'à une cérémonie. Ils m'installèrent à une table et posèrent devant moi une jatte d'eau, ainsi que trois bols de poudre rouge, jaune ou bleue, une bougie et une cloche cerclée d'inscriptions dorées. Le père Ballo y disposa ensuite le sort de baptême écrit sur un parchemin : l'incantation consistait en neuf longs mots entremêlés. Des annotations très précises indiquaient comment prononcer chaque syllabe et où placer les accents.

Je me la marmonnai, tentant de ressentir les passages importants, mais les mots restèrent inertes sur ma langue, impossible à isoler.

— Alors ? s'impatienta Ragostok.

Je bredouillai à mon étrange manière l'ensemble de l'incantation, et commençai à verser de la poudre dans l'eau, une pincée de celle-ci, une pincée de celle-là.

La magie du sort se rassembla mollement, à contrecœur. Le liquide prit un aspect marronnasse et, après m'être tachée de trois couleurs différentes, j'abandonnai l'espoir d'arranger les choses. J'embrasai les poudres, plissai les paupières dans le nuage de fumée et saisis la cloche à tâtons.

Puis je libérai la magie emmagasinée, et la cloche tinta d'elle-même, produisant une note étrangement longue et grave pour un instrument de cette taille ; on eût dit le clocher de la cathédrale sonnant les matines au point du jour. Le bruit résonna longuement dans la pièce, le métal se mit à vibrer sous mes doigts et je reposai l'instrument. J'observai alors autour de moi avec un mélange d'impatience et de curiosité. Mon nom ne s'inscrivit pas de lui-même sur le parchemin, ni ne nous apparut en lettres de feu ou de quelque manière.

Les magiciens paraissaient tous agacés, même si, pour une fois, leur ire ne semblait pas dirigée contre moi. Le père Ballo s'en prit à Alosha :

— Est-ce une plaisanterie ?

Elle fronçait les sourcils. Elle attrapa la cloche et la retourna ; il n'y avait pas de battant à l'intérieur. Ils l'examinèrent tous de plus près, sous mon regard inquisiteur.

— D'où est-ce que le nom va sortir ? demandai-je.

— La cloche aurait dû le prononcer, répondit Alosha d'un ton cassant.

Elle reposa l'objet, qui tinta doucement, comme en écho à la note précédente. Elle le considéra d'un air furieux.

Après ça, nul ne sut plus quoi faire de moi. Ils restèrent tous silencieux un bon moment, puis le père Ballo émit quelques réserves sur l'irrégularité de la situation. Le Faucon – qui semblait résolu à conserver sa mine amusée dès qu'il était question de moi – dit alors d'une voix légère :

— Notre nouvelle sorcière pourrait peut-être choisir son nom elle-même.

— Je trouverais plus approprié que *nous* décidions de son nom, suggéra Ragostok.

Je savais qu'il ne valait mieux pas le laisser trancher pour moi si je ne voulais pas finir mes jours en me faisant appeler *la Truie* ou *l'Asticot*. Néanmoins, cela me paraissait curieux. J'avais suivi l'ensemble du processus, mais je sus subitement que je ne voulais pas adopter une nouvelle identité chargée de magie, pas plus que je ne voulais de cette jolie robe avec sa longue traîne qui ramassait la poussière des couloirs. Je pris une profonde inspiration et déclarai :

— Mon nom actuel me convient parfaitement.

Je fus donc présentée à la cour sous l'identité d'Agnieszka de Dvernik.

Je regrettai légèrement mon refus durant la présentation. Ragostok m'avait annoncé, sans doute par méchanceté, que la cérémonie ne serait qu'une formalité, que le roi n'avait pas de temps à perdre pour des broutilles pareilles quand elles se présentaient hors saison. Apparemment, les nouveaux magiciens étaient ajoutés à la liste au printemps ou à l'automne, quand étaient adoubés les nouveaux chevaliers. S'il disait la vérité, j'en étais reconnaissante, à présent que je me trouvais debout à l'entrée de la grande salle du trône ; un long tapis rouge m'évoquant la langue pendante de quelque bête monstrueuse s'étendait vers moi, flanqué d'innombrables nobles qui me dévisageaient en se chuchotant des secrets derrière leurs amples manches.

Je ne me sentais pas du tout moi-même. J'aurais presque aimé porter alors un autre nom, un déguisement pour accompagner ma maladresse et ma robe aux larges jupons. Je serrai les dents et entrepris de traverser l'immense pièce jusqu'à l'estrade, où je m'agenouillai aux pieds du roi. Il avait toujours le même air las qu'à notre arrivée. Sa couronne doré foncé lui ceignait le front, et elle devait être particulièrement lourde, mais son épuisement n'était probablement pas dû à cela. Son visage, mangé par une barbe châtaine grisonnante, ressemblait à celui de Krystyna : il avait les traits d'une personne quotidiennement en proie à des soucis.

Il me prit les mains, et je prononçai d'une voix grinçante les paroles du vœu de fidélité, trébuchant à plusieurs reprises. Il me répondit avec l'aisance liée à l'habitude, me lâcha les mains et me donna congé d'un hochement de tête.

Un page m'envoya alors de petits signes depuis le côté du trône, mais je compris tardivement que ce serait peut-être ma seule chance de m'adresser directement à mon souverain.

— Votre Majesté, je vous en prie, commençai-je en faisant mine de ne pas remarquer les mimiques indignées de tous ceux qui m'entendirent. J'ignore si vous avez lu la lettre de Sarkan…

L'un des valets de pied postés près du trône m'attrapa presque aussitôt par le coude, fit une révérence au roi avec un sourire figé et essaya de m'entraîner à sa suite. Je me campai sur les talons, marmonnant un extrait du sort d'enracinement de Jaga, et ne me laissai pas distraire.

— Nous disposons d'une vraie chance de détruire le Bois, m'empressai-je de reprendre, mais il n'a pas de soldats et… oui, je vais y aller dans un instant, sifflai-je à l'intention du valet qui me secouait par les deux bras dans l'espoir de me faire tomber de l'estrade. J'ai simplement besoin d'expliquer…

— C'est bon, Bartosh, ne vous échinez pas à la remuer, intervint le roi. Nous pouvons accorder un instant à notre nouvelle magicienne. (Il me considérait désormais pour la première fois, l'air légèrement amusé.) Nous avons effectivement lu la missive. Elle aurait pu contenir quelques lignes de plus. Notamment vous concernant. (Je me mordis la lèvre.) Qu'attendez-vous de votre roi ?

Ma bouche se mit à trembler légèrement. *Libérez Kasia !* voulais-je m'écrier. Mais je ne pouvais pas faire cela, j'en avais conscience. C'était trop égoïste : il s'agissait de ce que je souhaitais pour moi, pour mon intérêt personnel, pas pour celui de la Polnya. Je ne pouvais réclamer cela à mon souverain, qui n'avait même pas dispensé sa propre reine de jugement.

Je baissai les yeux sur la pointe de ses bottes frappées d'or qui dépassaient à peine de sous ses vêtements de cérémonie.

— Des hommes pour combattre le Bois, chuchotai-je. Autant que vous pourrez vous le permettre, Majesté.

— Nous pouvons difficilement nous passer de qui que ce soit, répondit-il. (Puis, alors que je m'apprêtais à protester, il leva la main pour m'interrompre.) Cependant, nous verrons ce que nous pouvons faire. Lord Spytko, penchez-vous sur la question. Nous pourrions peut-être dépêcher une compagnie.

Un homme tapi dans l'ombre du trône acquiesça d'une profonde révérence.

Je m'éloignai en chancelant de soulagement – le valet de pied me décocha un regard assassin à mon passage – et sortis par une porte située derrière l'estrade. Je débouchai dans une petite antichambre, où un secrétaire royal – un vieux gentilhomme d'allure sévère et à la mine réprobatrice – me demanda d'un ton cassant de lui épeler mon nom. Je crois qu'il avait entendu une partie de la scène que je venais de provoquer.

Il inscrivit mon nom tout en haut d'une page, dans un énorme ouvrage à reliure de cuir. Je l'observai de près, pour m'assurer qu'il ne commettait pas de faute, et je ne m'offusquai pas de son air critique, trop heureuse et soulagée d'avoir constaté que le roi ne paraissait pas dénué de raison. Il gracierait donc probablement Kasia à son procès. Je me demandais même si nous pourrions repartir avec les soldats, et rejoindre ensemble Sarkan à Zatochek pour lancer notre offensive contre le Bois.

— Quand va commencer le procès ? demandai-je au secrétaire quand il eut fini d'inscrire mon nom.

Il détourna les yeux de la lettre sur laquelle il s'était replongé et me toisa avec incrédulité.

— Je serais bien incapable de le dire, me répondit-il avant de braquer brusquement le regard sur la porte de sortie.

Le sous-entendu était clair comme de l'eau de roche.

— Mais n'y a-t-il pas… Il doit bien débuter bientôt ? suggérai-je.

Il était déjà retourné à sa lettre. Cette fois, il redressa la tête encore plus lentement, comme s'il n'arrivait pas à croire que je sois encore là.

— Il s'ouvrira, articula-t-il avec une précision exagérée, dès que le roi l'aura décrété.

19

Trois jours plus tard, le procès n'avait toujours pas commencé et je détestais tout le monde autour de moi.

Sarkan m'avait dit qu'il y avait du pouvoir à gagner en étant ici, et j'imagine que c'eût sans doute été vrai pour quelqu'un qui comprenait un peu le fonctionnement de la cour. Je voyais bien qu'il y avait quelque chose de magique à avoir mon nom inscrit dans le livre du roi. Après avoir parlé au secrétaire, j'étais retournée dans ma chambre minuscule, déconcertée et incertaine de la marche à suivre. Je n'étais pas assise sur mon lit depuis une demi-heure que les domestiques avaient déjà frappé à ma porte à cinq reprises pour me transmettre des cartons d'invitation à des repas ou des soirées. La première fois, j'avais cru à une erreur. Mais même après avoir compris qu'ils n'avaient pas pu se tromper si souvent, je ne saisissais toujours pas pourquoi ces invitations se multipliaient ni ce que j'étais censée en faire.

— Je vois que tu es déjà sollicitée, m'avait dit Solya, qui avait surgi de l'ombre et franchi ma porte avant que j'aie pu la refermer après une nouvelle visite.

— Est-ce une sorte d'obligation ? avais-je demandé avec méfiance. (Je commençais à me dire qu'il s'agissait peut-être d'un devoir pour les sorciers du roi.) Ces gens ont-ils besoin de magie ?

— Oh, ça peut effectivement finir comme ça, avait-il répondu. Mais, pour le moment, tout ce qu'ils veulent, c'est avoir le privilège d'accueillir la plus jeune magicienne royale de l'histoire. Il y a déjà une dizaine de rumeurs différentes qui courent autour de ta nomination.

Il m'avait pris les cartons des mains pour les parcourir, puis il m'en avait rendu un.

— La comtesse Boguslava est de loin la plus utile d'entre tous : le comte a l'oreille du roi, et il sera forcément consulté au sujet de la reine. Je vais t'accompagner à sa soirée.

— Hors de question ! m'étais-je exclamée. Vous voulez dire qu'ils s'attendent simplement à ce que je vienne leur rendre visite ? Mais ils ne me connaissent même pas.

— Ils en savent bien assez, m'avait-il répondu d'un ton patient. Ils savent que tu es une sorcière. Ma chère, je pense sincèrement que tu ferais mieux d'accepter ma compagnie pour ta première sortie. La cour peut se révéler… difficile à appréhender, quand on n'en maîtrise pas les codes. Tu sais que nous désirons la même chose : l'acquittement de la reine et de Kasia.

— Vous ne donneriez pas un quignon de pain pour sauver Kasia, avais-je rétorqué, et je n'aime pas la manière dont vous procédez pour arriver à vos fins.

Il n'avait pas cherché à discuter, se contentant de me saluer poliment en se repliant dans l'ombre dans le coin de ma chambre.

— J'espère qu'avec le temps tu finiras par te faire une meilleure opinion de moi. (Sa voix flottait au loin, dans les ténèbres, alors qu'il disparaissait.) N'oublie pas que je suis prêt à te tendre la main en cas de besoin.

J'avais jeté la carte de la comtesse Boguslava derrière lui. Elle était retombée au sol dans le coin vide.

Je ne lui faisais pas la moindre confiance, même si je ne pouvais m'empêcher de croire qu'il me disait peut-être en partie la vérité. Je commençais à mesurer à quel point j'étais perdue dans la vie de la cour. À en croire Solya, si je me montrais à une soirée organisée par une dame qui ne me connaissait pas, elle en serait ravie et le rapporterait à son mari, qui… expliquerait au roi qu'il ne fallait pas exécuter la reine ? Et le roi l'écouterait ? Tout ceci me paraissait fort peu logique, mais pas plus que le fait de recevoir des tonnes d'invitations de la part d'inconnus sous prétexte qu'un homme avait inscrit mon nom dans un livre. Néanmoins, les cartons étaient bel et bien là, si nombreux qu'il était manifeste que quelque chose m'échappait.

J'aurais aimé pouvoir parler à Sarkan : à moitié pour obtenir conseil, à moitié pour me plaindre. J'allai même jusqu'à ouvrir le livre de Jaga dans l'espoir d'y trouver un sort qui me permettrait de le contacter, mais je ne découvris rien qui me parût susceptible de fonctionner. Le plus ressemblant s'appelait *kialmas*, et l'explication griffonnée à côté indiquait « pour être entendu du village voisin », mais je doutais de faire bonne impression si je me mettais à crier assez fort pour être entendue à une semaine de cheval de là. Et de toute façon, le son de ma voix ne franchirait sans doute pas les reliefs, même si j'assourdissais tout le monde à Kralia.

Finalement, je choisis l'invitation pour le dîner le plus précoce et m'y rendis. J'étais affamée, comme d'habitude. Le dernier morceau de pain que j'avais laissé de côté dans ma jupe était désormais si dur que même ma magie peinait à le rendre comestible, et encore moins nourrissant. Il devait bien y avoir des cuisines quelque part au château, mais les domestiques me dévisagèrent bizarrement quand je m'aventurai trop loin dans le mauvais couloir ; je n'osais imaginer leur tête s'ils me voyaient débarquer vers les fourneaux. Je ne pouvais pas non plus me résoudre à arrêter une servante pour lui demander de me servir quelque chose – comme si je me prenais réellement pour une dame, au lieu d'être simplement habillée comme telle.

J'arpentai alors les escaliers et les corridors jusqu'à retrouver le chemin de la cour, puis je m'armai de courage et allai demander mon chemin à l'un des gardes à la porte, lui montrant mon carton d'invitation. Il m'adressa le même regard étrange que les domestiques, mais lut l'adresse et annonça :

— C'est la maison jaune à un tiers du chemin de la porte extérieure. Suivez cette route, et vous la verrez après avoir contourné la cathédrale. Voulez-vous que je fasse venir une chaise… Madame ?

Il ajouta ce dernier mot après une brève hésitation.

— Non, répondis-je, troublée par la question.

Puis je me mis en route.

La marche n'était pas très longue : les nobles – les plus riches d'entre eux, en tout cas – habitaient des demeures situées avant la muraille renfermant la citadelle. Les valets de pied à l'entrée de la bâtisse me dévisagèrent eux aussi, mais ils m'ouvrirent les portes sans hésitation. Je m'arrêtai sur le pas de la porte. Cette fois, ce fut moi qui restai bouche bée : j'avais croisé en chemin plusieurs paires d'hommes transportant de grosses boîtes curieuses sur les terres du château. J'ignorais jusqu'alors à quoi elles pouvaient servir. Et voilà que l'une d'elles était déposée en bas du petit escalier menant à la maison, juste derrière moi. L'un des valets de pied ouvrit une porte latérale, révélant une *chaise*. Une jeune dame en descendit.

Le domestique lui tendit la main pour l'aider à grimper les quelques marches jusqu'à l'entrée, puis il retourna à son poste. La nouvelle venue marqua une pause durant laquelle elle m'examina.

— Vous avez besoin d'aide ? lui demandai-je, en proie au doute.

Elle ne semblait pas estropiée, même si je ne pouvais évidemment pas savoir ce que ses jupons dissimulaient, mais je ne voyais pas d'autre raison de s'enfermer dans un dispositif aussi bizarre.

Elle m'étudia sans répondre, puis deux autres chaises arrivèrent derrière elle, et de nouveaux convives en descendirent. C'était simplement leur façon de se rendre d'un endroit à un autre.

— Vous ne marchez donc jamais ? m'étonnai-je.

— Comment faites-*vous* pour ne pas être couverte de boue ? me rétorqua-t-elle.

Nous baissâmes toutes deux les yeux : cinq centimètres de terre humide maculaient l'ourlet de ma robe du jour, faite de velours violet et de dentelle argentée, et au diamètre plus grand que celui d'une roue de chariot.

— Je n'y arrive pas, admis-je d'un air abattu.

Voilà comment je rencontrai dame Alicja de Lidzvar. Nous entrâmes ensemble et fûmes aussitôt interrompues par notre hôtesse, qui apparut entre nous dans l'entrée et salua ma récente connaissance sans grand enthousiasme. Puis elle m'attrapa par les bras et m'embrassa sur les deux joues.

— Ma chère dame Agnieszka, c'est magnifique que vous ayez pu venir. Et quelle robe ravissante, vous allez à coup sûr lancer une nouvelle mode.

Je considérai son visage rayonnant avec consternation : son nom m'avait complètement échappé. Mais cela n'avait manifestement guère d'importance. Quand je lui murmurai quelques paroles polies et reconnaissantes, elle passa son bras parfumé autour du mien et m'entraîna vers le salon où étaient réunis les autres invités.

Elle me fit défiler dans toute la salle, tandis qu'en mon for intérieur je détestais un peu plus fervemment Solya d'avoir eu raison. Chacun était tellement ravi de faire ma connaissance et outrageusement poli avec moi – du moins au début. Nul ne fit appel à ma magie. Tout ce qu'ils espéraient, c'étaient des détails sur le sauvetage de la reine. Ils étaient trop bien élevés pour me poser directement la question, mais tous se laissaient aller à des commentaires comme « J'ai entendu dire qu'une chimère la protégeait… », laissant ensuite leur phrase en suspens, m'encourageant ainsi à les corriger.

J'aurais pu inventer n'importe quoi, j'aurais pu laisser couler intelligemment ou affirmer n'importe quel prodige : ils étaient tous prêts à se laisser impressionner par moi, à me voir endosser un rôle héroïque. Mais je fuyais les souvenirs de cet horrible massacre, de tout ce sang transformant la terre en boue. Je tressaillais et gâchais tout en répondant simplement « non », mettant un terme à chaque conversation en imposant un silence gênant. Mon hôtesse, déçue, finit par m'abandonner près d'un arbre – un oranger en pot –, dans un coin de la pièce. Elle alla ensuite brosser ses convives blessés dans le sens du poil.

Je compris aussitôt que, si cette soirée avait pu me permettre de soutenir Kasia d'une façon ou d'une autre, je venais de faire exactement ce qu'il ne fallait pas. Je me demandais amèrement si je devais ravaler ma répugnance et solliciter finalement l'aide de Solya quand dame Alicja apparut à mon côté.

— Je n'avais pas compris que vous étiez la nouvelle sorcière, me chuchota-t-elle d'un air de conspirateur en m'attrapant par le coude. Évidemment que vous n'avez pas besoin de chaise à porteurs. Dites-moi, vous déplacez-vous en vous transformant en énorme chauve-souris, comme Baba Jaga... ?

J'étais heureuse de pouvoir parler de Jaga, ou même de tout ce qui ne concernait pas le Bois, et encore plus soulagée qu'une autre personne que Solya accepte de me montrer les ficelles. À la fin du repas, elle m'avait déjà invitée à un déjeuner et à une partie de cartes, ainsi qu'à un dîner le lendemain. Je passai les deux jours suivants presque exclusivement en sa compagnie.

Je ne la considérais pas vraiment comme une amie : je n'étais pas d'humeur à créer des liens. Chaque fois que je traversais le château d'un bout à l'autre pour rejoindre l'une de ces fêtes, je devais passer devant la caserne de la garde royale, dont le milieu de la cour était occupé par l'austère billot de fer, noirci par les flammes, sur lequel ils décapitaient les contaminés avant de les brûler. La forge d'Alosha se trouvait non loin, généralement allumée ; on y voyait souvent sa silhouette soulever en même temps que son marteau des gerbes d'étincelles orange.

— La seule pitié que l'on peut accorder aux contaminés est de bien affûter la lame, m'avait-elle rétorqué quand j'avais tenté de la convaincre d'au moins se donner la peine d'aller examiner Kasia.

Je ne pouvais m'empêcher de penser qu'elle était peut-être en train d'affûter la hache du bourreau, tandis que j'étais confortablement installée dans des pièces étouffantes à m'empiffrer d'œufs de lump étalés sur du pain de mie grillé, à boire du thé sucré et à m'efforcer de discuter avec des gens que je ne connaissais pas.

Je trouvais néanmoins dame Alicja gentille d'accepter de prendre sous son aile une paysanne maladroite. Elle n'avait qu'un ou deux ans de plus que moi, mais elle était déjà mariée à un riche baron qui passait l'essentiel de ses journées à jouer aux cartes. Elle semblait connaître tout le monde. Je lui en étais extrêmement reconnaissante – et j'étais déterminée à le lui montrer –, mais je me sentais à moitié coupable de ne pas être de meilleure compagnie et de ne rien entendre aux manières de la cour. Je ne savais pas quoi dire quand dame Alicja insistait pour me complimenter avec ferveur sur les dentelles excessives de mes robes ou sur ma manière de mélanger les pas d'une danse élégante quand elle convainquait un pauvre noble aux yeux exorbités de m'inviter au péril de ses orteils, malgré les regards amusés qui ne manqueraient pas de se poser sur nous.

Je ne compris qu'elle se moquait de moi qu'au troisième jour. Nous avions prévu de nous retrouver chez une baronne pour un après-midi en musique. Comme il y avait de la musique à toutes les fêtes, je ne comprenais pas ce que celle-ci aurait de différent ; Alicja s'était contentée de rire quand je lui avais posé la question. Néanmoins, je m'y présentai consciencieusement après le repas, faisant mon possible pour soulever ma longue traîne argentée assortie à ma coiffe bancale, qui ne cessait de vouloir tomber d'un côté ou de l'autre à chacun de mes mouvements. Quand j'entrai dans la pièce, ma traîne se coinça dans la porte, me faisant trébucher, et ma coiffe dégringola sur mes oreilles.

Alicja s'en rendit compte et traversa la pièce d'un pas exagérément vif pour venir m'étreindre les mains.

— Ma très chère, me lança-t-elle le souffle court, quel angle merveilleusement *original* – je n'avais encore jamais rien vu de pareil.

— Êtes-vous… Cherchez-vous à être blessante ? parvins-je à bredouiller.

Dès que cette idée me traversa l'esprit, toutes les choses bizarres qu'elle avait dites ou faites prirent alors un tour étrangement malicieux. J'eus cependant de la peine à le croire : je ne comprenais pas pourquoi elle aurait fait une chose pareille. Nul ne l'avait forcée à me parler ni à me tenir compagnie. Je ne voyais pas pourquoi elle se serait donné tant de mal dans le seul but d'être désagréable.

Mais le doute n'était plus permis : ses yeux écarquillés et sa mine surprise la trahirent.

— Voyons, Nieshka, commença-t-elle, comme si elle me prenait en plus pour une idiote.

Je libérai brusquement mes mains et lui décochai mon regard le plus noir.

— C'est Agnieszka, rétorquai-je d'un ton sévère. Et puisque mon style vous plaît tant, *katboru*.

Sa propre coiffe tout en courbes glissa vers l'arrière de son crâne – et se prit dans les extensions bouclées et élaborées qui pendaient de part et d'autre de son visage. Elle poussa un petit cri et se posa les mains sur la tête avant de quitter la pièce à toutes jambes.

Ce ne fut toutefois pas le pire. Le pire furent les gloussements qui traversèrent la pièce, propagés par des hommes avec lesquels elle avait dansé et des femmes qu'elle appelait ses amies intimes. Je me débarrassai de ma propre coiffe d'un brusque mouvement de tête et me précipitai vers le buffet considérable, me dissimulant derrière des jattes pleines de raisins. Là, un jeune homme au manteau brodé qui avait dû nécessiter une année de travail apparut près de moi et me chuchota avec jubilation qu'Alicja ne pourrait plus sortir en public pendant au moins un an – comme si cela aurait dû me ravir.

Je parvins à m'esquiver en me faufilant dans un couloir réservé aux domestiques ; puis, désespérée, je sortis le livre de Jaga de ma poche et trouvai un sort d'*issue rapide*, qui me permit de passer à travers le mur de la maison au lieu de repasser par la porte d'entrée. Je n'aurais pas supporté d'entendre d'autres félicitations pernicieuses.

J'émergeai d'une cloison en brique jaune, aussi essoufflée que si je m'étais échappée de prison. Une petite fontaine en gueule de lion gargouillait au milieu de la place ; le soleil de l'après-midi scintillait sur le bassin et des oiseaux ciselés dans la pierre pépiaient doucement en son sommet. Je devinai d'un regard que c'était là l'œuvre de Ragostok. Solya était là, juché sur le bord de la fontaine, à faire courir nonchalamment ses doigts dans l'eau.

— Ravi de constater que tu as réussi à te sauver, déclara-t-il. Même si tu es entrée là-dedans avec autant de détermination que possible.

Il n'avait pas mis le nez à l'intérieur, mais j'étais certaine qu'il connaissait chaque détail de l'humiliation d'Alicja – et de ma grande honte. Et, malgré sa mine déconfite, j'étais certaine qu'il aurait été enchanté de me voir me ridiculiser de la sorte.

Chaque fois que je m'étais réjouie qu'Alicja ne convoite ni ma magie ni mes secrets, je ne m'étais pas demandé si elle pouvait vouloir autre chose. En tout cas, je n'avais pas imaginé qu'elle puisse chercher une cible pour assouvir sa malice. À Dvernik, nous n'étions jamais bêtement cruels les uns envers les autres. Bien sûr, il y avait parfois des querelles, et nous ne nous aimions pas tous ; il arrivait même qu'une bagarre éclate, quand les gens se fâchaient vraiment. Mais au moment des moissons, les voisins s'aidaient à récolter et à battre le blé ; et quand l'ombre du Bois fondait sur nous, nous avions assez de bon sens pour ne pas lui faciliter la tâche.

Et aucun d'entre nous ne se serait montré désobligeant envers une sorcière, quelles que soient les circonstances.

— Je supposais que même une noble serait plus maligne que ça.

Solya haussa les épaules.

— Peut-être ne te croyait-elle pas magicienne.

J'ouvris la bouche, m'apprêtant à rétorquer qu'elle m'avait vue pratiquer, mais ça n'était certainement pas le cas. Pas à la manière de Ragostok, qui faisait irruption dans les pièces dans un claquement de tonnerre et sous une pluie d'étincelles argentées et d'oiseaux se dispersant en pépiant. Pas non plus comme Solya, qui apparaissait et disparaissait habilement par les ombres, dans ses longues tenues élégantes, et dont les yeux perçants semblaient voir tout ce qui se tramait sur les terres du château. Pour ma part, j'enfilais mes robes de bal dans ma propre chambre et mettais un point d'honneur à me rendre aux soirées à pied, dans des corsets qui m'étranglaient suffisamment pour que je ne m'amuse pas à perdre mon souffle à lancer des sorts pour plastronner.

— Mais comment pensait-elle que j'étais apparue sur la liste ? m'étonnai-je.

— J'imagine qu'elle se faisait les mêmes idées que les autres magiciens.

— Quoi, qu'on m'aurait inscrite dans le registre officiel parce que Sarkan est amoureux de moi ? répliquai-je avec sarcasme.

— Plus vraisemblablement Marek, répondit-il le plus sérieusement du monde. (Je le dévisageai, dévastée.) Franchement, Agnieszka, je m'attendais à ce que tu aies au moins déjà compris ça.

— Mais je n'ai rien envie de comprendre ! Ces gens, là-dedans, étaient heureux de voir Alicja se moquer de moi, mais ils ricanaient tout autant quand je l'ai ridiculisée.

— Évidemment, dit-il. Ils étaient ravis d'apprendre que tu jouais la péquenaude en attendant de pouvoir tourner en dérision la première personne qui tomberait dans le panneau. Ainsi, tu fais désormais partie du jeu.

— Mais je ne lui ai tendu aucun piège ! m'exclamai-je.

Je voulus ajouter que personne ne croirait une chose pareille, en tout cas personne de sensé, sauf que j'avais le désagréable pressentiment de me tromper.

— Non, j'imagine bien que non, répondit fort justement Solya. Mais tu ferais mieux de laisser croire que si. C'est ce que tout le monde pensera, quoi que tu en dises. (Il se leva alors.) La situation n'est pas encore désespérée. Je suppose que tu rencontreras des personnes mieux intentionnées à ton égard au repas de ce soir. Refuses-tu toujours de me laisser t'accompagner ?

En guise de réponse, je tournai les talons et m'éloignai de lui et de son ricanement, laissant ma traîne ridicule glisser sur le sol dans mon sillage.

Je poursuivis mon chemin hors de la jolie petite cour et gagnai l'agitation bruyante du parc vert qui jouxtait l'enceinte du château. Nombre de balles de foin et de tonneaux reposaient près du chemin principal, entre les portes extérieures et les portes intérieures, attendant d'être transportés vers telle ou telle destination. Je m'assis sur une botte pour réfléchir. J'avais l'horrible sentiment que Solya avait une nouvelle fois vu juste. Ce qui signifiait que les courtisans qui m'adresseraient la parole désormais seraient des adeptes de ce petit jeu malveillant ; n'importe qui de convenable ne voudrait plus avoir affaire à moi.

Mais je n'avais personne à qui parler ou à qui demander conseil. Les domestiques et les soldats ne voulaient pas m'approcher, non plus que les officiels courant d'une mission à l'autre. Ceux qui me passaient devant coulaient dans ma direction des regards dubitatifs : une dame de la haute assise sur une botte de foin au bord de la route, avec son velours et ses dentelles, sa traîne maculée d'herbe et de sable. Je détonnais autant qu'une feuille égarée au milieu d'un jardin parfaitement soigné. Je n'étais pas à ma place.

Pis encore, je n'étais d'aucune utilité, ni à Kasia, ni à Sarkan, ni à qui que ce soit chez moi. J'étais prête à témoigner, mais il n'y avait pas de procès ; j'avais réclamé des soldats, mais aucun n'était parti. J'avais assisté à plus de fêtes en trois jours que durant tout le reste de mon existence, et je n'avais rien accompli d'autre que de ruiner la réputation d'une andouille qui n'avait sans doute jamais eu de véritable amie.

Dans un accès de colère et de frustration, je fis appel à *vanastalem*, mais en articulant excessivement mal, et, entre deux chariots, je me retransformai en la fille d'un bûcheron, avec une robe des plus sobres, une jupe assez courte pour que mes bottes restent apparentes et un tablier doté de deux grandes poches. Je respirai soudain beaucoup mieux, et me sentis subitement invisible : plus personne ne me dévisageait. Tout le monde se fichait de qui je pouvais être ou de ce que je pouvais faire.

Mais l'invisibilité n'était pas sans risque : alors que je me tenais là, au bord de la route, à apprécier pleinement de pouvoir prendre une longue inspiration, un énorme carrosse, auquel étaient accrochés quatre valets en livrée, manqua me renverser. Je dus me jeter de côté pour éviter la collision, atterrissant dans une mare de boue dont je fus bientôt recouverte. Peu m'importait. Pour la première fois depuis une semaine, je me sentais moi-même en marchant sur ce sol de terre plutôt que sur du marbre poli.

Je remontai la colline sur la trace du véhicule, courant aisément dans mes habits confortables, et je me glissai dans la cour intérieure du château sans le moindre souci. L'élégante voiture s'était arrêtée pour laisser descendre un ambassadeur à manteau blanc arborant fièrement l'écharpe rouge de sa fonction. Le prince héritier était là pour l'accueillir, accompagné d'une foule de courtisans et d'une garde d'honneur portant la bannière de la Polnya ainsi qu'une autre que je n'avais jamais vue, rouge et jaune avec une tête de bœuf. Il devait être là pour le repas officiel. J'étais censée m'y rendre avec Alicja. Tous les gardes observaient la cérémonie d'un œil au moins, et quand je leur chuchotai que je ne méritais pas d'être remarquée, leurs prunelles glissèrent sur moi comme ils le souhaitaient de toute façon.

Faire trois fois par jour l'aller-retour entre ma chambre et ces diverses fêtes avait au moins un avantage : j'avais appris à me repérer au château. Je croisai des domestiques dans les couloirs, mais tous disparaissaient sous des montagnes de linge ou d'argenterie, s'affairant pour le souper. Aucun d'eux n'avait d'attention à consacrer à une fille de cuisine couverte de boue. Je me faufilai discrètement jusqu'au long corridor sombre menant à la Tour grise.

Les sentinelles de faction au pied de celle-ci s'ennuyaient à mourir et bâillaient à s'en décrocher la mâchoire.

— Tu as raté l'escalier de la cuisine, chérie, me lança gentiment l'une d'elles. Il est de l'autre côté du couloir.

J'enregistrai cette information pour plus tard, puis m'efforçai de les observer ainsi que tout le monde m'avait observée au cours de ces trois derniers jours : comme si j'étais complètement stupéfaite par leur ignorance.

— Ne savez-vous donc pas qui je suis ? Je suis Agnieszka, la magicienne. Je suis venue voir Kasia.

Et plus précisément la reine. Je ne comprenais pas pourquoi le procès tardait tant à démarrer, sauf si le roi souhaitait laisser le temps de guérir à son épouse.

Les gardes se dévisagèrent avec incertitude. Avant qu'ils décident de ce qu'ils allaient faire de moi, je murmurai « *Alamak, alamak* » et traversai les portes verrouillées qu'ils étaient censés protéger.

Ils n'étaient pas nobles, je les imaginais donc mal chercher querelle à une sorcière. En tout cas, ils ne s'élancèrent pas à mes trousses. Je gravis l'étroit colimaçon jusqu'à déboucher sur le palier avec le heurtoir en forme de diablotin affamé. Quand je me saisis du marteau, j'eus la sensation qu'un lion me léchait avidement l'intérieur de la main pour déterminer s'il me trouvait à son goût. Je gardai un toucher aussi délicat que possible et frappai.

J'avais préparé une liste d'arguments pour la Mésange, et j'étais résolue à les défendre fermement. J'étais même prête à la bousculer pour entrer, si cela se révélait nécessaire : je l'espérais trop raffinée pour se rabaisser à se battre avec moi. Néanmoins, elle ne m'ouvrit même pas, et quand je collai l'oreille au battant, j'entendis quelques cris étouffés à l'intérieur. Paniquée, je reculai et m'efforçai de réfléchir : les gardes parviendraient-ils à enfoncer la porte si je les appelais ? J'en doutais : le battant était en fer et riveté de fer, et on n'apercevait même pas un trou de serrure.

J'observai le diablotin, qui me reluqua en retour. De la faim irradiait de sa gueule vide. Et si je le rassasiais ? J'invoquai un sort tout simple, juste un peu de lumière. La figurine aspira aussitôt la magie, mais je continuai de l'alimenter jusqu'à ce que l'éclat d'une bougie brille au creux de ma paume. La faim du diablotin était intarissable, et il me ponctionna presque tout mon pouvoir, mais je parvins à en détourner un ruisselet argenté pour alimenter un minuscule bassin à l'intérieur de moi.

Puis je libérai le tout avec un « *Alamak* » et, d'un saut désespéré, je franchis la porte. Cela acheva d'épuiser mes forces. Je roulai sur le sol de la pièce et restai étendue sur le dos, éreintée.

Des bruits de pas se rapprochèrent de moi, et Kasia se trouva à mon côté.

— Nieshka, est-ce que tu vas bien ?

Les cris provenaient du fond de la pièce : Marek y était debout, les poings serrés, et beuglait sur la Mésange, qui se tenait raide comme un piquet et était blême de colère. Aucun d'eux n'avait remarqué mon irruption, trop occupés qu'ils étaient à se crier dessus.

— Regardez-la ! s'énerva Marek en désignant la reine.

Celle-ci était toujours assise à la même fenêtre, inexpressive et immobile. Si elle entendait la dispute, elle restait sans broncher.

— Trois jours sans qu'un mot ait franchi ses lèvres, et vous osez vous prétendre guérisseuse ? À quoi servez-vous ?

— À rien, manifestement, rétorqua la Mésange d'un ton glacial. J'ai fait tout ce qui pouvait être fait, et je l'ai fait au mieux.

Elle finit alors par me repérer. Elle pivota vers moi et baissa le nez vers le sol, où je gisais encore.

— J'ai cru comprendre que c'était *ça*, la faiseuse de miracles du royaume. Si vous la laissiez sortir de votre lit, elle obtiendrait sans doute de meilleurs résultats que moi. En attendant, occupez-vous d'elle vous-même. Je refuse de rester ici à me faire brailler dessus malgré tous mes efforts.

Elle me passa devant en retenant ses jupons pour éviter qu'ils n'effleurent les miens, comme si elle redoutait d'être contaminée. La barre se souleva d'un geste de sa main. Elle sortit, et le lourd morceau d'acier retomba dans ses crochets, grinçant sur la pierre telle une hache que l'on abat.

Marek se tourna vers moi, toujours furieux.

— Et toi ! Tu étais censée être le principal témoin, et tu te promènes dans le château affublée comme une vulgaire fille de cuisine. Espères-tu sincèrement que qui que ce soit croira un mot sortant de ta bouche ? Voilà trois jours que je t'ai fait inscrire sur cette liste…

— *Vous* m'avez fait inscrire ? m'indignai-je en me relevant avec l'aide de Kasia.

— … et tu n'as réussi qu'à convaincre la cour que tu n'étais qu'une péquenaude bonne à rien ! Et maintenant, ça ? Où est Solya ? Il était censé te montrer comment te comporter.

— Je me fiche de savoir comment me *comporter*. Et je me moque de ce que ces gens peuvent penser de moi. Ce qu'ils pensent est sans importance !

— Bien sûr que non !

Il m'attrapa par le bras et m'arracha à l'étreinte de Kasia. Je trébuchai avec lui, essayant de prononcer un sort pour l'éloigner, mais il me traîna jusqu'à la fenêtre et me désigna la cour du château. Je regardai l'endroit indiqué, troublée. Rien d'inquiétant ne semblait se tramer. L'ambassadeur à l'écharpe rouge entrait simplement dans le bâtiment avec le prince héritier Sigmund.

— Cet homme avec mon frère est un émissaire de Mondria, m'expliqua Marek d'une voix basse et féroce. Leur prince consort est mort l'hiver dernier : la princesse sortira de sa période de deuil d'ici six mois. Comprends-tu, à présent ?

— Non, avouai-je, perplexe.

— Elle veut devenir reine de Polnya ! s'écria Marek.

— Mais la reine n'est pas morte, fit remarquer Kasia.

Et nous saisîmes toutes deux.

Je dévisageai Marek, horrifiée.

— Mais le roi… bredouillai-je. Il *aimait*…

Je me tus.

— Il repousse le jugement pour gagner du temps, ne comprends-tu pas ? Dès que le souvenir du sauvetage se sera étiolé, il détournera l'attention de la noblesse et la fera discrètement mettre à mort. À présent, comptes-tu m'aider, ou préfères-tu continuer à multiplier les bévues au château en attendant que la neige tombe et qu'ils la portent au bûcher – avec ta bonne amie ici présente – quand il fera trop froid pour que les gens viennent regarder ?

J'enroulai les doigts autour de la main raide de mon amie, comme si cela pouvait suffire à la protéger. Cela me semblait être d'une cruauté inimaginable : nous avions libéré la reine Hanna, nous l'avions sortie du Bois, tout ça pour que le roi puisse lui couper la tête et en épouser une autre. Dans l'unique but d'ajouter une principauté à la carte de Polnya, un joyau de plus à sa couronne.

— Mais il l'aimait, dis-je encore.

Je ne pus m'empêcher d'émettre cette protestation – sans doute stupide. Car cette histoire – l'histoire de la reine bien-aimée disparue – me semblait plus logique que celle que Marek me contait.

— Et crois-tu qu'il ait oublié avoir été ridiculisé ? Sa femme magnifique, enfuie avec un Rosyan qui lui fredonnait des chansons de charme dans le jardin. Voilà ce que l'on disait d'elle, jusqu'à ce que je sois en âge de faire taire tous ceux qui colportaient ces paroles. Quand j'étais petit, on m'a dit de ne jamais prononcer le nom de ma mère en présence de mon père.

Il contemplait la reine Hanna, assise sur sa chaise, où elle patientait, aussi insignifiante qu'une feuille vierge. Je vis sur le visage du prince celui qu'il avait été, un enfant se cachant dans le jardin déserté de sa mère pour échapper à tous ces courtisans pernicieux – qui ricanaient, chuchotaient entre eux et secouaient la tête avec condescendance, feignant le chagrin tout en se targuant d'avoir tout deviné depuis le début.

— Et vous pensez que nous pourrions les sauver, Kasia et elle, en entrant dans leur jeu ?

Il redressa la tête pour me dévisager. Pour la première fois depuis que je l'avais rencontré, j'eus l'impression qu'il m'écoutait vraiment. Sa poitrine se gonfla et se vida, à trois reprises.

— Non, finit-il par admettre. Ce ne sont que des vautours, et lui est le lion. Ils feront la moue en disant que c'est honteux, mais ils rogneront les os qu'il leur jettera. Pourrais-tu contraindre mon père à lui pardonner ? s'enquit-il aussi nonchalamment que s'il ne me demandait pas d'ensorceler le souverain, de le dépouiller de son libre arbitre comme le ferait le Bois.

— Non ! m'exclamai-je, épouvantée.

Je me tournai vers Kasia. Elle avait la main posée sur le dossier de la chaise de la reine raide, dorée et immobile. Elle secoua le chef à mon intention. Elle n'exigerait jamais cela de moi. Elle ne me demanderait même pas de m'enfuir avec elle, d'abandonner notre peuple au Bois – même si cela signifiait que le roi l'assassinerait sans vergogne pour pouvoir tuer la reine également. Je déglutis.

— Non, répétai-je. Je refuse.

— Dans ce cas, que comptes-tu faire ? grogna Marek, de nouveau furieux.

Puis il quitta la pièce à grands pas, sans attendre ma réponse. Ça n'était pas plus mal : je ne savais pas du tout quoi dire.

20

Les gardes du Charovnikov me reconnurent, en dépit de mes vêtements. Ils m'ouvrirent les lourdes portes en bois, puis les refermèrent derrière moi. Je m'y adossai afin d'observer les dorures, les anges pivotant au-dessus de ma tête et les murs interminables et couverts de rangées de livres, plongeant dans des alcôves avant d'en ressortir et de poursuivre leur course le long des parois. Quelques jeunes gens travaillaient çà et là, penchés sur leurs ouvrages ou leurs alambics. Ils ne m'accordèrent pas la moindre attention, tant ils étaient occupés.

Je ne trouvais pas le Charovnikov très accueillant, beaucoup plus froid que la bibliothèque du Dragon et trop impersonnel, mais au moins je comprenais cet endroit. Je ne savais toujours pas comment j'allais m'y prendre pour sauver Kasia, mais je savais que j'aurais plus de chances de découvrir la solution ici que dans quelque salle de bal.

Je m'emparai de la première échelle et la fis couiner jusque devant la toute première étagère. Puis je remontai mes jupes, grimpai jusqu'au sommet et commençai à fouiller. Ce genre de recherches m'était familier : quand j'allais glaner en forêt, je ne visais jamais une récolte en particulier. Je me contentais de ce qu'il y avait à dénicher, et me laissais guider par mon instinct. Si je rapportais des champignons, nous faisions une soupe aux champignons, mais si je déterrais des pierres plates, elles servaient à combler les trous dans la route menant chez nous. Je me disais qu'il y aurait bien certains livres qui me parleraient comme l'avait fait celui de Jaga ; peut-être en avait-elle même écrit un autre, dissimulé quelque part parmi ces élégants volumes frappés d'or.

Je travaillais aussi vite que possible. Je m'intéressais surtout aux tomes poussiéreux, les moins utilisés. Je laissais courir mes mains dessus, lisais les titres inscrits au dos. Mais cela restait laborieux, et particulièrement frustrant. Après avoir parcouru douze grosses bibliothèques, de trente étagères chacune, s'étendant du plafond jusqu'au sol, je commençai à douter : tous ces ouvrages me paraissaient raides et secs, rien en eux ne m'encourageait à continuer à fouiner.

Il était déjà tard, désormais. Les quelques autres étudiants qui s'étaient trouvés là étaient repartis, et les lumières magiques étaient réduites à un rougeoiement de braises, comme si elles aussi s'étaient endormies. Seul l'éclairage de ma bibliothèque restait puissant. Mon dos et mes chevilles m'élançaient. J'étais toute tordue sur mon échelle, un pied enroulé autour d'un barreau afin d'attraper les livres les plus lointains. Je n'avais pas encore remonté un quart du premier mur, alors que j'allais pourtant au plus vite, ayant peu ou prou négligé les neuf dixièmes des ouvrages consultés. Sarkan m'aurait adressé quelques piques bien senties.

— Qu'est-ce que tu cherches ?

Je manquai choir de mon échelle, droit sur la tête du père Ballo ; je me raccrochai *in extremis* à la barre latérale, me tordant douloureusement la cheville dans un angle. À cet endroit, les étagères ne commençaient qu'à mi-hauteur, afin de ménager une place à la porte menant à un recoin secret ; il était sorti de celui-ci. Il portait quatre gros volumes dans ses bras, sans doute pour aller les ranger à leur place. Il m'observait depuis le sol d'un air dubitatif.

Mon cœur palpitait encore sous l'effet de la surprise, et je répondis sans réfléchir :

— Je cherche Sarkan.

Ballo examina, surpris, les rayonnages que j'avais tripotés : m'attendais-je à trouver le Dragon coincé entre les pages d'un livre ? Cependant, ma réponse spontanée me fit l'effet d'une révélation, et je me rendis compte que c'était bel et bien ce que j'espérais. J'avais besoin de lui. Je voulais qu'il m'observe par en dessous en levant la tête de sa pile de livres et qu'il me décoche une remarque assassine concernant le désordre que j'avais provoqué. Je voulais savoir ce qu'il faisait, si le Bois avait contre-attaqué. Je voulais qu'il m'explique comment je pourrais convaincre le roi de libérer Kasia.

— J'aimerais lui parler, précisai-je, le voir.

Je savais déjà qu'aucun sort dans le livre de Jaga ne le permettait, et le Dragon ne m'avait jamais rien montré de pareil.

— Mon père, comment procéderiez-vous si vous vouliez entrer en communication avec une personne à l'autre bout du royaume ?

Mais Ballo secouait déjà la tête.

— Le loin-parler n'existe que dans les contes de fées, même si les bardes trouvent cette notion extrêmement pratique, me répondit-il d'un ton professoral. À Venezia, ils ont découvert l'art de dresser un sort de communion avec une paire de miroirs fabriqués ensemble dans un même bain de vif-argent. Le roi possède l'un d'eux, l'autre étant sur le front, entre les mains du chef de son armée. Mais même ceux-ci ne peuvent communiquer qu'entre eux. Le grand-père du roi les a acquis en échange de cinq flacons de cœurfeu, ajouta-t-il.

Le prix me fit glapir : autant s'offrir un royaume.

— La magie peut s'étendre aux sens, reprit-il, affecter la vue ou l'ouïe ; elle peut amplifier la voix, ou la dissimuler dans une noix pour l'en faire sortir plus tard. Elle ne peut en revanche pas propulser un visage à l'autre bout du royaume en un clin d'œil, ni faire porter la voix d'un autre jusqu'à nous.

Je l'écoutai, mécontente, même si cela paraissait malheureusement logique : sans ça, pourquoi Sarkan enverrait-il des messagers ou des lettres, s'il pouvait se contenter d'un sort ? De même qu'il ne pouvait utiliser son pouvoir de téléportation que dans la vallée, sur son territoire, et non se rendre d'un bond à la capitale.

— Y a-t-il ici d'autres livres de sorts semblables à celui de Jaga ? m'enquis-je, même si je savais que Ballo ne croyait pas en ses pouvoirs.

— Mon enfant, cette bibliothèque est le cœur de l'apprentissage de la magie en Polnya. Les livres ne sont pas entreposés sur ces étagères sur une lubie de quelque collectionneur ni par les chicaneries d'un libraire ; il ne leur suffit pas d'avoir de la valeur ni d'être couverts d'une pellicule dorée pour plaire aux nobles. Chaque ouvrage conservé ici a été étudié de près par au moins deux magiciens au service de la couronne ; ses vertus ont été confirmées et au moins trois de ses sorts attestés – ceux-ci devant bien sûr être suffisamment puissants pour mériter leur place. J'ai moi-même consacré l'essentiel de mon existence à retirer les travaux de moindre importance, les curiosités et les distractions des premiers temps ; tu ne trouveras rien de tout cela ici.

Je le toisai depuis mon perchoir : l'essentiel de son existence ! Et il avait sans doute sauté sur tout ce qui aurait pu m'être utile. Je posai mes pieds sur les rebords de l'échelle et me laissai glisser jusqu'en bas, sous son regard pincé et réprobateur. Je suppose qu'il aurait observé avec un dédain similaire n'importe quelle personne grimpant à un arbre.

— Les avez-vous brûlés ? demandai-je, découragée.

Il eut un mouvement de recul, comme si j'avais suggéré de le jeter lui-même au bûcher.

— Un livre ne doit pas nécessairement être magique pour avoir de la valeur, rétorqua-t-il. En vérité, j'aurais aimé les adjoindre à la collection de l'université pour des études plus poussées, mais Alosha a insisté pour que nous les conservions ici, sous clef – une précaution on ne peut plus raisonnable, tant ces ouvrages sont susceptibles d'intéresser la lie de la société. Il arrive qu'un don se développe suffisamment chez un antiquaire pour le rendre dangereux, surtout s'il pose les mains sur un ouvrage inapproprié. Cependant, je pense que les archivistes de l'université – des hommes fort bien formés – pourraient, moyennant le respect d'un certain nombre de consignes et une supervision rigoureuse, se voir confier la préservation des textes de moindre…

— Où sont-ils ? l'interrompis-je.

La pièce minuscule dans laquelle il m'introduisit était bondée de vieux livres écornés et ne comportait pas la moindre entrée d'air, si bien que je dus laisser la porte entrouverte. Je me sentais plus heureuse parmi ces piles désordonnées, sachant que je n'aurais pas à remettre chaque ouvrage à sa place, mais la plupart de ces tomes m'étaient tout aussi inutiles que ceux des étagères. J'écartai rapidement des traités sur l'histoire de la magie et ceux permettant de réaliser de petits tours élaborés – dont au moins la moitié aurait pu être accomplie à la main en deux fois moins de temps et avec cinq fois moins de bazar –, ainsi que d'autres qui me semblaient pourtant parfaitement appréciables par leur formalisme mais qui ne répondaient à l'évidence pas aux standards plus élevés du père Ballo.

Il y avait toutefois certaines choses plus étranges dans ces tas. Un volume en particulier m'avait tout l'air d'un livre de sorts, étant rempli de mots mystérieux et d'images, de diagrammes semblables à ceux que renfermaient les favoris du Dragon et d'une écriture inintelligible. Après avoir perdu dix bonnes minutes à m'interroger sur cet objet, je compris peu à peu qu'il était fou. Du moins qu'il avait été rédigé par un fou se prétendant magicien et rêvant de le devenir : il ne s'agissait pas de sorts véritables, mais de formules issues de son imagination. Il y avait quelque chose d'une tristesse désespérante dans ces pages. Je le repoussai dans un coin sombre.

Je mis finalement la main sur un petit livre noir et fin. De l'extérieur, on eût dit le livre de recettes que ma mère sortait pour les grandes occasions, et il me fut aussitôt familier et amical. Le papier, tout jauni et friable, était de mauvaise qualité, mais il était couvert de petits sorts rassurants tracés d'une main précise. Je le compulsai en souriant malgré moi, puis j'examinai l'intérieur de la page de couverture. La même écriture soignée avait tracé le nom de sa propriétaire ainsi qu'une date : *Maria Olshankina, 1267*.

Je considérai longuement ces informations, à la fois surprise et pas surprise. Cette sorcière avait vécu dans ma vallée plus de trois cents ans avant moi, peu après que les lieux avaient été colonisés : la grosse pierre angulaire de l'église d'Olshanka, la plus vieille bâtisse de la région, indiquait l'année 1214. Je me demandai soudain où Jaga avait pu naître. Elle était rosyanne. Avait-elle vécu dans la vallée de l'autre côté du Bois, avant que la Polnya ne s'y étende du nôtre ?

Je savais que cela ne m'aiderait pas. Cela me faisait l'effet d'une présence chaude et agréable entre mes mains, mais aussi inutile que la gentillesse d'un ami vous réconfortant près du feu sans être capable d'arranger les choses. Dans la plupart des gros villages, des rebouteuses étaient là pour soigner diverses maladies et traiter le mildiou ; je pense que Maria était l'une d'elles. L'espace d'un instant je me l'imaginai, femme forte et chaleureuse arpentant son jardin avec son tablier rouge pendant qu'enfants et poules lui couraient dans les jambes, alors qu'elle s'apprêtait à préparer une potion pour la toux destinée à un jeune père anxieux dont le bébé était souffrant, potion qu'elle verserait dans une tasse en lui reprochant d'avoir couru partout en ville la tête dénudée. Il y avait eu quelque chose de doux en elle, une mare de magie, pas un ruisseau continu qui aurait emporté tous les aspects ordinaires de son existence. Je soupirai et rangeai malgré tout le livre dans ma poche. Je ne voulais pas l'abandonner ici, où il resterait oublié pour l'éternité.

J'en découvris deux autres similaires, parmi les milliers d'ouvrages qui reposaient là ; ils contenaient quelques sorts utiles, certains bons conseils. Même si rien ne l'indiquait explicitement, je devinai je ne sais comment qu'ils provenaient eux aussi de ma vallée. Le premier avait été rédigé par un fermier ayant trouvé le moyen de rassembler les nuages de pluie pour arroser ses cultures. Sur la même page, il avait griffonné un champ surplombé de cumulo-nimbus et, au loin, à l'arrière-plan, une chaîne de montagnes grises et dentelées qui ne m'était pas inconnue.

Un avertissement figurait en dessous de ce sort : *Faites attention quand il fait déjà gris : si vous en rassemblez trop, des orages surviendront.* Je touchai le mot unique du bout des doigts, *kalmoz*, et sus que je pourrais invoquer tonnerre et éclairs. Je frémis et posai ce recueil de côté. Je n'imaginais que trop bien combien Solya aimerait m'aider avec ce genre de sort.

Aucun d'eux ne contenait ce dont j'avais besoin. Je fis un peu de place autour de moi et poursuivis mes recherches, tenant un ouvrage d'une main tout en attrapant le prochain de l'autre. Mes doigts se refermèrent alors sur un cuir écaillé, et je les retirai en hâte et les secouai, mal à l'aise.

Un jour que je glanais pendant l'hiver, alors que je n'avais pas encore douze ans, j'avais trouvé une sorte de gros cocon blanc entre les racines d'un arbre, enfoui sous des feuilles mortes et humides. J'y avais d'abord planté un bâton à plusieurs reprises, puis j'étais retournée voir mon père en courant et je lui avais demandé de m'accompagner pour le lui montrer. Il avait abattu les arbres les plus proches pour nous protéger de l'incendie, puis il avait mis le feu au sac et au tronc qui l'abritait. Nous avions ensuite fouillé les cendres et découvert le squelette recroquevillé de la chose étrange et difforme qui grandissait à l'intérieur, clairement pas une bête que nous reconnaissions.

— Ne t'approche plus de cette clairière, Nieshka, tu as compris ? m'avait-il ordonné.

— Tout va bien, maintenant.

C'était ce que je lui avais répondu, me rappelai-je soudain. D'une façon ou d'une autre, j'avais compris.

— Peu importe, avait-il répliqué.

Nous n'en avions plus jamais reparlé. Je crois même que nous ne l'avons jamais dit à ma mère. Nous ne voulions pas réfléchir à ce que cela impliquait, que je puisse découvrir de la magie maléfique cachée dans les arbres.

Ce souvenir me revenait en détail, à présent : l'odeur d'humidité des feuilles en décomposition, mon souffle froid et blanc formant un nuage devant moi, la fine couche de givre qui recouvrait le bord des branches et les reliefs de l'écorce, le silence pesant de la forêt. J'étais partie chercher autre chose ; j'avais dérivé vers cette clairière ce matin-là avec un sentiment de malaise qui me nouait les tripes. Je ressentais exactement la même chose, à présent. Sauf que j'étais dans le Charovnikov, au cœur du palais du roi. Comment le Bois pouvait-il être présent ici ?

Je m'essuyai les doigts sur ma jupe, m'armai de courage et me saisis du livre. La couverture était peinte avec minutie et ciselée à la main, formant un amphisbène embossé sur le cuir dont chaque écaille était rehaussée d'un bleu chatoyant ; les yeux étaient deux pierres rouges surmontées d'une forêt de feuilles vertes. Le terme *Bestiare* était gravé en lettres dorées, suspendu entre les branches telle une grappe de fruits.

Je tournai les pages entre le pouce et l'index, ne manipulant que le coin inférieur de la feuille. Il s'agissait d'un bestiaire étrange, plein de chimères et de monstres. Certains d'entre eux n'existaient même pas. Je tournai lentement quelques pages, ne jetant qu'un rapide coup d'œil aux textes et aux images. Un sentiment étrange et larvé se développa en moi à mesure que je comprenais ce que je lisais : les monstres me *paraissaient* réels, je croyais en eux, et si j'y croyais assez longtemps… Je refermai brusquement la couverture et jetai le livre au sol avant de m'en écarter. La pièce déjà chaude et étouffante devenait presque suffocante, avec une moiteur comparable à celle des pires journées de l'été, quand les feuillages sont si denses que l'air ne circule plus.

Je me frottai les mains sur mes habits, tentant de me débarrasser de la sensation poisseuse que les pages avaient laissée sur mes doigts, et je scrutai le livre avec méfiance. Il me semblait que, si je me détournais, il risquait de se transformer en une créature difforme qui me sauterait à la figure, toutes dents et griffes dehors. Je cherchai instinctivement un sort de feu pour l'incendier, et alors que j'ouvrais la bouche pour le lancer, je m'interrompis, comprenant à quel point ce serait stupide : je me trouvais toujours dans une pièce pleine de vieux livres secs, où l'air était saturé de poussière et qui communiquait avec une bibliothèque gigantesque. En revanche, il n'était pas prudent de laisser cet ouvrage ici, pas même un instant, et je ne m'imaginais pas le retoucher…

La porte s'ouvrit en grand.

— Je comprends ta circonspection, Alosha, disait Ballo avec humeur, mais je ne vois pas quel mal il peut y avoir à…

— Stop ! m'exclamai-je.

Les deux magiciens s'immobilisèrent sur le seuil et me dévisagèrent. Je devais avoir un air étrange, debout tel un dompteur de lions face à une bête particulièrement féroce, alors qu'il n'y avait qu'un petit livre posé devant moi.

Le père Ballo me dévisagea, stupéfait, puis baissa les yeux vers l'ouvrage.

— Qu'est-ce que…

Mais Alosha s'était déjà mise en branle : elle le poussa doucement sur le côté et dégaina la longue dague qui pendait à sa ceinture. Elle s'accroupit et, le bras tendu, piqua le bord du livre. La lame s'illumina d'un éclat argenté, sauf à l'endroit du contact, où une lueur verdâtre annonçait la présence d'une contamination. Elle retira son arme.

— Comment as-tu trouvé ça ?

— Il était simplement dans la pile, répondis-je. Il a essayé de m'attraper. Je l'ai senti comme… comme le Bois.

— Mais comment as-tu…

Le père Ballo laissa sa phrase en suspens quand Alosha disparut de la pièce. Elle reparut un instant suivant, équipée d'un lourd gantelet métallique. Elle ramassa le livre entre deux doigts et secoua la tête. Nous la suivîmes dans la partie principale de la bibliothèque, les lumières s'illuminant à notre passage. Elle balaya la pile d'ouvrages reposant sur l'une des grosses tables en pierre et disposa le nôtre à la place.

— Comment une telle horreur a-t-elle pu t'échapper ? demanda-t-elle à Ballo, qui considérait le volume par-dessus l'épaule de sa consœur, les sourcils froncés et l'air alarmé.

— Je ne crois même pas l'avoir regardé, admit-il, sur la défensive. C'était inutile : j'ai vu du premier coup d'œil qu'il ne s'agissait pas d'un texte de magie sérieux, et qu'il n'aurait pas sa place dans notre bibliothèque. Je me rappelle m'être disputé assez violemment avec le pauvre Georg à ce sujet : il a essayé d'insister pour qu'il reste dans les étagères, même s'il ne comportait pas la moindre trace d'enchantement.

— Georg ? répéta Alosha d'un air sévère. Était-ce juste avant sa disparition ?

Ballo hésita un instant, puis acquiesça.

— Si j'avais continué, intervins-je, est-ce qu'il aurait… *créé* l'une de ces choses ?

— Je suppose qu'il t'aurait transformée en l'une d'elles, répondit Alosha à ma grande horreur. L'un de nos apprentis a disparu il y a cinq ans de cela, le jour même où une hydre est sortie des égouts pour attaquer le château : nous croyions qu'elle l'avait dévoré. Nous ferions sans doute mieux d'ôter le portrait de ce pauvre Georg du mur de la salle d'honneur.

— Mais comment a-t-il seulement atterri ici ? m'interrogeai-je en observant le livre aux feuilles pommelées de taches vert pâle ou sombre.

Le serpent à deux têtes clignait ses yeux rouges à notre intention.

— Oh…

Ballo hésita, puis il remonta la salle vers une étagère pleine de registres, chacun faisant près de la moitié de sa taille. Il souffla dessus un petit sort poussiéreux, puis fit courir ses doigts à leur surface, et une page s'illumina plus loin sur le rayonnage. Il s'empara avec un grognement de l'ouvrage concerné et le rapporta à notre table, le tenant par en dessous avec la force de l'habitude. Il l'ouvrit à la page scintillante, sur laquelle une ligne était illuminée.

— « Bestiaire bien ornementé d'origine inconnue », lut-il. « Cadeau de la cour de… de Rosya. »

Sa voix se brisa. Il vérifia la date, posant dessous son index maculé d'encre.

— Il y a vingt ans de cela. Il faisait partie d'un lot d'une demi-douzaine de volumes offerts en même temps. Le prince Vasily et son ambassade ont dû venir avec.

L'ouvrage malveillant reposait au milieu de la table. Nous le considérâmes silencieusement pendant de longues secondes. Vingt ans plus tôt, le prince Vasily de Rosya avait chevauché jusque Kralia ; il en était reparti trois semaines plus tard, au creux de la nuit, en compagnie de la reine Hanna. Dans leur fuite pour rallier la Rosya, ils s'étaient aventurés trop près de la lisière du Bois pour échapper à leurs poursuivants. Telle était l'histoire officielle. Mais peut-être avaient-ils été capturés bien longtemps auparavant. Peut-être qu'un malheureux scribe ou relieur s'était égaré près du Bois, avait transformé de vieilles feuilles en papier, fabriqué de l'encre à partir de noix de galle et d'eau, contaminant ainsi chaque mot, tendant un piège qui s'ouvrirait au cœur même du château du roi.

— Pouvons-nous le brûler ici ? demandai-je.

— Quoi ? s'offusqua Ballo, remonté comme une pendule.

Je pense qu'il était aussi horrifié que moi par l'idée de passer un livre par les flammes, mais s'agissant de celui-ci, j'estimais que nous n'avions pas le choix.

— Ballo, intervint Alosha.

Je devinai à son visage qu'elle ressentait exactement la même chose que moi.

— Je vais tenter une purification afin que nous puissions l'examiner sans risque, proposa Ballo. En cas d'échec, nous envisagerons bien sûr des méthodes plus radicales.

— Ce n'est pas une pièce à conserver, purifiée ou non, rétorqua Alosha. Nous devrions l'apporter à la forge. Je préparerai un bon feu blanc, et nous le jetterons à l'intérieur jusqu'à ce qu'il ne soit plus que cendres.

— Nous ne pouvons de toute façon pas le brûler dès maintenant, insista Ballo. Il s'agit d'une preuve pour le procès de la reine, et le roi doit en être informé.

D'une preuve de contamination, compris-je trop tard : si la reine avait touché cet ouvrage, s'il l'avait guidée jusqu'au Bois, elle avait été atteinte avant même de mettre le pied dans la forêt. Si ce livre était présenté au procès… Je me tournai, consternée, vers Alosha et Ballo. Ils n'étaient pas venus m'aider, mais m'empêcher de trouver quelque chose d'utile.

Alosha soupira.

— Je ne suis pas ton ennemie, quoi que tu puisses croire.

— Vous *voulez* les voir exécutées ! répliquai-je. La reine et Kasia…

— Tout ce que je veux, c'est protéger le royaume. Marek et toi ne pensez qu'à votre propre chagrin. Tu es trop jeune pour être aussi puissante, voilà le problème. Tu n'as encore perdu personne. Quand tu auras vu tes proches disparaître un siècle durant, tu deviendras plus raisonnable.

Je voulus protester, mais sa dernière phrase m'avait cloué le bec. Je la dévisageai, accablée. C'était peut-être idiot de ma part, mais je n'avais encore jamais imaginé que je pourrais vivre, comme Sarkan ou elle, cent ou deux cents ans, peut-être plus – à quel âge au juste mouraient les magiciens ? Je ne vieillirais pas, je poursuivrais simplement mon existence tandis que tout le monde autour de moi se ratatinerait et tomberait, telles les tiges extérieures d'une plante grimpante voyant les autres s'éloigner d'elles.

— Je ne veux pas être plus raisonnable ! m'exclamai-je. (Mon éclat de voix résonna dans la pièce autrement silencieuse.) Pas si cela m'empêche d'aimer qui que ce soit. Si je ne peux plus me raccrocher aux gens, à quoi bon ?

Je me disais qu'il y avait peut-être un moyen de répartir cette espérance de vie, d'en donner un peu à ma famille et à Kasia – à condition qu'ils l'acceptent : qui voudrait d'une chose pareille, au prix de se voir mis au ban du monde et privé de *vivre* ?

— Ma chère enfant, tu sembles en proie à une grande détresse, dit faiblement Ballo.

Il fit un geste de la main pour m'apaiser. Je le dévisageai, observant les légères ridules au coin de ses yeux ; je songeai à toutes ces années qu'il avait passées parmi ces livres poussiéreux, à ne jamais rien aimer d'autre ; à lui et à Alosha, qui parlait aussi volontiers de jeter les humains que les livres au bûcher. Je me rappelai Sarkan, enfermé dans sa tour, qui arrachait des filles à la vallée, de sa froideur à mon arrivée, comme s'il n'était plus capable de penser et de ressentir telle une personne ordinaire.

— Tu peux aimer la nation, me répondit Alosha. Elle comporte plus d'humains que tous ceux que tu chéris. Et le Bois les menace tous.

— J'ai vécu toute ma vie à une dizaine de kilomètres du Bois, rétorquai-je. Je n'ai pas besoin que l'on m'explique le danger qu'il représente. Si je me moquais de l'arrêter, je me serais déjà enfuie avec Kasia, au lieu de la laisser croupir ici tel un pion que vous promenez d'un endroit à un autre, comme si elle ne comptait pas !

Ballo marmonna son étonnement, mais Alosha se contenta de froncer les sourcils.

— Et pourtant, tu envisages de laisser vivre la contamination, comme si tu n'y connaissais rien, déclara-t-elle. Le Bois n'est pas qu'une enclave du mal, attendant tranquillement que des imbéciles viennent s'aventurer à l'intérieur – imbéciles qui seront brusquement sauvés si l'on parvient à les en délivrer. Nous ne sommes pas la première nation à affronter son pouvoir.

— Vous parlez des gens de la tour, répondis-je lentement, en pensant au roi enseveli.

— Tu as vu le tombeau, n'est-ce pas ? Et la magie qui l'a conçu, une magie dont nous ne connaissons plus rien aujourd'hui ? Cela aurait dû suffire à t'inciter à la prudence. Ces gens n'étaient pas faibles, et ils n'ont pas été pris au dépourvu. Néanmoins, le Bois a fait tomber la tour, les loups et les promeneurs les ont traqués, et les arbres ont étranglé toute la vallée. Un ou deux de leurs sorciers les plus faibles se sont enfuis vers le nord, emportant avec eux quelques livres et leurs histoires. Les autres ? (Elle agita la main en direction de l'ouvrage.) Transformés en cauchemars, en bêtes dressées pour chasser ceux de leur espèce. Voilà tout ce que le Bois a laissé de ce peuple. Il y a pire que les monstres dans cet endroit : il y a la chose qui fabrique les monstres.

— Je la connais mieux que vous ! m'emportai-je.

Mes mains me grattaient encore, et le livre malveillant était toujours là, sur la table. Je ne pouvais pas m'arrêter de penser à cette présence monstrueuse qui m'avait épiée à travers les yeux de Kasia, de Jerzy, cette sensation d'être chassée sous les branches.

— Vraiment ? demanda Alosha. Dis-moi, si je parlais de déraciner toutes les personnes de ta vallée, de les installer ailleurs dans le royaume et d'abandonner vos villages au Bois, de les sauver tous à ce prix, accepterais-tu ? (Je la dévisageai.) Pourquoi n'êtes-vous pas encore partis, d'ailleurs ? Pourquoi continuez-vous à vivre là-bas, dans son ombre ? Il y a des tas d'endroits en Polnya qui ne sont pas hantés par le mal.

Je cherchai une réponse que je ne parvenais pas à formuler. L'idée m'était simplement étrangère. Kasia avait envisagé de partir, car elle y avait été contrainte ; pas moi. J'adorais Dvernik, la douceur de la forêt autour de chez moi, le long lit du Fuseau courant sous le soleil. J'adorais les montagnes qui nous entouraient, ce mur protecteur qu'elles formaient. Notre village baignait dans une profonde sérénité, tout comme le reste de notre vallée, pas uniquement grâce à la poigne délicate du Dragon sur les rênes de notre existence. C'était chez moi.

— Un endroit où des créatures difformes sortent de la forêt en pleine nuit pour voler nos enfants, déclara Alosha. Même avant que le Bois se réveille pour de bon, la vallée était infestée ; certaines vieilles légendes venues des Marches jaunes évoquent l'apparition de promeneurs de l'autre côté des cols, avant même que nous franchissions les montagnes et abattions les arbres. Mais les hommes convoitaient toujours cette vallée et s'y installèrent, tentant d'y vivre.

— Pensez-vous que nous soyons *tous* infectés ? m'exclamai-je, horrifiée.

Si on la laissait faire, elle était bien capable de mettre le feu à toute la vallée – et à ses habitants.

— Pas infectés, me corrigea-t-il. *Leurrés.* Dis-moi, où va la rivière ?

— Le Fuseau ?

— Oui. Les fleuves se jettent dans la mer, les rivières dans les lacs ou les marécages, jamais en pleine forêt. Où va celle-ci ? Elle est alimentée chaque année par les neiges d'un millier de montagnes, elle ne peut pas simplement s'enfoncer dans la terre. *Réfléchis*, ajouta-t-elle d'un ton piquant, au lieu de te contenter d'espérer aveuglément. Il existe un pouvoir inhérent à votre vallée, une étrangeté allant au-delà de la magie mortelle qui attire les hommes et y plante ses racines – et pas seulement les hommes. Quelle que soit la nature de la chose qui vit dans ce Bois et transmet l'infection, elle est allée vivre là-bas et puise dans ce pouvoir comme dans une coupe. Elle a tué les gens de la tour, puis s'est rendormie paisiblement pendant un millier d'années, car personne n'a été assez stupide pour aller la déranger. Puis nous sommes arrivés, avec nos armées, nos haches et notre magie, et nous imaginant que, cette fois, nous pouvions gagner.

Elle secoua la tête.

— C'était déjà une erreur d'aller là-bas, reprit-elle. C'en a été une encore plus grosse de continuer notre offensive, d'abattre les arbres jusqu'à réveiller le Bois. À présent, qui sait où tout cela finira ? J'étais ravie d'apprendre que Sarkan allait s'installer là-bas pour le contenir, mais il se comporte à présent comme un imbécile.

— Sarkan n'a rien d'un imbécile, rétorquai-je. Et moi non plus.

J'étais furieuse, et plus encore effrayée ; ce qu'elle racontait avait des accents de vérité. La maison me manquait cruellement, comme si j'avais un grand vide en moi. Elle me manquait depuis que nous avions quitté la vallée pour traverser les montagnes. Des racines… oui. Il y avait des racines plantées dans mon cœur, aussi profondes que pouvait l'être la contamination. Je pensai à Maria Olshankina, à Jaga, mes sœurs pour ce qui était de cette étrange magie que personne ne semblait comprendre, et je sus soudain pourquoi le Dragon choisissait ses filles dans la vallée. Je sus pourquoi il en sélectionnait une, qui partait dix ans plus tard.

Nous étions de la vallée. Nées dans la vallée, de familles trop enracinées pour partir, même en sachant que leurs filles risquaient de leur être enlevées. Nous avions grandi dans la vallée, en absorbant le même pouvoir que celui qui alimentait le Bois. Subitement, je me souvins de cette étrange peinture dans ma chambre de la tour, qui montrait le Fuseau et ses petits affluents argentés, et de ce curieux magnétisme qui m'avait poussée à la recouvrir. Nous servions de canal. Il utilisait les filles qu'il prenait pour puiser dans les ressources de la vallée, et il les gardait enfermées pendant dix ans jusqu'à ce que leurs racines soient trop atrophiées pour maintenir le canal ouvert. Après quoi, elles ne ressentaient plus le même attachement pour cet endroit. Elles pouvaient partir, et ne s'en privaient pas, s'éloignant du Bois comme l'aurait fait n'importe quelle personne sensée.

J'avais plus que jamais besoin de parler à Sarkan, de lui crier dessus ; je voulais l'avoir sous la main pour pouvoir le secouer par ses épaules frêles. Je me contentai cependant de hurler sur Alosha :

— Nous n'aurions peut-être pas dû nous aventurer là-bas, mais il est trop tard, désormais. Le Bois ne nous laisserait pas repartir, même si nous le pouvions. Il ne veut pas nous chasser, il veut nous dévorer. Il veut tout avaler, afin que plus personne ne revienne jamais. Nous devons l'arrêter, et non pas fuir.

— Il ne suffit pas de le vouloir pour vaincre le Bois.

— Ce n'est pas une raison pour ne pas essayer de le détruire maintenant que nous en avons l'occasion. Nous avons déjà éliminé trois arbres-cœurs, grâce à *L'Invocation* et au sort de purge, nous pouvons en abattre d'autres. Si le roi nous accordait assez de soldats, Sarkan et moi pourrions commencer à brûler la forêt…

— De quoi donc parles-tu, fillette ? s'enquit Ballo, stupéfait. De *L'Invocation de Luthe* ? Nul n'a plus lancé ce sort depuis cinquante ans…

— Très bien, reprit Alosha en m'observant, sourcils froncés. Explique-moi précisément comment vous avez détruit ces arbres, en reprenant tout depuis le début : nous n'aurions jamais dû nous fier aux assertions de Solya.

Je m'empressai de leur relater la première fois que nous avions lancé *L'Invocation*, mentionnant la longue étendue lumineuse plongeant vers Kasia, le Bois qui avait tenté de la retenir par tous les moyens, ces terribles instants où elle avait resserré ses doigts autour de ma gorge avant de les retirer, un à un, sachant que je devrais la tuer pour la sauver. Je leur parlai également de Jerzy, et de l'étrange Bois intérieur que *L'Invocation* nous avait montré et où tous deux s'étaient égarés.

Ballo parut affligé par mon rapport, contraint de me croire malgré ses réticences, même s'il intervint occasionnellement d'un « Mais je n'avais jamais entendu dire que... » ou d'un « *L'Invocation* n'a jamais été signalée à... », se faisant chaque fois rabrouer par Alosha qui lui adressait de grands signes pour lui intimer le silence.

— Eh bien, dit-elle quand j'eus terminé, force est de reconnaître que Sarkan et toi avez bel et bien accompli quelque chose. Vous n'êtes pas de parfaits imbéciles.

Elle avait toujours sa dague à la main, et elle en tapota la pointe contre le bord de pierre de la table, la faisant tinter à de multiples reprises telle une clochette.

— Cela ne signifie pas pour autant que la reine valait la peine d'être sauvée, reprit-elle. Après vingt années d'errance dans cet endroit de ténèbres, dans quel état vous attendiez-vous à la retrouver ?

— Nous ne voulions pas le faire, répondis-je. Sarkan ne voulait pas le faire. Mais j'étais obligée...

— Car Marek avait menacé d'exécuter ton amie dans le cas contraire, compléta Alosha. Maudit soit-il.

Je n'avais pas l'impression d'être redevable de quoi que ce soit au prince, mais je précisai en toute honnêteté :

— S'il s'était agi de ma mère... j'aurais tout tenté également.

— Et tu te serais comportée comme un enfant, pas comme un prince, rétorqua Alosha. Solya et lui... (Elle se tourna vers Ballo.) Nous aurions dû nous en douter, quand ils se sont portés volontaires pour aller chercher la fille que Sarkan avait sortie. (Elle me toisa d'un air sévère.) J'étais trop occupée à redouter que le Bois ait finalement réussi à planter ses griffes dans le Dragon.

Tout ce que je voulais, c'était exécuter rapidement cette jeune fille et faire revenir Sarkan ici pour que nous puissions l'examiner. Et je ne suis toujours pas convaincue que ça ne soit pas la meilleure chose à faire.

— Kasia n'est plus contaminée ! m'exclamai-je. Et la reine non plus.

— Ce qui ne signifie pas qu'elles ne peuvent pas servir le Bois.

— Vous ne pouvez pas les faire tuer sous prétexte qu'il *pourrait* se passer quelque chose de terrible dont elles ne seraient même pas responsables, plaidai-je.

— Je ne peux pas lui donner tort, Alosha, intervint Ballo. Les reliques ayant déjà prouvé leur pureté…

— Bien sûr que nous pouvons le faire, rétorqua-t-elle brutalement, si cela peut permettre au royaume de survivre au Bois. Ce qui ne signifie pas pour autant qu'il me tarde de le faire. D'autant moins que cela risquerait de te pousser à commettre une grosse bêtise, ajouta-t-elle à mon intention. Je commence à comprendre pourquoi Sarkan a cédé à tes caprices.

Elle tapota de nouveau sur la table de la pointe de sa dague, puis déclara avec fermeté :

— Gidna.

Je l'observai en cillant. J'avais entendu parler de Gidna, bien sûr, au moins vaguement. Il s'agissait d'une grande cité portuaire donnant sur l'océan, tout au nord, et qui importait de l'huile de baleine et de la laine verte. L'épouse de l'héritier de la couronne venait de là-bas.

— C'est assez loin du Bois, et l'océan est l'ennemi de la contamination, précisa Alosha. Si le roi les envoie toutes deux là-bas… cela pourrait convenir. Le comte a une sorcière à ses côtés, l'Alouette blanche. Enfermons-les sous sa surveillance et, d'ici dix ans – ou si nous parvenons avant cela à brûler jusqu'aux dernières racines du Bois –, je ne m'inquiéterai plus autant.

Ballo opinait déjà. Mais… dix ans ! J'aurais l'impression que Kasia m'était enlevée de nouveau. Seule une personne vieille d'un siècle pouvait faire si peu de cas d'une décennie gaspillée. J'hésitais néanmoins. Alosha n'était pas non plus idiote, et je savais bien qu'elle n'avait pas tort de se montrer prudente. Je jetai un coup d'œil au bestiaire corrompu reposant sur la table. Le Bois nous tendait piège après piège, sans discontinuer. Il avait envoyé une chimère aux Marches jaunes et des loups blancs à Dvernik pour tenter d'attraper le Dragon ; il avait pris Kasia pour m'attirer dans ses filets ; quand j'avais trouvé le moyen de la libérer, il avait essayé de se servir d'elle pour nous corrompre, le Dragon et moi ; et comme cela n'avait pas fonctionné, il l'avait laissée vivre pour mieux nous piéger. Nous avions réussi à échapper à ses embûches, mais s'il y en avait d'autres, si le Bois avait trouvé un moyen de transformer une fois de plus notre victoire en défaite ?

Je ne savais plus quoi faire. Si je donnais mon accord, si j'abondais dans le sens d'Alosha… le roi l'écouterait-il ? Si j'écrivais à Sarkan, et qu'il me répondait pour m'exprimer son assentiment ? Je me mordis la lèvre tandis qu'elle haussait les sourcils, dans l'expectative. Puis elle se retourna : les portes du Charovnikov venaient de s'ouvrir en grand. Le Faucon se tenait sur le seuil, ses robes neigeuses absorbant la lumière, silhouette blanche se détachant devant l'ouverture sombre. Il plissa les paupières d'un air suspicieux en nous découvrant tous trois ensemble, puis il se fendit de son sourire retors.

— Je vois que vous êtes tous bien occupés, déclara-t-il d'un ton badin. Mais pendant que vous conversiez ici, il y a eu du nouveau. Peut-être voudrez-vous bien descendre pour assister au jugement ?

21

Hors du havre que représentait Charovnikov, les bruits de la fête emplissaient tous les couloirs. La musique s'était arrêtée, mais une mer de voix grondait au loin et semblait s'approcher par vagues de plus en plus fortes à mesure que le Faucon et nous nous rapprochions de la salle de bal. Les sentinelles s'empressèrent de nous ouvrir les portes donnant sur l'escalier qui permettait de rejoindre la piste de danse. L'ambassadeur, toujours dans son manteau blanc, était installé dans un fauteuil voisin du trône royal, sur une haute estrade dominant la pièce. Le prince Sigmund et son épouse étaient assis de l'autre côté du souverain. Celui-ci avait les mains fermées sur les griffes de lion ornant les bras de son siège ; il bouillonnait de rage.

Au milieu de la salle, juste devant lui, Marek s'était ménagé un vaste cercle. Six rangs de danseurs stupéfaits s'étaient écartés de lui ; les dames, dans leurs robes bouffantes, formaient comme une couronne de fleurs. Au centre de ce disque se tenait la reine, parée d'une tenue blanche de prisonnière ; Kasia était accrochée à son bras. Mon amie se retourna, manifestement soulagée de me voir, même si je ne pouvais pas m'approcher davantage. La foule obstruait l'escalier et se penchait par-dessus la rambarde de la mezzanine pour observer la scène.

Le secrétaire royal était quasiment à genoux devant Marek et parlait d'une voix chevrotante ; il semblait presque se protéger derrière le lourd livre de loi qu'il brandissait devant lui tel un bouclier. Je ne pouvais pas lui reprocher d'avoir peur : Marek était à moins de deux pas de lui, telle une figure de légende émergée d'une chanson. Enchâssé dans son armure d'acier rutilante, le heaume coincé sous l'aisselle, il tenait à la main une épée qui aurait sans mal pu pourfendre un bœuf. Il toisait le secrétaire avec une allure d'ange vengeur débordant de violence.

— Dans les cas… dans les cas de contamination, bredouilla le secrétaire, le combat judiciaire n'est pas… est expressément révoqué par la loi de Boguslav le…

Il tomba en arrière avec un bruit étranglé. Marek venait de fendre l'air de son épée à quelques centimètres de son visage.

Le prince continua sur son élan, agitant son arme dans toutes les directions en pivotant sur lui-même ; la foule recula fébrilement.

— La reine de Polnya a le droit d'être défendue par son champion ! s'écria-t-il. Faites venir n'importe quel magicien, et que l'on me prouve qu'il y a la moindre trace de contamination en elle. Vous, Faucon, l'apostropha-t-il en braquant sa lame vers l'escalier. (Toute la cour se tourna vers nous.) Jetez-lui votre sort tout de suite, que chacun puisse constater qu'elle ne souffre pas de la moindre infection…

L'assemblée – les archiducs comme les servantes – inspira à l'unisson, puis souffla, émerveillée.

Je crois que ce fut pour cela que le roi n'interrompit pas aussitôt ce spectacle. Les gens sur les marches s'écartèrent pour nous laisser descendre, et le Faucon approcha, ses longues manches traînant sur les degrés. Il adressa une élégante révérence au roi. Il avait manifestement été préparé à ce moment : il transportait une grosse bourse pleine de quelque chose de lourd ; d'un geste du doigt, il fit descendre quatre hautes lampes à sorts suspendues au plafond et les positionna autour de la reine. Puis il ouvrit sa sacoche et jeta une onde de sable bleue au-dessus d'elle, psalmodiant doucement.

Je n'entendis pas l'incantation, mais une violente lumière blanche jaillit en craquant de ses doigts et parcourut la pluie de sable. Il y eut une odeur de verre en fusion, puis de fines volutes de fumée : le sable se dissipa entièrement en tombant, et une distorsion légèrement bleutée vint troubler l'air. J'avais l'impression de voir Kasia et la reine à travers un épais panneau de verre cerné de miroirs. La lumière des lampes à sorts brilla à travers la distorsion, gagnant en intensité en la franchissant. Je distinguais désormais à travers la chair les os de la main de Kasia posée sur l'épaule de la reine, ainsi que les contours délicats de son crâne et de ses dents.

Marek se saisit de la main de la reine et la fit tourner face au public. Les nobles n'avaient pas assisté au procès de l'archevêque, pas vu le voile de Jadwiga. Ils considérèrent avec avidité la souveraine dans sa robe blanche, ses vaisseaux sanguins traçant un circuit dans son corps illuminé ; ses yeux étaient deux phares, ses lèvres entrouvertes soufflaient une brume scintillante : il n'y avait pas d'ombre ni la moindre tache sombre. La cour murmurait alors que le sort commençait à se dissiper.

Le verre se fêla et dégringola en une pluie carillonnant, se transformant en volutes bleues dès qu'elle touchait le sol.

— Que l'on poursuive l'examen, réclama Marek assez fort pour couvrir les conversations passionnées. (Lui-même rougeoyait presque de vertu.) Faites venir n'importe quel témoin : la Mésange, l'archevêque…

À cet instant, la foule était acquise au prince. Il était évident, même pour moi, que des rumeurs d'assassinat naîtraient déjà si toutefois le roi refusait de la libérer ou choisissait de faire emmener la reine pour l'exécuter plus tard. Le souverain s'en rendit compte également. Il se tourna vers ses courtisans et hocha brusquement la tête avant de se rasseoir. Ainsi donc, Marek avait jusque-là réussi à forcer la main de son père, sans même faire usage de sorcellerie : que le roi ait ou pas décidé en personne de la tenue du procès, celui-ci avait bel et bien commencé.

Cependant, j'avais désormais vu le monarque à trois reprises, suffisamment pour l'estimer… pas très agréable. Trop de rides froissaient son visage toujours froncé pour que je puisse l'imaginer doux ou gentil. Toutefois, si j'avais dû le décrire en un mot avant ce jour, j'aurais probablement dit *inquiet* ; désormais, *furieux* lui convenait davantage, froid comme une tempête d'hiver, et c'était encore lui qui devait prononcer le jugement.

Je voulais m'interposer et interrompre le procès, expliquer à Marek qu'il devait retirer ses propos, mais il était trop tard. La Mésange s'était déjà avancée pour témoigner, raide comme un piquet dans sa robe argentée.

— Je n'ai pas détecté la moindre trace de contamination, mais je ne jurerais pas qu'il n'y en a pas, déclara-t-elle froidement en s'adressant directement au roi, faisant fi des mâchoires serrées de Marek et du grattement de son gantelet sur le pommeau de son épée. La reine n'est pas elle-même. Elle n'a pas prononcé un mot, et rien n'indique qu'elle reconnaisse qui ou quoi que ce soit. Sa chair est complètement transformée. Il ne lui reste pas un os ou un tendon d'origine. Et si la peau peut être changée en pierre ou en métal sans être porteuse d'infection, ce changement a certainement été induit par un organisme tiers.

— Et pourtant, si sa chair modifiée était contaminée, intervint le Faucon, ne l'auriez-vous pas observé sous l'effet de mon sort ?

La Mésange ne lui accorda pas même un coup d'œil : ça n'était pas au tour de Solya de parler. Elle se contenta d'incliner la tête vers le roi, qui acquiesça et lui accorda congé d'un petit signe de la main.

L'archevêque fut tout aussi équivoque. Il affirma seulement qu'il avait examiné la reine à l'aide de toutes les saintes reliques de la cathédrale, pas qu'elle était pure.

Je présume que tous deux craignaient que l'avenir leur donne tort.

Seuls quelques autres témoins vinrent plaider en faveur de la reine, des médecins que Marek avait chargés d'ausculter sa mère. Nul n'évoqua le cas de Kasia. Celle-ci n'existait pas à leurs yeux, alors qu'un seul mot de leur part pouvait lui accorder ou lui retirer la vie. Et la reine demeurait silencieuse et inerte à côté d'elle. Elle ne brillait à présent plus du tout, si bien que toute la cour pouvait voir combien elle semblait inhabitée et inexpressive.

Je me tournai vers Alosha, debout près de moi, et Ballo, qui la flanquait. Je savais que, lorsque leur tour viendrait, ils parleraient au roi de cet affreux bestiaire, qui reposait dans le Charovnikov au milieu d'un épais cercle de sel et de fer, dissimulé sous tous les sorts de protection qu'ils avaient pu invoquer, alors que les sentinelles à l'entrée avaient reçu l'ordre de ne laisser entrer personne. Alosha dirait qu'il ne fallait pas courir le risque, elle expliquerait que le danger serait trop grand pour le royaume. Puis, s'il le désirait, le souverain se lèverait et rappellerait que les lois écrites pour lutter contre la contamination étaient incontestables. Il adopterait une moue de regret, et ferait condamner la reine à mort, et Kasia avec elle. En le regardant, je pensais qu'il le ferait. Il le ferait.

Il s'était profondément rencogné dans le fond de son trône, comme si son corps était trop lourd pour lui, et sa main dissimulait sa bouche pincée. La décision à prendre s'imposait à lui telle une chute de neige, formant d'abord une fine couche à laquelle le reste des flocons s'agrégerait. Les autres témoins pourraient prendre la parole, il ne les entendrait pas. Il avait déjà choisi. Ses traits tombants et sinistres annonçaient la mort de Kasia, et je cherchais désespérément à croiser le regard du Faucon. Près de lui, Marek était tout aussi crispé que sa main sur son épée.

Solya me remarqua alors et écarta discrètement les mains, comme pour dire : *J'ai fait ce que j'ai pu.* Il se pencha à l'oreille du prince pour lui glisser quelques mots, et quand le dernier médecin fut reparti, Marek déclara :

— Demandons à présent à Agnieszka de Dvernik de nous relater la libération de la reine.

Après tout, c'était ce que j'avais désiré ; c'était même la raison pour laquelle je m'étais donné tant de mal pour être inscrite sur la liste. Tout le monde me dévisageait, même le roi avec ses sourcils froncés. Néanmoins, je ne savais toujours pas quoi dire. Qu'est-ce que cela changerait, pour le monarque ou ses sujets, que j'affirme que la reine n'était pas corrompue ? Et ils se moqueraient encore davantage de ce que je dirais de Kasia.

Solya essaierait peut-être de lancer *L'Invocation* avec moi, si je le lui demandais. J'envisageai de le faire, j'imaginai cette lumière blanche révéler la vérité crue à la cour. Mais… la reine avait déjà été testée par le voile de Jadwiga. Toute l'assemblée l'avait vue sous le sort du Faucon. Le roi savait bien qu'elle n'était plus infectée. Il n'était plus question de vérité. Ce n'était pas ce que le public réclamait. Si je la leur livrais, ils choisiraient de ne pas l'entendre. Je n'arriverais pas à les faire changer d'avis.

Je pouvais toutefois leur offrir tout autre chose. Je pouvais leur offrir ce qu'ils désiraient réellement. Je compris seulement alors de quoi il s'agissait. Ils voulaient savoir. Ils voulaient voir à quoi cela avait pu ressembler. Ils voulaient se sentir impliqués dans l'aventure du sauvetage de la reine ; ils voulaient vivre dans une chanson. Cela n'avait rien à voir avec la vérité, mais cela pourrait les convaincre d'épargner Kasia.

Je fermai les paupières et me rappelai le sort d'illusion. *Il est infiniment plus simple de produire l'illusion d'une armée que d'en créer une réelle*, avait dit Sarkan, et alors que je commençais à chuchoter le sort, je sus qu'il avait raison. Je n'eus pas plus de mal à faire naître ce monstrueux arbre-cœur que je n'en avais eu à créer cette petite fleur dans la bibliothèque du Dragon. Le tronc s'éleva depuis le sol de marbre avec une facilité déconcertante. Kasia retint son souffle ; une femme hurla ; quelqu'un renversa sa chaise quelque part dans la pièce. Je fis abstraction du bruit. Je laissai l'incantation se dérouler sur ma langue tandis que j'y déversais ma magie et cette peur prégnante qui n'avait jamais réellement déserté mes tripes. L'arbre-cœur poussait encore, déployant ses longues branches argentées dans toute la salle ; le plafond disparut derrière ses feuilles frémissantes ; l'odeur putride des fruits envahit l'air. Mon estomac se contracta, puis la tête de Janos roula à mes pieds et vint s'immobiliser contre les racines étendues.

Tous les courtisans se plaquèrent contre les murs, et plus ils reculaient, plus ils disparaissaient. Les cloisons elles-mêmes s'étaient volatilisées, remplacées par la forêt où régnait le fracas de l'acier contre l'acier. Marek se retourna, soudain pris de stupeur, et brandit son épée : la mante argentée était là, plongeant vers lui. Quand ses griffes s'abattirent sur ses épaules, elles éraflèrent le brillant de son armure. Des cadavres gisaient tout autour du prince.

Une brume épaisse flotta devant mes yeux ; j'entendis alors le crépitement des flammes. Je pivotai vers le tronc, et Sarkan était là, lui aussi, piégé dans l'écorce argentée qui essayait de le dévorer. « Maintenant, Agnieszka », criait-il alors que le cœurfeu rougeoyait entre ses doigts. Je tendis timidement la main vers lui, me remémorant mon supplice, puis, l'espace d'un instant – d'un très bref instant –, il n'était plus une simple illusion. Il fronça les sourcils, surpris. Son regard disait : *Mais qu'est-ce que tu fabriques, imbécile ?* et, quelque part, c'était lui, vraiment lui – puis le feu purificateur monta entre nous, et il disparut ; redevenu mirage, il brûlait.

Je posai les mains sur le tronc alors que l'écorce s'enroulait et éclatait telle la peau d'une tomate trop mûre. Kasia était près de moi, bien réelle ; l'arbre se fendait en deux sous ses coups de poing. Elle brisait le bois maléfique, et la reine finit par en sortir en chancelant, les mains tendues vers nous, implorant notre aide, le visage soudain vivant et déformé par l'horreur. Nous la saisîmes pour la tirer de là. J'entendis le Faucon invoquer un sort de feu – puis je me rendis compte qu'il appelait des flammes véritables, et que nous n'étions pas vraiment dans le Bois. Nous nous trouvions dans le château du roi…

Dès que cette vérité me frappa, le sort d'illusion m'échappa complètement. L'arbre se consuma ; le feu à ses racines remonta le long du tronc et emporta le reste du Bois. Les cadavres s'enfoncèrent dans le sol, et je jetai un dernier coup d'œil à leurs visages, tous leurs visages, avant que le marbre se referme dessus. Je les observai, des larmes plein les joues. Je ne pensais même pas me souvenir assez bien de tous les soldats pour les faire figurer tous. Puis les dernières ombres-feuilles disparurent, et nous étions de nouveau au palais, devant le trône, dont le roi s'était levé pour contempler la scène avec effroi.

Le Faucon tourna sur lui-même, haletant, du feu crépitant encore dans ses mains et sur le marbre à ses pieds. Marek cherchait lui aussi un ennemi qui n'était plus là ; son épée était de nouveau immaculée, son armure intacte et rutilante. La reine se tenait, seule et tremblante, au milieu de la pièce, les yeux écarquillés. Toute la cour était agglutinée contre les murs, aussi loin que possible du centre de la salle. Quant à moi, je me laissai tomber à genoux, frémissante, les bras croisés sur le ventre pour réprimer ma nausée. Je n'avais jamais voulu retourner au Bois.

Marek fut le premier à recouvrer ses esprits. Il s'approcha du trône, le souffle encore court.

— Voilà à quoi nous l'avons soustraite ! s'exclama-t-il à l'intention de son père. Voilà le mal que nous avons surmonté pour la ramener, voilà le prix que nous avons payé pour la sauver ! Voilà le mal que vous soutiendrez si vous… je ne le tolérerai pas ! Je vais…

— Assez ! rugit le roi, livide derrière sa barbe.

Marek, pour sa part, était écarlate de colère, encore dans l'esprit de la bataille. Il tenait toujours son arme. Il fit un pas vers le trône. Le souverain ouvrit des yeux ronds ; la colère lui remit un peu de couleur aux joues, et il fit signe à ses gardes, en faction derrière l'estrade.

— Non ! s'écria subitement la reine Hanna.

Marek fit aussitôt volte-face pour la regarder. Elle avança d'un pas maladroit, traînant les pieds comme si le simple fait de les bouger lui réclamait un effort colossal. Son cadet la dévisageait fixement. Elle le rejoignit et lui saisit le bras.

— Non, répéta-t-elle.

Elle le força à abaisser sa main. Il résista d'abord, mais quand elle plongea ses yeux dans les siens, son visage redevint celui d'un petit garçon face à sa mère.

— Tu m'as sauvée, lui dit-elle. Marechek. Tu m'as déjà sauvée.

Il laissa alors retomber son bras et, sans le lâcher, elle se tourna vers son mari, qui la toisait depuis son estrade. Le visage pâle et magnifique de la reine était cerné du halo formé par ses courts cheveux.

— Je voulais mourir, déclara-t-elle. J'avais tellement envie de mourir.

Elle fit un pas supplémentaire et s'agenouilla au pied des marches de l'estrade, forçant Marek à l'imiter ; il ploya la nuque, contemplant le sol. Elle, en revanche, conserva le menton bien droit.

— Pardonne-lui, dit-elle au roi. Je connais la loi. Je suis prête à mourir. (Sa main tint bon quand Marek tressauta.) Je suis la reine de Polnya ! affirma-t-elle d'une voix forte. Je suis prête à mourir pour mon pays. Mais pas comme une traîtresse.

» Je ne t'ai pas trahi, Kasimir, poursuivit-elle en tendant l'autre bras. Il m'a emmenée. Il m'a emmenée !

Un murmure parcourut la salle, enflant aussi vite qu'une rivière en crue. J'observai autour de moi sans rien comprendre. Alosha, les sourcils froncés, semblait tout aussi perplexe. La voix de la reine chevrotait légèrement, mais s'élevait suffisamment pour couvrir le bruit ambiant.

— Que l'on m'exécute pour avoir été contaminée, ajouta-t-elle. Mais que Dieu m'en soit témoin : je n'ai jamais abandonné mon mari et mes enfants. Le traître Vasily m'a emmenée de force avec ses soldats et m'a abandonnée dans le Bois, après m'avoir lui-même attachée à l'arbre.

22

— Je t'avais prévenue, dit Alosha sans relever la tête de ses coups de marteau réguliers.

J'étreignais mes genoux dans un coin de la forge, juste à l'extérieur du cercle roussi formé par la chute des étincelles. Je restais silencieuse. Je n'avais rien à dire : elle m'avait effectivement prévenue.

Tout le monde se moquait que le prince Vasily ait sans doute lui-même été corrompu pour commettre un acte aussi fou ; tout le monde se moquait qu'il soit mort dans le Bois, cadavre solitaire nourrissant les racines de l'arbre-cœur. Tout le monde se moquait de savoir que tout ceci était la faute du bestiaire. Le prince Vasily avait kidnappé la reine pour la livrer au Bois. Chacun était aussi furieux que si cela s'était produit la veille, et au lieu de marcher sur le Bois, tous voulaient marcher sur la Rosya.

J'avais déjà essayé de raisonner Marek, en vain. Moins de deux heures après l'absolution de la reine, il était dans la cour de la caserne à faire manœuvrer les chevaux pour choisir celui qu'il mènerait au front.

— Tu nous accompagneras, avait-il décrété, comme si cela ne souffrait aucune contestation.

Il continuait d'observer le ballet des jambes équines, faisant tourner un hongre bai autour de lui, une main sur la guide et l'autre sur son long fouet.

— Solya prétend que tu peux doubler, voire plus, la puissance de ses sorts.

— Non ! m'étais-je exclamée. Je ne vous aiderai pas à tuer des Rosyans ! C'est le Bois que nous devons combattre, pas eux.

— Et c'est ce que nous allons faire, m'avait répondu posément le prince. Après avoir pris la rive est de la Rydva, nous bifurquerons vers le sud depuis leur côté des montagnes Jaral et nous attaquerons le Bois des deux côtés. Très bien, nous allons prendre celui-ci, avait-il annoncé à son palefrenier en lui lançant la bride.

Il avait fait remonter l'extrémité pendante de sa cravache d'un geste expert du poignet, puis s'était retourné vers moi.

— Écoute, Nieshka…

Je l'avais dévisagé, incrédule ; il osait m'appeler par un surnom ? Non content de cela, il m'avait passé un bras autour du cou avant de poursuivre :

— Si nous emmenons la moitié de notre armée vers ta vallée, ce sont nos ennemis qui traverseront la Rydva pour mettre Kralia à sac dès que nous aurons le dos tourné. C'est d'ailleurs sans doute pour ça qu'ils se sont ligués avec le Bois : ils voulaient que nous réagissions ainsi. Le Bois ne possède pas d'armée. Il ne bougera pas avant qu'on en ait fini avec la Rosya.

— Personne ne se liguerait jamais avec le Bois ! m'étais-je exclamée.

Il avait haussé les épaules.

— Même si ce n'est pas le cas, ils s'en sont quand même volontairement servis contre nous. Crois-tu que ma mère se sente réconfortée de savoir que ce chien de Vasily est mort après l'avoir livrée à cet enfer interminable ? Et même s'il était effectivement contaminé avant, tu dois comprendre que cela ne change rien. La Rosya n'éprouvera aucun scrupule à profiter de l'ouverture si nous partons vers le sud. Nous ne pouvons pas nous attaquer au Bois avant d'avoir assuré nos arrières. Ne réfléchis donc pas à si court terme.

Je m'étais dégagée d'une secousse, outrée par sa condescendance.

— Ce n'est pas moi qui vois les choses à court terme, avais-je dit en fulminant à Kasia, tandis que nous nous hâtions de traverser la cour pour aller trouver Alosha à sa forge.

Mais Alosha s'était contentée d'un « Je t'avais prévenue », sombre et sans chaleur.

— Le pouvoir du Bois n'est pas une bête aveugle et sanguinaire. Il sait réfléchir et planifier pour arriver à ses fins. Il lit dans le cœur des hommes pour mieux les empoisonner.

Elle souleva l'épée posée sur son enclume et la plongea dans un bain d'eau froide. De la vapeur d'eau s'éleva en gros nuages, tel le souffle d'une créature monstrueuse.

— Sans cette contamination, tu aurais sans doute deviné qu'il y avait autre chose à l'œuvre.

Kasia, assise à côté de moi, redressa la tête.

— Y… Y a-t-il autre chose à l'œuvre en moi ?

Alosha marqua une pause et la gratifia d'un regard. Je me surpris à retenir mon souffle. Puis la sorcière forgeronne haussa les épaules.

— La situation n'est-elle pas déjà assez grave ? Tu es libre, la reine aussi, et les royaumes de Polnya et de Rosya seront bientôt à feu et à sang. Nous ne pouvons pas nous priver des hommes qu'ils vont envoyer au front, ajouta-t-elle. Sinon, ils seraient déjà là-bas. Le roi dépouille le royaume, et celui de Rosya devra en faire autant pour nous affronter. La récolte sera mauvaise cette année, que nous gagnions ou perdions.

— Et c'est ce que le Bois voulait depuis le début, comprit Kasia.

— L'une des choses qu'il voulait, précisa Alosha. Je ne doute pas un instant qu'il aurait volontiers dévoré Agnieszka et Sarkan s'il en avait eu l'occasion, ce qui lui aurait permis d'engloutir le reste de la vallée en une nuit. Mais un arbre n'est pas une femme : il ne porte pas une unique graine. Il en essaime autant qu'il peut, espérant que certaines prennent. Le livre en était une, la reine une autre. Elle aurait dû être exilée sur-le-champ, et toi avec. (Elle se retourna vers sa forge.) Mais il est trop tard pour réparer cette erreur, à présent.

— Nous ferions peut-être bien de rentrer directement à la maison, dis-je à mon amie.

Une vague de nostalgie menaça alors de me submerger. Je tâchai de ne pas me laisser déborder :

— Il n'y a plus rien que nous puissions faire ici. Chez nous, nous pourrons aider à brûler le Bois. Nous pourrons recruter au moins une centaine d'hommes dans la vallée et…

— Une centaine d'hommes, répéta Alosha en ricanant face à son enclume. Sarkan, toi et une centaine d'hommes pourrez causer quelques dégâts, je n'en doute pas, mais vous paieriez le prix fort pour chaque centimètre de terrain grappillé. Et pendant ce temps, le Bois verra vingt mille soldats s'entre-tuer sur les berges de la Rydva.

— Cela se produira quoi qu'il advienne ! lui rappelai-je. Ne pouvez-vous rien y faire ?

— Je m'y attelle, répliqua-t-elle en remettant son épée au feu.

Elle l'avait déjà chauffée quatre fois depuis notre arrivée à la forge, ce qui me paraissait parfaitement illogique. Je n'avais jamais été témoin de la fabrication d'une épée, mais j'avais souvent regardé travailler le maréchal-ferrant : enfants, nous aimions tous l'observer marteler les faux en prétendant qu'il s'agissait d'armes de guerre ; nous ramassions alors des bâtons pour mimer des escarmouches autour de son atelier fumant. Je savais donc qu'il était inutile de forger une lame encore et encore. Pourtant, Alosha la reposa une fois de plus sur l'enclume, et je compris qu'elle martelait des sorts dans l'acier : ses lèvres remuaient légèrement pendant qu'elle s'affairait. Il s'agissait d'une magie étrange, car elle n'était pas complète. La sorcière rattrapa un sort en suspens, puis l'interrompit de nouveau avant de replonger l'acier dans l'eau froide.

La lame noircie en ressortit dégoulinante et vitrée. Il émanait d'elle une forme étrange d'avidité. Quand je l'examinai de plus près, je vis une chute interminable dans une crevasse sèche de la terre, puis une dégringolade sur des rochers acérés. Cette arme n'avait rien à voir avec les épées enchantées dont les soldats de Marek étaient équipés : celle-ci était assoiffée de sang.

— Je travaille sur cette lame depuis un siècle, expliqua Alosha en la brandissant devant elle.

Je gardai les yeux rivés sur la magicienne pour éviter de regarder l'objet.

— Je l'ai commencée à la mort de la Corneille, quand le Dragon est parti s'installer à la tour. Il y a désormais moins d'acier que de sortilège à l'intérieur. L'épée se souvient simplement de la forme qu'elle avait autrefois, et elle ne tiendra pas plus qu'un coup, mais cela devra suffire.

Elle la replongea dans la forge, et nous la contemplâmes baigner dans son bain de flammes au milieu duquel nageait une longue langue d'ombre.

— Le pouvoir du Bois, déclara lentement Kasia, les yeux rivés sur le feu. Est-il possible de le tuer ?

— Cette épée peut tout tuer, affirma Alosha, et je la crus. À condition qu'on puisse lui trancher le cou, précisa-t-elle. Mais pour cela, nous aurons besoin de bien plus d'une centaine d'hommes.

— Nous pourrions demander à la reine, suggéra soudain mon amie. (Je me tournai vers elle sans bien comprendre.) Je sais que certains seigneurs lui ont prêté allégeance ; une bonne dizaine d'entre eux ont essayé de venir lui présenter leurs hommages quand nous étions enfermées ensemble, mais la Mésange a refusé de les laisser entrer. Elle devrait pouvoir nous confier certaines troupes, au lieu de les expédier en Rosya.

Et elle, au moins, voudrait réellement voir le Bois abattu. Si Marek, le roi, ou n'importe qui d'autre à la cour refusaient de m'écouter, peut-être la reine serait-elle mieux disposée.

Ainsi donc, Kasia et moi allâmes flâner autour de la grande salle du conseil : depuis son retour à la vie, la reine faisait de nouveau partie du conseil de guerre. Les gardes m'auraient laissée entrer, sachant désormais qui j'étais. Ils me scrutèrent du coin de l'œil, à la fois nerveux et intéressés, comme si je risquais à tout moment de faire usage de ma magie. Je n'avais cependant aucune envie d'entrer : je ne voulais pas me retrouver piégée entre les arguments des Magnati et des généraux tâchant de déterminer la méthode la plus efficace pour assassiner dix mille hommes et en récolter toute la gloire tandis que les cultures pourriraient dans les champs. Je refusais de me jeter entre leurs griffes pour qu'ils puissent m'utiliser comme une nouvelle arme.

Nous attendîmes donc devant et restâmes plaquées contre le mur quand la réunion fut levée et qu'un torrent de seigneurs et de soldats quitta la salle. Je m'étais imaginé que la reine suivrait le groupe, avec son escorte de domestiques, mais elle émergea en plein milieu de la foule. Elle portait son bandeau, le bandeau de Ragostok, celui sur lequel il avait tant œuvré. L'or reflétait la lumière et les rubis scintillaient dans sa chevelure blonde. Sa robe de soie était rouge également, et toutes les courtisanes réunies autour d'elle avaient des allures de moineaux autour d'un cardinal. C'était le roi qui fermait la marche, discutant à voix basse avec le père Ballo et deux conseillers.

Kasia se tourna vers moi. Il nous faudrait nous frayer un passage pour atteindre la reine – effronté, mais réalisable : Kasia n'aurait eu aucun mal à écarter tout le monde. Cependant, la souveraine paraissait métamorphosée. Sa raideur semblait s'être estompée, et son silence n'était qu'un lointain souvenir. Elle souriait, saluant du chef les nobles qui l'entouraient. Elle était redevenue l'une des leurs, une actrice arpentant la scène, aussi gracieuse que les autres. Je ne bougeai pas. Elle se tourna brièvement vers le côté, presque dans notre direction. Je n'essayai même pas de croiser son regard, mais attrapai le bras de Kasia pour l'entraîner dans l'ombre avec moi. Quelque instinct me retenait, comme celui poussant une souris à se réfugier dans un trou en entendant le battement des ailes d'une chouette.

Les sentinelles suivirent alors la cour, sans cesser de m'observer en coin. Le couloir était vide, à présent. Je tremblais de tous mes membres.

— Nieshka, me dit Kasia. Qu'y a-t-il ?

— J'ai fait une bêtise, répondis-je.

Je ne savais pas tout à fait quoi, mais j'avais conscience d'avoir commis une erreur. J'en avais la terrible certitude, et ce sentiment s'ancrait de plus en plus profondément en moi.

— J'ai fait une bêtise.

Kasia me suivit dans les couloirs et les escaliers étroits qui nous permirent de regagner – presque au pas de course sur la fin – ma chambre exiguë. Elle me considéra avec inquiétude quand je claquai la porte derrière moi et m'y adossai, tel un enfant se cachant.

— Est-ce à cause de la reine ? s'enquit-elle.

Elle était debout au milieu de la pièce. La lumière du feu teignait d'or sa peau et ses cheveux et, l'espace d'un instant, elle m'apparut telle une étrangère portant le visage de mon amie ; l'espace d'un instant, je crus avoir apporté les ténèbres avec moi. Je me précipitai vers la table. J'avais entreposé quelques branches de pin dans ma chambre, afin de les avoir toujours sous la main. Je saisis une poignée d'aiguilles et les jetai dans le foyer avant d'inhaler la fumée amère. Je chuchotai alors mon sort de purification. L'étrangeté se dissipa. Kasia était assise sur le lit et m'examinait tristement. Je la regardai d'un air malheureux : elle avait lu le soupçon dans mes prunelles.

— Ce n'est rien de plus que je ne l'ai cru moi-même, dit-elle. Nieshka, je devrais… Peut-être que la reine et moi devrions…

Sa voix se brisa.

— Non ! m'écriai-je. Non.

Mais je ne savais plus quoi faire. Je m'assis devant le feu, le souffle court, effrayée. Puis je me tournai vers les flammes, les mains en coupe, et invoquai mon illusion d'entraînement, la petite églantine épineuse ; bientôt, les branches de l'arbuste se mirent à grimper paresseusement sur les parois de l'écran de cheminée. Chantonnant lentement, je lui conférai un parfum, fis apparaître une poignée d'abeilles et des feuilles recourbées aux extrémités où se cachaient des coccinelles. Puis je matérialisai Sarkan de l'autre côté. J'invoquai ses mains sous les miennes, ses longs doigts agiles et arachnéens, légèrement calleux, sa peau brûlante. Il prit forme sur la cheminée, assis en face de moi ; nous étions désormais dans sa bibliothèque.

Je psalmodiai continuellement mon petit sort d'illusion, l'alimentant régulièrement d'un filin de magie argenté. Cela ne se passa toutefois pas comme la veille avec l'arbre-cœur. Je voyais son visage, ses sourcils froncés, ses yeux sombres et réprobateurs, mais ça n'était pas vraiment lui. Je n'avais pas seulement besoin d'une illusion, de son image, ni même d'une odeur ou d'un son. Ce n'était pas pour cela que l'arbre-cœur avait pris vie dans la salle du trône. Il était sorti de mon cœur, né de ma peur, de mes souvenirs et des horreurs qui me hantaient encore.

La fleur s'épanouissait entre mes paumes. Je regardai Sarkan par-dessus les pétales et m'autorisai à sentir ses mains autour des miennes, les endroits où la pointe de ses doigts effleuraient ma peau. Je m'autorisai à éprouver de nouveau la chaleur étonnante de sa bouche, le bruissement de la soie et de la dentelle entre nos corps quand nous étions collés l'un contre l'autre. Enfin, je m'autorisai à penser à ma colère concernant tout ce que j'avais appris, tous ses secrets, tout ce qu'il m'avait caché ; je lâchai l'églantine et attrapai les bords de son manteau pour le secouer, pour lui crier dessus, pour l'embrasser…

Puis il cilla et me dévisagea, et je vis un feu rougeoyer quelque part derrière lui. Ses joues étaient noires de suie, il avait de la cendre plein les cheveux et ses yeux étaient rougis ; les flammes dans l'âtre crépitèrent, et ce fut le lointain craquement de l'incendie dans les arbres.

— Alors ? me demanda-t-il d'une voix rauque et irritée. (Cette fois, c'était bien lui.) J'ignore ce que tu fabriques, mais nous ne pouvons pas continuer cela longtemps ; je ne peux pas me laisser distraire.

Mes mains s'agrippèrent au tissu : j'en sentis les coutures, et je perçus aussi la piqûre des cendres sur mes mains, dans mes narines, dans ma bouche.

— Que se passe-t-il ?

— Le Bois tente de s'emparer de Zatochek, répondit-il. Nous essayons de le faire brûler chaque jour, mais nous avons déjà perdu énormément de terrain. Vladimir nous a envoyé tous les soldats dont il pouvait se dispenser aux Marches jaunes, mais cela ne suffira pas. Le roi va-t-il dépêcher ses troupes ?

— Non, répondis-je. Il va… ils vont déclencher une nouvelle guerre contre la Rosya. La reine affirme que Vasily de Rosya l'a livrée au Bois.

— La reine a parlé ? s'étonna-t-il sèchement.

Je fus soudain étranglée par un nouvel accès de peur.

— Mais le Faucon lui a jeté un sort de vision, précisai-je autant pour le convaincre que pour me rassurer. Ils l'ont jugée avec le châle de Jadwiga. Il n'y a rien en elle, pas la moindre trace sombre, aucun d'eux n'a décelé la plus petite ombre…

— La contamination n'est pas la seule arme du Bois, répliqua Sarkan. La torture ordinaire peut se révéler tout aussi efficace pour briser quelqu'un. Il a pu la laisser filer délibérément, rompue à son service sans la moindre trace d'infection en vue. Ou il a peut-être implanté quelque chose en elle, ou près d'elle. Un fruit, une graine…

Il marqua une pause et tourna la tête, distinguant quelque chose qui m'était invisible.

— Lâche ! cria-t-il subitement avant de libérer sa magie.

Je tombai en arrière et heurtai douloureusement le sol. L'églantier tomba en cendres devant l'âtre et disparut en même temps que Sarkan.

Kasia bondit pour me venir en aide, mais j'étais déjà en train de me relever. *Un fruit, une graine…* Ses paroles avaient attisé ma crainte.

— Le bestiaire, dis-je. Ballo voulait essayer de le purifier…

La tête me tournait encore, mais je me précipitai hors de ma chambre, mue par un sentiment d'urgence. Ballo allait parler du livre au roi. Kasia s'élança à mon côté, m'épargnant de choir lors de mes premiers pas vacillants.

Nous entendîmes le hurlement en dévalant le premier étroit escalier réservé aux domestiques. *Trop tard, trop tard*, me disaient mes pieds en frappant la pierre. Je n'arrivais pas à déterminer l'origine des cris : ils étaient lointains et résonnaient étrangement dans les couloirs du château. Je pris la direction du Charovnikov, croisai deux servantes éberluées qui s'étaient ratatinées contre les murs, leur linge propre froissé entre leurs bras. Kasia et moi nous précipitâmes dans le deuxième escalier et étions sur le point d'atteindre le rez-de-chaussée quand un éclair blanc craqua, projetant des ombres tranchantes sur les murs.

La lumière aveuglante s'estompa, et je vis alors Solya voler à travers le palier pour venir s'écraser contre la paroi avec un bruit de toile humide. Nous le vîmes affalé, immobile, les yeux ouverts mais fixes, du sang coulant de son nez et de sa bouche, des griffures sanguinolentes lui zébrant le torse.

La chose qui rampait dans le corridor menant au Charovnikov emplissait presque tout l'espace du sol au plafond. Il s'agissait moins d'une créature identifiable que d'un atroce assemblage, avec sa tête de chien monstrueux, son œil énorme et unique au milieu du front et sa gueule remplie de dents acérées qui ressemblaient davantage à des couteaux. Six pattes musclées se terminant par des griffes de lion émergeaient de son corps gonflé, le tout couvert d'écailles de serpent. Elle grondait et courait si vite que je n'eus pas le réflexe de m'écarter. Kasia m'attrapa par le col et me tira dans les marches. Le monstre revint alors sur ses pas et passa la tête dans la cage d'escalier, mordant l'air tout en grognant, tandis qu'une écume verte bouillonnait hors de sa bouche.

— *Polzhyt !* m'écriai-je en tapant du pied.

Il glapit et se retira dans le corridor alors qu'une langue de flamme dévalait les degrés de pierre pour venir lui roussir le museau.

Deux gros carreaux vinrent se ficher dans son flanc avec un bruit de chair percée : il se recroquevilla en couinant. Marek, qui avait pris la bête à revers, se débarrassa de son arbalète ; un jeune écuyer empoté avait retiré une lance du mur et s'y agrippait en observant la créature, bouche bée. Il ne lâcha la hampe que lorsque le prince la lui arracha des mains.

— Va réveiller les gardes ! s'exclama-t-il à l'adresse du garçon, qui tressaillit et s'enfuit.

Marek donna un coup de fer vers la chose.

Derrière lui, des portes pendaient sur leurs gonds. Des dalles blanches et noires étaient éclaboussées de sang, non loin de trois cadavres de nobles gisant dans leurs habits lacérés. Un vieillard au visage blême observait la scène, caché sous une table – le secrétaire du palais. Deux sentinelles étaient mortes plus loin dans le couloir, comme si la créature avait bondi des entrailles du château et ouvert les portes pour s'en prendre aux hommes à l'intérieur.

Ou peut-être à un homme en particulier : elle gronda à l'encontre de la lance qui la harcelait, mais finit par se détourner de Marek pour retrousser les babines avec détermination en direction de Solya. Le magicien avait toujours les prunelles vitreuses et braquées sur le plafond ; cependant, ses doigts griffaient doucement le sol de pierre, comme s'il cherchait à reprendre pied dans ce monde.

Avant que la chose puisse bondir, Kasia se jeta devant elle, dégringolant en bas de l'escalier avant de se redresser d'un appui contre le mur. Elle décrocha une autre lance du mur et l'enfonça dans la truffe de son adversaire. L'espèce de chien mordit le manche de bois puis hurla de douleur : Marek venait d'enfoncer son fer dans son flanc. Des bruits de course accompagnés de cris se rapprochaient. Des gardes arrivaient, et les cloches de la cathédrale sonnaient à tout rompre pour annoncer la menace. Le page avait réussi à donner l'alarme.

Je fus témoin de tout cela, et pourrais affirmer plus tard que cela s'était bel et bien déroulé, mais j'observais les événements on ne peut plus passivement. Je sentais simplement l'haleine chaude et fétide du monstre remonter l'escalier, l'odeur du sang et les coups de pilon que mon cœur infligeait à ma cage thoracique ; le tout en sachant que je devais agir. La bête gronda et se retourna vers Kasia et Solya, et je restai plantée sur les marches. Les cloches résonnaient, encore et encore. Je les entendais au-dessus de ma tête, là où une haute fenêtre laissait apparaître une fine tranche du ciel gris perle et lumineux typique d'une journée d'été nuageuse.

Recouvrant enfin mes esprits, je levai la main et articulai :

— *Kalmoz !*

Dehors, les cumulo-nimbus s'agglomérèrent, formant un nœud sombre à l'allure d'éponge ; l'averse subite m'aspergea d'eau, et un éclair entra par la fenêtre et me sauta entre les mains tel un serpent sifflant et scintillant. Je l'étreignis, aveuglée ; tout autour de moi n'était plus que lumière blanche et complainte aiguë. Je n'arrivais plus à respirer. Je jetai mon éclair en direction de l'abomination. Un roulement de tonnerre emplit la cage d'escalier et je volai en arrière, m'étalant douloureusement sur le palier, au milieu d'un nuage de fumée et d'une odeur âcre et prégnante.

Je restai allongée sur le dos, tremblant comme une feuille, des larmes plein les yeux. Mes mains me piquaient affreusement, et je me rendis compte que la fumée s'en élevait, telle une brume matinale. Je n'entendais plus rien. Quand ma vision s'éclaircit, je découvris deux servantes penchées sur moi, terrifiées, articulant des mots silencieux. Leurs mains parlaient pour elles, délicates. Elles m'aidèrent à me relever ; j'avais les jambes qui tremblaient. Au pied des marches, Marek et trois gardes donnaient de petits coups prudents à la tête de la créature. Celle-ci gisait, fumante et immobile. Sa silhouette carbonisée était dessinée sur le mur derrière elle.

— Plantez-lui une lance dans l'œil pour ne courir aucun risque, ordonna Marek.

L'un des soldats s'exécuta, perçant le globe déjà laiteux. Le corps ne tressaillit même pas.

Je clopinai jusqu'au pied de l'escalier, me retenant d'une main contre le mur, et je m'assis en tremblant sur la dernière marche. Kasia soutenait Solya tandis qu'il se remettait debout. Il s'essuya la figure d'un revers de main, nettoyant le sang qui lui couvrait la bouche. Puis, pantelant, il examina la bête.

— De quoi diable s'agit-il ? s'enquit Marek.

La chose paraissait encore plus surnaturelle maintenant qu'elle était morte : ses membres dépareillés pendaient mollement de son corps, comme si une couturière folle avait assemblé des morceaux de poupées diverses.

J'étudiai la monstruosité par au-dessus, son museau de chien, ses pattes écartées, son corps écailleux, et un souvenir me revint lentement. Je l'avais vue la veille, du coin de l'œil, tout en m'efforçant de ne pas lire.

— D'un tsoglav, répondis-je au prince.

Je me relevai trop rapidement et dus me rattraper au mur pour ne pas tomber.

— C'est un tsoglav, répétai-je.

— Quoi ? (Solya leva la tête vers moi.) Qu'est-ce qu'un…

— C'était dans le bestiaire ! m'exclamai-je. Nous devons retrouver le père Ballo…

Je m'interrompis, considérant la créature infernale, et compris soudain que nous ne le reverrions plus.

— Nous devons récupérer le livre, me corrigeai-je dans un murmure.

Je chancelais, nauséeuse. Je descendis malgré tout la dernière marche et manquai m'étaler sur le cadavre jonchant le couloir. Marek m'attrapa par le bras et, accompagnés des gardes armés de leurs lances, nous reprîmes le chemin du Charovnikov. Les grandes portes de bois béaient de guingois, fendues et couvertes de sang. Marek me posa contre le mur telle une échelle branlante, puis tourna brusquement la tête vers l'un des soldats. Ensemble, ils se saisirent des lourds vantaux écroulés et les ôtèrent du passage.

La bibliothèque était sens dessus dessous ; les lampes étaient brisées, les tables renversées et fracassées. Les étagères éventrées étaient retournées sur les piles d'ouvrages qu'elles avaient contenues. Au milieu de la pièce, l'imposante table de travail en pierre s'était fissurée en son milieu et effondrée sur elle-même. Le bestiaire était ouvert au centre des gravats ; une unique lumière brûlait encore au-dessus des pages intactes. Trois cadavres jonchaient le sol, désarticulés et abandonnés là, perdus dans les ténèbres. Près de moi, Marek s'immobilisa soudain, le souffle coupé.

Puis il bondit en avant en hurlant :

— Mandez la Mésange ! Mandez la…

Il se laissa alors tomber à genoux près du corps le plus lointain ; il le retourna et un rayon de lumière se posa sur le visage de l'homme, le visage du souverain.

Le roi était mort.

23

Des gens pleuraient partout : des gardes, des domestiques, des clercs, des médecins, tous s'affairant autour de la dépouille du roi, s'approchant aussi près qu'ils l'osaient. Marek avait ordonné à trois sentinelles de veiller sur lui avant de disparaître. Je fus repoussée vers le côté de la pièce, telle une épave par la marée. Je m'affaissai contre une bibliothèque et fermai les paupières. Kasia vint me rejoindre.

— Nieshka, que dois-je faire ? s'enquit-elle en m'aidant à m'asseoir plus confortablement sur un marchepied.

— Ramène Alosha, répondis-je, cherchant instinctivement une personne susceptible de savoir comment réagir.

Une impulsion chanceuse : l'un des assistants de Ballo avait survécu et s'était hissé dans la grande cheminée de pierre de la bibliothèque pour s'enfuir. Un garde avait remarqué les marques de griffures sur le foyer et les cendres éparpillées partout. Ils le découvrirent dans le conduit, encore tremblant de peur. Ils le firent descendre, lui servirent à boire, puis il se releva, me désigna et bredouilla :

— C'est elle ! C'est elle qui l'a trouvé !

La tête me tournait encore et j'étais toujours nauséeuse et fébrile depuis que j'avais fait éclater l'orage. Ils commencèrent tous à me crier dessus. J'essayai de leur parler du livre, caché dans la bibliothèque depuis tout ce temps, mais ils cherchaient plus un coupable que des explications. L'odeur des aiguilles de pin me monta aux narines. Deux gardes me saisirent par les bras, et je crus qu'ils étaient sur le point de me traîner au cachot – ou pire – sur-le-champ quand j'entendis quelqu'un s'exclamer :

— C'est une sorcière ! Si nous la laissons recouvrer ses forces…

Alosha les interrompit : elle entra dans la pièce et frappa dans ses mains à trois reprises. Chaque claquement fit autant de bruit qu'une troupe de soldats en pleine course. Tout le monde se tut pour l'écouter :

— Asseyez-la sur cette chaise et cessez de vous comporter comme des idiots. Arrêtez plutôt Jakub. Il était là, au cœur des événements. Aucun de vous n'a-t-il pensé qu'il ait pu lui aussi être contaminé ?

Elle ne manquait pas d'autorité : chacun la connaissait, et surtout les gardes, qui se tenaient aussi droits et silencieux que face à un général. Ils me relâchèrent et s'en prirent donc au pauvre Jakub. Ils le traînèrent devant Alosha, sans qu'il cesse de rabâcher :

— Mais c'est elle ! Le père Ballo a dit qu'elle avait trouvé le livre…

— Tais-toi, commanda Alosha en sortant sa dague. Tenez-le par le poignet, ordonna-t-elle à l'un des gardes.

Ils plaquèrent l'avant-bras de l'apprenti sur une table, la paume vers le haut. Elle marmonna un sort en lui piquant le coude, puis positionna sa lame près de la plaie. Il se tortilla et se débattit tant et plus en gémissant, puis de fines volutes de fumée noire s'échappèrent en même temps que le sang et se rapprochèrent de la dague luisante. Elle fit lentement pivoter cette dernière, et la fumée s'enroula tel du fil autour d'une bobine. Quand il n'en sortit plus, Alosha porta son arme devant ses yeux et l'examina en plissant les paupières.

— *Hulvad elolveta*, déclara-t-elle avant de souffler dessus à trois reprises.

La lame s'illumina un peu plus à chaque expiration et fut bientôt chauffée au rouge. La fumée se consuma dans une odeur de soufre.

Quand elle eut terminé, la pièce s'était déjà considérablement vidée, et tout le monde s'était replié vers les murs, sauf les malheureux gardes qui retenaient toujours l'apprenti.

— Très bien, posez-lui des bandages. Arrête de crier, Jakub, ordonna-t-elle. J'étais là quand elle l'a trouvé, espèce d'imbécile. Le livre est resté enfermé ici, dans notre propre bibliothèque, pendant des années, se cachant telle une pomme pourrissante. Ballo s'apprêtait à le purger. Que s'est-il passé ensuite ?

Jakub n'en savait rien : il avait été envoyé chercher des produits. Le roi n'était pas là à son départ ; quand il était revenu avec du sel et des plantes, le souverain et sa garde se tenaient près de l'estrade, la mine sévère, et Ballo lisait le livre à voix haute, ayant commencé sa métamorphose : des pattes griffues poussaient sous sa toge, deux autres jaillissaient de ses flancs, déchirant le tissu sur leur passage ; son nez s'allongeait en un groin, et il continuait à dire les mots, même s'ils sortaient en gargouillant, à moitié étranglés…

La voix de Jakub montait de plus en plus dans les aigus à mesure que son récit progressait, puis elle se brisa et il se tut. Ses mains tremblaient.

Alosha lui versa une autre coupe de nalevka.

— Il est plus puissant que nous le soupçonnions, déclara-t-elle. Nous devons le brûler immédiatement.

Je me relevai tant bien que mal de mon marchepied, mais Alosha me fit non de la tête.

— Tu es déjà éreintée. Va t'asseoir devant la cheminée, et veille sur moi : ne tente rien à moins de le voir prendre le dessus.

Le livre reposait paisiblement sur le sol, entre les débris de la table de pierre, illuminé et innocent. Alosha emprunta les gantelets de l'un des gardes pour le ramasser. Elle le porta au foyer et fit naître le feu :

— *Polzhyt, polzhyt mollin, polzhyt talo…*

Son incantation n'en finissait plus. Les cendres mortes se mirent à ronfler telle la fournaise de sa forge. Les flammes léchèrent les feuilles, les enveloppant, mais le livre s'ouvrit simplement au milieu de l'incendie et ses pages s'agitèrent en claquant telles des bannières par grand vent. Des images fugaces de créatures tentaient d'attirer les regards, éclairées par le feu.

— Reculez ! s'écria subitement Alosha à l'adresse des gardes.

Certains d'entre eux s'apprêtaient à approcher encore, les yeux dans le vague, captivés par la scène. Elle orienta la lame de sa dague pour les aveugler des reflets du brasier, ce qui leur fit reprendre connaissance. Ils battirent en retraite, blêmes et effrayés.

Alosha les observa faire d'un œil méfiant, puis elle retourna à son ouvrage et continua de chanter son sort de feu, encore et encore, les bras écartés pour empêcher les flammes de sortir de l'âtre. Néanmoins, le livre sifflait et crachait tel du bois vert et humide, refusant de s'embraser ; l'odeur fraîche des feuilles printanières s'éleva dans la pièce. Les veines saillaient sur le cou de la magicienne, dont le visage était contracté par l'effort. Elle gardait les prunelles rivées sur le manteau de cheminée, mais elles étaient régulièrement attirées plus bas, sur les pages luisantes. Chaque fois, elle appliquait son pouce sur le tranchant de sa lame. Du sang coulait. Elle redressait la tête.

Sa voix commençait à devenir rauque. Une poignée d'étincelles orange atterrit sur le tapis en rougeoyant. Toujours assise sur mon tabouret, je les observai et me mis à fredonner la vieille chanson sur la braise qui racontait ses histoires dans l'âtre : *Il y avait une fois une princesse blonde comme l'or, amoureuse d'un simple musicien ; le roi leur offrit un magnifique mariage, et la légende s'arrête ici ! Il y avait une fois la vieille Baba Jaga, dont la maison était faite de beurre ; à l'intérieur, il y avait tant de merveilles… Et voilà ! la braise s'est éteinte, à présent.* Éteinte, emportant son histoire avec elle. Je la chantonnai une fois, puis dis « *Kikra, kikra* », et l'entonnai de nouveau. Des flammèches se mirent à tomber en pluie sur les pages, chacune noircissant un petit endroit avant de s'éteindre. Les gouttes de feu grossirent, se transformant bientôt en grêlons, et partout où ceux-ci s'abattaient, de la fumée s'élevait.

Alosha ralentit le rythme de son phrasé, puis s'arrêta. Le feu brûlait enfin. Les pages se ratatinaient sur elles-mêmes, tels de petits animaux se blottissant les uns contre les autres pour mourir ; l'odeur légèrement sucrée de la sève brûlée s'éleva du foyer. Kasia m'attrapa doucement par le bras, et nous nous reculâmes tandis que les flammes dévoraient lentement le bestiaire, comme une personne se forçant à avaler du pain rassis.

— Comment ce livre vous est-il tombé dans les mains ? me beugla l'un des clercs, secondé par une demi-douzaine d'autres. Pourquoi le roi était-il là ?

La salle du conseil était pleine de nobles mugissant sur Alosha et moi, ou parfois les uns sur les autres ; ils étaient tous terrifiés et exigeaient des réponses que nul ne pouvait leur fournir. La moitié d'entre eux me soupçonnait encore d'avoir tendu un piège au souverain et menaçait de me jeter au cachot ; d'autres décrétèrent, sans la moindre preuve, que le malheureux Jakub était un agent rosyan ayant attiré le roi dans la bibliothèque et incité le père Ballo à lire le livre. Le pauvre bougre se mit à pleurer et sangloter, mais je n'avais pas la force de me défendre moi-même face à leurs attaques. Au contraire, je me mis à bâiller bien malgré moi, ce qui les énerva encore plus.

Je ne le faisais pas pour leur manquer de respect, simplement parce que je ne pouvais pas m'en empêcher. Je manquais d'oxygène. Je n'arrivais plus à penser. J'avais encore des picotements plein les mains depuis l'éclair, et une odeur de fumée et de papier brûlé dans le nez. Rien de tout cela ne me paraissait encore réel. Le roi mort, ainsi que le père Ballo. Je les avais vus moins d'une heure auparavant s'éloigner de la conférence de guerre, en un seul morceau et en pleine santé. Je me rappelais cet instant de façon trop précise : le petit pli soucieux sur le front du père Ballo, les bottes bleues du roi.

À la bibliothèque, Alosha avait lancé un sort de purge à la dépouille royale, que les prêtres avaient hâtivement enveloppée dans un linge avant de l'emporter dans la cathédrale pour la veillée funèbre. Les bottes dépassaient sous le linceul.

Les Magnati n'arrêtaient pas de me hurler dessus. Pour ne rien arranger, j'avais réellement l'impression d'être responsable : si seulement j'avais réagi plus vite, si seulement j'avais moi-même brûlé le bestiaire quand je l'avais trouvé… J'enfouis mon visage dans mes mains parcourues de fourmillements.

Toutefois, Marek vint se poster près de moi et ordonna aux nobles de se taire avec l'autorité de la lance ensanglantée qu'il tenait encore. Il l'abattit devant eux sur la table du conseil.

— Elle a terrassé cette créature qui aurait sans doute tué Solya et une dizaine d'autres hommes sans son intervention, leur rappela-t-il. Nous n'avons pas de temps à perdre avec de pareilles sottises. Nous marcherons sur la Rydva d'ici trois jours !

— Nous n'irons nulle part sans ordres du roi ! osa rétorquer l'un des clercs.

Par chance pour lui, il se trouvait de l'autre côté du plateau, hors de portée de main. Malgré tout, il se rencogna contre son dossier quand Marek se pencha sur la table, sa main couverte de maille serrée en un poing rageur, son courroux évident.

— Il n'a pas tort, intervint alors Alosha en posant sa paume devant Marek, le forçant à se redresser pour lui faire face. Ce n'est pas le moment de déclarer une guerre.

La moitié des Magnati assemblés grondaient et se menaçaient mutuellement, rejetant la faute sur la Rosya, sur moi, voire sur ce pauvre père Ballo. Le trône demeurait vide au bout de la table. Le prince héritier Sigmund était assis à sa droite. Ses mains étaient serrées l'une sur l'autre, formant un unique poing. Il le considérait silencieusement tandis que se poursuivaient les disputes. La reine était installée à la gauche du fauteuil royal. Elle portait toujours le bandeau doré de Ragostok, et avait passé une robe en satin noir chatoyant. Je remarquai distraitement qu'elle lisait une lettre : un messager se tenait près d'elle, la besace vide et l'air mal assuré. Il venait sans doute d'entrer dans la pièce.

La reine se leva.

— Mes seigneurs.

Toutes les têtes se tournèrent vers elle. Elle brandit la missive devant elle, simple morceau de papier plié dont elle avait rompu le sceau rouge.

— Des troupes rosyannes ont été vues se dirigeant vers la Rydva : elles y seront au matin.

Nul ne pipa mot.

— Nous devons oublier notre deuil et notre colère, reprit-elle.

Elle avait recouvré l'allure d'une reine, fière, provocante, le menton haut. Sa voix résonnait clairement entre les murs de pierre.

— La Polnya ne peut plus se permettre de montrer la moindre faiblesse.

Elle se tourna vers le prince héritier, qui, comme moi, la dévisageait, aussi surpris et lisible qu'un enfant, la bouche entrouverte.

— Sigmund, ils n'ont dépêché que quatre compagnies. En prenant la tête des troupes déjà rassemblées devant la ville et en partant immédiatement, tu devrais avoir l'avantage du nombre.

— C'est moi qui devrais… ! intervint Marek en se levant pour protester.

La reine Hanna tendit la main pour le faire taire.

— Le prince Marek restera ici pour protéger la capitale à la tête de la garde royale et sera chargé de recruter les dernières troupes, annonça-t-elle en s'adressant à la cour.

Il sera guidé dans son action par le conseil de guerre et, je l'espère, moi-même. Je n'imagine pas d'autre mesure à prendre.

Le prince héritier se leva.

— Nous suivrons les suggestions de la reine.

Les joues de Marek étaient rouges de frustration, mais il poussa un soupir avant de céder avec aigreur.

— Très bien.

Ainsi donc, tout sembla décidé. Les clercs se dispersèrent aussitôt dans toutes les directions, soulagés de voir l'ordre restauré. Il n'y eut pas un instant de protestation, aucune autre proposition. Aucune chance d'arrêter le mouvement.

Je me mis debout.

— Non, attendez ! essayai-je, mais nul ne m'écouta.

Je puisai dans mes dernières réserves de magie afin de faire porter ma voix davantage et de les contraindre à se retourner.

— *Attendez !* tentai-je de dire.

Mais tout devint noir autour de moi.

Je me réveillai dans ma chambre et m'assis dans un sursaut, les poils hérissés et la gorge irritée. Kasia était assise au pied de mon lit et la Mésange se redressait tout juste avec une moue légèrement désapprobatrice, une bouteille de potion dans la main. Je ne me souvenais pas d'être revenue ici. Je me tournai vers la fenêtre, perplexe. Le soleil avait bien avancé sa course.

— Tu t'es évanouie dans la salle du conseil, m'expliqua Kasia. Je n'ai pas réussi à te réveiller.

— Tu t'es trop dépensée, intervint la Mésange. Non, n'essaie pas de te lever. Reste où tu es et ne cherche plus à te servir de ta magie pendant au moins une semaine. Il s'agit d'une coupe qu'il faut remplir régulièrement, pas d'une fontaine intarissable.

— Mais la reine ! bredouillai-je. Le Bois…

— Ne tiens pas compte de mes conseils et continue de t'épuiser jusqu'à la mort, m'interrompit la Mésange, je ne peux plus rien y faire.

J'ignorais comment Kasia avait réussi à la convaincre de venir m'examiner, mais je déduisis au regard glacial qu'elles échangèrent quand la magicienne passa devant mon amie pour rejoindre la porte qu'elle n'y était pas allée de main morte.

Je me frottai les yeux et reposai la tête sur les oreillers. La potion que m'avait fait boire la Mésange avait fait bouillonner une chaleur brillante dans mes entrailles, comme si j'avais avalé un plat trop pimenté.

— Alosha m'a dit d'aller chercher la Mésange pour toi, m'expliqua Kasia en se penchant sur moi, l'air anxieux. Elle a dit qu'elle se chargeait d'empêcher le prince héritier de partir.

Je rassemblai mes dernières forces pour me rasseoir et saisir les mains de mon amie. Les muscles de mon ventre étaient faibles et douloureux. Je ne pouvais cependant pas rester au lit, que je sois ou non privée de magie. L'air du château était lourd, terriblement pesant. D'une façon ou d'une autre, le Bois était toujours présent entre ces murs. Il n'en avait pas encore fini avec nous.

— Nous devons la trouver.

Les sentinelles protégeant les appartements du prince héritier étaient en état d'alerte maximale ; ils s'apprêtaient à nous refouler quand je criai :

— Alosha !

Elle pointa la tête dehors et leur glissa quelques mots, puis ils nous laissèrent entrer alors que les préparatifs battaient leur plein. Le prince n'était pas encore complètement en armure, mais il portait déjà ses jambières et sa veste de mailles. Il avait la main posée sur l'épaule de son fils. Sa femme, la princesse Malgorzhata, tenait leur petite fille dans ses bras. Le garçon avait une épée – une véritable épée avec un tranchant, adaptée à sa taille. Il n'avait pas encore sept ans. J'aurais été prête à parier qu'un enfant si jeune couperait un doigt dans la journée – le sien ou celui de quelqu'un d'autre –, mais il la manipulait avec l'expertise d'un soldat. Il la tendit vers son père, à plat sur ses mains, l'air inquiet et boudeur.

— Je ne causerai aucun ennui.

— Tu dois rester ici pour veiller sur Marisha, expliqua le prince en lui caressant la tête.

Il se tourna vers la princesse, dont l'expression était grave. Il ne l'embrassa pas, mais lui fit le baisemain.

— Je reviendrai dès que possible.

— J'envisage d'emmener les enfants à Gidna après les funérailles, répondit la princesse.

Je me rappelai qu'il s'agissait de sa ville natale, le port maritime que leur union avait offert à la Polnya.

— L'air de la mer leur fera du bien, et mes parents n'ont pas revu Marisha depuis son baptême.

En se fiant aux mots uniquement, on eût dit que l'idée venait de lui traverser l'esprit, mais à son ton, ils paraissaient répétés.

— Je ne veux pas aller à Gidna ! s'exclama le garçon. Papa…

— Assez, Stashek, le gronda le prince. Fais ce qui te semble le mieux, dit-il ensuite à son épouse avant de se tourner vers Alosha. Voulez-vous bien bénir mon épée ?

— Je ne préférerais pas, répliqua-t-elle farouchement. Pourquoi vous prêtez-vous à ce jeu ? Après notre conversation d'hier…

— Hier, mon père était vivant, rétorqua Sigmund. Aujourd'hui, il est mort. Que pensez-vous qu'il adviendra quand les Magnati se prononceront sur la succession, si je laisse Marek aller détruire cette armée rosyanne ?

— Dans ce cas, envoyez-y un général, insista Alosha.

Elle le fit toutefois sans grande conviction, et je compris qu'elle attendait simplement de trouver un autre argument plus crédible.

— Pourquoi pas le baron Golshkin…

— Je ne peux pas, répondit le prince. Si je ne prends pas la tête de notre armée, Marek s'en chargera. Pensez-vous que je pourrais désigner un général capable de tenir tête à l'actuel héros de Polnya ? Le pays tout entier résonne de chansons à sa gloire.

— Seul un imbécile préférerait voir Marek sur le trône, riposta Alosha.

— Les hommes sont des imbéciles par nature, affirma Sigmund. Accordez-moi votre bénédiction, et veillez sur les enfants en mon absence.

Nous restâmes donc là, à l'observer s'éloigner. Les deux enfants étaient agenouillés sur un tabouret, postés devant la fenêtre. Leur mère, derrière eux, avait les mains sur leurs têtes, l'une blonde et l'autre brune. Le prince chevauchait à la tête d'une petite escorte, sa suite personnelle, suivi de l'étendard blanc frappé de l'aigle rouge. Alosha et moi demeurâmes silencieusement devant une autre fenêtre, jusqu'à ce qu'il soit sorti de la cour. Puis elle se tourna vers moi et déclara d'un ton maussade :

— Il y a toujours un prix à payer.

— Oui, fis-je d'une voix douce et fatiguée.

Et j'avais conscience que le coût serait encore élevé.

24

Je ne pouvais alors rien faire d'autre que dormir. Alosha m'avait dit de m'allonger dans la pièce, en dépit des regards dubitatifs de la princesse, et je m'étais endormie sur la laine délicate du tapis placé devant l'âtre ; il était tissé d'étranges motifs dansants et incurvés évoquant des gouttes d'eau, ou peut-être des larmes. En dessous, le sol était dur, mais j'étais trop exténuée pour m'en soucier.

Je dormis tout l'après-midi et la nuit suivante, pour me réveiller aux premières heures de l'aube. Même si j'étais encore épuisée, ma tête me semblait moins lourde et mes paumes brûlées par l'éclair étaient de nouveau fraîches. La magie ruisselait lentement sur des cailloux à l'intérieur de moi. Kasia sommeillait sur la carpette au pied du lit. À travers des rideaux, je distinguais la princesse, qui serrait ses deux enfants contre elle. Deux sentinelles somnolaient de part et d'autre de la porte.

Alosha était assise bien droite dans une chaise près du feu ; elle affûtait d'un doigt l'épée affamée qu'elle tenait dans son giron. Je sentais le souffle de sa magie chaque fois qu'elle passait la pulpe du pouce près du fil de la lame. Une fine ligne de sang affluait sur sa peau sombre, même quand elle ne touchait pas réellement l'acier, et elle s'élevait en une légère brume rouge pour s'enfoncer dans la lame. Son siège était disposé de manière à ce qu'elle puisse surveiller à la fois les portes et les fenêtres, ainsi qu'elle l'avait probablement fait toute la nuit.

— De quoi avez-vous peur ? m'enquis-je doucement.

— De tout, répondit-elle. De n'importe quoi. De la corruption qui règne au palais : le roi est mort, Ballo est mort, le prince héritier a été envoyé sur un champ de bataille où tout ou presque peut arriver. Il n'est pas trop tard pour commencer à se montrer prudents. Je peux bien me dispenser de quelques nuits de sommeil. Vas-tu mieux ? (J'acquiesçai.) Bien. Écoute-moi : nous devons débarrasser le palais de cette contamination, et vite. Je ne crois pas que nous ayons éradiqué le problème en détruisant ce livre.

Je m'assis et étreignis mes genoux.

— Sarkan pense qu'il pourrait bien s'agir de la reine, finalement. Qu'elle a pu être… torturée jusqu'à devenir complice, et non contaminée.

Je me demandais s'il pouvait avoir raison : si la reine avait pu se débrouiller pour faire discrètement sortir du Bois l'un de ses fruits dorés, cueilli sur un arbre-cœur, et si désormais une petite branche argentée pouvait pousser dans un coin de jardin, répandant peu à peu l'infection. J'avais toutefois du mal à imaginer la souveraine rapporter un fragment du Bois, surtout vu l'état dans lequel elle se trouvait, du mal à la croire capable de tourner le dos à sa famille et à son royaume.

Mais Alosha répondit :

— Elle n'a peut-être pas eu besoin d'être poussée beaucoup pour souhaiter la mort de son mari, après que celui-ci l'a laissée croupir dans le Bois pendant vingt ans. Elle en a peut-être aussi après son fils aîné, ajouta-t-elle. (Je tressaillis de protestation.) Elle s'est débrouillée pour tenir Marek loin du front. En tout cas, il n'est pas déraisonnable d'affirmer qu'elle est centrale à tous ces événements. Pourrais-tu utiliser ton *Invocation* sur elle ?

Je restai silencieuse. Je me souvins de la salle du trône, où j'avais envisagé de le faire. Au lieu de quoi, j'avais décidé d'offrir une illusion à la cour, une mise en scène pour obtenir l'acquittement de Kasia. Peut-être avait-ce finalement été une erreur.

— Je ne pense pas en être capable toute seule, précisai-je.

J'avais le sentiment que *L'Invocation* n'avait d'ailleurs pas vocation à être lancée en solo, comme si la vérité ne signifiait rien si elle n'était pas partagée : il était vain de passer sa vie à la hurler aux quatre vents si personne n'était là pour l'écouter.

Alosha secoua la tête.

— Je ne peux pas t'aider. Je ne laisserai pas la princesse et les enfants royaux sans surveillance avant de les savoir en sécurité à Gidna.

— Solya pourrait me prêter main-forte, suggérai-je à contrecœur.

La dernière chose que je voulais était de lancer un sort conjointement avec lui et lui offrir une nouvelle occasion de s'accrocher à ma magie, mais sa vision rendrait peut-être *L'Invocation* plus puissante.

— Solya, répéta-t-elle d'un ton désapprobateur. Eh bien, il s'est comporté comme un imbécile, mais il n'est pas stupide. Tu peux essayer. Sinon, tourne-toi vers Ragostok. Il n'est pas aussi doué que le Faucon, mais cela pourrait suffire.

— Acceptera-t-il de m'aider ? m'étonnai-je en me rappelant le bandeau qui ceignait la tête de la reine.

Sans compter qu'il ne m'appréciait guère.

— Si je l'ordonne, oui. C'est mon arrière-arrière-petit-fils. S'il s'y oppose, dis-lui de venir me parler. Oui, je sais qu'il est têtu comme une mule, ajouta-t-elle en interprétant mon regard de travers. (Elle soupira.) Mon seul descendant en Polnya à faire montre du don. Les enfants et petits-enfants de ma petite-fille préférée sont aussi dotés, mais elle a épousé un homme de Venezia et s'est installée dans le sud avec lui. Il faudrait plus d'un mois pour faire venir l'un d'eux.

— Avez-vous une grande famille, à part eux ? demandai-je timidement.

— Oh, j'ai… soixante-sept arrière-arrière-petits-enfants, je crois ? répondit-elle après un instant de réflexion.

Peut-être plus, à présent. Ils s'éloignent tous peu à peu. Quelques-uns m'écrivent encore consciencieusement à chaque Solstice d'hiver, mais la plupart d'entre eux ne se souviennent même plus qu'ils descendent de moi, pour autant qu'ils l'aient su un jour. Leur peau est légèrement plus claire que la mienne, mais cela leur permet tout de même de ne pas brûler au soleil. Et mon mari est mort depuis cent quarante ans.

Elle déclara cela sans émotion particulière, comme si cela n'avait plus d'importance. Je suppose que c'était le cas.

— Et c'est tout ?

Je me sentais presque désespérée. Des arrière-arrière-petits-enfants, dont la moitié était perdue et l'autre si distante qu'elle pouvait se lamenter sur Ragostok et ne ressentir qu'un léger agacement. Cela ne paraissait pas suffisant pour la maintenir enracinée à ce monde.

— Je suis fille unique, expliqua-t-elle. Ma mère était une esclave du Namib, mais elle est morte en couches, c'est donc tout ce que je sais d'elle. Un baron du sud l'avait achetée à un négociant de Mondria pour donner de l'importance à sa femme. Ce sont eux qui m'ont élevée. Ils ont été plutôt gentils avec moi, même avant l'émergence de mon don, mais c'était une affection de maîtres, pas de parents. (Elle haussa les épaules.) J'ai eu quelques amants, essentiellement des soldats. Mais quand on est en âge, ils sont comme des fleurs : on sait qu'ils finiront par faner, même si on les met sous verre.

Je ne pus m'empêcher d'intervenir :

— Mais dans ce cas… pourquoi être demeurée ici ? Pourquoi vous souciez-vous de la Polnya ou… de tout le reste ?

— Je ne suis pas morte, répliqua-t-elle d'une manière acerbe. Et j'ai toujours eu le goût du travail bien fait. La Polnya a eu une longue lignée de bons rois. Ils ont tous servi leur peuple, construit des routes et des bibliothèques, amélioré l'université, et sont suffisamment partis en guerre pour empêcher leurs ennemis de les renverser et de tout gâcher. Ils se sont révélés utiles. Je partirais peut-être, s'ils devenaient mauvais et malfaisants ; je n'armerais certainement pas les troupes de cette fichue tête brûlée de Marek, qui veut se lancer pour la gloire dans une décennie de guerres incessantes. Sigmund, cependant… c'est un homme raisonnable, qui se montre bon avec sa femme. Je suis heureuse de pouvoir l'aider à tenir les murs.

Elle perçut la détresse sur mon visage et ajouta, avec une bonté bourrue :

— Avec le temps, tu deviendras moins sensible, mon enfant. Ou tu apprendras à aimer d'autres choses. Comme ce pauvre Ballo, dit-elle avec une vague nostalgie, pas assez forte pour être nommée chagrin. Il a passé quarante ans dans un monastère à enluminer des manuscrits avant que quiconque remarque qu'il ne vieillissait pas. Je crois qu'il a toujours été surpris de se découvrir sorcier.

Elle retourna à son affûtage et je quittai la pièce, souffrant de partout et plus triste qu'avant de l'avoir interrogée. Je songeai à mes frères prenant de l'âge, à mon petit neveu Danushek qui m'apportait sa balle avec sa frimousse toujours sérieuse ; dans mon esprit, cette frimousse se muait en un visage de vieillard, tiré, ridé, usé par les années. J'imaginai tous mes proches mourir, laissant derrière eux les enfants de leurs enfants.

Mais c'était toujours mieux que personne du tout, surtout si ces enfants pouvaient courir sans risque dans la forêt. Si j'étais forte, si je trouvais l'énergie nécessaire, je pourrais les protéger : ma famille, Kasia, ces deux petits enfants qui dormaient sur ce lit et tous ceux qui grandissaient à l'ombre du Bois.

Je tâchais de m'en convaincre, je m'efforçais de croire que cela suffirait, mais cette pensée restait toutefois glaçante et amère, surtout à présent que je me trouvais seule dans les couloirs enténébrés. Quelques-unes des domestiques les plus subalternes commençaient tout juste leur labeur de la journée, entrant discrètement dans les appartements des nobles pour attiser leur feu, ainsi qu'elles l'avaient fait la veille, et ce, même si le roi était mort. La vie continuait.

— Inutile d'alimenter le feu, Lizbeta, déclarait Solya alors que j'ouvrais sa porte. Sois une gentille fille, et contente-toi d'aller chercher du thé et de quoi déjeuner.

Les flammes ronflaient déjà autour de deux bûches récentes.

Sa chambre n'avait rien d'une petite cellule hantée par des gargouilles ; il en avait en réalité deux à sa disposition, chacune trois fois plus grande que celle dans laquelle ils m'avaient installée. Les sols de pierre étaient couverts d'épais tapis blancs moelleux : il devait se servir de sa magie pour les maintenir si propres. Un grand lit à baldaquin, défait et froissé, apparaissait de l'autre côté d'une double porte restée ouverte. Un faucon en plein vol était sculpté sur le large panneau de bois à son pied ; son œil unique était fait d'une grosse pierre lisse et dorée, doté d'une pupille noire en fente.

Une table ronde se dressait au milieu de la pièce, et Marek y était installé avec Solya, vautré dans un fauteuil confortable, les pieds posés sur le plateau, une chemise de nuit bordée de fourrure couvrant son pantalon. Ils étaient assis devant un support argenté accueillant un haut miroir ovale long comme mon bras. Il me fallut quelques instants pour me rendre compte que je ne percevais pas les rideaux de lit par le biais de quelque angle étrange, et que la glace ne reflétait pas du tout la scène. Telle une improbable fenêtre, elle ouvrait sur une tente, dont le pilier central vacillant soutenait les toiles. À l'avant, une petite ouverture en triangle donnait sur un terrain verdoyant.

Solya semblait captivé par ce qu'il y voyait ; la main sur le cadre, il gardait les deux puits noirs qui lui servaient de prunelles rivés sur la surface étamée, absorbant tout. Marek scrutait son visage. Ils ne me remarquèrent pas avant que je sois juste derrière eux, et Marek m'accorda alors à peine un coup d'œil.

— Où étais-tu passée ? demanda-t-il. (Et, sans me laisser le temps de répondre, il ajouta :) Et cesse de disparaître avant que je t'aie attaché une cloche autour du cou. La Rosya doit avoir un espion au château pour savoir que nous comptions prendre la Rydva – peut-être même une dizaine. À partir de maintenant, je veux que tu restes en permanence à mes côtés.

— Je dormais, répondis-je d'un ton acerbe.

Je me rappelai alors qu'il avait perdu son père la veille et me sentis quelque peu coupable. Il n'avait cependant pas du tout l'air d'être en deuil. J'imagine que le fait d'avoir été roi et prince avait dû altérer leur relation père-fils, et qu'il ne lui avait jamais pardonné d'avoir laissé la reine tomber entre les racines du Bois. Cependant, je m'étais tout de même attendue à le trouver les yeux rougis – de confusion sinon d'amour.

— Oui, eh bien, qu'y a-t-il d'autre à faire que dormir ? rétorqua-t-il avec aigreur avant de contempler à nouveau le miroir. Où diable sont-ils tous ?

— Sur le terrain, désormais, répondit distraitement Solya, sans jamais se détourner.

— Là où *je* devrais être, si Sigmund n'était pas un sale lèche-bottes politicien.

— Si Sigmund était un parfait imbécile, voulez-vous dire, ce qui n'est pas le cas, répliqua Solya. Il ne pouvait tout de même pas vous laisser triompher de nouveau, sauf à vouloir vous céder la couronne en même temps. Je vous assure qu'il sait pertinemment que nous disposons déjà de cinquante votes parmi les Magnati.

— Et alors ? S'il ne sait pas tenir les nobles, c'est qu'il ne la mérite pas, ronchonna Marek en croisant les bras. Si seulement j'étais là-bas…

Il observa avec convoitise le miroir inutile sous mon regard de plus en plus indigné. Sigmund n'avait donc pas tort de redouter que les Magnati offrent le trône à Marek : celui-ci faisait son possible pour s'en emparer ! Je compris soudain pourquoi la princesse louchait vers moi d'un air méfiant : à sa connaissance, j'étais l'alliée de Marek. Je ravalai les dix premières remarques qui me vinrent à la bouche et déclarai simplement à Solya :

— J'ai besoin de votre aide.

Cela me valut enfin l'intérêt de ses prunelles insondables, surmontées de sourcils circonflexes.

— Toujours heureux de pouvoir t'être utile, ma chère, et de te l'entendre dire.

— J'aimerais que vous lanciez un sort avec moi, poursuivis-je. Nous devons employer *L'Invocation* sur la reine.

Il marqua une pause, soudain bien moins ravi. Marek me toisa d'un œil menaçant.

— Qu'est-ce que cette nouvelle lubie ?

— Quelque chose ne va pas ! m'exclamai-je. Vous ne pouvez pas prétendre n'avoir rien remarqué. Depuis notre arrivée ici, nous enchaînons les catastrophes. Le roi, le père Ballo, la guerre contre la Rosya… tout cela est l'œuvre du Bois. *L'Invocation* nous montrera…

— Quoi ? m'interrompit Marek en se levant. Qu'est-ce qu'elle nous montrera, selon toi ?

Il me dominait de toute sa hauteur, menaçant. Je restai campée sur ma position et rejetai la tête en arrière.

— La vérité ! m'écriai-je. Voilà moins de trois jours qu'elle est sortie de la tour, et le roi est mort, des monstres infestent le palais et nous sommes en guerre contre la Rosya. Quelque chose nous échappe. (Je me tournai vers Solya.) Accepterez-vous de m'aider ?

Solya nous considéra tour à tour, réfléchissant à toute allure. Puis il déclara avec douceur :

— La reine a été acquittée, Agnieszka ; nous ne pouvons pas décider de l'enchanter sans raison, sous prétexte que tu as une inquiétude.

— Vous devez bien vous rendre compte que quelque chose ne tourne pas rond ! répliquai-je furieusement.

— Quelque chose ne *tournait* pas rond, me corrigea-t-il avec condescendance et suffisance.

Je lui aurais volontiers secoué les puces. Soudain, je regrettais un peu tardivement de ne pas m'en être fait un allié. Je ne pouvais plus le tenter : il savait désormais pertinemment que je n'étais pas prête à partager ma magie avec lui de façon régulière, même si j'acceptais de le faire pour quelque chose de capital.

— Quelque chose ne tournait même *vraiment* pas rond, avec ce livre corrompu que tu as trouvé et qui est désormais détruit. Inutile d'aller imaginer d'autres causes ténébreuses alors que nous en avions déjà identifié une.

— Et il ne faudrait surtout pas que la Rosya entende de nouvelles rumeurs obscures, intervint le prince, plus calmement.

Ses épaules s'étaient détendues tandis qu'il écoutait l'exposé de Solya, avalant volontiers cette explication d'une commodité pernicieuse. Il se laissa retomber sur sa chaise et reposa les pieds sur la table.

— Qu'il s'agisse de ma mère ou de toi, d'ailleurs, reprit-il. Les Magnati ont tous été convoqués pour les funérailles, et je compte profiter de l'occasion pour annoncer nos fiançailles.

— Quoi ? m'offusquai-je.

Il s'était exprimé sans davantage d'émotion que s'il m'avait livré une nouvelle d'importance très relative et qui ne me concernait que de loin.

— Tu l'as mérité, en terrassant ce monstre, et c'est le genre de chose que les roturiers adorent. N'en fais pas toute une histoire, ajouta-t-il sans un coup d'œil à mon intention. La Polnya est en danger, et j'ai besoin de toi à mes côtés.

Je restai plantée là, trop furieuse pour répliquer, mais ils ne m'écoutaient de toute façon plus. Dans le miroir, quelqu'un se penchait pour entrer dans la tente. Un vieil homme aux nombreuses décorations se laissa lourdement choir dans le siège de l'autre côté, le visage marqué par les années : ses bajoues s'affaissaient autant que ses moustaches, des cernes profonds soulignaient ses yeux et des poches marquaient les coins de sa bouche. Sa figure maculée de poussière ruisselait de sueur.

— Savienha ! s'exclama Marek en se penchant vers la glace avec intensité. Que se passe-t-il ? Les Rosyans ont-ils eu le temps de fortifier leurs positions ?

— Non, répondit le vieux général en s'essuyant le front d'une main lasse. Au lieu de renforcer le croisement, ils nous ont tendu une embuscade sur le Long-Pont.

— C'est idiot de leur part, commenta Marek. Sans fortifications, ils ne tiendront pas le carrefour plus d'un jour ou deux. Deux mille hommes supplémentaires peuvent être là d'ici demain, si je pars tout de suite…

— Nous les avons vaincus à l'aube, répondit Savienha. Ils sont tous morts, six mille d'entre eux.

Marek marqua une pause, manifestement stupéfait : il ne s'était pas attendu à cela. Il échangea un regard avec Solya, fronçant légèrement les sourcils, comme si cette nouvelle ne lui plaisait guère.

— Et combien en avez-vous perdu ? demanda-t-il alors.

— Quatre mille, et de trop nombreux chevaux. Nous les avons vaincus, répéta Savienha.

Puis sa voix se brisa, et il se voûta. Les traînées coulant sur ses joues n'étaient pas toutes faites de sueur.

— Marek, pardonnez-moi. Marek… votre frère est mort. Ils l'ont tué lors de l'embuscade, alors qu'il allait observer le cours d'eau.

Je m'éloignai de la table, comme si cela pouvait me permettre d'échapper aux mots. Le petit garçon à l'étage qui tenait son épée, *Je ne causerai aucun ennui*, sa petite bouille levée vers le visage de son père. Ce souvenir me frappa tel un coup de poignard.

Marek s'était tu. Son expression trahissait sa stupéfaction plus qu'autre chose. Solya continua un moment de converser avec le général. Les entendre discuter de la sorte m'était presque intolérable. Finalement, le Faucon ramassa un lourd tissu et en recouvrit le miroir. Il se tourna alors vers le prince.

La stupeur s'estompait.

— Bon Dieu, déclara Marek après quelques secondes. J'aurais préféré ne pas avoir la couronne que l'obtenir dans ces conditions. (Solya se contenta d'incliner la tête, l'observant d'un œil pétillant.) Mais la question ne se pose plus, finalement.

— En effet, admit doucement le magicien. Mais c'est une bonne chose que les Magnati soient en route : nous allons pouvoir organiser au plus tôt le vote de confirmation.

J'avais un goût de sel dans la bouche : je pleurais sans même m'en rendre compte. Je reculai davantage. Je sentis bientôt la poignée de porte dans ma main, les creux et les bosses de sa tête de faucon appuyés contre ma paume. Je la fis pivoter et m'éclipsai discrètement avant de refermer derrière moi. Je restai toute tremblante dans le couloir. Alosha avait vu juste. Un piège après l'autre, tous dissimulés sous un épais tapis de feuilles, se refermant sur nous le moment voulu. De minuscules semis tendant leurs branches hors de terre.

Un piège après l'autre.

Subitement, je me mis à courir, faisant claquer mes bottes sur le sol, sous le regard surpris des domestiques. Le soleil matinal brillait désormais par chaque fenêtre. J'arrivai, haletante, devant les quartiers du prince héritier. La porte était fermée, mais sans surveillance. Une fine brume grisâtre filtrait par le chambranle dans le couloir. La poignée était brûlante quand je m'en saisis pour l'ouvrir.

Les rideaux de lit étaient en feu, le tapis déjà brûlé ; les gardes gisaient, morts, à l'entrée de la pièce. Dix hommes formaient une grappe silencieuse autour d'Alosha. Elle était atrocement brûlée : la moitié de son armure avait fondu sur sa peau, mais elle parvenait malgré tout à se défendre. Derrière elle reposait la dépouille de la princesse, allongée devant la porte de la garde-robe. Kasia veillait sur son cadavre ; ses vêtements étaient entaillés en des dizaines d'endroits, mais elle ne semblait pas souffrir de blessures. Elle tenait une épée ébréchée qu'elle agitait férocement face aux deux hommes qui essayaient de la déborder.

Alosha repoussait les autres à l'aide de deux longs couteaux qui chantaient sauvagement dans l'air, semant un sillage d'étincelles crépitant. Tous étaient en loques et saignaient abondamment, mais aucun ne tombait. Ils portaient des uniformes rosyans, mais leurs yeux étaient verts et distants. Une odeur de branche de bouleau brisée flottait dans la pièce.

Je voulus hurler, pleurer. Je voulus balayer le monde entier d'un revers de main.

— *Hulvad !* m'exclamai-je en poussant des deux mains, propulsant ma magie.

Je me souvenais de la manière dont Alosha avait arraché ce fin filet de corruption de l'apprenti de Ballo. Des volutes de fumée noire se déversèrent alors des soldats, par chaque estafilade et chaque plaie. La fumée s'évacua par la fenêtre, dans la lumière du soleil ; ils n'étaient de nouveau plus que des hommes, trop grièvement blessés pour survivre. Ils s'effondrèrent alors, l'un après l'autre.

Une fois ses assaillants vaincus, Alosha lança ses deux couteaux sur ceux qui tentaient de s'en prendre à Kasia. Les lames s'enfoncèrent profondément dans leur dos, et cette même fumée maléfique s'éleva autour de l'acier. Ils tombèrent tous les deux.

La chambre était désormais étrangement silencieuse. Les gonds de la penderie grincèrent, me faisant sursauter. La porte pivota légèrement et Kasia fit aussitôt volte-face : caché à l'intérieur, Stashek essayait de jeter un coup d'œil dehors. Il avait le visage balafré et tenait fermement sa petite épée.

— Ne regardez pas, dit mon amie.

Elle sortit du placard un long manteau de velours rouge dont elle recouvrit la tête des enfants avant de les prendre dans ses bras.

— Ne regardez pas, répéta-t-elle en les serrant contre elle.

— Maman, dit la fillette.

— Chut, lui répondit son frère d'une voix tremblante.

Je me couvris la bouche des deux mains et ravalai un sanglot.

Alosha inspirait lentement et laborieusement. Des bulles de sang se formaient aux commissures de ses lèvres. Elle s'affala sur le lit. Je m'approchai d'elle en chancelant, mais elle me fit signe de m'éloigner.

— *Hatol*, dit-elle.

D'un geste de la main, elle fit apparaître l'épée qu'elle façonnait depuis si longtemps. Elle me la tendit par la poignée.

— Quoi qui puisse se trouver dans le Bois, me dicta-t-elle d'un murmure rauque, trouve-le et détruis-le. Avant qu'il soit trop tard.

Je me saisis de l'arme et la tins maladroitement. Alosha glissa à terre avant même de l'avoir lâchée. Je m'accroupis près d'elle.

— Nous devons aller chercher la Mésange, déclarai-je.

Elle secoua la tête presque imperceptiblement.

— Partez. Emmène les enfants loin d'ici, dit-elle. Le château n'est pas sûr. *Partez.*

Elle appuya la nuque contre le lit, ferma les paupières. Sa poitrine ne se gonflait et ne se vidait plus que légèrement.

Je me relevai en tremblant. Je savais qu'elle avait raison. Je le sentais. Le roi, le prince héritier, et maintenant la princesse. Le Bois comptait tous les éliminer, tous les bons rois d'Alosha, et massacrer les sorciers de Polnya. Je considérai les soldats morts dans leur uniforme rosyan. Marek rejetterait une fois de plus la faute sur le royaume rival, comme prévu. Il ceindrait sa couronne et marcherait vers l'est, et, après que notre armée aurait éliminé autant de Rosyans que possible, le Bois le dévorerait à son tour et laisserait le pays en ruine, la lignée royale interrompue.

J'étais de retour dans le Bois, sous les branches, sous l'œil maléfique de cette présence glaciale et haineuse. Le silence momentané qui s'était fait dans la pièce n'était qu'un court répit. Les murs de pierre et les rayons de soleil ne signifiaient rien. Le regard du Bois était braqué sur nous. Le Bois était ici.

25

Enveloppés dans des manteaux déchirés, nous soulevâmes le bas de nos vêtements et nous élançâmes, laissant derrière nous des traînées sanguinolentes. J'avais rangé l'épée d'Alosha dans son étrange cache, *hatol* ouvrant une poche dans l'air à cet effet. Kasia portait la petite fille tandis que je tenais Stashek par la main. Nous descendîmes l'escalier d'une tour, dépassâmes un palier où deux hommes nous dévisagèrent depuis le couloir, surpris et curieux. Nous nous précipitâmes jusqu'au coin suivant et bifurquâmes dans un étroit corridor menant aux cuisines, où s'affairaient les domestiques. Stashek essaya de s'arracher à mon étreinte.

— Je veux mon père ! s'exclama-t-il d'une voix chevrotante. Je veux oncle Marek ! Où est-ce qu'on va ?

Je l'ignorais. J'étais seulement concentrée sur le fait de fuir. Tout ce que je savais, c'était que nous devions nous en aller d'ici. Le Bois avait semé trop de graines autour de nous ; elles avaient patienté paisiblement sur des terres en jachère, mais commençaient désormais à porter leurs fruits. Aucun endroit n'était sauf quand la corruption florissait dans le château du roi. La princesse avait voulu les amener à ses parents, à Gidna, sur la côte septentrionale. *L'océan est l'ennemi de la contamination*, avait déclaré Alosha. Toutefois, des arbres poussaient à Gidna aussi, et le Bois poursuivrait les enfants jusqu'à la mer.

— À la tour, décrétai-je alors.

Je n'avais pas eu l'intention de le dire, mais les mots m'avaient échappé comme les pleurs de Stashek. Je voulais retrouver le calme de la bibliothèque de Sarkan, l'odeur légère d'épices et de soufre qui régnait dans son laboratoire, les couloirs étriqués, les lignes pures et le vide. Le donjon s'élevant, seul et solitaire, devant les montagnes. Le Bois n'avait aucune emprise là-bas.

— Nous allons à la tour du Dragon.

Certains domestiques ralentissaient pour nous observer. Des bruits de pas dévalaient l'escalier à notre poursuite. Un homme nous interpella avec autorité.

— Vous, là-bas !

— Accroche-toi à moi, dis-je à Kasia.

Je posai la main sur le mur du château et nous le fis traverser d'un murmure. Nous aboutîmes dans les jardins attenants, devant un jardinier ébahi, les genoux dans la terre. Je courus entre deux rangées de haricots ; Stashek me suivait, les yeux écarquillés, et Kasia fermait la marche. Nous atteignîmes l'enceinte extérieure en brique épaisse, et je nous fis à nouveau traverser. Les cloches du château se mirent à donner l'alarme derrière nous tandis que nous dévalions une pente de terre plongeant vers le Vandalus qui coulait en contrebas.

À cet endroit, le fleuve était rapide et profond, contournant la cité pour piquer vers l'est. Un oiseau de proie poussa un cri haut dans le ciel, un faucon décrivant de larges cercles autour du château. S'agissait-il de Solya, nous espionnant ? J'arrachai une poignée de roseaux à la berge, sans prononcer d'incantation ou d'enchantement : tous m'étaient sortis de la tête. Au lieu de quoi, je tirai sur un long fil de mon manteau et attachai des roseaux aux deux extrémités. Je jetai l'ensemble à cheval entre la terre et l'eau, puis j'y adjoignis de la magie. Le ballot se transforma en une longue embarcation légère, dans laquelle nous grimpâmes juste avant que le courant ne l'emporte, la précipitant dans les rapides. Nous entendîmes des cris derrière nous : des gardes étaient apparus au sommet de la muraille extérieure.

— Baissez-vous ! ordonna Kasia en forçant les enfants à se mettre à plat ventre avant de se coucher sur eux.

Les gardes décochèrent flèche après flèche. L'une d'elles traversa le manteau de mon amie et l'atteignit au dos. Une autre atterrit juste à côté de moi et s'enfonça dans le côté du bateau en tremblotant. J'arrachai les plumes à la hampe et les jetai en l'air au-dessus de nous. Elles se rappelèrent leur origine et se transformèrent en une nuée de demi-oiseaux qui tournoyèrent en chantant, nous dissimulant pendant quelques instants. Agrippée aux côtés de notre radeau, je récitai le sort d'accélération de Jaga.

Nous fîmes un bond en avant. En une embardée, le château et la ville furent relégués au loin, désormais guère plus gros que des jouets d'enfants. En une seconde, ils avaient disparu derrière une courbe du fleuve. À la troisième, nous trouvâmes la berge déserte. Mon bateau de roseaux se disloqua autour de nous, nous envoyant tous à l'eau.

Je faillis couler. Le poids de mes vêtements m'attira en arrière, vers les profondeurs de l'onde trouble ; la lumière vacilla. Les jupons de Kasia ondulaient près de moi. Je battais des bras pour regagner la surface, cherchant désespérément quelque chose à quoi m'accrocher, quand une petite main saisit la mienne et la plaça sur une racine. Stashek m'avait sauvé la vie. Je remontai à l'air libre en toussant et crachant, et finis par trouver un endroit où j'avais pied.

— Nieshka ! s'écria Kasia.

Elle tenait Marisha dans ses bras.

Nous remontâmes difficilement la berge meuble et boueuse. Les pieds de mon amie s'enfonçaient fortement à chaque pas, creusant de profondes empreintes qui se remplissaient lentement d'eau dès qu'elle avançait. Je m'effondrai dans l'herbe sale. Je tremblais d'une magie que j'avais envie de déverser librement dans toutes les directions. Nous étions allés trop vite. Mon cœur battait encore la chamade, terrorisé par la pluie de flèches, toujours dans sa fuite, et non sur une rive déserte où des naucores bondissaient par-dessus les ondulations que nous provoquions. J'étais restée si longtemps à l'intérieur du château, cernée de monde et de murs de pierre, que la berge me semblait presque irréelle.

Stashek se laissa tomber pesamment près de moi ; son petit visage sérieux trahissait sa perplexité. Marisha rampa jusqu'à lui pour se blottir contre lui. Il lui passa un bras autour des épaules. Kasia s'assit à l'autre bout. Je me serais volontiers allongée pour dormir toute une journée, voire une semaine. Cependant, Marek savait dans quelle direction nous étions partis. Solya enverrait ses yeux au-dessus du fleuve pour nous repérer. Nous n'avions pas le temps de souffler.

Je modelai dans la boue une paire de bœufs rudimentaires et leur insufflai un peu de vie, puis je fabriquai une charrette en brindilles. Nous roulions depuis moins d'une heure quand Kasia m'appela d'un air paniqué en regardant derrière nous. Je fis avancer les bestiaux jusqu'à un bouquet d'arbres légèrement à l'écart de la route. Au loin, un léger halo de poussière s'élevait au-dessus de la piste. Je tins les rênes d'une main ferme, et les bœufs restèrent plantés avec une obéissance pesante. Nous retînmes tous notre souffle. Le nuage grossit à une vitesse incroyable. Il se rapprocha rapidement, jusqu'à ce qu'une petite troupe de cavaliers à cape rouge, armés d'arbalètes et d'épées dégainées, galope devant nous. Des étincelles de magie crépitaient sous les sabots des chevaux, équipés de fers en acier qui tintaient telles des cloches sur le sol compact. L'œuvre d'Alosha, désormais au service du Bois. J'attendis que la fumée disparaisse au loin avant de reprendre la route.

Quand nous aboutîmes au premier village, les affiches avaient déjà été placardées. Le portrait de Kasia et le mien, dessinés à la va-vite, étaient accrochés à un arbre près de l'église. J'ignorais jusqu'alors ce que cela faisait d'être traquée. J'avais simplement été heureuse de découvrir la ville, comptant m'y arrêter pour acheter à manger : nos estomacs criaient déjà famine. Au lieu de quoi, nous rabattîmes nos capuches sur nos fronts et poursuivîmes notre route sans adresser la parole à quiconque. Mes mains tremblaient sur les rênes, mais nous eûmes de la chance. C'était jour de marché, et le bourg était grand, si proche de la citadelle : il y avait là suffisamment d'inconnus pour que personne ne nous remarque ou ne demande à voir nos visages. Dès que nous eûmes dépassé les derniers bâtiments, j'agitai brusquement la bride pour faire accélérer les bêtes et laisser le village derrière nous.

Nous dûmes nous arrêter dans les fourrés à deux autres reprises, quand des groupes de cavaliers apparurent derrière nous. Puis une autre fois le soir venu, quand un messager du roi à cape rouge rebroussait chemin en galopant vers Kralia, ses sabots étincelant dans la lumière faiblissante. Il ne nous remarqua pas, trop concentré sur sa course ; nous n'étions que des ombres derrière une haie. Tandis que nous nous cachions, j'avisai une forme sombre et carrée derrière nous : la porte béante d'une chaumière abandonnée au milieu d'un bosquet. Je confiai les bœufs à Kasia et allai explorer les hautes herbes qui avaient envahi le potager délaissé. J'y trouvai une poignée de fraises tardives, quelques vieux navets, plusieurs oignons, des haricots. Nous donnâmes l'essentiel de ma récolte aux enfants, qui s'endormirent dans le chariot dès que nous reprîmes la route. Au moins, nos bœufs n'avaient pas besoin de nourriture ni de repos, puisqu'ils étaient faits d'argile. Ils pourraient marcher toute la nuit, s'il le fallait.

Kasia monta sur le banc à côté de moi. Les étoiles étaient toutes sorties d'un coup ; le ciel était si vaste et sombre, si loin de tout être vivant. L'air était frais et immobile, trop silencieux ; le chariot ne couinait pas, et les bœufs ne soufflaient pas.

— Tu n'as pas essayé de prévenir leur père, me dit Kasia à voix basse.

Je gardai les yeux rivés sur la route obscure.

— Il est mort lui aussi, dis-je. Les Rosyans lui ont tendu une embuscade.

Kasia me saisit la main avec précaution, et nous nous réconfortâmes ainsi mutuellement tandis que le chariot avançait en cahotant. Après quelques minutes, elle me dit :

— La princesse est morte près de moi. Elle a caché les enfants dans la penderie, puis elle les a protégés de son corps. Ils l'ont poignardée encore et encore, mais elle s'obstinait à rester devant les portes. (Sa voix se brisa.) Nieshka, pourrais-tu me fabriquer une épée ?

Je ne le voulais pas. Naturellement, il aurait été plus raisonnable de le faire, au cas où nous nous ferions attraper. Je ne me faisais pas de souci pour elle : Kasia ne risquerait rien dans les combats si les lames rebondissaient sur son corps sans l'entailler et si les flèches retombaient sans même lui avoir infligé la moindre égratignure. En revanche, elle se révélerait terriblement dangereuse ainsi équipée. Elle n'aurait pas besoin d'un bouclier, d'une armure, ni même de réfléchir. Elle pourrait fendre des champs de soldats aussi facilement qu'un champ d'avoine, à un rythme élevé et régulier. Je songeai à l'épée d'Alosha, cette chose étrange et assoiffée de sang ; elle était rangée dans cette poche magique, mais j'en sentais malgré tout le poids sur mes épaules. Kasia serait aussi implacable que cette arme, sauf qu'elle ne servirait pas qu'une seule fois. Je ne voulais pas la voir commettre des choses pareilles. Je ne voulais pas qu'elle ait besoin d'une lame.

Un vœu inutile. Je tirai le couteau passé à ma ceinture, et elle me tendit le sien. Je défis les boucles de nos ceintures et chaussures, les épingles de nos capes, arrachai une branche à un arbre en passant devant et rassemblai le tout dans ma jupe. Tandis que Kasia conduisait, je leur ordonnai à tous d'être bien droits, affûtés et robustes.

Je leur fredonnai la chanson des sept chevaliers, et ils m'écoutèrent en fusionnant sur mes genoux, formant une longue lame incurvée à un seul tranchant, ressemblant davantage à celle d'un couteau de cuisine que d'une épée. Trois petites tiges d'acier lumineuses servaient de garde autour de la poignée en bois. Kasia s'en saisit et en testa l'équilibre, puis elle hocha une fois la tête et la rangea sous la banquette.

Nous étions sur la route depuis trois jours ; au loin, les montagnes, rassurantes, croissaient d'heure en heure. Les bœufs avançaient à un bon rythme, mais nous avions néanmoins à nous cacher derrière des haies, des monticules ou des masures à l'abandon chaque fois que des cavaliers approchaient – il y en avait un flot régulier. J'étais d'abord seulement heureuse quand nous parvenions à leur échapper, trop craintive et soulagée pour y réfléchir davantage. Cependant, alors que, depuis notre cachette, nous regardions disparaître au loin un nuage de fumée, Kasia déclara :

— Il en vient sans arrêt.

Une main glaciale se referma alors autour de mon estomac, et je compris qu'il y en avait trop pour qu'ils soient seulement en train de transmettre l'ordre de nous rechercher. Ils tramaient autre chose.

Si Marek avait ordonné de fermer les cols des montagnes, si ses hommes avaient érigé un blocus autour de la tour, s'ils s'étaient directement attaqués à Sarkan, le prenant par surprise tandis qu'il s'efforçait d'empêcher le Bois d'envahir Zatochek…

Il n'y avait rien d'autre à faire que de continuer, mais les montagnes n'étaient à présent plus si réconfortantes. Nous ignorions ce que nous trouverions de l'autre côté. Comme la route commençait à grimper doucement au pied des premières collines, Kasia passa la journée à l'arrière du chariot avec les enfants, la main posée sur son épée, dissimulée sous son manteau. Le soleil était haut dans le ciel, et ses rayons brûlants faisaient resplendir son visage. Elle avait l'air étrange et distant, trop immobile.

Nous atteignîmes le sommet de la première colline et aboutîmes au croisement menant aux Marches jaunes, indiqué par un petit puits et un abreuvoir. La route était déserte, même si elle avait été récemment empruntée des deux côtés par de nombreuses personnes à pied et à cheval. J'étais cependant incapable de déterminer s'il s'agissait d'une circulation ordinaire à cet endroit. Kasia remonta plusieurs seaux pour que nous puissions nous désaltérer et nous débarbouiller un peu, puis je préparai de la boue toute fraîche pour réparer les bœufs : ils se craquelaient, çà et là, après la marche de la journée. Stashek m'apporta silencieusement des poignées d'herbe terreuse.

Nous avions annoncé, avec autant de délicatesse que possible, la mort de leur père aux enfants. Marisha ne comprenait pas tout, mais elle avait peur. Elle avait déjà réclamé sa mère à plusieurs reprises. À présent, elle s'agrippait presque en permanence aux jupons de Kasia, ne la perdant jamais de vue. Stashek, quant à lui, ne comprenait que trop bien. Il avait accueilli la nouvelle sans un mot, mais il avait fini par me demander plus tard :

— Oncle Marek a-t-il tenté de nous faire assassiner ? Je ne suis plus un enfant, avait-il ajouté en me regardant bien en face, comme s'il avait besoin de m'en convaincre après cette dernière question.

— Non, étais-je parvenue à répondre malgré ma gorge nouée. Il se laisse simplement diriger par le Bois.

Je n'étais pas certaine que Stashek me croie. Il n'avait depuis plus ouvert la bouche. Il se montrait patient avec sa petite sœur, qui s'accrochait à lui également, et nous aidait pour les corvées chaque fois qu'il le pouvait. Cependant, il restait essentiellement muré dans le silence.

— Agnieszka, me dit-il alors que je terminais de plâtrer la patte arrière du deuxième bœuf.

Je me relevai pour aller me laver les mains et me tournai dans la direction de son regard. Nous avions désormais une vue dégagée sur des kilomètres à la ronde. À l'ouest, un épais nuage de poussière recouvrait la route. Il progressait à vue d'œil. Kasia prit Marisha dans ses bras. Je mis ma main en visière et plissai les yeux pour me protéger du soleil.

Une foule d'hommes avançait au pas. Il y en avait des milliers. Un bouquet de longues lances scintillait à l'avant, parmi les cavaliers. Une grande bannière blanc et rouge claquait au vent. Un cheval bai ouvrait la marche, une silhouette en armure sur son dos. Juste à côté se trouvait une monture grise au chevalier paré d'une cape blanche…

Le monde bascula, s'étrécit, fondit sur moi. Le visage de Solya m'apparut très nettement : il me regarda droit dans les yeux. Je détournai si vite la tête que je tombai.

— Nieshka ? s'inquiéta Kasia.

— Vite, haletai-je en me relevant rapidement avant de pousser Stashek vers l'arrière du chariot. Il m'a vue.

Nous nous enfonçâmes dans les montagnes. J'essayai d'estimer la distance qui nous séparait de l'armée. J'aurais donné des coups de cravache aux bœufs si cela avait pu changer quoi que ce soit, mais ils avançaient déjà aussi vite que possible. La route était étroite, sinueuse et couverte de pierres, et leurs pattes commençaient à se craqueler et à s'effriter rapidement. Il n'y avait plus de boue pour les replâtrer, mais je n'aurais de toute façon pas pu prendre le temps de le faire. Je n'osais pas utiliser le sort d'accélération : on ne voyait rien au-delà du prochain virage. Et si d'autres hommes nous prenaient à revers et que je nous jetais ainsi dans leurs bras ? Ou, pis encore, et si je nous précipitais dans un ravin ?

Le bœuf de gauche bascula brusquement, sa jambe cédant sous son poids, et tomba en poussière en heurtant les rochers. Le second nous porta un peu plus loin, avant subitement de se désintégrer à son tour. Déséquilibré, le chariot plongea alors en avant, et nous dégringolâmes tous de nos sièges sur une pile de brindilles et d'herbe sèche.

Nous étions déjà si haut dans les montagnes que les arbres étaient tout secs et rabougris. La route était cernée de pics élevés. Nous ne voyions pas assez loin derrière nous pour nous rendre compte d'où en était l'armée. Généralement, il fallait une journée de marche pour franchir le défilé. Kasia prit Marisha dans ses bras, et Stashek se mit debout. Il avança à mon côté avec ténacité, sans jamais se plaindre, même quand nous accélérions, malgré ses pieds douloureux et l'air rare qui nous brûlait la gorge.

Nous nous arrêtâmes pour reprendre notre souffle près d'une petite saillie où ruisselait un minuscule cours d'eau. Nous y bûmes avec avidité, puis, alors que je me redressais, un croassement rauque près de mon oreille me fit sursauter. Un corbeau noir aux ailes luisantes me dévisageait depuis la branche d'un arbre famélique pendant entre deux rochers. Il poussa un nouveau cri tout aussi puissant.

Il nous suivit dans notre fuite, bondissant de branche, en roche, en promontoire. Je lui lançai un petit caillou pour le faire disparaître, mais il l'esquiva d'un bond avant d'émettre un nouveau croassement triomphal. Deux de ses congénères vinrent le rejoindre un peu plus loin. Le sentier sinuait le long du col, de l'herbe verte se déroulant sur les pentes raides de part et d'autre.

Nous poursuivîmes notre course. Le chemin plongeait là où une montagne s'en écartait, provoquant un vide vertigineux à notre droite. Nous avions peut-être dépassé le sommet, à présent. Je ne pouvais pas m'arrêter assez longtemps pour bien réfléchir. Je traînais presque Stashek par le bras. Quelque part derrière nous, j'entendis le hennissement paniqué d'un cheval, comme s'il avait glissé, galopant trop vite sur la route étroite. Les corbeaux s'envolèrent en tournoyant ; tous, sauf notre compagnon initial, qui garda les yeux scrupuleusement rivés sur nous.

L'air était rare ; nous peinions à respirer dans notre course. Le soleil plongeait vers l'horizon.

— Arrêtez ! s'écria une voix loin derrière nous.

Une flèche vint se fracasser contre une pierre au-dessus de nous. Kasia s'immobilisa, me mit Marisha dans les bras quand je la rattrapai et prit ma place en queue de peloton. Stashek m'adressa un regard terrifié.

— Continue de courir ! l'encourageai-je. Cours jusqu'à voir la tour !

Stashek obtempéra et disparut le long du sentier, derrière une muraille de pierre. Je serrai contre moi sa jeune sœur, qui s'accrocha à mon cou de toutes ses forces, et je m'élançai après lui. Les chevaux étaient si proches que nous entendions les cailloux crisser sous leurs sabots.

— Je la vois ! s'exclama Stashek devant nous.

— Accroche-toi bien, dis-je à Marisha en forçant l'allure.

Elle posa la joue sur mon épaule sans dire un mot, rebondissant à chacune de mes foulées. Stashek se retourna nerveusement vers moi quand je franchis en haletant le virage derrière lequel il m'attendait, debout sur une avancée presque assez vaste pour être une prairie. Mes jambes n'en pouvaient plus : je m'étalai de tout mon long, parvenant à garder l'équilibre juste assez longtemps pour poser Marisha sans m'effondrer sur elle. Nous avions rejoint le versant méridional. En contrebas, le chemin sinuait encore dans les montagnes en direction d'Olshanka.

Puis, de l'autre côté de la ville, devant les montagnes de l'ouest, la tour du Dragon s'élevait vers le ciel dans un éclat blanc, encore si petite et lointaine. Elle était cernée de soldats, une petite armée d'hommes en surcot jaune. Je les contemplai désespérément. Avaient-ils réussi à pénétrer à l'intérieur ? Les grandes portes étaient toujours fermées, et nulle fumée ne s'échappait par les fenêtres. Je refusais de croire que la tour ait pu tomber. Je voulus appeler le nom de Sarkan, me propulser dans l'air. Je me relevai.

Kasia s'était arrêtée sur l'étroit chemin derrière nous. Elle dégaina l'épée que je lui avais fabriquée quand les premiers chevaux apparurent. Marek menait nos poursuivants ; ses éperons dégoulinaient de sang, son épée était au clair et ses lèvres retroussées en un rictus. Son destrier chargea, mais Kasia ne bougea pas. Ses cheveux détachés flottaient au vent. Elle écarta les pieds pour tenir sa position et brandit son arme droit devant elle. Marek dut tirer d'un coup sec sur sa bride pour éviter que sa monture ne s'empale.

Alors que le cheval faisait demi-tour en se cabrant, il abattit de toutes ses forces sa lame vers mon amie. La force brute de Kasia lui permit de parer l'assaut. Elle lui fit lâcher prise. L'épée princière tomba au sol avec fracas, puis dévala la montagne dans un glissement de terre et de cailloux.

— Une pique ! ordonna-t-il.

Un soldat lui en lança une. Il s'en saisit sans mal, tout en remettant sa monture dans le bon axe. Il fit tournoyer sa hampe et manqua de peu la taille de Kasia, qui dut reculer d'un bond : s'il parvenait à lui faire perdre l'équilibre, peu importerait qu'elle soit plus forte que lui. Elle essaya de s'emparer du fer, mais Marek le retira trop vite ; il fit aussitôt avancer son destrier sur ses membres postérieurs, agitant les sabots vers la tête de son adversaire. Il la forçait à battre en retraite. Dès qu'ils atteindraient l'endroit où la route s'élargissait, lui et ses soldats auraient tôt fait de l'encercler. Ils pourraient alors venir nous cueillir, les enfants et moi.

Je peinais à retrouver le sort de transportation du Dragon. *Valisu* et *zokinezh* – mais alors que j'essayais d'assembler les mots, je savais que cela ne fonctionnerait pas. Nous n'étions pas encore dans la vallée, la route ne nous était pas ouverte.

La tête me tournait, à cause du désespoir et du manque d'oxygène. Stashek portait désormais sa sœur. Je fermai les paupières et invoquai un sort d'illusion : je fis apparaître la bibliothèque de Sarkan, les étagères s'élevant sur les pierres nues autour de nous. Des reliures frappées d'or y apparurent ; l'odeur du cuir nous submergea. L'oiseau mécanique dans sa cage, la fenêtre donnant sur toute l'étendue de la vallée et les lacets de la rivière. Je nous perçus même dans l'illusion, minuscules fourmis s'activant sur le versant de la montagne. Vingt hommes formaient une file derrière Marek. S'il gagnait encore un peu de terrain, ils nous submergeraient en un clin d'œil.

Je savais que le Dragon n'était pas là : il se trouvait à l'est, à Zatochek, où une fine colonne de fumée s'élevait à l'orée du Bois. Je l'installai néanmoins à la table de sa bibliothèque, les traits acérés de son visage illuminés par ces bougies qui ne fondaient jamais. Il me dévisageait avec son air surpris et agacé : *Que fais-tu donc encore ?*

— Aidez-moi ! lui dis-je en bousculant légèrement Stashek.

Le Dragon tendit les mains par réflexe et attrapa les enfants. Le garçon poussa un cri, et je le vis observer mon maître, les yeux écarquillés. Sarkan le toisait de toute sa hauteur.

Je pivotai, me retrouvant à moitié dans la bibliothèque et à moitié dans les montagnes.

— Kasia ! appelai-je.

— Vas-y ! me cria-t-elle en retour.

L'un des soldats derrière Marek avait une vue dégagée sur moi et la pièce remplie de livres dans laquelle je me tenais partiellement. Il banda son arc et me visa d'une flèche.

Kasia se baissa pour échapper à la pique et se rua vers le cheval du prince, le repoussant des deux mains sur le poitrail. L'animal émit un hennissement perçant, se cabrant davantage en multipliant les coups de sabot. Marek lui décocha un coup de pied dans le menton et planta entre eux la hampe de sa pique, juste derrière la cheville de mon amie. Les deux mains sur son arme, il abandonna alors les rênes, parvenant néanmoins à se faire obéir de son destrier. Celui-ci se retourna, et le prince pivota en même temps sans lâcher sa hampe, déséquilibrant Kasia. Le cheval lui décocha alors une ruade, et elle tomba au bord du sentier. Marek n'eut plus qu'à faire levier avec sa pique pour la faire basculer. Elle n'eut pas le temps d'émettre autre chose qu'un « Oh ! » surpris, et disparut dans la pente après avoir vainement tenté de se raccrocher à une touffe d'herbe.

— Kasia ! hurlai-je.

Marek me fit face. L'archer tira ; sa corde vibra.

Des mains me saisirent les épaules avec une force familière et inattendue, m'entraînant en arrière. Les murs de la bibliothèque se refermèrent autour de moi juste avant que la flèche puisse y pénétrer. Le sifflement du vent, l'air frais et cassant disparurent de sur ma peau. Je tournoyai, incrédule. Sarkan était là, debout derrière moi. Il m'avait attirée à l'intérieur.

Ses mains reposaient encore sur mes épaules. Serrée contre son torse, pleine d'inquiétude et en proie à mille questions, je compris que nous n'étions pas seuls quand il me lâcha et recula. Une carte de la vallée était déroulée sur la table, et un homme colossal à la barbe plus longue que la tête et à la cotte de mailles disparaissant sous un surcot jaune nous dévisageait avec stupeur. Derrière lui, quatre hommes en armure portèrent la main à leur épée.

— Kasia ! (Marisha pleurait dans les bras de Stashek, tentant de se libérer.) Je veux Kasia !

Moi aussi, je voulais Kasia ; je n'avais pas cessé de trembler depuis que je l'avais vue passer par-dessus bord. Quelle hauteur de chute pouvait-elle endurer sans être blessée ? Je me précipitai vers la fenêtre. Nous étions loin du lieu de la scène, mais je repérai le plumet de poussière s'élevant à l'endroit de sa dégringolade, telle une ligne tirée à flanc de montagne. Elle n'était qu'une minuscule tache brun et blond, à une trentaine de mètres en contrebas du chemin. J'essayai de recouvrer mes sens et ma magie. Mes jambes tremblaient encore d'épuisement.

— Non, me dit Sarkan en venant me rejoindre. Arrête. J'ignore comment tu as pu accomplir tout ceci, et j'imagine que je serai consterné quand je le découvrirai, mais tu as été trop gourmande en magie durant cette dernière heure.

Il pointa son doigt vers le corps effondré de Kasia et plissa les paupières.

— *Tualidetal*, dit-il.

Puis il serra le poing et le tira brusquement vers lui, désignant ensuite un espace libre sur le sol de la bibliothèque.

Kasia s'y matérialisa dans un nuage de poussière marron. Elle roula sur elle-même et se releva rapidement, chancelant à peine. Elle avait quelques écorchures sanguinolentes sur les bras, mais elle n'avait pas lâché son épée. Elle remarqua d'un coup d'œil les hommes en armes de l'autre côté de la table, puis abrita Stashek derrière elle, brandissant sa lame tel un bâton.

— Calme-toi, Marisha, dit-elle en effleurant rapidement la joue de la fillette, qui lui tendait les bras.

L'homme imposant n'avait jusqu'alors fait qu'observer.

— Dieu du Ciel, déclara-t-il soudain. Sarkan, c'est le jeune prince.

— Oui, je le crois bien, confirma le Dragon.

Il paraissait résigné. Je le dévisageai, peinant à croire qu'il était vraiment là. Il était plus mince que lorsque nous nous étions quittés, et presque aussi échevelé que moi. De la suie maculait sa joue et son cou, et sa peau était couverte d'une fine couche d'un gris uniforme, qui ne se distinguait qu'au niveau de son encolure, où s'inscrivait la frontière entre le propre et le sale. Il portait sur le dos un long manteau de cuir. Le bout de ses manches et le bas de sa toge étaient calcinés, et le reste de son habit avait subi de multiples brûlures. Il avait l'air de ressortir tout juste de la forêt en flammes. Je me demandai si, d'une manière ou d'une autre, je l'avais fait apparaître ici en me servant de mon pouvoir.

Jetant un coup d'œil depuis derrière Kasia, Stashek déclara :

— Baron Vladimir ? (Il serra sa petite sœur d'un air protecteur et se tourna vers Sarkan.) Êtes-vous le

Dragon ? demanda-t-il d'une voix fluette et pleine de doute, comme si son interlocuteur n'avait pas le physique de l'emploi. Agnieszka nous a amenés ici pour nous mettre à l'abri, ajouta-t-il, encore plus sceptique.

— Évidemment, rétorqua Sarkan en se tournant vers la fenêtre.

Marek et ses hommes dévalaient déjà la pente à la tête de leur grande armée. Sous leurs pas, un nuage de poussière dorée comme le couchant montait vers Olshanka telle une brume impénétrable.

Le Dragon se retourna vers moi.

— Eh bien, dit-il d'un ton caustique, tu as réussi à ramener des troupes.

26

— Il doit avoir rassemblé tous les soldats du sud de la Polnya, estima le baron des Marches jaunes en observant l'armée de Marek.

Il s'agissait d'un homme imposant à la bedaine proéminente et qui portait son armure aussi naturellement que n'importe quel vêtement. Il n'aurait pas dépareillé dans la taverne de notre village.

Il venait d'être convoqué à la capitale pour assister aux funérailles du roi quand le messager de Marek, hâté par la magie, était arrivé pour l'informer que le prince héritier était mort également et lui donner des instructions : il devait traverser les montagnes, arrêter Sarkan, accusé de contamination et de traîtrise, et nous tendre un piège, aux enfants et à moi. Le baron avait obtempéré, ordonné à ses hommes de se réunir et attendu que le messager reparte. Puis il avait fait franchir le col à ses troupes, était allé directement trouver Sarkan et lui avait rapporté qu'une diablerie terrible se tramait à la capitale.

Ils étaient revenus ensemble à la tour, et c'étaient ses soldats qui campaient en dessous, se hâtant d'ériger des fortifications.

— Mais nous ne pourrons pas tenir plus d'une journée, pas contre une telle armée, déclara le baron en désignant le flot continu d'hommes qui descendait la montagne. J'espère donc que vous avez un autre tour dans votre sac. J'ai dit à ma femme d'informer Marek que j'avais perdu l'esprit, contaminé à mon tour, j'espère donc qu'il ne les décapitera pas, elle et les enfants. Cela dit, j'aimerais autant garder moi aussi la tête sur les épaules.

— Peuvent-ils enfoncer les portes ? m'inquiétai-je.

— S'ils essaient assez longtemps, me répondit Sarkan. Et il en va de même pour les murs. (Il indiqua les deux charrettes qui cahotaient sur la pente, transportant les longs fûts métalliques de canons.) Mes enchantements ne résisteront pas à la poudre.

Il se détourna de la fenêtre.

— Tu sais que nous avons déjà perdu, me lança-t-il sans ménagement. Chaque homme que nous tuons, chaque sort et chaque potion que nous gâchons servent les intérêts du Bois. Nous pourrions emmener les enfants dans la famille de leur mère et organiser une défense digne de ce nom au nord, autour de Gidna…

Il ne m'apprenait rien de nouveau, rien que je ne savais pas déjà quand je m'étais enfuie vers chez moi tel un oiseau retournant à son nid en feu.

— Non, répondis-je.

— Écoute-moi, dit-il. Je sais que ton cœur appartient à cette vallée, que tu n'arrives pas à la laisser…

— Parce que j'y suis liée ? l'interrompis-je sèchement. Moi, et toutes les autres filles que tu as choisies ?

J'avais déboulé dans sa bibliothèque au milieu d'une demi-douzaine d'autres personnes et avec une armée à mes trousses, nous n'avions donc guère eu le temps de discuter, mais je ne lui avais toujours pas pardonné. Je voulais l'affronter en tête à tête et le secouer jusqu'à avoir obtenu toutes mes réponses, puis le secouer encore pour faire bonne mesure. Il se tut alors, et je me contraignis à ravaler ma fureur. Je savais que ce n'était ni le lieu ni le moment.

— Ce n'est pas la raison, rétorquai-je plutôt. Le Bois a réussi à s'introduire dans le château du roi à Kralia, à une semaine de voyage d'ici. Crois-tu vraiment qu'il existe un endroit où nous pourrions protéger les enfants et qui lui serait inaccessible ? Ici, au moins, nous avons une chance de victoire. Mais si nous fuyons, si nous laissons le Bois reconquérir toute la vallée, nous ne pourrons jamais plus lever une armée capable de l'atteindre en son cœur.

— Malheureusement, répliqua-t-il, celle dont nous disposons aujourd'hui se trompe d'ennemi.

— C'est pourquoi nous devons convaincre Marek de se rallier à nous, tranchai-je.

Kasia et moi menâmes les enfants au cellier, l'endroit le plus sûr. Nous leur confectionnâmes un grabat à l'aide de paille et de couvertures de rechange oubliées dans les étagères. Les réserves en cuisine étaient encore intactes, et nous mourions tous tellement de faim après cette journée passée à fuir que même l'inquiétude ne nous coupa pas l'appétit. Je sortis un lapin de la chambre frigorifique et le mis dans une marmite avec quelques carottes, du sarrasin séché et un peu d'eau. Je jetai *lirintalem* à l'ensemble pour le rendre comestible. Nous dévorâmes le tout à même le plat, et sitôt après les enfants s'effondrèrent sur leur paillasse, blottis l'un contre l'autre.

— Je vais rester avec eux, décida Kasia en s'asseyant par terre.

Elle déposa son épée près d'elle et caressa d'une main la tête endormie de Marisha. Je préparai une pâte toute simple dans une grande jatte – juste de la farine, de l'eau et du sel –, et je montai le tout à la bibliothèque.

Dehors, les soldats avaient érigé une tente pour le prince, un pavillon blanc avec deux lampes à sorts plantées juste devant. Leur lumière bleutée conférait à la toile un éclat surnaturel, comme si la tente descendait des Cieux, ce qui était sans doute l'effet recherché. La bannière du roi claquait au vent en son sommet, exhibant fièrement l'aigle couronné au bec et aux serres ouverts. Le soleil se couchait. Les longues ombres des montagnes de l'ouest envahissaient lentement la vallée.

Un héraut vint se poster entre les deux éclairages, tout de blanc vêtu dans son uniforme austère, les lourdes chaînes dorées indiquant son statut pendant à son cou. Encore une fois l'œuvre de Ragostok : sa voix porta jusqu'aux fenêtres de la tour aussi puissamment qu'un chœur de trompettes. Il énuméra chacun de nos crimes : corruption, trahison, assassinat du roi, assassinat de la princesse Malgorzhata, assassinat du père Ballo, conspiration ourdie avec le concours d'Alosha la traîtresse, enlèvement du prince Kasimir Stanislav Algirdon et de la princesse Regelinda Maria Algirdon – il me fallut quelques secondes pour comprendre qu'il s'agissait de Stashek et Marisha –, ralliement avec les ennemis de la Polnya, et ainsi de suite. J'étais soulagée d'entendre Alosha accusée de traîtrise : cela signifiait peut-être qu'elle avait survécu.

La liste s'achevait avec l'exigence de la restitution des enfants princiers et de notre reddition immédiate. Le héraut se tut alors le temps de reprendre son souffle et de boire un peu d'eau. Puis il récita de nouveau l'épouvantable litanie. Les hommes du baron s'agitaient dans leur campement au pied de la tour, lançant des coups d'œil inquiets en direction de nos fenêtres.

— Oui, Marek semble prêt à se laisser convaincre, déclara Sarkan en entrant dans la pièce.

De légères traces d'huile brillaient au niveau de son cou, sur le revers de sa main et en travers de son front : il préparait des potions de sommeil et d'oubli dans son laboratoire.

— Que comptes-tu faire de ça ? Je doute que Marek accepte de manger une miche de pain empoisonnée, si c'est ce que tu avais en tête.

Je retournai ma pâte sur le long plateau de marbre de la table. Je songeais surtout aux bœufs que j'avais modelés : ils étaient certes tombés en poussière, mais ils n'étaient faits que de boue.

— Aurais-tu du sable ? m'enquis-je. Et peut-être quelques morceaux de ferraille ?

Je malaxai ces derniers ingrédients avec le reste de ma pâte tandis que, dehors, le héraut poursuivait sa récitation. Sarkan était assis face à moi, rédigeant du bout de sa plume une longue incantation mêlant illusion et désarroi, assemblée à partir de ses livres. Un sablier marquait entre nous l'écoulement du temps, lui permettant de surveiller la durée d'infusion de ses potions. Quelques malheureux soldats du baron l'attendaient dans un coin de la pièce pendant qu'il œuvrait, basculant d'un pied sur l'autre avec inquiétude. Il posa sa plume à l'instant précis où les derniers grains de sable se déversèrent.

— Très bien, venez avec moi, leur ordonna-t-il.

Il les emmena au laboratoire pour leur confier les flacons à descendre.

Je pétrissais et repétrissais ma pâte, fredonnant les chansons sur lesquelles ma mère cuisinait toujours. Je pensais à Alosha, forgeant sa lame sans relâche, y insufflant chaque fois un peu plus de magie. Quand ma préparation fut parfaitement lisse et malléable, j'en arrachai un morceau, le roulai entre mes mains pour en faire une tour, que je plantai au milieu de la pâte restante. J'en modelai un coin pour représenter la chaîne de montagnes derrière nous.

Sarkan revint dans la pièce et considéra mon travail d'un air dédaigneux.

— Une très jolie maquette, je suis sûr que les enfants seront ravis.

— Viens plutôt m'aider, repartis-je.

Je formai une muraille entre le donjon et les massifs, puis murmurai un sort de terre, « *Fulmedesh, fulmishta, fulmedesh, fulmishta* », encore et encore, en rythme régulier. Je fabriquai un autre mur un peu plus loin, puis un troisième, sans cesser de scander doucement. Un grondement sourd, semblable à celui des arbres par grand vent, retentit devant les fenêtres, et le sol trembla légèrement sous nos pieds : la terre et la pierre se réveillaient.

Sarkan m'observa encore quelques instants, sans se départir de sa moue. Je me rappelai soudain la dernière fois que nous avions tissé un sort ensemble dans cette pièce, faisant éclore des églantines et épines partout autour de nous. J'avais à la fois envie et pas envie de son aide. Je voulais rester fâchée contre lui encore un peu, mais je désirais encore plus retrouver notre connexion. Je voulais le toucher, éprouver la morsure froide et éclatante de sa magie entre mes mains. Je gardai la tête baissée et continuai mon ouvrage.

Il se dirigea vers l'un des meubles de rangement, dont il rapporta un petit tiroir rempli d'éclats de pierre de tailles diverses et du même granit gris que celui de la tour. Il entreprit de les introduire de ses longs doigts dans les parois que je venais de construire, tout en récitant un sort de réparation visant à reboucher les fissures et à reconstruire le minéral effrité. Sa magie se déversa dans l'argile, adoptant une teinte colorée et lumineuse quand elle frôlait la mienne. Il adjoignit la roche au sort, ajoutant de profondes fondations, faisant croître mon œuvre ; c'était comme s'il disposait des marches sous mes pieds afin que je puisse faire pousser les murs jusqu'au ciel.

Je liai sa magie à mon tissage, laissant glisser mes mains sur ma maquette, ma psalmodie se déroulant sous la mélodie de son sort. Je lui adressai un coup d'œil. Il observait la pâte, s'efforçant de ne pas cesser de froncer les sourcils tout en rougissant à la forte lumière transcendante qu'il faisait briller dans son sort élaboré : il était à la fois ravi et agacé, malgré tous ses efforts.

Cette fois, le soleil s'était couché. Un éclat bleu violacé scintillait à la surface de la pâte, évoquant un alcool fort brûlant au fond d'une marmite. Je le distinguais à peine dans la pénombre de la pièce. Puis mon tissage s'embrasa tel du petit bois sec. Il y eut un éclair, un afflux de magie, mais cette fois Sarkan s'attendait au débordement de pouvoir. Alors que le sort prenait, il se retira brusquement. Je me tendis d'abord instinctivement vers lui, puis je me reculai à mon tour. Nous regagnâmes tous deux notre propre peau, au lieu de nous éclabousser mutuellement.

Un craquement similaire à celui de la glace en hiver retentit par la fenêtre, suivi d'éclats de voix. Je me précipitai vers l'ouverture, les joues brûlantes. Les lampes à sorts devant la tente de Marek montaient et descendaient lentement, comme les lanternes d'un navire affrontant les vagues. Le sol frémissait d'ailleurs comme de l'eau.

Les hommes du baron se retranchèrent en hâte vers les murs de la tour. Leurs frêles fortifications, à peine des piles de bois mort, s'effondraient. À la lumière des éclairages, je vis Marek sortir de sa tente, les cheveux et l'armure rutilants, une lourde chaîne d'or – celle que le héraut avait eue autour du cou – serrée dans son poing. Une foule de soldats et de domestiques émergea à sa suite du pavillon, qui commençait à s'écrouler.

— Éteignez les torches et les feux ! beugla le prince d'une voix surpuissante.

La terre roulait et grondait de partout.

Solya était sorti de la tente en même temps que les autres. Il arracha l'une des lampes à sorts et la brandit avec un mot magique qui en renforça la puissance. Le sol entre le donjon et le campement se souleva et se voûta telle une bête paresseuse s'ébrouant lentement. Roche et terre se dressèrent pour former autour de la tour trois hautes murailles de pierre zébrée de veinures blanches et aux bords déchiquetés. Marek dut donner l'ordre de retirer les canons aussi vite que possible, car le terrain se dérobait sous leurs pieds.

Le décor se figea alors dans un soupir. Quelques ultimes secousses partirent de la tour, telles des ondes allant mourir plus loin. De petites averses de poussière caillouteuse roulèrent le long des parois. Marek avait l'air à la fois stupéfait et furieux. Pendant un instant, il planta ses prunelles furibondes dans les miennes, mais je ne me détournai pas. Sarkan me força à m'éloigner de la fenêtre.

— Tu ne convaincras pas Marek de t'écouter en le faisant enrager un peu plus, me dit-il quand je pivotai face à lui, submergée par la colère.

Nous étions très proches l'un de l'autre, et il s'en rendit compte en même temps que moi. Il me lâcha brutalement et recula. Il tourna la tête et essuya d'un revers de main le filet de sueur qui lui coulait sur la tempe.

— Nous ferions bien de descendre rassurer Vladimir : il doit croire que nous sommes sur le point de les faire plonger, lui et ses hommes, au centre de la planète.

— Vous auriez pu nous prévenir avant, répondit sèchement le baron, mais je ne vais pas trop me plaindre : nous leur ferons payer le prix fort pour ces murailles – à condition de pouvoir nous-mêmes nous déplacer entre elles. Les pierres sectionnent nos cordes. Il nous faut un passage.

Il voulait nous faire bâtir deux tunnels d'un côté et de l'autre du donjon, afin que le prince soit obligé de se battre sur toute la longueur des murailles pour les traverser. Sarkan et moi commençâmes à l'extrémité nord. Les soldats disposaient déjà des piques le long des remparts à la lueur des flambeaux, les pointes dirigées vers le ciel. Ils recouvraient les hampes de longs manteaux afin de se confectionner des tentes de fortune sous lesquelles dormir. Quelques-uns d'entre eux étaient assis autour de petits feux de camp, faisant tremper de la viande séchée dans de l'eau bouillante, ajoutant de la kacha à leur bouillon pour le rendre plus consistant. Ils déguerpirent en hâte sans que nous ayons eu besoin de prononcer un mot tant ils étaient paniqués. Sarkan ne parut pas le remarquer, mais je ne pus m'empêcher de me sentir malheureuse, étrange et anormale.

L'un des soldats était un garçon de mon âge, qui s'attelait à affûter méticuleusement et avec expertise tous les fers de lance sur une pierre : six coups chacun, et l'affaire était faite en moins de temps qu'il n'en fallait pour revenir aux deux hommes chargés de les aligner contre le mur. Il avait dû se donner beaucoup de mal pour maîtriser aussi bien son art. Il n'avait pas l'air triste ni maussade. Il avait choisi de devenir soldat. Peut-être son histoire personnelle commençait-elle ainsi : fils d'une pauvre mère veuve et frère de trois jeunes sœurs à nourrir, une fille lui souriant chaque jour par-dessus la clôture en menant au pré le troupeau de son père. Après s'être engagé, il avait offert sa prime d'embauche à sa mère et était parti faire fortune. Dur au mal, il escomptait devenir bientôt caporal, puis sergent. Ses rêves réalisés, il rentrerait chez lui dans son bel uniforme, couvrirait sa mère d'argent et demanderait la main de la fille souriante.

Sauf s'il rentrait avec une jambe en moins, triste et amer de la découvrir mariée à un fermier ; ou alors, il finirait peut-être par boire pour oublier combien d'hommes il avait occis pour faire fortune. C'était tout aussi plausible. Ils avaient chacun leur histoire. Ils avaient des mères et des pères, des sœurs et des amantes. Ils n'étaient pas seuls au monde, à ne se soucier de nul autre que d'eux-mêmes. Il semblait extrêmement déplacé de les traiter comme des piécettes dans un porte-monnaie. Je voulais aller parler à ce garçon, lui demander son nom, découvrir sa véritable histoire. Cependant, cela aurait manqué d'honnêteté, n'étant fait que pour éponger une partie de ma culpabilité. J'avais le sentiment que les soldats avaient parfaitement conscience qu'ils n'étaient pour nous que des chiffres – tant de perte restait raisonnable, tant était trop, comme si chaque vie ne comptait pas.

Sarkan ricana.

— Quel bien cela leur ferait-il si tu passais parmi eux pour leur poser des questions, afin de découvrir qu'untel vient de Debna, que le père de tel autre est tailleur et qu'un troisième a trois enfants qui l'attendent ? Tu es bien plus efficace en leur bâtissant des murs pour éviter que les troupes de Marek les éliminent au matin.

— Et ils se porteraient encore mieux si Marek n'essayait même pas, rétorquai-je, furieuse qu'il ne veuille pas comprendre.

Le seul moyen de pousser le prince à négocier était de faire en sorte que les murs soient si coûteux à franchir qu'il refuserait d'en payer le prix. Cependant, je n'en étais pas moins furieuse contre lui, contre le baron, contre Sarkan ou contre moi-même.

— Te reste-t-il la moindre famille ? lui demandai-je brusquement.

— Je ne saurais te dire, répondit-il. J'étais un petit mendiant de trois ans quand j'ai mis le feu à Varsha pour essayer de ne pas mourir de froid dans une rue en plein hiver. Ils ne se sont pas donné la peine de rechercher mes parents avant de m'expédier à la capitale. (Il s'exprimait avec indifférence, comme si cela lui était égal de ne pas avoir d'attaches.) Ne fais pas cette tête d'enterrement, ajouta-t-il. C'était il y a un siècle et demi, et cinq rois ont depuis rendu leur dernier souffle – six rois, se corrigea-t-il. Viens m'aider à trouver une fissure à ouvrir.

Il faisait désormais nuit noire, et la seule manière de détecter une lézarde était au toucher. J'apposai ma main sur le mur et faillis la retirer aussitôt : la pierre murmurait étrangement sous mes doigts, produisant un chœur de voix graves. Je me penchai plus près. Nous n'avions pas seulement retourné de la terre et des rochers : des morceaux de blocs sculptés avaient jailli du sol, vestiges de la vieille tour effondrée. Des mots anciens apparaissaient par endroits, presque effacés mais encore perceptibles au toucher. Je me frottai les mains. Mes doigts étaient tout secs et poussiéreux.

— Ils sont partis depuis longtemps, me rappela Sarkan.

Toutefois, l'écho de leur présence perdurait. Le Bois avait renversé cet ultime bastion, dévoré et dispersé ces gens. Peut-être cela s'était-il passé de façon similaire pour eux, peut-être avaient-ils été transformés en armes et braqués les uns contre les autres, jusqu'à ce que tous soient morts et que les racines du Bois puissent tranquillement recouvrir leurs dépouilles.

Je reposai les mains sur la muraille. Sarkan avait repéré une étroite fêlure, à peine assez large pour y enfoncer le bout des doigts. Nous tirâmes dessus, chacun d'un côté.

— *Fulmedesh*, dis-je pendant qu'il prononçait un sort d'ouverture.

La fissure s'écarta alors avec un bruit d'assiettes jetées sur un sol en marbre. Nombre de débris nous tombèrent dessus.

Les soldats les retirèrent avec leurs casques et leurs mains gantelées, tandis que nous élargissions encore la faille. Quand nous eûmes terminé, le tunnel était juste assez large pour qu'un homme en armure puisse s'y engouffrer en se baissant. À l'intérieur, quelques lettres bleu argenté luisaient dans les ténèbres. Je me précipitai hors de ce trou de souris aussi vite que je le pus en m'efforçant de ne pas les regarder. Les soldats se mirent aussitôt à creuser la tranchée derrière nous, tandis que nous faisions tout le tour de la muraille pour gagner l'extrémité sud afin d'y ménager la seconde ouverture.

Le temps que le deuxième tunnel soit terminé, les hommes de Marek s'en prenaient déjà sans grande conviction au premier rempart : ils jetaient par-dessus des tissus enflammés imbibés d'huile de lampe, ainsi que de petites boules de ferraille hérissées de pointes. Toutefois, cela réjouit presque les troupes du baron, qui cessèrent de nous observer, Sarkan et moi, comme des serpents venimeux et commencèrent à se brailler allégrement des ordres en se préparant au siège, une tâche qu'ils maîtrisaient à la perfection.

Nous n'avions plus notre place parmi eux, nous ne faisions que les gêner dans leurs préparatifs. Je n'essayai finalement pas de leur adresser la parole, me contentant de suivre silencieusement le Dragon jusqu'à la tour.

Il referma les grandes portes derrière nous, et la lourde barre d'acier retomba dans ses crochets avec un bruit de tonnerre. Le grand hall d'entrée n'avait pas changé, les étroits bancs en bois étaient toujours aussi peu accueillants, les lampes pendaient encore du plafond. Tout était aussi raide et formel que lorsque je m'étais aventurée là pour la première fois avec mon plateau de victuailles, tellement seule et effrayée. Même le baron préférait dormir dehors avec ses hommes, avec des températures aussi douces. Je les entendais discuter par les meurtrières, mais à peine, comme s'ils se trouvaient très loin de là. Seuls quelques soldats beuglaient ensemble quelque chant sans doute paillard, mais suffisamment rythmé pour leur donner du cœur à l'ouvrage. Je n'en distinguais pas les paroles.

— Au moins, nous aurons ici un peu de répit, me dit Sarkan en se tournant vers moi.

Il s'essuya le front d'un revers de main, laissant une traînée propre dans la fine couche de poussière grise accrochée à sa peau. Ses mains étaient maculées de poudre verte et de traces iridescentes d'huile de lampe. Il les considéra avec une moue dégoûtée.

Pendant un instant, ce fut comme si nous étions de nouveau seuls dans sa tour, sans armée à l'extérieur, sans enfants royaux cachés au cellier, l'ombre du Bois pesant sur la porte. J'oubliai que je m'efforçais de lui en vouloir encore. J'avais envie de me jeter dans ses bras, de plaquer ma tête contre sa poitrine et d'inspirer son odeur de fumée, de cendre et de sueur mêlées. Je voulais fermer les paupières et qu'il m'étreigne fort. Je voulais laisser l'empreinte de mes doigts sur sa peau poussiéreuse.

— Sarkan, dis-je.

— Ils vont sans doute attaquer dès l'aube, répondit-il trop rapidement, m'interrompant avant que je puisse ajouter quoi que ce soit.

Son visage était aussi verrouillé que les portes. Il recula de quelques pas et me désigna l'escalier.

— Le mieux que tu puisses faire, pour l'instant, c'est monter te reposer.

27

Quel conseil on ne peut plus avisé. J'avais la boule au ventre. Au lieu de remonter dans ma chambre, je descendis au cellier pour m'allonger avec Kasia et les enfants, me roulant en boule en attendant que la rage me passe. J'entendais dans mon dos leur souffle calme et régulier. Ce bruit aurait dû m'apaiser, mais il semblait au contraire me railler : *Ils dorment et pas toi !* La fraîcheur du sol ne suffisait pas à refroidir ma peau brûlante.

Mon corps se remémorait cette journée interminable. Je m'étais réveillée ce matin-là de l'autre côté des montagnes, et je percevais encore l'écho des chevaux derrière moi, se rapprochant ; je me rappelais chacune de mes inspirations paniquées et difficiles quand je courais avec Marisha dans mes bras. J'avais des bleus aux endroits où ses talons étaient venus frapper contre mes jambes. J'aurais dû être éreintée. Cependant, de la magie frémissait encore dans mon ventre, une grande quantité n'ayant nulle part où aller, comme si j'étais une tomate trop mûre cherchant à éclater sa pelure pour se soulager. Et puis, il y avait une armée devant nos portes.

Je ne pensais pas que Solya avait passé la soirée à renforcer les défenses et à jeter des sorts de sommeil. Il avait rempli nos tranchées de feu blanc et indiqué à Marek où braquer ses canons pour éliminer le plus d'hommes. Il était un sorcier de guerre. Il avait participé à des dizaines de batailles, et Marek était soutenu par toute l'armée de Polnya, six mille soldats contre nos six cents. Si nous ne les arrêtions pas, si Marek franchissait les murailles que nous avions érigées et enfonçait les portes, s'il nous tuait tous et capturait les enfants…

Je rejetai mes couvertures et me levai. Kasia ouvrit les paupières juste le temps de m'apercevoir, puis elle les referma. J'allai discrètement m'asseoir près des braises en frémissant. Je n'arrêtais pas de ressasser combien il serait aisé de perdre, de laisser le Bois déployer ses racines sombres et abominables sur toute la vallée, progressant telle une vague verte avalant tout sur son passage. J'essayais de ne pas le voir, mais, dans mon esprit, un arbre-cœur s'élevait sur la place de Dvernik, aussi tentaculaire et monstrueux que celui de Porosna, et tous les gens que j'aimais étaient prisonniers sous ses racines.

Je me remis debout et tentai d'échapper à mon imagination en me précipitant dans l'escalier. Dans le grand hall d'entrée, les meurtrières étaient noires ; plus une seule note de musique ne nous parvenait depuis l'extérieur. Tous les soldats dormaient. Je repris mon ascension, dépassai le laboratoire et la bibliothèque, des lumières vertes, violettes et bleues clignotant encore derrière leur porte. Toutefois, les pièces étaient désertes : il ne s'y trouvait personne sur qui crier, personne pour me répondre, me critiquer et me traiter d'idiote. Je montai d'un étage supplémentaire et m'arrêtai au bord du palier suivant, près de l'extrémité élimée de la moquette. Une lueur légère filtrait sous la porte du fond, tout au bout du couloir. Je ne m'étais jamais aventurée par là, vers les appartements privés de Sarkan. Naguère, il s'agissait pour moi de la chambre d'un ogre.

Le tapis était sombre et épais, parcouru d'un motif en fil doré, une simple ligne commençant en une spirale étroite rappelant la queue d'un lézard. Elle s'épaississait en se déroulant, puis serpentait le long de la moquette, tel un sentier parmi les ombres du couloir. Mes pieds s'enfonçaient profondément dans la laine délicate.

Je suivis le chemin qui s'évasait peu à peu et adoptait une apparence écailleuse, légèrement scintillante. Je dépassai les chambres d'amis – deux pièces en face l'une de l'autre –, et le couloir s'assombrit un peu plus.

Je luttais contre une sorte de pression, comme si un vent puissant soufflait contre moi. Le décor du tapis formait désormais des formes plus nettes. J'enjambai un gros membre aux griffes d'ivoire, puis de pâles ailes dorées parcourues de veinures brun foncé.

Le vent se fit plus froid. Les murs disparurent dans la pénombre. Le tapis s'élargit au-delà des limites perceptibles du couloir. Il ne semblait plus être en laine. J'étais debout sur des vagues chaudes qui clapotaient, douces comme du cuir, ondulant sous mes pieds. Le souffle résonnait entre des murs caverneux que je ne distinguais pas. Mon cœur voulait s'emballer sous l'effet de la terreur. Mes pieds voulaient faire demi-tour et fuir.

Je me contentai de fermer les yeux. Je connaissais si bien la tour, à présent, que j'étais capable d'estimer la longueur réelle du couloir. Je fis trois pas de plus sur le dos écailleux, puis pivotai et tendis la main vers la poignée qui devait se situer là. Mes doigts se refermèrent sur un bouton de porte métallique. Je rouvris les paupières et me retrouvai dans le couloir, face à une porte. Quelques pas plus loin, le couloir et le tapis prenaient fin. Le motif doré s'enroulait sur lui-même, et un œil vert pétillant me toisait depuis une tête équipée de plusieurs rangées de dents argentées n'attendant qu'un imprudent oubliant de tourner.

J'ouvris la porte, qui pivota silencieusement. La chambre n'était pas grande. Le lit à baldaquin était court et étroit, fermé par des rideaux de velours rouge ; un fauteuil magnifiquement sculpté était disposé devant l'âtre ; un livre unique reposait sur la petite table à côté, près d'une coupe de vin à moitié vide. Quelques braises rougeoyaient dans l'âtre et toutes les lampes étaient éteintes. Je m'approchai du lit et écartai le rideau. Sarkan était allongé sur les couvertures, dans ses hauts-de-chausses et avec sa chemise débraillée ; il s'était simplement dépouillé de son manteau en cuir. Je restai debout à l'observer. Il se réveilla subitement et cilla, décontenancé, trop surpris pour s'offusquer, comme s'il n'avait jamais imaginé que quelqu'un pourrait faire irruption dans ses appartements. Il paraissait si stupéfait que l'envie de lui crier dessus me passa subitement.

— Comment as-tu fait ? me demanda-t-il en se redressant sur un coude.

L'indignation prenant finalement le dessus, je le plaquai contre le matelas et l'embrassai.

Il émit un bruit de surprise étouffé et me saisit par les bras pour me repousser.

— Écoute-moi, espèce de créature infernale. J'ai plus d'un siècle de plus que…

— Oh, la ferme, l'interrompis-je, décidée à couper court à toutes les excuses qu'il pourrait faire valoir.

Je grimpai sur le haut matelas et montai sur lui. Je lui jetai alors un regard noir.

— Tu veux *vraiment* que je m'en aille ?

Ses doigts se refermèrent autour de mes biceps. Il n'osa pas soutenir mon regard. Il resta muet pendant plusieurs secondes, puis finit par répondre :

— Non.

Il m'attira alors à lui, sa bouche brûlante et merveilleusement délicate me permettant de tout oublier. Je n'avais plus à penser. L'arbre-cœur s'embrasa dans un grand craquement et disparut. Il n'y avait plus que la chaleur de ses mains glissant sur mes bras nus et gelés, me donnant de nouveau le frisson. L'un de ses coudes était enroulé autour de ma taille, et il se servit de sa main libre pour m'ôter mon corsage délacé. Je le fis passer par-dessus ma tête et laissai mes cheveux retomber en cascade sur mes épaules. Il grogna alors et y enfouit le visage pour m'embrasser à travers, dans le cou, sur la clavicule, sur les seins.

Je m'accrochai à lui, le souffle court, heureuse, pleine d'une terreur innocente sans complications. Je ne m'attendais pas à ce qu'il – sa langue glissa sur mon téton, qu'il suçota avidement. Je tressaillis et refermai les doigts dans ses cheveux, sans doute douloureusement. Il s'écarta alors, et le froid glacial sur ma peau me fit comme un choc.

— Agnieszka, dit-il d'une voix gutturale, presque désespérée, comme s'il voulait encore me faire des reproches mais s'en découvrait incapable.

Il me fit rouler sur le dos, puis me lâcha sur les oreillers. J'agrippai sa chemise à pleines mains et tirai frénétiquement. Il s'assit le temps de la retirer, puis je rejetai la tête en arrière et contemplai le baldaquin tandis qu'il retroussait mes jupons. J'étais de plus en plus pressée de sentir ses mains sur moi. J'avais essayé d'oublier cet instant étonnamment parfait, le glissement fugace de son pouce entre mes cuisses, mais voilà que ce souvenir me submergeait. Il me caressa de ses jointures et j'éprouvai le même soubresaut de désir. Je frissonnai de tout mon corps, et resserrai instinctivement les jambes autour de sa main. Je voulais lui dire de se dépêcher, de prendre son temps, de faire les deux à la fois.

Le rideau s'était refermé. Il était penché sur moi, ses yeux un simple éclat dans la pénombre environnante, et il me considérait avec une intensité féroce. Il pouvait encore frotter son pouce contre moi, juste un peu. Il le fit, une seule fois. Un râle naquit au fond de ma gorge, mi-soupir, mi-gémissement, et il se pencha pour m'embrasser comme s'il voulait le dévorer, l'aspirer dans sa bouche.

Il remua de nouveau le doigt, et je cessai de me contracter. Il m'écarta alors les cuisses, me passa une jambe autour de sa taille. Il m'observait toujours avec avidité.

— *Oui*, dis-je impatiemment, essayant d'adopter son rythme. (Mais il n'arrêtait pas de me caresser.) *Sarkan.*

— Ça n'est sûrement pas trop demander que d'espérer *un peu* de patience ? demanda-t-il, les prunelles pétillantes.

Je lui lançai un regard noir, mais il me caressa de nouveau, délicatement, avant d'enfoncer ses doigts en moi ; il traça une longue ligne entre mes cuisses, encore et encore, décrivant de petits cercles au sommet. Il me posait une question à laquelle je n'avais d'abord pas de réponse ; puis je me contractai soudainement, vidée et humide autour de sa main.

Je me laissai retomber sur les coussins, toute tremblante, et pris mon front moite à deux mains, haletante.

— Oh, dis-je. Oh.

— Là, répondit-il avec suffisance.

Je m'assis alors et le repoussai pour le faire basculer en arrière, puis j'attrapai la ceinture de ses hauts-de-chausses – il portait encore ses hauts-de-chausses ! – et dis :

— *Hulvad.*

Elles se dissipèrent avec une secousse, et je fis ensuite s'envoler mes jupons. Son corps long et fin était désormais étendu nu sous moi. Il plissa légèrement les paupières, les mains sur mes hanches ; son rictus avait déserté son visage. Je me mis à califourchon sur lui.

— Sarkan, dis-je en retenant la fumée et le grondement de son nom dans ma bouche, tel un trophée, avant de me glisser sur lui.

Il ferma complètement les yeux, serra les mâchoires ; il avait presque l'air de souffrir. Mon corps entier me paraissait merveilleusement lourd, plein d'un plaisir se propageant encore en ondes, une forme de douleur contenue. J'aimais le sentir profondément en moi. Son souffle était court et saccadé. Ses pouces s'enfonçaient dans ma taille.

Le maintenant par les épaules, je me balançai contre lui.

— Sarkan, répétai-je.

Cette fois, je fis rouler son nom sur ma langue, en explorant les recoins les plus sombres et reculés ; il poussa un grognement d'impuissance et redressa le dos pour venir à ma rencontre. J'enroulai mes jambes autour de ses hanches, et il me serra fermement dans ses bras avant de me soulever pour me plaquer sur le lit.

Le souffle encore court, je me roulai en boule contre lui pour tenir dans son lit minuscule. Sa main était posée dans mes cheveux, et il contemplait le baldaquin d'un air étrangement dérouté, comme s'il ne se rappelait pas tout à fait comment cela s'était produit. Mes jambes et mes bras étaient tout engourdis, si lourds qu'il m'aurait fallu un treuil pour les soulever. Je finis par lui demander :

— Pourquoi nous choisissais-tu ?

Ses doigts jouaient distraitement avec mes cheveux, démêlant quelques mèches. Il s'immobilisa. Un instant plus tard, je le sentis soupirer.

— Vous êtes liées à la vallée, toutes autant que vous êtes. Nées et élevées ici. Elle a une certaine emprise sur vous. En contrepartie, cela crée une forme de canal, dont je pouvais me servir pour siphonner un peu de la force du Bois.

Il leva la main et traça un trait horizontal au-dessus de nos têtes ; sa paume laissa une trace argentée dans son sillage, version schématique du tableau dans ma chambre, une carte des lignes de magie s'écoulant dans la vallée. Elles suivaient le parcours lumineux du Fuseau et de tous ses petits affluents descendant des montagnes ; Olshanka et les autres villages étaient représentés par des étoiles scintillantes.

Curieusement, les lignes ne me surprirent pas, comme si je m'étais toujours doutée qu'elles se trouvaient là, sous la surface. Le clapotement de l'eau dans le seau, au fond du puits profond, sur la place du village, à Dvernik ; le murmure du Fuseau, si rapide en été. Ils étaient pleins de magie, de pouvoir, attendant d'être puisés. Voilà pourquoi il avait creusé tous ces canaux d'irrigation, afin d'en détourner un maximum avant que le Bois puisse s'en emparer.

— Mais pourquoi avoir besoin de l'une d'entre nous ? insistai-je, toujours perplexe. Tu aurais simplement pu…

Je fis une coupe avec mes deux mains.

— Pas sans être moi-même lié à la vallée, répondit-il comme si cette explication se suffisait à elle-même.

(Je me figeai contre lui, de plus en plus perdue.) Tu n'as pas à t'en faire, ajouta-t-il flegmatiquement, se méprenant sur la nature de ma réaction. Si nous passons la journée, nous trouverons le moyen de t'en détacher.

Il refit passer sa paume sur les traits argentés pour les effacer. Nous nous tûmes alors ; je ne savais pas quoi dire. Bientôt, son souffle régulier me caressa le cou. Les lourds rideaux de velours sombre nous isolaient des quatre côtés, comme si nous reposions à l'intérieur de son cœur. Je n'éprouvais plus la puissante étreinte de la peur, j'avais simplement mal. Quelques larmes chaudes me piquaient les yeux, comme si une écharde m'irritait la cornée mais qu'elles n'étaient pas assez nombreuses pour la laver. Je regrettais presque d'être venue ici.

Je n'avais pas songé à l'*après*, après que nous aurions survécu à la destruction du Bois ; cela me paraissait difficile d'envisager un *après* si peu probable. Toutefois, je me rendais compte que, sans trop y réfléchir, je m'étais toujours imaginée occuper une place ici, à la tour. Dormant dans ma petite chambre à l'étage, farfouillant dans le laboratoire ou la bibliothèque, taquinant Sarkan tel un fantôme négligé qui laisserait traîner ses livres n'importe où, ouvrirait ses grandes portes à l'impromptu, le forcerait à se présenter au festival de printemps pour y danser au moins une ou deux fois.

Je savais instinctivement, sans jamais l'avoir verbalisé, que je ne trouverais plus ma place chez ma mère. En revanche, je savais également que je n'avais aucune envie de passer ma vie à parcourir le monde dans une cabane à jambes – ainsi que le mentionnaient les légendes consacrées à Jaga –, ni à rester enfermée dans le château du roi. Kasia avait voulu la liberté, rêvé d'un vaste monde à arpenter. Cela n'avait jamais été mon cas.

Néanmoins, je ne pouvais pas non plus m'installer ici, avec lui. Sarkan s'était enfermé dans cette tour. Il nous avait enlevées, l'une après l'autre. Il s'était servi de notre lien, afin de ne pas avoir à en créer un lui-même. Il y avait une raison pour qu'il ne descende jamais lui-même dans la vallée. Je n'avais pas besoin de l'entendre me dire qu'il ne pouvait pas venir danser la ronde à Olshanka sans risquer de faire naître ses propres racines, dont il ne voulait pas. Il s'était tenu à l'écart pendant plus d'un siècle derrière ces murs de pierre saturés de magie ancestrale. Peut-être qu'il accepterait de me laisser m'installer, mais il tiendrait à refermer les portes derrière moi. Après tout, il l'avait déjà fait. Je m'étais fabriqué une corde en robes de soie pour m'échapper, mais je ne pouvais pas le forcer à passer par la fenêtre s'il n'en avait pas envie.

Je m'assis au bord du lit. Sa main avait quitté ma tête. J'écartai le lourd rideau et m'enroulai dans l'une des courtepointes avant de me lever. J'allai ouvrir les volets et passer la tête et les épaules dehors, dans la fraîcheur nocturne, voulant sentir la brise sur mon visage. Malheureusement, l'air autour de la tour était immobile. Parfaitement immobile.

Je restai ainsi, les mains posées sur le rebord de pierre. Nous étions dans le creux de cette nuit noire, la plupart des feux de cuisson s'étaient éteints ou avaient été couverts pour la nuit, je ne voyais rien au sol. Je tendis l'oreille vers les murailles que nous avions érigées et les entendis murmurer, perturbées.

Je me hâtai de retourner au lit et secouai Sarkan.

— Quelque chose ne va pas, lui dis-je.

Nous nous habillâmes à la hâte, *vanastalem* me vêtant d'une tenue propre : des jupons montèrent en tournoyant depuis mes chevilles et un nouveau corset vint m'enserrer le haut du corps. Il forma une bulle de savon entre ses mains, version miniature de ses sentinelles, et lui confia un message :

— Vlad, réveillez vite vos hommes : ils tentent quelque chose sous le couvert de la nuit.

Il la souffla par la fenêtre et nous nous mîmes à courir. Le temps pour nous d'atteindre la bibliothèque, et tous les flambeaux et lanternes brillaient déjà dans les tranchées en contrebas.

Il n'y en avait presque aucun dans le campement de Marek, en dehors de ceux que tenait la poignée de gardes et de ceux qui brillaient à l'intérieur du pavillon.

— Oui, confirma Sarkan, il mijote bel et bien quelque chose.

Il se tourna vers la table, sur laquelle il avait disposé une demi-douzaine de tomes traitant de magie défensive. Je restai néanmoins postée près de la fenêtre à observer l'extérieur en fronçant les sourcils. Je sentais un afflux de magie qui portait l'empreinte de Solya, mais il y avait autre chose, une chose qui progressait lentement et en profondeur. Je ne voyais toujours rien d'autre que quelques sentinelles faisant leur ronde.

Sous la tente de Marek, une silhouette passa entre la lanterne et la toile, projetant l'ombre d'un visage de profil, un visage de femme aux cheveux remontés sur le crâne et ceints d'un diadème. Je m'écartai de la fenêtre en haletant, comme si elle m'avait vue. Sarkan m'examina, surpris.

— Elle est là, dis-je. La reine est là.

Nous n'eûmes pas le temps de réfléchir à ce que cela impliquait : les canons de Marek crachèrent leur flamme orange, produisant un fracas terrible, et des mottes de terre volèrent quand le premier boulet percuta la muraille extérieure. Le Faucon poussa alors un grand cri et la lumière se fit dans tout le campement ennemi : des hommes alimentaient en charbon des lits de paille et de petit bois qu'ils avaient disposés en une ligne.

Un mur de feu bondit contre mon mur de pierre. Solya se tenait juste derrière ; sa robe blanche réfléchissait la lumière orange et rouge qui émanait de ses bras écartés. Son visage était crispé sous l'effort, comme s'il portait une lourde charge. Je n'entendais pas ses paroles à cause du ronflement des flammes, mais il prononçait une incantation.

— Essaie de faire quelque chose pour ce feu, me dit Sarkan après avoir jeté un coup d'œil dehors.

Il retourna à sa table et tira l'un des nombreux parchemins qu'il avait rédigés la veille, un sort visant à amoindrir la puissance de la poudre à canon.

— Mais qu'est-ce… ? l'interrogeai-je.

Il avait toutefois déjà commencé de lire, ses longues syllabes entremêlées flottant telle la musique. Je compris que je n'obtiendrais de toute façon pas de réponse à ma question. Dehors, Solya ployait les genoux et levait les bras, comme s'il s'apprêtait à lancer une énorme boule. La muraille de feu s'éleva alors en l'air, s'enroula au-dessus du rempart et plongea dans la tranchée où se tapissaient les hommes du baron.

Leurs cris et hurlements s'élevèrent avec le crépitement des flammes, et je restai un instant tétanisée. Le ciel était vaste et trop clair, parsemé d'étoiles ; pas un nuage à l'horizon n'aurait pu me permettre de faire tomber la pluie. En désespoir de cause, je courus jusqu'au pichet d'eau posé dans le coin : si je pouvais faire naître un orage d'un nuage, peut-être pourrais-je transformer une goutte en nuage.

Je versai un peu d'eau dans le creux de ma main et lui murmurai mon sort de pluie, indiquant aux molécules qu'elles pouvaient pleuvoir, qu'elles pouvaient être tempête, déluge ; bientôt, une flaque de mercure scintillait dans ma paume. Je la jetai par la fenêtre, et elle devint effectivement pluie : un hoquet de tonnerre et un unique flot qui plongea droit vers la tranchée, éteignant l'incendie à l'endroit de sa chute.

Les canons continuaient de tirer. Sarkan était venu me rejoindre à la fenêtre, protégeant les murailles de son bouclier, mais tous les coups tirés semblaient lui être portés directement. La lumière orange illuminait son visage par en dessous, révélant ses dents un peu plus serrées à chaque impact. J'aurais aimé lui parler entre deux salves, lui demander si tout allait bien : j'étais incapable de dire qui de l'armée du prince ou de la nôtre s'en sortait le mieux.

Cependant, le feu dans la tranchée brûlait toujours. Je n'arrêtais pas de précipiter des cascades occasionnelles, mais il était difficile de faire pleuvoir durablement quelques poignées d'eau, et cela le devenait de plus en plus. L'air autour de moi s'assécha, ma peau se craquela, mes cheveux devinrent aussi cassants qu'en hiver, comme si je puisais toute l'humidité alentour ; pour ne rien arranger, les torrents que je déversais n'atteignaient chaque fois qu'un endroit du feu. Les hommes du baron faisaient de leur mieux pour aider, fouettant les flammes à l'aide de leurs manteaux imbibés d'eau.

Puis les deux canons tirèrent simultanément. Sauf que, cette fois, les boulets traînèrent dans leur sillage un cornet de feu bleu et vert. Sarkan fut précipité contre la table, dont l'angle s'enfonça dans son flanc. Il chancela et toussa, perdant le fil de son sort. Les deux boulets franchirent ainsi son bouclier et s'enfoncèrent presque lentement dans la muraille, tel un couteau entamant un fruit pas mûr. La pierre se mit aussitôt à fondre en rougissant autour des projectiles ; ceux-ci disparurent à l'intérieur des parois, puis, avec deux grondements étouffés, y explosèrent. Un gros nuage de poussière s'envola, alors que des débris minéraux étaient projetés si fort que je les entendis crépiter contre le mur de la tour elle-même. Une brèche s'ouvrit en plein milieu de la première muraille.

Marek brandit sa lance en l'air et rugit :

— En avant !

Je ne voyais pas qui lui obéirait : à travers l'ouverture irrégulière, le feu sifflait toujours malgré mes efforts, et des hommes hurlaient de douleur en s'embrasant. Toutefois, la plupart des soldats suivirent son ordre, et un torrent ennemi déferla, les lances à hauteur de taille, se jetant dans le brasier de la tranchée.

Sarkan se redressa et revint vers la fenêtre, essuyant le filet de sang qui lui coulait au nez et à la lèvre.

— Il a décidé de mettre les moyens, annonça-t-il d'un air sévère. Chacun de ces boulets a nécessité dix ans à la forge. La Polnya en possède moins d'une dizaine.

— Il me faut plus d'eau ! m'exclamai-je en saisissant la main du Dragon pour l'attirer avec moi dans mon sort.

Je le sentis sur le point de protester : il n'en connaissait aucun susceptible de compléter le mien. Il marmonna néanmoins un sort de base, l'un des premiers qu'il avait tenté de m'inculquer, censé emplir un verre à partir du puits situé tout en bas. Il s'était montré tellement agacé quand je n'arrivais qu'à remonter quelques gouttes ou que je renversais le tout sur la table… Dès qu'il prononça l'enchantement, mon pichet se remplit à ras bord et je diffusai mon sort tant au récipient qu'au puits, à toute cette eau dormante. Puis je jetai le broc entier par la fenêtre.

Pendant un instant, je ne vis plus rien : une rafale me précipita de la pluie dans les yeux, aussi mordante qu'une averse hivernale. Je m'essuyai la figure des deux mains. Dans la tranchée, toutes les flammes avaient été balayées, à quelques petites exceptions près, et des soldats des deux armées tombaient à la renverse dans ce soudain torrent qui leur montait aux chevilles. La faille dans la muraille dégueulait de la boue ; à présent que l'incendie était éteint, les troupes du baron se précipitaient vers la brèche, armées de leurs piques, pour la hérisser de pointes et repousser l'invasion des assaillants.

Je me laissai glisser à terre, soulagée : nous avions étouffé le feu de Solya et enrayé la progression de Marek. Ils avaient déjà dépensé beaucoup de magie, sans doute plus qu'il n'était raisonnable, et nous les avions malgré tout stoppés ; ils devaient désormais percevoir d'un autre œil…

— Prépare-toi, me prévint Sarkan.

Solya lançait un autre sort. Il leva les mains selon un certain angle, les doigts braqués dans la même direction que son regard, et des lignes argentées s'élancèrent de chacun de ses ongles, puis se divisèrent en trois. Les arcs lumineux s'élevèrent au-dessus du rempart, plongeant ensuite vers autant de cibles différentes – l'œil d'un homme, l'ébréchure dans une armure au niveau de la gorge, le coude d'un bras d'épée, l'espace juste au niveau d'un cœur…

À première vue, les faisceaux ne semblaient rien faire. Ils planaient seulement dans l'air, à peine visibles dans la pénombre. Puis des dizaines d'arcs tirèrent en même temps : Marek avait disposé trois rangées d'archers derrière ses fantassins. Les flèches suivirent les trajectoires argentées et filèrent droit au but.

Je tendis la main en un geste de protestation inutile. Les traits continuèrent de fendre l'air. Trente défenseurs de la brèche tombèrent subitement, tués sur le coup. Les troupes du prince n'eurent plus qu'à s'engouffrer de nouveau tandis que le reste de son armée se précipitait à leur suite. Ils essayèrent alors de repousser les soldats du baron vers le premier passage.

Chaque centimètre de terrain était défendu bec et ongles. Nos défenseurs avaient dressé un hallier de lances et d'épées dirigées vers l'adversaire, qui ne pouvait le franchir sans s'empaler d'abord. Néanmoins, Solya dirigea une nouvelle volée de flèches par-dessus la muraille. Sarkan était retourné à la table pour farfouiller dans ses papiers en quête d'un sort susceptible de contrer celui-ci, mais il ne le trouverait jamais à temps.

Je tendis une fois de plus la main, essayant cette fois l'enchantement que le Dragon avait utilisé pour ramener Kasia depuis la montagne.

— *Tual*, *tual*, *tual*, lançai-je en direction des ficelles argentées, qui s'enroulèrent autour de mes doigts avec un grattement.

Puis je me penchai dehors et les jetai vers le sommet du mur. Les flèches les suivirent et vinrent s'écraser contre la pierre, avant de tomber au sol de façon inoffensive.

Je crus un instant que la lumière argentée s'attardait sur mes mains et se réfléchissait sur mon visage, puis Sarkan poussa un cri d'avertissement : une dizaine de nouveaux filins montaient à travers la fenêtre pour me viser directement – à la gorge, à la poitrine, aux yeux.

Je n'eus qu'une fraction de seconde pour les rassembler tous en une grappe et les balancer aveuglément loin de moi. Les nombreuses flèches entrèrent par la fenêtre et vinrent frapper un peu partout, dans une étagère, sur le sol ou le fauteuil, s'enfonçant profondément, les pênes tremblants.

Je les considérai toutes, d'abord trop stupéfaite pour comprendre que j'avais failli être touchée par une dizaine de traits qui m'auraient sans doute été fatals. Dehors, les canons grondaient. Je commençais seulement à m'habituer à leur bruit ; je tressaillis malgré tout, sans regarder, toujours fascinée par la proximité des flèches. Sarkan renversa alors la table si fort que, quand elle s'écroula, ses papiers volèrent en tous sens et les chaises tremblèrent. Il m'attira à l'abri derrière elle. Le sifflement aigu d'un boulet se rapprochait inexorablement.

Nous avions tout le temps de redouter la suite, mais pas assez pour pouvoir y faire quoi que ce soit. Je me recroquevillai sous le bras de Sarkan, observant à travers les lézardes dans le plateau de la table. Le boulet de canon percuta alors l'encadrement de fenêtre, la faisant voler en éclats dans une pluie de verre. Le projectile roula jusqu'au mur, où il s'immobilisa dans un bruit sourd avant d'éclater en morceaux. Une fumée grise s'en échappa en bouillonnant.

Sarkan me pinça le nez et la bouche, mais j'avais déjà retenu ma respiration en reconnaissant le sort de pierre. Alors que la brume grise dérivait lentement vers nous, Sarkan fit un geste de crochet vers le plafond et l'une des sphères-sentinelles descendit en flottant jusqu'à sa main. Il en griffa l'enveloppe pour y faire un trou et, d'un autre geste péremptoire, fit entrer la fumée grise à l'intérieur, jusqu'à ce qu'elle y bouillonne tel un nuage.

Mes poumons me brûlaient avant qu'il ait terminé. Le vent sifflait bruyamment à travers le mur béant, des livres jonchaient le sol, leurs pages déchirées bruissant bruyamment. Nous poussâmes la table contre la brèche, afin de ne pas y tomber accidentellement. Sarkan ramassa un morceau brûlant de boulet à l'aide d'un tissu et le porta devant la sentinelle, comme pour faire flairer une piste à un limier.

— *Menya kaizha, stonnan olit*, dit-il à sa création avant de la pousser dans le ciel nocturne.

Elle s'éloigna lentement, sa silhouette grise disparaissant dans un nuage de brouillard.

Tout ceci n'avait pas pu durer plus de quelques minutes, car j'avais tenu bon sans reprendre mon souffle. Cependant, de nouvelles troupes de Marek en avaient profité pour s'introduire dans la tranchée et repousser les hommes du baron vers le premier tunnel. Solya avait envoyé une nouvelle volée de flèches, leur ouvrant ainsi la voie, mais surtout le prince et ses chevaliers avaient eux aussi franchi la muraille, obligeant les fantassins à avancer plus vite : je les vis même se servir de cravaches et de lances contre leurs propres hommes pour leur faire forcer le pas.

Ceux des premiers rangs étaient atrocement bousculés vers les lames des défenseurs. D'autres soldats arrivant derrière, ceux du baron durent peu à peu reculer, tel un bouchon expulsé d'une bouteille. La tranchée était déjà jonchée de corps reposant les uns sur les autres. Les soldats de Marek escaladaient même les tas pour décocher leurs flèches, comme si cela ne les dérangeait pas de piétiner les dépouilles de leurs défunts camarades.

Depuis la seconde tranchée, les hommes du baron commencèrent à lancer les sphères de potions de Sarkan. Elles atterrissaient dans des explosions bleues, provoquant des nuages qui se répandaient parmi les soldats ennemis ; ceux qui étaient pris dans la brume tombaient à genoux ou s'affalaient subitement sonnés, sombrant dans le sommeil. Néanmoins, il en arrivait toujours d'autres derrière pour leur grimper dessus telles des fourmis.

Ce spectacle incroyable m'emplissait d'un profond sentiment d'horreur.

— Nous avons méjugé la situation, admit Sarkan.

— Mais comment peut-il faire ça ? m'étonnai-je d'une voix tremblante.

Marek semblait animé d'une telle rage de vaincre qu'il se moquait éperdument de ce que nos défenses lui coûteraient ; il était prêt à payer n'importe quel prix pour arriver à ses fins, et ses troupes le précéderaient dans la mort sans jamais fléchir.

— Il doit être contaminé, supposai-je.

J'étais incapable d'imaginer une autre raison le poussant à dilapider de la sorte des vies humaines.

— Non, affirma Sarkan. Marek ne veut pas conquérir la tour : il veut s'emparer du trône. S'il perd cette bataille, il paraîtra faible aux yeux des Magnati. Il est acculé.

Je comprenais, même si cela me dépassait complètement. Le prince était prêt à tout risquer pour devenir le roi. Aucun prix ne serait pour lui trop élevé. Et tous les soldats qui avaient déjà péri, toute la magie qui avait déjà été dépensée ne faisaient qu'empirer les choses, tant il se trouvait dans la situation d'un homme continuant à miser de l'argent dans l'espoir vain de récupérer les mises déjà perdues. Nous ne pouvions pas nous contenter de le contenir, nous allions devoir les vaincre tous jusqu'au dernier, et il avait encore des milliers d'hommes à jeter dans la bataille.

Les canons tonnèrent une fois de plus, comme pour ponctuer notre terrifiante prise de conscience, puis se turent. La sentinelle que Sarkan avait renvoyée avait éclaté contre l'acier brûlant. Les dizaines d'artilleurs chargés de ces engins de malheur s'étaient transformés en pierre. L'un d'eux se tenait près du fût de gauche, son écouvillon enfoncé dans la gueule de l'arme ; d'autres tiraient sur des cordes pour remettre celui de droite en place ; d'autres encore portaient des boulets ou des sacs. Un véritable monument commémorant une bataille en cours.

Marek ordonna aussitôt à d'autres hommes de déplacer les statues pour leur succéder. Ils entreprirent d'abord de les faire basculer à terre avant de les traîner à l'écart.

Je tressaillis en les voyant briser des doigts pour récupérer les cordes ; je voulais leur hurler qu'ils étaient encore vivants, mais je me doutais que Marek ne s'en inquiéterait pas.

Les statues étaient lourdes, les progrès lents, si bien que nous disposions d'un certain répit. Je me tournai vers Sarkan.

— Si nous proposons de nous rendre, nous écoutera-t-il ?

— Certainement, répondit le Dragon. Il nous exécutera tous deux sur-le-champ, et tu ferais sans doute mieux d'égorger toi-même les enfants avant qu'il mette la main dessus, mais il nous écoutera avec plaisir.

Il se concentra le temps de détourner le sort de visée, désignant un endroit en prononçant une incantation de mauvaise orientation, et une nouvelle volée de flèches dirigées par leur filin d'acier s'écrasa dans la muraille extérieure. Il secoua la main et le poignet, baissant les yeux.

— Demain matin, finit-il par déclarer. Même si Marek est prêt à sacrifier son armée entière, ses hommes ne pourront pas se battre sans se reposer, ni manger, ni boire. Si nous parvenons à les repousser jusqu'au matin, il devra bien les rappeler un moment. Il sera alors peut-être plus disposé à parlementer. Si nous parvenons à les repousser jusqu'au matin…

Le matin me parut soudain très loin.

Le rythme de la bataille déclina un moment. Les hommes du baron s'étaient désormais tous repliés dans la deuxième tranchée, remplissant le tunnel de cadavres afin que les troupes de Marek cessent d'affluer. Le prince faisait aller et venir son cheval autour des murailles, fulminant de rage et d'impatience en attendant que ses canons soient de nouveau prêts à tirer. Non loin de lui, Solya décochait avec régularité de nouvelles salves de flèches vers la seconde tranchée.

Le sort était plus facile à jeter pour lui qu'à dévier pour nous. Les têtes de flèche étaient l'œuvre d'Alosha. Elles avaient soif de sang, et il se contentait de leur montrer la direction à suivre. Pendant ce temps, nous essayions de les écarter de leur but premier, tâchant de circonvenir les tirs du Faucon tout en contrecarrant la volonté d'Alosha, les coups de marteau qui lui avaient permis d'adjoindre magie et détermination à l'acier, sans compter la dangerosité naturelle des traits. Détourner ces derniers était une tâche éprouvante de tous les instants, alors que Solya déployait ses lignes directrices en balayant l'air de son bras à la manière d'un semeur. Sarkan et moi nous relayions, interrompant une volée après l'autre, au prix chaque fois d'un gros effort. Nous n'avions ni le temps ni la force de travailler à d'autres enchantements.

Il y avait un rythme naturel à notre travail : repousser une volée de flèches était comparable à remonter un lourd filet de pêche, qu'il fallait ensuite laisser égoutter avant de le vider ; l'autre prenait ensuite le relais, attendant à la fenêtre que Solya lance un nouveau filet. Mais le Faucon ne cessait de casser le rythme, faisant se succéder les volées de façon à ce que nous n'ayons pas le temps de nous asseoir entre deux sans devoir bondir pour les détourner ; de temps à autre, il laissait au contraire s'écouler plus de temps, ou nous visait directement, ou en tirait deux de façon très rapprochée.

— Il ne peut pas en avoir une réserve illimitée, dis-je en m'appuyant contre le mur pour reprendre mon souffle.

Les archers étaient accompagnés de garçons courant après les flèches utilisées, allant les récupérer dans les cadavres ou au pied des murailles avant de les rapporter aux tireurs.

— Non, répondit Sarkan d'un air distant et songeur, épuisé par l'usage constant de la magie. Mais il n'y a que peu de flèches à chaque volée, il en aura vraisemblablement jusqu'au matin.

Sarkan sortit brièvement de la pièce après son tour suivant, et revint avec un flacon scellé rempli de cerises au sirop et issu de son laboratoire. Il y avait, dans un coin de la bibliothèque, un gros samovar en argent qui ne désemplissait jamais de thé : il avait survécu à l'impact du canon, même si la délicate tasse en cristal s'était brisée en tombant. Il nous servit donc dans deux coupes graduées et me tendit le bocal de fruits.

Les cerises aigres qui baignaient dans le vin rouge émanaient des vergers de Viosna, au milieu de la vallée, et étaient conservées par le sucre et l'alcool. Je m'en servis deux cuillers pleines, que je léchai ensuite avidement. Cela me rappela la maison, et la magie lente de mon pays reposait en elles. Prudent et mesuré, il se contenta d'avaler trois boules rouges avant de racler sa cuiller sur le bord du bocal, comme s'il craignait – même en ces circonstances – de prendre goût à la vallée. Je bus alors mon thé, tenant ma coupe à deux mains pour en recueillir la chaleur. La nuit était douce, mais cela ne m'empêchait pas d'avoir froid.

— Allonge-toi et dors un peu, me recommanda Sarkan. Il tentera sans doute un nouvel assaut juste avant l'aube.

Les canons avaient finalement recommencé à tirer, mais sans causer de gros dégâts, peut-être parce que tous les hommes sachant réellement les manipuler étaient pris dans le sort de pétrification. Plusieurs boulets n'étaient pas tombés assez loin, atterrissant parmi les troupes du prince ; d'autres étaient au contraire allés beaucoup trop loin, dépassant largement la tour. Les murailles tenaient bon. Les hommes du baron avaient hérissé la deuxième tranchée de piques et de lances pour y ériger leurs tentes de fortune, s'abritant ainsi des volées de flèches.

J'avais encore le cerveau embrumé malgré le thé, émoussé telle la lame d'un couteau ayant servi à couper du bois. Je pliai la carpette sur elle-même pour lui donner l'épaisseur d'un grabat, que je trouvai des plus confortables. Cependant, le sommeil se refusa à moi. Les traînées argentées illuminaient l'encadrement de fenêtre à intervalles distants et irréguliers. Les mots que murmurait Sarkan pour les repousser me parvenaient de très loin. Son visage était dans l'ombre et son profil se dessinait de façon acérée sur le mur derrière lui. La joue posée sur le sol de la tour, je percevais les frémissements du combat, tel le pas lourd et lointain d'un géant en approche.

Je fermai les paupières et essayai de me concentrer sur ma seule respiration. Peut-être m'assoupis-je quelques instants, car je me réveillai en sursautant d'un rêve de chute. Sarkan observait l'extérieur par la fenêtre brisée. Les salves de flèches avaient cessé. Je me mis debout pour aller le rejoindre.

Chevaliers et serviteurs grouillaient telles des abeilles autour du pavillon de Marek. La reine était sortie de la tente. Elle portait une armure – un haubert passé sur une simple robe blanche – et tenait une épée. Marek éperonna sa monture pour aller la rejoindre et se pencha vers elle pour lui parler. Elle le dévisagea avec un regard dur comme de l'acier.

— Ils vont livrer les enfants au Bois comme Vasily l'a fait avec moi ! s'écria-t-elle d'une voix si forte que nous l'entendîmes. Autant leur demander de me dépecer membre après membre !

Marek hésita, puis descendit de cheval et exigea son bouclier. Il dégaina alors sa lame. Ses chevaliers mirent à leur tour pied à terre, et Solya vint les rejoindre. Je me tournai vers Sarkan, désespérée. J'avais presque le sentiment que le prince méritait de mourir, après avoir lui-même mené tant de ses soldats à trépas ; mais si c'était ce qu'il pensait vraiment, s'il se figurait réellement que nous pouvions réserver un sort pareil aux enfants…

— Comment peut-il croire une chose pareille ? m'offusquai-je.

— Comment a-t-il pu se convaincre que tout le reste n'était que pure coïncidence ? répliqua Sarkan, déjà dans ses étagères. C'est un mensonge qui correspond à ses désirs.

Il tira d'une étagère un lourd volume d'un mètre de long. Je me précipitai pour l'aider, mais me hâtai de retirer les mains : l'ouvrage était relié d'une sorte de cuir noirci très désagréable au toucher, poisseux.

— Oui, je sais, dit-il en l'installant sur son pupitre. C'est un texte nécromantique ; c'est abominable. Mais je préfère me servir des morts une deuxième fois à sacrifier d'autres vivants.

Le sort était écrit dans une vieille écriture. J'essayai de le déchiffrer avec lui, mais j'en fus incapable : j'eus un mouvement de recul dès les premiers mots. La racine de ce sort était la mort ; il n'était question que de mort, du début à la fin. Je ne supportais même pas de le voir. Sarkan fronça les sourcils d'agacement en découvrant mon affliction.

— Ferais-tu ta mijaurée ? Non, ce n'est même pas ça. Quelle mouche te pique, alors ? Peu importe, va au moins essayer de les ralentir.

J'obtempérai vivement, trop heureuse de m'éloigner de ce livre. Je ramassai quelques gravats et débris de pierre et tentai de leur jeter le sort de pluie que j'avais utilisé sur le pichet d'eau. Une averse de poussière et de gravier tomba sur les troupes de Marek. Ils durent s'abriter, se protégeant la tête de leurs mains, mais la reine ne marqua pas la moindre pause. Elle avança fièrement par la brèche dans la muraille, gravissant les piles de dépouilles, maculant de sang le bas de sa robe.

Marek et ses chevaliers se hâtèrent de la doubler, les boucliers brandis au-dessus de leurs têtes. Je lançai des morceaux plus gros qui plurent en galets, mais même si quelques soldats tombèrent à genoux, la plupart restèrent debout. Ils arrivèrent au tunnel et commencèrent à se saisir des corps pour les sortir du chemin. Les troupes du baron les harcelèrent à coups de lance. Les chevaliers encaissèrent, protégés par leur armure et leur écu. Une demi-douzaine d'entre eux succombèrent néanmoins, s'affaissant lourdement au sol. Mais le gros de l'armée ennemie força l'ouverture, et la reine put s'engager.

Je ne vis rien du combat qui se joua dans le tunnel, mais il s'acheva rapidement. Du sang, qui paraissait noir à la lueur des flambeaux, s'écoula du passage, et la reine émergea de l'autre côté. Elle lança avec violence la tête qu'elle tenait de sa main libre et dont le cou avait été proprement sectionné. Les défenseurs, terrorisés, se mirent à reculer. Marek et les chevaliers se déployèrent autour de la souveraine, et les fantassins se déversèrent dans la tranchée. Solya dispensait sa magie dans des courants blancs crépitant.

Les troupes du baron battirent rapidement en retraite, trébuchant souvent dans leur grand empressement à s'éloigner de la reine. Leur horreur devait être identique à celle que j'avais éprouvée en m'imaginant Kasia armée d'une épée. La reine haussa de nouveau la sienne et l'abattit avec brutalité et précision, sans qu'aucune lame ennemie parvienne à la toucher. Marek beuglait ses ordres. Les défenseurs étaient montés sur la dernière muraille pour viser la reine depuis les hauteurs, mais leurs flèches ne pouvaient pas entamer sa peau.

J'allai arracher l'une des flèches à penne noire enfoncée dans une étagère, un trait forgé par Alosha que Solya nous avait décoché. Je retournai à la fenêtre et m'immobilisai, les mains tremblantes. Je ne voyais aucune alternative. Personne ne pouvait l'arrêter, mais si… si je tuais la reine, Marek ne m'écouterait plus jamais ; autant le tuer également. Si je la tuais… cette simple idée me retournait l'estomac. Elle m'apparaissait aussi petite qu'une poupée, loin en contrebas, avec son bras armé qui montait et redescendait avec force.

— Un instant, dit Sarkan.

Je reculai, heureuse de ce sursis, même si je dus me boucher les oreilles tandis qu'il récitait d'une voix chevrotante les nombreuses syllabes de son sort. Une bourrasque se leva dans la pièce, glissant sur ma peau telle une paume moite et graisseuse, puant le fer et la décomposition. Elle souffla encore, sans décroître, jusqu'à sortir par la fenêtre et plonger vers les tranchées, où d'innombrables cadavres remuèrent et se redressèrent lentement.

Ils laissèrent leurs armes au sol. Ils n'avaient pas besoin d'épée. Ils ne cherchaient pas à tuer l'ennemi, simplement à l'emprisonner à deux ou trois contre un, le serrant de toutes leurs forces. Il y avait déjà davantage de morts que de vivants dans les tranchées, et tous les défunts étaient au service du sort du Dragon. Les soldats de Marek tentèrent frénétiquement de les abattre, mais les morts ne saignaient pas. Leur visage était flasque et inexpressif, dépourvu d'émotions.

Certains d'entre eux avancèrent d'un pas lourd pour se saisir des chevaliers, des quatre membres de la reine, l'entravant. Elle parvint toutefois à les repousser, alors que les soldats pesamment armés les entaillaient avec leurs glaives. Les défenseurs étaient tout aussi horrifiés que leurs assaillants par la nature du sort, et cherchaient désormais à fuir les morts autant que la reine implacable. Celle-ci marchait sur eux. Les morts retenaient le reste de son armée, et les hommes du baron défiaient les chevaliers qui l'entouraient, mais elle ne s'arrêtait pas.

Sa robe n'avait plus rien de blanc : elle était teinte d'écarlate du sol jusqu'aux genoux, à l'instar de son haubert. Ses bras et ses mains étaient rouges, son visage éclaboussé. Je considérai ma flèche et touchai la magie d'Alosha. Le trait nourrissait le désir de voler de nouveau, de chercher de la chair chaude et fraîche où s'enfoncer. La pointe était très légèrement ébréchée ; je la lissai du bout des doigts, aplatissant le métal ainsi que l'avait fait Alosha avec son épée. J'y instillai encore un peu de magie et la sentis peser davantage, lestée du poids de la mort.

— Dans la cuisse, lui dis-je pour éviter le meurtre.

J'espérais que cela suffirait à arrêter la reine. Je la lui désignai ensuite, et lançai.

La flèche plongea droit devant elle en sifflant joyeusement. Elle heurta le haut de la jambe de sa cible, perforant le haubert. Puis elle s'y coinça, pendant à moitié à travers la maille. Il n'y avait pas de sang. La reine arracha le projectile enchanté et le jeta de côté. Elle leva alors brièvement la tête vers la fenêtre, et je me tapis dans un coin. Elle retourna à son massacre.

J'avais mal à la tête, comme si elle m'avait cognée ; j'éprouvai une atroce pression que je connaissais bien au-dessus de l'arête de mon nez.

— Le Bois, déclarai-je à voix haute.

— Quoi ? s'exclama Sarkan.

— Le Bois, répétai-je. Le Bois est en elle.

Aucun des sorts que nous avions lancés sur la reine, aucune purge, aucune relique sainte, aucun procès n'avait servi à quoi que ce soit, j'en avais soudain la conviction. C'était le Bois qui m'avait regardée à travers ses yeux. Le Bois avait trouvé le moyen de se cacher.

Je me tournai vers le Dragon.

— *L'Invocation*, dis-je. Sarkan, nous devons leur montrer. À Marek et Solya, ainsi qu'à tous leurs hommes : ils doivent se rendre compte qu'elle est sous l'emprise du Bois.

— Et tu penses qu'il le croira ? (Il observa néanmoins par la fenêtre et finit par déclarer :) D'accord. De toute façon, les murailles sont tombées. Faisons entrer les survivants à l'intérieur de la tour, en espérant que les portes nous protégeront assez longtemps pour nous permettre de lancer le sort.

28

Nous descendîmes en courant jusqu'au grand hall d'entrée et ouvrîmes les portes. Les hommes du baron se précipitèrent à l'intérieur. Il en restait tellement peu, peut-être une centaine. Ils se tassèrent dans la pièce ou dans l'escalier menant au cellier, tous épuisés et couverts de sang, marqués par la succession d'horreurs dont ils avaient été témoins. Bien qu'heureux de se mettre à l'abri, ils frémirent en nous apercevant, Sarkan et moi. Le baron lui-même nous regarda en coin.

— Ça n'était pas eux, annonça-t-il en venant se poster devant le Dragon tandis que ses hommes nous encerclaient. Les morts.

— Non, mais dites-moi si vous auriez préféré perdre le reste des vivants, et je veillerai la prochaine fois à ménager votre sensibilité.

Sarkan était éreinté, et moi tout autant. Je me demandais quand arriverait le matin, sans oser poser la question.

— Que vos hommes se reposent, reprit mon professeur, et partagent toutes les provisions que vous pourrez trouver.

Bientôt, Kasia remonta l'escalier à contre-courant des soldats blessés ou à bout de forces que le baron avait envoyés en bas. Seule l'élite de ses troupes l'accompagnait encore.

— Ils entament les fûts de vin et de bière, m'annonça-t-elle à mi-voix. Je ne suis pas sûre que les enfants soient encore en sécurité. Nieshka, que se passe-t-il ?

Sarkan, monté sur l'estrade, ouvrait *L'Invocation* sur le bras de son haut fauteuil. Il jura dans sa barbe.

— Nous n'avons surtout pas besoin de ça. Descends vite transformer tout cela en cidre, me dit-il.

Kasia m'accompagna. Les soldats buvaient dans leurs mains jointes en coupe, dans leurs casques, au goulot ou simplement en perçant le fût avant de s'allonger dessous. Certains se disputaient déjà. Se disputer autour d'une barrique de vin était moins dangereux que de le faire cernés d'horreurs, de cadavres et de massacres.

Kasia les bouscula pour me ménager un passage, et ils ne la rabrouèrent pas en me voyant là. Je m'approchai du plus gros tonneau.

— *Lirintalem*, dis-je d'une petite voix à peine lestée de magie.

Je m'affalai quand elle déserta mon corps pour aller parcourir les différentes réserves. Les soldats continuaient de se quereller pour aller boire, mais cela cesserait dès qu'ils se rendraient compte qu'ils ne s'enivraient plus.

Kasia me toucha prudemment l'épaule, et je la serrai contre moi, soulagée de la savoir si forte.

— Je dois remonter, l'informai-je. Veille bien sur les enfants.

— Veux-tu que je remonte avec toi ? proposa-t-elle doucement.

— Veille sur les enfants, répétai-je. Si nécessaire…

Je la saisis par le bras et l'entraînai jusqu'au mur du fond du cellier. Stashek et Marisha étaient assis là, éveillés, à observer les soldats avec inquiétude. La fillette se frottait les yeux. J'apposai les mains sur le mur et trouvai les bords du passage. Je plaçai les doigts de mon amie sur la fissure pour la lui indiquer, puis j'y intégrai une légère ligne de tissage magique, comme une poignée.

— Ouvre la porte, emmène-les à l'intérieur, et referme-la derrière toi, lui expliquai-je.

Je levai alors une main, fis un geste dans le vide et ajoutai :

— *Hatol.*

Je récupérai l'épée d'Alosha et la lui tendis.

— Veille aussi là-dessus.

Elle acquiesça et se passa la sangle du fourreau autour de l'épaule. Je l'embrassai une dernière fois et retournai à l'étage en courant.

Les hommes du baron étaient tous à l'intérieur de la tour. Les murailles nous restaient toutefois utiles : au moins, Marek ne pouvait pas braquer ses canons directement sur les portes. Quelques-uns des défenseurs s'étaient postés derrière les meurtrières de part et d'autre de celles-ci et tiraient sur les assaillants. De gros coups furent portés contre les vantaux, ainsi qu'un puissant assaut magique suivi de cris et de vacarme.

— Ils allument un feu devant les portes, annonçait l'un des hommes depuis une fenêtre tandis que je rentrais dans la pièce.

— Laissez faire, répondit Sarkan sans lever les yeux.

J'allai le rejoindre sur l'estrade. Il avait remodelé son espèce de trône en une simple banquette pour deux personnes, avec un bureau plat sur l'accoudoir central. Le lourd volume de *L'Invocation* y reposait patiemment, à la fois familier et étranger. Je m'assis doucement et écartai les doigts sur la couverture : les lettres dorées entremêlées, le léger vrombissement d'abeilles qui en émanait. J'étais si fatiguée que même mes doigts étaient gourds.

Nous ouvrîmes le livre et commençâmes notre lecture. La voix de Sarkan récitait le texte, clairement et régulièrement, débitant l'incantation avec précision, et peu à peu la brume qui me voilait l'esprit se dissipa. Je fredonnais, chantais et murmurais en parallèle. Les soldats autour de nous se turent ; ils s'installèrent dans les coins de la pièce ou le long des murs, nous écoutant comme ils l'auraient fait tard le soir, dans une taverne, avec une belle chanson triste interprétée par un talentueux ménestrel. Ils arboraient des mines vaguement étonnées en essayant de suivre l'histoire, de s'en souvenir, alors qu'eux-mêmes se laissaient haler par le sort.

Celui-ci m'emporta avec eux, et je m'y perdis volontiers. Toutes les atrocités de la journée ne s'envolèrent pas, mais, grâce à *L'Invocation*, elles n'étaient plus qu'une partie d'un tout, et pas la partie la plus importante. Le pouvoir s'amoncelait, pur et lumineux. Je sentais le sort s'ériger telle une seconde tour. Quand nous serions prêts, nous ouvririons les portes et déverserions cette lumière irrésistible dans la cour. Dehors, le ciel commençait à s'éclaircir : le jour se levait.

Les vantaux grincèrent. Quelque chose filtrait en dessous d'eux, au-dessus, par l'étroit interstice entre les deux. Les hommes les plus proches poussèrent des cris d'alerte. De petites ombres se tortillaient pour s'insinuer par chaque fêlure, aussi étroites et vives que des serpents. Les vrilles du lierre et des racines faisaient crouler le bois et la pierre en se frayant un passage. Elles se répandaient sur les panneaux tel du givre recouvrant une plaque de verre, s'y accrochant farouchement. Une odeur doucereuse et familière en émanait.

Le Bois attaquait désormais ouvertement, comme s'il nous savait sur le point de révéler la supercherie. Les soldats des Marches jaunes, terrifiés, s'attaquaient aux végétaux à coups d'épée ou de couteau : eux aussi connaissaient suffisamment le Bois pour l'identifier. Cependant, de nouvelles vrilles arrivaient, profitant des trous ménagés par les premières. Dehors, le bélier de Marek frappa de nouveau, et les portes tremblèrent sur toute leur hauteur. Les plantes s'enroulèrent autour des crochets maintenant la barre centrale pour les affaiblir. Une rouille rouge-orange se propagea aussi vite que le sang coule, produisant en quelques instants l'équivalent d'un siècle d'oxydation. Les vrilles s'accrochaient à tout ce qu'elles pouvaient, puis secouaient férocement. Les crochets gémissaient bruyamment.

Sarkan et moi ne pouvions pas nous arrêter. Nous poursuivîmes donc notre lecture, écorchant quelques mots dans notre précipitation, nous hâtant de tourner les pages. Mais *L'Invocation* exigeait son rythme propre.

L'histoire ne pouvait pas être bâclée. L'édifice de puissance que nous avions déjà bâti vacillait à cause de notre empressement. Nous étions tels deux conteurs sur le point de perdre le fil de leur propre histoire. *L'Invocation* nous tenait.

Le coin inférieur de la porte de droite éclata dans un grand craquement. De nouvelles vrilles s'y engouffrèrent, plus épaisses et plus longues. Certaines saisirent les bras des soldats, leur arrachèrent l'épée des mains, les balancèrent sur le côté. D'autres s'enroulèrent autour de la lourde barre et la firent lentement coulisser, centimètre par centimètre, jusqu'à ce qu'elle se libère entièrement du premier crochet. Un nouveau coup de bélier suffit à ouvrir en grand les deux battants, renversant les hommes les protégeant.

Dans la cour, Marek, debout sur ses étriers, donnait du cor. Son visage luisait de fureur ; il était si impatient de voir couler le sang qu'il ne vit même pas pourquoi les portes avaient cédé si brusquement. Les vrilles étaient enracinées au sol près de l'escalier ; d'épais nids sombres de racines se tapissaient dans les coins et les fissures des marches brisées, à peine visibles dans la faible lueur de l'aube. Marek éperonna sa monture et les franchit sans un regard, déboulant entre les portes béantes à la tête de ses derniers chevaliers. Leurs coups de taille faisaient pleuvoir du sang tandis que les soldats du baron les poignardaient de leurs lances. Les chevaux hennissaient et s'écroulaient, ruant et agonisant tandis que les hommes mouraient autour d'eux.

Des larmes coulaient de mes joues sur les pages du livre, mais je ne pouvais toujours pas m'arrêter. Puis quelque chose me frappa, un choc puissant qui me coupa le souffle. Le sort glissa sur ma langue. Il y eut d'abord un silence parfait, suivi d'un vide grondant partout autour de Sarkan et moi, avalant tous les autres sons sans nous toucher ; c'était comme se retrouver directement dans l'œil d'un puissant cyclone au milieu d'un vaste champ et de voir les rideaux de pluie grise s'abattre de tous côtés sans jamais vous atteindre, sachant que d'un instant à l'autre…

Des fissures naquirent entre nous sur le livre, la banquette, l'estrade, le sol et les murs. Ce n'étaient pas le bois et la pierre qui se fêlaient : c'était le monde. Dans ces zébrures, il n'y avait rien d'autre qu'un néant absolu. Le magnifique ouvrage de *L'Invocation* se ratatina sur lui-même et coula telle une pierre disparaissant dans les profondeurs de l'eau. Sarkan m'attrapa par le bras et me guida vers le bord de la pièce. La banquette tomba à son tour, puis l'estrade tout entière s'effondra dans le vide.

Sarkan continuait de développer le sort, ou s'efforçait du moins de le maintenir en place en répétant en boucle sa dernière phrase. J'essayai de l'accompagner en me remettant à fredonner, mais je n'avais plus de souffle. Je me sentais toute bizarre. Mon épaule palpitait ; pourtant, quand je la contemplai, je ne vis rien d'inhabituel. Puis je baissai lentement les yeux : la penne d'une flèche sortait de mon corps, juste sous ma poitrine. Je la considérai, surprise. Je ne sentais rien du tout.

Les magnifiques vitraux implosèrent avec des bruits secs et étouffés quand les fêlures les atteignirent, faisant pleuvoir une multitude de tessons multicolores. Les crevasses se propageaient. Des hommes tombaient dedans, avalés dans le silence. Des morceaux de murs et de sol tombaient également. Les parois de la tour gémissaient.

Sarkan ne retenait plus qu'à peine l'extrémité du sort, tel un palefrenier tentant d'apaiser un cheval emballé. J'essayai de lui transmettre de la magie pour y parvenir. Il supportait tout mon poids, me retenant d'un bras de fer. Mes jambes flageolaient, mes pieds traînant presque par terre. Ma poitrine commençait à me faire souffrir, à présent, comme si mon corps s'était subitement réveillé pour constater que quelque chose n'allait vraiment pas bien. Je ne pouvais plus respirer sans avoir envie de hurler, et je n'avais plus assez d'oxygène pour le faire. Quelques soldats se battaient encore de-ci de-là, d'autres fuyaient simplement les lieux pour ne pas se faire engloutir par le monde croulant. Je vis le prince Marek se libérer d'un coup de pied de son cheval mort, bondir par-dessus une faille se précipitant vers lui.

La reine apparut alors entre les portes défoncées, nimbée des premiers rayons du soleil ; pendant un instant, je crus distinguer un arbre sur le seuil, un arbre à l'écorce argentée, s'élançant du sol jusqu'au plafond. Puis Sarkan m'entraîna avec lui dans l'escalier et me fit descendre les marches. La tour s'effondrait, des pierres tombaient derrière nous. Il psalmodiait sa dernière ligne de chant à chaque pas, empêchant le reste du sort de se libérer. Je ne pouvais rien pour l'aider.

Quand je rouvris les yeux, Kasia était à genoux près de moi, me veillant avec anxiété. L'air était saturé de poussière, mais les murs ne tremblaient plus. J'étais adossée contre la cloison du cellier, au sous-sol. Je ne me rappelais pas avoir descendu l'escalier. Non loin de moi, le baron hurlait ses ordres à ses derniers soldats ; ceux-ci formaient une barricade en bas des marches à l'aide des casiers à bouteilles, des fûts de bière, de diverses marmites et de tous les gravats qu'ils pouvaient trouver. Je voyais le soleil filtrer depuis l'étage, par le virage de l'escalier. Sarkan, assis à côté de moi, récitait encore et encore la même phrase, la voix de plus en plus rauque.

Il m'avait installée près d'une grosse armoire métallique verrouillée ; des traces de brûlures apparaissaient autour des poignées. Il montra le cadenas à Kasia, qui s'en saisit. Une flamme en jaillit, s'enroula autour de ses mains, mais elle serra les dents et parvint à le briser. Un alignement de petites fioles remplies d'un liquide brillant doucement se trouvait à l'intérieur. Sarkan en sortit une et me désigna. Kasia le dévisagea, puis baissa les yeux vers la flèche.

— Dois-je la retirer ? demanda-t-elle.

De la main, il fit mine de pousser vers l'avant. Elle acquiesça en déglutissant. Elle s'accroupit de nouveau près de moi et me dit :

— Nieshka, tiens bon.

Elle brisa la penne de la flèche qui dépassait encore de ma poitrine. Je sentis la pointe frémir en moi. J'ouvris et refermai la bouche, souffrant silencieusement. Je ne pouvais plus respirer. Elle se dépêcha de retirer les pires échardes et de lisser les autres, puis elle me fit pivoter de côté, l'épaule droite contre le mur, et poussa horriblement pour que la flèche ressorte de l'autre côté. Dès qu'elle put en attraper l'extrémité, elle fit coulisser le fût sur toute sa longueur.

Je gémis en sentant un sang chaud me couler sur le ventre et dans le dos. Sarkan ouvrit la fiole. Il en versa le contenu dans le creux de sa main et entreprit de me masser pour le faire pénétrer dans la plaie béante. Cela me brûlait affreusement. J'essayai de le repousser d'une main faiblarde. Il continua néanmoins, écartant ma robe pour en mettre davantage. Puis Kasia me fit basculer en avant, et ils m'en versèrent sur le dos. Je poussai alors un hurlement car, soudain, je pouvais hurler. Kasia me mit un morceau de tissu dans la bouche ; je mordis dessus de toutes mes forces, tremblant comme une feuille.

La douleur s'intensifia au lieu de diminuer. Je m'écartai d'eux et tentai de me plaquer contre la pierre froide et dure du mur, comme si je pouvais me transformer en elle et devenir insensible. Je plongeai les ongles dans le mortier en gémissant, tandis que Kasia me retenait par l'épaule – puis le plus dur fut derrière moi. L'hémorragie se tarit peu à peu. Je recouvrai la vision et l'ouïe : les combats dans l'escalier, le fracas monotone des épées frappant d'autres épées, les parois de pierre, les raclements du métal et un tintement occasionnel. Du sang dégoulinait de la barricade.

Sarkan s'était affalé contre le mur près de moi ; ses lèvres remuaient encore, mais plus aucun son ne les franchissait. Ses yeux se fermaient sous l'effet de l'épuisement. *L'Invocation* était tel un château de sable à moitié balayé par une vague, le reste étant prêt à s'écrouler ; il le maintenait debout au prix d'un effort colossal. Si la deuxième partie tombait, je me demandais si ce néant avalerait la tour entière, nous dévorerait tous pour laisser un trou béant dans le monde – avant de se refermer, les montagnes basculant pour venir combler ce vide, comme si nous n'avions jamais existé.

Il rouvrit les paupières et me dévisagea. Il me désigna Kasia et les enfants blottis derrière elle, à l'abri d'un tonneau. Comme je ne réagis pas, il refit le même geste. *Partez.* Il voulait que je les emmène, que nous fuyions quelque part tous les quatre. J'hésitai un instant, et son regard se fit mauvais. Il agita la main, comme pour balayer le sol vide devant nous. Le livre avait disparu. *L'Invocation* avait disparu. Nous ne finirions pas le sort, et quand il serait à court de forces…

J'inspirai profondément et entrelaçai mes doigts aux siens avant de replonger dans le sort. Il résista. Je scandai d'abord doucement, expulsant de petites goulées d'air, tâtonnant. Nous n'avions désormais plus de plan, et je ne me souvenais pas des mots, mais je l'avais déjà fait. Je me rappelai l'endroit où nous allions, ce que nous essayions de construire. Je remis du sable sur la muraille, creusai un fossé long et large pour absorber les prochaines vagues. Tout en continuant de fredonner des extraits d'histoires ou de chansons, je m'efforçais mentalement d'entasser du sable. Il s'interrompit, surpris, ne sachant pas comment m'aider. J'entonnai un morceau plus long, y adjoignant une mélodie semblable à une poignée de cailloux humides que je lui glissai dans les mains, et il me la rendit lentement, psalmodiant de façon posée, précise et régulière, disposant une à une les pierres à la base de la muraille de sable mouillé, consolidant notre édifice.

Notre tissage se renforçait, de plus en plus solide. Nous avions endigué l'effondrement. Je poursuivis mon effort, poussant de-ci de-là, trouvant une méthode et la lui montrant. Je versai du sable et le laissai lisser le mur jusqu'à ce qu'il soit bien régulier ; puis nous plantâmes au sommet une branche avec une feuille en guise de bannière. Mon souffle était toujours erratique. J'avais un nœud à l'estomac et une profonde douleur à l'endroit que la potion guérissait, mais la magie coulait en moi, vive et brillante, débordant d'intensité.

Des hommes criaient. Les derniers soldats du baron escaladaient la barricade depuis l'autre côté, généralement désarmés et cherchant seulement à fuir. Une lumière émanait de l'escalier, précédée de hurlements. Les défenseurs tendirent les mains pour aider leurs compagnons à les rejoindre. Cette fois, il n'y en avait vraiment plus beaucoup. Le flot se tarit, et les soldats lancèrent les dernières piques et les ultimes chaudrons au sommet de la barrière, bloquant le passage du mieux possible. La voix de Marek retentit alors et j'avisai la tête dorée de la reine. Les hommes du baron tentèrent de la pourfendre de leurs lances, mais les fers glissaient sur sa peau. La barricade était démantelée.

Nous ne pouvions toujours pas relâcher le sort. Kasia s'était levée pour ouvrir la porte de la tombe.

— Descendez, vite, dit-elle aux enfants.

Ils se précipitèrent dans l'escalier. Elle me saisit par le bras pour me relever, et Sarkan se mit péniblement debout. Elle nous bouscula pour nous faire passer les premiers, puis ramassa son épée restée par terre et saisit un autre flacon scellé dans le placard.

— Par ici ! s'exclama-t-elle à l'intention des hommes, qui vinrent s'entasser à notre suite.

L'Invocation nous accompagna. Je descendis le colimaçon interminable, Sarkan juste derrière moi, la magie chantant entre nous. J'entendis un grincement au-dessus, puis l'escalier s'assombrit : l'un des soldats avait dû refermer la porte. Les vieilles lettres sur les parois luisaient dans la pénombre en murmurant, et je me surpris à modifier légèrement notre tissage pour glisser sur leur magie. La perception que je me faisais de notre tour intérieure évolua subtilement : elle s'élargit considérablement, des fenêtres et des terrasses y apparurent, ainsi qu'un dôme doré au sommet ; les murs, désormais d'une couleur blanc terne, s'ornèrent de lettres argentées similaires à celles-ci. Le rythme de Sarkan ralentit ; il la voyait également, la vieille tour, la tour perdue, surgie d'une autre époque. La lumière se levait autour de nous.

Nous nous répartîmes dans la pièce circulaire en bas des marches. L'air y était suffocant tant nous étions nombreux ; puis Kasia se saisit de l'un des vieux bougeoirs en métal et s'en servit pour détruire la cloison menant au tombeau, faisant crouler les briques. Un air frais afflua et elle fit entrer les enfants, leur enjoignant de se cacher derrière le cercueil du vieux roi.

Le fracas de la pierre brisée nous parvint depuis l'étage. La reine menait Marek et ses hommes à notre poursuite. Quelques dizaines de soldats vinrent se plaquer contre le mur de la salle, l'air effrayé. Ils portaient des surcots jaunes – du moins ce qu'il en restait – et étaient donc dans notre camp, mais je ne les reconnaissais pas. Je ne voyais pas le baron. Des épées tintaient au loin. Les troupes des Marches jaunes encore coincées dans l'escalier résistaient. La lumière de *L'Invocation* croissait rapidement.

Marek élimina son dernier adversaire et envoya son corps rouler jusqu'à la dernière marche. Des soldats bondirent à la rencontre du prince avec enthousiasme : enfin un ennemi qu'ils pouvaient comprendre, qui pouvait être vaincu. Mais Marek repoussa l'assaut de son bouclier, s'abrita en dessous et décocha un coup d'estoc à l'adversaire qui lui faisait face, puis il tourna sur lui-même et en décapita un autre avant d'en assommer un troisième du pommeau de son arme et de crever l'œil du quatrième. Kasia vint se poster près de moi en brandissant son arme, malheureusement les autres avaient réussi à descendre avant même qu'elle eût fini de pousser son cri de protestation.

Mais nous avions terminé *L'Invocation*. Je chantai les trois derniers mots et Sarkan les répéta, puis nous les scandâmes à l'unisson. Une lumière aveuglante emplit la pièce, semblant émaner du marbre blanc des murs. Marek pénétra dans l'espace qu'il venait de se ménager, et la reine l'y rejoignit.

Son épée pendait au bout de son bras, dégouttante de sang. Son visage était calme, immobile, serein. La lumière brillait sur elle et à travers elle, ne révélant aucune trace de corruption. Marek était sain lui aussi, de même que Solya ; tous deux ne comportaient pas la moindre ombre, mais leur éclat trahissait un égoïsme et une suffisance aussi colossaux que les murailles d'une citadelle. Mais cela non plus ne transparaissait pas chez la reine. Je la contemplai, haletante, stupéfaite. Elle n'était pas infectée.

Elle n'était habitée par rien. La lumière de *L'Invocation* la traversait directement. Elle avait pourri de l'intérieur, son corps n'étant plus qu'une enveloppe d'écorce autour d'un espace vide. Il ne restait plus d'humanité à corrompre. Je comprenais enfin, beaucoup trop tard : nous étions allés sauver la reine Hanna, le Bois nous avait donc offert ce que nous cherchions. Cependant, il ne s'agissait plus que d'un vestige creux, un fragment de noyau d'arbre-cœur. Une marionnette qui avait patiemment attendu que nous finissions de la mettre à l'épreuve, de nous convaincre qu'il n'y avait aucun danger ; puis le Bois avait recommencé à tirer les ficelles.

Alors que la lumière continuait de se déverser sur elle, je finis par distinguer enfin mon ennemi, comme si j'avais de nouveau aperçu une forme vaporeuse et cru reconnaître un arbre au lieu du visage de cette femme. Le Bois était ici – il était même le seul être vivant en elle. Les tresses dorées de ses cheveux étaient les nervures pâles des feuilles, ses membres étaient les branches, ses orteils les longues racines se propageant au sol et s'enfonçant dans la terre.

Elle observait le mur derrière nous, l'ouverture menant au tombeau et à sa flamme bleue ; pour la première fois, son expression se modula. Sa bouche se tordit autant qu'un saule frêle par grand vent, que la cime des arbres lors d'une tempête. Quelle que fût la nature de ce pouvoir qui l'animait, il était déjà venu ici.

La figure laiteuse de la reine Hanna disparaissait à la lumière de *L'Invocation*, telle de la peinture effacée par un ruissellement d'eau. Il y avait une autre reine en dessous, tout en marron, vert et or, à la peau semblable à du bois d'aulne et à la toison d'un vert sombre, presque noir, parcouru de rouge, d'or et de roux. Quelqu'un avait tressé sa chevelure dorée pour en faire un bandeau de tête entrelacé de rubans blancs. Elle portait également une robe blanche qui lui seyait mal et qu'elle avait enfilée même si elle ne signifiait rien pour elle.

Je vis le corps du roi enseveli prendre forme entre elle et nous. Il était porté par six hommes sur un linceul blanc, le visage figé, les yeux vitreux. Ils le déposèrent précautionneusement dans le grand tombeau de pierre avant de replier le linge sur lui.

Dans la lumière de *L'Invocation*, l'autre reine suivit ces hommes dans le caveau. Elle se pencha sur la bière. Elle n'affichait aucun chagrin, seulement une grande stupéfaction, comme si elle ne comprenait pas. Elle toucha la joue du roi défunt, caressa ses paupières de ses doigts étrangement longs et aussi noueux que des brindilles. Il ne bougea pas. Elle tressaillit et retira sa main avant de s'écarter. Les hommes refermèrent le cercueil, et la flamme bleue apparut dessus. La reine les observait, toujours confuse.

L'un des présents fantomatiques lui glissa quelques mots, l'encourageant sans doute à rester aussi longtemps qu'elle le souhaitait. Puis il lui fit la révérence et, courbé en deux, quitta la pièce à reculons. Quand il se détourna, il arborait une expression si prononcée que *L'Invocation* la saisit, même tant d'années plus tard, un aspect froid et déterminé.

La reine-Bois ne s'en aperçut pas. Elle était debout près du cercueil en pierre, les mains posées sur le couvercle, aussi pleine d'incompréhension que l'avait été Marisha. Elle ne saisissait pas le concept de mort. Elle contempla les oscillations de la flamme bleue. Elle fit tout le tour de la pièce, la mine blessée et consternée. Puis elle s'arrêta pour observer de nouveau. Des briques étaient disposées dans l'étroite ouverture de la cloison. On était en train de la murer à l'intérieur du caveau.

Elle examina la scène un instant, puis s'agenouilla devant la petite ouverture. Les hommes avaient déjà presque tout rebouché, œuvrant rapidement. Celui qui avait le visage glacial marmonnait des incantations tandis qu'ils travaillaient, et une lumière bleu argenté crépitait au bout de ses mains avant de venir sceller les briques. La reine tendit le bras pour protester. Il ne répondit rien, ne lui accorda pas un regard. Personne ne lui décocha le moindre coup d'œil. Il referma le mur avec la dernière pierre, repoussant sa main à l'intérieur du caveau.

Elle se releva, seule. Elle était alarmée, furieuse, de plus en plus perplexe, mais pas encore effrayée. Elle dressa la paume avec l'intention d'agir, mais, derrière elle, la flamme bleue bondissait sur le tombeau. Les lettres inscrites partout réfléchissaient sa lumière, complétant la longue phrase rédigée dans l'escalier. Elle tournoya sur elle-même, et je découvris le texte avec elle : RESTE ÉTERNELLEMENT, REPOSE ÉTERNELLEMENT, SANS JAMAIS BOUGER, SANS JAMAIS PARTIR. Il ne s'agissait pas d'un simple poème pour accompagner le roi. Il ne s'agissait pas d'une tombe, mais d'une prison. Une prison faite pour elle. Elle fit face au mur et se mit à tambouriner des deux poings, cherchant vainement à le faire s'écrouler, à glisser les doigts dans les moindres failles. La terreur s'immisçait en elle. Elle était cernée de pierres froides et immuables. Ils avaient creusé cette salle au sein de la montagne. Elle ne pouvait pas s'échapper. Elle ne pouvait…

Subitement, la reine-Bois repoussa ces souvenirs. La lumière de *L'Invocation* se dissipa, coulant telle de l'eau sur les pierres du caveau. Sarkan recula en chancelant ; je manquai m'effondrer contre la paroi. Nous étions de retour dans la salle circulaire, mais la peur de la reine me heurtait l'intérieur de la cage thoracique comme un oiseau égaré dans une pièce se précipitant contre les murs. Privée de soleil, privée d'eau, privée d'air.

Et pourtant, elle ne pouvait pas mourir. Et elle n'était pas morte.

Elle était avec nous, à moitié dissimulée derrière les traits de la reine Hanna, sans être tout à fait la reine de la vision. D'une manière ou d'une autre, elle avait réussi à s'échapper. Elle avait recouvré sa liberté, puis elle les avait… tués ? Elle les avait tués, ainsi que tous leurs proches, leurs enfants, leur peuple ; elle les avait dévorés, était devenue aussi monstrueuse qu'eux. Elle avait fait le Bois.

Elle siffla doucement dans la pénombre, pas un sifflement de serpent mais un bruissement de feuilles, le frottement des branchages dans le vent, et, quand elle avança, des plantes rampantes germèrent sur les marches derrière elle, attrapant les hommes restants par les chevilles, les poignets ou la gorge, les plaquant contre les murs ou le plafond pour se frayer un chemin.

Sarkan et moi peinions à tenir debout. Kasia se dressa devant nous tel un bouclier et trancha les lierres poussant vers nous, mais d'autres la contournèrent et plongèrent dans la tombe. Ils capturèrent les enfants et les forcèrent à avancer ; Marisha hurlait et Stashek tranchait vainement les lierres, jusqu'à ce qu'ils immobilisent son bras. Kasia se dirigea vers eux avec une grimace d'effroi, incapable de nous protéger tous.

Puis Marek bondit en avant. Il tailla da les plantes, le contour de sa propre épée miroitant. Il s'interposa entre la reine et les enfants, et les repoussa de son bouclier vers la sécurité du caveau. Il se planta face à la souveraine. Celle-ci s'arrêta devant lui.

— *Mère*, dit-il farouchement.

Et il lâcha sa lame pour l'attraper par les poignets. Il planta ses prunelles dans les siennes lorsqu'elle redressa lentement la tête.

— Mère, répéta-t-il. Libérez-vous. C'est Marek… Marechek. Revenez-moi.

Je pris appui contre le mur. Le prince transpirait la détermination et l'impatience. Son armure avait beau être ternie par le sang et la fumée, son visage maculé d'une unique traînée rouge, il eut subitement l'air d'un enfant, ou peut-être d'un saint, mû par un désir innocent. La reine le dévisagea alors, posa la main sur sa poitrine et le tua. Ses doigts se muèrent en épines, en brindilles et en vrilles, et elle les enfonça à travers son armure avant de serrer le poing.

S'il subsistait quoi que ce soit de la reine Hanna, la moindre étincelle de volonté, elle la dépensa peut-être à cet instant, en faisant preuve d'une forme de miséricorde : il périt sans savoir qu'il avait échoué. Son visage ne remua pas. Son corps glissa lentement au bout de la main de sa mère, à peine déformé : seul le trou dans son plastron témoignait du fait que le poignet de la reine s'était enfoncé en lui. Il tomba sur le dos, son armure résonnant contre les dalles, le regard encore clair et certain, certain d'être entendu, certain de la victoire à venir. Il avait l'air d'un roi.

Sa conviction nous avait tous subjugués. L'espace d'un instant, nous restâmes plongés dans un silence stupéfait. Solya, dévasté, prit une longue inspiration. Puis Kasia se rua en avant et porta un coup de taille, que la reine para de son épée. Quelques étincelles jaillirent des deux lames glissant l'une sur l'autre, puis la reine se pencha en avant, forçant lentement son adversaire à ployer les genoux.

Sarkan prononçait une incantation de chaleur et de flammes ; du feu suinta du sol autour des jambes de l'infanticide, jaune, rouge et brûlant. Il fit roussir la peau de Kasia, avala les deux épées. Mon amie dut s'écarter d'une roulade. Le haubert de la reine fondit, dégoulinant sur elle en un liquide argenté qui forma une flaque à ses pieds et se recouvrit bientôt d'une croûte noircie ; sa robe disparut dans une gerbe de flammes. Toutefois, les flammes n'entamèrent pas son corps : ses membres pâles restèrent droits et intacts. Solya faisait claquer sur elle son fouet blanc, le feu virant au bleu là où les magies des deux sorciers se rencontraient ; ce brasier azur s'enroula autour de sa silhouette, cherchant une faiblesse, la moindre ouverture.

J'agrippai la main du Dragon pour lui transmettre mon pouvoir et ma force, afin qu'il puisse poursuivre ses efforts. Son œuvre carbonisait les lierres. Les soldats qui n'avaient pas été étranglés remontèrent péniblement l'escalier – au moins, ils pouvaient fuir. D'autres sorts s'enchaînèrent, mais je sus d'emblée qu'ils ne fonctionneraient pas, que le feu ne la brûlerait pas, que les lames ne l'entailleraient pas, malgré tous nos efforts. Je me demandai avec horreur si nous n'aurions pas dû laisser échouer *L'Invocation*, si ce grand néant l'aurait emportée. Je n'en étais même pas convaincue. Elle était trop présente. Elle aurait pu combler tous les trous du monde et nous envahir encore. Elle était le Bois, ou le Bois était elle. Ses racines étaient trop profondes.

Le souffle de Sarkan était difficile, du moins quand il parvenait à respirer. Solya s'assit sur une marche, épuisé, et son feu blanc mourut. Je transmis encore de ma force à Sarkan, mais il tomberait bientôt à son tour. La reine se tourna vers nous. Elle ne souriait pas. Il n'y avait aucune marque de triomphe sur son visage, seulement un courroux infini et la conscience de la victoire.

Kasia se leva derrière elle. Elle dégaina l'épée d'Alosha, qui pendait toujours à son épaule. Elle l'abattit.

La lame s'enfonça dans le cou de la reine, s'arrêtant à mi-chemin. Un rugissement creux s'éleva, si puissant que je crus mes tympans sur le point de se percer. La pièce tout entière s'assombrit. La reine se figea. La lame se mit à boire, boire, boire, sa soif inextinguible. Le bruit gagna encore en intensité.

C'était comme une guerre entre deux créatures démesurées, un gouffre sans fond et une rivière en crue. Nous observions tous, tétanisés et pleins d'espoir. L'expression de la reine ne changea pas. Là où l'épée avait frappé, une couche noire et luisante tentait de s'emparer de sa chair, de se répandre à partir de la plaie telle une goutte d'encre se dispersant dans un verre d'eau claire.

Elle porta lentement la main à sa blessure, et un peu de cette brillance déteignit sur ses doigts. Elle les considéra.

Puis elle redressa le chef avec mépris, secouant presque la tête pour nous faire comprendre à quel point nous avions été stupides.

Elle tomba alors subitement à genoux, se convulsant de tous ses membres, tel un pantin abandonné par son marionnettiste. Et soudain, toutes les flammes de Sarkan embrasèrent le corps de la reine Hanna. Ses cheveux d'or partirent en fumée, sa peau se craquela et noircit. Des reflets pâles apparurent sous l'épiderme carbonisé. L'espace d'un instant, je crus que cela avait fonctionné, que l'épée avait mis un terme à l'immortalité de la reine-Bois.

Cependant, une fumée blanchâtre s'éleva des fissures, d'abord par plumets, puis à torrents, et nous passa devant en hurlant – s'enfuyant, ainsi que la reine-Bois s'était jadis enfuie de sa prison. L'épée d'Alosha continuait d'essayer de la boire, de rattraper les volutes, mais elles s'éloignaient trop rapidement, échappant même à l'avidité de la lame. Solya se couvrit la tête quand le nuage lui passa au-dessus pour remonter l'escalier ; d'autres vapeurs se tortillèrent par l'arrivée d'air ; d'autres encore plongèrent dans la salle du caveau et disparurent par une infime fissure dans le plafond que je n'aurais même pas remarquée. Kasia s'était jetée sur les enfants ; Sarkan et moi étions blottis contre le mur, nous bouchant le nez et la bouche. L'essence de la reine-Bois coula sur notre peau avec toute l'atrocité de la contamination, la chaude puanteur des vieilles feuilles et de la pourriture.

Puis cela disparut – elle disparut.

Désormais déserté, le corps de la reine Hanna se ratatina aussitôt, telle une bûche carbonisée tombant en cendres. L'épée d'Alosha dégringola au sol avec fracas. Nous étions à présent seuls, notre souffle rauque étant l'unique bruit ambiant. Tous les soldats vivants s'étaient enfuis ; les morts avaient été engloutis par le lierre et les flammes, ne laissant que des spectres vaporeux sur le marbre blanc des murs. Kasia s'assit lentement et les enfants allèrent se serrer contre elle. Je me laissai tomber à genoux, tremblant d'épouvante et de désespoir. La main de Marek gisait près de moi, ouverte. Son regard aveugle était braqué sur le plafond, son corps inerte cerné de pierre noircie et d'acier fondu.

La lame noire se dissolvait dans l'air. En quelques secondes, il n'en resta plus que la poignée. L'épée d'Alosha avait servi. Et la reine-Bois avait survécu.

29

Nous fîmes sortir les enfants de la tour. Le soleil matinal semblait en parfait décalage avec le carnage silencieux incarné par les six mille hommes tués dans la bataille. Des mouches vrombissaient déjà en nombre, et les corbeaux étaient arrivés par nuées. Quand nous émergeâmes de la tour, ils prirent leur envol pour aller se percher sur les murailles en attendant que nous leur libérions la place.

Nous avions croisé le baron dans le cellier, vautré, immobile, contre le mur de l'âtre, les yeux vitreux, baignant dans une mare de sang. Kasia avait trouvé une potion de sommeil encore intacte, prisonnière du poing fermé d'un combattant gisant, mort, près de lui. Elle en avait donné une gorgée à chaque enfant avant même que nous remontions au rez-de-chaussée : ils en avaient déjà bien assez vu.

À présent, Stashek reposait mollement sur ses épaules, et Sarkan portait Marisha dans ses bras. Je me traînais derrière eux, trop vide pour me sentir encore malade, trop sèche pour verser des larmes. Mon souffle était encore court et douloureux. Solya marchait près de moi, me tendant occasionnellement sa main pour franchir un monticule de cadavres en armure particulièrement élevé. Nous ne l'avions pas fait prisonnier, il nous avait simplement suivis, l'air hagard, comme s'il savait qu'il ne rêvait pas mais qu'il aurait dû. Dans le cellier, il avait offert son reste de cape à Sarkan pour qu'il en emmitoufle la petite princesse.

La tour tenait encore debout, mais à peine. Le sol du grand hall d'entrée était un enchevêtrement de dalles brisées, de racines mortes et de lierre ratatiné, aussi carbonisés que le corps de la reine au sous-sol. Plusieurs colonnes s'étaient complètement effondrées. Un trou dans le plafond donnait sur la bibliothèque à l'étage, et un fauteuil y pendait, en équilibre précaire. Sarkan y avait jeté un coup d'œil en passant, tandis que nous escaladions blocs de pierre et gravats.

Nous dûmes marcher sur toute la longueur des murailles que nous avions érigées pour empêcher Marek d'entrer. Les voix des vieilles pierres chuchotaient tristement sur notre passage. Nous ne vîmes pas âme qui vive avant d'atteindre le campement abandonné. Là, quelques soldats fouillaient parmi les réserves ; deux d'entre eux émergèrent en courant du pavillon et s'enfuirent avec des coupes en argent. J'aurais donné cher pour entendre une autre voix d'humain et me convaincre que tout le monde n'était pas mort. Cependant, ils fuyaient tous à notre arrivée, ou se cachaient derrière des tentes ou des abris divers, nous espionnant avec méfiance. Nous restâmes longuement silencieux au milieu du terrain, puis j'eus une illumination.

— Les canonniers, me rappelai-je soudain.

Ils étaient encore là – une compagnie de statues –, écartés sans ménagement, leurs yeux gris et vides rivés sur la tour. La plupart d'entre eux n'avaient pas été trop gravement endommagés. Nous les encerclâmes sans un mot. Aucun de nous n'avait la force de lever le sort. Finalement, je tendis la main vers Sarkan. Il porta Marisha sur son autre bras afin de s'en saisir.

Nous parvînmes à rassembler assez de pouvoir pour leur rendre leur aspect normal. Ils se convulsionnèrent en recouvrant subitement la notion du temps et la faculté de respirer. Certains d'entre eux avaient perdu des doigts ou des bouts de corps là où la pierre avait été ébréchée, mais c'étaient des soldats aguerris, qui maniaient une arme aussi terrible que n'importe lequel de nos sorts. Ils s'éloignèrent de nous, les yeux écarquillés, puis ils finirent par reconnaître Solya.

— Quels sont vos ordres, monsieur ? lui demanda alors l'un d'eux.

Il le dévisagea avec incertitude, puis se tourna vers nous sans plus de conviction.

Nous décidâmes de rejoindre Olshanka ensemble ; la route portait encore les stigmates de toute l'activité de la veille. La veille. J'essayais de ne plus y penser : la veille, six mille hommes avaient emprunté ce chemin ; aujourd'hui, tous étaient morts. Ils gisaient dans les tranchées, ils gisaient dans le grand hall, dans le cellier, dans l'interminable colimaçon y descendant. Je voyais leur visage dans la terre à chacun de nos pas. Quelqu'un à Olshanka nous vit arriver, et Borys vint à notre rencontre en chariot pour nous épargner une partie du chemin. À l'arrière du véhicule, nous étions aussi secoués par les cahots que des sacs de grain. Les craquements me rappelaient toutes les chansons que j'avais entendues sur la guerre et les batailles ; les sabots des chevaux m'évoquaient un battement de tambour. Toutes ces histoires s'achevaient de la même manière, avec un héros épuisé tentant de rentrer chez lui, mais nul ne mentionnait jamais le champ de morts qu'il devait traverser pour ce faire.

Natalya, l'épouse de Borys, me fit dormir dans l'ancienne chambre de Marta, une petite pièce baignée de soleil avec une poupée de chiffon usée reposant sur une étagère et une fine courtepointe abandonnée. Elle avait emménagé dans sa propre maison, à présent, mais son souvenir persistait, faisant de cet endroit un lieu chaleureux et accueillant, prêt à me recevoir. La main de Natalya sur mon front me rappela celle de ma mère, m'enjoignant de dormir, dormir ; les monstres ne viendraient pas. Je fermai les paupières en faisant mine d'y croire.

Je ne me réveillai pas avant la tombée du jour, par une belle soirée d'été où le bleu délicat du crépuscule tapissait le ciel. Il y avait une agitation familière et rassurante dans la maison, quelqu'un préparant le dîner, d'autres rentrant après une dure journée de labeur. Je restai assise devant la fenêtre sans bouger pendant de longues minutes. Ils étaient bien plus riches que mes parents : l'étage de la maison était réservé aux chambres à coucher. Marisha courait dans le jardin avec un chien et quatre autres enfants, dont la plupart étaient plus âgés qu'elle. Elle était vêtue d'une robe en coton propre, mais déjà maculée de traces d'herbe. Ses petites tresses soignées se défaisaient. Stashek restait posté près de la porte à les surveiller, même s'il y avait là un garçon de son âge. Même dans des vêtements ordinaires, il n'avait rien d'un enfant comme les autres, avec sa posture très droite et sa figure aussi solennelle qu'une église.

— Nous devons les ramener à Kralia, déclara Solya.

Un peu de repos lui avait suffi à retrouver sa suffisance scandaleuse ; il s'asseyait en notre compagnie comme si nous avions toujours été dans le même camp.

Il faisait nuit, désormais ; les enfants étaient couchés. Nous étions installés dans le jardin avec un verre d'alcool de prune, et j'avais l'impression de faire semblant d'être une adulte. Cela me rappelait toutes ces fois où mes parents emmenaient leurs invités sur la balancelle à l'orée de la forêt, où ils discutaient familles et récoltes, tandis que nous, enfants, courions partout, cherchant baies et châtaignes, ou jouant simplement à chat.

Je me souvenais du jour où mon frère aîné avait épousé Malgosia. Soudain, tous deux avaient cessé de courir avec nous et s'étaient mis à s'asseoir avec nos parents ; cela créait une alchimie pleine de gravité, à laquelle je n'aurais pas dû appartenir. Cela ne me paraissait pas réel de me trouver ici, et encore moins de discuter très sérieusement de trônes et de meurtres, comme s'il s'agissait d'événements réels et pas seulement d'extraits de chansons.

Cela me faisait encore plus bizarre de les entendre se disputer.

— Le prince Stashek doit être couronné sur-le-champ et la régence instaurée, insistait Solya. L'archiduc de Gidna et celui de Varsha, au moins…

— Ces enfants n'iront nulle part ailleurs que chez leurs grands-parents, l'interrompit Kasia. Même si je dois les prendre sur mon dos pour les emmener là-bas moi-même.

— Ma chère petite, tu ne comprends pas… essaya Solya.

— Je ne suis pas votre chère petite, riposta Kasia avec un mordant tel qu'il se tut. Si Stashek est le roi, à présent, alors le roi m'a demandé de les emmener, lui et sa sœur, dans la famille de sa mère. Et c'est là qu'ils iront.

Sarkan claqua des doigts avec impatience, coupant court à la conversation.

— La capitale est trop proche de toute façon. Je peux comprendre que l'archiduc de Varsha ne veuille pas voir le roi aux mains de Gidna, mais je m'en fiche, ajouta-t-il avec humeur quand Solya sembla sur le point d'argumenter. Kralia n'était déjà pas sûre avant, elle ne l'est pas davantage à présent.

— Mais aucun endroit n'est sûr, intervins-je, abasourdie moi-même d'oser les interrompre. Et cela ne s'améliorera pas de sitôt.

J'avais le sentiment qu'ils se querellaient tous pour savoir sur quelle berge bâtir une maison, mais que personne ne se souciait de la ligne de crue, qui dépassait pourtant l'une ou l'autre porte.

Après un instant de réflexion, Sarkan reprit la parole.

— Gidna est en bord de mer. Les châteaux du nord seront bien placés pour organiser une défense substantielle…

— Le Bois ira malgré tout ! m'exclamai-je.

J'en étais certaine. J'avais regardé la reine-Bois dans les yeux et perçu son courroux implacable. Durant toutes ces années, Sarkan avait retenu notre ennemi telle une vague derrière un barrage de pierre ; il avait fait dériver son pouvoir en un millier de ruisselets et de puits de puissance, répartis dans toute la vallée. Mais cette digue ne tiendrait pas éternellement. Aujourd'hui, d'ici une semaine, ou peut-être un an, le Bois finirait par la briser. Il reprendrait possession de tous ces puits et ruisselets, et il déferlerait sur les montagnes ; renforcé par ce nouvel afflux de puissance, il franchirait sans mal les cols.

Personne ne serait de taille à l'affronter. L'armée de Polnya était décimée, celle de Rosya amputée – et le Bois pouvait se permettre de perdre une ou deux batailles, ou même une dizaine : il lui suffisait de se propager progressivement, de répandre ses graines, quitte à être parfois repoussé à un endroit. Rien n'endiguerait son avancée. *Elle* reviendrait. Nous parviendrions peut-être à la retarder jusqu'à ce que Stashek et Marisha deviennent adultes, vieillissent ou meurent, mais qu'en était-il des enfants de Borys et Natalya, qui couraient avec eux dans le jardin ? Ou des enfants de ceux-ci, grandissant dans ces ombres de plus en plus dominantes ?

— Nous ne pouvons pas continuer à contenir le Bois si la Polnya brûle derrière nous, affirma Sarkan. Les Rosyans traverseront la Rydva pour obtenir vengeance dès qu'ils apprendront la mort de Marek…

— Nous ne pouvons de toute façon plus retenir le Bois ! m'écriai-je. C'est ce qu'ils ont essayé de faire… et toi aussi. Nous devons l'arrêter pour de bon. Nous devons arrêter *la reine*.

Il me lança un regard noir.

— Oh, quelle riche idée. Si la lame d'Alosha n'a pas réussi à l'occire, rien n'y parviendra. Qu'est-ce que tu proposes ?

Je soutins son regard, et vis dans ses prunelles la peur qui me nouait l'estomac. Puis il se détendit, se radoucit. Il se laissa retomber sur sa chaise, sans me quitter des yeux. Solya nous observait tous deux, perplexe, et Kasia m'étudiait avec inquiétude. Mais il n'y avait rien d'autre à faire.

— Je ne sais pas, admis-je d'une voix tremblante. Mais il faut tenter quelque chose. M'accompagneras-tu dans le Bois ?

Kasia se tenait près de moi, triste et indécise, au carrefour à l'extérieur d'Olshanka. Le ciel arborait les premières teintes gris-rose annonciatrices du matin.

— Nieshka, si tu penses que je peux t'aider… commença-t-elle doucement.

Je secouai la tête et l'embrassai. Elle passa délicatement le bras autour de moi et serra progressivement, jusqu'à m'étreindre confortablement. Je fermai les paupières et l'enlaçai fermement, et pour quelques secondes, nous étions redevenues des petites filles, vivant certes dans une ombre menaçante, mais malgré tout heureuses. Puis le soleil émergea à l'horizon et ses rayons nous effleurèrent. Nous nous lâchâmes et reculâmes pour nous observer : elle était dorée et sévère, presque trop belle pour être réelle, et mes mains crépitaient de magie. Je lui pris le visage en coupe, et nous posâmes nos fronts l'un contre l'autre. Puis elle tourna les talons.

Stashek et Marisha étaient assis dans le chariot, l'attendant avec angoisse. Solya les accompagnerait, et l'un des soldats conduirait. D'autres hommes – ceux qui avaient fui les combats et la tour avant le dénouement – étaient finalement arrivés en ville, un mélange de soldats des Marches jaunes et de Marek. Tous serviraient d'escorte. Ils n'étaient plus ennemis ; ils ne l'avaient jamais vraiment été. Même les troupes princières pensaient alors servir les enfants royaux. Ils s'étaient simplement chacun trouvés d'un côté de l'échiquier disposé par la reine-Bois, qui s'était placée légèrement en retrait pour profiter du spectacle, les regardant s'entre-tuer.

Le chariot était plein de provisions émanant de toute la ville, des biens initialement réservés au tribut annuel versé à Sarkan. Celui-ci avait donné de l'or à Borys, en échange de son véhicule et de ses chevaux.

— Ils vous paieront pour conduire également, lui avait-il dit en lui remettant la bourse. Emmenez votre famille, vous aurez largement de quoi prendre un nouveau départ.

Borys s'était tourné vers Natalya, qui avait légèrement secoué la tête.

— Nous restons, avait-il répondu alors.

Sarkan s'était retourné en marmonnant, perdant patience face à ce qu'il estimait être une folie monumentale. J'avais cependant croisé le regard de Borys. Le bas murmure de la vallée – ma maison – chantait sous mes pieds. J'étais volontairement sortie sans chaussures, afin de pouvoir enrouler mes orteils dans l'herbe fraîche et puiser dans la terre cette force. Je savais pourquoi il refusait de partir, pourquoi mon père et ma mère ne m'accompagneraient pas si je décidais d'aller à Dvernik et leur demandais de partir.

— Merci, lui avais-je dit.

Le chariot s'ébranla en couinant. Les soldats se mirent en route derrière lui. Assise sur le plateau arrière, Kasia se retourna pour me regarder, les bras autour des épaules des enfants. Bientôt, il y eut trop de poussière dans leur sillage pour que je puisse les distinguer encore. Je pivotai vers Sarkan, qui me dévisagea d'un air sombre et sévère.

— Alors ? demanda-t-il.

Nous descendîmes l'allée devant la grande maison de Borys pour gagner le battement régulier du moulin à farine alimenté par la rivière. Sous nos pieds, la route se transforma peu à peu en galets, qui disparaissaient plus loin sous la surface d'eau écumeuse. Une poignée de bateaux étaient amarrés là. Nous détachâmes le plus petit et le poussâmes dans le courant, après qu'il eut retiré ses bottes et moi retroussé ma robe. Nous grimpâmes à l'intérieur sans grâce, mais sans non plus nous tremper, et il prit les rames.

Il s'installa, dos au Bois, et dit :

— Aide-moi à tenir la mesure.

J'entonnai à voix basse le sort d'accélération de Jaga tandis qu'il manœuvrait, et bientôt le décor défila à toute allure.

Le Fuseau coulait tout droit sous le soleil encore bas mais déjà chaud qui se reflétait à sa surface. Nous glissions dessus, parcourant près d'un kilomètre à chaque coup de rames. J'aperçus fugacement les femmes faisant leur lessive au niveau de Poniets, assises au milieu de piles de linge tandis que nous filions à la vitesse d'un colibri ; puis nous dépassâmes Viosna et voguâmes brièvement sous les cerisiers, dont les petits fruits commençaient à se former – à cet endroit, de nombreux pétales flottaient à la surface. Je ne vis pas du tout Dvernik, cependant, même si je sus quand nous l'atteignîmes : je reconnus le virage à quelques centaines de mètres à l'est du village, et me retournai à temps pour aviser la girouette en laiton au sommet du clocher. Nous avions le vent en poupe.

Je continuai de chantonner jusqu'à ce que la muraille verte apparaisse au loin. Sarkan reposa alors les rames dans le fond du bateau. Il pivota, observa le sol au pied des arbres, la mine sévère. Je m'aperçus rapidement qu'il n'y avait plus de ligne de terre brûlée, seulement une épaisse herbe verte.

— Nous l'avions repoussé de plus d'un kilomètre sur toute la lisière, se lamenta-t-il.

Il se tourna vers le sud et les montagnes, comme pour évaluer la distance que le Bois avait déjà parcourue. Selon moi, cela n'avait plus guère d'importance. Il était de toute façon déjà arrivé trop loin, et il continuerait quoi qu'il arrive. Soit nous parviendrions à trouver un moyen de l'arrêter, soit…

Le courant du Fuseau nous faisait dériver. Plus loin, les arbres étendaient leurs bras immenses et entremêlaient leurs doigts le long du cours d'eau, formant une barrière végétale de chaque côté. Il se retourna vers moi, et nous joignîmes les mains. Il entonna un sort de distraction et d'invisibilité, et je m'en saisis avant de marmonner à notre embarcation de n'être qu'un esquif égaré, aux amarres arrachées, qui rebondissait mollement entre les rochers. Nous nous efforcions d'être aussi inintéressants que possible, rien d'important. Le soleil, presque à son zénith, éclairait la rivière entre l'ombre des arbres. Je me servis de l'une de nos rames comme gouvernail, afin de rester sur cette piste scintillante.

Les berges se faisaient de plus en plus denses et sauvages, couvertes de buissons chargés de baies rouges et d'épines semblables à des dents de dragon, blanches et dangereusement pointues. Les arbres devenaient énormes et difformes. Ils plongeaient par-dessus la rivière ; leurs branches longues et fines fouettaient l'air, cherchant désespérément à tendre leurs griffes vers le ciel. Leur allure était aussi effrayante qu'un grognement. Notre piste s'étrécissait, l'eau se tut sous notre esquif, comme si elle aussi cherchait à se cacher. Nous étions serrés l'un contre l'autre au milieu de notre barque.

Un papillon nous trahit, petite bête noir et jaune s'étant égarée dans le Bois. Il vint se poser, épuisé, sur la proue de notre embarcation ; un oiseau vif comme un poignard jaillit des arbres pour le capturer. Il se jucha à la place de sa victime, les ailes de celle-ci émergeant de son bec, et la broya en trois claquements, nous dévisageant de ses deux petites billes noires. Sarkan essaya de l'attraper, mais il s'envola dans les branches et un vent froid se mit à souffler derrière nous.

Un grondement s'éleva des berges. L'un des arbres les plus vieux et imposants se pencha, arrachant ses racines à la terre, et tomba dans l'eau juste derrière nous. La rivière se souleva. Ma rame m'échappa. Nous nous agrippâmes aux bords de notre esquif tandis que nous tournoyions à la surface avant de plonger, la poupe la première. Une eau glaciale s'écoula à l'intérieur et recouvrit mes pieds nus. Nous continuions de tourner, ballottés par le courant. J'aperçus un promeneur s'aventurer depuis la rive sur l'arbre effondré. Il tourna vers nous sa tête de brindille.

— *Rendkan selkhoz !* s'exclama Sarkan, et notre barque se redressa.

Je tendis la main vers le promeneur, mais compris qu'il était déjà trop tard.

— *Polzhyt*, dis-je alors.

Des flammes orange naquirent soudain sur le dos de la créature, qui s'enfuit dans les bois à quatre pattes, laissant derrière elle une piste de fumée. Nous étions repérés.

Le regard implacable du Bois s'abattit sur nous tel un coup de marteau. Je m'écroulai lourdement dans le fond du bateau, l'eau glaciale inondant mes vêtements. Les arbres tentaient de s'en prendre à nous, tendant leurs branches épineuses par-dessus le Fuseau ; leurs feuilles tombaient en pluie autour de nous et se rassemblaient dans notre sillage. Nous aboutîmes à un virage, au-delà duquel nous attendaient une demi-douzaine de marcheurs et une mante vert sombre, barbotant tous tel un barrage vivant.

Le courant s'était intensifié, comme si le Fuseau cherchait à nous faire franchir l'obstacle, mais ils étaient trop nombreux, et il en arrivait d'autres. Sarkan se leva, s'apprêta à lancer un nouveau sort, à leur faire subir le feu ou la foudre. Je me redressai subitement et l'attrapai par le bras pour le faire choir avec moi à l'arrière du bateau, à sa grande indignation. Nous nous enfonçâmes profondément, puis remontâmes à la surface sous la forme d'une feuille s'accrochant à une branche, charriée avec les autres. C'était une illusion sans en être une ; je la maintins de tout mon cœur, ne désirant rien plus que d'être cette feuille, cette minuscule feuille portée par le courant. La rivière en profita pour nous emmener, comme si elle n'attendait que cette occasion.

Les promeneurs attrapèrent notre esquif, et la mante la détruisit entre ses pattes griffues, la réduisant en petit bois, la tête plongée à l'intérieur, sans nous y trouver. Elle tourna la tête, braquant ses yeux à facettes dans toutes les directions. Mais nous les avions dès lors déjà dépassés, et la rivière nous avala dans un tourbillon trouble et verdâtre, nous soustrayant brièvement à l'attention du Bois avant de nous recracher plus loin, dans une petite zone ensoleillée, au milieu d'une dizaine d'autres feuilles. Plus en amont, les promeneurs et la mante remuaient l'eau, la battant de tous leurs membres. Nous nous laissâmes dériver silencieusement à la surface.

Nous restâmes feuille et tige pendant longtemps dans l'obscurité. La rivière avait décru autour de nous, et les arbres étaient désormais si hauts et monstrueux que leurs branches formaient une canopée épaisse au point qu'elle en était presque étanche à la lumière ; seul un faible halo éclairait légèrement les feuilles. Les broussailles étaient mortes, privées de soleil. Des fougères aux fines feuilles et des champignons au chapeau rouge s'amoncelaient sur les berges, près de roseaux grisâtres et de nids de racines pâles émergeant de la boue noire pour puiser dans l'eau. Il y avait plus de place entre les troncs sombres. Mantes et promeneurs nous cherchaient sur les rives, parmi d'autres créatures, dont un énorme sanglier gros comme un poney, aux yeux rouges comme des charbons ardents et dont les dents acérées émergeaient de la mâchoire inférieure. Il était plus proche de nous que n'importe quelle autre bête, reniflant avec son groin, fouissant dans la boue et un paillis de feuilles mortes devant lequel nous dérivions très, très lentement. *Nous sommes feuille et brindille,* scandai-je silencieusement, *feuille et brindille, rien de plus.* Et alors que nous poursuivions notre avancée, je vis le sanglier secouer la tête, grouiner son mécontentement et retourner dans la forêt.

Ce fut la dernière créature que nous vîmes. La rage terrible du Bois s'était apaisée quand nous avions disparu de son champ de vision. Il nous cherchait, sans plus savoir où regarder. La pression s'estompait à mesure que nous progressions. Tous les cris et sifflements des oiseaux ou insectes mouraient au loin. Seul le Fuseau gargouillait encore, de plus en plus fort ; il s'élargit de nouveau un peu, accélérant en gagnant un lit moins profond plein de roches polies. Soudain, Sarkan s'agita, poussa un hoquet bien humain et me fit me relever d'un bond. À moins d'une trentaine de mètres, la rivière basculait par-dessus une falaise, et nous n'étions pas vraiment des feuilles, même si je m'étais efforcée de l'oublier.

Le courant persistait malgré tout à nous entraîner. Les pierres étaient aussi glissantes que de la glace humide. Nous tombâmes à trois reprises, nous égratignant les chevilles, les coudes et les genoux. Nous finîmes par nous hisser hors de l'eau à quelques mètres seulement de la cascade, tremblants de froid. Les arbres autour de nous étaient sombres et silencieux ; ils ne nous observaient pas. Ils étaient si grands que, depuis le sol, ils étaient semblables à de hautes tours lisses, leur cœur ayant poussé longtemps auparavant ; pour eux, nous n'étions guère plus que des écureuils jouant entre leurs racines. Un énorme nuage de brume s'élevait de la base des chutes d'eau, dissimulant le bord de la falaise et la profondeur de l'à-pic. Sarkan me dévisagea. *Et maintenant, quoi ?*

Je pénétrai dans le brouillard, précautionneusement, avançant à tâtons. La terre riche exsudait une grande humidité, et les embruns s'accrochaient à ma peau. Sarkan garda la main posée sur mon épaule. J'attaquai le terrain glissant et irrégulier, prise après prise, jusqu'à ce que mon pied se dérobe sous mon poids et que je tombe lourdement sur les fesses. Le Dragon chuta avec moi et nous glissâmes au bas de la colline, parvenant miraculeusement à rester sur notre arrière-train sans partir cul par-dessus tête, jusqu'à ce que la pente nous précipite contre un tronc qui pendait de façon précaire au-dessus du bassin bouillonnant ; ses racines semblaient se raccrocher à un énorme rocher pour ne pas basculer.

Nous restâmes allongés là, les yeux vers le ciel, le souffle coupé. Le rocher gris avait l'air d'un vieil homme au gros nez fronçant à notre encontre les épaisses racines qui lui tenaient lieu de sourcils. Malgré mes écorchures et mes contusions, je me sentais intensément soulagée, comme si je me retrouvais subitement dans un havre de sûreté. Le courroux du Bois n'avait pas d'emprise ici. Le brouillard s'enroulait au-dessus de l'eau, et je voyais à travers lui les feuilles jaune pâle osciller sur leurs branches argentées. J'étais plus que soulagée de pouvoir me reposer enfin quand Sarkan jura à mi-voix et se remit sur ses pieds, m'entraînant à sa suite. Il m'emmena malgré mes réticences et me fit marcher dans l'eau, qui nous montait jusqu'aux chevilles. Il s'arrêta là, juste sous les branches, et j'observai à travers la brume : nous étions allongés sous un vieil arbre-cœur tout noueux qui poussait sur la berge.

Nous nous éloignâmes de lui en suivant la piste étroite de la rivière. Le Fuseau ne formait plus qu'un ruisseau à cet endroit, tout juste assez large pour que nous pataugions côte à côte sur son lit sableux gris et ambre. Le brouillard se dissipa peu à peu, et une dernière bourrasque acheva de le souffler. Nous nous immobilisâmes, tétanisés. Nous nous tenions dans une vaste clairière cernée d'arbres-cœurs, qui se dressaient autour de nous telle une armée.

30

Nous restâmes plantés là, les mains jointes, le souffle court, comme si nous pouvions éviter que les arbres nous remarquent en demeurant parfaitement immobiles. Le Fuseau poursuivait son chemin entre les troncs en murmurant. L'eau était si claire que je distinguais les grains de sable de son lit, noirs, argentés ou marron, mélangés à quelques fragments d'ambre ou de quartz polis. Le soleil brillait de nouveau.

Les arbres-cœurs ne se comportaient pas en piliers monstrueux et silencieux, contrairement à ceux au sommet de la colline. Ils étaient certes volumineux, mais guère plus hauts que des chênes. Ils s'étendaient surtout horizontalement, tendant leurs branches entremêlées et couvertes de fleurs printanières blanc terne. Des feuilles sèches et dorées tapissaient le sol autour des troncs, vestige de l'automne précédent ; il s'élevait d'en dessous une odeur vineuse et pas déplaisante de fruits pourris. Mes épaules n'arrêtaient pas d'essayer de se dénouer malgré moi.

Il aurait dû y avoir d'innombrables oiseaux chantant dans ces branches, de petits animaux récoltant les fruits. Au lieu de quoi, il régnait un calme profond et étrange. La rivière chantait paisiblement, mais rien d'autre ne bougeait, rien ne vivait. Même les arbres-cœurs ne semblaient pas remuer. Une brise agita légèrement les branches, mais les feuilles se contentèrent de bruire paresseusement avant de se taire. L'eau me coulait sur les pieds.

Je finis par avancer. Rien ne me bondit dessus depuis la forêt, aucun oiseau ne vint donner l'alarme. Je fis un deuxième pas, puis un troisième. L'eau était bonne, et le soleil qui filtrait par la frondaison tapait suffisamment pour sécher mes habits sur mon dos. Nous avançâmes à travers le silence. Le Fuseau dessinait un chemin légèrement incurvé entre et parmi les troncs, jusqu'à se déverser dans un petit étang tranquille.

À l'autre extrémité de celui-ci se trouvait un dernier arbre-cœur, large et dominant tous les autres, et devant lequel se dressait un petit monticule vert couvert de fleurs blanches tombées des branches. Le corps de la reine-Bois reposait dessus. Je reconnus la robe de deuil blanche qu'elle portait à la tour, du moins ce qu'il en restait. La longue jupe droite était en lambeaux, déchirée sur les côtés ; les manches étaient couvertes de moisissure. Les poignets brodés de perles étaient souillés de sang séché marronnasse. Ses cheveux vert-noir cascadaient autour du tertre, enchevêtrés dans les racines de l'arbre, qui avaient gravi le tumulus pour enrouler délicatement leurs longs doigts autour de son corps, de ses chevilles et de ses cuisses, de ses épaules et de sa gorge ; elles semblaient également la coiffer. Elle avait les paupières closes, paraissait rêver.

Si nous avions encore eu l'épée d'Alosha, nous aurions pu essayer de l'abattre sur elle, de lui transpercer le cœur, de la clouer à la terre. Cela l'aurait peut-être tuée, ici, à la source de son pouvoir, dans sa propre chair. Mais l'épée était détruite.

Sarkan sortit alors son ultime fiole de cœurfeu : le liquide avide d'un rouge doré clapotait, impatient, dans le récipient en verre. Je le considérai silencieusement. Nous étions venus ici pour y mettre un terme. Nous étions venus brûler le Bois ; et nous nous trouvions en son cœur. *Elle* en était le cœur. Cependant, quand je m'imaginai verser la potion sur son corps, voir ses membres embrasés se convulser…

Sarkan me dévisagea et dit :

— Retourne à la chute, proposa-t-il pour m'épargner.

Je secouai la tête. Ce n'était pas que l'idée de la tuer me répugnait. La reine-Bois méritait de connaître la mort et l'horreur ; elle les avait semées, entretenues et récoltées par boisseaux entiers, et elle n'était pas rassasiée. Les cris silencieux de Kasia quand elle était derrière l'écorce ; le visage rayonnant de Marek quand sa mère l'avait tué ; la terreur de la mienne quand sa petite fille lui rapportait un tablier plein de mûres, parce que le Bois n'épargnait personne, pas même les enfants ; les murs éventrés de Porosna, avec l'arbre-cœur trônant au milieu du village ; le père Ballo, transformé en une hideuse créature sanguinaire ; la petite voix de Marisha qui répétait « maman » en pleurant sur le corps poignardé de la princesse.

Je la haïssais. Je voulais la voir brûler, comme tant de corps corrompus avaient brûlé par sa faute. Mais la cruauté ne semblait pas être la bonne réponse à cette chaîne de violence interminable. Le peuple de la tour l'avait emmurée, puis elle s'était vengée. Elle avait fait se lever le Bois pour nous dévorer tous ; à présent, nous étions sur le point de la livrer au cœurfeu, d'étouffer sous les cendres cette eau claire scintillante. Cela ne me paraissait pas bien. Mais je ne voyais pas d'alternative.

Sarkan et moi entreprîmes de traverser l'étang. L'eau ne nous montait jamais plus haut que les genoux. De petits galets ronds et lisses tapissaient le sol. Vue de près, la reine-Bois paraissait encore plus étrange, pas tout à fait vivante : ses lèvres étaient entrouvertes, mais sa poitrine ne se gonflait jamais. Elle aurait aussi bien pu être sculptée dans le bois. Sa peau ressemblait d'ailleurs à un tronc coupé dans le sens de la longueur et plané, avec ses cernes clairs et foncés. Sarkan ouvrit la fiole et, d'un geste vif du poignet, lui versa du cœurfeu directement dans la bouche, avant de vider les dernières gouttes sur son corps.

Elle ouvrit les yeux en grand. Sa robe s'embrasa, en même temps que les racines de l'arbre-cœur et que ses cheveux ; les flammes enflaient tel un nuage autour d'elle quand Sarkan me tira en arrière. Elle poussa un hurlement rauque et furieux. De la fumée et du feu jaillirent de sa bouche, des flammèches traversaient par endroits sa peau telles des étoiles filantes orange. Elle se débattit sur le monticule envahi par les racines, où l'herbe verte se carbonisait rapidement. Des amas de fumée bouillonnaient autour d'elle. Je voyais son intérieur se consumer, ses poumons, son cœur, son foie, telles des ombres dans une maison incendiée. Les longues racines de l'arbre se ratatinèrent en crépitant, puis elle bondit du tumulus.

Elle se tourna vers nous, brûlant comme une bûche restée longtemps au feu : sa peau était aussi noire que du charbon et se craquelait pour révéler les flammes orange en dessous ; une cendre pâle neigeait de sa peau. Ses cheveux étaient un torrent de flammes couronnant sa tête. Elle cria derechef, dévoilant le brasier rouge dans le fond de sa gorge ; sa langue était noire, et elle continuait de brûler. Dès que des pointes de flammes sourdaient de sa peau, celle-ci se refermait aussitôt, telle une écorce fraîche, et dès que la chaleur la carbonisait de nouveau, elle guérissait. Elle s'avança vers l'étang en chancelant. Je l'observai, horrifiée, me rappelant la vision de *L'Invocation*, sa stupeur et sa terreur quand elle avait compris qu'elle était prisonnière. Ce n'était pas seulement qu'elle était immortelle à moins d'être abattue : elle ignorait même comment mourir.

Sarkan ramassa une poignée de sable et de gravier et la lui lança en prononçant un sort de croissance. Ils gonflèrent en volant, se transformant en rochers. Ils la percutèrent dans une gerbe d'étincelles, tel un foyer attisé au tisonnier, mais elle ne tomba pas en cendres. Elle continuait de brûler sans se consumer. Et elle avançait toujours. Elle plongea à quatre pattes dans l'étang, faisant naître autour d'elle un nuage sifflant de vapeur.

L'étroit ruisseau accéléra alors subitement son débit, comme s'il savait que le bassin avait besoin d'être rempli. Même sous les ondulations de l'eau, elle continuait de luire ; le cœurfeu brûlait encore en elle, refusant de se laisser éteindre. Elle mit ses mains en coupe pour boire de grandes gorgées d'eau, qui ressortirent en bouillonnant par sa peau carbonisée. Puis elle se saisit de l'un des blocs que Sarkan venait de lui jeter et, par quelque secousse magique, elle en creusa le milieu pour s'en faire un bol.

— Aide-moi ! me cria le Dragon. Alimente le feu en elle !

Je sursautai ; j'étais comme hypnotisée, fascinée de la voir vivre et brûler en même temps. J'attrapai la main de Sarkan.

— *Polzhyt mollin, polzhyt talo*, scanda-t-il.

J'entonnai pour ma part un chant évoquant un souffle sur les braises de l'âtre. Les racines calcinées se craquelèrent de nouveau derrière la reine-Bois, et le feu en elle se raviva. Elle redressa la tête de son bol avec un cri de rage. Ses yeux étaient deux puits noirs dont le fond flamboyait.

Des plantes rampantes germèrent sur la berge et s'enroulèrent autour de nos jambes. Étant pieds nus, je parvins à m'en extraire, mais elles s'accrochèrent aux lacets des bottes de Sarkan, qui tomba dans l'étang. D'autres plantes se lancèrent aussitôt à ses bras, à son cou. Je m'en saisis des deux mains et criai :

— *Arakra.*

Une décharge verte les força à se replier ; j'y avais mis tant de conviction que mes doigts crépitaient encore. Il prononça une brève incantation pour achever de se libérer, abandonnant ses bottes dans l'eau. Puis nous nous réfugiâmes péniblement sur la berge.

Tout autour de nous, les arbres-cœurs s'étaient réveillés : ils tremblaient et se balançaient de détresse, produisant un bruissement continu. La reine-Bois nous tournait désormais le dos. Elle se servait à présent de son bol non seulement pour boire, mais aussi pour arroser les racines du plus grand des arbres-cœurs, tentant d'éteindre l'incendie. L'eau du Fuseau noyait peu à peu les flammes en elle ; déjà, ses pieds ne brillaient plus.

— L'arbre, déclara Sarkan d'une voix rauque. (Il avait autour de la gorge des traces de piqûres écarlates, comme s'il avait porté un collier d'épines.) Elle essaie de le protéger.

Je levai les yeux vers le ciel. L'après-midi était désormais bien avancé, et l'air était lourd et chargé d'humidité.

— *Kalmoz*, invoquai-je.

Des nuages commencèrent à se former et à s'amasser.

— *Kalmoz.*

Une bruine se mit à tomber en clapotant dans l'étang, et Sarkan s'exclama :

— Nous ne cherchons pas à l'éteindre nous-mêmes !

— *Kalmoz !* hurlai-je alors en levant les mains, prélevant l'éclair dans le ciel.

Cette fois, je savais ce qui allait se passer, même si je n'y étais pas préparée pour autant : il était impossible d'y être préparée. La foudre emporta tout à nouveau, dans un terrible instant de silence blanc et aveugle, puis elle jaillit de moi dans un grondement de tonnerre et frappa le tronc gigantesque de l'arbre-cœur.

La puissance de la décharge me propulsa en arrière en virevoltant. Je m'écroulai à moitié dans l'étang, sonnée, la joue entre les galets et l'herbe, une branche lestée de feuilles dorées juste au-dessus de ma tête. Je me sentais faible, étourdie et ailleurs. Le monde était bizarrement calme, mais malgré mon ouïe défaillante, j'entendis un terrible hurlement d'horreur et de rage. Je parvins à prendre appui sur mes bras tremblants pour relever la tête. L'arbre-cœur brûlait, ses feuilles étaient en flammes, son tronc noirci ; la foudre avait frappé l'une des branches les plus grosses et les plus basses, et près d'un quart de l'arbre était fissuré.

La reine-Bois mugissait. Instinctivement, elle posa les mains sur l'écorce, essayant de remettre en place le membre amputé, mais elle brûlait encore, et là où elle le touchait l'arbre s'embrasait. Elle recula. Des vrilles de lierre sortirent du sol et s'enroulèrent autour du tronc pour le maintenir en place. La reine se tourna vers moi, le visage déformé par la fureur. J'essayai de me déplacer à quatre pattes, tremblante, comprenant que j'avais échoué. Elle n'était pas mortellement blessée, même si l'arbre l'était peut-être. Mais leurs vies n'étaient pas interdépendantes.

L'éclair avait renvoyé Sarkan parmi les troncs ; il en sortit en chancelant, ses propres vêtements calcinés et noircis par la fumée. Il désigna le ruisseau et clama :

— *Kerdul foringan !*

Sa voix grinça comme un nid de frelons, même si je ne l'entendis que de loin. L'eau frémit.

— *Tual, kerdul…*

Cette fois, la berge s'effondra. Le ruisseau se détourna lentement, alimentant un nouveau lit, qui l'emmenait loin de l'étang et de l'arbre en feu. L'eau qui restait dans le bassin se mit à bouillonner, s'éleva en une vapeur brûlante.

La reine-Bois pivota vers lui. Elle tendit les mains, et de nouvelles plantes sortirent de l'eau. Elle enroula le lierre autour de ses poings et tira, puis les lui lança dessus. Les végétaux grossirent en vol et se nouèrent autour de lui dans un claquement, lui immobilisant les bras et les jambes sans cesser de croître, le faisant tomber à la renverse. J'essayai une fois de plus de me relever. Mes mains me piquaient, j'avais de la fumée plein les narines. Mais elle s'approchait trop vite de moi, telle une braise vivante, des volutes de fumée et de brume encore attachées à son corps. Elle m'empoigna et je hurlai. Je sentis ma propre chair grésiller, se carboniser là où ses doigts enserraient mes bras.

Elle me fit décoller du sol. Je souffrais tant que j'étais incapable de voir ou de penser. Ma robe se consumait, mes manches brûlantes tombèrent sous son étreinte au fer rouge. L'air autour d'elle était chaud comme dans un four, si bien qu'il ondulait telle de l'eau. Je me détournai pour tenter de respirer. Elle m'entraîna vers l'autre bout de l'étang et son tertre détruit, vers l'arbre brisé.

Je compris alors ce qu'elle avait l'intention de faire, et, malgré la douleur, je me débattis en criant. Sa poigne était implacable. Je lui décochai des coups de pied qui me firent roussir la peau. Je cherchai ma magie à tâtons et articulai la moitié d'un sort, mais elle me secoua si férocement que mes dents claquèrent. J'avais l'impression d'être prisonnière d'un tison ardent. J'essayai de la saisir, de me serrer contre elle pour mettre un terme à mes souffrances. Je ne voulais pas imaginer en quoi elle me transformerait si elle me corrompait, ce qu'elle pourrait réaliser en déversant mon pouvoir dans ce gros arbre-cœur, au centre du Bois.

Mais elle me maintint à bout de bras. Elle me jeta dans la cendre et le bois crépitant, dans le trou que mon éclair avait ménagé au cœur de l'arbre. Le lierre qui l'enveloppait se resserra. Le tronc se referma sur moi tel le couvercle d'un cercueil.

31

De la sève froide et humide me coula dessus ; la substance verte et poisseuse inonda mes cheveux, ma peau. Je poussai frénétiquement contre le bois, crachant un sort de pouvoir, et le tronc se rouvrit dans un craquement. Je m'accrochai fermement aux rebords d'écorce et me hissai dehors, des échardes enfoncées dans mes doigts et orteils. Aveuglée par la terreur, je rampai, courus, bondis loin de l'arbre, jusqu'à retomber dans l'eau en battant des quatre membres. Quand j'en ressortis… tout était différent.

Il n'y avait plus la moindre trace de feu ou de combat. Sarkan et la reine-Bois n'étaient nulle part en vue. Même le gros arbre-cœur avait disparu. Ainsi que la plupart des autres. La clairière était plus qu'à moitié vide. J'étais seule au bord d'un étang clapotant doucement, dans ce qui aurait pu être un autre monde. Ce n'était plus la fin d'après-midi, mais une matinée lumineuse. Les oiseaux voletaient entre les branches en piaillant, les grenouilles chantaient près de l'onde.

Je compris aussitôt que j'étais piégée, mais cet endroit ne ressemblait pas au Bois : ce n'était pas l'abominable pays d'ombres difformes où j'avais vu Kasia errer, celui où Jerzy s'était effondré contre un arbre. Mais je ne me sentais pas non plus comme dans la véritable clairière, pleine de son silence surnaturel. L'eau me lapait doucement les chevilles. Je tournai les talons et courus avec force éclaboussures dans le lit de la rivière, remontant à contre-courant. Sarkan ne pouvait pas lancer *L'Invocation* seul pour me montrer par où sortir, mais le Fuseau avait été notre porte d'entrée : il pourrait bien me servir également d'issue.

Toutefois, même le Fuseau était différent, ici. Le cours d'eau s'apaisa en même temps qu'il s'élargit. Il devint également plus profond, mais je ne rencontrai aucun nuage de brume. Je n'entendais pas non plus le grondement de la cascade. Je finis par m'arrêter à une courbe qui me rappelait quelque chose pour observer un jeune arbre sur la berge, un arbre-cœur malingre, qui ne devait pas avoir plus de dix ans et poussait par-dessus cet énorme rocher gris ressemblant à un vieil homme que nous avions remarqué au bas de la falaise. C'était le premier arbre-cœur, celui au pied duquel nous avions atterri lors de notre glissade incontrôlée, à moitié perdus que nous étions dans les embruns.

Sauf qu'il n'y avait ici ni cascade ni escarpement. Le vieil arbre était encore petit et jeune. Un autre arbre-cœur lui faisait face sur l'autre rive et, au-delà de ces deux sentinelles, la rivière s'élargissait considérablement, devenant sombre et profonde. Je ne distinguais pas d'autres arbres-cœurs alentour, seulement des chênes et de grands pins on ne peut plus banals.

Puis je me rendis compte que je n'étais pas seule. Une femme se tenait sur l'autre berge du Fuseau, sous le second arbre-cœur.

Pendant un instant, je crus qu'il s'agissait de la reine-Bois. Elle lui ressemblait tant qu'elle pouvait lui être apparentée. Elle avait la même allure d'aulne et d'écorce, les mêmes cheveux broussailleux, mais son visage était plus allongé et ses yeux verts. Si la tignasse de la reine-Bois était brun-roux et dorée, la sienne était simplement châtaine et grisonnante. Elle observait la rivière, tout comme moi, et avant que je puisse dire quoi que ce soit, un craquement retentit loin en aval. Un bateau apparut alors, glissant doucement sur l'onde, une longue barque magnifiquement sculptée à l'intérieur de laquelle se dressait la reine-Bois.

Elle ne sembla pas me remarquer. Elle se tenait en proue, tout sourire, des fleurs dans les cheveux. Un homme était debout près d'elle, et il me fallut plusieurs secondes pour reconnaître son visage. Je ne l'avais vu que mort : le roi dans la tour. Il paraissait bien plus jeune et plus grand, moins marqué également. Mais la reine-Bois ressemblait trait pour trait à celle qu'elle était dans le tombeau, le jour où ils l'avaient emmurée. Un jeune homme à l'air sévère se trouvait derrière eux, guère plus qu'un garçon, mais je savais qu'il grandirait pour devenir le garde de la tour. D'autres gens de leur peuple étaient installés avec eux, à ramer : des soldats en armure argentée, qui observaient avec méfiance les arbres imposants qui les entouraient.

D'autres bateaux arrivaient derrière eux, plusieurs dizaines en tout, mais il s'agissait plus d'embarcations de fortune à base de grosses feuilles que de vrais vaisseaux. Ils transportaient des gens d'un peuple que je n'avais jamais vu, tous ressemblant un peu à des arbres, à l'instar de la reine-Bois elle-même : ils étaient de la teinte sombre du noyer ou claire du cerisier, de la couleur du frêne pâle ou du hêtre chaleureux. Il y avait parmi eux quelques enfants, mais aucune personne âgée.

Le bateau sculpté rebondit doucement contre la berge, et le roi aida la reine-Bois à en descendre. Elle alla trouver la femme-bois en souriant, les bras ouverts.

— Linaya, dit-elle.

D'une manière ou d'une autre, je sus que ce mot était de la magie sans en être, et qu'il s'agissait d'un nom mais pas d'un nom ; d'un mot signifiant *sœur*, *amie* et *compagnon de voyage*. Ces syllabes retentissaient étrangement loin d'elle, entre les arbres. Les feuilles semblaient les chuchoter en retour ; le bruissement du ruisseau se les accapara, comme si elles étaient inscrites dans tout ce qui m'entourait.

La reine-Bois ne sembla pas s'en rendre compte. Elle embrassa sa sœur sur les deux joues. Puis elle se saisit de la main du roi et le mena vers le bosquet. Les hommes de la tour amarrèrent leur bateau avant de les suivre.

Linaya attendit silencieusement sur la rive que les autres voyageurs débarquent. Dès qu'une embarcation était vide, elle la touchait, et l'esquif se transformait en feuille emportée par le courant vers une petite poche sur la berge. Bientôt, la rivière fut déserte. Le dernier membre du peuple-bois disparaissait déjà vers la clairière. Linaya se tourna alors vers moi et me dit, d'une voix grave et résonnant tel un arbre creux :

— Viens.

Je la dévisageai. Elle tourna les talons et s'éloigna par le ruisseau. Après une brève hésitation, je lui emboîtai le pas. J'avais peur, tout en étant instinctivement rassurée par cette personne. L'eau clapotait sous mes pieds. Pas sous les siens. L'onde semblait absorbée par sa peau.

Le temps paraissait défiler bizarrement. Lorsque nous atteignîmes le bosquet, le mariage était terminé. La reine-Bois et son roi se tenaient sur le monticule vert, les mains jointes, une guirlande de fleurs tressées enroulée autour de leurs bras. Le peuple-bois était rassemblé autour d'eux, disséminé parmi les arbres, à les observer sans bruit. Il émanait d'eux un calme profond, une sérénité surnaturelle. La poignée d'hommes de la tour les considérait avec méfiance, et frémit en entendant les bruissements murmurés par les arbres-cœurs. Le jeune homme au visage dur était posté près du couple, étudiant avec une pointe de dégoût les longs doigts curieusement noueux de la reine, refermés autour des mains de son époux.

Linaya s'invita dans la scène pour aller les rejoindre. Ses prunelles humides scintillaient telles des feuilles après la pluie. La reine-Bois, tout sourire, se tourna vers elle et lui tendit les mains.

— Ne pleure pas, dit-elle d'une voix aussi rieuse qu'un ruisseau. Je ne vais pas loin. La tour n'est qu'à l'autre bout de la vallée.

Sa sœur ne répondit pas, se contentant de l'embrasser sur la joue avant de la relâcher.

Le roi et la reine-Bois partirent ensemble, accompagnés des hommes de la tour. Ils se faufilèrent discrètement parmi les arbres. Le soupir délicat de Linaya évoqua alors celui du vent dans les branchages. Nous nous retrouvâmes de nouveau seules, debout sur le tertre vert. Elle se tourna vers moi.

— Notre peuple est resté longtemps solitaire, déclara-t-elle.

Je me demandai ce que pouvait signifier « longtemps » pour un arbre. Mille ans ? deux mille ans ? dix mille ? Un nombre infini de générations, les racines s'enfonçant un peu plus profondément à chacune.

— Nous avons commencé à oublier ce que c'était que d'être une personne. Nous avons périclité peu à peu.

» Lorsque le roi-sorcier est arrivé avec les siens, ma sœur les a laissés s'installer dans la vallée. Elle pensait qu'ils sauraient nous apprendre à nous souvenir. Elle pensait que nous pourrions être renouvelés, et leur enseigner nos connaissances en retour ; que nous pourrions nous donner mutuellement naissance. Mais ils avaient peur. Ils voulaient vivre, ils voulaient devenir plus puissants, mais ils ne voulaient pas changer. Ils ont appris les mauvaises choses.

Les années défilaient alors qu'elle parlait, s'empilaient les unes sur les autres, grises et troubles comme de la pluie. Puis ce fut de nouveau l'été, un autre été bien longtemps après, et le peuple-bois revint parmi les arbres.

Nombre d'entre eux se déplaçaient lentement, avec une forme de lassitude. D'autres étaient blessés : ils soignaient leurs bras noircis, l'un d'eux boitait même sur une jambe ressemblant à un tronc maladroitement coupé. Deux autres le soutenaient. Au bout du moignon, la jambe paraissait repousser. Quelques parents menaient des enfants, et une femme tenait un bébé dans ses bras. Loin à l'ouest, une fine colonne de fumée noire s'élevait dans l'air.

Les gens du peuple-bois cueillirent des fruits sur les arbres-cœurs, fabriquèrent des coupes à partir de feuilles et de morceaux d'écorce, à l'instar de ce que Kasia et moi faisions lorsque nous organisions des goûters dans la forêt. Ils les remplirent dans l'eau claire du bassin et se dispersèrent dans le bosquet, seuls ou par groupes de deux ou trois. Tandis que je les observais, mes yeux se mouillèrent de larmes sans que je sache pourquoi. Certains s'installèrent dans des endroits dégagés illuminés par le soleil. Ils mangèrent les fruits, burent l'eau. La mère mastiqua des morceaux de pulpe avant de les glisser dans la bouche de son bébé et de lui faire boire à sa coupe.

Ils se métamorphosèrent. Leurs pieds poussèrent, leurs orteils s'allongèrent, plongèrent dans la terre. Leur corps s'étira, ils tendirent les bras vers le ciel. Leurs vêtements tombèrent, feuilles ou herbe sèche soufflées par le vent. Les enfants évoluèrent plus vite, s'érigeant soudain en grands et magnifiques piliers gris dont les branches s'épanouirent et se couvrirent de fleurs blanches et de feuilles argentées, comme si toute vie en eux avait jailli précipitamment dans un halètement furieux.

Linaya descendit du tertre et se déplaça parmi eux. Quelques-uns – les blessés, les plus âgés – se débattaient et se retrouvaient à moitié transformés. Le bébé était devenu un splendide jeune arbre brillant couronné de fleurs. La mère était recroquevillée, toute tremblotante, près du tronc, les mains à plat dessus, la coupe renversée, les traits déformés par une souffrance indicible. Linaya lui tapota doucement l'épaule. Elle l'aida à se relever et à s'éloigner un peu de l'arbre du bébé. Elle caressa la tête de la mère éplorée, lui fit goûter de son fruit et boire à sa coupe. Elle entonna une chanson de son étonnante voix grave. La mère resta debout, tête basse, des larmes plein les joues, jusqu'à ce qu'elle lève subitement la tête vers le soleil et se mette à pousser ; elle disparut.

Linaya alla aider ceux qui étaient coincés, leur donnant à boire, leur glissant un bout de fruit dans la bouche. Elle caressait leur écorce en scandant sa magie jusqu'à ce qu'ils achèvent leur métamorphose. Certains devinrent de minuscules arbres rabougris ; les plus âgés formèrent les plus petits arbres. À présent, le bosquet était plein d'arbres-cœurs. Elle était la seule encore debout.

Elle revint près du bassin.

— Pourquoi ? lui demandai-je presque malgré moi.

Il fallait que je le sache, mais j'avais l'impression de ne pas vouloir entendre la réponse ; je voulais continuer à ignorer ce qui les avait poussés à faire cela.

Elle désigna l'amont de la rivière.

— Ils arrivent, dit-elle de sa voix grave. Regarde.

Et je regardai. Au lieu du reflet du ciel, je vis des hommes arriver à bord de bateaux sculptés ; ils étaient équipés de lanternes, de flambeaux et de grandes haches. Une bannière flottait à la proue de la première embarcation, où je reconnus le jeune homme du mariage, désormais plus âgé et le visage sévère ; celui qui avait emmuré la reine-Bois. Il arborait à présent sa propre couronne.

— Ils arrivent, répéta Linaya. Ils ont trahi ma sœur et l'ont emprisonnée là où elle ne peut pas pousser. Et à présent, ils en ont après nous.

— Ne pouvez-vous pas les affronter ? m'enquis-je.

Je sentais la magie enfouie en elle, non plus un ruisseau mais un puits immense.

— Ne pouvez-vous pas fuir… ?

— Non, répondit-elle.

Je me figeai. Ses yeux verts et insondables avaient la profondeur de la forêt. Plus je l'examinais, moins elle avait l'air d'une femme. La partie d'elle que je distinguais ne l'était plus qu'à moitié : le tronc couronné, les branches épanouies, les feuilles, les fleurs et les fruits ; en dessous se répandait un vaste réseau de racines s'étendant de plus en plus loin dans le sol de la vallée. J'avais des racines également, mais pas les mêmes. On pouvait me déterrer avec précaution, me secouer un peu puis me transplanter dans le château d'un roi ou une tour de marbre – certes au prix d'une grande tristesse, mais rien d'insurmontable. Elle, en revanche, était impossible à déraciner.

— Ils ont appris les mauvaises choses, répéta-t-elle. Mais si nous restions, si nous nous battions, nous nous souviendrions des mauvaises choses. Alors nous deviendrions… (Elle s'interrompit.) Nous avons décidé que nous préférions ne rien nous rappeler, finit-elle par conclure.

Elle se pencha pour remplir sa coupe.

— Attendez ! m'exclamai-je.

Je lui saisis le bras pour l'empêcher de boire et de m'abandonner.

— Pouvez-vous m'aider ?

— Je peux t'aider à te transformer, répondit-elle. Tu es déjà assez enracinée pour m'accompagner. Tu peux pousser avec moi, et trouver la paix.

— Impossible, dis-je.

— Si tu ne viens pas avec moi, tu resteras seule ici, déclara-t-elle. Ton chagrin et ta peur empoisonneront mes racines.

Je me tus, effrayée. Je commençais à comprendre : voilà d'où venait la corruption du Bois. Le peuple-bois s'était volontairement métamorphosé. Il vivait encore, rêvait dans son sommeil profond et éternel, mais il était plus proche de la vie des arbres que de celle des hommes. Ils n'étaient pas éveillés, vivants et piégés, humains prisonniers derrière l'écorce malgré leur désir d'en sortir.

Mais si je n'acceptais pas de me transformer, si je restais humaine, seule et misérable, mon malheur contaminerait l'arbre-cœur, comme l'étaient ceux, monstrueux, à l'extérieur du bosquet, même si ma force suffirait à le maintenir en vie.

— Pouvez-vous me laisser partir ? demandai-je désespérément. Elle m'a mis dans *votre* arbre…

Elle eut soudain l'air morose. Je compris que c'était son seul moyen de m'aider. Elle était partie. Ce qui vivait encore en elle était étrange, lent et profondément enfoui. L'arbre avait retrouvé ces souvenirs, ces instants, afin qu'elle puisse me montrer une issue – son issue –, mais elle ne pouvait rien faire de plus. Elle-même n'avait pas découvert d'autre moyen de sauver son peuple.

Je déglutis et fis un pas en arrière. Je lui lâchai le bras. Elle me considéra un instant de plus, puis elle but. Debout ici, au bord du bassin, elle commença à prendre racine ; ses branches argentées se déployèrent, s'élevèrent dans le ciel, aussi haut qu'était profond le lac insondable en elle. Elle poussa, poussa, des fleurs s'ouvrant en guirlandes blanches. Le tronc se sillonna légèrement sous l'écorce argentée.

J'étais de nouveau seule dans le bosquet. Sauf qu'à présent, les oiseaux se taisaient. J'aperçus à travers les arbres quelques biches effrayées, un éclair de queues blanches disparaissant aussitôt. Des feuilles sèches et marron tombaient des arbres et craquaient sous mes pas, durcies par le givre. Le soleil descendait. Je serrai mes bras contre moi, frigorifiée, effrayée. Mon souffle produisait de petits nuages de vapeur, mes pieds nus éprouvaient la morsure du sol gelé. Le Bois se refermait autour de moi, et il n'y avait pas d'issue.

Cependant, une lumière naquit derrière moi, puissante, aveuglante, familière. La lumière de *L'Invocation*. Je me retournai alors, pleine d'espoir, face à un bosquet désormais couvert de neige : le temps avait repris son cours. Les arbres silencieux étaient nus et austères. La lumière de *L'Invocation* se déversait tel un unique rayon de lune. Le bassin rutilait comme de l'argent fondu, et quelqu'un en émergeait.

C'était la reine-Bois. Elle se hissa sur la berge, laissant dans la neige une traînée de terre exposée, puis elle s'effondra sur la rive dans sa robe de deuil blanche et trempée. Recroquevillée sur le flanc, elle reprit son souffle, puis ouvrit les paupières. Elle se redressa lentement, prenant appui sur ses bras tremblants, et elle observa tous ces nouveaux arbres-cœurs autour d'elle. L'horreur déforma ses traits. Elle acheva de se mettre debout. Sa robe boueuse gelait sur sa peau. Elle grimpa sur le monticule pour examiner le bosquet, puis leva peu à peu la tête pour embrasser du regard l'arbre-cœur gigantesque qui la dominait.

Elle fit quelques pas hésitants dans la neige pour venir poser les mains sur le vaste tronc argenté. Elle resta là plusieurs secondes à frissonner. Puis elle se pencha en avant afin de plaquer sa joue contre l'écorce. Elle ne pleurait pas. Ses yeux ouverts et vides ne voyaient rien.

J'ignorais comment Sarkan avait réussi à lancer *L'Invocation* seul, ou la nature exacte de ce dont j'étais témoin, mais j'espérais, tendue, que cette vision me montrerait le moyen de sortir d'ici. La neige tombait à gros flocons dans la lumière si pure. Sans jamais se poser sur moi, ils recouvrirent rapidement ses traces jusqu'à ce qu'un épais tapis blanc cache à nouveau tout le sol. La reine-Bois ne bougea pas.

L'arbre-cœur agita doucement ses branches, dont l'une plongeait délicatement vers elle. Une fleur bourgeonnait au bout, malgré l'hiver. Elle s'épanouit, puis ses pétales tombèrent. Un petit fruit vert poussa à la place, mûrissant jusqu'à arborer une couleur dorée. Il se balança au-dessus d'elle, timide invitation.

La reine-Bois s'en saisit. Elle le conserva au creux de ses mains, et dans le silence du bosquet résonna un bruit sourd familier : celui d'une hache mordant dans un tronc.

La reine-Bois s'immobilisa, le fruit à mi-chemin de ses lèvres. Nous tendîmes toutes les deux l'oreille, captivées. Le bruit sourd se reproduisit. Ses mains retombèrent le long de ses flancs. Le fruit roula au sol, où il disparut dans la neige. Elle retroussa ses jupons froissés et redescendit la pente jusqu'à la rivière.

Je m'élançai après elle, le cœur tambourinant au rythme des coups de hache. Ceux-ci nous guidèrent à l'autre bout du bosquet. Le jeune arbre était désormais devenu grand et robuste, les branches amplement déployées. L'un des bateaux sculptés était amarré à la berge, et deux hommes abattaient l'autre arbre-cœur. Ils s'adonnaient à leur tâche avec enthousiasme, maniant tour à tour leur lourde cognée, entamant un peu plus le tronc à chaque impact. Des éclats gris argenté volaient dans l'air.

La reine-Bois poussa un cri d'horreur qui se répercuta parmi les arbres. Les bûcherons s'interrompirent, surpris, lançant autour d'eux des regards effrayés tout en s'accrochant à leur outil. Elle fondit alors sur eux, referma autour de leur cou ses longs doigts et les jeta loin d'elle, dans la rivière. Ils battirent des bras et des jambes en toussant. Elle se laissa tomber à genoux près de son compagnon meurtri. Elle apposa ses doigts sur la plaie suintante, comme si cela pouvait suffire à la refermer. Mais l'arbre était trop grièvement blessé pour être sauvé. Il commençait déjà à pendre au-dessus de l'eau. Dans une heure, peut-être une journée, il s'écroulerait.

Elle se releva. Elle tremblait encore, non plus de froid mais de rage, et le sol tremblait avec elle. Une fissure s'ouvrit subitement devant son pied et partit dans les deux directions, longeant le bosquet. Elle la franchit d'un pas, et je la suivis *in extremis*. Le bateau bascula dans le gouffre et disparut ; la rivière se mit à gronder bruyamment en plongeant dans la cascade, alors que le bosquet s'affaissait, abrité au fond de cette nouvelle falaise, dissimulé par le nuage d'embruns. L'un des bûcherons glissa dans l'eau et fut attiré par-dessus bord. Il hurla, et son compagnon l'imita en essayant vainement de le rattraper.

Le jeune arbre plongea avec le bosquet ; l'arbre brisé s'éleva avec nous. Le second bûcheron se hissa sur la rive, s'agrippant à la terre tremblante. Il décocha un coup de hache en direction de la reine-Bois, qui s'approchait de lui. La lame rebondit sur sa peau en résonnant, et le manche lui échappa des mains. Elle ne réagit pas. Elle avait l'air perdu et distant. Elle empoigna le bûcheron et l'entraîna vers l'arbre-cœur mourant. Il se débattit sans succès quand elle le plaqua contre le tronc ; des vrilles de lierre jaillirent du sol pour le maintenir en place.

Son corps se convulsa, son visage se déforma d'horreur. La reine-Bois recula. Les pieds et les chevilles du pauvre homme étaient ligotés contre l'entaille dans le bois et commençaient déjà à se transformer, à se greffer au tronc. Ses bottes se déchirèrent et tombèrent quand ses orteils se muèrent en de nouvelles racines. Les bras qu'il battait se raidirent et devinrent branches, ses doigts fusionnèrent les uns avec les autres. Ses grands yeux arrondis par la douleur disparaissaient sous une couche d'écorce argentée. Je courus vers lui, mue par la pitié et l'épouvante. Je n'arrivais pas à me saisir de l'écorce, et ma magie refusait de me répondre en cet endroit. Je ne supportais toutefois pas de rester plantée là sans rien faire.

Il parvint alors à se pencher en avant.

— Agnieszka, chuchota-t-il avec la voix de Sarkan.

Puis il disparut, son visage avalé par un grand trou s'étant ouvert dans le tronc. J'en saisis les bords et y pénétrai à sa suite, plongeant dans les ténèbres. Les racines étaient nombreuses et serrées ; une odeur moite de terre fraîchement retournée m'envahit le nez, ainsi que des exhalaisons persistantes de feu et de fumée. Je voulais ressortir. Je ne voulais pas être là. Mais je savais que faire machine arrière serait une erreur. Je me trouvais ici, à l'intérieur de l'arbre. Je poussai et tirai pour me frayer un chemin, malgré toute ma terreur et mes réticences instinctives. Je tendis les mains devant moi et perçus la chaleur du bois brûlé, dont les éclats me perçaient la peau, la texture poisseuse de la sève qui me collait les yeux et les narines, me privant d'oxygène.

Mes voies respiratoires étaient saturées de bois, de pourriture et de chaleur.

— *Alamak*, chuchotai-je d'une voix rauque en cherchant mon chemin à tâtons.

Puis je me ménageai une issue à travers l'écorce et le bois foudroyé, et regagnai le chaos fumant régnant dans le bosquet-cœur.

J'émergeai sur le monticule, la robe trempée de sève ; l'arbre foudroyé était derrière moi. La lumière de *L'Invocation* brillait encore sur l'eau, et la faible profondeur de celle-ci luisait telle une pleine lune au-dessus de l'horizon, si puissamment que le simple fait de l'observer faisait mal aux yeux. Sarkan se trouvait à genoux de l'autre côté du bassin. Sa bouche était humide, ses mains dégoulinaient, et c'étaient les seules parties de lui qui n'étaient pas noircies par la suie, la poussière et la fumée : il venait de boire. Il avait bu dans le Fuseau, ingérant à la fois le liquide et son pouvoir, afin de rassembler la force nécessaire à lancer seul *L'Invocation*.

Mais à présent, la reine-Bois se dressait au-dessus de lui, ses longs doigts noueux enroulés autour de son cou ; de l'écorce argentée poussait de la berge pour immobiliser les jambes du Dragon, qui se débattait pour empêcher son ennemie de l'étrangler. Quand elle prit conscience de ma fuite, elle fit volte-face en poussant un cri de protestation, mais il était trop tard. Avec un long grognement, la grosse branche brisée de l'arbre-cœur se détacha du tronc et tomba enfin avec fracas, laissant derrière elle une plaie béante.

Je descendis du tertre pour aller affronter la reine sur les pierres humides, tandis qu'elle se précipitait vers moi avec fureur.

— Agnieszka ! s'écria Sarkan d'une voix rauque.

Il leva le bras, tout entravé au sol qu'il était.

Alors qu'elle était sur le point de me rejoindre, la reine-Bois ralentit, puis s'immobilisa. La lumière de *L'Invocation* lui éclairait le dos, révélant la terrible corruption qui l'habitait, le nuage noir et aigre du désespoir. Néanmoins, elle m'illumina également, et je sus qu'elle voyait quelqu'un d'autre sur ma figure, une personne qui la dévisageait.

Je percevais en elle comment elle était partie du bosquet, comment elle les avait traqués, tous les gens de la tour, magiciens, fermiers ou bûcherons, sans discrimination. Comment elle avait planté un à un tous les arbres-cœurs sur les racines de sa propre misère, comment elle s'était servie de celle-ci pour les nourrir. Derrière mon horreur, je sentais la pitié de Linaya s'agiter en moi, lentement, profondément. De la pitié, du chagrin et du regret. La reine-Bois s'en rendit compte elle aussi, et c'était ce qui l'avait fait s'arrêter devant moi, toute tremblante.

— Je les ai stoppés, dit-elle.

Sa voix était semblable au frottement d'une branche contre un carreau de fenêtre la nuit, quand on s'imagine qu'une créature sombre cherche à se faufiler à l'intérieur.

— J'ai dû les empêcher.

Ce n'était pas à moi qu'elle parlait. Ses yeux regardaient au-delà de ma personne, probablement plongés dans ceux de sa sœur.

— Ils brûlaient les arbres, ajouta-t-elle, implorant la compréhension d'un être depuis longtemps disparu. Ils les abattaient. Ils les abattront toujours. Ils se succèdent comme les saisons, sans accorder la moindre considération à l'avenir.

Sa sœur n'avait plus de voix pour s'exprimer, mais la sève de l'arbre-cœur collait encore à ma peau et ses racines s'enfouissaient profondément sous mes pieds.

— Nous étions censés partir, dis-je doucement, répondant pour Linaya et moi. Nous n'étions pas censés rester éternellement.

La reine-Bois se résolut alors à me regarder, moi, et non plus à travers moi.

— Je ne pouvais pas partir, affirma-t-elle.

Et je savais qu'elle avait essayé.

Elle avait tué le seigneur de la tour et ses soldats, elle avait semé de nouveaux arbres dans tous les champs, elle était revenue ici avec du sang sur les mains dans le seul but de pouvoir redormir avec son peuple. Mais elle n'avait pas été capable de prendre racine. Elle s'était souvenue des mauvaises choses, et elle avait trop oublié. Elle se rappelait comment tuer et haïr, mais elle avait oublié comment pousser. Elle était simplement parvenue à s'allonger près de sa sœur, sans vraiment dormir, sans vraiment mourir.

J'ouvris la main et, sur l'un des plus bas rameaux de la branche brisée, je cueillis l'unique fruit, doré et luisant, qui y attendait encore. Je le lui offris.

— Je vais t'aider, lui dis-je. Si tu veux la sauver, tu le peux.

Elle considéra l'arbre foudroyé et mourant. Des larmes boueuses coulaient de ses yeux, formant d'épais ruisselets marronnasses le long de ses joues, mélange de poussière, de cendre et d'eau. Elle joignit lentement les mains pour recueillir le fruit, ses longs doigts noueux s'enroulant délicatement autour de lui. Ils effleurèrent les miens, et nous nous examinâmes. Fugacement, à travers les volutes de fumée qui nous séparaient, je fus peut-être la fille qu'elle avait toujours espérée, le croisement entre le peuple de la tour et son peuple ; elle aurait pu être mon professeur et mon guide, me montrant la voie ainsi que l'avait fait le livre de Jaga. Nous aurions aussi pu ne jamais être ennemies.

Je me penchai et, à l'aide d'une feuille recourbée, je recueillis un peu d'eau dans le bassin, les dernières gouttes d'eau claire. Nous montâmes ensemble sur le tumulus. Elle porta le fruit à sa bouche et croqua dedans, des lignes de jus traçant des sillons dorés sur son menton. Elle ferma les paupières et ne bougea plus. Je posai alors la main sur elle, sentant la haine et la souffrance entremêlées en elle tel un lierre étrangleur. Je posai l'autre main sur l'arbre-sœur et allai chercher calme et sérénité dans les profondeurs de son puits. Le fait d'avoir été foudroyée ne l'avait pas changée : son immobilité resterait, même après que le tronc entier se serait effondré, même quand le fil des années le redonnerait à la terre.

La reine-Bois s'appuya contre la plaie béante de l'arbre et enlaça le tronc noirci. Je lui fis boire les dernières gouttes d'eau du bassin, les faisant rouler dans sa bouche, puis je posai les doigts sur sa peau et dis simplement :

— *Vanalem.*

Elle commença à se métamorphoser. Les derniers vestiges de sa robe blanche furent soufflés, et sa peau calcinée tomba en énormes écailles noires, aussitôt remplacée par une écorce fraîche qui s'enroula autour d'elle tel un jupon argenté, venant rejoindre et fusionner avec le vieux tronc abîmé. Elle rouvrit les yeux une dernière fois et me dévisagea, soudain soulagée ; puis elle partit et se mit à pousser, ses pieds se muant en nouvelles racines recouvrant les anciennes.

Je me reculai et, quand elle fut profondément ancrée dans la terre, je fis volte-face et courus jusqu'à Sarkan, dans la boue qui subsistait au fond du bassin. L'écorce avait cessé de l'envahir. Ensemble, nous parvînmes à le libérer, arrachant les couches végétales jusqu'à ce qu'il puisse en retirer ses jambes. Je l'aidai alors à sortir de la souche et nous nous assîmes côte à côte sur le bord du ruisseau, affalés.

J'étais trop éprouvée pour réfléchir. Il considérait ses mains avec une moue contrariée. Soudain, il plongea en avant et se pencha sur le lit de la rivière pour creuser dans la terre meuble. Je l'observai d'abord sans réagir, puis je compris qu'il essayait de la rendre à son cours initial. Je me hâtai de lui prêter main-forte. Dès que je m'activai, j'éprouvai ce sentiment qu'il aurait souhaité ne pas avoir : la conviction que c'était la bonne chose à faire. La rivière voulait couler par là, alimenter le bassin.

Il nous suffit de déplacer quelques poignées de terre pour que le ruisseau nous recouvre les doigts, achevant seul de se ménager un passage. L'étang commença à se remplir à nouveau. Nous retournâmes nous asseoir avec lassitude. Il essaya tant bien que mal de se nettoyer de la boue qu'il avait sur les mains, les essuyant sur un coin de sa chemise fichue, sur l'herbe, sur ses guêtres, ne faisant qu'étaler la bourbe. Des demi-cercles noirs étaient profondément incrustés sous ses ongles. Il finit par pousser un soupir exaspéré et laissa retomber ses mains sur ses cuisses ; il était trop épuisé pour avoir recours à sa magie.

Je m'appuyai contre lui, trouvant curieusement quelque réconfort à son agacement. Après un instant d'hésitation, il accepta à contrecœur de passer un bras autour de moi. Un profond silence enveloppait de nouveau le bosquet, comme si le feu et la rage que nous avions apportés n'avaient pu qu'interrompre brièvement sa tranquillité. La cendre avait été avalée par la gadoue de l'étang. Les arbres laissaient paisiblement tomber dans l'eau leurs feuilles carbonisées, et de la mousse envahissait déjà les parcelles de terre nues, où de jeunes brins d'herbe se déployaient. Dominant le bassin, le nouvel arbre-cœur avait fusionné avec l'ancien, le soutenant, scellant les lèvres de la plaie irrégulière. Ensemble, ils donnèrent vie à de petites fleurs blanches, semblables à des étoiles.

32

Je m'endormis dans le bosquet, la tête vide, recrue. Je ne me rendis pas compte que Sarkan me prit dans ses bras pour me ramener à la tour ; je m'éveillai juste assez longtemps pour lui reprocher à mi-voix la sensation désagréable que produisait son sort de déplacement, et je ressombrai aussitôt.

Quand j'émergeai de nouveau, bien au chaud sous une couverture, dans le lit étroit de ma chambre étriquée, je me levai d'un bond, sans m'inquiéter de ce que je portais. La peinture de la vallée était lacérée en plein milieu, déchirée par un éclat de pierre : la toile pendait des deux côtés, privée de sa magie. Je sortis dans le couloir et sinuai entre les débris des murs et les boulets de canon jonchant le sol tout en frottant mes yeux chassieux. Je descendis l'escalier et trouvai Sarkan en train de préparer ses bagages.

— Quelqu'un doit aller purifier la capitale avant que la corruption se répande davantage, m'expliqua-t-il. Alosha restera un bon moment convalescente, et la cour devra revenir au sud à la fin de l'été.

Il était en tenue de cheval, avec des bottes de cuir rouges liserées d'argent. J'étais encore en haillons noirs de suie et boueux, si déchirés qu'ils auraient pu appartenir à un vieux fantôme, si toutefois ils avaient été moins crasseux.

Il m'accorda à peine un regard, continuant de ranger flasques et fioles dans une sacoche rembourrée ; un sac rempli de livres attendait déjà entre nous, sur la table du laboratoire. Le sol penchait sous nos pieds. Les murs béaient, çà et là, et un chaud zéphyr estival sifflait joyeusement entre les fissures, faisant voler feuilles et poudres sur le dallage, laissant des traînées rouge et bleu sur la pierre.

— J'ai étayé la tour afin qu'elle tienne quelque temps, m'assura-t-il en rangeant un contenant scellé de fumée violette. J'emporte le cœurfeu. Tu pourrais commencer par réparer le…

— Je ne vais pas rester ici, l'interrompis. Je retourne au Bois.

— Ne sois pas ridicule, répliqua-t-il. Penses-tu réellement que la mort d'une sorcière suffise à réduire toute son œuvre à néant, ou que son brusque revirement ait tout rétabli d'un coup ? Le Bois grouille encore de monstruosités et de contamination, et cela ne changera pas avant longtemps.

Il n'avait pas tort, et la reine-Bois n'était de toute façon pas morte, seulement en train de rêver. Néanmoins, il ne partait pas uniquement pour lutter contre la corruption ou sauver le royaume : sa tour était à moitié effondrée, il avait bu l'eau du Fuseau et m'avait tenu la main. Il partait donc pour fuir aussi vite que possible et se trouver de nouvelles murailles derrière lesquelles se terrer. Il n'en sortirait cette fois pas avant dix ans, le temps que ses propres racines se ratatinent et qu'il n'en ressente plus le manque.

— Je n'y serais pas moins exposée en restant assise sur un tas de pierres, rétorquai-je.

Je tournai alors les talons et le plantai là, avec ses bouteilles et ses livres.

Au-dessus de moi, le Bois flamboyait de couleurs rouges, dorées ou orange, mais quelques fleurs blanches printanières surprises perçaient à travers le sol. Une dernière vague de chaleur estivale avait frappé cette semaine-là, juste au moment des récoltes. Dans les champs, les batteuses trimaient sous un soleil de plomb, mais il faisait plus frais ici, dans la pénombre sous la dense canopée, près du gargouillement du Fuseau. Je cheminais pieds nus parmi les feuilles mortes, mon panier plein de fruits dorés. Je m'arrêtai à une courbe de la rivière. Un promeneur était accroupi près de l'eau, y plongeant sa tête en brindille pour se désaltérer.

Il me remarqua et ne bougea pas, méfiant, mais il ne s'enfuit pas non plus. Je lui offris l'un des fruits de mon panier. Il s'approcha prudemment de moi, sur ses pattes raides. Il s'arrêta juste hors de ma portée. Je restai immobile. Il finit par tendre ses deux membres antérieurs pour se saisir du fruit, qu'il grignota jusqu'au trognon en le faisant peu à peu tourner. Puis il m'étudia et se replia avec hésitation dans la forêt. Je hochai la tête.

Il me mena dans les profondeurs des bois. Il finit par s'arrêter près d'un épais tapis de lierre accroché à ce qui ressemblait à une falaise ; il me désigna une faille étroite dans la roche, dont émanait une puanteur doucereuse. Nous nous engouffrâmes dans le passage, aboutissant dans une sorte de vallée encaissée. Au bout de celle-ci se trouvait un vieil arbre-cœur entortillé, terni par la corruption, dont le tronc saillait anormalement. Ses rameaux lestés par les fruits tombaient vers l'herbe du val, la touchant par endroits.

Le promeneur s'effaça avec inquiétude. Ils avaient appris que je purifiais les arbres-cœurs malades dès que j'en avais la possibilité, et quelques-uns d'entre eux avaient même commencé à m'aider. J'avais le sentiment qu'ils étaient dotés d'une sorte d'instinct de jardinier, maintenant qu'ils étaient débarrassés de la rage aveugle de la reine-Bois ; ou peut-être préféraient-ils simplement les fruits non contaminés.

Il restait quelques créatures de cauchemar dans le Bois, nourrissant elles-mêmes trop de colère. Elles m'évitaient la plupart du temps, mais il m'arrivait de tomber sur le corps déchiqueté et gâté d'un lapin ou d'un écureuil, tué à première vue par simple cruauté.

Parfois, l'un des promeneurs qui m'étaient venus en aide revenait, blessé et boitillant, un membre arraché par des mandibules de mante, ou le flanc profondément entaillé par des griffes. Une fois, dans un coin sombre du Bois, j'avais glissé dans un trou, astucieusement recouvert de feuilles et de mousse pour se fondre avec le sol de la forêt, hérissé de branches brisées recouvertes d'un atroce limon luisant qui me brûla la peau jusqu'à ce que j'aille me rincer dans le bassin du bosquet. J'en conservais une croûte peinant à cicatriser au niveau d'une jambe. Il aurait pu s'agir d'un simple piège destiné à des animaux ordinaires, mais je n'y croyais pas. J'avais la conviction qu'il avait été disposé à ma seule intention.

Je ne m'étais pas laissé impressionner et avais poursuivi ma tâche. À présent, je me penchais sous les branches pour m'approcher du tronc de l'arbre-cœur avec ma cruche. Je versai un peu d'eau du Fuseau sur les racines, sachant d'emblée qu'il n'y avait guère d'espoir de sauver celui-ci. Trop d'âmes étaient piégées à l'intérieur, et ce depuis trop longtemps, déformant l'arbre dans toutes les directions ; il n'en subsistait pas grand-chose à extraire, et il serait de toute façon presque impossible de les calmer et de les apaiser toutes en même temps, de les faire glisser dans le sommeil.

Je restai un long moment les deux mains sur l'écorce, mais même celles que je trouvai étaient si loin qu'elles en avaient oublié leur nom. Elles gisaient sans marcher dans des endroits ténébreux, épuisées, le regard vide. Leurs visages avaient presque tous perdu leur forme d'origine. Je dus abandonner et prendre un peu de recul, tremblant de tous mes membres, glacée jusqu'à l'os malgré le soleil brûlant qui brillait sur les feuilles. Leur misère s'accrochait à ma peau, cherchant à s'introduire en moi. Je quittai le couvert de cet arbre malade et allai m'asseoir à un endroit dégagé à l'autre bout du vallon. Je bus un peu d'eau avant de poser le front contre la carafe perlant d'humidité.

Deux autres promeneurs s'étaient faufilés par le passage pour venir rejoindre le premier. Ils étaient désormais assis en rang, leurs longs cous intensément tendus vers mon panier. Je donnai un fruit pur à chacun, et dès que je me mis à l'œuvre, ils me vinrent en aide. Ensemble, nous fîmes un tas de petit bois au pied du tronc, puis dessinâmes un vaste cercle de terre représentant la limite des branches de l'arbre-cœur.

Quand nous eûmes terminé, je me relevai et étirai mon dos endolori. Puis je me frottai les mains dans la terre. Je retournai au tronc et apposai mes paumes de part et d'autre, sans cette fois essayer de communiquer avec les âmes piégées.

— *Kisara*, dis-je en puisant l'eau à l'intérieur.

Je la drainai lentement, doucement. De grosses gouttes vinrent se déposer sur l'écorce, d'où elles dévalèrent en ruisselets minuscules avant de s'enfoncer dans la terre. Le soleil poursuivait son ascension dans le ciel, de plus en plus puissant au-dessus des feuillages, qui se ratatinaient en séchant.

Quand je terminai, il commençait à se coucher. J'avais le front couvert de sueur et les mains pleines de sève. Le sol était à présent doux et humide, l'arbre aussi blanc qu'un os ; ses branches faisaient un bruit de crécelle en s'agitant dans le vent. Les fruits avaient tous flétri sur les branches.

Je pris un peu de recul et embrasai le tout d'une parole. Puis je me laissai lourdement tomber par terre et m'essuyai copieusement les mains dans l'herbe avant de remonter les genoux contre ma poitrine. Les promeneurs croisèrent proprement les jambes et s'assirent autour de moi. L'arbre ne se débattit pas ni ne hurla, déjà à moitié parti ; il prit rapidement et brûla presque sans fumée. Des flocons tombèrent sur le sol humide et y fondirent telles les premières neiges. J'en eus quelques-uns sur les bras, mais pas assez pour en éprouver la brûlure, seulement quelques minuscules étincelles. Je ne reculai pas. Nous étions les seuls à pleurer cet arbre dont les rêveurs étaient partis.

Je m'endormis devant le feu de joie, épuisée par mon labeur. Quand je me réveillai au matin, il ne subsistait plus qu'une souche qui acheva de s'effondrer au premier contact. Les promeneurs dispersèrent les cendres dans toute la clairière, ratissant à l'aide de leurs mains aux doigts innombrables, ne laissant qu'un petit monticule à la place de l'arbre. Je plantai juste en dessous un fruit issu de mon panier. Je disposais d'une fiole de potion de croissance que j'avais élaborée à l'aide de l'eau de la rivière et de graines d'arbres-cœurs. J'en versai quelques gouttes sur le tertre et chantai des paroles d'encouragement au fruit jusqu'à ce qu'une pousse argentée pointe sa tête à travers la cendre et croisse jusqu'à une hauteur de trois ans. Le nouvel arbre ne possédait pas ses propres rêves, mais il portait avec lui le rêve paisible de l'arbre du bosquet dont émanait le fruit, et non quelque cauchemar tourmenté. Les promeneurs pourraient, à terme, en consommer la production.

Je les laissai s'en occuper, étaler leurs grandes branches au-dessus de lui pour empêcher ses feuilles encore fraîches de cuire au soleil, et je traversai la faille dans l'autre sens pour retourner dans le Bois. Le sol était couvert de noix mûres et de ronciers regorgeant de baies, mais je ne glanai rien. Il faudrait de longues années avant que les fruits poussant hors du bosquet puissent être consommés sans risque. Il subsistait encore trop de chagrin sous ces rameaux, trop d'arbres-cœurs tourmentés enracinés dans la forêt.

J'avais tiré une poignée de gens d'un arbre-cœur de Zatochek, d'autres du côté de la Rosya. Mais tous avaient été capturés très tardivement. Les arbres-cœurs s'emparaient de tout, de la chair et des os, pas seulement des rêves. J'avais depuis compris que l'espoir de Marek n'aurait pas pu se concrétiser : quiconque restant plus d'une semaine ou deux au sein d'un tronc en faisait déjà trop partie pour être sauvé.

J'avais cependant réussi à apaiser certains d'entre eux, à les faire glisser dans le long et profond sommeil. Certains en avaient même trouvé le chemin seuls, une fois que la reine-Bois avait disparu, et sa rage avec elle.

Néanmoins, des centaines d'arbres-cœurs étaient encore debout, dont certains dans les recoins les plus sombres et les plus secrets du Bois. Puiser l'eau en eux et leur mettre le feu était la façon la plus délicate que j'avais imaginée de les libérer. J'avais malgré tout chaque fois l'impression de tuer quelqu'un, même si je savais que c'était là un sort préférable à celui de rester piégé à l'intérieur pour l'éternité. Je n'en étais pas moins submergée par le chagrin.

Ce matin-là, le tintement d'une cloche me tira de ma torpeur, et j'écartai un buisson pour découvrir une vache blonde qui me regardait en ruminant son herbe d'un air méditatif. J'étais proche de la frontière, du côté rosyan.

— Tu ferais bien de retourner chez toi, dis-je à l'animal. Je sais qu'il fait chaud, mais tu risques de manger des choses impures, par ici.

Une fillette l'appela au loin, et elle apparut bientôt devant moi. Elle devait avoir neuf ans, et s'immobilisa en m'apercevant.

— Est-ce qu'elle s'enfuit souvent dans la forêt ? lui demandai-je dans un rosyan hésitant.

— Notre prairie est trop petite, me répondit-elle en me détaillant de ses grands yeux bleu clair. Mais je finis toujours par la récupérer.

Je l'examinai un instant et sus qu'elle me disait la vérité ; une fibre argentée brillait en elle, sa magie courant près de la surface.

— Ne la laisse pas s'enfoncer trop loin, lui conseillai-je. Et quand tu seras plus grande, viens me retrouver. J'habite de l'autre côté du Bois.

— Es-tu Baba Jaga ? m'interrogea-t-elle avec intérêt.

— Non, répondis-je. Disons que c'est une amie à moi.

Maintenant que j'étais suffisamment réveillée pour savoir où je me situais précisément, je repartis immédiatement vers l'ouest. Les Rosyans avaient envoyé leurs soldats patrouiller le long du Bois, et je ne voulais pas les perturber. Ils n'étaient toujours pas très à l'aise de me voir parfois déboucher de leur côté de la frontière, même si je leur avais renvoyé nombre de villageois égarés, et je ne pouvais pas leur en vouloir. Toutes les chansons émanant de Polnya me décrivaient de façon erronée et inquiétante, et je soupçonnais que les bardes n'osaient pas entonner les plus scandaleuses de mon côté de la vallée. J'avais entendu dire qu'un homme avait été chassé d'une taverne d'Olshanka quelques semaines plus tôt, pour avoir essayé de me dépeindre comme une espèce de louve qui avait dévoré le roi.

Mon pas était néanmoins plus léger : rencontrer la petite fille et sa vache avait légèrement dissipé le fardeau grisâtre qui pesait sur mes épaules. J'entonnai le chant de marche de Jaga et repris hâtivement le chemin de la maison. Affamée, je mangeai un fruit de mon panier tout en cheminant. J'en perçus le goût de la forêt, la magie du Fuseau qui coulait dans ses racines, ses branches et ses fruits, baignés de soleil et désormais si juteux. Il y avait également dedans une forme d'invitation que je finirais peut-être par accepter un jour, un jour où je serais trop lasse et prête à entamer un long rêve. Mais pour l'heure, il ne s'agissait que d'une simple porte ouverte sur une colline distante, d'un ami me saluant au loin, de la grande sérénité du bosquet.

Kasia m'avait écrit une lettre depuis Gidna : les enfants se portaient aussi bien que possible. Stashek restait très silencieux, mais il s'était tout de même levé pour s'adresser aux Magnati, lorsqu'ils avaient été appelés à voter, afin de les convaincre de le couronner et de faire de son grand-père son régent. Il avait également accepté d'être fiancé à la fille de l'archiduc de Varsha, une gamine de neuf ans qui l'avait à l'évidence beaucoup impressionné par sa faculté à cracher d'un bout à l'autre du plant de légumes. J'étais quelque peu dubitative quant au fait qu'il s'agisse là d'une base suffisante pour un mariage, mais j'imagine que c'était toujours mieux que de l'épouser pour éviter que son père fomente une rébellion.

Un tournoi avait été organisé pour célébrer le couronnement de Stashek et, au grand désarroi de sa grand-mère, il avait demandé à Kasia de lui servir de championne. Cela s'était révélé être une sage décision, car les Rosyans avaient envoyé une escouade de chevaliers, et depuis qu'elle les avait tous désarçonnés, ils se montraient beaucoup moins prompts à vouloir nous attaquer pour se venger de la bataille de la Rydva. Assez de soldats avaient réchappé au siège de la tour pour colporter la légende de l'invulnérable reine-guerrière, massacreuse irrésistible que de nombreuses personnes confondaient désormais avec Kasia. Ainsi, la Rosya avait fini par consentir à la reconduction de la trêve proposée par Stashek, et notre été s'était achevé dans une paix précaire, qui avait laissé aux deux camps le temps de panser leurs plaies.

Stashek avait en outre profité du triomphe de Kasia pour la nommer capitaine de sa garde. À présent, elle apprenait les rudiments du combat à l'épée, afin de ne pas continuer à assommer les autres chevaliers ou à les renverser par mégarde quand ils s'entraînaient ensemble. Deux seigneurs et un archiduc avaient déjà demandé sa main, ainsi que – m'écrivit-elle, outrée – Solya.

Tu imagines ? Je lui ai dit que je le prenais pour un dément, et il m'a répondu que, tant qu'il y avait de la vie, il y avait de l'espoir. Quand j'ai raconté cela à Alosha, elle s'est étranglée de rire pendant dix minutes ; puis elle a affirmé qu'il m'avait fait sa proposition en sachant que je refuserais, dans le seul but de prouver à la cour qu'il était désormais fidèle à Stashek. Je lui ai dit que je n'allais certainement pas me vanter de chacune des demandes en mariage que je recevrais, et elle m'a répliqué d'attendre, qu'il se chargerait lui-même de répandre la nouvelle. Et en effet, une demi-douzaine de personnes m'ont interrogée à ce propos la semaine suivante. J'avais presque envie d'aller le trouver pour lui dire oui, finalement, histoire de le voir se tortiller, mais j'ai eu trop peur qu'il décide de me prendre au mot pour une raison ou pour une autre et qu'il se débrouille pour ne plus jamais me laisser partir.

Alosha récupère de jour en jour, et les enfants se portent bien, eux aussi. Ils vont chaque matin se baigner ensemble dans la mer ; je les accompagne et m'installe sur la plage, mais je ne peux plus nager : je coule comme une brique, et l'eau salée me procure une sensation désagréable sur la peau, même lorsque je me contente d'y tremper les pieds. Envoie-moi un nouveau pichet d'eau de la rivière, s'il te plaît ! J'ai toujours un peu soif, ici, et c'est aussi bon pour les enfants. Ils ne font jamais de cauchemars concernant la tour quand je les laisse en avaler une gorgée avant qu'ils aillent se coucher.

Je te rendrai visite cet hiver, si tu penses que ça ne risque rien pour les enfants. J'ai toujours pensé qu'ils ne voudraient jamais revenir, mais Marisha m'a demandé si elle pourrait retourner jouer chez Natalya bientôt.

Tu me manques.

Je fis un dernier pas de géant pour atteindre le Fuseau et la clairière où se dressait ma petite chaumière, blottie contre un vieux chêne assoupi. D'un côté de ma porte, les racines de ce dernier formaient un gros trou que j'avais bordé d'herbe. J'essayais de le maintenir en permanence rempli de fruits, afin que les promeneurs puissent se servir. Il était moins plein qu'à mon départ. De l'autre côté de ma porte, quelqu'un avait en revanche rempli ma caisse de bois de chauffage.

Je versai ma récolte dans le trou et rentrai un instant. La maison n'avait pas besoin d'être rangée : le sol était en mousse, et le couvre-lit en herbe se remettait seul en place quand je me levais le matin. J'avais pour ma part besoin d'une bonne toilette, mais j'avais perdu trop de temps à broyer du noir ce matin-là, et j'étais de toute façon trop fatiguée. Le soleil avait dépassé son zénith, et je ne voulais pas être en retard. Je me contentai donc de récupérer ma réponse à Kasia et de boucher mon pichet d'eau du Fuseau, puis je mis le tout dans mon panier afin de pouvoir charger Danka de le poster pour moi.

Je retournai à la rivière et, en trois enjambées magiques, je repartis vers l'ouest pour sortir enfin du Bois. Je traversai le Fuseau au pont de Zatochek, dans l'ombre de l'arbre-cœur, jeune mais déjà grand, qui poussait là.

La reine-Bois avait lancé un ultime assaut furieux tandis que Sarkan et moi descendions la rivière à sa recherche, et les arbres avaient déjà à moitié englouti la ville quand nous l'avions arrêtée. Des villageois s'étaient précipités à ma rencontre lorsque j'avais quitté la tour. J'avais couru le reste du chemin et trouvé une poignée de défenseurs désespérés tentant d'abattre l'arbre-cœur fraîchement planté.

Ils étaient restés en retrait pour laisser à leur famille le temps de s'enfuir, tout en s'attendant à se faire attraper et contaminer ; malgré leur immense courage, ils avaient tous les yeux écarquillés et l'air terrifié. Je pense qu'ils ne m'auraient probablement pas écoutée si je n'avais pas eu mes vêtements en lambeaux, ma tignasse emmêlée et couverte de suie, et si je n'avais pas marché pieds nus sur la route : en l'état, je pouvais difficilement être autre chose qu'une sorcière.

Malgré tout, ils avaient hésité à me croire quand je leur avais annoncé que le Bois avait été vaincu pour de bon. Aucun de nous n'avait imaginé que cela se produirait un jour. Mais ils avaient vu les mantes et les promeneurs retourner précipitamment dans la forêt, et ils étaient alors tous très fatigués. Finalement, ils avaient donc accepté de reculer pour me laisser travailler. L'arbre n'avait pas même un jour : les promeneurs y avaient enfermé le chef du village et ses trois fils afin de le faire pousser. J'avais réussi à faire sortir les frères, mais le père avait refusé : un tison de douleur brûlait lentement en lui depuis un an.

— Je peux vous aider, avais-je proposé, mais le vieil homme avait secoué la tête en souriant, déjà à moitié dans son rêve.

Son squelette et son corps prisonniers sous l'écorce avaient soudain fondu sous mes doigts. L'arbre difforme avait soupiré d'aise et s'était redressé. Il avait laissé tomber tous ses bourgeons empoisonnés d'un coup. De nouvelles fleurs s'étaient formées à leur place.

Nous étions alors restés sous les branches un long moment, humant leur odeur légère, qui n'avait rien à voir avec la doucereuse pourriture des fleurs corrompues. Puis les défenseurs avaient nerveusement battu en retraite, terrifiés à l'idée d'accepter la sérénité de l'arbre-cœur comme Sarkan et moi avions pu le faire dans le bosquet. Aucun de nous n'arrivait à imaginer qu'une chose puisse sortir du Bois sans être foncièrement mauvaise et pleine de haine. Les fils du chef du village s'étaient tournés vers moi, complètement désespérés.

— Pouvez-vous le faire sortir également ? m'avait demandé l'aîné.

J'avais dû leur expliquer qu'il n'y avait plus nulle part *d'où* le sortir, que l'arbre était lui. J'étais trop éreintée pour leur livrer tous les détails, mais, de toute façon, c'était trop compliqué à comprendre, même pour les gens de la vallée. Les garçons étaient restés là dans un silence prostré, ne sachant pas s'ils devaient ou non le pleurer.

— Maman lui manquait, avait fini par déclarer l'aîné, et tous avaient acquiescé.

Aucun des villageois n'avait accepté volontiers de voir un arbre-cœur pousser sur le pont du village, mais ils m'avaient fait suffisamment confiance pour accepter de le laisser debout. Il avait depuis bien poussé ; ses racines s'étaient enroulées avec enthousiasme autour des rondins du pont, promettant de l'emporter un jour. Il était lesté de fruits, d'oiseaux et d'écureuils. Rares étaient les humains qui osaient déjà goûter les fruits des arbres-cœurs, mais les animaux se fiaient à leur flair. Et moi aussi : j'en cueillis une dizaine d'autres pour mon panier et repris mon chemin en chantonnant sur la longue route de terre menant à Dvernik.

Petit Anton était dehors avec le troupeau familial, paresseusement allongé dans l'herbe. Il se releva d'un bond quand je déboulai dans son champ, quelque peu nerveux, mais tout le monde ou presque avait à présent pris l'habitude de me voir apparaître à l'improviste. J'avais peut-être hésité d'abord à retourner chez moi, après tout ce qui s'était passé, mais je m'étais sentie si lasse après cette terrible journée, si épuisée, si seule, si furieuse et si triste à la fois, le chagrin de la reine-Bois enchevêtré au mien. Après avoir finalement réussi à purifier Zatochek, j'étais retournée à la maison sans même y réfléchir. Ma mère m'avait regardée sans rien dire quand je m'étais présentée à la porte, puis elle m'avait directement mise au lit. Elle s'était assise à côté de moi et m'avait caressé les cheveux en fredonnant jusqu'à ce que je m'endorme.

Le lendemain, tout le monde s'était montré un peu nerveux en ma présence, quand je m'étais rendue au pré communal pour expliquer brièvement à Danka ce qui s'était passé et m'enquérir de la santé de Wensa, Jerzy et Krystyna. Néanmoins, j'étais encore fatiguée et pas d'humeur à prendre des gants, je m'étais donc contentée d'ignorer les regards en coin et les frémissements. Puis, constatant que je n'incendiais rien et que je ne me transformais pas en bête sanguinaire, les villageois avaient cessé. J'avais retenu la leçon et m'étais décidée à laisser aux autres le temps de se familiariser avec moi, je mettais donc désormais un point d'honneur à passer régulièrement dans les divers villages de la vallée, en en visitant un différent chaque samedi.

Sarkan n'était pas revenu. J'ignorais s'il le ferait un jour. Je tenais de on-dit qu'il était toujours en train d'arranger les choses à la capitale, mais il ne m'avait pas écrit une seule fois. Nous n'avions jamais eu besoin d'un seigneur pour régler nos différends, les chefs de village étant là pour cela, et le Bois n'était plus aussi menaçant qu'avant, mais la population avait toujours besoin d'un magicien s'il s'en présentait un. Je m'efforçais donc de me montrer régulièrement, et j'avais ajouté un sort aux feux de détresse afin qu'une chandelle s'illumine chez moi en même temps qu'eux afin de me notifier où l'on requérait ma présence.

Cependant, ce jour-là, je n'étais pas venue travailler. J'adressai un coucou de la main à Anton et traversai le champ jusqu'au village. Les tables des moissons étaient installées sur le pré communal et couvertes de nappes blanches. Un carré central avait été réservé à la danse. Ma mère était là avec les deux filles aînées de Wensa, disposant des plateaux chargés de champignons en sauce. Je courus l'embrasser, et elle me caressa les joues avant de me lisser les cheveux, tout sourire.

— Regarde-toi, dit-elle en retirant une brindille argentée et quelques feuilles mortes de ma tignasse. Et tu ferais bien de porter des bottes. Je devrais te dire d'aller te débarbouiller avant de te mettre au coin.

Mes jambes nues étaient couvertes de poussière jusqu'aux genoux. Mais elle riait, guillerette, et mon père arriva à bord d'un chariot rempli de bois pour le feu de joie du soir.

— Je vais me laver avant le repas, promis-je en dérobant un champignon.

Puis j'allai m'asseoir avec Wensa dans l'entrée de sa maison. Elle se portait mieux, mais passait encore l'essentiel de son temps près de la fenêtre, à faire de la broderie. Kasia lui avait envoyé une lettre à elle aussi, mais plutôt sèche et brutale. Je tentai d'arrondir les angles en la lui lisant. Wensa m'écouta silencieusement. Même si elle n'en disait rien, je crois qu'elle se sentait coupable du secret ressentiment de Kasia : elle n'était qu'une mère s'étant résignée à un destin évitable. Cette blessure aussi mettrait longtemps à guérir. Elle me laissa la convaincre de m'accompagner au pré communal, où je l'installai à la table de ses filles.

Aucun pavillon n'avait été dressé cette année, il ne s'agissait que d'une simple petite fête de village. Le gros festival avait lieu à Olshanka, comme c'était le cas les années où il n'y avait pas de jeune fille à choisir, comme cela serait le cas pour toujours, dorénavant. Festoyer en plein soleil donnait extrêmement chaud – étrange sensation, à l'époque des moissons –, mais cela ne me dérangea pas. Je dévorai un gros bol de zhurek aigre accompagné de tranches d'œuf dur, puis une assiette de chou bouilli et de saucisse, et enfin quatre blinis fourrés aux cerises confites. Après quoi, nous nous félicitâmes tous de la qualité du repas, tout en nous plaignant d'avoir trop mangé, tandis que les enfants couraient partout dans le champ, jusqu'à ce qu'ils aillent finalement s'asseoir puis s'assoupir sous les arbres. Ludek posa son suka sur ses genoux et se mit à jouer, d'abord doucement ; à mesure que les petits succombaient au sommeil, d'autres instruments firent leur apparition, et tout le monde se mit à chanter et à taper dans ses mains, emporté par l'ambiance. Nous ouvrîmes les fûts de bière et fîmes passer le pichet de vodka fraîche remonté du cellier de Danka.

Je dansai avec mes frères et ceux de Kasia, puis avec quelques autres garçons que je connaissais vaguement. Je crois qu'ils se mettaient un peu au défi de m'inviter, mais cela m'était égal. Ils craignaient sans doute que je mette le feu à leurs cheveux, mais j'avais moi-même été nerveuse quand je m'étais faufilée au crépuscule dans le jardin de la vieille Hanka pour aller lui dérober de belles pommes rouges encore accrochées à l'arbre, les meilleures d'entre toutes. Nous étions heureux, tous ensemble, et je reconnaissais le bruit de la rivière coulant sous la terre : telle était la musique qui nous faisait véritablement vibrer.

À court d'haleine, je me laissai tomber devant ma mère, les cheveux de nouveau tout emmêlés au niveau de mes épaules. Elle poussa un soupir et les déploya sur ses genoux pour me refaire ma tresse. Mon panier était à ses pieds, et je croquai dans un nouveau fruit doré et juteux. Je me pourléchais les doigts, à moitié perdue dans la contemplation du feu de joie, quand Danka se leva subitement du long banc formant un angle droit avec le nôtre. Elle posa sa coupe et s'exclama assez fort pour capturer l'attention de tous.

— Monseigneur.

Sarkan était debout dans l'ouverture du cercle, une main placée sur la table la plus proche. Ses nombreuses bagues et ses beaux boutons reflétaient la lumière des flammes. Son manteau bleu était orné d'une broderie argentée : un dragon dont la tête et la queue se trouvaient chacun d'un côté du col et dont le corps se déployait sur tout le contour du vêtement. Les poignets en dentelle de sa chemise dépassaient sous ses manches, et ses bottes étaient si bien lustrées que le feu s'y réfléchissait. Il paraissait plus majestueux que la salle de bal du roi, parfaitement invraisemblable.

Tout le monde le dévisageait, y compris moi. Il pinça la bouche avec ce que j'aurais autrefois nommé du déplaisir, mais que je baptisais désormais une honte profonde. Je me mis debout et allai le rejoindre en me léchant le pouce. Il jeta un coup d'œil à mon panier, comprit ce que je venais de manger et me lança un regard noir.

— C'est consternant, me dit-il.

— Ils sont délicieux, répondis-je. Mûrs à souhait.

— Tout ce qu'il faut pour te transformer en arbre, me railla-t-il.

— Je ne tiens pas encore à en devenir un, rétorquai-je.

Je débordais de joie et ne pus retenir un éclat de rire cristallin. Il était revenu.

— Quand es-tu arrivé ?

— Cet après-midi, affirma-t-il avec raideur. Je suis venu percevoir mon tribut, bien sûr.

— Bien sûr, répétai-je.

J'étais certaine qu'il s'était rendu d'abord à Olshanka, afin de donner plus de profondeur à son mensonge. Mais je ne parvins pas à entrer dans son jeu, pas même le temps de lui faire croire que j'étais dupe : ma bouche s'ourla aux commissures. Il rougit et se détourna. Ce qui n'arrangea pas ses affaires, car tout le monde nous observait avec grand intérêt, trop ivre de bière et de danse pour se montrer poli. Il considéra donc plutôt mon sourire et eut une moue de reproche.

— Viens, que je te présente ma mère, dis-je en lui prenant la main.

Remerciements

Je sais que cela interpelle de nombreux lecteurs : cela se prononce ag-NIÈCH-ka. Ce nom est issu d'un conte de fées que je réclamais sans cesse à ma mère étant enfant et intitulé *Agnieszka Skrawek Neiba* (Agnieszka « Morceau de Ciel »), la version de la merveilleuse Natalia Gałczyńska. L'héroïne et sa vache blonde aventureuse font une petite apparition dans ce roman, et les racines du Bois sont plantées dans le *las*[1] sauvage et envahi par l'herbe de cette légende.

Ce livre doit énormément à Francesca Coppa et Sally McGrath, ses beta-lectrices, qui m'ont encouragée quotidiennement dans tout le processus d'écriture. D'innombrables remerciements également à Seah Levy, Gina Paterson et Lynn Loschin, pour leur œil avisé et leurs conseils.

Merci aussi à ma fantastique éditrice, Anne Groell, ainsi qu'à mon agent, Cynthia Manson, qui ont soutenu et défendu ce livre dès les premiers instants, ainsi qu'à l'enthousiasme collectif et à l'aide de chacun chez Del Rey.

Et surtout, mon infinie gratitude à mon mari, Charles Ardai, qui rend ma vie et mon travail tellement meilleurs et plus sincères. Tous les auteurs n'ont pas la chance d'avoir à domicile un brillant éditeur et collègue comme premier lecteur, mais je suis ravie que ce soit mon cas !

1. Mot polonais : terrain boisé.

Grâce à ma mère, et pour ma fille : de la racine à la fleur. Evidence, quand tu auras l'âge de lire ce texte, j'espère qu'il te servira de lien avec ta *Babcia*[1] et les histoires qu'elle me racontait. Je t'aime infiniment.

1. Mot polonais : grand-mère.

Au sujet de l'auteur

Naomi Novik, Américaine de première génération, est née à New York en 1973. Elle a été bercée aux légendes polonaises, à Baba Yaga et Tolkien. Son premier roman, *Les Dragons de Sa Majesté*, premier tome de la série *Téméraire*, a été publié en 2006 et traduit dans vingt-trois langues. Les droits d'adaptation cinématographiques en ont été acquis par Peter Jackson, réalisateur oscarisé de la trilogie *Le Seigneur des Anneaux*.

Elle a remporté le prix John W. Campbell du meilleur nouvel écrivain et les prix Compton Crook et Locus du meilleur premier roman. Elle est l'un des membres fondateurs de l'Organization for Transformative Works, une organisation à but non lucratif qui se consacre à protéger les droits des auteurs d'œuvres de transformation. Elle écrit et réalise elle-même des fanfictions, et est l'une des initiatrices du site collaboratif Archive of Our Own.

Naomi Novik habite à New York avec son mari Charles Ardai, auteur primé de romans à énigmes, et leur rayonnante petite fille, Evidence, ainsi qu'une ménagerie récemment et impitoyablement épurée comptant encore ~~quatre~~ cinq ordinateurs.

Vous pouvez en découvrir plus sur l'auteur sur son site officiel (http://naominovik.com) et la suivre sous le pseudo naominovik sur Livejournal, Twitter et Facebook.

12284

Composition
NORD COMPO

Achevé d'imprimer en Slovaquie
par NOVOPRINT SLK
le 11 juillet 2023

Dépôt légal : septembre 2018
EAN 9782290154892
OTP L21EPGN000634-617122-R7

Éditions J'ai lu
82, rue Saint-Lazare, 75009 Paris
Diffusion France et étranger : Flammarion